少年诸葛亮

SHAONIAN
ZHUGELIANG

王茵　虞昕◎著

经济日报出版社

图书在版编目（CIP）数据

少年诸葛亮 / 王茵，虞昕著 . -- 北京 : 经济日报出版社，2023.1
ISBN 978-7-5196-1200-9

Ⅰ . ①少… Ⅱ . ①王… ②虞… Ⅲ . ①长篇历史小说—中国—当代 Ⅳ . ① I247.5

中国版本图书馆 CIP 数据核字 (2022) 第 186427 号

少年诸葛亮

作　　者	王　茵　虞　昕
责任编辑	张　莹
助理编辑	姜　楠
责任校对	董　健
出版发行	经济日报出版社
地　　址	北京市西城区白纸坊东街 2 号 A 座综合楼 710 室（邮政编码 :100054）
电　　话	010-63567684（总编室）
	010-63584556（财经编辑部）
	010-63567687（企业与企业家史编辑部）
	010-63567683（经济与管理学术编辑部）
	010-63538621　63567692（发行部）
网　　址	www.edpbook.com.cn
E - mail	edpbook@126.com
经　　销	全国新华书店
印　　刷	北京中科印刷有限公司
开　　本	880mm ×1230mm　1/32
印　　张	18.25
字　　数	455 千字
版　　次	2023 年 1 月第 1 版
印　　次	2023 年 1 月第 1 次印刷
书　　号	ISBN 978-7-5196-1200-9
定　　价	98.00 元

作者简介

王　茵　中国传媒大学教师、研究生导师、影视编剧，电影学博士。中国电影评论学会会员，中国电视艺术交流协会影视艺术专业委员会理事。主要编剧作品：50集大型古装武侠电视剧《新边城浪子》、都市青春喜剧电影《菜鸟变形记》等。在《人民日报》《光明日报》《中国电视》《当代电影》等报纸期刊上发表文章多篇。

虞　昕　电影学博士、广播电视艺术学硕士、法学学士，中国电影家协会理论评论委员会委员、中国电影评论学会理事，著有《芯语》《电影的真相》等书，在《人民日报》《光明日报》《中国新闻周刊》等报纸期刊上发表文章多篇。

作者弁言

这是一部建立在严肃史实基础上的小说，小说中引用了一些读者不太熟悉的史实细节，力图营造独特而奇妙的阅读氛围。

当然，书中的人物对话都使用了现代口语，一些行文中的措辞也化用了时下的流行语，以求生动活泼。

小说的主人公诸葛亮家喻户晓，名震东亚，关于他的故事有很多，但是关于诸葛亮少年时期的记述几乎是一片空白。

正史《三国志》中仅有“亮早孤，从父玄……素与荆州牧刘表有旧，往依之。玄卒，亮躬耕陇亩”等寥寥数语（裴松之注也无详述），对诸葛亮的早年生活一笔带过，此后便是三顾茅庐的故事。在《后汉书》《诸葛亮集》《献帝春秋》《汉晋春秋》《襄阳耆旧记》《九州春秋》等其他古籍（含散佚辑本）中，也没有相应记载。清人张澍的考据、今人所著的《诸葛亮成长之谜》（韩春鸣：新华出版社，2007年）亦多有杜撰，不足为信。

史家搁笔处，或正是小说家提笔时。

小说中故事发生的时代，主要在公元197年（建安二年）前后，正当汉末之时。

鲁迅先生在《中国小说史略》里说“汉末又大畅巫风，而鬼道愈炽”，可见诸葛亮的少年时代正是巫术盛行、迷信泛滥的时代。以往的文艺作品通常只把诸葛亮塑造为军事家和政治家，而不太重视其在中国古代科技史上的重要地位。本书希冀发掘诸葛亮的另一面，把少年诸葛亮塑造成中国古代科技史上的一个代表性人物，用唯物主义的态度描写诸葛亮，让其用知识与事实，在故事中击碎一个又一个骗术和谎言。

这部分内容主要参考了以下几本书：

《中国古代技术文化》[1]

《中国道教科学技术史·汉魏两晋卷》[2]

《中国机械工程发明史·第一编》[3]

小说中的人物，除诸葛亮外，司马徽（水镜先生）、庞德（公）、黄承彦等人之行迹散见于《三国志》《襄阳耆旧记》《世说新语》等古籍中，小说写作时也充分考虑了历史记述，虚构部分与古籍内容并不冲突；黄月英（黄承彦之女）等民间传说的人物，则在史实的基础上化用于小说中；小说中提及但并未正面出场的刘表、华佗、张仲景等人也都依据史料而来，史学界虽对张仲景本人存在与否尚有争议，小说还是采信其有。

曹公在《红楼梦》第一回里即言："追踪蹑迹，不敢稍加穿凿，徒为供人之目而反失其真传者。"《少年诸葛亮》的两位作者自然不敢与曹公相提并论，但在写作这部"小说家言"之时，莫不以曹公之念为念。

小说中之史实细节，有嫁接附会之嫌处特作下列说明，一并请教方家。

1. 热气球

西汉古籍《淮南子》一书中记载："取鸡子……烧艾火纳空卵中，疾风因举之飞"，此为科技史认定之热气球原理阐述，比诸葛亮所在的时代早约三百年，加之民间历来有孔明灯的传说，小说中虚构的似热气球之物，并不是后世现代意义上的热气球，而是诸葛亮利用《淮南子》以来的技术，所做之少年玩物。

2. 水上肥

《后汉书·郡国志》有如下记载："其水有肥……燃之极明"，结合其他史料可知，东汉以来对石油皆有"水上肥"之类的称呼，故《少年诸葛亮》取用之，应属合理虚构。

3. 鲁班术与"厌胜"

鲁班术出自鲁班，鲁班是春秋时期鲁国的杰出土木建筑工匠和发明家，所谓鲁班术，其实就是从春秋时期延续到东汉末年的木工和其他工程技术。小说中有一位人物是木匠，诸葛亮与其有重要交集，在追索木匠踪迹的过程中，诸葛亮查阅了鲁班术、"厌胜"等线索。而所谓"厌胜"之术，在《汉书》中即有记载，乃是民间蛊惑诅咒的封建迷信之说，被少年诸葛亮一举戳破。

4. 西王母崇拜

西汉年间，曾发生过"行西王母诏筹"的全国性群体事件[4]，考古发现的汉代画像石中也有大量的西王母造像[5]，可见，西王母崇拜是两汉时期的重要文化现象，在王子今、周苏平的《汉代民间的西王母崇拜》一文中[6]对此有详细论述，更有学者以"以西王母为主体的神仙崇拜"一言以蔽之[7]。由是可知，在诸葛亮生活的时代，崇拜、信仰西王母的现象，在民间非常普遍。

5. "狐妖"

东汉许慎的《说文解字》里说："狐，祆（妖）兽也，鬼所乘之。"足见东汉时，狐狸在民间已经有了"狐妖"的身份。

6. 养猫与"猫鬼"

中国科学院大学胡耀武教授在美国国家科学院院刊上在线发表研

究成果[8]，证明在五千年以前，中国人即与猫形成了共生关系。《礼记》里也有“迎猫以食田鼠”的说法，马王堆汉墓里出土的漆食盘上更有大量的狸猫纹。由此，小说中的人物黄月英有一只爱猫，当属合理虚构。“猫鬼”一说在正史中则见于隋唐以后，但作为一种民间精怪的传说，历史悠久，此说在“大畅巫风”的汉末出现，当不违背历史逻辑。

7. 孔雀东南飞

汉乐府诗《孔雀东南飞》序言第一句即说“汉末建安中”，这与少年诸葛亮生活的时代重合，也就是说，小说中根据《孔雀东南飞》所生发演绎出的故事，与少年诸葛亮所处的时空完全吻合，符合历史逻辑。

8.《山海经》

学界公认《山海经》成书时期不晚于西汉，博闻强识的诸葛亮读过《山海经》符合情理。

9. 男女学堂

《后汉书 · 皇后纪上》里记载，太后邓绥在元初六年“诏征……男女……并为开邸第，教学经书”，可见汉代男女同校的学堂并不少见。汉代并没有理学禁锢，尤其在汉末乱世，此种情形更加常见。

此外，小说涉及的孔雀、乐器、舞蹈、外族人士等，参考了《汉代外来文明研究》[9]一书；百戏（杂技、魔术等）则在东汉名篇《西京赋》（张衡）一文中，有详尽描述；东汉末年的火神信仰也极为普遍，并与地方政治相勾连[10]，小说中亦有提及。

其他关于当时的官制、饮食、服饰、风俗等主要参考了以下书籍：

《秦汉官制史稿》[11]；

《中国风俗通史 · 秦汉卷》[12]；

《中国古代服饰研究》[13]；

《汉代物质文化资料图说》[14]；

《秦汉名物丛考》[15]。

中华文化源远流长，两位作者不敢歪曲扭结，写作时战战兢兢、如履薄冰，但笔力终究有所不及，悖谬之处，还望各位读者老师多多批评。

参考文献

[1] 江晓原. 中国古代技术文化 [M]. 中华书局, 2017.

[2] 姜生, 汤伟侠. 中国道教科学技术史：汉魏两晋卷 [M]. 科学出版社, 2002.

[3] 刘仙洲. 中国机械工程发明史 第一编 [M]. 科学出版社, 1962.

[4] 马怡. 西汉末年"行西王母诏筹"事件考——兼论早期的西王母形象及其演变 [J]. 形象史学, 2016(1):34.

[5] 李凇. 论汉代艺术中的西王母图像 [M]. 湖南教育出版社, 2000.

[6] 王子今, 周苏平. 汉代民间的西王母崇拜 [J]. 世界宗教研究, 1992(2).

[7] 马新, 贯艳红, 李浩. 中国古代民间信仰：远古 - 隋唐五代 [M]. 上海人民出版社, 2010.

[8] Hu, Y., Hu, S., Wang, W., Wu, X., Marshall, F. B., Chen, X., Wang, C. Earliest evidence for commensal processes of cat domestication. PNAS, 2014,111(1): 116-120.

[9] 石云涛. 汉代外来文明研究 [M]. 中国社会科学出版社, 2017.

[10] 贾艳红. 汉代民间信仰与地方政治研究 [M]. 山东大学出版社, 2011.

[11] 安作璋, 熊铁基. 秦汉官制史稿 [M]. 齐鲁书社, 2007.

[12] 陈高华, 徐吉军. 中国风俗通史, 秦汉卷 [M]. 上海文艺出版社, 2002.

[13] 沈从文. 中国古代服饰研究 [M]. 上海书店出版社, 2005.

[14] 孙机. 汉代物质文化资料图说 [M]. 上海古籍出版社, 2008.

[15] 王子今. 秦汉名物丛考 [M]. 东方出版社, 2016.

目录

第一回

蒙馆召少年启新程

东汉末年，邓县。

天地萧瑟，寒气逼人，江汉平原的边上竟有了松嫩平原上的凛冬之气。

邓县位于荆州，虽归属南阳郡管辖，但离州府襄阳很近，只是这兵荒马乱的年月，邓县也沾不到半点襄阳的繁华气息。黄巾军的残部还在零星作乱，乡里盗贼四起、土匪出没，荒凉的山路上，死尸比活人常见多了。你看，就连秃鹫也在这里流连忘返，吃死尸吃得肥肥壮壮，在天上眯着眼滑翔，居然还打了个饱嗝！

“嘣”的一声，秃鹫的脑门被砸了一下，刚睁开眼，又被“嘣”了一下脑门，秃鹫怪叫一声勉强睁开眼睛，眼前是一个手持木棍、穿戴严实、白净斯文的英俊少年，估计秃鹫十八辈祖宗也没想过会在天上遇到活人，于是它用尽吃奶的力气怪叫一声，扑向少年——原来少年站在一个篮子里，方形的篮子四角上各装了一个竹篾羊皮松脂灯，后面好像还有一张粗布做的大帆，篮子本身则被吊在一个用麻布制成的大帐篷下面，那个大帐篷和吊篮之间还有一个燃烧着熊熊烈焰的炉子——再过一千年，我们管这种灯叫孔明灯，管这一整套家伙叫“热气球”，当然，东汉末年是没有热气球的，这位少年只是制作了一个类似于热气球的雏形，哪里想到一来二去还真的就“飞升”了？

热气球的最早实践者其实是西汉的淮南王刘安，《淮南子》里曾述“取鸡子，去其汁，燃艾火纳空卵中，疾风因举之飞”，三百年后真有人再次造出一个可以飞起的硕大模型，倒也不奇怪，不过少年管这家伙叫“烈火飞球”，他拿的木棍其实是操控“烈火飞球”后面那张麻布大帆的，应该是起到了空气舵的作用，“傻鸟！挡道不说还敢吃人不成？！”少年怒目圆睁，拿着木棍一挥，加上熊熊烈焰加热了周遭的空气，秃鹫吓得惨叫一声赶紧“溜号”。

糟糕！有点不听使唤了！少年发现“烈火飞球”有失控的风险，吊篮上面的大帐篷像是有了破洞，嗤嗤地漏气！赶紧调整方向！可惜用处不大，“烈火飞球”还是笔直地朝着边上的树林扎了过去，惊起了一树的飞鸟……

林中鸟群骤然飞起，让远处山路上的赶路人不禁神色踟蹰了起来，他害怕有什么强盗土匪，得，还是快马加——不，快驴加鞭吧，我只是一个送信差役而已，连匹马都没有，一路骑驴过来，万一把命给搭上，那可太不划算了。唉，谁让自己是新来的，才摊上这趟最远的苦差事。

这家人也真是，住这么老远，就不能往县城里搬搬么？

说着说着，目的地到了，按照寄信人的交代，前面那套三合院就是。定睛一看，篱笆围成的小院落清爽利落，虽说不算豪宅，但收拾得挺干净，送信人翻身下驴，推开虚掩的篱笆门，高喊：“请问是诸葛公子家吗？”

吱嘎一声，一个老仆打开了大门。

一阵清雅之香扑鼻而来，送信人呈上信件禀明来意，年近不惑一身素服的女主人姜氏放下信帛，小心收进木匣，从火炉上的陶罐里盛出碗热气腾腾的茶汤来，双手奉给邮差：“官家兄弟有劳了，这是用自家茶叶熬制的茶汤，以白露时节集的露水烹煮，请您暖暖身子。”

送信人受宠若惊忙接过汤碗，闻着清香盈室的香气，浑身毛孔都张开了，身心舒畅——这香气，甚至比上次在县廷郑县令跟前闻到的还香！

茶汤饮下，果然五脏熨帖、神清气爽。当时的茶汤，其实是把茶叶当成蔬菜用，跟葱、姜、橘皮一起煮来吃的，并非现代的冲饮。送信人又开始纳闷了——茶汤可是金贵东西，历来都是贵族大夫们享用的东西，即便自己这种拿着俸禄的低级官差也是断断吃不起的，怎么也没想到，在这偏僻的山脚下，朴素的屋院里居然能捧出如此讲究的饮品。更何况，时下年景不好，赋税又多又重，普通百姓吃饱都不易，从土地里刨食的农民恨不得连自家房顶上都种上黍米，怎么会有人家这么讲究呢？连茶汤用水都是露水？

实在匪夷所思。

再偷偷瞄了眼这个姜氏：粉黛未施，衣色素雅，周身也只有一副素银耳环还算体面，但其人气质端庄持重，谈吐不疾不徐，虽是女眷，却不怒自威、让人肃然起敬。这不像是一般农妇，倒更像见过世面养尊处优的贵夫人。可又有哪个贵夫人的手如此粗糙不堪呢？

送信人环顾四周，客厅的布置简朴整洁，的确没有什么值钱的陈设，不过到处都是没用的竹简，一摞摞地堆起来，高得甚至快杵到房梁了。

问路时听说这家刚死了男人，孤儿寡母的，要这些又没用又占地方的竹简作甚？

正琢磨着，却见姜氏从内室里取出一串五铢钱，说是官家辛苦，这是答谢的微薄心意。

送信人心花怒放，暗自揣测送来的那封信里到底写了什么内容，让女主人如此出手大方？是继承了远方亲戚的襄阳大宅？还是得了宛城的千亩良田？总之，定是真金白银的好消息才对。可眼前这个姜氏喜怒不形于色，一点端倪都瞧不出来，嗯，还真是个有城府的女人！

管他呢，无功不受禄，受禄必有功。送信人佯装推辞了一番，便笑呵呵地把沉甸甸的五铢钱揣进热乎乎的怀里，满意而归。

院外，姜氏行礼目送送信人骑驴远去，直到彻底不见人影后才脚步匆匆返回院中。

“老葛，速请二少爷来前厅。要快!”

这会儿没了外人，姜氏搓着冻手，再也忍不住一脸喜气，抬头望向灰白的天空，晌午的太阳虽然没精打采，但终于有些温度，此刻身上也有了融融暖意。

“夫人，前院后院我都找遍了，就是没见着二少爷。”

老葛急得团团转，只好硬着头皮如实禀报。

“不是说二少爷一早就在书房里读书习字吗?”

老葛苦着脸摇头，“早晨您让我给二少爷手炉里添炭，那会儿我看屏风后面是有个人影，我以为是二少爷温书呢，可刚才过去一看，那哪里是二少爷，分明是他新扎的稻草人……”

姜氏忍不住笑了出来，“老葛，你是看看他长大的，怎么也被糊弄了?”

老葛连连摆手道：“夫人您可说笑了，这十里八乡的，谁不知道咱家二少爷聪明绝顶，小手指头随便动一动就能顶半个文曲星君，我哪里应付得了? 我踅摸着他在附近贪玩很快就回了，怕惹您生气就没敢声张。可现在一个多时辰了还不见人影，不骗夫人您，这还真是头一回呢……”

老葛心里七上八下的，他料定姜氏听完会生气，因她一向对二少爷读书是最为严厉，可今天也不知道为何，夫人似乎心情格外好，竟只是笑笑说道：“老葛，我知道你心疼二少爷，不过以后别再帮他给我这里打马虎眼了。”

“哎哎！夫人说的是。”

自从诸葛玄老爷去世以后，老葛陈妈他们很久没有见到夫人笑过了，看来一切都与收到的那封尺素有关。

老爷头七后，老葛和陈妈本以为自己会被遣散，二人年过半百，如果各自回了老家，大概只能数着天光等死了。唉，要说也是如今天下大乱，老爷带着全家人落脚到南阳后，外头都说自家跟荆州牧刘表大人有些旧情，但毕竟州牧大人跟老爷的平民身份差距太大，能有个避乱落脚之地就不错了。

老葛和陈妈不愿意拖累夫人，主动请辞，可没想到姜氏却坚持请他们留下，说这个家必须得他们帮衬。老葛心里明白，谁会请像自己和陈妈这样“老不死的”帮衬家里？这分明是把他们当成家人，要给他们养老送终了。每每想到这里，老葛也不禁眼热起来——太太真是天界下凡的女神仙啊。

“走，咱们去问问陈妈。”夫人交代。

“哎。”

陈老妈子六十多了，后院里正借着天光编竹篓，听了老葛一说，突然想起什么捂住嘴，叹道：“我滴个姥姥的耳垂子！”

老葛就看不上陈妈这副样子。

“我说你能别老一惊一乍的吗，太太跟前，有话就说话。”

陈妈一脸惊恐，嘟囔道：“太太，村里人说最近后山的死尸招来了狼群，怕是二少爷一人去后山玩耍，可别被恶狼偷袭了吧？！”

“呸呸呸，你这个老太婆净乌鸦嘴！”老葛赶忙数落陈妈。

家里家外都找遍了，二少爷平素最喜欢去山林，陈妈说的虽然邪乎，但也不是没有可能。一想到这里，姜氏心里不由倒吸一口凉气，刚才太阳晒在身上的暖劲瞬间结成了寒冰，后背一凛。

“老葛，去柴房抄样称手的农具，和我同去后山寻人。”

“哎。”

“夫人，我去给三少爷屋里加点儿炭吧，您呐，成天净顾着二少爷了！”

姜氏眼下实在顾不了那许多，直往大门奔去。

一只脚刚迈出门槛，就听见陈妈在后院一声惊呼，接着哭天抢地：

“哎呀，我滴个姥姥的耳垂子呀！太太呀，咱家三少爷怕也被狼叼走了！”

待姜氏跌跌撞撞冲到了后院卧房，只见床榻上空空如也，只剩三少爷的薄被和木质玩偶。

天旋地转，姜氏一阵头晕，险些跌倒。

两个孩子都跑丢了！

后山上，崎路难行，远处野兽嘶鸣，姜氏寒腿不便，屡屡被树丛石块绊倒，老葛劝太太先回家等候消息，自己去寻两位少爷。

姜氏摇头：“如果二少爷三少爷真出了什么事儿，我该如何跟地下的夫君、伯兄与嫂嫂交代？我们必须要把两兄弟找回来！”

“哎！听您的。”

话音未落，老葛突然停了下来。

“太太，你看——”

姜氏顺着老葛所指，发现视线所及处，竟然有两具被野兽撕咬，只剩模糊血肉的骸骨。

老葛浑身发抖，登时跌坐在地，吓得说不出话来。

还是姜氏沉着，缓缓屏了口气，好似把一颗心含在嘴里，慢慢凑上前去。一片血肉模糊中，呼吸越来越急促……

老葛捂着眼睛不敢看。心想这下坏了坏了，完了完了。

须臾，只听见姜氏喘着气说道：“不是咱家少爷！老葛！不是！他们的衣衫都是我亲手缝的，线头都是用蓖麻线打的如意结，这两具骸骨上的衣服都不是！”

听闻不是少爷，老葛松了口气，这才敢凑上来，说道："估摸是附近走投无路的饥民吧，没想到给野兽填了肚子，唉……"

危机解除，姜氏的眼泪才止不住地掉下来。

那少爷们到底去哪里了啊？

"二少爷！三少爷！"

老葛的声音在山林里回荡。

"等等！老葛，你听！"

老葛停下来，看着姜氏好像努力辨认着什么声音。

再仔细听，果然，那边依稀传来孩童的啼笑声。

两个人朝声音的方向飞奔，只听见奶声奶气的娃娃音："好棒！哥哥好棒！"

姜氏和老葛踉跄而至，只见小少爷和邻居家的小女儿莲子齐齐站在后山草房前的平地上抬头望去，草房上空，正是那个白衣的长身少年驾驭着"烈火飞球"！

姜氏定神一看：不得了！天上的吊篮里，少年正手舞足蹈手忙脚乱手足无措，估计刚才砸了秃鹫的脑门后就一直漏气，这"烈火飞球"上蹿下跳得就像得了精神分裂症，状态及其不稳定！

"均弟，你看我要降落了！"

姜氏泪痕未干，又受到了"烈火飞球"的刺激，不由得厉声大喊："你赶紧给我下来！诸——葛——亮！"

是的，你没听错！

这就是纵贯千年震古烁今彪炳亚洲的智慧化身，被鲁迅评价在《三国演义》里"多智而近妖"、妇孺皆知的蜀汉丞相诸葛亮！不过这时的诸葛亮，还是个未及弱冠的翩翩少年，一个惹是生非、乳臭未干的半大熊孩子。

诸葛亮见到婶母，自知理亏，连连认错，赶忙拔下锚绳，原来草房旁的地下早已安置了一个木制的滑轮装置，用于帮助“烈火飞球”的降落，待老葛将锚绳装上滑轮，幼弟诸葛均忙不迭地去摇动木质杠杆，这样就能将“烈火飞球”降下来——确切地说，是利用杠杆原理给生拽下来。

没承想，幼弟诸葛均不知是会错了意还是看热闹不嫌事儿大，他一路跑到前面，三下五除二弄反了方向，反而松解开了固定在滑轮上的锚绳，“烈火飞球”顿时如脱缰的野马，才刚低下头立刻又蹿升了起来……

姜氏、老葛和陈妈都看傻了眼——“快看呀！少爷会飞！乘着火球飞升成仙了！”

诸葛均摇着姜氏裙角咯咯咯笑个不停，老葛正愣神，只有姜氏看出热气球上的二少爷一脸惊慌失措，又气又急。

这下可玩大了——平日崎岖路远的后山变成热气球上俯瞰的小山坡，弟弟和婶母越来越小，快变成几个小黑点，连秃鹫也飞来凑热闹嘲笑，诸葛亮不由猛拍脑门，双腿发软，连连自责，失算失算！

只见婶母从腰间抽出一卷绢帛，冲天挥舞：“诸葛亮，快从天上下来，婶母有正事跟你说——”

“婶母！你说什么？”

一阵疾风吹过，把热气球越吹越远，天上寒风嗖嗖，“烈火飞球”上的诸葛亮扎紧围脖，抓紧栏杆，只见远处地面上的婶母嘴巴一闭一张，却完全听不见她说了什么。

日光渐暗，小半个邓县都陆续有人看见了天上出现一条游动的飞龙，却不知这是少年玩闹“烈火飞球”的移动轨迹，一时间县城里众人围观，指指点点，议论纷纷。

哎呀，难道这就是“卧龙飞天”，是我们邓县的大吉之兆啊！

好在“烈火飞球”里供燃烧的燃料“水上肥”不多了，诸葛亮在天上只转了一会儿，“烈火飞球”就缓缓落下，姜氏和老葛、陈妈都暗自松了一口气。

此时，小小骚动的邓县似乎又恢复了平静：县廷平静了，商铺平静了，驿馆平静了，农户家里也平静了，就连诸葛家隔壁的莲子家也恢复了平静——但是，莲子家一旁的猪圈里却不仅没能迎来平静，还迎来了灭“顶”之灾！

原来，那“烈火飞球”不偏不倚正好落到莲子家的猪圈里，莲子和家人听见动静，连忙一晃一晃地跑了出来，看见小均的二哥正躺在一群肉乎乎哼哧哧的小猪仔中间，浑身脏泥，和充满敌意的老母猪四目相对，小莲子咯咯咯咯笑个不停……

“亮哥哥，你不是在天上飞嘛，怎么飞到我家猪圈啦！”

猪圈里，诸葛亮一脸狼狈，小莲子眨了眨忽闪的眼睛，歪着发髻，咬着嘴唇。

诸葛亮伸出两只手，“小莲子你看，这是什么？”

小莲子咬着嘴唇摇了摇头。

手指动了动，一眨眼，诸葛亮的手心就变魔术变出一小块饴糖来。

小莲子双眼放光，连忙塞进嘴里，瞬间小嘴咧成了花瓣，甜出声来。

诸葛亮笑了笑，拍了拍身上的泥尘，突然发现衣衫上被猪圈围栏扯坏的一大道口子，心想真是罪过，婶娘省吃俭用一针一线缝的好衣裳，平日里爱惜还来不及，这下生生给糟蹋了。

诸葛亮正在自责懊恼，只听小莲子笑嘻嘻地咬着糖，嘟囔了一句：“隆隆书馆是不是也有糖吃？”

诸葛亮眉毛一动，“小莲子，你刚才说什么？”

小莲子嘴里含着糖，口齿不清，却一板一眼一字一顿地说：

“大夫人刚才说了，哥哥被隆隆书馆录取了。”

“隆隆书馆？”诸葛亮略一思忖，“小莲子妹妹，你说的是隆中书馆吧？”

小莲子嘴里裹着糖块，鸡啄米似的点头。

婶母挥舞的是隆中书馆寄来的录取通知信！原来如此。

天上带下的一身寒气瞬间化为乌有，诸葛亮咧嘴笑着，露出两排齐整洁白的牙齿。

“哥哥，什么是隆中书馆？”

“那是全邓县乃至全南阳最棒、最有学问的书馆，是所有读书的少年都梦寐以求的地方！”

“那个地方也有糖吃吗？”

诸葛亮哈哈大笑，抱起小莲子连转三圈，小莲子又咯咯咯咯笑个不停。

看到一旁的莲子爸妈，诸葛亮急忙道歉，对损坏的猪圈，他一定会尽快赔偿并修复。

不远处，传来老葛的声音。

“二少爷回来了吗？”

诸葛亮忙哄了小莲子回去睡觉，也不顾浑身疼痛，拖着热气球的残骸向家里狂奔而去。

院里漆黑一片，四下静谧无人。

看来警报解除了？诸葛亮暗自庆幸。摸黑进屋。

婶母历来节俭，她吩咐过的，不逢年节，入夜一律不许点灯，读书写字除外。

这会儿婶母和均弟也该睡下了，诸葛亮心想：不如我先回房，明日再来赔罪，估计那会儿婶母的气儿也能消了大半。唉，至于隆中书馆的事，也只能生挨到明日再问了。

他蹑手蹑脚穿过前厅，却发现前厅角落里的条案上，竟还燃着一盏油灯。

奇怪，这是谁干的好事，让婶母看见又该责备。

诸葛亮踮着脚尖正要过去吹熄油灯，刚走了几步，忽然停下，眉头一抖。

似乎不太对劲……

就在此时，身后的黑暗中传来一个不太大的声音，却字字振聋发聩：

“诸葛亮，你还知道回家？！”

触电般的一激灵，诸葛亮这个一米八的大高个儿，瞬间原地定住，冷汗哗哗。

就像变戏法一样，顷刻间前厅灯火大亮。

只见两米开外的前厅中央，婶母穿戴整齐，一脸严肃端坐中央，陈妈抱着三弟和老葛、二姐站在一侧。原来，二姐外出采药，已经回来了。

哎哟，坏了，守株待兔，这下可在劫难逃了！

陈妈冲泥猴一般的诸葛亮使劲眨眼睛抽鼻子，意思大概是：眼下啥情势啊！二少爷你咋还看不出来？

诸葛亮这才回过神来，看出婶母是真生气了，连忙噗通跪下。

婶母一改白天温和的神色，语气严厉：“你可知错？”

诸葛亮：“亮知错！”

婶母：“错在哪里？”

诸葛亮嗫嚅：“嗯，我带着均弟跑到后山去研究烈火飞球，没想到出了纰漏，飞球乱飞起来，最后……跌在了小莲子家的猪圈里。”

婶母问道：“你说，你这是第几次了？”

诸葛亮心虚。

婶母叹息道：“去年九月，你说习得了羽人滑翔术，结果从后山滚落，差点废了一条腿；没多久，又把咱家牛棚的屋顶给掀了，说是要建一个什么候气室来研究候气术，结果一场暴雨差点没把家里的老牛给淋死；上个月，又嚷说可以吹箫模拟雁鸣南归，可大雁没见着多了几只，闹得村里临近好几家的老母鸡不吃食不抱窝，蛋都不下了。诸葛亮，你惹的祸还不够多吗？！”

诸葛均早就咯吱咯吱笑出声来。其他人也都捂嘴偷笑。

“这次变本加厉，不好好在家读书，偷跑去后山玩火，惹火上身不说，还把火球弄到天上去，故弄玄虚惊吓村民，把莲子家的猪圈给压垮了，差点连自己的命都给丢了。顽劣不堪，屡教不改。当着列祖列宗的牌位，你说，我该拿你如何？”

诸葛亮有些不情愿地伸出右手：“亮知错了。亮愿受家规处置，请婶母用戒尺。”

姜氏：“好啊！”

所有人齐刷刷看向姜氏，一把深红色的桃木戒尺，在灯火中威严无比，泛着凛然悠光。

诸葛亮不由腿软，浓眉大眼一闪，忙向老葛和陈妈发出求救信号。

老葛果然仗义，见机拦在中间，劝道：“夫人呐，您别真打呀。二少爷是闯祸了，可他都说知错了，也正是贪玩的年纪，都难免呐！”

陈妈赶紧帮腔：“对呀，你看二少爷细皮嫩肉的，打坏了您得多心疼啊。再说了，压塌了莲子家的猪圈那也不是二少爷成心的。”

哪壶不开提哪壶。老葛白了陈妈一眼。

二姐动了动嘴，刚想说话，看到婶母怒目而视，就低下头去默不作声。

小少爷拽着姜氏衣角一副哭腔：“婶娘，你不要打二哥，不要打二哥！”

诸葛亮二姐抱过小弟弟，虽然不说话，却也眼巴巴地看向婶母，心都提到了嗓子眼儿。

老葛赶紧说道：“虽然二少爷这回捅了些篓子，但也捣鼓出不少好用的东西，嗯，像那个地里的捕雀网就挺好用，给村里修的水车也特别带劲儿，全村人都夸呢，大家伙儿还给那水车起了个名儿叫‘孔明车’！”

“就是就是！”二姐、陈妈几乎异口同声。

姜氏终于发话了：“把手放下。”

诸葛亮终于松了一口气。

老管家心想着，夫人到底是妇道人家，心肠耳根还是软。

没承想，姜氏又开口：“换左手。右手你还要留着写字呢。”

啊？！

啪！啪！啪！

疼！疼！疼！

戒尺狠狠地打在诸葛亮的手心，也如刀子一般割在婶母的心里。

看诸葛亮忍不住喊疼，婶母眼泪也在眼眶里打转。

“你大哥远赴江东，大姐嫁到外地，三弟又年幼无知，只靠二姐看诊卖药能补贴些家用，家里就剩这几亩薄田几间陋室，我们诸葛家一路从琅琊流落至此，安身不易啊！”婶母喉头哽咽，“现在这个家里你是唯一顶梁的男孩，理应目光高远，刻苦读书。你倒好，总想着去捣鼓稀奇古怪、毫无用处的东西！”

诸葛亮想要反驳，却又无话可说。

婶母：“诸葛一族自徐州一脉都是人杰辈出，你的祖父与父辈一生都志向远大。我问你，你可还记得叔父临终前嘱咐你的话？”

诸葛亮眼眶一红：“当然记得，叔父临走前，让我好好读书，将来报效朝廷！”

婶母：“这回你可真的知错？”

诸葛亮高声回答：“亮知错！”

婶母再次高高挥起戒尺，陈妈和老葛都不敢睁眼看了。

啪！啪！啪！又是响亮清脆的三声。

这次诸葛亮没有喊疼，一声不吭，咬牙坚持。

婶母冲诸葛亮二姐使了个眼色，二姐连忙去拿了陶罐，帮诸葛亮敷上新采的草药。

为了让姐姐宽心，诸葛亮还强忍疼痛，咧嘴做个鬼脸。

亮啊亮，真是一个自讨苦吃的机灵鬼，姐姐也哭笑不得。

“起来吧，地上凉。”姜氏转身要走。

“婶母等等，我当真被隆中书馆录取了？”

诸葛亮不肯起身，眼巴巴地看向姜氏。

姜氏欣慰，诸葛亮虽然有时顽皮，可到底是个懂事的好孩子，记得读书是正事，便将隆中书馆的录取通知信从尺牍中取出递给诸葛亮。

诸葛亮不顾手疼，接了信帛如饥似渴地读了起来。

信帛结尾是隆中书馆话事人“博士”水镜先生的签章和书馆印信——这“博士”是书馆馆长，在当时，也就是校长的意思。

诸葛亮上喜上眉梢，哈哈大笑，抱起诸葛均转了两圈，手疼都不放下。

“均弟，这回你哥我终于能去隆中书馆一看究竟了！”

叔父生前多次跟诸葛亮提到过这个隆中书馆，说这是名师荟萃、人才辈出、藏龙卧虎的神仙地方。按说当时天下大乱，军阀割据，东汉原有的地方教育体系早已被摧毁殆尽，但太学生出身的荆州牧刘表特别重视教育，在荆州各郡县都建立了书馆学校，在邓县建的正是隆中书馆。

诸葛亮对隆中书馆早就心驰神往，可自打寄去竹简写就的简历文章，这都过了个把月了还迟迟不见音信，还以为泥牛入海，杳无希望了，没想到，今日竟柳暗花明！

陈妈一旁道："夫人少爷，这是西王母显灵了，保佑二少爷考上了书馆！我听说县里有棵神树，就是西王母显灵的地方！我们去给西王母她老人家还个愿吧！"

老葛忍不住怼了一句："可拉倒吧！还是咱们二少爷自己有本事。邓县城里求西王母的人多了，还各个都灵验？"

陈妈："西王母也得挑像样的不是？咱家公子有本事，这还用你说？"

众人哄笑。

诸葛亮正仔细辨认录取信，突然吃惊地喊了一声，差点跳了起来，顾不上手疼说道："婶母，这上面写着，要求入学弟子务必要在本月初二酉时前去书馆报到，可今晚过了三更，马上就是初二了！"

姜氏微微一笑，眼神往桌上一指，这才注意到，婶母早已把他的行囊准备好了。

"陈妈已经帮你烧好了热水，沐浴更衣之后，你就该上路了。"

"这么快？"

"对。五十里山路，赶路要趁早。"

"是！"

"我一个人去？"

"嗯，盘缠不多，但够你一人半月吃喝，要仔细着花。"

“是！多谢婶母！”

婶母叹了口气，娓娓道来：“你出门读书是大事，我本应亲自送你，可一来昨日在后山崴了脚，怕同行误了你行程，二来，你把莲子家的猪圈弄塌了，莲子爸妈都是本分农户，耕作不易，老葛也要去给人家修葺一番。”

诸葛亮自责道：“婶母，我来赔莲子家的猪圈！”

姜氏笑道：“你拿什么赔？”

陈妈插嘴道：“二少爷，夫人准备把从娘家带来的银耳环赔给莲子爹娘了。”

诸葛亮这才注意到，姜氏耳朵上空空如也，唯一的首饰也取下了。

“婶母对不起！”言念及此，诸葛亮更加追悔莫及。姜氏反而宽慰他道：“都是身外之物，不必挂念。倒是我曾听你叔父说过，能进隆中书馆的都是家境显赫殷实的得意弟子。别嫌婶母唠叨，你进了书馆以后，既不要妄自菲薄，也切莫仗着几分机灵与人生事、卷入纷争。要与人为善，莫争一时长短。时刻记着，人外有人，山外有山。多长本事才是正事！”

诸葛亮拱手点头，“是！谨记婶母教诲！”

姜氏顿了顿，沉吟又道：“咱们是布衣人家，人穷但不能志短，安心读书但求无事便是最好，可一旦遇事，也绝不能畏缩踟蹰。凡事要进退有矩，不卑不亢，这里面的分寸和学问，需要你自己日后慢慢琢磨把握，好自为之。总之，要时刻记住，你是诸葛家的后人，不能给祖宗丢脸！”

诸葛亮深深鞠躬，一字一句说道：“婶母放心，此去隆中书馆，一定安心读书，精进学业品行，绝不辱没诸葛门风！”

“好孩子，泉下的爹娘叔父都会为你高兴的。”

婶母姜氏终于露出了笑容，眼含热泪。

其实，诸葛家里这些孩子没有一个是姜氏亲生的，但她把全部的爱都倾注给了他们。可以说，如果没有这个伟大智慧的姜氏，也就不会有后来的诸葛亮。

村口山岗下，诸葛亮早已祭拜完父母和叔父。浣洗之后，穿上干净的衣衫的他更显俊朗挺拔，英姿玉立。他一一与婶母、二姐、三弟，老葛、陈妈，还有小莲子一家告别。

婶母不放心，最后又嘱咐了几句："路上机警着点，野兽强人都要留心，穷人的孩子早当家，你也到了可以独自出门的年纪了。"

"婶母，你就放心吧，您看，我比您还高一个头呢！"

"嗯，去吧。"

诸葛亮背上行装，大步流星，举着火把，开拔启程。

他没看到，身后的婶母和陈妈都抹着眼泪。

诸葛亮林间独行，一阵寒风袭来，也忍不住有些鼻酸清冷。

林深夜浓，远处传来野兽的嘶鸣。远林暗影婆娑，怪吓人的，诸葛亮起了一身鸡皮疙瘩。

仰头望去，竟见满天星斗，新月一弯。

前路漫漫，时间不等人，那就干脆豁然一笑，唱上一曲壮胆：

"长路漫漫，有繁星皓月相伴；少年独行，笑世人美梦不醒；青山不改，逞一世英雄豪迈；翱翔天地，纵俗世冷眼何惧？晴耕雨读，抚琴阅经，人生美事，快哉快哉！"

冷风吹过，诸葛亮唱起歌来，周身有热流涌动。

对于隆中书馆以及未来的人生，此刻，少年诸葛亮的心中充满了无限的渴望与好奇。

连那只秃鹫都被惊醒，带着一肚子气起床往远方飞走了。

东方已渐露出了鱼肚白。

金色的启明星已经迫不及待地跳出天际。

白衣飘飘的少年，就此踏上了他异彩纷呈、惊心动魄的求学之路……

太阳初升。

诸葛亮一路疾行，早已汗流浃背，忽见前方隐约有一片亮光。

他眉心一动，莫非已到了沔水？

哎呀，正好口渴了！

诸葛亮兴奋，冲着沔水加速飞奔而去。

冬日沔水刺骨冰凉，可对满身疲倦汗水的诸葛亮来说，却异常甘甜清冽，提神醒脑。

诸葛亮喝饱了水，擦了脸，好不惬意，再看沔水东流，不由脱口而出：

“子在川上曰，逝者如斯夫，不舍昼夜。”

忽然前方不远处有人围聚水畔喧哗，都说沔水里渔获颇丰，兴许是有入冬捕得了好收获？

诸葛亮毕竟还是个半大的孩子，忍不住好奇，自然也凑了过去，透过层层的人墙张望。

可这哪里是鱼，分明是几具饿殍横尸水边，看起来是一家五口，有老有少，尸体已经发胀浮肿，惨状骇人！

诸葛亮不由得心里一紧，汗毛似乎也都直竖了起来。

第二回 遭暗算幸遇蒙面客

诸葛亮跟着叔婶一路兵荒马乱颠沛流离，饥民饿殍不是没见过，可这是在邓县县城脚下——南阳郡相对稳定富庶的地界——沔水河畔竟然也出现了这幅景象，这给诸葛亮内心带来极大的震撼。

天下这么大，饥民却无安身之所，到底历经了怎样的困厄绝境才会倒毙河边？想到这里，少年英俊的眉宇间也不免流露出忧思。

不远处，一个羸弱不堪、发色黄灰的小男孩伸手乞讨要饭，因为浑身脏臭，过路的人纷纷露出无比嫌恶的神情，如驱赶苍蝇般对小男孩一样任意推搡，甚至拳打脚踢。

小男孩摔倒在地，腿脚也被石块擦伤流血。

诸葛亮连忙走了过去，扶起小男孩，又用行囊里二姐给的草药给他简单包扎，还拿出黄米干粮分了一半递给他。

小男孩看看黄米干粮又看看诸葛亮，眼神直愣愣的，似乎不敢置信。

“拿着吧。”

诸葛亮笑道。

小男孩颤颤地接了过来。

“怎么不吃？”

小男孩使劲咽了咽口水，流血也不喊疼的他终于开口说话：

“我奶奶已经两天没吃东西了，我要留着给奶奶。”

诸葛亮眼里一热，连忙将仅有的半块干粮也塞给小男孩：“这块是给你的。”

小男孩连连鞠躬道谢，问了几句这才知道，小男孩已流落至此半年有余，成日乞讨为生。他边吃边掉泪，泪水和脸上的泥水混在一起。诸葛亮掏出麻手帕，替小男孩擦拭干净。

看着小男孩远去的身影，诸葛亮不由长叹一声。

仰头望去，日头又比刚才高了一尺，婶母嘱咐过不要误了时辰。

沔水东流，我赶路读书也要不分昼夜。

诸葛亮连忙起身，背起竹编的行囊，继续赶路。

正午时分，诸葛亮终于到了县城南边树林子里的一个小集市，这里是路人歇脚的地方，虽是小集市，但比老家村子里还是热闹多了，沿着林间的一片开阔地摆着好几家糖水铺、小吃摊，旁边还有两家临时搭起来的小木屋，可以提供简单的饭食，往来行人很多在这里休憩吃喝。

一阵黍饭飘香，诸葛亮才意识到自己一直赶路，肚子早就饿了，这会咕咕叫得更厉害了。可婶母备的干粮都让自己给了为奶奶讨饭的小男孩，卖吃食的摊贩前，攥着婶母省吃俭用攒下的几贯五铢钱，诸葛亮又舍不得花。

“这位小少爷，你还买不买，不买我就收摊了，我还要去看西王母降神呢！”

“什么？！西王母降神？在哪里？”

“这你都不知道？就在西王母显过灵的神树下！”

大树下，一个术士从头到脚穿着一套猩红色的衣裤在跳鬼步舞，头上还包着一块猩红色的头巾，但是头巾上又戴了一顶所谓“法冠”，还插着好几根野鸡毛，远远望去，就像一只巨大的红色野鸡，诸葛亮看到，不禁笑出了声。

术士听见笑声，怒目而视，诸葛亮赶紧低头捂嘴，术士于是又闭上了眼睛，摇头晃脑地哼唱出诡异怪诞的音调，听得直瘆人，然后声音越来越低，术士也闭上了眼睛。

啥意思啊？这是把自己整睡着了吗？

看热闹的人越来越多，众人逐渐围拢过去，指指点点。

突然！术士一个激灵睁开双眼，一手捡起铃铛，另一只手拿起桃木剑，一边抽风似的比划一边振振有词："西王母显灵了，西王母显灵了！西王母降神树，托梦送符箓，我这伏妖降鬼符就是西王母在梦中教会我画的，收回家中可伏妖驱鬼，若有仇家，还有分魂解魄符可使其魂飞魄散全家永无宁日，若想发财，我这有招财进宝符可保你财源滚滚……"

说得挺邪乎，可现场无人掏钱。

"呔！妖鬼哪里跑?"

术士突然大喊一声，嗓子都劈了，吓得诸葛亮猛一激灵。

只见术士持剑朝空气中打了起来，似乎有什么东西在跟他练武术，一来二去的，术士一边挥动桃木剑一边解说，讲述自己如何与妖鬼正进行激烈的搏斗，众人无不睁大了眼睛，诸葛亮也讶异于这位术士竟然还有边讲边演的本领，声情并茂，观赏性极强，也就跟着大家一起围观。

过了一会儿，术士气喘吁吁地把剑往张黄纸上一指，然后端起一碗水含进嘴里，噗地全喷在纸上，登时就见纸上显出鲜血淋漓的妖鬼形状！术士汗流浃背地说："刚有妖鬼路过，西王母命我将其拿下，我已经把它们全都收服，困到我的法纸上了。"说完，术士高高举起显出鲜血淋漓之妖鬼形状的黄纸向围观众人展示，再用木剑将黄纸斩碎，围观者纷纷叫好并鼓起掌来，一时间掌声雷动，气氛热烈，围观群众越聚越多。

众人纷纷掏钱买符箓，术士的钱袋里叮当作响，买过符箓的人渐渐散去，只见这个术士还在四下打量，很快又将目光锁定在旁边一位衣着富贵钱袋鼓鼓、手持糖饼满嘴且流糖稀的白胖小公子身上，嘴角不由露出一丝鬼魅邪笑。

“这位拿饼的公子，要不要请一个西王母符箓回家？伏妖降鬼？”

吃糖饼的白胖公子倒是坦荡：“我家没妖也没鬼，不需要！”

“没关系，我这里还有招财进宝符，能保你家财源滚滚！”

吃着糖饼的白胖公子依旧坦荡：“财源滚滚不如落袋为安，我家不缺钱，不需要！”

“分魂解魄符怎么样？可以让你的仇家魂飞魄散全家不安。”

“吃亏是福，我没有仇家，我还是不需要。”

术士眼睛放着绿光，一顿乱转：“哦，我这里还有文运昌隆符可保学业顺利，一路考试全部通过！”

“考试全过？此话当真？”

这似乎打动了白胖公子，嘴边的吃食也不吃了，扔给身后的家丁。

“哪些是文昌符？”白胖公子问到。

“这个就是。”术士忙答。

“就这一个？”

“呃——这个，当然还有！”术士反应极快，他走到树下，拿出一个包袱，里面满满的都是符箓！

“公子您看，您喜欢哪个样子的，随便挑，不同款式不同颜色可以搭配每天不同衣服，这个请回去叠好了佩在身上，或者压在枕头底下，烧掉后化成符水喝，见效更快，我们符箓的产品功效都是有保证的，有口皆碑，前些日子汝南的许先生用过后，还给我们在亽地好评榜上打了星呢……”

“烧成符水喝见效最快？”

“是，大家都这么说。”

“能加糖吗？”

“啊？当然可以，加糖效果更好！”

“那好，我全要了。”

“全要了？那什么，小公子，这一个可不便宜……”术士居然有点说都不会话了。

“我问你价了吗？”小胖公子有点不耐烦，“价钱给后面人谈去，给我都包起来。”

胖公子指指身后，立刻有家丁上前捧着锦绣钱袋准备付款。术士的脸都快笑成麻花了。

“慢！”突然传来一声喝止，胖公子循声望去，居然是个身高八尺浓眉大眼的同龄少年，这人正是诸葛亮。

“这位公子，此人是个江湖骗子，你不要信他。”诸葛亮的态度很诚恳，也很直接。

“啊？可刚才那么多人都买了……”胖公子回道。

有人拆台，术士当然炸了，边推搡诸葛亮边嚷道：“你谁啊，懂不懂规矩，滚一边儿去！”

胖公子不干了，说道：“你凶他干什么？让他把话说完。”

诸葛亮笑道：“我听人说，西王母降过神的师傅，都得了西王母的法术，可以变幻，这位术士，不如你先给我施个法术看看，看你到底能不能让西王母降神。”

术士眨眼笑了，还以为遇上拆台的了，原来是个二百五，当然可以。

术士伸出手掌，说西王母托过梦，教过他“手育莲花”之法，掌心里能长出一朵莲花来。

果不其然，再一伸手，手心里果然有一朵莲花。

众人惊呼，西王母显灵了！术士果然神妙！

只有诸葛亮看出来，那不过就是几个障眼小戏法而已，跟自己藏着饴糖哄隔壁小莲子开心是一个路数——手心虽然空空，不过袖管里却塞得满满当当，后腰还露出一个线头马脚来：这分明是打着西王母的旗号招摇撞骗。

小胖公子看得目瞪口呆，正要主动掏钱袋，术士却忽觉背后一阵冷气，哗啦啦叮咣咣，衣服里藏着的道具纷纷掉落在地。四散的众人又渐渐围拢过来。

回头一看，诸葛亮站在身后，冷眼一笑："今天当众穿帮露馅的事儿，昨晚上西王母有没有托梦于你啊？"

"你，你想干什么？"术士十分惊恐。

诸葛亮捡起几张黄纸来："这就是你困住妖鬼魂魄的法纸？"

"是啊，你想怎样？"

诸葛亮夺下术士腰间的水壶，仰头咕咚倒进嘴里一大口，众人和胖公子都瞪大了眼睛，不知他要做什么。只见诸葛亮拿起黄纸，对着上面噗地猛喷了出去，顿时纸上显出了鲜血淋漓的妖鬼模样！

"事先用笔沾上碱水，再在黄纸上画上妖鬼之形，晒干之后形迹便会隐去，你再用特制的姜黄水喷上去，与碱水相遇而显红色。这种下三滥的把戏，我在琅琊时就跟着父亲一起揭露过，您还是省省吧！"

众人哄笑，诸葛亮三下五除二就拆穿了术士把戏，小胖公子和围观者纷纷恍然大悟，才知被骗。

围观人散去，小胖子拉住诸葛亮，异常感激地拱了拱小胖手，说道："鄙人唐炳，字寅生，我家是邓县第一富户，我爸的爵位是官大夫，也是县里的盐商，此番我是要去隆中书馆开学报到。多谢你戳穿了那骗子的把戏，省得我破财事小，丢人事大。请问阁下怎么称呼？"

诸葛亮也连忙拱手回礼道："唐公子不必客气。鄙人诸葛亮，字孔明。说来好巧，此番我也正是要去隆中书馆求学。以后还请唐公子多多关照。”

听闻诸葛亮也是未来同学，小唐少爷欣喜异常，喜笑颜开，仰头问道：“缘分啊缘分！哎，诸葛亮，你家住哪儿啊，怎么以前从来没见过你啊？”

诸葛亮笑答：“唐公子不认得我很正常，我家不在县城，在邓县东南四十里外的乡下郊野，离这儿可远着呢。”

唐炳挥了挥手里的吃食：“哎，唐炳，叫我唐炳就行。对了，你家马车停哪儿了？中午出来溜达，怎么也没有家丁跟着你？哎呀，我没你逍遥自在，你看看，我一出来总是好多人跟着我，真没意思！”

诸葛亮哈哈大笑：“让唐公子笑话了。我哪里有什么家丁和马车，我是一个人翻山步行而来。”

唐炳瞪大了眼睛，下巴都要掉了下来，根本不相信，机械地又重复了一遍：

“你？一个人？徒步走了四十里？山路？”

诸葛亮轻轻颔首微笑。

唐炳重新打量眼前这位高大的诸葛公子，心想哇塞，真是手长脚长好脚力，别说四十里，就是从自家的前厅到后院，唐炳都恨不得坐着辇去，这次接到了录取通知书，急匆匆赶去书馆报到，当然更要坐车，刚才要不是为了买点小吃，他才不肯下车多走半步路呢。

唐炳一拍脑门，猛然想到什么重要事情：

“诸葛兄，你可一定饿坏了吧！”

“还好，还好，”诸葛亮边咽口水边说。

唐炳不由分说，热情地要把刚买的新出炉的桂花糖饼分给诸葛亮一半，诸葛亮婉言谢绝。唐炳却执意塞进诸葛亮的手里，诸葛亮一口咬下去，真香！

“对了，你刚才明明知道那术士用碱水骗人，怎么不直接揭穿他，还要看他变莲花戏法？”唐炳仍然不解。

“实不相瞒，我从开始就对那术士有怀疑，但没有凭据，所以就想试他一试，没想他急于卖符箓，这么容易就上钩了。他变的戏法正是我哄骗邻居小妹妹的招数，看到这个，我就肯定他在行戏法骗术了！”

原来如此！唐炳听完大笑。

突然一辆豪华的马车疾驰而过，经过泥坑也丝毫不避，害诸葛亮和唐炳双双被溅了一身泥水，更别提沾满污泥的桂花糖饼了！

诸葛亮心想糟了，又毁了婶母给自己新浆过的好衣裳。

唐炳叉腰不爽，嚷道：“哪个天杀的马车不长眼？敢欺负我堂堂唐家大少爷！”

马车里，一个面白如玉的英俊少年探出头来，嗤笑道：

“唐唐唐？怎么还是个结巴啊？哈哈哈哈！”

那人见一旁的诸葛亮气宇不凡，正直直地看着自己，有些意外，送了诸葛亮一个白眼后，立刻放下车窗帘子。

唐炳不干了，嚷道：“这人谁啊？这么嚣张！我跟他没完！”

家丁们见状连忙捂住唐炳的嘴求他息事宁人。

马车甩泥而去。

唐炳不满道：“松手！你们干吗呢？！干吗拦着我？”

家丁一副哭腔道：“我的宝贝大少爷啊，那可不是别人的马车，您看那车盖，那是邓县县令郑旦的专驾啊！刚才掀帘儿探头的正是郑县令的贵公子郑伦，听说刚被举了孝廉，即将被授为少年郎官，全邓县的大小娘儿们都说他是智慧与帅气并存的首席美少年呢！”

“哦，原来他就是县令公子啊？”诸葛亮注意到唐炳的气焰明显弱下去不少，觉得有趣。

“少年郎官是什么鬼玩意儿?”唐炳嘟囔。

诸葛亮笑道:“少年郎官就是童子郎，就是官家挑选才智一流品德高尚的少年童子，授其头衔，如同举孝廉，未来定会出任朝廷官职的。”

唐炳鼻孔出气，小声嘟囔道:“我看这个县令公子也没品德多高尚啊!”

家丁劝:“少爷，少说两句吧，我们上车换衣服吧!要不然这样一身去了书馆失礼，会让人笑话……”

唐炳不满道:“我失礼?我让人笑话?开玩笑!那个什么少年郎的溅我一身泥点他失不失礼?为什么不笑话他!”

家丁无可奈何道:“我的小祖宗您就少说两句吧!”

家丁们哄着噘嘴生气的唐炳上车更衣了。

唐炳突然回头喊道:“诸葛公子，你也来我车上换件衣服吧，你要是没有就穿我的，我衣裳多，就是你个子比我高太多了，得将就一下了。实在不行就等进了县城我让他们给你买几套?”

衣服说买就买?还“几套”?诸葛亮笑着婉拒道:“多谢多谢，不打紧的，我们一会儿书馆再见!”

好吧，唐炳的马车扬长而去。

唐炳有马车，自然是穿县城走大路而过，诸葛亮靠脚力，不想再绕到县城里耽误工夫，于是走城西的林间小路直穿，走着走着，人影又稀少了起来，诸葛亮突然想方便一下，于是他朝林深处走去。

诸葛亮不知道，在他身后不远处，始终有一个人如影随形，他就是刚才神树下被拆穿把戏的术士，众人哄笑，眼看到嘴的鸭子也飞了，术士对诸葛亮记恨在心。刚才集市人多不好下手，于是便一直暗中跟踪至此。

看到诸葛亮爬上背阴无人处，术士知道自己报仇的机会来了!

诸葛亮正解开衣带，此刻心无旁骛，浑然不觉。

术士猛然凑到诸葛亮身后一丈左右的距离，掏出匕首，只要使劲一扎，这个毛头小子就一命呜呼了！

眼看术士拿起匕首，就要得逞，耳边却传来嗖的一声冷音。

术士肩膀中了一箭，血流如注，哀号求饶不迭。

诸葛亮猛回头，只见半山腰不远处一身黑衣蒙面侠客立于一匹紫骝马上，放下弓箭，再看满地打滚的术士，还有地上掉落的匕首，聪明如诸葛亮，一下子就全明白了！

天哪，自己稀里糊涂竟然躲过一劫！

术士连滚带爬逃跑了。

诸葛亮连忙向骑马侠客鞠躬行礼，激动道："多亏少侠搭救，救命之恩，没齿难忘，在下诸葛亮，想请教少侠尊姓大名——"

四目相对，山风骤起。

山风骤起，四目相对。

诸葛亮解开的衣带随着风中树叶飘飘洒洒。

寂静的山林间似乎也起了大海般的波澜，一阵呼啸。

蒙面侠看着衣带飘扬的诸葛亮，眉眼间似笑非笑，赶紧用箭指了指诸葛亮的衣服，诸葛亮这才回过神来，赶紧系好衣带，再次鞠躬致谢："衣冠不整，少侠见笑！多谢少侠搭救！在下诸葛亮，想请教少侠尊姓大名——"

话音未落，只听见紫骝马嘶，侠客早已绝尘而去，一眨眼的功夫，连人带马就都不见了踪影。

因为戴着面纱，诸葛亮看不清侠客样貌，只见他身姿纤长轻盈，动作又矫捷帅气，一双大眼倒有波光粼粼之感。恍惚中，诸葛亮似乎看见侠客随身斜挎的箭囊里还藏着一只虎头虎脑的橘猫。

橘猫颈下系着铃铛，最后还冲孔明喵呜了一声。

都说侠客骑马仗剑是标配，可什么样的侠客出门会带上一只橘猫呢？

怪哉，趣哉。

不知道这位萍水相逢射箭相助的少侠，未来还能不能有缘再见。

想到这里，诸葛亮怅然若失。

喵声渐远，山林里的波澜也恢复了平静。

又快步行了两里地，绕过一处小山坳，视线豁然开朗起来。只见这里四周青山环绕，中间却异常平坦，地面上盖着前后套院，白墙青瓦，绿树成荫，似是一方别有洞天的净土。诸葛亮不由得有了遐想：若是在这里读书起居，岂不快哉惬意。

不远处，一块巨大的石碑映入眼帘。

上书四个大字：隆中书馆。

看着很近，走起来却很远。

眼看天光暗下来了，诸葛亮暗自焦急，婶母嘱咐过的别误了时辰，可要再快一些才行啊。

一路小跑气喘吁吁到了书馆跟前，又想起婶母说过书馆弟子通常家境显赫——此话果然没错，你看从门口到半里外排成长龙的豪车就足以证明：个个都是膘肥体壮的高头大马、锦缎流苏的车盖，名贵木材的车架轮毂，真是一个赛一个的气派奢华。

名校跟前历来都是豪车云集，千百年来莫不如此。

马车都堵在书馆路口，一辆挤着一辆，马儿嘶鸣，家丁抱怨，似乎都想让自己家的车停在书馆的正门口，不然的话车上的少爷小姐、车下的车夫管事都觉得折了宅府的面子，不肯下车呢。

本来诸葛亮是所有学生中最后一个到书馆的，却因为一众马车争风吃醋，纷纷不肯迁就，卡在路口动弹不得，反而成了第一个踏入书馆大门的弟子。

忽听身后有人高喊：“嘿！诸葛亮！等等我！”

一回头，只见唐炳的马车也被卡在最后，唐炳看见诸葛亮，就不听家丁嘱咐，坚持下车。肉滚滚的他一下车，唐家的马儿立刻吐了口长气，车身也瞬间轻了一大截。

换过一身丝缎织锦华服的唐炳通体发亮，手里的吃食也从桂花饼变成了五香鸡腿，见到诸葛亮就像见到老朋友一样，格外热情道：“想不到你走着竟然还比我坐车快！哼，我才不跟他们抢位置呢，真没劲！哎，你吃不吃鸡腿儿？吃哪儿补哪儿！”

诸葛亮忍俊不禁，摇头谢绝。接触不多，但看得出来这个唐炳唐公子出身富贵，但心地不坏，人也爽直单纯。

弟子的登记注册处，诸葛亮第一个签下自己的名字，字迹飘逸潇洒。唐炳依依不舍地暂时放下鸡腿，也跟着签下自己的名字，字写得很像他咬过的半口鸡腿。

“你就是诸葛亮？果然字如其人啊。”诸葛亮这才注意到，身旁不知何时站着一位清瘦儒雅的长者先生，正捻须颔首打量着自己。

诸葛亮忙行礼鞠躬道：“弟子失礼，请先生恕罪。在下诸葛亮，斗胆请教先生的名讳。”

对方温和一笑，缓缓说道：“大家都叫我水镜先生。”

哦？原来眼前这位就是传说中的书馆“博士”、大名鼎鼎的水镜先生？诸葛亮忙再次鞠躬作揖。唐炳也意识到自己举着鸡腿的样子不太合适，突然竟伸手要把纸包里的鸡腿递给了水镜。

“水镜先生，请您吃鸡腿吧……吃哪儿补哪儿。”

诸葛亮要不是使劲克制，差点儿就笑喷出来。

水镜倒是一脸严肃，说道："多谢唐公子美意，我这把老骨头现在补已经来不及了，你还是自己留好吧。"

外面车马嘶鸣，水镜看了看院中日晷铜针投下的斜影，叹了口气，他转过头去，向不远处一位剑眉方腮、肩膀宽厚的年轻教员吩咐道："东方老师，劳烦你去门口跟他们说下，此处不允许马车逗留，酉时已到，如果再不报到登记，只能一律取消他们的入学资格了。"

东方老师连连应下，出书馆大门去指挥交通。水镜先生这一招果然立竿见影，大家不再争抢位置，纷纷下车，不一会儿，众位青春学子鱼贯而入。

当时，男女授受不亲的礼法还不像后世那么严格，而且来这里上学的大都是名士官绅子弟，女生的身份并不比男生低贱，所以隆中书馆是男女学生一同上课的，于是乎，诸葛亮和唐炳得以一睹男女同学们的风采：

首先进入书馆的是一位娇滴滴粉嘟嘟的千金小姐，她长相惊艳，妩媚丰腴，饰金衣裘，云鬓霓裳，顾盼生辉。唐炳眼神有些发直，快到嘴边儿的鸡腿也悬在半空中，只凭空咽了咽口水。

唐炳用胳膊肘怼了怼诸葛亮的腰际，"好看吧？我知道她，她就是'南阳一枝花'，苏原苏督邮家的千金大小姐，她爸好像也是隆中书馆大股东呢！听说她还有个外号叫作'一眼酥'，谁看谁酥！"

诸葛亮心想，这位苏大小姐的长相自然是极美的，只是苏小姐似乎太过在意自己的容貌，妆饰举止处处刻意，反而失了青春自然，最有意思的是，苏小姐身旁还跟了一个画师，她总是在不该停的地方停下来，拗好造型供画师速写，委实好笑。

此刻，苏小姐正45度角仰望天空，胳膊却被人从身后撞了一下。

“借过！”

好一个理直气壮的“借过”。

只见一个套着半臂交领齐腰鹅黄色襦裙、头上斜扎一个松松发髻的纤细少女气冲冲而来。少女素面朝天，周身竟未有任何饰物，倒是一双剪水眸子如同莹莹宝石，清澈有神。

诸葛亮觉得，和苏小姐的扭捏相比，眼前的这位瘦弱姑娘，莫名更有一股飒爽英气。

苏小姐一个趔趄还没站稳，撒娇不满：“哟，谁这么横冲直撞呀？”

黄衫少女根本没有理会苏莹，几步就到了登记处，啪的一声，甩出自己的录取通知帛，哗哗两笔就签下大名：黄月英。

苏莹好奇跟上来瞧，揶揄道：“哎哟，我当是谁呢，原来是大名士黄承彦的千金小姐啊，大名士没教过她女儿要知书达理吗？”

黄月英的大眼睛斜扫过去，好似一束聚光灯直指苏莹，忽然弯起眼睛笑嘻嘻道：“那你爹没告诉你要好好走路，不要乱扭碍事吗？”

苏莹不甘示弱抢白道：“你说谁乱扭，我没有乱扭，没发育没曲线的平胸小孩，不懂就别乱说话！”

黄月英挑了挑眉毛轻哼了一声：“胸大无脑，幼稚！”

苏莹“切”了一声，装作脸红。

唐炳作为吃瓜群众，看女生拌嘴正看得热闹开心。没想到黄月英和苏莹都同时向唐炳翻了个白眼。

唐炳一时紧张被噎，不停地打嗝。

“水镜先生，报到完了，现在让我干吗去？”

黄月英小小年龄，纤纤骨架，说话举止却一副处变不惊的老道神色，其中反差，煞是有趣。

诸葛亮心想，看来黄月英早就认识水镜先生，这也难怪，黄月英的母亲出身南郡豪族，父亲黄承彦更是闻名荆州人尽皆知的沔南名士，在襄阳城里都是有头有脸的官家座上宾，自然见多识广，和水镜先生亦是故交。

水镜先生笑道："丫头莫着急，还有人等着收官呢！"

诸位同学陆续入馆登记，几位富贵公子也悉数亮相，而他们似乎只是给某人打个前站，终于，排场声势最大的"主角"要登场了，这个迈着四方步优哉游哉接受四方注目礼的不是别人——正是溅诸葛亮和唐炳一身泥点的县令公子，南阳第一美少年，邓县少年郎官郑伦。

郑伦随身还背了一把古琴。有人像是故意安排好了似的一唱一和："哎呀，请问郑公子为何背琴而来？"

郑伦环顾四周，清了清嗓子，字正腔圆道："我这个人，可以一日食无肉，却不可一日不抚琴！没有琴的生活，对于我来说只不过是眼前的苟且，只有在乐律中我才能追寻到心中的远方！"

几个女生听到此番内心剖白，如同见到仙官下凡，满眼春意盎然，尖叫窃喜声此起彼伏："好帅啊！好有气质，好有才华！"苏莹虽未尖叫失态，可也冲着郑旦搔首弄姿，明送秋波。郑旦注意到苏莹，眼神回应，苏莹却又假装矜持，两个人在空气中互撩得死去活来。

只有黄月英一个人"切"了一声后又说："幼稚！"

唐炳看着郑伦气不顺，看了一眼诸葛亮说："吹吧！我才不信他能一日不食肉。"

诸葛亮似笑非笑地看着郑伦，目光相接，郑伦不知何故，分神溜号，竟然跌了一跤。

"哎哟，县令公子受伤了！"众人连忙凑了上去嘘寒问暖，小题大做。

大家都围着郑伦，只有诸葛亮捡起琴来，却发现琴漆干，琴弦早已断裂，说明此琴已多日未弹了。

“看什么看？郎官的烧尾琴，弄坏了你赔得起吗？”一个杂役凶神恶煞地冲着诸葛亮吼道。

诸葛亮赶紧把琴交还了过去，看着一群人簇拥着郑伦走进内院。

第三回 富贵同窗纨绔登场

书馆教室内，大家交头接耳。在这些鬓影华服的莘莘学子中，诸葛亮是唯一的布衣平民，显得格格不入。众人嫌弃诸葛亮崩了一身泥点的土布麻衫，眼角眉梢流露嫌恶神色。郑伦也早就认出了诸葛亮，明知道泥点是自己马车所为，却不以为歉，反而得意洋洋，鼻孔朝天。倒是诸葛亮不卑不亢，落落大方，在一群贵公子面前安然自若，丝毫没有相形见绌的意思。

这批入学的公子小姐们，大部分人在入学之前早就彼此认识，言谈举止颇为热络世故，说起父辈的官职爵位更是如数家珍。这里面当属郑伦被众星捧月，是众人的目光焦点，唯独黄月英不见了踪影，而唐炳似乎也不太爱往他们跟前凑热闹，或者说得直白点儿，没人愿意主动搭理唐炳。

诸葛亮悄悄问唐炳，这是何故？

唐炳拍拍手上沾的芝麻，竟然还学大人的样子叹了口气，不无沮丧道："唉，别提了，他们都嫌我爹是商人，瞧不起盐贩子呗！"

诸葛亮微笑道："管子有云：'士农工商四民者，国之柱石也。'说的就是这士农工商，谁也离不开谁，哪有什么三六九等高低贵贱。邓县深处内陆，岩池湖井皆无盐出，若无盐商贩盐，民众根本无法为生，又怎么可能缴纳赋税，养活这些官差贵族呢。再说大家到隆中书馆里本是求学问道的，又不是来攀比的，身份理应平等。"

"诸葛亮，你说得真好！他们哪里有你这个水平！反正你这个朋友我交定了！鸡腿儿管够！"唐炳顿时喜笑颜开，又道："不过你刚说的那根管子是啥意思？"

管子？诸葛亮哈哈大笑，唐炳也跟着笑。

诸葛亮不知道，他和唐炳说这话时，水镜先生就在其身后，微笑点头。

同学们在书馆杂役的引导下，按照名牌在学堂里纷纷落座。水镜先生清了清嗓子，眼露喜色道："欢迎大家到隆中书馆来读书。"

众杂役赶紧示意不要出声，于是同学们都安静了下来，听校长训话。

水镜先生在讲台上站定，向大家一一介绍了各位老师："我本人是书馆的'博士'，负责管理书馆的一切事务，同时也兼任教化老师，李老师是经学老师，王老师是金石老师，田老师是杂学老师，东方老师是御射体育老师。还有一位诗赋老师没有到……不过没关系，我们继续。"众老师也站在水镜身侧，一一点头示意。

"这对于你们，既是一份荣誉，更是一份期待。既然大家都到齐了，我宣布一件事情，明日未时，是我们书馆的新校舍落成典礼，大家都看到了，咱们的校舍全都是修葺一新的，这要感谢成武侯刘表大人的好政策，也要感谢南阳郡领导给咱们批的银钱预算……"

水镜先生正说着，突然一只红冠白身的仙鹤不知从哪里窜了出来，翅膀忽闪，年轻学子纷纷惊叹，注意力全被吸引走了，水镜立马黑了脸，小声道："庞公，我正开学训话呢，你不早起遛鸟，怎么这个时候又把大鸟赶进学堂内？"

只见被唤作"庞公"之人气喘吁吁地跟着仙鹤跑了进来：他看起来比水镜年长一些，圆脸厚鼻，但是头发却乱糟糟披着，一看就没洗，衣衫也有些不整，显然是不拘小节之人。只见这庞公弄得鹤飞狗跳，众同学尖叫的、追打的、跌倒的乱作一团，书馆的杂役赶紧上前帮忙，小心翼翼擒住仙鹤，关进鹤笼，教室里这才安静了下来。

水镜无可奈何地告诉同学们："哦，大家的诗赋老师已经到了。"原来，这位放浪形骸的学者就是隆中书馆的诗赋老师，本名庞德，因为水镜很敬重他，所以一直称他为"庞公"，一来二去的，书馆上下无论大小，就都叫他“庞德公”了。

庞德公是隆中书馆的诗赋老师，也是个隐居山林的大学者，听说成武侯好几次派人来请他去襄阳做官，他就是不肯，只愿意待在隆中书馆里教教诗词歌赋，再不然就是伺候他那只鹤，听说伺候好了，就可以骑着鹤飞升上天——一般人谁信啊？可庞德公还真就信了！

庞德公见看见水镜，突然想起了什么，涨红了脸说道：“水镜，刚刚午睡我做了一个精彩的大梦，梦中有仙人告诉我，昨日见到火星疾行，其实正是传说中的‘卧龙飞天’之象，而且龙头指的正是咱们隆中书馆的方向，此乃卧龙之气呀！所谓‘富贵在天’，‘卧龙飞天’乃是预示着咱们书馆要出卧龙之才的大人物！日后邓县若有难，也要靠这‘卧龙’逢凶化吉啊！”

水镜先生不知该哭该笑，庞德公一向都是这么神神道道。

郑伦睥睨左右，下巴扬得更高了，似乎在说：邓县“卧龙”，舍我其谁？

水镜也见状顺势夸赞并鼓励了下郑伦，“郑伦，你也不要太骄傲，进了书馆，一切从头开始，还是要好好学习。”经水镜这么一说，看来这“卧龙”说的就是郑伦已是不争的事实了，老师青睐有加，郑伦更加飘飘然起来。黄月英皱了皱眉，唐炳也撇了撇嘴，诸葛亮倒是觉得书馆的同学老师都挺好玩。

“哎哎哎，你们干什么呢？！”看见院里的杂役对仙鹤有点粗鲁，庞德公连忙跑了出去，“惊了我的鹤，你们担待得起吗？”庞德公一脸的不满，众杂役连声应允，在庞德公的指挥下携鹤而去。

看来庞德公这就算是到开学典礼上点过卯了，水镜只好接着训话，忍不住干咳了两声道：

“这个庞公啊就是这种风格，以后你们习惯了就好了。那个，我们接着说正事，这次旁边新校舍的落成典礼啊，南阳郡郡守会专程前来出席，邓县的诸位政要名流也会参加，这是咱们书馆，乃至全邓县的一件大事，所以，请大家以饱满的精神面貌对待这次活动，这也是开学后对你们的第一次严肃考验。还有，请大家今天自愿留下打扫卫生做值日，做完值日再回各自宿房。”

水镜先生讲完话刚离开，刚才还熙熙攘攘的教室转瞬之间人群四散——太搞笑了，值日卫生这种事情怎么能让我们这些公子小姐来做呢？

诸葛亮环顾四周，房内只剩下自己一人。

诸葛亮独自洒扫，一丝不苟。

身后传来声响，一回头，原来是唐炳。唐炳见诸葛亮一人干活，觉得不好意思，挠了挠头。

唐炳道：“诸葛亮，你知道我的鸡腿儿去哪儿了吗？”

诸葛亮笑道：“要没记错的话，应该早落在唐公子的肚子里吧。”

唐炳连忙摆手道：“哎，不是，还有两条腿儿没进肚呢！”

说到鸡腿儿，唐炳止不住咽口水，诸葛亮忽然听见屋里咽口水的可不只是唐炳。

再看窗台上，只见一只圆润的橘猫正叼着肉最多的鸡腿大快朵颐。

唐炳高声道：“好啊你这个馋嘴小畜生，敢偷本公子的五香鸡腿儿！看我怎么捉了你收拾！我让你满地找牙！”

诸葛亮突然认出，这只橘猫似乎正是山林里自己见到的那只！是少侠背着的那只！

诸葛亮伸手道：“哎！等等！”

唐炳急切道：“不能等，鸡腿不能等！”

唐炳气鼓鼓地追到窗台去吓唬橘猫，诸葛亮却觉得身旁一阵疾风呼啸。

眨眼之间，唐炳就被人从身后掰住了手腕，“谁敢动我家飞燕一根猫毛我就一箭劈了谁！我也让他满地找牙！”

说话的人不是别人，正是黄月英。

诸葛亮仔细辨认着橘猫，没错！就是那只橘猫，颈下还戴着一只银色的铃铛！一模一样！再看要拿箭劈了唐炳的身手和阵仗，诸葛亮马上明白，原来那个英姿飒爽的青年侠客竟是黄月英女扮男装！

诸葛亮惊道：“原来是你！”

四目相对。

唐炳哀号。

诸葛亮连忙抱拳拱手道：“多谢女侠午后救命之恩，请女侠放了唐炳！”

话音未落，只觉脖颈间一阵尖利冰凉袭来——黄月英咬牙切齿鼻孔出气儿：“你叫诸葛亮是吧？你要敢说出我女扮男装之事，我就让你求生不得、求死不能！”

见诸葛亮顿时腿如筛糠，黄月英正得意于自己威严无双，没想到诸葛亮开口了：“这位大侠黄姑娘，麻烦你能让您手臂上的毛毛虫离我远一点儿吗？”

黄月英眉头一皱——自己胳膊上趴着一只毛毛虫，但眼前这位堂堂八尺男子汉，不怕我的锋刃利箭，竟然怕一只毛毛虫？

当然，黄月英自己是不会怕的，全天下女孩子怕的东西她都不怕。

诸葛亮冷汗涔涔，看着毛毛虫只会点头。

黄月英宝石眼一张一合，嗔道：“幼稚！——飞燕，我们走！”

飞燕噌地蹿上黄月英肩膀，跟黄月英转身不见，只剩下抱着肩膀龇牙咧嘴的唐炳和一身虚汗的诸葛亮。

唐炳从诸葛亮身上拈下毛毛虫，叹气道：“可惜这玩意儿不能吃——我说诸葛兄，你什么时候也招惹了这个爱使蛮力的女的？咱好男不跟女斗，为了生命和鸡腿的安全，以后还是离这个女的和那猫远一点儿吧！”

远处传来喵呜一声。

诸葛亮长舒一口气，一笑道：“怕是抬头不见低头见呢！”

洒扫完毕，唐炳和诸葛亮回宿舍歇息，正巧看见负责盖新房的木匠工头嫌赏钱太少，缠着水镜先生就新校舍一事掰扯起来。水镜愈发不高兴，说着：“该给的钱款我一分不差都给了，赏钱本是锦上添花之事，没有一定之规，怎么还有嫌少之理？真是荒唐！”

“走，我带你去宿房看看，”唐炳拉着诸葛亮，“只剩边上最后一间，你也没法儿挑了。”

“没事儿，我住哪儿都行，”诸葛亮背起放在屋角的行囊，朝住宿区走去。

“对了，饭堂在东边，你看，就是那儿间厢房，后边有个园子，可以游乐，不过就是小了点儿，还不到我家园子一半大．北头还有个小池塘，咱们一会儿钓鱼去怎么样？”唐炳热情地举起小胖手向诸葛亮指点介绍。

“藏书房在哪里？”诸葛亮对钓鱼并不感兴趣，径直问到。

“什么？”

“我想问问藏书房在哪里？”

“来书馆就是念书的，以后看书的日子多着呢，你着什么急啊？”

“我习惯了，每天都读点儿书。”

“你真是个怪人。不过嘛，怪也是我的朋友！嘿嘿！”

清晨，天光破晓，远处人家的公鸡开始打鸣。

书馆的一排宿房内，每人一个单间，此时众位公子小姐纷纷起床，开始了他们新一天的生活。

苏莹在脸上敷上了厚厚一层名贵中药制成的面膜，桌上由高到低摆了满满当当的一大堆胭脂水粉、瓶瓶罐罐，一扇三叠的软皮匣子里摆着不同型号与颜色的毛刷与眉笔，旁边三层漆盒里满是做工精巧的珠花饰品，床榻上还摊着各时各款的时髦衣裙襦挂。环顾满坑满谷的美衣美饰，疑似恋物狂的苏莹先是陶醉一番很快又愁容满面：“唉，怎么总是少一件衣服穿……”

苏莹隔壁房间就是黄月英——她也早早起了床，正在擦拭她的“宝贝”：削得尖锐的箭头、锃光瓦亮的匕首，还有威力四射的弹弓。收拾妥当，她给飞燕倒了一碟小鱼干，飞燕狼吞虎咽吃得津津有味，还不时地打起惬意的呼噜。飞燕如此舒坦，黄月英自然神色明媚。她眯着宝石大眼，踏蜷着一条腿斜靠在窗台上，拿起一捆竹简读得仔细，不时拿起小鱼干往嘴里送，只是越往下读，眉头蹙得越紧。

后来黄月英干脆猛的一下子从窗台上翻了下来，将竹简往窗台使劲儿一扔。

飞燕喵呜一声。

“哼，什么‘毛女轻功’秘籍，都是骗人的花拳绣腿——幼稚！还是我自己的好用！”看来黄月英对书馆的体育课教材很不满意。

在有限的空地里，黄月英左右开弓练起了拳法，果然身手了得。飞燕眼睛瞪得溜圆，脑袋跟着黄月英左摇右晃，连小鱼干也顾不上吃了。

一个后空翻踢腿使大了劲儿，黄月英一下子踢到了墙上，她倒是毫发无伤丝毫未觉有碍，可墙体一颤，倒把隔壁正描眉画眼的苏莹给惊到了，苏莹手心一抖——哎呀糟了，眉毛画歪了！这下可怎么见人哪！都怪那个黄月英！

苏莹轻手轻脚地趴在靠黄月英房间这侧的墙上，做认真偷听状。

听了半天也没有动静，苏莹索性开门一看究竟，只见黄月英一身黑衣溜了出去，门也没来得及锁。

男生这边，郑伦还在赖床，闭着眼睛喊了半天小厮都没动静，这才睁开眼，想起来这是在隆中书馆。水镜先生一律不允许随从陪读，穿衣吃饭，一切只能自己动手。不过，如果你以为这就能难倒这位县令公子兼候任少年郎官，那就大错特错了。郑伦拉动床头的两根绳子，不一会儿分别住在郑伦隔壁左右的两位公子范登、魏安就来敲门问安，共同伺候郑伦起床更衣。

郑伦道："范登，快把我的琴拿出来，我要抚琴。"

范登拿出琴来摆好，郑伦却不太满意："有没有点儿常识？不把门窗全都打开，你让我怎么弹琴？我弹给谁听？快快快，给大家发福利的时间到了！我要让全书馆的人不花一文，就能听到我美妙绝伦、绝无仅有的琴声！"

隔壁的隔壁，唐炳正在榻上鼾声四起，睡得正香，还在不停地说着梦话。

"盐焗鸡、蜜焗鸭、炭火烤大鹅……这些、这些统统给我包起来！"

毫无美感的琴声突然响起，唐炳翻了几个身，终于还是被吵醒了。

唐炳吧唧着嘴，似乎还在梦里唇齿留香，醒来实在意犹未尽。

"真扫兴，到了嘴边的炭火烤大鹅就这么给飞了！"

唐炳一骨碌滚下榻来，简单套上衣服就去敲隔壁诸葛亮的房门。

"诸葛亮，起床了吗？我们同去饭堂吃早饭吧！"

隔壁无人应答。

“奇怪，这家伙也赖床啊！兴许昨天山路走得太多，还真应该吃鸡腿儿补补！”

郑伦窗边抚琴正如痴如醉，突然被人用弹弓弹了一下，弹到了手指，冷不防吓得目瞪口呆，手指又酸疼发木，一时半会儿是再弹不了琴了。

环顾四周，却并无人影。

“弹得什么鬼哭狼嚎，还不如我用弹弓来一曲让大家拍手称快呢！哈哈！”

远处传来喵呜一声。

县令公子哪里受过这样的惊吓和羞辱，看着范登、魏安气得说不出话来！

范登、魏安赶紧装作气急败坏：“郑少爷，也不知道是谁这么胆大妄为！”

“我知道那人是谁。”

郑伦、范登和魏安纷纷回头，只见苏莹摇着小团扇，眨了眨眼，一脸神秘。

“我还知道郑公子现在应该去趟藏书房。告辞不谢。”

藏书房门口，水镜先生正客气地和人说话，对方年过半百，满面红光，身型微胖，说起话中气十足。

水镜先生一脸喜色，说道：“多谢黄兄馈赠如此之多的简牍帛书，这是隆中书馆全体师生的福分哪！”

黄承彦笑言：“区区书本，何须挂碍。摆在家里也会生了蛀虫，我那小女你不是不知道，安安静静坐上一炷香都难，更何况啃这些佶屈聱牙的上古文章，与其敝帚自珍无人欣赏，倒不如送来给年轻人们闲时一乐。”

水镜先声微微摇头道："黄兄未免有些心急，书馆这些刚入学的孩子恐怕要过上一年两载才能看得懂您的珍本呢！"

黄承彦又哈哈大笑道："是水镜先生未免小看了你们书馆的学生吧。你看——"

黄承彦顺着窗户一指，水镜看到藏书房的院子里有一个学子正坐在繁露亭中手不释卷——不是别人，正是正在如饥似渴看书的诸葛亮，宿舍那边传来的蹩脚琴音丝毫没有影响他的专注，水镜再定睛一看，诸葛亮的身边竟然堆了几摞齐腰的竹简。

"诸葛亮。"水镜先生清了清嗓子。

"水镜先生，早！"诸葛亮听见有人叫自己，忙放下竹简起身拱手作揖。

"后生可畏啊，一次看这么多书……我们这些糟老头子可比不了哦。"黄承彦也走过来接过了话头。

"诸葛亮，这位是沔南大名士黄承彦先生，你看的竹书，不少都是黄先生捐赠的，还不赶紧谢过黄先生？"水镜道。

"久仰黄老先生大名，多谢您慷慨赠书！"诸葛亮转向黄承彦深鞠一躬。

"嗯，爱读书固然是好事，不过你这一次抱这么多简牍过来，能看得完吗？"黄承彦显然有些质疑。

"禀先生，我已经全部看完了，只剩手上这一册了。"

"什么？一大清早？这么多书你就全看完了？"水镜也不相信。

"然也。"诸葛亮一点头。

"如此说来，你诸葛亮怕是一目十章，囫囵吞枣吧。"黄承彦笑道。

"是，也不是。"诸葛亮笑容灿烂，目光明亮。

"有趣，有趣，"黄承彦捋着胡子，"那你倒是说说，怎么个'是'

法，怎么个‘不是’法？”

水镜先生顿时紧张，谁知道黄大名士第一天来书馆，好死不死就遇到这么个愣头青蛾子，傻了吧唧地在博学鸿儒面前臭显摆，还不是丢我这个博士的脸！

“天下的知识、书籍浩如烟海，要说读是读不完的，庄子有云：‘吾生也有涯，而知也无涯。以有涯随无涯，殆已！’讲的正是这个道理，”诸葛亮倒是不怯场，已经开始侃侃而谈了，“孟子又有云：‘尽信书，则不如无书’，所以，如果一味地追求死记硬背，要把所有的书籍都精熟于心，不仅不可能，反而会乱人心智。因此，学生斗胆以为，对绝大部分的书籍只需泛泛而读，观其大略即可，故而先生刚才说我读书‘一目十章，囫囵吞果’，的确‘是’。”

你还别说，这臭小子讲的还真像那么回事，水镜的紧张已经舒展了大半，他看到黄承彦也在笑着点头，进而问道：“那你的‘也不是’又如何解释？”

“观其大略并非匆匆翻阅、囫囵不解其意，荀子曰：‘君子知夫不全不粹之不足以为美也，故诵数以贯之，思索以通之’，对于大略而观的这些书籍，我也会记在脑子里常常反复思索，希望能做到融会贯通，而在泛读之后，对其中的重点篇目，我会一字一句地仔细考据、研习，认真精读，太史公在《史记》里说，孔子精读乃至‘韦编三绝’，就是学生学习的圣贤榜样。故而先生刚才说我‘一目十章，囫囵吞枣’，学生也斗胆说‘不是’。”

乖乖隆地咚，这一番话下来，水镜和黄承彦居然都有几分折服了，水镜心里早已乐开了花，这文人嘛，输人不输阵，诸葛亮这下可给水镜脸上贴满了马蹄金，黄承彦也非常愉快，隆中书馆生源质量高，自己的女儿能跟这样的人做同学，梦寐以求嘛。

黄承彦老先生怎么也没想到，此时宝贝女儿正坐在墙头观察着自己呢。黄月英看着诸葛亮跟爹爹聊得热火朝天，不由得又哼了一声，这个书呆子，连条毛毛虫都怕，我爹跟他有什么好聊的？真没劲，我还是带飞燕去那边捉田鼠吧。

黄月英噌噌几下，身手矫捷地翻过了墙。猫也追了出去。

黄承彦赞道："哎呀，水镜先生管教有方，隆中书馆必出人杰啊！我家小女还请水镜先生多多指点。"

水镜先生捻须道："哪里哪里，黄先生尽可以放心就是了。"

水镜先生心底非常得意，但是又不想在外人面前流露出骄傲之意，于是假意批评了诸葛亮几句，陪着黄承彦向书馆正堂走去。

就在此时，旁边有人轻轻咳嗽。

郑伦字正腔圆道："水镜先生早，黄先生早。"

水镜一看，这不就是一大早弹琴扰民的县令公子嘛，他和黄承彦对视一笑。

水镜先生笑问："郑公子抚琴累了吧？"

郑伦笑说："累倒是不累，就是清晨发现书馆里有贼飞檐走壁，甚是惊异，没想到书馆还有这种弟子。"

水镜先生颇为尴尬，对着黄承彦哈哈大笑道："他们年轻人真幽默。"

郑伦正色说道："起初我也以为是我看错，可我一路追去，发现这贼还是个女贼，且她还有一个帮凶，是一只黄色的狸猫。"

水镜注意到黄承彦脸色一变，心下早已明白了大半。

郑伦又道："水镜先生，隆中书馆是高贵向学之处，可容不得这种不成体统之事。如果您出面不方便，改日我可以跟家父禀报，让他从县廷派人来查肃整顿。"

水镜连忙打住，说道："令尊是一县之长，日理万机，就不要为这点小事劳烦他了吧？这事书馆完全自己可以解决嘛。对了郑公子，花坛还没有整理好，请你去帮下东方老师整理花坛吧。"

郑伦得意告辞。

回宿房的路上，郑伦与诸葛亮狭路相逢。

诸葛亮拱手道："郑公子。"

郑伦斜了一眼："你叫诸葛亮？水镜先生叫你去整肃花坛，赶紧去吧！"

诸葛亮老实巴交地在整肃花坛杂草，刚一起身回头，黄月英绷直的箭尖就顶住了直指诸葛亮额头。

诸葛亮毫无准备，瞪着箭头差点儿瞪成了对眼儿。

诸葛亮："黄姑娘，黄女侠，这儿…… 无冤无仇，在下又哪里得罪你了？"

黄月英怒不可遏道："做贼心虚，明知故问，虚伪的告密者！"

诸葛亮摸不着头脑，只好说道："我想我们之间一定有误会。"

黄月英急道："跟我爹说我女扮男装，不成体统，除了你，还有谁？！"

诸葛亮连忙解释："黄姑娘，我可没说！"

黄月英瞪了一眼："得了吧，我亲眼看见你在藏书房跟我爹嚼舌根！不是你是谁？铁证如山！"

诸葛亮解释道："我向黄先生讨教看书是否一目十章，囫囵吞枣，何来什么嚼舌根？"

黄月英毫不示弱道："不许狡辩！你枣都吞了，还没嚼舌头？"

诸葛亮百口莫辩，面对黄月英，孔子、孟子、庄子、荀子……什么子都不好使。

飞燕伏在黄月英肩头，也瞪着圆眼冲诸葛亮喵呜了一声。

被四只杏眼瞪着，还有一个锃亮的箭头怼着，诸葛亮眉心发木，脑袋耳朵都嗡嗡直响。

黄月英手上的弓拉得满满的，丝毫没有半分松解吃力的意思。诸葛亮心中暗想：果然虎父无犬女，黄大名士的千金当真不同凡响——诗书没看出什么，臂力倒十分惊人……要不然那日也不会百步穿杨，骑于马上一箭就能把心怀歹意的术士解决了。

想到此处，诸葛亮竟觉得有趣，嘴角难免浮出一丝笑意来。

黄月英发现诸葛亮有点儿溜号，宝石杏眼瞪得更滚圆了。

黄月英："诸葛亮，给我严肃点儿！信不信我一箭射劈了你！早知那日我就不该多管闲事，让那黑心术士把你捅了岂不是一了百了，我也不会让我爹好一顿劈头盖脸地数落责骂了！"

看来黄承彦大名士的家风甚严，可为何救命恩人竟会误会自己打小报告呢？到底还有谁知道黄月英女扮男装之事？一定是哪里出了差池。

诸葛亮赔笑道："黄姑娘宅心仁厚，别人危难之际想必不会束手不管。我向你保证，我绝对没有跟你爹说你女扮男装一事。也请黄姑娘收了手中的弓箭，先消消气儿可好？"

黄月英依旧怒气冲冲道："开弓没有回头箭！"

见诸葛亮一愣，黄月英又眨眼说道："不过对付你这种人，又何必用箭？"

这回诸葛亮懵了，"嗯？"

眼前这位黄姑娘真是说什么都底气十足，陡转话锋也毫不违和。

只见黄月英瞬间收了弓箭，把身后背的竹篓抖到眼前，动作一气呵成，诸葛亮看得眼花缭乱，心想，这又是何种冷门兵器？书上怎么从未见过？

黄月英突然把竹篓里的内胆递到诸葛亮眼前。

黄月英眼角一弯道：“诸葛亮，你来看！”

诸葛亮忍不住好奇，眼睛凑了上去。

不看不知道，一看吓一跳！这可是直接越过冷兵器升级换代到生化武器了！一小筐小手指头粗细、新鲜的、翠绿的、正在蠕动的毛毛虫尽收眼底，正此起彼伏，“婶母救命，二姐救命！”诸葛亮倒吸一口凉气，脑子里嗡嗡乱响得更厉害了，腿上传来一阵酸软酥麻，本能地往后撤了两步。

黄月英可是手疾眼快之人，未等诸葛亮转身，就果断出手，稳准狠地将满满一盅十几条毛毛虫扣在了诸葛亮衣领子里。

隆中书馆上空传来一声惨叫。

诸葛亮一米八的大高个瞬间手舞足蹈，惊慌失措、好似小脑失衡、肌体失调。

黄月英则站在一旁咯咯咯咯笑个不停，银铃般的笑声划破天际，眼泪都要笑迸出来了。

笑与不笑的黄月英容貌气质判若两人，不笑的她酷且高傲，特别是一袭黑衣的男装打扮，更是朋克御姐气质爆棚——可眼前这个笑到跺脚岔气的黄月英，眼弯脸圆双颊泛红，又像个甜美娇俏人畜无害的萝莉娃娃。

可眼前的诸葛亮哪里顾得上黄月英的神色样貌，只觉得浑身上下奇痒难忍，仿佛万蚁噬骨，根本透不过气来。

黄月英笑岔了气又道：“飞燕儿，你快看他呀，太好笑了！我就没见过这么滑稽好笑的事情！”

诸葛亮直哆嗦道：“黄、黄姑娘，你、你也太过分了！”

诸葛亮怎样拼命拍打抖落衣服都无济于事，绝望之际心想只有跑回宿舍沐浴换衣裳才是解决之道。

黄月英眼波一闪："诸葛亮，你想跑？！"

她一把揪住诸葛亮的束腰衣带，任诸葛亮拼命挣扎，根本动弹不得。

黄月英得意说道："这些虫儿可是我和飞燕儿书馆外的温泉边上好不容易挖来的，可不要辜负了我们的一片美意。"

黄月英正笑得开心，忽然身后被人厉声呵斥。

"谁在喧哗嬉笑？这都什么时候了！一会儿在郡守面前，万万不得失礼！"

一转头，只见水镜先生板着脸，神色严肃紧张。

飞燕如同看到了克星，嗖的一声跑开了。

水镜身后，官家打头阵的开道隶卒正鱼贯而入。眼看自己老爸黄承彦也和一群邓县有头有脸的人物也一同踏入书馆。

黄月英嘟囔了一句："我爹怎么又来了啊？唉，上个学也不安生。"

县廷干事招呼水镜先生过去，商量安保事宜。

水镜先生连忙应下，转头对二人说："今天可是个大日子，你们赶快去新馆列队，谁出了差池，休怪书馆罚抄写一个月！"

水镜用手指加强了一下语气，正准备离去，突然又停了下来。

对了，刚才这里是不是有一只花猫？

黄月英面不改色心不跳地摇头，诸葛亮先本是要诚实点头，但见黄月英使劲攥了下手心，咬牙切齿的样子甚是吓人。为求保命，也只好违心地说：

"回禀先生，我没看清……"

水镜皱眉："嗯，总之书馆里不允许饲养宠物！"

黄月英嘴快：“那我怎么总看到一只大鸟成天跑来跑去?”

水镜尴尬：“哎！庞德公的儿子云游四方去了，庞德公把那鹤当成了自己儿子，那是空巢老人的情感寄托，不一样!”

黄月英哧哧笑出声来。

水镜无奈道：“唉，你这鬼丫头！我这话不许跟庞德公说!”

说罢，水镜匆匆离去，水镜一走，黄月英显然也失了兴致：“诸葛亮，今天我先放你一马，下次再说。”

诸葛亮呆若木鸡：“还有下次?”

黄月英大眼睛眨了眨：“你以为呢？——幼稚!”

等诸葛亮简单整理换了衣衫到了新馆外，只见队列中间唐炳正向自己挥舞着小胖手。

唐炳开心嚷道：“这儿呢这儿呢！诸葛亮，我给你占了位子!”

诸葛亮感激拱手作揖，“多谢唐炳兄!”

诸葛亮匆匆入列，他和唐炳一高一矮，一胖一瘦，倒是鲜明惹眼。

学员队列中，郑伦一身华服，满面红光，头发也有桂花油梳得格外溜光水滑，身上还佩了装有名贵香料的锦绣香囊，喷香四溢。他身边的几位公子依旧列出众星捧月的阵型，煞是惹眼。

郑伦送了后到的诸葛亮一个白眼：“山野村夫，不上台面。”

几个大小姐嫌日头晒，拿着团扇手帕挡着太阳眯着眼睛打盹儿，苏莹也怕晒，不过她更怕不美，还拿着小银华镜四处找角度，镜子里，身后酷酷的黄月英正摆着一副臭脸，苏莹不免偷笑。

诸葛亮看见黄月英时，黄月英也正投了眼光过来，诸葛亮连忙避过头去。

心悸犹在，心悸犹在。

婶母嘱咐过，不要让我招惹是非，可这才来书馆第一天，自己就差点儿魂飞魄散，这以后还如何是好。

诸葛亮眉头微皱闭上眼睛，心想，既然自己问心无愧，只能船到桥头自然直，走一步看一步了。

唐炳的小胖身子向诸葛亮倾斜：“没吃午饭，饿了吧？我揣了糕饼。”

诸葛亮连连推辞：“多谢多谢，实在不必了。”

唐炳：“哎？你刚才干吗去了？别告诉我你也被那肥猫主人碰瓷儿了吧？”

诸葛亮只觉得黄月英的宝石杏眼如芒在背。

诸葛亮：“唐兄别提了，真是一言难尽啊！”

唐炳啃着糕饼哧哧直乐：“你也栽她手里了？！嘿！那咱俩真是难兄难弟！别郁闷了，我跟你说，没啥是一块儿点心解决不了的！”

唐炳掰了一块儿硬塞给诸葛亮。

唐炳：“趁郡守没来赶紧吃。”

诸葛亮只得接受好意，匆匆塞进嘴里。

唐炳：“哎，你见过郡守吗？”

诸葛亮摇头：“我家穷乡僻壤，见一次邮卒都难，哪里见得了郡守？”

唐炳：“郡守郡守，一郡之首，我爸做了这么多年生意也没见过！早知道我也请个画师来，等一会儿我跟郡守行礼时，也好画幅速写，再请他签字印章，裱挂在我爹的铺子里，省着大小官差总想找我爹麻烦。”

诸葛亮笑道：“唐兄你这主意倒是想得周全。”

后排有人窃窃私语：听说今日郡守还要给郑伦公子颁发邓县少年郎官的荣誉证书。

唐炳哼了一声，“怪不得穿得跟鸡毛掸子似的，一会儿可别熏着郡守！”

第四回
郡守亡书馆变公堂

郡衙县廷的兵役人马浩浩荡荡，簇拥着郡守的官轿进入书馆。

话说那陈郡守可不是一般的朝廷干部，他是建忠将军张绣举荐给成武侯刘表的官员，在两位大领导面前都是红人，说话分量举足轻重。书馆里来了这么重要的大官，这是隆中书馆建馆以来从未有过的光耀时刻。水镜先生深呼了口气，虽然他自认是个读书人，但也深知当下纷乱世道，得到官家庇佑，才是书馆长久生存之道啊。

为了今天即将到来的一刻，水镜先生早已准备多时。心细如发的他，怕郡守一路从襄阳过来舟车劳累，特意空出新校舍的一侧厢房，精心布置了茶点团垫、人参鸡汤，还备有集了名人金句的简牍帛书，以供郡守小憩时随手翻阅之用。当然，他还有一个私心，想着如果郡守鸡汤用得舒坦，还可以借这一方非正式场合，斗胆请郡守上奏成武侯，隆中书馆开馆有方，经费能否再多拨一些？

容不得水镜多想，郡守的官车已到书馆门口。郡守莅临，郑旦郑县令、苏原苏督邮岂有不到之理？平日里都是乘辇坐车的主，这回在郡守面前也只能亦步亦趋乖乖分列两侧步行。水镜连忙迎了上去，却见郑县令冲自己皱眉往身后使了个眼色，水镜这才意识到自己僭越了——官场大忌，可不能抢了领导的风头啊。

郑旦一路守着官车左侧，已经向郡守见缝插针介绍了许多邓县风土人情、市容市貌：这是我们的街心花坛，百货集市，还有我们的卫生所和养老院……我们邓县民风淳朴，百姓安居乐业，老有所养，您看粥棚的米粥都发不完。

郡守看向窗外左侧，微笑颔首：很好，很好嘛！

官车另外一侧的苏原不以为然：郑旦你也就会做做表面功夫罢了，郡守心里什么不明白？今天的路线当然都是你早就设计好了的，什么能看，什么不能看，大家心里不都是明摆着的吗？再说了，作为郡守自家人的督查官员，我这个督邮的差事是白当的吗？

陈郡守跟郑旦打趣道：“一路我就听说你们邓县出了‘卧龙’天象，又听了不少你家公子的才俊轶事，我看这个卧龙就是你家公子嘛。咱们举贤不避亲，除了给书馆主持衅礼之外，我今天还要亲手给你家公子颁发少年郎官的证书，希望你以后继续努力，为朝廷多多培养人才！”

所谓“衅礼”，相当于现在的落成剪彩典礼，那时刘表主政荆州，非常讲究礼法，所以陈郡守才不辞辛苦地跑一趟。听到陈郡守这话，郑旦脸上笑开了花，感谢鞠躬合不拢嘴，心理却在暗骂，这个老不死的，之前送过他一匹名马“的卢”，收下后居然又找我要黄金做的“的卢”，要不是为了给儿子捐前程，我能给邓县商铺加税三成么？

苏原也跟着皮笑肉不笑，他可听见过陈郡守对贴身管家吐过槽，说这个郑旦为了给儿子铺路真是什么招儿都使，竟然费尽周章学别人硬生生造出个祥瑞故事来，对此郡守也是颇有微词的。

官车停下，郡守下得车来，吉时未到，经过层层传话，郡守最终首肯了水镜先生的提议——到旁边厢房歇息一阵。

水镜先生心花怒放，鞍前马后，恭迎郡守下车。

学生的欢迎列队里，除了郑伦志得意满、继续精神亢奋、满处飘香外，大家多少都有点儿百无聊赖，疲劳发蔫。唯独诸葛亮因为揣了一卷竹简过来，读起书就不觉得乏味。

唐炳：“嘿，给我讲讲，上面都写的啥？”

诸葛亮递给唐炳竹简：“《封诊式》，喏，你自己读嘛。”

唐炳摆摆手：“哎呀，一听就费眼睛，还容易饿。”

还没等诸葛亮笑出声来。东方先生就喊话了：“安静点儿，郡守来了！”

只见在众官员士绅的簇拥下，陈郡守缓步而出。陈郡守个头儿不高，面色发深，戴着冠帽，锦衣佩剑，一身官气，抬头看了看新校舍，微微点头。

“你就是书馆博士？不错、不错！”

水镜先生鞠躬行礼：“隆中书馆博士司马徽，草字德操，拜谢郡守大人！郡守大人拨冗莅临，隆中书馆蓬荜生辉！”

“司马徽？人称‘水镜’的就是你？”郡守问到。

“虚名浊号，让郡守见笑了。”其实“水镜”这个称号是庞德公叫起来的，不过听起来挺不错，司马徽也就笑纳了。

郡守环扫了一圈，看见学生队列里，郑伦最为出挑：腰背笔直紧绷，好似要拔出地面，用力过猛，其状可笑，跟他爹倒有几分相似；又见不远处另有一个高个儿书生，正低头看书，津津有味浑然不觉，倒是少见。

郡守这才点点头：“嗯，果然是‘水镜’，有教无类，教出的学生潜心典籍，孜孜不倦，孺子可教、孺子可教！”

郑旦以为说的是自己儿子，愈发神采飞扬起来。

郑旦、苏原、水镜刚想跟进厢房，却被郡守的贴身管家拦了下来：“各位大人，郡守累了，想一个人安静地休息一会儿。我们在外面等吧。”

众人面面相觑，分外尴尬。

水镜小心翼翼地要送一盒果盘蜜饯，也被拦了下来：“我们郡守从来不在外面乱吃东西，博士这个动作可以免了。”

怎么是乱吃东西？这都是我们平日里奢望不起的珍馐玉食，还怕我一个书馆话事人给郡守下毒不成？

唉，水镜暗自搓火——真是人算不如天算，自己打的如意算盘不灵了。他听说郡守此番邓县行程排得特别紧密，看来只能等剪彩结束后，再择机进言了。

片刻工夫，服侍郡守进去的小厮也退了出来，说郡守困了，要睡个午觉。吉时到了叫他起来就行。

也罢，只能如此了。

一盏茶的工夫，日晷的针影终于到了未时，可轻轻敲门，郡守却迟迟不肯出来。

管家怕郡守睡着了被吵醒会生气起床，又挨了一炷香，才敢推门进去。

可未曾想陈郡守竟然不见了踪影！

管家气势汹汹地问水镜：“你这厢房可有后门？”

“后门是封死的，再说郡守为何会从后门出去？”

“那郡守去哪儿了？”

水镜无言以对。

“赶紧给我找去！”

水镜此刻如同热锅上的蚂蚁，带领隶卒官差和东方老师同学生找遍了书馆上下的所有角落，可均不见踪影。

郑伦最急，领着自己的小跟班们没头苍蝇四处乱找，四处留香；

黄月英则趁乱唤来了藏在房内的飞燕儿，给它喂小鱼干。看着自己老爹也跟着跑来跑去，她频频摇头：“幼稚！”

诸葛亮和唐炳被东方老师分配到西北侧去寻，边走边聊。

唐炳：“诸葛亮，你说这郡守真有意思，跟咱们捉迷藏玩？”

诸葛亮摇摇头：“我看不像。”

唐炳又道：“感觉好像做梦没醒，怎么还能把郡守弄没了？难道西王母下凡，给郡守使了法术？”

诸葛亮面色凝重：“此事必有蹊跷。”

唐炳："你怎么这么严肃啊。我觉得郡守就是想开个小差儿买鸡腿吃。"

诸葛亮苦笑："唐兄，此事不妙，我有点担心水镜先生了——"

唐炳："为啥？"

唐炳还没反应过来，身后竟传来一声苏莹刺耳的尖叫。

唐炳："是南阳一枝花！出事了！"

诸葛亮和唐炳忙循声跑去。

诸葛亮腿长脚长，步步生风，唐炳小碎步倒腾，跑了几下就呼哧带喘。

唐炳："你别等我！快去看苏莹怎么了！"

诸葛亮到时，不少人也到了。只见苏莹瘫靠在门板上脸色煞白，女同学掐了她人中才缓过劲儿来，颤颤巍巍举起手指。大家顺着她手指方向一看，不免大惊失色——陈郡守被高悬于厢房房梁之上，似已遇害身亡！

原来苏莹因怕晒黑怕累，就没有跟着大家卖力寻找，一个人想找个僻静地方躲日光，后来发现郡守歇息的厢房竟无人把守，房门大敞四开，就跑进去拿出镜子补妆，没想到从镜子里看见了身后郡守的惨状，着实被吓了个三魂出窍！

要说也是因为新落成的校舍厢房的房梁挑高都极高，刚才众人忙着找郡守，却谁也没想到郡守居然不在地面上，以至于都忘了抬头看。

人越围越多。

郑旦、苏原、水镜以及黄承彦和所有受邀出席书馆新校舍揭牌典礼的各界名流都脸色煞白，面面相觑——郡守双手、双脚被绳子结结实实地捆着，高挂于房梁之上，脚下还吊着一枚符箓。

"都愣着干吗？快、快把郡守放下来啊！"

郑旦嘴都瓢了。

手忙脚乱放下郡守，郡守也早就没气了……

想打开绳结，又发现这绳结打非常繁复机巧，怎样解也解不开。

众人吃惊：一般人可结不成这样的手艺！

县廷负责安保的县尉郭槐高声大喊：

“一级戒备！一级戒备！把大门关上，书馆有刺客！”

书馆顿时乱作一团。

有刺客？！

之前还神采奕奕的水镜先生难以置信，哭丧着脸跌坐下来。冰火两重天，打了那么久的如意算盘，这一卦可是万万没想到啊。

郑伦也傻眼了，转头看向自己老爸——有谱儿没谱儿？我都站太阳底下晒一天了，到底谁来给我授少年郎官啊？！

诸葛亮再看看一直敞开的书馆大门，心想，若真有贼人，这会儿也早就逃之夭夭了！而且这帮人忙中出乱，早把凶手留下的痕迹破坏得一干二净。

“事到如今，闹出了人命，谁还顾得上你的什么狗屁少年郎官！”

“人命关天，何况还是郡守！”

“头一次来邓县，就死在了咱们邓县！”

……

隆中书馆的旧馆里，郑旦来回踱步，每踱到儿子跟前，就冲儿子咆哮一句。

郑旦嘴唇发干，眼珠要瞪出火来。与其这些话是冲儿子发火强调事态严重，不如说都是说给自己听的。

唉，那匹“的卢”算是白送了！这个陈郡守不但没帮儿子飞黄腾达，还死在邓县，给自己惹来这么大的麻烦！妈的，之前有相马的说

“的卢”妨主，敢情是真的？

郑旦一屁股坐了下来，焦躁难耐，叫苦不迭。

郑伦看出来亲爹是真急眼了，气势也弱了下来。

“死就死了呗，你冲我嚷嚷什么……”

“你脑袋被车碾了？你爹现在脑袋都要保不住了！跟你说，不出两天，邓县上下就会沸沸扬扬；不出十天，整个南阳郡就会妇孺皆知！这话传到成武侯耳朵里，你让成武侯怎么想？成武侯本来跟张绣的关系就很微妙，现在张绣举荐的人在邓县地界上出了命案，是不是我这个县令失职渎职？还有外面那苏原，本来就看我不顺眼，自从丁忧回来嫌我占了他的地方，费劲巴拉地当了个南阳南部督邮，不就是冲着我来的吗？平日没事都能给我找茬儿穿小鞋的主，这次千载难逢他还不赶紧参我一本，落井下石？”

下午差点拔地而起乘风飞舞的郑伦这下彻底萎靡不振，垂头丧气下来。苏原的“督邮”一职，确实是直属郡守的监察官，其实本来苏原是邓县的候任县令，可丁忧回来之后，县令已经变成了郑旦，木已成舟，苏原也无可奈何，只得曲线救国，谋得督邮一职，就驻扎在邓县，显然就是与郑旦针锋相对而来的。

窗外有人说话。

郑旦和郑伦一同向外看——苏原正跟士绅们低声嘀咕什么。

“哼，准没憋什么好屁！”

郑伦：“爹，我看当务之急，是要抓到凶手问罪。苏原那边你得拉他一起下水。”

郑旦皱眉：“还用你说？——小点儿声，苏原是你叫的吗？你得叫苏督邮、苏伯伯！”

郑伦毫不在意：“在家不都这么说吗。”

郑旦气炸："你给我闭嘴!"

县尉郭槐气喘吁吁地回来禀报："大人，书馆里外三层都翻遍了，没发现可疑之人!"

郑旦瞪了一眼郑伦，意思是：你看你爹现在拿谁问罪?

不大一会儿，苏原脸色难看走了进来，郑旦咬着后槽牙，感觉室内飘进来一大股低气压云团。

苏原："我说县令大人——眼下情势该如何是好?"

郑旦："哎哟，哥哥，我正想请教您呢!旦弟愚钝，这次弟弟有难，哥哥可不能袖手不管啊!"

苏原："哎，都是自家人，你的事就是我的事。"

郑旦心想，哼，他这话倒是不假，巴不得替了我当差呢。

郑旦："郡守死状诡异，不像是一般凶匪之徒所为，嗯，更不像是邓县人所为。哥哥您说，到底是哪里来的贼人?"

苏原："哦?许是从南阳其他地方流窜而来?"

郑旦："南阳郡向来富庶顺遂，人心安定，除非……除非是更北之人?"

"你的意思，是曹操手下的刺客所为?"苏原捻须自问，接着说道："倒也不无可能，建忠将军归附了成武侯之后，曹操就开始对荆州虎视眈眈，最近频频往淯水调兵，听闻曹操养士自重，常常派出刺客活动……"

"哥哥分析得果然有理!"不等苏原说完，郑旦赶紧截过话头，"有没有可能是曹贼派的刺客潜入南阳作祟，拿最富庶安稳的邓县开刀，杀鸡给猴——成武侯看呢?"

苏原心想：这个郑旦眼睛乱转说话绕来绕去，不就是想引着我说不是邓县或南阳的贼人，而是曹操冲着成武侯干的好事，这样一来，邓县从责任人变成了受害者吗？转念一想，自己顶头上司被杀，下一任还不知是谁呢，与其现在跳出来跟郑旦唱反调，不如等事态安稳了，捋出头绪见机行事，更从容些。

苏原点头："有道理啊！可贼人怎知郡守今日会出现在隆中书馆？郡守行程可有泄露？"

郑旦心里咯噔一下，他言外之意不是说我管理无方，信息泄露，酿成大错？

次日，犯罪现场早已让县尉派人给围了起来，任何人不许入内，只有"贼曹仵工"也就是仵作在内验尸。

隆中书馆的大门也有人把守，不准人随意进出。

学生们都是看热闹不嫌事儿大，早就在书馆里乱成一锅沸粥，七嘴八舌，添油加醋，危言耸听。

几个学生则围着大门求县尉郭槐网开一面。

苏莹："大人，再通融一下嘛，我就去出去取个胭脂店、首饰铺、香料坊送来的包裹总可以吧？"

郭槐无奈："苏小姐，戒严是县令大人和督邮大人一起做的决定。再说刚才让你取过了两次包裹了，你到底有多少个包裹？"

苏莹："不多不多，平均一天也就十来个吧。"

郭槐只好让苏莹带着书馆杂役出门取包裹。

唐炳："那个，我让家丁给我送了新烤的猪蹄，我想趁热拿进来，行吗？"

郭槐严厉："不行！"

唐炳急了："凭什么她行我就不行？"

县尉："小胖子哪儿那么多废话，一边儿玩去！"

唐炳："我叫唐炳！不叫小胖子！我爹是唐求，著名盐商、邓县第一纳税大户！我们家也是有爵位的！”

苏莹在一旁摇着团扇乐不可支：“花钱捐的吧？我们家爵位可是凭军功世袭的——那可大不一样哦！”

众人笑成一团。

唐炳脸涨得通红，气鼓鼓地跑开了。

诸葛亮正要靠近厢房一看究竟，却被隶卒给赶了出来。

诸葛亮无奈，放眼望去，书馆里早已乱作一团。

唐炳挺着浑圆的小肚子走了过来：“真是气炸我了！大门不让我出，想去旧馆也不让！明明那个装腔作势的郑伦也在里头，许他去，为何不许我去？！他们这些官二代有什么了不起？”

诸葛亮解释道：“因为县令也在里头，听说正和督邮商量事情。”

唐炳努嘴道：“我趴门看了，嘀嘀咕咕的，奇奇怪怪。”

诸葛亮点头应道：“是有些奇怪。”

正巧水镜先生魂不守舍地走了过来。

诸葛亮连忙迎了上去。

水镜先生一脑门儿官司，压根就没注意到诸葛亮和唐炳。

“水镜先生请留步。”

郡守死在隆中书馆，水镜先生有点儿应激障碍，反应都比平日慢了半拍。

水镜回过头来，这才看到是诸葛亮，一头雾水。

诸葛亮恭敬说道：“先生，可否借您一步说话？”

水镜揉揉眼睛，疲惫道：“在这里说就是了，我还要去问问县令、督邮晚餐如何安排。”

诸葛亮一怔，唐炳咽了咽口水。

诸葛亮只好说道：“那学生长话短说。请问旧馆内这位郑县令性情如何？按土话说来，是急脾气还是慢性子？”

水镜先生不解，倒也耐心地说道：“县令是个急性子。你问这个何故？”

诸葛亮解释道：“先生，依我看，县令和督邮在旧馆里商议多时，想必是要给成武侯一个交代。”

水镜先生点头：“这是自然，人家朝廷命官嘛。”

诸葛亮又云：“可如何交代呢？抓到贼人自不必说，可眼下这贼人心机颇深，未留蛛丝马迹，我看一时三刻难有眉目。若依您说县令性情急切，想必要快刀斩乱麻，拎出一个嫌疑人来兴师问罪，才能平息上怒。我是怕——”

水镜先生笑道：“诸葛亮，为师懂你的意思了，你怕县令拿我顶罪交差，不过你的担心是多余的。我和郑县令是多年的老交情了，所谓知根知底。他的风格底线为师是清楚的。但我还是要谢谢你替为师记挂操心。”

水镜之前就对诸葛亮有好感，可那好感不过是叹其穷人子弟早当家，认为他是读书勤奋的小书呆子罢了，可今日这番对话，让水镜对诸葛亮有些刮目相看——这是个有温度的孩子！可惜阅历尚浅，遇到事儿有点想多了。

水镜先生心里想着，这次新馆落成请郡守衅礼，真是一荣俱荣，一损俱损。一会儿用餐的时候正好和县令商量下，怎样安置后续工作。毕竟人死为大，准备葬礼才是紧要之事。郡守位高权重，仪轨更要讲究，半点儿马虎不得。幸好自己对礼仪知识颇有心得，这次也可以派上用场。只不过时间要抓紧啊！

水镜先生话都说到这个份儿上，诸葛亮实在不便多言。

唐炳看出诸葛亮欲言又止，觉得奇怪。

水镜挥手笑道：“你们去歇息吧。对了诸葛亮，藏书房的柜子下面，还有一箱黄大名士的简书尚未拆开，那才是黄承彦不舍得捐的心头肉呢！为了那点儿书，我可游说了好些时日。你赶紧去看吧。”

诸葛亮鞠躬：“多谢先生！”

旧馆内，苏原和郑旦你看着我，我看着你。

两个人暗自角力，都不想率先表态，落人口实。

千不该万不该，恰在此时，水镜先生敲门进来了。

水镜先生客气说道：“郑大人，苏大人，眼看就到傍晚了，要不要让人给您二位准备晚餐？”

天赐良机！正愁无处下手，这个水镜简直是自投罗网！

水镜只见郑旦突然平白地暴怒。

“吃什么吃，就知道吃！人死在你们隆中书馆，你这个博士首当其冲难辞其咎！”

水镜知道郑旦心里有火儿，发出来就好了，领导干部嘛，谁还没有点儿脾气？

水镜连连机械地赔不是：“是我的错，是我的错。”

郑旦眼睛一亮，提高音量：“司马徽，你可知罪？！”

水镜先生：“水镜知罪，水镜知罪。”

郑旦：“我早就看你嫌疑最大！人是死在你们隆中书馆的，是不是你向旁人泄露了郡守要来的行程机密？！”

郑旦快速扫了一眼苏原，看苏原并没有要反驳的意思，心里就踏实了。

水镜蒙圈了，心想郡守来邓县的事儿十天前你郑旦不就给所有人群发过消息吗？为迎接郡守置办货物的队伍都跑到新野采购了，怎么又是我泄露行程机密？

水镜先生：“县令大人，郡守此番南下，人尽皆知啊！”

郑旦："可他为何偏偏死在了你的隆中书馆？"

水镜膝头一软："我、我也想知道啊！"

郑旦："司马徽你莫要狡辩，你与那贼人里应外合，要得我们像无头苍蝇团团转。我问你，你安的什么心？来人啊！把隆中书馆博士司马徽拿下，投入大牢！"

水镜这才彻底反应过来："县令大人！你说是我害了郡守？冤枉啊！苏督邮，我冤枉啊！"

郑旦对身边的乡佐文书黄自说："写信给成武侯，说疑犯已归案，案子很快就会破了！"

水镜被押下堂去，这才想起刚才诸葛亮提醒自己的话——唉，诸葛亮说的没错。看来这次幼稚的是自己。

眼看水镜先生被抓走，师生全都傻眼了。

这书还念不念了？这学还能上吗？以后到底听谁的？

水镜夫人哭哭啼啼地赶来，可未曾想急火攻心，一下子卧病在床了，只得由书馆暂且派人照顾。

诸葛亮听说水镜出事之后心急如焚，一直追到大门口，眼看水镜先生被押上囚车，越走越远。

唐炳气喘吁吁跟在后面。

唐炳："为啥要抓水镜先生？他们真的认为水镜是凶手？就不怕冤枉好人？"

诸葛亮："可他们更怕连累了自己，甭管怎样，要先推一只替罪羊出来——水镜先生就是那只替罪羊。"

诸葛亮正忧心忡忡。

身后突然传来一声喵呜。

诸葛亮浑身上下一哆嗦。回头一看，黄月英果然就站在自己身后不到一丈的地方，也是眉头拧着，像有心事。

诸葛亮着实吃惊，说道："黄姑娘轻功了得，走起路来竟然无声无息……"

黄月英不以为意，低声问："你看过贼曹仵工验尸吗？"

诸葛亮眉头一皱，问道："这是机密，旁人如何能看得？"

黄月英杏眼眨了眨，嘴角蕴笑道："那你想看吗？"

顺着新馆后山墙，黄月英和飞燕儿三下五除二地就蹿上了房顶。

诸葛亮和唐炳只能抬头望房兴叹："黄姑娘，我们可没你和飞燕儿这个本事啊！"

不大一会儿，从靠墙一侧，传来哗啦啦的声响，再一看，上面放下了一把麻绳缠绕的木制软梯。

传来黄月英的声音："刷漆工人留下的，赶紧上来！"

诸葛亮和唐炳你看看我，我看看你，心里打鼓，彼此谦让。

诸葛亮："唐炳，你先！"

唐炳："别介别介，诸葛亮，你先！"

黄月英："你们俩别磨蹭了，再不上来就看不着了！"

诸葛亮深呼一口气，这才一鼓作气登上了软梯，一步一步往上爬。

唐炳："就当减肥了！"

待到诸葛亮和唐炳都气喘吁吁地爬了上去，黄月英已经给飞燕儿喂到第四个小鱼干了。

她拍拍手，一副大姐大的老练模样。

"你们俩听着，房顶行走可得小点儿声，我们走到厢房的天窗旁边，就能看到仵作验尸了！注意，脚步要轻！"

三个人小心翼翼地走房顶，黄月英最前，诸葛亮中间，唐炳最后。

唐炳："要是我们被他们发现了怎么办？"

黄月英笑："我看你还是担心一下万一滚下去可怎么办吧！"

唐炳怕了，停了下来："我不玩了不玩了，滚下去就没命了，我家可是三代单传，我还得给唐家取个世家姑娘续香火呢！"

黄月英故意："你想娶苏莹啊？人家可是世袭的爵位。"

哪壶不开提哪壶。唐炳气鼓鼓地别过脸去。

诸葛亮突然停了下来，虽未到天窗，但从房梁缝隙里他似乎已经看到了什么，赶紧弓下身子，趴了下来："唐炳你看！"

唐炳也从缝隙里看下去：仵作一通检查后，正从郡守脚下解下一只符箓。

诸葛亮眉心一动："唐炳，你不觉得有点儿眼熟吗？"

唐炳："什么熟了？吃的吗？"

诸葛亮："这时候了就先别想吃的了，你看贼曹仵工手里拿的那个！仔细看看！"

唐炳恍然大悟，鼻孔张开眼若铜铃仿佛知道了天大的秘密："哦哦哦！想起来了想起来了！那个那个，那个那个——神树底下说西王母降神的那骗子术士的鬼画符！"

诸葛亮眼睛发亮："没错！就是骗子术士的鬼画符！黄姑娘，是之前被你一箭射穿那个人。"

黄月英眨了眨眼，点了点头。

唐炳异常激动，兴奋得差点儿喊了出来："哇塞，破案了？！骗子术士是凶手！这下水镜先生可以放出来了吧？我们应该下去吃点东西庆祝一下！我请客！"

诸葛亮："别急，这只是一个线索，术士到底是不是凶手还不好说，若他不是凶手，从他身上也能挖出其他重要信息。再说，这么明显的线索，大家都看到了，相信官家会有所处理。”

黄月英：“行啊诸葛亮，有两下子。你若真能救出水镜先生，我就再也不拿毛毛虫吓你了！”

诸葛亮意外：“黄姑娘此话当真？”

黄月英：“我什么时候打过妄语？——幼稚！”

诸葛亮嘴角带笑道：“我以为黄姑娘不喜水镜先生。”

黄月英蹙眉道：“烦也是真烦，打小就烦。可他是好人，好人就不该受冤枉！”

唐炳伸出肉肉的大拇指：“说得好！好人就不该受冤枉！”

诸葛亮不由心里一热。

远处新月皎洁。

屋顶上，一个村野布衣，一个带猫女侠，还有一个总被人笑话挤兑的小胖子，三个小黑影打定了主意，要把水镜先生救出大牢来。

第五回 救先生勇立生死状

那边厢，郑旦和苏原正在暗中角力，看如何将郡守之死这一事件在政局上引导至对自己有利的方向，文书黄自还未写完向刘表上报的公文，突然有一披头散发的老者冲进房内，郑旦还未发作，一见来人，秒变笑脸，将其迎了进来。

来者不是别人，正是庞德公，这可是成武侯三番五次延请的大名士，岂可怠慢？

“不知庞德公有何指教？”郑旦起身发问，同时示意郑伦和黄自退下。

“我来跟你们聊聊老水的事儿。”庞德公也不客气，呼哧带喘叉开双腿一屁股坐在了榻上。

“老水？”

“就是水镜。我说，你们把他给弄到监狱里，这就算完了？”

“不知庞德公的意下是？”苏原一听有门道，赶紧追问。

“就算水镜管理不严，可你们俩一路陪着郡守而来，里里外外都是你们检查过的，难道水镜该关，你们就不该关？”庞德公的思路很清晰。

郑旦苏原面面相觑。

庞德公撩了撩几天没洗的头发：“再说了，水镜失察，可他是凶手么？郡守的死状那么多人都见到了，你们怎么跟上头交代？说郡守自己把自己玩儿死了？自己抓着自己头发吊在房梁上了？你猜成武侯会不会信？你猜建忠将军会不会信？以为他俩也傻啊？”

为什么有一个“也”字？

窗外“呱”的传来一声乌鸦叫，郑旦、苏原都不约而同打了个哆嗦，身上一阵发紧。话糙理不糙，老头儿说的在理，抓水镜，只能敷衍一时，终非长久之计。

“庞德公所言极是，”郑旦稍一欠身，“郡守之死干系重大，理应专责专办，我即刻命人展开全面调查，将凶犯绳之以法，以报成武侯！”装样子的事情，郑旦说来就来。可还没等郑旦开口叫县尉郭槐，苏原又插话了：“郡守此来邓县，没想到遭奸人所害，壮志未酬身先死，真是令下官痛心。”苏原居然假惺惺地作抹眼泪状。

“我说，差不多得了，这儿又没外人。”庞德公一语道破真相。

小不忍则乱大谋，苏原刚想发作，立马又压了回去，又道：“郡守此番来邓县，也并非全为书馆衅礼，还为给少年郎官授衔而来，作为邓县才智过人品德高尚的少年第一人，郑公子理应为郡守之死案找出真凶，否则，是不是有点名不副实啊？”

郑旦不由得心头一紧，这个苏原，果然老狐狸，居然把查案责任推到我儿子头上！

“再说了，案发时，郑公子正在书馆，也是目击证人之一，由他来调查，合情合理嘛。本朝的少年郎官都是可以独当一面的领导干部，郑公子理应当仁不让啊！”苏原继续火上浇油。

再看庞德公，只是低头专心看脏指甲。

“犬子不才，理应报效朝廷，擒拿凶犯！”郑旦面红耳赤，硬着头皮答道。

郑旦眼神剜了一眼庞德公，心想道：你这老头，揣着明白装糊涂，甭想一个人挖坑看热闹，看我不编排一个苦差事给你——

郑旦还没想好什么苦差事，庞德公就跟突然中邪一样，猛拍自己大腿，“呀！不好了！”可把郑旦、苏原都吓了一跳。

“怎么了？”

“出门太着急，忘喂鹤粮了！你们聊，你们聊！”

还没等郑旦和苏原回过神来，庞德公就一阵风一样地消失了。

次日一早，郑旦在书馆宣布，以候任少年郎官郑伦为首，展开郡守之死案的全面调查，县尉郭槐全力辅助，案情未查清之前，书馆宵禁停课，全体人员不得离开。

“为什么要找那个灵魂琴手破案啊？他有那个本事吗？”繁露亭内，唐炳坐在石凳上小手叉腰，嘟囔着。本来郑伦在书馆就够横行霸道的，这下又成了破案主力，那还不得尾巴翘到上天去？唐炳叹了口气，老爹在外面受县令的气，自己在书馆里还要受县令儿子的气，什么时候是个头儿啊，真是越想越憋气。

“他是候任少年郎官，又是县令公子、目击证人，书馆里的案子由他领衔调查，也不稀奇，”诸葛亮边说边把《封诊式》竹简搁在脚边，他已经全看完了。

“我拿半斤五香鸡腿打赌，他啥也查不出来！”

诸葛亮莫名觉得可乐，笑道：“唐兄这可是大手笔啊！你就这么不看好人家少年郎官？”

“你们还有闲工夫说别人哪？”

一听身后这银铃脆声，诸葛亮就习惯性的肝儿颤汗下，有一种没做贼也心虚的感觉。

“我说诸葛亮，房头我也带你扒了，验尸我也带你看了，你打算怎么救出水镜老头啊？”

飞燕儿突然蹿到诸葛亮肩膀上，用大尾巴扫了诸葛亮的脸。诸葛亮很不习惯，不停打喷嚏，狼狈不堪。

诸葛亮：“黄姑娘，我可能是猫毛过敏，能不能拜托你把猫——”

黄月英眼睛一瞪：“它有名字，它叫飞燕儿！用尾巴扫你是瞧得起你，可别不识抬举！”

唐炳不但一副事不关己的看热闹样，还冲着黄月英点点头傻乐：

“就是，就是!”

唐炳偷偷拽了拽诸葛亮衣袖：“我爹跟我说过——打得过就打，打不过就乖乖认怂，不丢人。”

诸葛亮哭笑不得：“多谢飞燕儿赏脸——哦，是赏尾——”

黄月英：“说正事，眼下怎么办?”

诸葛亮站起来，正色道：“光凭现在的线索肯定不够，坐而论道不如实地查访，走!”

三人还未踏出门来，就听见书馆外面传来乱哄哄的嘈杂人声。

原来，县尉郭槐正押着一个中年男子往内院走，围拢的人越来越多。

唐炳八卦地凑到了跟前，却被身后过来的郑伦以及手下的范登等人撞了个屁股墩儿，哎哟一声，就坐到了地上。

“不要妨碍我们少年郎官办案!”

郑伦看围拢的人越来越多，踏上早已准备好的木凳，清了清嗓子，整理了下宽大的织锦缎袖，摆出少年演讲家的昂扬姿态：

“各位乡亲各位父老、各位书馆同窗，经过连续十二个时辰不眠不休的紧张工作，我们不负众望，终于将凶犯捉拿归案！谢谢大家的支持和配合！作为邓县的少年郎官，我郑伦跟大家同呼吸共命运，心中时刻装有黎民百姓！这也督促我永远将邓县人民的需求放在第一位，所以才能第一时间破案——”

“你可拉倒吧！人家是投案自首的!”

也不知是谁从哪里冒出这一句，众人哄堂大笑。

唐炳笑得最为解气，咯咯咯，差点背过气去。

“什么少年郎官？那死太守还没来得及给你颁证吧!”

又是一阵爆笑。

县丞跑了出来："少爷，咱老爷急着让坐堂公审呢——"

郑伦赶紧就坡下驴，说实话，这个王武可真是帮了郑旦父子的大忙，刚俩人还在房间里急得如热锅上的蚂蚁，差点儿准备去牢里弄个死囚来顶罪了，现在居然把凶犯抓住了，还不赶紧坐堂公审！

书馆正中，明堂之上，众人围得水泄不通，郑旦、苏原都正襟危坐，庞德公也不苟言笑，郑伦更是有样学样，借着父亲的威势，坐在审判席上，冲父亲张望。诸葛亮看那被押的男子，中年模样，神情疲惫，身上的衣服也脏兮兮的，五花大绑着被摁在地下，发髻散落下来，但依然顽固地昂着头，眼神中闪出一丝不易察觉的笑意。

郑旦咳嗽一声，朝郑伦使了个眼色，郑伦狐假虎威又有点底气不足："大、大胆凶犯，居然敢刺杀郡守，你、你可知罪？"

"没错，人是我杀的，我活着就是为了杀掉这个狗官！洛儿，娘子，你们终于可以瞑目了！"

"狗官是谁？"郑伦显然有点蒙圈。

苏原忍不住哂笑，郑旦朝郑伦瞪了一眼，赶紧接过话头："县尉郭槐！"

"属下在！"

"把这刁民的嘴给我堵住！"

男子不依不饶，还在骂骂咧咧，几个隶卒粗暴的堵住男子的嘴。

没法审问凶犯了，那就问郭槐吧："郭槐，究竟怎么回事儿，速速据实报来。"郑旦道。

"回大人：人犯名叫王武，系颍川人士，数日前流窜至我邓县，郡守车驾过境时，曾试图冲闯车驾，后被卫兵拦下，此人一直声称，一直声称……"郭槐一时嗫嚅。

"嘴里拌什么蒜，赶紧说！"郑旦喝到。

郭槐："王犯声称，陈郡守糟蹋了他的女儿，致使其妻女自尽，家破人亡，故而王犯一直尾随陈郡守，伺机刺杀，这次终于在隆中书馆觅得杀机，故而痛下杀手。刚才属下在书馆门口看守，忽然来报，说是有人沿路高喊'罪有应得、死不足惜'之语，属下觉得有蹊跷，于是前去查看，正是王犯，抓住审问之后，王犯对刺杀郡守一事供认不讳，还、还仰天大笑。"

郑伦兴奋地指着王武："就是你干的！太好了，爹！郡守之死案情已水落石出啦！"

"郎官英才！郎官威武！"范登、魏安之流纷纷谄媚。

见郑伦面露喜色，郑旦狠狠瞪了儿子一眼，还不到弹冠相庆的时候，郑伦低下了头。

郑旦："人犯既已招供，那就速速收监，上禀成武侯。"

"且慢！"苏原插话了，"郑大人，我总觉此案有些蹊跷，这个王武口口声声说是他刺杀了郡守，恐怕没这么简单吧？"

"督邮大人，您怕是多虑了吧？"郑伦满脸堆笑，心里却在暗骂。

"许我问他两个小问题？"苏原道。

"督邮大人但问无妨，"郑旦故作轻松大度。

苏原："我问可以，可这贼人如何作答呢？还请县令大人松开他的口禁。"

郑旦心想，苏原啊苏原，你还真想给我找事儿啊！

苏原："你说是你杀了郡守，你是怎么杀的？"

王武："那个狗官，我是用分魂解魄之术杀的！"

众人无不讶异。

苏原冷笑又问："分魂解魄是什么意思？"

王武答曰："我跟神树下的道士学过法术，我用施过法术的绳索套上狗官，再给他脚上挂上淋过符水的分魂解魄符，再把狗官吊上房梁，将‘分魂解魄咒’诵上七七四十九遍，就能让他魂飞魄散，全家永不安宁！”

“仵工！”

“小的在！”

“郡守的死因是何？”

“禀督邮。郡守身上没发现任何伤口。”

一时哗然，郡守的死状很多人都看到了，王武说的显然没错。

郑伦底气又上来了，立马说道：“人犯供认不讳，与现场勘验相合，可以结案了。”

郭槐带着几个隶卒，押着王武就要下狱，王武并不躲闪，只是高喊：“洛儿，娘子，我给你们报仇了！你们可以瞑目了！”

“既是吊上房梁分魂解魄，为何多此一举将郡守的官履褪下？”

突然一句清亮质问猛然穿过人群，掷地有声。循声看去，正是身高马大的诸葛亮站在人群里发话。

这个问题来得很突然，众人一时都安静了，纷纷看向王武，王武支吾了两句，含混道：“那、那是我故意的！拔他鞋子是为了，额，为了让那狗官的尸身接不上地气……”

这话一出，人群又窸窣了起来。

书馆的人其实都知道，郡守是穿着鞋子死的。显然，王武在说谎。

黄月英不动声色地看着诸葛亮，嘴角微微向上浮动。敢于发问，一句就试出了真伪，这大个儿倒还不赖。

唐炳早已得意洋洋地对旁人拱手作揖道：“这是我哥们儿！承让，承让了！”

诸葛亮早就听不下去了，如此草菅人命的审判，完全不符合实情。

其实这些疑惑很多人心里都有，只不过诸葛亮是那个揭穿“皇帝新衣”真相的小男孩罢了。不过这正合苏原的意下，苏原赶紧揪住不放：“看来此案尚未厘清，王犯冒名认罪，恐让真凶逃脱啊。”

“督邮所言极是，”郑旦只得同意，“刚才是谁在说话？”

“禀大人，是草民。”诸葛亮出列拜伏。

“你是何人？”

“草民诸葛亮，是隆中书馆的学生。”

“看来你对案情很有心得啊，一句问话就能让顶罪者露馅儿。”

“大人，草民也是心生疑窦，情急之下才脱口问出的。”

“说说吧，你是怎么考虑的？”郑旦又问。

诸葛亮道：“禀大人，郡守的死状诡异，是被紧缚后吊于房梁之上，不像王武短时间内以一己之力可为之；再者，当天郡守要来，书馆一早就守卫森严，馆里师生早早在新校舍门前集合，王武一介流民，怎么可能随随便便就溜到郡守歇息的厢房里去？至于他能说出郡守的死状，是因为当日那么多人亲眼看到，不出半日，整个邓县早就传得沸沸扬扬了，王武听来只言片语依样画葫芦也不难。所以，明眼人一看便知，凶手根本就不是王武。”

诸葛亮这傻孩子，居然一五一十地全说出来了，完全不顾及县令的面子啊！

“哦？厉害嘛！既然你说得这么头头是道，否了先前的判定，看来是有点儿本事，不如这样，这案子你来查吧。毕竟案子是在你们书馆犯下的，跟你们都脱不了干系，书馆师生理应尽心查清。”

啊？这是哪儿跟哪儿啊？

黄月英和唐炳对视了一眼，县令这完全不按套路打啊！

哼！就是不能按套路打，郑旦巴不得赶紧替他儿子解套，这么个密室杀人的无头案，让郑伦去哪里查去？正好有这么个愣头青出来挡事儿，不拿他下驴拿谁下驴？

“郡守之死是本县头号重案，本官必须给上头一个交代，既然你应下来了，七天之内必须查到真凶，否则，以扰乱刑法之罪拿问你！”

郑旦不由分说，看大家都跟被点了穴一样目瞪口呆，又补了一句：

“我也不是为难你，刚郡里的公函已经到了，我这里也只剩七天时间了！”

诸葛亮眉头一皱，婶母嘱咐自己的话浮上心头，暗想不妙。

黄月英、唐炳都怔在了那里。

诸葛亮想了想，又近了一步：“草民斗胆向县令请求一事——”

郑旦：“说！”

诸葛亮：“既然领命查案，为了尽快破案，草民向县令大人申请，给予草民为此案调动隶卒、仵工，以及调阅此案卷宗之权限。”

郑旦刚想说不，庞德公居然发话了：

“诸葛亮，那不是明摆着吗？县令为了破案为了对下安抚邓县百姓对上有个交代现在都急成啥样了？不给权限怎么查案？你说的区区权限根本不是问题！你说是不是，县令大人？”

庞德公冲郑旦咧嘴一笑，又甩了下一头散下的油腻长发，外人还都以为庞德和郑旦这是多深的默契呢。

郑旦在心里已经把庞德公和他的油头砍碎一百遍了，可实在又想不到更好的方式来说不。只好皮笑肉不笑地说：“庞德公说得极是、极是！”

“诸葛亮，县廷、督邮府、邓县的上上下下都会竭尽全力协助你，”苏原的话音很响亮，“好好查案，查不出来，我这个督邮该弹劾谁就要弹劾谁了！”

一言既出，郑旦觉得后背心发凉。

诸葛亮呀诸葛亮，看把你能的，我看你七天之内能查出什么来？——郑伦心情不好，不过想到如果诸葛亮也查不出来，正好可以把所有事情都推到书馆师生身上，想到这里，柳暗花明，难免暗自庆幸。

“放我出来！我是西王母的人！你们这样是不尊重西王母！敢蔑视天上神仙的使者！一个个都活得不耐烦了？！”

未见其人，先闻其声。

麻袋一掀开，一身红袍鸡毛龇牙着黄牙的术士气急败坏地跪在地上，手脚刚被解开，憋得满脸通红，挣扎着站了起来。

“快放了我！不放了我一个个都会遭天谴的，不得好死！我，不是，我让西王母一个也不放过！快给我解开！”

术士的嘴不闲着，围观的不少人本能地退后一步——在那个时代，这恐怕是最恶毒的诅咒了。

郭槐心想，这个小毛孩诸葛亮还有两下子，让自己在神树下守株待兔，不到半个时辰，术士果然出现了，捉回来倒不费吹灰之力。不过都说西王母法力无边，如果这个术士真有些道行，那该如何是好？不管那么多了，反正自己职责所在，只管捉人，剩下就是看热闹了。

术士咽了口唾沫缓了缓，突然怔住不动，郭槐等人还在纳闷，术士大喊一声：“呔！”吓得郭槐一激灵，只见术士慢慢地睁开眼睛，还冲郭槐眨了眨，顿时激出郭槐的一身鸡皮疙瘩，术士又伸出兰花指，开始扭腰捏嗓，像一个女人——确切说是像一个人妖——般地开始说话：

“我乃天上西王母，降临人间消痛苦，尔等上前听分明，好生供奉不得停……”

然后术士又开始闭着眼睛摇头晃脑地唱一些听不懂的唱词……

这是西王母附体了？！术士这么一演，郭槐等人反倒惊惧了！

唱着唱着，术士又大喝一声“呔！妖鬼哪里跑？”便从身上掏出一张黄纸往地下一扔，接着又从怀里掏出随诊携带的皮水壶，打开盖子“咕咚”吞下一口水……

“姜黄水喝多了会伤脾胃的！”身后突然传来一句话，直戳术士的心肺。

这句完全出乎术士意料的话完全打乱了术士的表演节奏，术士居然一不留神把姜黄水给咽了下去，还说了句：“谁说不是呢，我每天都得弄点白术水……”此话一出，术士意识到自己失言了，赶紧低头闭嘴。

看到术士的这一出，郭槐虽然多少吃不准，但毕竟是当官差的人，可以硬着头皮继续装横：

“给我老实点儿，一会儿这位官差问你什么你就说什么！”

还有官差要来？术士慢慢抬起头——真是稀奇，这位官差还挺朴素——居然穿着一双用布裹着的草鞋，顺着鞋子慢慢往上看，越看越觉得有些奇怪而眼熟——这不是那日自己想拿匕首扎死却偷鸡不成蚀把米还中了一箭的毛愣小孩吗？！他、他怎么还成了官差了？

诸葛亮笑道：“别来无恙啊，西王母她老人家可还安好？”

术士瞬间脸色惨白，好不容易都挣巴着站起来了，又一屁股跌坐下了。

唉，估计这小孩是真有法术护体吧。

甭管他是怎么当上的官差，术士嘴唇嗫嚅道：“真倒霉。说，我都说……”

这还演什么演啊？把柄全在这小孩手上，术士顷刻间就颓了，再加上郭槐的威慑，术士一股脑地把这些年来游走四方骗财骗色、骗吃骗喝、空盆抓蛇、火疗养生、床上开光、男女双修的事情一五一十地交代了出来。

情节可谓特别严重，数额可谓特别巨大。

众人听闻都目瞪口呆恍然大悟——敢情原来所有的招数都是假的啊？一点神仙法力都没有？

术士：“这位少年官爷，我都据实交代了，你看我态度积极吧？我该说的都说了，求您给我一个宽大处理吧！”

诸葛亮微微一笑：“那你得回答我一个问题——你认识王武吗？”

术士龇着黄牙，一脸茫然：“王武是谁？”

县廷里，坐在主位的郑旦扫了一眼身旁正专心吹着茶汤热气的苏原——哼，他倒是优哉游哉沉得住气。郑伦则故意别过头去，似乎觉得和诸葛亮同坐实在有失身份。

县尉郭槐带了王武上堂，此时的王武精神不振，目光呆滞，和前日自首时的慷慨激昂的亢奋劲儿大为不同了。

郭槐：“禀大人，人犯王武已带到。”

郑旦和郑伦同时瞥向诸葛亮。

诸葛亮走下堂去，手里还拿着一根麻绳。

诸葛亮道：“王武，请你打一个吊颈结。”

王武迟疑地接过麻绳，比划了半天，可手指头都要拌在一起了，绳结还是一点儿眉目都没有。

诸葛亮：“郡守死时，捆在身上和系在房梁上，各有一个吊颈结。绳结打得紧致密实，绝非偶然得之。”

王武心烦意乱，使劲儿把麻绳往地上一扔：“老子忘了不行吗？真是麻烦！不想活了还有这么多事儿！早知道老子不认这个罪，自己去跳沔水一了百了！”

诸葛亮：“神树下的骗子术士也已招认，自己并无任何法术本领，更别说什么分魂解魄了，因为怕戏法被外人知道误他骗财，术士从来没有收过任何学员。所以王武，你还坚称是学了术士的法术杀害的郡守吗？”

王武无可奈何：“行了行了！多说无益，反正狗官是我弄死的，要杀要剐随便你们！多亏恩公，狗官死了，我也能去下面见洛儿和她娘了……”

“王武，想用自己的命替‘恩公’偿命是吧？”没想到诸葛亮一句话就说穿了王武的心事，被诸葛亮这么一激，王武脱口而出：

“我恨不得把那个狗官碎尸万段！现在有好汉替我行侠仗义，就是我王武的恩公！我王武别的本事没有，就有贱命一条，反正活着也没啥指望，替恩公偿条命总可以吧！你们这帮狗官都是官官相护，来吧，尽早开铡吧！”

苏原：“所以郡守不是你杀的？你只是不想活了才来认罪？”

刚才喝完热茶汤就一直闭目养神的苏原，突然开口。

苏原一说话郑旦就容易激灵，且这次句句都问在了裉节儿上！

其实昨天诸葛亮已经当着众人的面揭穿了王武的顶罪真相，今天这样，只是彻底厘清了王武的犯罪动机，贼曹三老、乡佐文书都已将案情记录在案，王武之事，已彻底结案，以扰乱公堂治罪。

郑旦耷拉着脸，话都懒得说，皱着眉毛挥了挥手，让郭槐命隶卒把人带下去。

只有郑伦还难掩惊奇之色，脱口而出道：“真是无奇不有，为何还有人一心求死竟要替别人顶罪，竟还求到了公堂之上！”

苏原抿了口茶汤，似笑非笑：“郎官年轻，有所不知，正所谓民不聊生，求生反不如求死啊！”

民不聊生，还求生不如求死——这不就是变着法儿地骂我这个当县令的狗屁不是？郑旦如坐针毡，心里也埋怨儿子：郑伦你要是不问，苏原他能找到个机会指桑骂槐？有时候都不免怀疑，这个小兔崽子是自己亲生的吗？

郑旦定了定神，危机公关的第一法宝，必须要转移视线。

郑旦：“诸葛亮，作为县令，我得提醒你，七天已过了一天了。证明王武不是凶手不算什么本事，毕竟真相尚没有大白，凶手还未归案，郡守的家人正星夜兼程往这边赶，到时候人来了，我看你怎么交代？！”

苏原笑眯眯地看着郑旦，心想，明明是你郑旦没法交代吧？

郑旦：“……总之，诸葛亮，留给你的时间可不多了！”

诸葛亮：“草民一定尽力去查。还想请示大人，水镜先生年纪不轻且身体单薄，能否先把水镜先生放出大牢？”其实诸葛亮此番把王武带过来，最重要的是走一个正规流程，请县令放出水镜先生。

郑旦正色：“捉到了真凶自然会放人。这事儿不要再说了！”

诸葛亮神色忧愁，他看向郑伦，毕竟水镜先生也是他的老师。

郑伦心虚，水镜显然没有爹的话重要，佯装没有看见。

苏原放下茶碗，笑呵呵地看向郑伦：“打铁亲兄弟，上阵父子兵，郑郎官，我还很看好你哦！”

郑伦梗直了脖子：“苏伯伯您放心！毕竟在我爹身旁耳濡目染多年，不比连县廷都没进过的草民，我做事探案自然也更有经验，更有分寸！我一定将凶手缉拿归案！”

郑伦斜了一眼诸葛亮，诸葛亮不言语，只是心里想笑。

苏原一脸殷切鼓励的样子，只有郑旦心里暗骂郑伦真是傻儿子，跟苏原表什么态让他放什么心！我刚才好不容易把你给绕过去了，你倒好，非要自己往套里头钻。瞎逞什么威风！

郑伦和苏原对视，二人连忙都挂上笑脸冲对方点头示意，细节致命，当官的人最讲究细节。

深夜，诸葛亮查阅完从县廷调来的相关案卷，刚在房中躺下准备睡觉，突然被啪啪急促的拍门声吵醒。

“诸葛亮，快开门，是我！我是唐炳！”

“唐兄这么晚了还不休息？”

“快点开门！”

打开房门，只见唐炳敞着衣衫，神色紧张不安，胖胖的身躯不由分说一下子就挤进诸葛亮房间里，这才喘了口匀气。

诸葛亮：“刚才偷偷出去了？”

唐炳：“宵夜吃得太早，半夜饿醒了，准备去饭堂找点吃的……哎，你怎么知道我出去过？”

诸葛亮笑了：“身上一股寒气，衣服上蹭的油渍未干，鞋上还沾着泥点子，很明显不是从隔壁直接过来。”

唐炳挠头：“原来如此，厉害厉害！对了，你猜我刚才看见什么了，说出来你准害怕！”

诸葛亮：“但说无妨。”

唐炳：“可别逞强！你要不要提前吃点儿东西压压惊？”

唐炳环顾诸葛亮房里四周——除了书就是书，不像是有任何零食的地方，有些失望。

诸葛亮笑着摇头：“不说我可要回榻上睡觉喽！”

唐炳：“哎哟喂！陈郡守死不瞑目都诈尸了！你还敢睡觉？”

诸葛亮：“诈尸？我看你是梦游吧！”

唐炳非常认真地讲：“我饿得根本睡不着觉怎么会梦游？！跟你说，我刚才从饭堂回来，不但看见他走路，还听见他说话了呢！”

诸葛亮：“不是有隶卒在守灵么，也没听见？”

唐炳："估计要么困死，要么吓死了！"

诸葛亮拍拍唐炳："回去睡吧。"

唐炳急了："我说你怎么就不信有诈尸呢！我真的听见了看见了！"

唐炳："要是假的我唐炳这辈子都吃素！我对天发誓！"

诸葛亮笑着点点头："唐兄要这么说，倒是真应该去瞧瞧。我们走啊？"

唐炳筛糠一样摇头："不去不去！怪吓人的，我才不去！"

诸葛亮："也好，唐兄稍加休息，我自己去看看。"

唐炳哭丧着脸："哎！你等等！那个，我可不想一个人待着……"

诸葛亮笑道："唐兄刚才还担心我怕，我看是你怕了吧？"

唐炳赌气："去就去，谁怕谁啊！不过，不过你得答应帮我一个小忙。"

停灵的新馆厢房外，诸葛亮和唐炳猫着腰凑到跟前的灌木丛后面。

唐炳小声嘀咕："我就是在这里听见说话的。咋没有动静了呢？"

诸葛亮："不急，既然来了，就等等看。"

月黑风高，寒气逼人，偶尔还有怪鸟叫声——却是庞德公的鹤在梦游，委实把唐小胖吓得半死。

唐炳搓着手揉着脸颊："唉，我爹说过，上学就得吃苦，现在我终于明白了，觉都睡不了，饭也吃不好，嘴里没滋味，当然吃苦了！"

诸葛亮："我想伯父说的吃苦可能是另一种意思。"

唐炳小胖手抱着肩膀："诸葛亮，我有一个不太熟的小建议——"

熟？诸葛亮觉得这话似乎哪里不太对劲。

唐炳："我们要不要去叫一下黄姑娘？"

诸葛亮有些意外："为何要找黄姑娘？你不怕她的拳头和弹弓？"

唐炳："哎，我不重要，重要的是我是觉得她毕竟会武功，可以保护你。你要查案救水镜先生，可不能出事!”

诸葛亮强忍笑意：“多谢唐兄好意，不过黄姑娘是女孩子，我们深夜也不便叨扰吧?”

唐炳笑出声来，一摆手：“咳，我就没把她当成个女的!”

诸葛亮：“嘘！有动静。”

两个人忙猫下腰去，只见从厢房里摸出一个黑影，无声无息。乍一看，是个男人，身型体态跟死去的郡守果然有些相似。

唐炳又怕又兴奋，使劲拽着诸葛亮：“我说得没错吧？郡守诈尸了!”

第六回

探囹圄诸葛悟玄机

诸葛亮："我要没猜错的话，他应该要奔西头翻墙而去。"

不出诸葛亮所料，那人直奔西墙，纵身一跃。

唐炳看得目瞪口呆。

唐炳嘴都瓢了："我说，那死鬼，不对，是郡守，为啥大半夜要往西边奔?"

诸葛亮："那人压根就不是郡守。"

唐炳停了下来："啊？那他是谁？！"

诸葛亮："这你得问替郡守守灵的那位女眷了。"

唐炳："啥时候有了女眷啊？郡守的管家不是男的吗?"

"你自己看——"诸葛亮朝停灵处努了努 嘴，唐炳透过窗纱看去，却有一个女子在灵房里整理衣裳。

"我擦！居然还有女——"唐炳的"鬼"字还没出口，就被诸葛亮给捂住了嘴，"你小声点，小心人家告你非礼!"

唐炳赶紧压低了声音："鬼还能被非礼?"

诸葛亮："她不是鬼，他是郡守的小妾，收到了郡守去世的消息，星夜兼程赶过来的。"

唐炳："我怎么没注意到?"

诸葛亮："那会儿唐兄忙着在饭堂里搜寻，自然心无旁骛。"

唐炳："好像长得挺好看的，比郡守年轻了不少嘛!"

诸葛亮："这就对了，你见过郡守的管家吗?"

唐炳："出事那天见过，个子不高，没啥印象。"

诸葛亮："管家现在住在邓县哪里你知道吗?"

唐炳："郡守都死了，谁还关心一个下人?"

诸葛亮摇摇头："我听他跟县尉提过，说自己在邓县有个旧宅，在书馆以西。"

唐炳反射弧长，好半天才恍然大悟：“往西？！所以你说刚才翻墙的那人是管家李忠？那他大半夜跑回来干什么？！”

诸葛亮：“自然不是什么体面人做的体面事。”

突然，小妾往这边看了一眼，诸葛亮和唐炳赶紧低下头，不远处只传来一声猥琐的鹤鸣，看来庞德公的宠物又梦游了。闻得鹤鸣，小妾便转过头去继续对着青铜镜化妆——说实话，大半夜的在一间停灵房里守着棺材化妆，确实挺瘆人的，也难怪唐炳害怕。

但害怕敌不过肚饿，唐炳还是带着诸葛亮溜进了书馆饭堂。

书馆饭堂里，乌漆麻黑，诸葛亮和唐炳小心翼翼地往前摸索着寻找着。

唐炳突然想起了什么：“哦！我明白了！你的意思是，郡守小妾忠贞守灵是假的，实则是借机和郡守的贴身大管家乱搞吧？那就不是闹鬼诈尸，是偷偷闹洞房啊！”

诸葛亮打趣：“只是推测，作不得数的。不过唐兄倒是什么都很懂。”

唐炳得意吹牛：“这有什么，我从小见得多了嘛！你说那会不会是他们合谋杀了郡守？”

诸葛亮严肃：“这不好说。”

唐炳：“肯定是！我爹说过，家贼难防，最怕自己人算计，那就是背后插刀，防不胜防。”

正说着，唐炳的肚子又“咕嘟”了几声，赶紧催促诸葛亮摸高。

诸葛亮：“是这个吗？”

唐炳的小眼睛在漆黑一片中使劲儿放光：“你找到了？！真有你的！”

诸葛亮迈上一个木榻，使劲伸手去够藤架上的漆盒。这个高度连诸葛亮伸手去够都费劲，更别提矮胖的唐炳了。

唐炳只能嘱咐："你慢点，轻点，小心点。"

诸葛亮

诸葛亮小心翼翼将漆盒拿了下来，唐炳迫不及待地打开——

唐炳："没错，就是这个！这是我爹开学前托人送他的！是南方快马加鞭运来的。我就知道，水镜先生肯定把宝贝藏这儿了！"

唐炳说的宝贝不是黄金宝石，而是一盒精致的糯米饴糖点心。

诸葛亮："你少吃几块，既然是送水镜先生的，好歹也给人家先生留点。"

唐炳嘴巴塞得满满的："水镜先生还在大牢里呢，一时半会儿是吃不上了。再说他要知道我们为了救他出去花了这么多工夫，这点儿吃食还算什么呀！明天我们就去县廷，说管家和小妾的事！"

诸葛亮："明天得先去李忠那里看看。"

诸葛亮和唐炳正一门心思研究食盒时，却不知道隔墙有耳。

原来范登夜里睡不着，本来也是摸黑来饭堂找吃食的，吃食没找到，却听到了诸葛亮和唐炳的对话，一五一十都记在了心上。第二天一大早，便急不可耐地向少年郎官打报告去了。

待到诸葛亮和唐炳打听到了李忠的旧宅时，这才发现郑伦早已捷足先登，眼看县廷的隶卒已经将一直喊冤的李忠押上囚车了，同时押送的，还有许多装满财物的箱子。

看见诸葛亮和唐炳一脸问号，郑伦背着手喜不自胜："诸葛亮和小胖子，你们来得正好。本郎官最新发现，郡守贴身管家李忠和小妾菱儿狼狈为奸有男女私情，且在李忠住处中查获大量来源不明的巨额金银财宝，疑似偷盗自郡守府邸。有动机有赃款，李忠和菱儿就是谋害郡守的真凶！”

诸葛亮心里生起层层疑问，先不说这个真凶的结论是否成立，就说他郑伦是怎么发现的二人奸情内幕呢？

唐炳更是觉得憋气，平生最恨别人叫他小胖子了！

诸葛亮拱了拱手：“请问郎官下一步打算如何处置？”

郑伦的脸上浮上一层戏谑不屑之色，他甩了下宽大的衣袖，丝缎衣袖上的褶皱瞬间抖落消失，正所谓人靠衣装马靠鞍——再看那一身麻衣草鞋的诸葛亮，纵使你生得一表人才又如何？还有那个唐炳，虽然衣饰高档却矮胖浑圆，看了就让人发笑。仿佛是精灵王子面对一个麻瓜和一个哈比人，郑伦的优越感油然而生，瞬间达到了人生中的小高潮。

“如何处置？贼人通奸偷盗，人赃并获，自然是过堂公审了！”

这种事情也要我来告诉，郑伦心想麻瓜的脑子果然不好使。

诸葛亮问：“郎官可有十足的把握？”

郑伦斜了一眼道：“诸葛亮，你什么意思？看我破案神速、快你一步，心里不舒服？”

诸葛亮微笑：“郎官误会了，只要能抓住真凶救出水镜先生，谁破案都是好事一桩！我只是想给郎官提个醒——通奸偷盗和杀害郡守虽然都触犯大汉律令，可毕竟还是两码事，眼下诸多线索需要细细厘清，不宜草率过堂。如果需要，诸葛亮愿尽绵薄之力。”

郑伦放松一笑道：“我说诸葛亮啊，让你破案，是我爹上次罚你嘴欠，就当给你一个观摩学习的机会，你别拿鸡毛当令箭！这些下人贱民谋害官差老爷的龌龊事，一点都不新鲜，有什么可理的？！你嫌草率，莫非你还想替那对奸夫淫妇说情不成？”

亲爹和苏原不在，郑伦说话愈发有恃无恐起来。

诸葛亮正色道：“郎官说笑了，既然你如此笃定，案件水落石出自然指日可待。”

郑伦：“指日？我今日就让你们见识一下本郎官的速度！去县廷！”

郑伦翻身上马，撩起宽袖佩巾，挥舞缰绳，心情嗨到飞起。

阳光刺眼，诸葛亮和唐炳都眯着眼睛看向郑伦——逆光下的郑伦自带剪影升格效果。慢镜甩头，接受众生瞩目仰视。

再看诸葛亮，似乎嘴角眉梢还蕴着一丝浅浅的笑意——笑意？难道他诸葛亮不应该哭丧着脸才对？郑伦不爽，再看唐炳，他也鼓着小肉腮帮子一脸不服气。

郑伦：“嘿，唐胖子，你说是我的马快，还是你滚成球轱辘得快？哈哈！”

唐炳：“你、你咋不下来自己当球呢！”

郑伦：“哈哈哈哈，嘴还挺硬！老爹买了点心送了人舍不得，就让儿子半夜摸黑去偷偷吃回来，哎呀，龙生龙凤生凤，老鼠的儿子会打洞，真不愧是奸商的好儿子！”

诸葛亮一下就明白了，昨夜饭堂里，显然有人偷听到了他们二人的谈话。

唐炳满脸涨红，肺管都要气炸了，不顾一切想冲上去把郑伦拉下马。

唐炳：“你才是奸商！我家是商，你家是奸！”

可马蹄突然腾空飞起，眼看就要踏到唐炳身上了！

“闪开！吁！”诸葛亮迈开大长腿，一个箭步冲了上去，驯住马儿，拼命护住身后的唐炳。

郑伦使劲拽着缰绳，高声喊驾！马儿却有些不听使唤，颇为不爽。

郑伦吼道：“范登！你怎么给我牵的马！”

郑伦一骑绝尘，扬起漫天尘土。

唐炳恨恨地大喊："我真希望他狠狠摔一跤！"

诸葛亮："急于求成，栽跟头怕是免不了了。"

话音未落，就听见郑伦"哎呀"一声，翻身摔下马去！

范登、魏安等人连忙都围凑了上去。

唐炳瞪大眼睛不敢相信，差点乐出声来，看向诸葛亮：

"这、这——你也太厉害了！"

诸葛亮自己也吃了一惊道："我刚才那是比喻！他如此查案一定会闹出大笑话的，可没想到眼前就——"

唐炳："丢人现眼！哈哈哈哈！我爹说过，人在做天在看，这就叫老天有眼！哈哈哈哈！"

诸葛亮眉头一动，环视四周。

唐炳："你看啥呢？"

诸葛亮突然粲然一笑，对着虚空拱手作揖笑道："刚才多谢黄姑娘出手，请出来吧。"

无人应答。

唐炳挤眉弄眼："尴尬了吧？你就别唬我了。"

诸葛亮笑道："唐炳，拿点儿吃的，快！"

唐炳迅速地做出了本能反应："咸的还是甜的？"

诸葛亮笑道："什么都行，你爱吃的就行！"

唐炳不大情愿地从兜里掏出一只鸡腿，诸葛亮扯下一块鸡皮，在空中比划了一番，就把鸡皮放在地上。

只见飞燕豹子一般从树上飞蹿下来，直奔鸡腿。

唐炳："哎哟！上次偷我鸡腿的那只贼猫又来了——"

唐炳往诸葛亮身后看了一眼，赶忙镇定改口，语气也跟着亲切起来："嘿！我说谁这么眼熟，原来是咱家飞燕啊？吃吧吃吧，鸡腿儿管够!”

身后有风声。

诸葛亮一阵心慌，后脖颈突然僵住，不敢回头。

诸葛亮还未慢慢转过身来，就听得身后传来一个银铃般的声音：

“我说诸葛亮，这都三天了，还能不能把水镜先生给捞出来了？”

诸葛亮转过身来，拱手作了个揖：“黄姑娘，你都看见听见了？”只见黄月英一身青衫，眉眼略带忧思，点了点头：“郑伦真是个添乱的主，夜长梦多啊。”

诸葛亮、黄月英、唐炳一直赶路，终于挤进了人满为患的县廷公堂。

只见管家李忠跪在地上，弯腰驼背，痛哭流涕。旁边郡守的小妾菱儿也被捉了来，果然是一身白孝也挡不住的年轻貌美。她不言语也不争辩，跪在地上一副早已认命的样子。原来，她与管家的奸情早已败露，刚在公堂上已被训问得明明白白。旁人一时议论纷纷，可怜了这个如花似玉的菱儿，老郡守那副德行，还整日炼丹服药，夫妻生活早已有名无实，菱儿干柴，李忠烈火，整日抬头不见低头见，不勾搭成奸也难。

当然，郡守家中的丑事被抖搂出来，丢的是整个南阳官场的面子，郑旦、苏原都知道适可而止的道理，现在的关键是把李忠的杀人罪名落实，这就能向上头交差了。

唐炳小声道：“唉，确实长得好看，可惜了了。”

黄月英切了声：“你倒是怜香惜玉，要不来点儿实惠的，晚上替她守灵去？”

唐炳呵呵傻笑：“我同意，那郡守管家也不能同意啊!”

县廷堂上，郑伦换了一身新衣，脸上的淤青也用珍珠粉给遮了瑕。

他慷慨激昂，始终在位上来回踱步，举手投足都是律政大片男主的范儿。

郑伦：“贼人李忠，你老实交代，你老宅里那些金银珠宝都是从哪儿来的！”

几个隶卒把财务账簿扔在堂上，上面的郡守印鉴清清楚楚。

李忠如同霜打过的茄子：“是我从郡守府邸偷来的，偷了他也不知道……跟郡守四处搜刮的民脂民膏相比，我偷拿的那些不过是九牛之一毛，实在是小巫见大巫啊。去年的秦氏偷漏赋税一案中他就中饱私囊三千五铢钱，我偷的不过是冰山一角。请老爷们明察！”

一片哗然。

郑伦：“少来这一套！你李忠偷财又偷人，还和郡守小妾勾搭在一起，你们无耻奸情败露，所以杀了郡守灭口！”

李忠拼命摇头：“没有！郡守每日醉心炼丹养生，闭门修炼，根本不知道自己少了钱财，因为做得隐蔽，他也不知道我和菱儿的事！”

众人不由得看向菱儿，菱儿只是低着头，任泪珠淌地。

郑伦急不可耐：“休要狡辩，郡守出事那日你就在现场，我们大家都看见了！你有杀人的动机和时间，还想抵赖！”

黄月英皱眉：“李忠是杀人犯？”

诸葛亮：“李忠这人虽然贪财好色，但为人怯懦，贪生怕死，绝非有杀人之胆量。”

李忠：“给我豹子胆我也不敢杀人啊，何况是郡守！我还要靠他吃他，指望借他发财，怎么会自掘坟墓杀了摇钱树呢！”

郑伦咬住不放：“休要抵赖！”

李忠：“郎官大人，各位大人，郡守出事时他是单独在隆中书馆新馆的厢房休息，那个时间段里我并不在郡守身边，怎么会是我下的手？”

郑伦鼻孔出气："空口无凭，谁人能替你做证？"

李忠："当时很多人都看见我了，都可以替我证明——县令大人、督邮大人，你们的县尉、县丞，还有我们随行的隶卒、轿夫都看见我了！"

郑伦："他们人都在这里，你猜谁愿意替你这个通奸偷盗之徒作证？"

环顾四周，哀求一遍，大家不是看手就是看脚，无一人出列作证，李忠这下真是彻底慌了。

郑伦："怎么样，所有人都在这里了！你还有什么话要说！"

李忠突然想到："不对！还有一个人能证明我没有和郡守在一起，可他不在这里！"

郑伦："谁？"

李忠："水镜先生！"

郑伦哈哈大笑："水镜先生已经替你受过关在大牢里了，你认为他会感恩于你赐他牢狱之灾，替你作证？"

李忠："水镜先生跟别人不一样，他是读书人，他会替我作证的！"

郑伦："好啊，不到黄河心不死，那就带水镜先生。"

众人伸长了脖子，只见水镜先生手脚都戴了镣铐枷锁，被狱卒带了上来。他面色蜡黄憔悴，头发胡须也都凌乱不堪，走路沉缓疲惫。大牢几日，整个人消瘦了一大圈。

诸葛亮看了心疼，黄月英看了来气。

黄月英："郑伦他爸真不是个东西！"

唐炳："瘦成这样？！大牢里不给饭啊？水镜先生快要饿死了！"

诸葛亮："怕是给了也吃不下。"

黄月英突然转身要走，诸葛亮猛地拽住黄月英的手腕，唐炳看傻了眼——老虎屁股摸不得，黄月英的小拳头你还敢碰得？不要命了？

黄月英压低声音：“给我松手！”

诸葛亮：“黄姑娘，切莫轻举妄动。我们是来救水镜先生的，不是来捣乱的！”

唐炳这才注意到，黄月英手里紧紧攥着弹弓。

果然是东汉第一硬核少女！

诸葛亮：“小不忍则乱大谋，黄姑娘我答应过你，一定救出水镜先生！”

黄月英收起弹弓：“还有四天！再不把老头儿救出来我把你扔进蛇窝鼠窝毛毛虫窝！”

县廷之上，郑伦问水镜是否记得出事当时的情况，水镜娓娓道来：那日确实李忠没有跟郡守进厢房休息，因为自己想送果盘进去，还被李忠拦下，二人在厢房外说话，李忠要去茅房小解，还是水镜先生陪着同去的——李忠的说辞被证实了，当日郡守被害，李忠有充分的不在场证明。

无论郑伦怎样明示暗示——只要李忠没有对其有利的证人其罪名便成立，水镜就可以放出大牢，可水镜就是不为所动。

水镜叹了口气：“做人第一要紧的是一个诚字，我只是实事求是而已。我宁可蒙受不白之冤的苦楚，也绝不会让旁人因我进来受苦。我宁肯抓不住歹人自己死在监狱，也不愿违心做伪证换得一时清白。”

诸葛亮眼眶一热，水镜先生果然有师者风范，品质高贵，学生当为楷模。

水镜先生被狱卒押回牢房。

苏原：“郎官，你的手怎么了？”

郑伦："别提了苏伯伯，我今早去抓李忠回来，归心似箭，不小心从马上摔了下来。"

诸葛亮、黄月英和唐炳相视一笑。

可能是怕别人以为自己马术不佳，郑伦补了一句："我爹买了一匹名驹'的卢'，我两天就将其驯服了，可惜没骑多久就被我爹收走了。"

李忠突然哈哈大笑，笑得瘆人。

黄月英颇为自信："就算有那匹千里马'的卢'，郑伦还是会照样摔成狗啃屎！"

唐炳："有这种好事黄姑娘一定叫上我。"

李忠："那匹'的卢'原来是你的呀！"

众人还没反应过来，郑旦突然使劲儿拍了下桌子，大家都被吓了一跳。

郑旦："郑伦，胡闹什么？毫无事实依据你就说李忠杀了郡守？！有你这么断案的吗？丢人都丢到邓县之外了！"

郑伦不知道父亲为何突然大发雷霆。

郑旦："将人犯速速带走！移送郡丞大人处理！"

苏原和所有人都看向郑旦，觉得他此举实在不同寻常。似乎一说到"的卢"，就触碰到了郑旦的神经，让他产生了条件反射。

郑伦支支吾吾："可是他私通小妾，偷盗郡守财产……"

郑旦："那财产是邓县的吗？！你有权管辖吗？！多管闲事，给我下去！"

郑伦看看李忠，又看看自己亲爹，似乎明白了大概。

李忠反问郑伦："郎官，你看，还是我杀的郡守吗？"

郑伦进退两难，苏原满脸笑意，开口："满心希望如郎官所说，今日案件就能水落石出。没承想，天不遂愿啊。"

李忠和菱儿都被带走了，菱儿始终未曾看李忠一眼。

从县廷出来，诸葛亮和黄月英、唐炳聚在小吃铺里，唐炳在往嘴里塞肉饼。

诸葛亮："李忠有充分的不在场证明，而给出唯一人证的正是水镜先生。这样对水镜先生非常不利。"

唐炳打了个嗝，在跟飞燕儿撕扯肉饼。

诸葛亮："案子再次进入僵局，一切回到原点。事到如今，没有别的办法了，我们必须还原事发当天的所有细节，找到了解情况最多的知情人。"

黄月英："除了水镜，还能有谁？"

诸葛亮点点头："水镜先生是个细心敏感之人，这几日在大牢中想必也将事件的前前后后深思熟虑想过一遍，一定有一些事情是我们所不知道的，也许那就是破案的关键！"

黄月英："可你要去的不是房顶，是大牢！大牢如何去得？"

诸葛亮："这确实不容易。"

唐炳嘴里还有食物，嘟囔着："有啥不容易，这个包在我身上了。"

诸葛亮："啊？"

唐炳拍了拍小胖手上沾的面粉，心满意足："有钱能使鬼推磨，我爹老早就说过，狱卒什么的就是靠我们这些人探监才能赚关粮钱呢！他们应该感谢我们才对！"

唐炳说的果然没错。

一般人都以为一入牢门深似海，县廷关押犯人的机要重地，如何随随便便进得？可眼下，唐家家丁轻车熟路地打点了一番，就有一个像是管事的狱卒迎了出来，客气地招呼着唐炳，给他们开门引路。

头目告诉唐炳，这是看在唐老爷子的面儿上打了八折的优惠价，但是提前不知他们还要带个女人下来，其实应该再加一份去晦气的钱。

黄月英瞪了狱卒头头儿一眼：“女的怎么了？大牢不晦气嫌女人晦气？”唐炳装傻打哈哈，拉过狱卒小声指了指后面：“她啊，就不是女的，再说以后我让我爹多照顾你生意，只在你当差的时候进入，这不就啥都有了？”

狱卒连连点头，“得咧！小的一家老小就靠唐少爷这句话了！灯暗路滑，几位小心点儿啊！”

牢狱里几十米才有一只油灯，每个火苗都奄奄一息，像是随时都要熄灭一样做垂死挣扎。估计是为了克扣点儿官家的灯火钱——蚊子腿上的肉也是肉啊。大牢里阴冷潮湿，还伴随一股难闻的腐败霉味，路过的每个牢房都一览无余——只有一席薄薄的破草甸子可以坐卧，枕头被褥啥都没有，水镜先生如何经受得了这个？

正说着，却路过拐弯处有两间带窗的单间，阳光照进来，不但有窗，还有几样简单的木制家具，被褥寝具也很齐全，最感意外的，是铁栏内还有竹篾制的软屏风，犯人可以在里头拉绳控制，随时可打造自己的私人空间。

黄月英和诸葛亮对视一眼，都觉得稀奇，放慢脚步。

黄月英：“水镜先生住的是这里吗？！”

狱卒头头咧了下上嘴唇：“啊，这是我们的样板间。”

唐炳回过头来，一副见怪不怪：“得加钱！一条龙服务，听说伙食还不赖，就是死贵，我爹说比隆中书馆的捐例还贵两倍呢！”

诸葛亮早就猜到了。虽然他长这么大这是头一次下到大牢，可他明白，坐牢也是一门生意，只要有人的地方，就有讨价还价的空间，想到这里，不免更替水镜先生捏了一把汗。

九曲十八弯，在大牢的幽深尽头，终于见到了憔悴病弱、肺咳不断的水镜先生。

“你们怎么来了？！”

水镜扒着铁栏，见到诸葛亮他们真是又高兴又担忧。

“为师没事，你们几个别给自己惹了麻烦，赶紧走吧，再不走万一出不去该如何是好？”

黄月英：“您都泥神仙过江自身难保了，还操心我们？”

唐炳挥挥手：“都是事后第三方付款，我不确认出去，没人给他们钱！”

狱卒头头儿笑眯眯地用钥匙开了门，唐炳把小吃铺里打包的吃食都一股脑儿地塞给了水镜。

水镜捧着东西几欲老泪纵横：“吃拿学生的点心，为师实在惭愧不堪。”

唐炳反倒不好意思起来：“这有啥，我早就偷吃过你的了……”

水镜还没反应过来，诸葛亮就接过话茬，告知此番来意，想请水镜先生将事发当天经过一五一十、事无巨细地回忆一遍。

水镜点了点头，开始跟诸葛亮从头说起。

水镜说，其实典礼当日从下轿到进厢房，不过眨眼间的工夫。周围并无可疑之人等。短暂印象中，郡守面色白里发青，显然是长期养尊处优、不劳作也无日晒的缘由。进了厢房以后，自己就再未见到郡守，只是隔着门板说了几句客气奉承话，听里面哼哈了几声就没了动静，心想这是郡守舟车劳顿，午睡睡着了。

诸葛亮闻之，不由得心中一震。

阳光真好。

自由真好。

走回书馆的一路上，诸葛亮心里都在反复琢磨，既然不是李忠以及郡守的身边人，依照当日的安保级别，凶手如何能混进书馆，并在短时间内将尸体悬挂于房梁之上的呢？显然这不是一时一己之力可以为之。

唐炳一手交钱一手交货，拿了一袋子热乎乎香气四溢的糖炒栗子。

唐炳："黄姑娘趁热吃！"

黄月英也不客气，说句谢了就剥开一粒——自己不吃，却摊手喂给了飞燕儿。唐炳看了也不好发作，只见肥猫正对着他和他的栗子虎视眈眈，胡须抖擞。唐炳只好噘着嘴背过身去，自己又挑了大又圆的热栗子囫囵地塞进嘴里——真是香极了！

唐炳吃饱了，见诸葛亮一直若有所思，拿栗子在眼前晃了晃：

"嘿，你想什么呢？"

诸葛亮这才回过神来，笑笑："这么快？我看卖家档口摆的都是生栗子，你挑了个头最大的，还以为要等上片刻才能炒熟呢！"

唐炳一副哎呀这你就不知道了吧的样子：

"都是一走一过顺路随便吃吃的事儿，谁有工夫跟着瞎等啊？"

诸葛亮又问："所以店家早就提前炒好备下的？"

唐炳眼下只顾上心无旁骛剥栗子，黄月英白了诸葛亮一眼：

"当然要提前下手，要不然怎么来得及应付馋嘴的客人？——幼稚！"

诸葛亮突然猛拍脑门，哈哈大笑："太好了！太好了！多谢黄姑娘点拨！"

唐炳满嘴栗子一头雾水："点什么锅？"

黄月英却看出诸葛亮有了想法，语气急切："少废话，你说我们现在应该去哪儿?”

“回书馆!”

傍晚时分的新馆厢房，四处无人，郡守停灵数日，不能再拖延，已经发丧前往郡治。

从当时的卧榻茶具，到屋里的瓶罐摆设，诸葛亮和黄月英没发现任何蹊跷之处。

鼾声传来，原来唐炳要熊说自己今日走了快一万步，实在疲倦不堪，不敢靠近棺木，捧着栗子席地而睡了。

怕吵醒唐炳，诸葛亮压低声音告诉黄月英：“刚才店家炒栗子的事情提示了我，真正的杀人凶手一定是提前潜入书馆厢房设置机关且手法隐蔽，这也就能解释，为何事发当日县尉在书馆大门设卡查验，却没有发现任何可疑之人。”

黄月英若有所思地点点头，飞燕儿去唐炳怀里偷栗子，却被唐炳猛然翻身吓到，惊慌之下蹿上房梁。

诸葛亮捡起滚落到地中央的栗子：“黄姑娘还记得那日如何发现郡守的吗?……如果不是苏莹意外通过镜子发现郡守被吊在高处，大家还在外面四处寻找呢。”

黄月英看向飞燕，它已经从房梁跳到承尘布上，在下面只能看到飞燕的脚印，似乎在承尘布上玩得不亦乐乎。

黄月英抬头望着：“所以贼人始终藏在房梁上面——那是大家的视线盲点。”

“黄姑娘果然聪明，一语中的！凶手前一天夜里就在这里埋伏好了。”

黄月英嘟着嘴露出了笑意，正得意间，黄月英发现胖猫上了房梁：“飞燕儿，上面脏，下来吃栗子!”

黄月英举着栗子却不见飞燕儿下来。

“奇怪，”黄月英嘟哝着，“上面是有什么东西吗？”

话一出口，黄月英自己愣了一下，再看诸葛亮眉峰微微一耸，似乎也是不约而同地想到了一件事。

诸葛亮：“黄姑娘，可否拜托你——”

诸葛亮话还没说完，就觉得眼前一片眩晕，只见黄月英瞄了房梁一眼，突然后退两步猛然借力起跳，三步五步一阵风似的跃上了房梁，竟然一点儿动静都没有。呵，飞燕的主人才是身轻如燕呢！

诸葛亮转念一想，因为黄月英身型瘦弱，再加上会使功夫，才能几个箭步飞上房梁，若是凶手害死了郡守，想把他拖到房梁之上，岂不是费尽九牛二虎之力，简直是天方夜谭？除非有工具助力？

房梁上的黄月英，终于知道飞燕为什么乐不思蜀，栗子也不吃了——承尘布上有一个半个手掌宽的木制人偶，飞燕拨来拨去，连跳带追，玩得正开心。

飞燕叼了木质小人偶过来，黄月英端详了下，就抛给了底下仰头的诸葛亮。

对方险些没有接住。

“房顶上怎么会有这么个丑东西？”

黄月英抱着飞燕翻身落地，动作飒爽。飞燕冲着诸葛亮喵呜一声，意思是快还它玩具。

诸葛亮端详着这个木偶突然想到什么，眼中犹有惊骇之色。

“怎么了？我家飞燕你也怕啊？”黄月英宝石般的眼眸光亮四射，像聚光的探照灯一样射向诸葛亮。

“莫非这就是传说中的‘木工厌胜’？”

黄月英和飞燕面面相觑。

诸葛亮娓娓道来："黄姑娘有所不知，民间流传着一种说法：请木匠、泥水匠建造房屋，一定要好酒好肉盛情款待，以免得罪他们暗中在房子中做了手脚，引鬼祟入屋，使主家病丧人口、破财败家或遭遇官司等劫难。据说，木工作孽的手法大同小异：先削一个似人似鬼的小木偶，在木偶身上刻上生辰八字、咒语等并施以法术，然后把它置放在房屋的梁柱、槛、壁等不易被人察觉的暗处。到了晚上，这些木偶便会作孽捣乱，让住房之人频生祸患，不得安宁。这类勾当，被称之为'木工厌胜'，在民间也有被叫作'下算'的，即用厌胜巫术去算计他人。相传这种技巧一般只为手艺精湛的木工所掌握，而这种厌胜术的传承也只能通过父子或师徒相沿袭，并有严格的保密制度。"

黄月英："真是阴毒下作至极！诶，诸葛亮，你怎么连这个也知道？"

诸葛亮："我跟着叔父的时候，见过他审过一起案子，也是'木工厌胜'……"

"案子破了案子破了！就是盖房的那个木匠干的！"

第七回

厌胜木偶秘魇诡藏

诸葛亮和黄月英吓了一跳，原来身后的唐炳醒了，刚才听见了诸葛亮的话。

唐炳费劲地站了起来，衣服被滚圆的肚子撑裂了一道小口子也不以为意。

“诸葛亮你忘了？那日咱俩回宿房，看见有人在后院纠缠水镜先生最后还嚷了起来，好像是嫌水镜先生给他给的钱少！”

诸葛亮点点头：“是有这么回事，听水镜先生称呼他为马师傅。”

唐炳非常兴奋，挥舞着栗子就要往外冲：“哎呀，人为财死，鸟为食亡，我爹说的没错！我爹还说，得罪谁也不能得罪厨子和木匠。走吧，咱们去报官，去抓马木匠！”

诸葛亮笑了：“唐炳，你当真相信这样一个小木偶就能害死郡守，还把他一个大活人捆绑倒吊都毫无挣扎求救声吗？”

黄月英虽然没说话，但心里也认同诸葛亮所说。

唐炳这才停了下来，挠头晃脑袋，一脸失望：

“我、我刚睡醒，脑子还没转起来呢。马木匠也不是凶手啊？那到底还有没有人是凶手啊？！”唐炳揉了会儿太阳穴，又道：“这个马木匠对水镜先生有怨气，生过口角，还用了这样下作的手段，至少说明他这人心地不善！”

“那他直接对水镜先生下手不就完了吗？干吗要杀郡守？”

黄月英语速极快，一语中的，打得唐炳措手不及。

似乎这又到了一个循环往复的死结。

唐炳还不甘心：“那如果两个人他都恨呢？”

“事已至此，猜是没有用的，最重要的是，无论谁是凶手，都需要一个把郡守吊起来的紧要工具，可能是一个滑轮，或者是一个杠杆之类。”

唐炳眯缝着眼睛，舔舔嘴唇："什么？滑熘——鸡肝？"

黄月英没有理会唐炳，若有所思的抬头看着房梁："所以凶手始终藏在房梁上？短时间内一上一下，那他也得有点功夫喽？"

诸葛亮点点头道，"也许比不了黄姑娘，但肯定有身手。今天不早了，咱们早些休息，明天去会一会这个马木匠！"

只剩三天时间了，诸葛亮三人急匆匆地赶到木匠工坊。

位于县中心西侧的木匠工坊里，打铆的、推槽的、抛光的、上漆的……木匠们正紧张有序地工作着，看得出这个多年的老工坊生意不错。

木匠们都忙着自己手里的活计，费了番周折打听，诸葛亮他们才在后院的空地上找到老马。

这个老马身材精瘦，一身做工的麻衣短打扮，正在自制的木杠上练习引体向上和前后空翻，腰腹臂力都很惊人。

黄月英和诸葛亮对视一眼，眼前应该就是他们想找的人！

诸葛亮作揖问好，老马却充耳不闻，只顾着专心做着自己的体能训练。

唐炳悄声问黄月英："黄姑娘，他比你如何？"

黄月英："我只多是灵巧点儿，他臂力可是相当惊人。"

唐炳意外，心想还有你黄月英服气的人，不由得满意地哧哧笑着："嘿嘿，果然是人外有人，山外有山嘛！"

"猪外还有猪哪！"

黄月英嘴巴伶俐，冲唐炳似笑非笑地扬了扬下巴。

唐炳霎时结巴起来："说猪、猪，你、你看我干吗？"

这时，老马一个漂亮的后空翻落地，稳健了得——这是从古代流传下来的一套"熊经鸟申功"，习武之人常常练习，看来老马也是个练家子出身。

“说吧，你们几个小孩找我什么事？”

再看这老马，三角眼、高颧骨、悬胆长鼻，样貌奇特，甚至可以说有些丑陋，再配合着脸上说话时的刻薄神色，让人自然就生出许多的嫌恶之感。

诸葛亮不卑不亢，开门见山问其“厌胜木偶”一事，这个老马师傅只是翻了翻干瘪的三角眼眼皮，咧出狡黠丑陋的一笑——“这是木匠行的老规矩了，祖师爷对待小气客人都这么干，邓县干了几十年木匠了，哪个不对我们客客气气的？他水镜识文断字的还拿着州郡拨款，几个赏钱都这么小气，到头来只能自找倒霉，遭灾在所难免。”

马师傅一副理直气壮的样子，言语间明显对水镜的遭遇幸灾乐祸。

“所以是你放的木偶喽？”

黄月英看不惯老马说起水镜那一副猥琐戏谑的样子，直截了当发问。

“我刚才说是我了吗？”

看来马师傅是一枚不粘锅的老油条了。

诸葛亮笑笑，看似随意地问起书馆新房房梁的营造样式，却发现老马总是顾左右而言他，再看老马浑身上下不沾一点儿木屑，像是很久没做过木工的人了。

黄月英原地待不住，去跟别的木匠一打听才知道，原来老马如今的身份是包工头，只管到处揽活儿，自己并不亲自动手。老马去书馆，要么去监工，要么去收钱，哪里是自己真卖力气？

那书馆的主体架构是谁设计施工的？可否看看设计图？图上有没有轮滑杠杆之类的机关？

老马不爱搭理诸葛亮了：“你问这个干吗？我从外县请的高人，你还想挖人啊？去去去！我忙着呢。”

“我看就是这个老马！他有身手，还有动机，故意嫁祸给水镜先生，知道我们没有证据所以才抵赖不承认！”唐炳又嘀咕了一句：“我爹说过，做生意搭伙得看人面相，相由心生，你看他那个样子，准不是啥好人。”

看来又要无功而返了，唐炳噘着嘴嘟囔了一阵，又诧叹自己要饿昏过头去了。

黄月英笑话唐炳：“还没见过哪家的胖公子能被饿昏过去呢，倒是挺想瞧瞧的。”

几人正往外走着，诸葛亮无意瞥见一对崭新的木刻板上面刻着两句骈文，刚刷过金漆，做工煞是精美，不由得站住仔细端详，唐炳见诸葛亮站在那里看，也跑过去跟着看，不过有好几个字认不出：“什么什么什么凭利什么，什么什么工在心什么？”

诸葛亮：“雕栋梁凭利器，运巧工在心机。”

唐炳：“嗯嗯，我都认得，就是笔画也太乱了，像一群飞舞的酱香鸡爪。”

黄月英噗嗤又乐了：“唐炳，鸡爪就鸡爪吧，可你是怎么看出来酱香的？！”

唐炳使劲努着鼻子嗅着：“你没闻见一股油漆味吗？”

黄月英笑得更厉害了，可诸葛亮却似乎没注意二人的对话，端详着木刻喜不自胜。

“你们看，好漂亮少见的草书！颇具‘张有道’的神采！”

“谁有刀？”唐炳不解。

“公子见多识广抬举老张了，可是东家不喜欢，这半天工夫算是白费了，还挨了一顿骂。”

答话的人是工坊里的木刻工兼油漆匠，名叫老张。老张满脸沟壑和无奈——木刻被东家退了回来，正捧着粗碗在一旁喝水去火呢。

“素闻草圣‘张有道’书法自成一派，龙蛇飞动，纵横捭阖，用笔变化无方，技巧精熟，世人临帖模仿皆难得其精要，却没想到还能在邓县的地界上看到如此有草圣意趣的书法上品啊！”

原来，这对木刻板上刻的骈文采用了名震一时的张芝草书字体，张芝因擅草书被誉为“草圣”，东汉朝廷曾以“有道”科目征召他出来做官，但张芝拒绝了，世人遂尊称他为“张有道”，唐炳不知道这个典故，听岔劈也很正常。

黄月英：“嗯，龙飞凤舞得倒是挺像我的练功帖。”

诸葛亮：“可惜这位东家不识货，这一笔‘张有道’的字体若是去了汉阳天水，定能引起轰动！”

老张：“公子抬爱了！公子抬爱了！我这也就是仗着自己早年间做过几年书吏，木刻临摹而已，岂能望草圣项背！唉，再说如今这世道，兵荒马乱的，谁还有那闲工夫欣赏书法啊……公子小姐别站着啊，来，请坐请坐。”

遇到这么个识货的年轻人，老张自然热情起来。又是倒水又是拿蒲团坐垫，大家注意到老张是个跛子，走起路来右腿实不灵便。老张看唐炳黄月英都盯着自己的腿瞧，憨厚一笑：

“几十年了，吃不了重力，只能刷刷漆，刻点儿小东西。日常生活倒是无碍。”黄月英这才意识到自己刚才很不礼貌，不好意思起来。

老张听说诸葛亮他们来自隆中书馆，老张自然问起沸沸扬扬的郡守案子眼下如何了，听说水镜先生被投进大牢，老张关切地问了几句，说自己跟水镜有过几面之缘，真是个好人云云，也宽慰诸葛亮几人，说相信县廷也是做做样子，过不了几日，定会放水镜出来。

除了书法功底，老张屋内的榫卯手艺的半成品更让诸葛亮叹为观止，忘年二人相聊甚欢。老张还告诉诸葛亮，利用好榫卯结构，可不费一钉一锤，就能让建筑结构屹立百年不倒，也可让车轮旋转飞快。

诸葛亮在自己家里就没少鼓捣过这些东西，自然问题一箩筐，老张也来了精神，没想到隆中书馆的少爷公子不耻下问，问的个个都是有难度的好问题。一来二去的，老张已把诸葛亮引为知己。

喝水时，诸葛亮注意到屋内挂着一只精巧的拨浪鼓，老张神色一黯，说这是当年送儿子的，后来儿子七岁那年在一个大雪天里早夭，自己就只留了拨浪鼓做念想，不提也罢。

诸葛亮看老张粗糙的脸，心想，这么好的手艺人，还有这么一段伤心往事，年过半百孑然一身，还要在工坊里日夜劳作，不免有些心酸。

诸葛亮问老张，是否知道隆中书馆新馆的房梁营造设计？老张说，听老马说，是高价请的是外县高人出的设计图，也不知那人姓甚名谁，自己曾去给刷过漆，那时还没上承尘布，大概还能记得房梁的结构，老马匆匆几笔，画了一份设计简图，诸葛亮如获至宝。

二人正聊天呢，突然隔壁传来噗通一声巨响，好像是什么重物坠落之声——跑出去一看，只见唐炳昏倒了。

黄月英："下午他说他头昏时我还不信，以为是犯懒嘴馋的托词，没想到真的会昏过去！"

是啊，诸葛亮心里也觉得奇怪。眼下也不及多想，立刻就摁住唐炳人中、天池等几个穴位，这是自家懂医的二姐教的救急办法。

黄月英："唐炳平日很少走路，这回跟我们出来消耗太大，真的饿昏过去了！"

"我中午还剩下半张葱油饼！"

老张跛着脚急忙拿来了葱油饼，诸葛亮塞进唐炳的嘴巴里，唐炳这才睁开眼睛，让大家都松了口气。

唐炳开口第一句便是：

“饼还有吗？”

老张哭笑不得，那半张已是老张当日的晚饭了，哪还有富余？

回来路上，见唐炳已经完全无碍，黄月英一路上笑个不停：“唐炳，我看你不是五行缺火，而是五行缺饼，所以叫唐炳。哈哈哈……”

唐炳委屈地大声说：“我今天下午并不是真的饿，只是头晕，以前从未有过！只有习惯性的吃东西才能让自己觉得好受些。”

诸葛亮突然想起什么：“会不会你中午吃坏了什么东西？”

唐炳有些不好意思，诸葛亮看出端倪。

哼哈嗯嗯了半天，唐炳挠挠头，终于从袖子里摸出个东西，扭捏地伸给诸葛亮看——只见一颗半个鹌鹑蛋大小的红丸。

“我在厢房捡的，郡守小妾不是说郡守服用仙丹，可以长生不老吗？我就有点儿好奇，想看看长生不老是啥滋味？”

黄月英瞥了一眼，一本正经：“滋味好不了，这是飞燕的粑粑。”

啥？！

唐炳大惊失色，使劲弯腰干呕，呕不出来就哭天抢地，要死要活。

唐炳：“我堂堂唐家大少，居然去吃猫屎！”

黄月英眯着大眼睛看够了热闹，这才哧哧笑出声来：“嘿，是我逗你呢！”

诸葛亮也忍俊不禁，大笑不止。

唐炳干呕未遂却早已气喘吁吁，此刻他已气得无力反抗，赌气背过身去：“你们都欺负我！”

诸葛亮：“唐炳，这太奇怪了，既然是长生不老，怎么吃了就发头昏呢，难道郡守吃了不发昏吗？”

黄月英大眼睛忽闪了一下：“你是说这个药丸有问题？那得问问她那个小妾，她肯定知道。”

诸葛亮：“黄姑娘果然冰雪聪明！事不宜迟，我们得快回去！走吧唐炳。”

唐炳不知道在跟自己怄气还是跟谁怄气，瘫坐一处，悲愤交加，死活也不肯动地方。

唐炳：“告诉你们，我现在宁可吃飞燕的粑粑也不想再走路了！你们自己去好了！”

黄月英：“真的？”

唐炳哼了一声。

黄月英：“那好吧，你不是说让我有好事要想着你嘛，你说那个小妾挺漂亮，这么一个近距离接触的好机会就愣生生错过了，你可别后悔哦？”

唐炳叹了口气，竟然一跃而起，果然是一个灵活的小胖子。

唐炳挥了下小胖手：

“为了救水镜先生，我豁出去了！哎，你俩等什么呢，飞燕赶紧的别玩了，咱们走吧。”

诸葛亮和黄月英相视一笑。

还没到菱儿收押的平房，就传来一片吵闹声，门口里三层外三层，早已水泄不通。

原来陈郡守的几个儿子都还年少，全部留在郡治为父守孝，郡守的正室夫人却连夜赶了回来——郡守死时，她正在娘家，所以耽搁了几天才到，结果一来就听说了菱儿和李忠的丑事，夫丧事小，家丑和家产事大——触动灵魂可忍，触动利益不可忍！这下正室夫人彻底火冒三丈、怒不可遏起来，李忠被关在牢里，菱儿算是郡守的家事，因此并未收监，只是在县城一处平房里被看管起来，郡守夫人不管李忠，径直朝着菱儿宣泄满腔的怒火。

“告诉你们，刚才郡守大奶奶拿着菜刀逼着小妾要把身上的衣服都脱下来，连披麻戴孝的丧服都要脱！哎哟，那个小狐狸精边脱边哭，还说自己不知道李忠干的坏事，每月的零花钱都是定数，扮猪吃老虎，那装得叫一个可怜着呢！”

诸葛亮、黄月英、唐炳三人看苏莹摇着团扇，绘声绘色栩栩如生，仿佛是一个接受媒体采访的明星问答环节。围观群众不由得脑补画面，发出可恨自己不在场的叹息声。

“听说这个小妾是买来的歌女，以前家里就不清白——”

“成日打扮得花团锦簇的，嚼起舌根就像乡下婆娘一样！无聊透顶！”

黄月英不爱听苏莹背后说闲话，唐炳歪嘴一笑，拽了拽诸葛亮衣袖，他知道怎么回事——唐炳他妈说过，前两年苏莹的亲生母亲去世以后，苏督邮另娶了一房，据说这位新夫人貌若天仙、尤擅歌舞，深得督邮宠溺。苏莹不喜继母，又奈何不了自己亲爹，眼下也只能看别人的事痛快了。

“生在世袭的爵位家族又如何，还不是最后要受小后妈的气？呵呵呵呵。”

唐炳念念不忘那日苏莹嘲笑唐家爵位是买来的，这么一想苏莹日子过得也不容易，心里自然痛快起来，头也没那么昏了。

诸葛亮心想，偷人的小妾、让人沉迷的新夫人，那都是郡守和督邮执意要娶回家的，家眷不去埋怨主事的男人，而将怨气一股脑儿地撒在女人身上，真是可悲可叹。

诸葛亮终于忍不住打断苏莹："苏姑娘，请问郡守小妾现在人在何处？"

苏莹："她？最后她说要去投井呀！"

黄月英急了："那你还在这里干站着？投井为什么不拦着？！"

苏莹一愣："关我什么事啊？再说为什么要拦那种人……你的问题可真奇葩，下一个，还有谁有问题？"

井口旁，心灰意冷的菱儿已经坐在了井口台子上，半个身子都要掉下去。冬日傍晚，菱儿却只剩下贴身的白色衬衣裤，在寒风中瑟瑟发抖。

旁边还有围观者起哄架秧子："怎么还不跳啊！我还要回去给孩子做晚饭呢！赶紧跳吧！"

菱儿抬眼看了看四周，都是盼着她跳井等着听响的看客，哀恸一声："我真是从头到尾都活成了个笑话。"闭上眼睛，算是彻底死了心。

诸葛亮远远看见，心里喊了声不好！甩起长衫大步用尽浑身力气飞跑过去，黄月英也不甘示弱紧随其后。

唐炳就觉得两阵风在耳边呼啸而过，自己试着追了两步就已满脸通红，呼哧带喘："救人还得拼体力呀？我心能到，腿到不了！"

就在菱儿纵身一跳的时候，诸葛亮已飞奔至井口前，他不顾一切地身体前倾，一把拽住了菱儿的胳膊，可瞬间又重心不稳，眼看自己一头歪栽也要跟着翻下井了，这才意识到大事不妙。亏得黄月英追了上来，及时扽住了诸葛亮的腰带，将他拽了回来，二人又合力将菱儿搭出水井。

黄月英不由分说脱下毛坎肩来给菱儿裹好。

菱儿哭着说，"让我去死吧，我和李忠的事情已经人尽皆知，可我才知他一直瞒着我吃里扒外……我既失了名声，偷拿家财的脏水也洗不净了，这世上已无活路，不如一死了之一了百了。”说罢，菱儿哭得更厉害。

诸葛亮严肃地对菱儿说：“如果你现在死了，反而会落下口实让人们认定你和郡守之死脱不开干系！”

黄月英：“死算什么本事，死了就更说不清楚了！”

菱儿惊恐摇头，又梨花带雨起来：“我这辈子就没说清楚过……我命好苦啊？这么多年来都是被人当球踢，任人摆布欺骗，从来没人真正在乎过我。”

唐炳气喘吁吁地赶了过来，掏出一帕干净的手绢递给菱儿：“姐姐你别哭了，哭得我唐炳的心都要疼死了！”

诸葛亮和黄月英对视一眼，别看唐炳平时馋嘴贪吃，可到这紧要时刻，这暖心的小话儿还真是说得极为真诚熨帖，刚被诸葛亮和黄月英说得更想死的菱儿，一时间也从涕泗滂沱变成了欷歔抽泣。

“又不是你杀的人，怕什么？跟那个凶婆子把话说清楚，大不了到时候卖身为奴，我再把你买回来不就是了！”唐炳弯着腰双手撑着腿继续说。

菱儿居然止住了哭泣，抬起头来看了唐炳一眼，虽然哭了很长时间，可那双水汪汪的大眼睛似乎更加撩人心魄了。

唐炳居然有些脸红：“不是，我不是说我要拿你当奴婢，我的意思是，我使点儿钱把你赎出来，还你个自由身呗！”

菱儿一听这话，竟有些恍惚，叫出一声“公子”后，便咬住嘴唇不语。

这是一个诸葛亮看了会沉默，唐炳看了会流泪的场景！

只有黄月英惊讶地瞪着大眼睛凑近唐炳：“唐炳，你哭了？”

"谁、谁哭了？"唐炳抹了一把泪，"就是被风吹迷了眼而已。"

黄月英笑得不依不饶："风沙迷了眼睛为什么还会像三岁小孩一样流鼻涕？"

大家这才注意到，唐炳已经是鼻涕一把泪一把了。

堂堂唐家大少爷被别人笑成三岁小孩？唐炳脸红，本想用手揩了鼻涕，又当着菱儿的面实在不好意思，看见诸葛亮怀里露出一截薄绢，情急之下一把抽了出来，捂在鼻子上"噗"的一声，擤出了好长一串鼻涕！

"唐炳！"

诸葛亮大惊失色又愤怒异常，这种表情唐炳和黄月英从未见过。

"手绢借我用用嘛，用完还你十张新的！"

黄月英看着唐炳忽然乐不可支起来。

黄月英："唐炳看不出来你还挺有想法的，自己的干净手绢给了菱儿，然后大大方方用别人的？"

菱儿脸一红，低头不语。

唐炳一边擤鼻涕一边嘟囔："你们名门之后笑点都这么奇怪吗？"

黄月英竟然变本加厉地哈哈大笑了：

"真应该让苏莹拿她的宝贝镜子来给你照照，你这鼻子里擤出来的都是字儿啊？！"

唐炳这才注意到，手帕上写满了密密麻麻的字迹，被自己一弄，鼻子上也沾染了墨迹。

"这是我临出门带在身上的《九章律》！我随身带着，是为了恶补大汉律令的知识，帮助咱们查案。现在糟蹋成这个样子，我怎么跟书馆交代呀？！"

原来，诸葛亮有随身带书利用碎片时间阅读的习惯。对敬惜文字的诸葛亮来说，没有什么事能比把珍贵的帛书弄脏了更让他焦急上火。

唐炳嗫嚅，“要多少钱我让我爸赔就是了……”

诸葛亮摇摇头。

唐炳：“跟你说，你开个价，我肯定眼睛都不眨一下就答应你！”

唐炳扫了一眼菱儿，觉得自己这话说得真叫一个威风万丈，倍有面儿。

诸葛亮：“哦，唐公子此话当真？”

唐炳：“当然真的！假的我唐炳一辈子吃素！我们唐家别的没有，就剩下盐和钱了！”

唐炳说完，自己都忍不住呵呵一笑。

菱儿噗嗤一下，也掩口笑了出来。

看见自己把刚才还哭天抹泪要死要活的菱儿逗笑了，唐炳更觉美滋滋了。

诸葛亮：“请唐公子原样找幅绢帛字迹清楚的誊抄一遍，怎么样？”

唐炳显然没想到还有这个操作选项，愣在那里。

唐炳：“我能花钱雇人抄吗？”

诸葛亮缓慢摇头，但态度坚决。

“你刚才说过的，眼睛都不眨一下就答应我。”

唐炳结结巴巴：“我、我——”

黄月英眨了眨大眼睛：“不写也没什么，大不了唐公子就是一辈子吃素嘛！你那些鸡腿儿以后就便宜我们飞燕儿吧！”

唐炳拧着眉毛倒吸一口冷气，眼珠无规则地转了会儿，只好叹口气，不情愿地表了态：

“我抄还不行吗，这有什么呀？”

诸葛亮：“千万不能有错漏，抄之前先用朱砂勾出丝栏，先找些纸来打好草稿……”诸葛亮非常认真地给唐炳讲解注意事项，一边说一边打开帛绢，诸葛亮看到鼻涕，又恶心又要看，竟又把菱儿脸上逗出了笑意。

“差不多就行了，”黄月英做了总结，“人家姑娘还在这井口站着呢，冷不冷？”

就这样，诸葛亮和黄月英处理完了人民内部矛盾，再加上超重暖男富二代唐炳的一番劝慰，菱儿表示不再寻死了，毕竟自己还年轻，要为自己犯过的错承担责任，无论什么都要挨过去。诸葛亮问及丹药的问题，菱儿说郡守服食多年，从未有过什么问题，而且郡内不少官员也都服食过那丹药，从未听说过有什么差池，诸葛亮接连又问了菱儿一些问题，菱儿一一认真作答，但除了知道一些郡守衣食起居的习惯琐事之外，似乎也没什么新的线索。

郭槐派来的隶卒来传话，说郡守夫人后怕自己再闹出人命来，说只要菱儿保证不分郡守的家产，不抛头露面，就不会再逼她。菱儿说，自己只想净身出户，以后浆洗打扫，自力更生。

围观人群早已散去，隶卒带走了菱儿。

回书馆的路上，诸葛亮思绪万千——

只剩两天的时间了！可现在还没有明确的头绪！如何才能救出身陷囹圄的水镜先生？？已是火烧眉毛！！

此时唐炳嚷着饿要先去吃饭，黄月英惦记着回去喂猫。诸葛亮想，这几天两位热心的小伙伴多有奔波，此时也是爱莫能助，既然这样，还不如让他们俩先行退去休息休息，自己一个人冷静下来想想也好，于是，诸葛亮跟二人短暂告别，一个人晃晃悠悠，不知不觉出了县城，散步至沔水河畔。

这几天调查了这么多事情，哪个才是破案的关键线索呢？

冬日里的沔水波澜不惊，可底下却暗流涌动。

王武、术士、菱儿、李忠、马师傅、郡守夫人……每个人都跟郡守之死有千丝万缕的联系，结果转了一大圈子却又都似是而非，似乎总差了一步，和真相擦肩而过。

明日就是七天期限中的最后一天了，时间如同这沔水，一去无回，从不停留。自己一定要救水镜先生才行啊！

诸葛亮择一片干处坐下，让河风吹吹自己，却听见身后有人唤他：

“哥哥？是你吗？”

回过头来，诸葛亮笑了，这不是那日沔水边讨来吃食，自己却不吃，留给奶奶的小男孩吗？

小男孩依旧不爱说话，诸葛亮问什么才答什么：胳膊腿的擦伤都长好了，奶奶身体依旧很差。

诸葛亮摸出身上的一点点钱，男孩摇头不要：“爹妈去帮附近的乡下人家做短工，挣了点儿钱，每天能吃上一顿饭了，就是还不够给奶奶抓药，只能再出去找活儿。”

“这么晚了，河风又冷，赶紧回家吧。”

“我爹妈今天去做短工了，说东家晚上会施粥，让我在这等着，可以趁热吃。”诸葛亮这才注意到，小男孩身上披着的狗皮衣虽破，却也御寒。

沔水汤汤，在背风的河岸边，小男孩安静地坐在诸葛亮身旁，也饱含心事地望向沔水。

“我们宛县的沔水水面儿比这儿大多了。”

诸葛亮拍了拍小男孩的肩膀，明白他这是想老家了。

“有机会你一定能回去看看的。”

“奶奶不许我回去，说打仗死了那么多认识的人，回去心里也安生不下。”

小男孩低着头使劲摇晃精瘦的小腿，仿佛想要将所有的不幸一并摇走。

诸葛亮心里明白，小男孩和他的奶奶一定经历了很多可怕的事情，比噩梦还可怕。

“那你现在住哪里呢？对了，你叫什么名字啊？”

诸葛亮刚想起来，自己连小男孩的名字都不知道。

“我叫小柱子，我跟奶奶现在住在那边的乱城岗——”

小柱子用手指着沔水的下游，那边有一个小坡地，坡里面住着不少流民，胡乱搭了几顶茅草棚，小柱子就跟奶奶在那里栖身。

乱世流民，只能像小草一样在最卑微的缝隙中谋生。

“我叫诸葛亮，跟婶母和二姐、三弟住在那边的村子里——”诸葛亮拿手指着黑黝黝的山林，“翻过那座山，再走几十里路，才能到我家。”

“那你家也挺远的。诶，你爸爸妈妈呢？”小男孩突然问道。

“他们都不在了。”诸葛亮眼神有些黯淡。

过了一小会儿，小柱子握住诸葛亮的手：“亮哥哥，你想跟我玩儿吗？”说着，小柱子从怀里掏出一个破旧的小玩具。

“这是哪里来的？”连饭都吃不饱，居然还有玩具，诸葛亮不由得问道。

“这是秦伯伯送我的，这是我唯一的玩具。”

“秦伯伯？”

“对啊，我老家的秦伯伯。”

诸葛亮拿过玩具，他刚反应过来，这是小柱子在用他最心爱的玩具开解自己，这是最纯真、最质朴的良善之情，诸葛亮禁不住心头一热，仔细地端详着这个脏兮兮、破烂烂的小玩具。

突然，诸葛亮心头闪过一道亮光！

这个玩具！！

接着从头到脚一阵酥麻，连心跳似乎在某一刻都骤然停止了！！

“小柱子……”远处传来爹妈的喊声。

“哎——”小柱子欢快地应答，“亮哥哥，我先去喝粥了，下次有机会再来找你玩儿！”

“拿好，慢点跑，小心摔跤！”诸葛亮把玩具交还给小柱子，看着他蹦蹦跳跳地走远，心想，不管再苦再难，只要一家人在一起，就有力量。

冬日的沔水河畔，寒风习习，但诸葛亮心头燥热。

这位英俊的少年回过神来，不由长叹一声，百感交集，原来，凶手是他！

第八回

刀下留人孔明锦囊

七天时限已至，郡丞那边快马加鞭传来公函，只见郑旦读完公函，一屁股瘫倒在坐榻上，县丞瞿孟拿起公函一看，不由得倒吸一口凉气，公函上面措辞严厉，要求县令和督邮合力督查，甭给上头整什么郎官探案的戏码了，对于郡守之死的案件，县廷和督邮府一体担责，必须尽快严惩凶手，否则一律按照不作为革职削爵。

可凶手在哪儿呢？

县廷之内，苏原看向郑旦，郑旦看向县丞县尉，县丞县尉面面相觑，又齐齐看向站在一旁的郑伦，诸葛亮不在，郑伦眼神找不到安放之处，正张望时，却见苏原匆匆赶来。

“苏大人，要不您现在赶紧参我一本吧，”郑旦苦笑着说，“早知有今日，旦当初不如不做这个县令。”

“郑老弟别说丧气话嘛。”原来苏原早已得知消息，他匆匆赶来就是要跟郑旦商议，“上头说得很清楚，这事情县令和督邮一体担责，现在咱们是一条绳上的蚂蚱，跑不了你，也跑不了我。”

“哥哥是要怪被弟弟连累了？”郑旦知道，挨他一顿骂在所难免，不过虱子多了不怕咬，心想都这时候了他苏原爱说什么就让他说去。

“我觉得也不是没有转圜的可能。”苏原眼神里仿佛有光。

郑旦再看苏原，苏原使了个眼色，郑旦忙命众人全部退下，两人要私聊。

“苏大哥，都到这步田地了，死马也得当成活马医！您赶紧赐教吧!”

“赐教谈不上，不过嘛，咱们不是关着一匹现成的活马么？咱们把这匹活马变成死马，不就可以交差了？”

“你说李忠？”

“他私吞的财物有不少是郡守和其他官员一起贪赃的黑钱，万一捅了出去，咱们得得罪多少人？断不能交!”

“那是……小妾？”

“那是郡守家事，交她上去不是打郡守夫人的脸吗？”

“那还有谁？”郑旦突然睁大了眼睛，“你是说水……”

还没等郑旦说完，苏原就点了点头。

“可你我都知道水镜不是那种人，他哪有什么动机？再说了，好歹也是一方名士，这传出去动静可不小……”

“你要这么说，那我也没辙了。”

郑旦一时之间左右为难，不知该如何回答。

“我问你，眼下最要紧的是找出谁是真凶，还是你我保住官职？”苏原突然问道。

郑旦恍然大悟，立刻放下所有顾虑，释然起来：“唉，身不由己，身不由己啊！”

少顷，郑旦吩咐县廷诸吏都回来听命。

“黄自！”

“属下在！”

“着笔墨，我念，你写！”

“唯！”

“郡守之死凶案已破，水镜先生实乃罪魁祸首，明日午时，县城中心集市路口枭首示众！”

“啊？？”黄自提着的笔写着写着竟僵住了，“大人，这——真要这么写？”

瞿孟、郭槐、郑伦等人也惊讶不已，看向郑旦。

“这是命令！”郑旦背身而立，“啪”地甩出一道令签。

“唯！”黄自和县廷官吏齐声应答，他们知道，这事已不容置疑，必须迅速办理。

苏原微微点了点头。

邓县百姓一片哗然。

案子还没破，就要先杀人？

此消息很快就传到了隆中书馆，卧病在床的水镜夫人无法相信，她赶紧爬起来，一路左摇右晃地奔到县衙门口，亲眼看到告示，不由得泪目崩溃。水镜夫人先是喊冤，但无人来应，无奈之下，水镜夫人只好坐在县廷门口以示抗议。

听到此消息，人群渐渐聚集，隆中书馆的绝大部分老师和杂役都跟了过来，全在县廷门口静坐，并由经学李老师执笔写了一幅陈情书，陈情书洋洋洒洒有理有据，请县令收回成命，然而并没有任何用——苏原早就说过了，这不是找真凶的问题，这是县令和督邮两人官位的问题。送进去的陈情书郑旦看过之后，只说这一笔隶楷书法不错，苏原表示同意。

县廷门口乌泱泱已经坐满了隆中书馆的教职员工，后来又来了不少学生加入，可无论外面多少人静坐，郑旦就是不出来。只吩咐县尉郭槐设置路障，省得围观的人越来越多。郭槐虽然称是退下了，可临走时那眼神也是不大痛快的样子。

郑旦都看在眼里。

“爹，你把水镜先生砍头了，那我今后还能去隆中书馆读书吗？”

郭槐走后，郑伦终于忍不住关心起自己的求学问题。

郑旦捏完山根揉太阳穴：“还想去隆中书馆读书？你不是去找死吗？”

这边厢黄承彦也赶了过来，声援水镜夫人，义愤填膺，声若洪钟：“起初以为你们只是做做样子，没想到真的要杀水镜！自己找不到凶手怕担责任，就拿读书人开刀替你们背锅？纬书有载，凡妄杀读书人者，均死无葬身之地，都没好下场！你们心里就没点儿数吗？”

郑旦早就躲得严实，黄承彦里里外外都找不到，就想去找苏原说理，可这时候两大领导却异曲同工地凭空消失，根本无处可寻，而且恰逢刘表南下不在襄阳，几位大名士就是想去找刘表求情也来不及了！

十万火急！

水镜危在旦夕！

“郑旦！苏原！一对缩头乌龟！”气得黄承彦都骂人了。

县廷门口热闹，隆中书馆也没有消停。

宿舍里，黄月英三根手指就把描眉画眼的苏莹逼到了墙角：

“说，你爹在哪儿？让他去弹劾郑伦他爸，把水镜先生放出来！

苏莹连连求饶：

“哎哟，我爹和郑伦他爹现在可在一条船上，要翻一起翻，仕途这么多年，他自己都快要被免职了，哪还顾得上旁人？我都不指望他，你还指望他？”

苏莹看黄月英满眼通红，又想安慰一句：

“他们大人都想不出办法来，我们小孩儿跟着瞎着急什么呀？水镜先生是很倒霉，可没了他天也塌不下来，做女生呢最重要的是要心态好，不能焦虑，焦虑皮肤容易老化！”

黄月英甩下一句走人：“你还能有点儿人情味吗？你也是水镜看着长大的，老头儿现在都要死了！你还在担心皮肤老化？！怎么眼里只有你自己！”

苏莹：“说得很准确啊——眼下这世道，要不然呢？”

隆中书馆不消停，唐家大宅也没闲着。

只见唐炳回到了唐家大宅，“噗通”一声跪在跟前，把正和账房管家对账的唐求吓了一跳，还以为儿子吃了什么不该吃的，坏了肚子和脑子。

唐炳哭求：“爹，你总说好刚要用到钢刃上，现在这节骨眼儿上可不要舍不得钱，赶紧开箱救人吧！只要能将水镜先生救出来，我答应你，以后一定乖乖减肥，好好念书，不再贪吃。”

唐求听完哭笑不得：“好儿子，知道惦记你爹的钱了，可这钱爹就算愿意花——问题是它也没人敢要啊！”

姜是老的辣，人也是老的精。唐炳想了想，亲爹说得没错，谁敢这时候吃拿卡要顶风作案？那水镜先生看来是真没救了！

唐炳摊开小肉手使劲地唉了口气：“好吧，减肥的事就当我没说过。现在就指望诸葛亮那家伙了。我得回书馆去看看。”

唐求：“既然到家了，晚上就别回去了，至少吃完宵夜再走。”

唐炳咽了口唾沫：“事关重大，怕是没时间吃了——”

唐求和账房先生对视一眼，无不讶异：“什么事儿比吃夜宵还重大？看来隆中书馆学风凛然果然不同凡响，居然让少爷不关心宵夜了。”

唐炳严肃地说：“我打包带走。”

唐炳回到书馆，在崭新的绢帛上歪歪扭扭划拉了几笔就没了耐性，想去隔壁找诸葛亮再说说情，发现诸葛亮的门闩没锁，宿舍里空空如也——人呢？

正纳闷呢，又听见有人咣咣砸门——

“诸葛亮，给我出来！”

一开门原来是火急火燎的黄月英，一双杏眼已经泛红，看见开门的是唐炳，不免失望，更加焦躁。

“他人呢？！”

“我也找呢！”

“明天水镜先生就要砍头了！他却不知躲到哪里去了！他不是保证

一定能把老头儿救出来吗？若以后从此消失便罢，要是让我黄月英看见了非一箭射劈他十个窟窿眼儿不可！”

唐炳让黄月英消消气儿：“哎呀，诸葛亮没准儿跑肚云上茅厕了？犯得上让黄姑娘挨累戳窟窿眼儿吗？”

都这么久了，怎么还不回来？！

唐炳自己也着实替诸葛亮捏了一把汗。

残月如钩，心急如焚。

黄月英忽然想到：诸葛亮会不会在厢房？

说走就走，飞燕喵呜一声飞奔在前，黄月英紧随其后，唐炳一路追去：“黄姑娘，等等我！”

飞燕窜到了厢房门口，黄月英和唐炳却见一个魁梧的穿着斗篷的人走了出来。走近才看出，那是县尉郭槐。

县尉怎么会在这儿？！

黄月英十分不解。

郭槐人高马大，站在厢房门口，仿佛门神一般的巍峨敦实。

郭槐俯瞰着纤瘦的黄月英和矮胖的唐炳，点了点头：“黄姑娘，唐公子。”

黄月英愣住，心里更加打鼓疑惑了，怎么似乎郭槐早就知道她和唐炳会来？

唐炳倒是笑嘻嘻地拱手行礼，语气十分圆熟：“郭大人好，这几天查案您辛苦了！我爹说邓县治安好，多亏了郭大人！”

黄月英忍住没笑出声来，心想唐炳在这种场面套路上从不含糊，看来是得过家传。

郭槐掏出一幅字纸递给了黄月英，直截了当：“这是诸葛亮给你们的，他让你们先读这个。”

诸葛亮给我们的？黄月英心下能生出一百个疑问：

诸葛亮在哪儿？

郭槐为什么在这儿？

他怎么知道我们会来？

为什么要写字条给我们？

为什么要让郭槐递给我们？

……

夜色昏暗，借着幽微的月光，一肚子疑问的黄月英终于看清楚了纸张上的字迹：

“二位同学，眼下时间紧迫，亮来不及解释。你们若还信我，那我各有一事相求——若想水镜先生明日安然脱身，就要拜托二位，务必达成所托之事。”

黄月英心想，难道水镜先生还有救？心里一阵激动，继续字字读下去：

没了？！纸张上再无其他字迹！

黄月英抬头看向郭槐，语气急切：“郭县尉，诸葛亮说什么事了吗？他人现在何处？”

郭槐依旧面色如铁：“其他我一概不知，诸葛亮只说如果你们应了，再把这个给你们。”

郭槐摊开大手，还有两个精致的锦囊。

黄月英点点头：“我答应他！必定完成所托之事！”

唐心里虽然多少有点儿没底儿，可看着黄月英的笃定模样，自己也鼓起勇气势在必得起来：“我也答应诸葛亮完成任务！完不成我唐炳吃素！”

月色下，黄月英和唐炳郑重地接过锦囊，连忙打开各自瞧了。

郭槐匆匆离去，隐在月色里。

第二日清晨，集市上聚满了人。按照惯例，死刑犯在枭首之前先要游街示众。这街市上满坑满谷的人，都是来送水镜先生最后一程的。

郑旦就怕老百姓聚集再闹出情绪引发群体性事件，所以早就让瞿孟取消了这个环节，意思是直接从牢里带人，戴枷直奔法场，速战速决。

可郑旦没想到，书馆里所有的老师都已从县廷前面转移到了法场附近，众人面色凝重，日晷的时针慢慢移向了午时，远远的，囚车马蹄的声响也渐渐清晰入耳。

水镜先生这几日又明显瘦了一圈儿，骨瘦如柴的身板和与套在身上粗大沉重的铁链形成鲜明对比。囚车打开，大家才注意到，他脚上的铁链实在太沉了，水镜几乎迈不动步子，每一步都很吃力。

那边厢，凭空消失了的郑旦、苏原也出现了，他们在执法台上坐下，众隶卒在侧守卫，郡守夫人虽未出席，但她已经吩咐，凶犯一旦正法就立即将消息飞报于她——这便是对郑旦、苏原极大的压力。

水镜一步步艰难地走向集市上新搭好的枭首台，几乎泪尽的水镜夫人一见夫君，又失声痛哭起来，书馆的老师也纷纷抹泪，学生也是一片呜咽之声。待水镜走近，众学生“呼啦啦”地跪倒一片，纷纷以学生之礼来送老师的最后一程。但有隶卒守卫，众人皆不得靠近死囚水镜。

水镜看着夫人，看着同事，看着学生，站住了，他用力拱起双手后又放下，“我司马德操一生清白，自问绝无负人之事，人唤‘水镜先生’，未想今蒙如此不白之冤，可叹这乱世，申告无门。唯愿我水镜死后，官家再莫为难书馆师生……”

此话一出，哭声更大，水镜最后说了一句：“余生岁月，望诸君好自为之。”

这时，突然天上落下片片雪花。一场大雪不期而至，转瞬间，天地都银装素裹。

水镜笑了："这个雪下得好，干干净净地来，干干净净地走！"

水镜被押到木桩前，脖子已经被摁了下来。

水镜夫人、东方老师、田老师、李老师、学生还有书馆的杂役和老妈子们都已经哭成一片……

"我也干干净净地陪你走！"突然，人群中传来一声响亮的话语，众人看去，一个长发老者正走过来，原来是庞德公。

庞德公在众人注视下直接走上了枭首台，跪坐在上，把油腻长发撩起来，露出脖颈，对着刽子手说："刚洗干净的，要看准点砍啊！"

这是闹的哪出？

"要砍老水的脑袋，先砍我庞德的，"庞德公说道，"不然，让水镜这糟老头子先去了地府见到酆都大帝，他还不说我坏话啊？"

"庞公！"水镜热泪盈眶。

郑旦和苏原也急了，这个死老头子，都这时候了还在搅和！但他是成武侯三番五次亲自延请的人，又不能不有所忌惮……

哭声更加震天。

"唉，都要砍头了，何必还假客气？"庞德公还是刀子嘴。

水镜："庞公，我命中有此一劫，既来之则砍之，又何必连累你？"

"那不行，"庞德公提高了嗓门，"若是天灾也就罢了，可你这一劫明明是人祸！如此胆大冤杀读书人，是对所有读书人的侮辱！你死了倒干净，我以后在隆中书馆还怎么混？既然如此，索性连我也砍了！否则我不会让他们清净的！"

这可把郑旦炸毛了，好啊，扰乱法场，给我速速拿下！

几位隶卒立马冲上枭首台，一番折腾，好不容易架走了庞德公。

终于，刽子手上场了，沉甸甸的鬼头刀对着水镜。

最后时刻，水镜夫人挣脱隶卒靠近枭首台，在台下握紧水镜双手，泪雨滂沱。

水镜嘱咐夫人：“夫人，恕我不能和你白首到老，要先走一步了。我走后，拜托夫人打点书馆上下，我知定有诸多难处，但世道惨淡，还请夫人尽量不要遣散老师和杂役……”

水镜夫人早已泣不成声，还是点头应下。

临死还在为别人打算，水镜先生的善良成为这漫天大雪中最暖心的一道光芒！

郑伦越来越站不住了，不停地拽着老爹的衣袖。郑旦能有什么办法，也早已如坐针毡，只盼着刽子手赶紧手起刀落，咔嚓了事。

黄承彦走去问庞德公：“庞公，我们还能有什么办法？”

“‘卧龙飞天’，乃大吉之兆，能保我邓县百姓逢凶化吉，转危为安……”

庞德公抬起头，伸出双手，望向漫天的飞雪。

只有绝望无助的人，才会寄希望于虚无缥缈的谶纬异象，看着庞德公的头发被白雪一片片覆盖，黄承彦摇了摇头，也只能绝望地长叹一声。

一片片雪花纷纷扬扬地洒落在整个邓县县城，这是邓县难得一见的雪景。

但在此刻，黄承彦和庞德公是绝望而无助的。

水镜夫人和隆中书馆的师生，也是绝望而无助的。

郑旦对着枭首台点点头，鬼头刀高高扬起，水镜夫人一下子昏厥过去，时间仿佛凝固了……

……

“刀下留人！”

突然，不远处传来一声少年的大吼！

“刀下留人！”

少年又吼了一声，一并传来的，还有清脆的马蹄声。

刽子手被唬得一愣，鬼头刀“噔”的一声砍了下去……

刀刃擦着水镜的脖子而过，重重地扎进枭首台地板。

水镜的几缕白发给刀刃带了下来，与雪花落在一处。

郑旦和苏原都站了起来……

待到来人渐近，大家才发现那是诸葛亮！

诸葛亮一路疾驰，翻身下马，摔倒在地。可疼也顾不得了，他迅速爬了起来跑到郑旦跟前，竟有几分凶狠之相，郑旦吓得连连往后退去，用手挡面。

诸葛亮拜伏：“县令大人，请放了水镜先生！我知道谁是真正的凶手了！”

黄承彦和庞德公对视一眼，心都提到嗓子眼儿了！

郑旦：“你胡说什么？！”

“让他说下去！”

“水镜先生是冤枉的！”

“狗官为什么不让游街，是不是心里有鬼？”

“邓县县令包庇真凶！”

……

民意汹涌沸腾，郑旦怕出乱子，只好让诸葛亮继续说下去。

诸葛亮：“县令大人，草民已查到真凶，恳请释放水镜先生，开堂重审！”

“法场之事，岂容你一介少年胡言乱语！”

“大人，草民领命查案，现特来回复，于公而论，也请大人开堂重审!”

郑旦和苏原对视了一眼。

“如若草民所说不实，”诸葛亮稍一欠身，“草民愿与水镜先生一同问斩!”

“法场无戏言!”

“唯!”

县廷公堂，诸吏围坐，隆中书馆的师生旁听，水镜在一角被隶卒看押，中间是诸葛亮。

诸葛亮环绕四周，给官吏和老师一一行礼，在水镜面前特意行了个拜伏礼。

诸葛亮知道，没有水镜这样任人唯才的博士，他诸葛亮无权无势，是绝对进不了隆中书馆的。这是选拔之恩，得报。

郑旦：“行了，诸葛亮，赶紧说吧。”

诸葛亮：“谨诺！请容草民先复盘一下此案的案情，捋清郡守之死的前前后后——郡守莅临邓县，本是要来隆中书馆新馆剪彩衅礼以及授予郎官，却在小憩时被人高悬于新馆厢房的房梁之上，手上身上都被捆了复杂的吊颈结，死状诡异骇人，手法耸人听闻。在这个案子中，第一个闯入我们怀疑视线的是王武，他于郡守出事后第二日主动前来向郑郎官自首招供，他自称郡守害死了他的妻女，便用从术士那里习得所谓的分魂解魄大法蓄意报复。可一来王武根本不会绑吊颈结，二来连术士也招认自己只有骗术压根不会什么分魂解魄的法术，王武的说辞漏洞百出，不攻自破。最后在庭审上，他王武翻供，说当初自己只想一心求死，为帮他谋害郡守的恩公抵命才投案自首。”

郑伦翻了翻白眼：“这些大家都知道了，复述有何意义?”

诸葛亮："郎官少安毋躁。王武作为嫌疑人，除了不会打绳结和不知道术士的骗人把戏外，其实更大的问题在于他没有接近郡守和书馆的可能性。就算有动机，但没有空间和时间，也一样不成立。关于这一点，大家都心知肚明。"

众人点头。

郑旦："嗯，你说下去。"

诸葛亮："诺！所以当郡守的贴身管家李忠和郡守小妾菱儿偷情的东窗事发，我们很快就将视线落在李忠身上——他符合上述王武不具备的所有条件：有动机——他一直窃取郡守的钱财，也有时间——郡守来邓县李忠始终陪伴左右。大家因此推测，李忠许是因为偷情贪财败露才杀人灭口？这似乎能够解释得通。可问题是，这两条仔细推敲也都站不住脚。一来，郡守忙于政务和醉心养生，并不知道自家后院着火，甚至连郡守夫人都不知道家财被窃，生活一如既往，并无对李忠不利的倾向，这一点随行人员均已证明，二来，出事当时，李忠并未进入厢房，而是由水镜先生陪同去茅房方便，他不可能隔空杀人。第三，李忠为人贪财好色，却多年来安于现状，因为郡守活着对他来说是最大的庇佑，这从出事之后他只求自保不顾菱儿便可看出。"

诸葛亮顿了顿，迟疑了一下："李忠是郡守身边伺候的人，他知道的细节应该很多，怎奈郎官破案心切，不由分说就将李忠押上县廷，反而让他看出我们证据不足，咬死不肯松口了。"

郑伦有些气急败坏，心想当初还不是因为范登偷听到你和唐炳的对话，否则我怎会草率行事？可这些话又没办法当众说出，只能暗自磨牙磨得咯吱响。

郑旦却松了口气，闭着眼睛："李忠已经移交郡丞了，他这事儿翻篇了，你往下说，别拖节奏。"

诸葛亮："诺！排除了王武、术士、李忠和事发时还在外地的菱儿后，案子一下子进入了死局。但不知各位注意没有，李忠曾说起一件案子，而这个案子跟十年前的宛县的一户人家有关……"

郑伦："诸葛亮，让你说眼前的案子，你怎么一竿子支到十年前去了？！"

诸葛亮："郎官少安勿躁，我说的，都与案情紧密相关。"

郑旦："你让他说。"

"十年前，宛县有一户人家户主姓秦名升，是名官职不大的书吏，因为家有祖产，又善于经营，日子过得颇为殷实，家庭和美安宁。但因其偷税漏税、私藏祸书，家人先后全部发配为奴，先后病死，只有秦升本人在押解过程逃脱——不过据说被打伤了腿，落下了残疾。这就是李忠在审问时所说的郡守大笔揩油的秦氏偷税案。"

郑旦不耐烦："你说这个我们南阳官场都知道，陈芝麻烂谷子的事！"一想说漏嘴了，赶紧又加了一句："那李忠血口喷人，郡守两袖清风，揩什么油了？"

诸葛亮也不争辩："可您不知道的是秦升的下落。"郑旦愣住。

就在这时传来人声，原来是唐炳气喘吁吁地带着老马赶到了。诸葛亮冲唐炳点头示意，唐炳却不知为何却一副懊恼丧气模样，似乎自己搞砸了天大的事情。

一见人带到了，诸葛亮娓娓道来："秦升后来死里逃生，来到邓县从此隐姓埋名，并寻找机会发誓报仇。当他得知隆中书馆修建新校舍，郡守会来出席剪彩，于是处心积虑设计了这次完美谋杀。他先于前一天埋伏在房梁与承尘布的死角之中，这样才能躲过当日巡查，也能避过旁人视线。而房梁之上，我们发现了一个木匠用于报复诅咒小气东家的'厌胜木偶'。"

当堂哗然，巫蛊之术在《九章律》里可是犯罪行为。

老马在人群中显得愈发不自在起来。

郑旦："说说这个'厌胜木偶'！"

诸葛亮将如何厌胜木偶作为木工行业里的潜规则娓娓道来，也说起开学报到那日，和唐炳见过有人因为嫌工钱少和水镜争执，众人议论纷纷，水镜和老马的争执在书馆已不是新闻，众人都可作证。

郑旦倒是不忘记官场作态："我要让人清查所有木匠工坊，把这种陋习统统改掉！"

郑旦心里想，一定要到自家房梁上好好看一看，别也被人下了蛊还不知道，所以今日才这么倒霉，摊上郡守之死，案子断来断去断不干净。

诸葛亮："其实这个木偶如同术士手上的符箓，除了一点心理上的威慑恐吓，并无实际杀人功效。"

郑伦："诸葛亮，你绕我们玩呢？说了半天木匠厌胜的木偶吊我们胃口，结果告诉我们其实没啥作用，你这是哗众取宠！还想让我们给你说书赏钱？我看你就有点儿卖弄嘴皮子的本事。"

诸葛亮笑了笑："郎官，莫要着急，我还没说完呢。"

郑旦："赶紧说！别卖关子！"

诸葛亮："诺！起初我们以为木偶只是下作的诅咒。但昨日我不小心摔了一跤，却意外发现木偶里面暗藏机关，它其实是一个精巧设计的鲁班锁，通过鲁班锁固定绳索的滑轮，单人双手就能在片刻中用绳索将郡守悬挂于房顶。而按图索骥，我和郭槐县尉果然在房梁和承尘布的死角处，找到了这些证物，昨日在厢房里，我也亲身试过，县尉郭槐亲眼所见——"

郑旦睁开眼睛："对了，郭槐呢？"

郭槐："唯！"

先闻其声，再见其人。郭槐这时才从外面大踏步地走了进来。

郑旦指了指诸葛亮："他说昨晚你也在？果然有鲁班锁和滑轮此事为真？"

郭槐："诸葛亮所言如实，我亲眼所见。"

郭槐将"压胜木偶"鲁班锁和发现的滑轮全都扔在了公堂上。

原来，诸葛亮连夜找到郭槐，在厢房里又做了一次情景再现，清冷的月光照在厢房里，有点儿吓人，还好有郭槐压阵。

众人再次哗然。

苏原插话："那也不对吧，就算有这机工械具助力，郡守大活人怎么可能任人摆布？"

诸葛亮："督邮问得关键。这个问题起初我也百思不得其解。这里，我需要请出一位证人：就是菱儿！"只见菱儿不施粉黛，素衣丧服，款款而出。

原来前晚救下跳井的菱儿后，菱儿告诉诸葛亮，郡守生前追求长生不老，一直大量服用一种叫"金乌玄元丹"的仙丹，性榨古怪无常，但是服用金乌玄元丹后郡守从无唐炳所说的发昏困倦的症状，只不过，郡守从来不让自己在房间里焚香，特别是白芷薰香……

诸葛亮请郭槐连夜通知菱儿，请菱儿次日来公堂作证，只需将她告诉诸葛亮的情形在公堂上一一道明即可，于是菱儿应约前来，将证词和盘托出。诸葛亮接过话头："得知郡守服用金乌玄元丹后，亮有所怀疑，但不敢肯定，故连夜骑马去问二姐，亮的二姐在张仲景先生门下学医，昨夜正在外采药，幸得郭槐大人帮忙，才连夜找到了二姐。二姐告诉我，凡服用'金乌玄元丹'之人，的确不能身处白芷薰香之室内，否则会起昏厥窒息反应。这也让我可以确定，当日唐炳在木匠坊昏倒并非因为饿晕——而是他好奇偷吃了郡守吃的金乌玄元丹，到了木器坊仓库，正是遇到了凶手存放的剩余的白芷薰香，所以唐炳才晕倒了——那日凶手也将这香提前放置厢房里，这样服过仙丹的郡守才会晕倒，不省人事。郡守晕倒后，凶手用麻绳捆了郡守致死，再用滑轮倒吊。而郡守身上的绳结符箓，应该是凶手瞥见术士在神树下骗钱，有意嫁祸术士扰乱视听而为之。”

听到这里，众人议论纷纷，水镜眼里也有了几分欣喜之色。

郑旦：“好了，方法手段都搞清楚了，你赶紧指认凶手吧！”

诸葛亮点点头：“能做出这种复杂机巧的鲁班锁与阻力极小的滑轮，只可能出自一人之手，那就是精通木匠手艺之人。且此人必须身上会功夫，才能潜伏于房梁之上一夜，并于第二日趁着混乱，从房后油漆工的备用软梯上逃脱离去。”

唐炳突然想到，对哦，黄月英带着自己和诸葛亮上房的时候，那里还留着一个软梯，这么重要的线索自己咋给忘了呢？

诸葛亮接着说：“而承包了隆中书馆新馆土木工程的就是木匠工坊的老马，我们也目睹了老马体力惊人，可在木杠上飞驰停留——”

诸葛亮和众人皆看向老马，老马彻底慌了神，连喊：“不是我，冤枉啊真的不是我！我以后再也不搞什么木偶小人了！可郡守不是我杀的啊！”

诸葛亮一笑：“我也没说是你啊。”

众人惊诧，又纷纷看向诸葛亮。

诸葛亮：“我已经查过户籍，老马不是宛县的秦升，他虽然不满水镜先生的赏钱，但至多打算放置木偶，没想去杀郡守嫁祸。我说的那个秦升另有其人——”

郑旦都要急死了：“哎呀快说，是谁？”

诸葛亮："是木匠工坊里的木刻漆工老张。"

郑旦："老张是谁？人可曾带来？！"

此刻，唐炳哭丧着脸，心想这下都被自己搞砸了。原来昨夜诸葛亮给他的锦囊里，写着让他务必今晨去木匠坊把老马和老张请过来，但他一早到了木匠工坊，只有老马，找了好几圈儿老张根本不在啊！眼看现在所有的证据都闭合了，独独自己这处掉了链子！

众人纷纷左右观望，小声议论。

唐炳满头是汗，走到诸葛亮跟前：

"对不住啊诸葛亮，我按照你说的去了木匠坊里，老张没有，只有老马。我还一直以为老马是凶手呢！"

唉，老张抓不到，坑了同学不说，自己这辈子也要吃素了！

唐炳觉得天都要塌下来了。

诸葛亮拍了拍唐炳肩膀：多谢唐兄帮忙，我知道你已经尽力了！

唐炳都要哭出来了。

郑旦"切"了一声："你俩少来这套，人不在你说个屁啊？"

郑伦："当事人不在如何对峙？郭槐，你去把老张带来。"

老马汗如雨下，这才后反劲来：

"各位大人，我、今早这位胖公子请我出门时我就觉得不对劲，老张昨天把东西都收拾得干干净净，我去他房里一瞧，空空如也，现在想想，怕是他昨晚上就畏罪潜逃了！"

郑伦抓住时机顿时来了精神："是不是畏罪还不知道呢！反正说来说去都凭你诸葛亮一张嘴！今天你必须得把老张交出来，否则你就是扰乱法场行刑，破坏县廷公堂秩序，信口雌黄混淆视听，也要问斩！"

儿子替老子把话都说了，郑旦点点头，瞥向诸葛亮，心想着，这到底是一个乳臭未干的年轻人，聪明是真聪明，能够法场上喊刀下留人也算一条汉子。不过聪明易被聪明误，终归还是百密一疏玩砸了，把他自己也要赔进去了！

诸葛亮却沉着应对，看向大门方向："诸葛亮恳请各位大人再等片刻！"

郑伦不依不饶："县廷你家开的？你说要等就得等？"

苏原不理会郑伦："诸葛亮，我们不能无限制地等下去。你得给一个期限。"

诸葛亮沉吟片刻，手指微动，似乎在掐算着什么。

诸葛亮："请大人再给我两刻时间！"

郑旦："好啊！一言为定！两刻之后，如果老张不出现，那你也得收押在监，本县廷要从重从急发落！"

诸葛亮脑子里这时闪过一个念头——婶母他们还远在几十里外的乡下，如果自己当真被枭首，怕是想再看一眼三弟的机会都没有了。

县廷中央，诸葛亮却站直正色道："唯！若是两刻已过，老张还没有来，诸葛亮但凭县令大人处置。"

众人都惊了。

这个少年好大的胆子！

郑旦给隶卒使了个眼色："箭漏！"

水镜急了，努着身子想站起来，铁锁哗啦啦直响：

"诸葛亮，你还年轻，往后路还长着呢，何必为了我这个老头子搭上自己的性命！"

诸葛亮："先生，亮愿为您、也愿为书馆奋力一搏！"

水镜老泪纵横，周围的师生也都抹着眼泪。

东方老师高声喊道："这才是隆中书馆的弟子！书馆以你为荣！"

郑伦站在堂上，嫉妒得都要眼珠子都要瞪出血来，心里翻江倒海炸了锅：我才是堂堂县令贵公子，美貌与智慧并存的少年郎官！论相貌、出身、名号，哪个不比这个山村野夫强百倍？隆中书馆难道不该以我为荣吗？！诸葛亮算是哪个门缝冒出来的葱！

郑伦妒火中烧，见隶卒正准备用铜匜往漏刻壶里添水，突然自己走了过去。

郑伦：“我来！”

隶卒不敢多言语，就将铜匜递给郑伦，郑伦瞄了一眼县廷正中的诸葛亮，恰好诸葛亮也看向了郑伦。

诸葛亮心里突然咯噔一下，不妙。

果不其然，郑伦装作若无其事的样子，手里轻轻一抖，洒了一半的水在外面，只倒了一半的水在漏刻壶里。

诸葛亮还未发作，唐炳已经一团火一样冲到郑伦跟前：

“郑伦你玩赖！明明一满匜的水，你干吗弄洒一半？！这么点水一会儿就漏完了！你就是不想让人活！”原来，漏刻这种计时工具以滴水来计时，用箭漏当标记，水滴完了，时间也就到了。郑伦这阴毒的一洒，无形中就给诸葛亮削减了一半的时间。

郑伦：“小胖子，这里哪里有你说话的份儿！也不看看你什么身份？！跟本郎官顶嘴，想挨板子不成？！”

唐炳攥着拳头大吼：“我不叫小胖子，我叫唐炳！我爹是唐求！邓县第一纳税大户！纳税光荣，他儿子为什么不能说话？！说真话就要挨板子，那今天我就挨定了！你来打我啊！来打我啊！”

“你——”

平日里唐炳不过是贪吃矮胖的暴发户的傻儿子么，怎么今天吃了熊心豹子胆，一下子身高两米八了？郑伦欺软怕硬套路走惯了，今天突然不按套路出牌，就一下子有些不知所措起来。

唐炳刚才觉得自己没有完成任务是又跌份儿又害了诸葛亮，心里憋着口窝囊气一直发不出来，看见郑伦偷偷倒了半匜水，顿时火气向上蹿涌，也不知道自己哪来的股子勇气，只觉得发泄咆哮一通出来真是浑身舒坦，恣意痛快！

苏原赶紧抢了郑旦的话头，对唐炳眉开眼笑：

“唐公子消消气，官大夫为邓县经济贡献不少，我们是宝贝儿都宝贝儿不够呢。哪有人要打唐公子？再说郑郎官也不是故意的，郑大人你说是吧？”

郑旦明白苏原什么意思——唐求就唐炳这么一个宝贝儿子，听说宠得不得了，要不然也不会胖成现在这样……这要是唐炳回家跟自己老爸一告状，别的不怕，就怕万一纳税大户落了心结，再动了去别处安家做生意的念头就糟了——正是处处用兵的时候，荆州的军费开支也不少，博望、新野、山都、舞阴哪个县令身上不得背一堆赋税任务？巴不得任上招来个千金大户。邓县已经死了郡守，再逼走第一纳税大户，呵呵，那自己这个县令的老脸可就彻底丢尽了。

郑旦：“督邮说的对嘛，唐公子，气大伤身，吃饭就不香了！”

唐炳：“水必须加满！反正不能只加半匜！”

郑旦：“还不赶紧满上？！倒水又不是倒酒，这么抠门儿回家养鱼吗？！”

郭槐重新倒了半匜水往漏刻壶里倒，唐炳噘着嘴眼睛都不眨一下盯着，众人也都屏气凝神。

唐炳这走到诸葛亮跟前停下，面露赧色，讪讪地说道：

“我没带来老张你别生我气，我将功补过，也只能帮到这儿了！”

唐炳平日贪吃犯懒爱装糊涂，心里的是非曲直却比大部分人都透彻。平日不发声，这关键时刻冲出来一通咆哮，却镇住了在场的所有人，为诸葛亮争取回了宝贵的时间。而唐炳还念念不忘自己没带来老张而心含愧疚。

诸葛亮眼里滚烫，心中极为感动。他认真地对唐炳拱手行礼。

诸葛亮："多谢唐兄鼎力相助！"

郑伦翻了个白眼，两刻时间很快就会过去，现在说谢是不是太早了点儿？

众人都紧盯漏刻，水流掉一滴，箭漏就往下沉一点儿，人们的心里就跟着抖动一下揪心一次……

黄承彦挥挥手："不行不行，我看不下去了，两刻工夫哪里够？"

唐炳心里打鼓，他看见诸葛亮脑门上也渗出一层密汗。

刚黄承彦一说话，反而发现隆中书馆一众师生中唯独少了女儿黄月英，黄承彦不禁觉得奇怪。

眼看细香只剩下小拇指甲那么大了，看大家都急了，郑伦又阴阳怪调起来。

郑伦："我看给你几壶水都是白搭。"

唐炳使劲拉诸葛亮衣服："这时候就别硬扛了，先跟县令认个错，我爹说过，大丈夫要能屈能伸！保住命要紧！"

诸葛亮定了定神："时间还未到，再等等！"

诸葛亮转头看向庞德公，只见庞德公不骄不躁，面色平静，向诸葛亮微笑首肯。诸葛亮忽然明白，这是先生告诉自己，越到这种时候，越要保持信念与定力！顿时浑身清凉自在，心中的嘈杂之声也骤然消散，诸葛亮闭上了眼睛，表情平静淡然。

最后一滴水即将落下，公堂也嘈杂起来，唐炳急得满脸通红。

突然大堂上传来一声猫叫。

郑旦胡子一抖："什么动静？县廷有老鼠？"

众人面面相觑。

只见诸葛亮嘴角挂起了一丝笑意。

只听不远处传来一声银铃般的声音：

“畏罪潜逃的老张被我们抓到了！”

诸葛亮回过头，只见县廷外，黄月英和郭槐的几个手下押着老张气喘吁吁地走上县廷。

盯着老张，老马、唐炳都惊讶得说不出话来。

“他、他的腿竟然不跛了！”

诸葛亮微笑着点头：这就对上了，若是跛脚，夜里怎能逃至三十里外的关隘，又也怎能在房梁之上日夜潜伏，上下自如？

老马：“他在我眼皮子底下干了这么多年，我竟然没看出来！差点儿被他给坑成凶手！”

诸葛亮：“老张心机颇深，又怎会轻易露出马脚？”

黄承彦只是惊讶地盯着被雪花打湿了鬓发的女儿步步走近，什么时候她也参与其中了？

黄月英对老爸眨了眨眼，跳到诸葛亮跟前，只轻描淡写地说了一句：“嘿！我没来晚吧？！”

诸葛亮百感交集，深深鞠躬行礼：

“多谢黄姑娘及时出手！时间刚刚好！”

原来，诸葛亮早就猜到老张可能会连夜潜逃，他给黄月英的锦囊里写着让她跟着郭槐手下封锁关隘口，只留一条出路，老张则必会从此经过。

郑旦清了清嗓子：“好啊！人来了就继续审案子！”

老张负隅顽抗：“你们抓错人了！”

郑旦便让郭槐把刚才诸葛亮所言陈述了一遍。

郑旦：“老张，不，是秦升！秦升，这下你可知罪？！”

老张听完郭槐所说，沉吟良久，突然说道：“你们说的这个秦升，的确可悲可叹。可诸葛亮你说我就是秦升，怕一切都是臆想和推断！你根本没有证据证明我就是秦升！”

诸葛亮笑了笑：“我当然有。”

众人跟随诸葛亮的眼神看向堂外，这才发现堂外不知何时来了两个流民父子。

看热闹的苏莹赶紧掩鼻避让，自己的麂皮氅袄千万别沾了这些“下作人”的腥臊之气，于是乎，一帮公子小姐们“呼啦啦”闪出一条道来。

流民父子怯生生地上了堂来。

郑旦、苏原等人也嫌弃不已。

郑旦：“诸葛亮，你弄俩叫花子来县廷干吗？”

小男孩：“我不是叫花子！我叫小柱子，这是我爹！”

原来，这是沔水旁乞讨的小男孩父子俩。

“见到县令大人，还不下拜？”县丞瞿孟大喊。

柱子爹赶紧带着小柱子跪下，也不怎么会说话，只重复着：“见过大人！见过大人！”

郑旦：“诸葛亮，你到底要干什么？赶紧问话！！”

“诺！”诸葛亮转过身来，“小柱子过来，你看那位伯伯，可曾认识他？”

小柱子怯怯地走了过来：“秦伯伯！”

谁？！

诸葛亮：“柱子爹，你也来看看，是否认识这个人？”

柱子爹：“秦大人！您不是在木工坊里做手艺么？怎么在这里？”

众人哗然。

原来，老张正是十年前宛县的秦升，也是小柱子一家的故人，当年小柱子爹妈还在书吏秦升家里打过短工，一眼就认出来了。

被小柱子父子俩这么一问，老张也有些恍惚了。

其实小柱子一家早就知道秦升在邓县木工坊里做事，但是流民本非邓县户口，属于黑户贱籍，也没人会去查问他们。

郭槐拎来一桶彩漆。

“老张，不，秦升，这是你精心调制的彩漆，里面还添加了白芷熏香，唐炳偷吃了‘金乌玄元丹’后，正是在木工坊里闻到了你这漆才昏倒的，你在郡守歇息的厢房里刷满了这种漆，以至于厢房里会有异香，这就是你给郡守下毒的方式，”诸葛亮字正腔圆地接着指出证据，“这十年来你一直对郡守怀恨之心，自从流落到邓县做木刻漆工后，想必是要了此残生的，没想到木工坊提前几个月接了隆中书馆的活儿，而且郡守会亲自来主持剪彩衅礼，于是，复仇的念头就涌上了你的心头，为了神不知鬼不觉地杀害郡守，你利用自己做木刻漆工的职权，巧妙地设计了这场谋杀，不仅处心积虑地装作跛脚，而且提前一晚藏于房梁之上。再加上你看到术士到处招摇撞骗，就用符箓、绳结等道具混淆视听，郡守正是被你用白芷熏香迷晕后吊颈而死，可惜当时书馆大乱，没人注意到房梁软梯之上还有一个身影匆匆而过。”

诸葛亮说完了，整个公堂上鸦雀无声。

“秦伯伯！”小柱子看到秦升，还是很开心。

老张逆光看过去，竟然以为看到了自己死去的儿子。

老张：“欢儿……”

小男孩走近，举起拨浪鼓：“秦伯伯，我不是欢儿，你还记得这是你送给我的吗？”

诸葛亮：“秦升，这是你的手艺吧，我曾在你的房间里见过一百一模一样的拨浪鼓。你说是你儿子留下的。”

老张泪流满面地接过拨浪鼓，再也抑制不住，突然仰面痛哭起来。

“我那苦命的儿啊！”

老张的心理防线彻底崩溃了。

诸葛亮：“昨日我等从木匠工坊出来，只觉得老张和其他木匠不太一样，但并未多做怀疑……直到遇到的这个小男孩，他也是从宛县逃难而来，我和他相识，而他手里拿的玩具就是一个造型独特的拨浪鼓——跟在老张房里看到送给去世儿子的几乎一模一样。直到小男孩说那位伯伯姓秦，我才恍然大悟。那一刻，犹如电光火石，瞬间所有游离的细节和线索统统找到了归依：为什么是隆中书馆的新馆？郡守服用的丹药，唐炳突然在木匠工坊昏厥，厢房后墙似乎一直忘记拆卸的软梯，还有承尘布上的木偶，故意画错的设计图，以及让大家看到的跛脚……如果老张就是秦升，那一切的一切就都能解释得通了。”

老张抬起头：“可你说错了一点！我当年根本就没有偷税漏税！！只因我秦家私宅田地接壤了那狗官的别院，让他不满，才得罪了狗官！他就让人做了手脚，给我扣上了偷税漏税的帽子，害得我家破人亡，我欢儿也被郡隶活活给摔死了！只有我一人逃出苟活至今……那个狗官他死不足惜！我恨不得将其千刀万剐！”

老张起先痛哭，现在说到自己杀了狗官，竟又仰天大笑，笑得骇人。

郑旦使劲拍桌子：“大胆刁民！放肆！竟敢称郡守是狗官！”

老张不管不顾：“从听说狗官要来邓县我就开始筹谋。在宛县时，我就听他家家丁说他服用丹药，我查过，丹药再遇白芷香容易昏厥。新书馆一落成，我便将白芷香倒入了油漆桶内，刷在了隆中书馆的厢房柱子上，这样有味道也不会引起怀疑。当年我从囚车上逃出来，被打伤的腿很快就痊愈了，但我知道，我需要报仇，我需要伪装，我需要给自己创造时间。所以这几年来，我一直装瘸，让你们放松警惕……可我千算万算，却没想到输在了这个拨浪鼓里，输给了一个乳臭未干的毛头小子手里！如果上天再给我一次机会，我一定不会再犯错了！”

诸葛亮：“那你还会再连累水镜先生险些丢掉性命吗？！”

老张无言以对，始终不敢看向水镜先生。

只是自说自话地嗫嚅了一句：“伸张正义，总会有人要牺牲……”

黄月英：“害了别人还自诩正义，那和害你的人又有何区别？！”

庞德公：“还不如我那只大鸟呢！”

老张低下头去：“我已经都认了！”

唐炳：“若不是诸葛亮料事如神，让黄姑娘捉你回来，你哪里会认？自己一定偷着乐呢！”

老张无言以对，再不开口。

郑旦：“好了，口供对上了，把人带走！”

诸葛亮：“还请县令大人即刻释放水镜先生！”

郑旦：“哎呀呀，那是当然！”

郑旦起身一路小碎步到了水镜跟前，喜笑颜开地拱手作揖道：“哎呀，恭喜水镜先生沉冤得雪啊！”

水镜先生没有说话，被搀扶水镜的黄承彦怼了回来：“我们也要恭喜县令大人，在后生诸葛亮的力挽狂澜之下，没有一错再错、办下一起冤假错案！”

郑旦一时语塞不知如何是好。

郑旦：“为官为民，我也是身不由己啊。”

水镜踉跄蹒跚奔向夫人，二人依偎在一起，百感交集。

郑旦迅速转移视线：“哎呀，你们看，人世间最好的事情不是什么

‘兴高采烈’，而是‘虚惊一场’。”

黄承彦：“以后这种好事县令大人自己留着就好，不必赠人。”

郑伦：“这才几日，水镜先生怎么路都不会走了？原来也是怕死之人。”

庞德公一点儿都没客气：“你不怕死？若是换了黄毛小儿你，还不得尿得满县廷都是骚味儿？！”

众人哄笑。

郑旦拉住脸红的郑伦，不让他再起争执，再看向此时跟没事儿人一样的苏原，郑旦心里后悔不迭：还不都是你老苏出的馊主意！我本就不主张杀水镜，这下可好，人没杀成，自己反而成了千夫所指，这些文人骚客以后还指不定怎么编排我呢。唉，到底还是心急，栽进了苏老狐狸的圈套！

郑旦这边厢正蹙眉懊恼，没想到郑伦那边已经急吼吼得按捺不住了：“爹，既然郡守之案水落石出，是不是也可择日正式授予本人少年郎官之称号了？这都过了七日了！”

郑旦：“才过了七日，你急什么？！”

苏原干咳两声：“少年郎官要众望所归。”

郑伦升起无限希望望向他苏伯伯。

苏原：“此次郡守之死事关重大，立功心切可以理解，但欲速则不达——此番少年郎官的表现尚不及一个出身草庐的布衣少年，且郡守刚刚发丧，我建议暂缓少年郎官的授予典礼，一切还需从长计议……”

苏原说出了大家的心里话，围观众人纷纷点头，觉得似乎还是苏督邮比县令父子更靠谱些。

郑旦在心里不断默念静心咒语：莫生气！审时度势莫生气！

郑伦哪里想得到那些，几乎怒发冲冠了：“从长计议什么，为什么要把我和诸葛亮比？！我们根本不是一个层次上的！”

苏原一如既往的面带微笑，和颜悦色：“嗯嗯，不在一个层次，说的是啊！”

黄月英眯着大眼睛似笑非笑，她早听出了苏原的弦外之音。

唐炳悄声问诸葛亮：“我听懵了，苏督邮到底是说你俩谁层次高啊？”

诸葛亮笑着无奈摇头。

苏原继续循循善诱：“郑公子，我这也是为你好啊！众望所归才能服众嘛。”

庞德公：“既然说到少年郎官和众望所归，我看诸葛亮当少年郎官才算众望所归，心服口服。大家伙说呢？”

众人纷纷附议。郑伦傻眼了。

郑伦：“我才是未授衔的少年郎官！”

庞德公：“没授衔前都不作数！”

郑旦看着眼前乱象，心想要再不出手制止，就真要给诸葛亮颁发少年郎官了，连忙凛然地教育郑伦：“伦儿啊，不要为那些虚名所动，真金不怕火炼，这案子中你虽有功，但诸葛亮功劳也很大。现在刚刚结案，诸事待兴，少年郎官一事我看，还是从长计议吧！”

郑伦意不能平：“他诸葛亮只是这次运气好，一介草民，如何能跟我‘卧龙公子’比！”

这小兔崽子，我苦口婆心控制局势都是为他好，留得青山在，不怕没柴烧。他还傻了吧唧地揪着不放，本事不大，胆子不小，“卧龙公子”的封号都能贴到自己厚脸皮上，郑旦心里窜上一股无名火——静心咒语再也不好使了，郑旦气急败坏地破口大骂：“孽子！谁跟你说你是‘卧龙公子’？！以后不准你再提‘卧龙公子’这四个字！提了我就打断你的腿！赶紧向苏伯伯和各位先生赔罪道歉！”

看郑伦当众被亲爹责骂，唐炳早就乐不可支了，他拿出了随身携带的鸡腿，有什么比看热闹吃鸡腿更快乐的呢？

黄月英不知道什么时候凑到唐炳耳边，眼睛却看向别处：“嘿，昨晚上你不是说完不成任务这辈子吃素吗？”

唐炳咧开的嘴角瞬间耷拉下来，僵在原地。

黄月英从唐炳僵硬的手上轻松地取下鸡腿，塞给了身后背篓里的飞燕，飞燕叼着鸡腿瞬间飞奔消失。

廷上的郑伦正极不情愿地向苏原和庞德公等人鞠躬赔罪。

郑伦瞥了一眼旁边笑意盈盈的诸葛亮，这个梁子算是结定了。

这边厢，诸葛亮和唐炳、黄月英三人送水镜先生和水镜夫人上车回家后，看见菱儿在隶卒的押送下上了马车，随郡守夫人的车队一同远去了。

但愿菱儿能有个好归宿吧！这乱世之中，女人比男人活得更艰难。

三人一边走着，一边交流着这几天的见闻，远远望去，又发现押着秦升的囚车开了出来，看着看着，诸葛亮觉得有些不对劲。

“奇怪，这不是去监狱的必经之路。”

黄月英：“过去瞧瞧！”

诸葛亮他们有所不知，原来郑旦命人押解老张去监牢，老张求情想到木器坊停留片刻，说想拿上儿子的拨浪鼓上路服刑。郭槐不以为意，心想死到临头，不过多走几步让仵作陪着拿一个物件而已，守卫众多出不了什么幺蛾子，便同意了。

诸葛亮和黄唐三人到时，众人都等在坊外，轻松说笑。眼见大雪越下越大，众人大眼瞪小眼，望雪兴叹，正各种尬聊。

诸葛亮脚步越来越快，突然大叫一声——“不好！”

待到诸葛亮携众人冲进木器坊时，眼见老张在院中长叹一声：

“儿啊，爹回不去了！当年也是这么一个大雪天！”

随即拔出匕首，自刎而尽。

郭槐等人冲了进来，也都为时已晚，后悔不迭。

大家都没听懂老张最后说的什么，只有诸葛亮红了眼圈，想起那日老张说起自己小儿的模样，从天而坠的冷雪融化在他的热泪里。

说到底，老张也是个苦命的人，只不过他被人为的厄运给彻底打倒了，最后心中的苦难变成了复仇的妖魔，处心积虑，害人害己，心中却未曾得到片刻安宁与解脱……

院中，鲜血汩汩流出，迅速浸红压塌了地上新落的松软白雪。雪白血红外，还落着那只做工精巧的拨浪鼓。

大雪漫漫，雪片落在老张的脸上，化成一行泪滴。

众人将沉默作为哀礼。

老张自杀，没办法再公开枭首了，县廷的威信力大打折扣，民间沸议。郑旦冲郭槐好一通发火，郑伦也正好找不到发泄的由头，坐车回家时，在路上看到诸葛亮，狂喊停车，挥舞华服一跃而下，拦住了诸葛亮。

“不是说你料事如神吗？那你早就知道老张会自行了断吧！为何不提前告知？！”

郑伦嘴巴一闭一张，诸葛亮始终一言不发。

此刻的他，根本没注意郑伦再说什么，只想起婶母让他安心读书切莫过问世事的嘱托，而这次自己所经历的一切事也都验证了婶母的话——果然这是一个无法独善其身的乱世啊！

看着郑伦把自己当成了最大的敌人，诸葛亮甚至都有点儿怀疑自己做的是否真的是对的。

诸葛亮淡然一笑，拱手告辞，转身离去。

郑伦在身后目瞪口呆——我还没说完呢，他也太没礼貌了！

尘埃落定，隆中书馆终于恢复平静。水镜先生在休整几日后坚持着要回归书馆，继续授课。

诸葛亮一进教室，就发现座位发生了变化——自己的位置从原本安排的最角落变成了靠前的好位置，旁边紧挨唐炳，唐炳冲他挤眉弄眼，好不得意，还扔过来两块荷叶包着的大块饴糖，示意他赶紧揣在衣裳里。

唐炳："来了，诸葛亮！看，咱们上风上水的好位置！"

诸葛亮环顾四周："好是好，不过换了座位，先生能同意吗？"

唐炳眨眨眼："新馆的厢房因为死过人，全体老师都希望重新修葺改改风水。水镜先生犯难没钱修。"

诸葛亮："所以——"

唐炳一拍胸脯："没钱我家有啊！我爹是唐求，邓县第一纳税大户，盖个厢房小意思。这回木匠的赏钱也肯定给足，不能再整木偶克人了。"

诸葛亮忍俊不禁："多谢官大夫父子仗义出手，我们都跟着成荫了！"

唐炳嘿嘿一笑："但我也不是没条件……"

诸葛亮："我猜第一个条件是可以不遵守书馆不许吃零食的规矩……"

唐炳嚼着饴糖鸡啄米似的点头。

诸葛亮看看座位："第二个条件，就是给你我换了座位，且我们俩必须得挨着！"

唐炳："行啊你，真是赛过活神仙，这都猜到了！嘿嘿，向卧龙少年靠拢，我这要求不过分吧，水镜先生人家很快就答应我啦！”

诸葛亮笑道：“我哪里是‘卧龙少年’！莫要玩笑！”

唐炳：“你就别谦虚了，十里八乡都传开了！我家卖盐的，这种事儿比你知道得多。哎，新炒的黄豆，尝尝？”

诸葛亮嚼了一颗豆子：“唐兄，你这伙食水准略有下降啊！”

唐炳冲诸葛亮使了个眼神，诸葛亮这才注意到，那黄豆底下装的可是两只大鸡腿。

唐炳：“以防黄月英看见——我发现了，女生麻烦，养猫的女生更麻烦。她现在算是逮着我了，见面就喊我吃素，还让飞燕蹿到我身上闻有没有荤腥，你说瘆人不瘆人？！”

诸葛亮哈哈大笑：“唐兄，你到底是怕黄姑娘，还是怕飞燕啊？”

正说着话，嘎吱一声，门开了，发现郑伦也臊眉搭眼地走进教室。唐炳饱满的小胖脸迅速耷下半截来：“假‘卧龙’来了，哎，他怎么还好意思来啊？！”

郑伦发现自己座位同排就是诸葛亮——简直是要和自己平起平坐了。心中虽多有不忿，可这两日回家挨了老爹不少责骂，郑伦也学会了几分收敛，象征性地白了诸葛亮那边两眼就老老实实坐了下来。郡守之案后，民间都道隆中书馆出了少年英才，一时间书馆名声愈盛，郑伦怎么能在家里的私塾坐得住，死乞白赖地求了郑旦让他回书馆读书。眼下，身后除了范登、魏安外，也只有前排的苏莹拿着小镜冲镜子里的郑伦点点头，就算是打过招呼了。

门又开了，黄月英闪进半个脑袋：

“诸葛亮，快出来！你家好几口来看你了！”

定是黄姑娘又捉弄我呢！婶母腿脚不便，又隔着几十里地，哪能说来就来，还是好几口？

虽然心里这么想，诸葛亮还是半信半疑地跟着出了教室。

转到宿房，竟然真是婶母带着诸葛均和小莲子他们，风尘仆仆满面尘霜。

原来诸葛亮破了郡守之死案又赌上性命营救水镜之事，早已添油加醋地传到了老家婶母那里，婶母跟着惦记，腿脚还未痊愈，就带着孩子赶了两天几十里山路看望诸葛亮，诸葛亮心疼得很，噗通一声，跪在婶母面前向其请罪："请婶母恕罪，亮没有遵守婶母安心读书的要求，惹出这许多祸患，让婶母担心。"

婶母却长叹一声：

"我当然希望你能乖乖读书。可我也知道，你是诸葛家的后人，是有血有肉有担当的好男儿。亮啊，你做得对，婶母虽怕你出事，但也为你骄傲！你的父亲、叔叔，诸葛家的先人也为你骄傲。"

诸葛亮潸然泪下。

这是叔叔去世以来，诸葛亮第一次流泪。

在一旁低头玩耍的小莲子跑过来给诸葛亮拭去眼泪。原来，邻居小莲子也吵着闹着要来看诸葛亮，婶母没办法，只好带着她一起来。

小莲子："亮哥哥，隆隆书馆有糖吃吗？"

诸葛亮泪痕未干，突然笑了："有！当然有！"

他掏出唐炳塞给他的两块饴糖，分别剥了给了小莲子和三弟。小莲子舔着糖，小脸又咧成朵朵花瓣："哥哥，好甜，你也吃！"三弟毕竟比莲子大了一些，先将糖塞进婶母嘴里，婶母尝了尝连连点头，便又给了三弟。

一家人分食两块饴糖，却其乐融融。

沔水河畔，大雪盖住了草草修建的新坟，坟头插一块木牌。是前儿日诸葛亮几个帮老张收的尸下的葬。木牌上还刻着“秦升”两字。

诸葛亮伫立良久。老张——秦升——的木刻书法，可是最好的，不知他对这木刻墓牌是否满意？又不知他在鄄都见到欢儿，会不会重叙天伦？

小柱子走了过来，将自己的拨浪鼓放到了老张的坟前。

唐炳：“我说诸葛亮，你可真神，怎么想到让小柱子来指认秦升的？”

诸葛亮：“我没有想到，只是运气。”

“运气？”

“嗯。”

唐炳也不再多问，只见诸葛亮和小柱子一起看向汤汤的沔水。

小柱子的爹妈和奶奶都在一旁等着，这里已经找不到活儿干了，他们打算再往南边走，希望能找到一个地方继续活命。一个独轮车里就是他们全部的家当。

远处，一匹戴着面具的马站在大雪山间，悄无声息，连响鼻也不打，马背上坐着一个全身黑衣的蒙面人，他肩头落雪，眼中闪着寒光，头盔上支出两只角，角上有诡异的彗星样标记。

黑衣人远远地注视着邓县，少年诸葛亮并不知道，一场更大的危机正在等着他……

第九回

黄泉父母梦中相逢

漫长的寒冬即将过去。

郡守之死虽是狂风暴雨，但终究平息了下来，县廷对此事下达了封口令，全邓县都不得再发议论，书馆上下自然也是缄口不言，在那个烽火连天的乱世里，一个小小的书馆博士差点儿丢了性命，这也能算个事儿？

当然了，官家再怎么草菅人命，书馆的教育事业还是要继续，这也是水镜的平生夙愿。再说，郑县令、苏督邮等人毕竟对水镜和书馆有愧，自己的儿女又在这里就读，反而对书馆师生照顾有加，也算因祸得福？

于是，隆中书馆的教学秩序又恢复如常，这里依然是乱世中的桃源洞天，书声琅琅，教学相长，而水镜先生也恢复了元气，只是性情有些变化，逢人便说“好，好”，成了个“好好先生”。

这一日，难得的风和日丽。

书馆里传来“好好先生”慢条斯理的声音：

“好，好，同学们，今天我们来讲一讲《论语》中的君子之‘信’”。

教室里，窗明几净，水镜在讲席上正襟危坐，底下是满堂的公子哥儿和娇小姐。

“在《论语》里，孔老夫子多次谈到‘信’。比如这句——‘人而无信，不知其可也。大车无輗，小车无軏，其何以行之哉？’”

水镜捋着胡子微笑道：“谁能给大家解释一下‘大车无輗，小车无軏’这句是什么意思啊？”

水镜话音未落，郑伦便高高举手，还未等水镜示意，他便自行起身，只见他身姿挺拔，头上那顶夸张的金叶步摇冠更是在窗外阳光的斜射下熠熠生辉，分外夺目，声音也抑扬顿挫，铿锵有力：

“人而无信，不知其可也的意思是：人，如果不讲信用，不知道他还能做什么事!”

回答完毕。郑伦扬着下巴颏，甩了甩丝质宽袖，用眼角检阅四周，自认为颇有气派，只见旁边靠窗的诸葛亮似笑非笑地看着自己，郑伦暗自得意，幸亏自己举手抢答及时，否则诸葛亮那小子又要出风头了，想到这里，不免心中快意。

水镜咳嗽了两声，冲郑伦笑笑：“好，好，郑伦同学说得很好——”

郑伦嘴角上扬，都快挂上眉梢了。

“不过，郑伦同学可能没来得及好好审题——请大家注意，我刚才问的不是第一句，我问的是第二句——‘大车无輗，小车无軏’，这句是什么意思？郑伦同学你能继续回答一下吗？”

郑伦一时语塞：“这，就是个比喻啊，我觉得不重要吧!”

水镜笑笑，面容和蔼：“好，好，是不重要，不过不重要的词句也得弄懂才行，不能一知半解，不懂装懂，这也是《论语》里说的，‘知之为知之，不知为不知，是知也’。”

郑伦嘴角再也挂不住了，瞬间红了脸。如芒在背，步摇冠上的金叶似乎也耷拉了下来。

水镜先生逐个望向诸生，大家却纷纷面露难色，搔头的搔头，翻白眼的翻白眼，还有故作苦思冥想状的心虚不已。

苏莹晨起施过粉黛，正对着银华镜不停地捋着发髻，似乎头上总少了点儿什么，不太开心；黄月英依旧素面朝天斜束着发髻，不过她的心思也没在课堂上，她正盯着窗外操场上晒太阳的飞燕，而飞燕则紧紧盯着不远处正在整理羽毛的仙鹤，似乎随时准备扑过去偷袭；唐炳正从课桌下面拿出糕饼往嘴里送，恰好被水镜撞见，只好猛地全都塞了进去，然后一脸芝麻地冲先生嘿嘿傻笑，水镜无奈地笑着摇头。

视线移到诸葛亮处，诸葛亮举手，水镜欣喜点头：“者葛亮，你来说。”

诸葛亮：“大车无輗，小车无軏，指的是大车没有车辕与轭相连接的木销，小车里没有车杠与横木相衔接的销钉，它靠什么行走呢……”

水镜：“好，好，回答得非常好！”

郑伦翻了翻白眼：“切！这有什么？他连车都没有！”

魏安、范登等人交头接耳开始议论起来：“郑公子，你家的车是几匹的？”

郑伦这回重来了兴致，头上的金叶似乎也重新竖了起来：“四匹以下的也叫车啊？！”

大家哈哈笑成一片。

苏莹：“谁家车不是四匹的？有什么稀奇？关键要看车的内饰和细节，我家的大车可是裘皮座椅的。”

郑伦：“裘皮又不是都值钱，要是狐皮，哪家没有个几十张铺地当毯子的？我家马车上用的裘皮是紫貂！”

范登：“哇塞，紫貂皮啊，那坐感，如坠云端，舒服极了！我只坐过一次，一辈子也忘不了！别人家把紫貂都当大衣领子，郑公子家竟然当屁股垫儿，这才叫够奢华！”

众人惊叹：果然还是郑公子家宝贝多啊！

苏莹对着银华镜里的郑伦假笑了一下，翻手扣下了镜子，将身旁的狐领披风塞进角落，脸也立刻搭了下来，心里想着：他又显摆什么呀，非要处处压我一头？

苏莹气不顺，突然看到前排回头的许薇的发髻上戴了个绢花有些刺眼，凑了上去，鬼使神差地竟伸手一把给摘了下来。

许薇回过头瞪着苏莹，觉得她简直莫名其妙。苏莹这才意识到自己唐突，赶紧凑上一个假笑：“不好意思啊许薇，你这个绢花跟我那个特别像，就是没我那个镶了珍珠翠玉的好看。”

许薇白了苏莹一眼：“好看你也不能摘我的呀。你那个好看，怎么也没见你戴？”

苏莹故作轻松：“找不着了呗！可能被谁家的畜生叼去玩了吧，我这些首饰多，少了几件我都不知道，也无所谓的。”

许薇不理苏莹，转过身去。苏莹瞥向一心窗外的黄月英，心想着，这几天自己找不到的那两件首饰，估计都是被她那只上蹿下跳的狸猫拿去当玩具了吧！苏莹越想越来气：哼，可别被我逮住机会，若是让我逮到了，一定不让黄月英和她那只狸猫快活！

咣！咣！咣！水镜拿起戒尺敲了几下桌子，这帮公子小姐的叽叽喳喳才停下来。水镜先生咳了两声，继续授课：“关于‘信’的重要性，论语里还有一条，据说弟子问孔子如何治国，孔子说要做到三点：要‘足食’，有足够的粮食；‘足兵’，有足够的军队；‘足信’，还要得到百姓的信任。那么我问大家，如果不得已必须去掉一项，你们会去掉哪一项？”

众人心不在焉，水镜点名唐炳作答，郑伦等人看热闹。

唐炳使劲将嘴里的食物狼吞虎咽地咽下去，又抓耳挠腮吭吭哧哧不知如何回答，只好求助地看向诸葛亮，挤眉弄眼：“哥们儿有难，可得江湖救急啊！”

趁着水镜先生背过身去踱步，诸葛亮对着唐炳比划了一个“去兵”的口型，唐炳眯着眼睛终于反应过来，连忙冲水镜答道：“去兵！去兵！反正要是无心打仗，花着纳税人的钱养的兵丁就是百无一用！”

郑伦白了一眼唐炳，诸葛亮忍俊不禁。

水镜颔首微笑：“好，好，那唐炳我继续问你，如果让你还必须去掉一项，‘食’与‘信’，你会去掉哪一项呢？”

唐炳："怎么还去啊?"

水镜慢悠悠地点点头。

唐炳之再次将求助的眼神传给诸葛亮。

诸葛亮这次又做了一个"去食"的口型，唐炳却身子往后撤了一步，睁着豆豆眼，将两条眉毛绞成十字，似乎无法接受诸葛亮。

黄月英"噗嗤"笑了出来。

水镜先生循循善诱："唐炳，你去掉哪一项啊?"

唐炳急得满脸通红，竟然脱口而出："去'食'——那可去不得啊！依我看，那就去'信'吧!"

全班哄堂大笑。

范登："今天讲课就讲的是'信'，真是服了，这也能答错啊?"

唐炳正色："对错又不是你说了算，水镜先生问我我怎么选，你我都没治过国，凭啥说我错?"

苏莹："那你倒是说说为什么不是去食？给个理由呗!"

唐炳咽了口唾沫，急中生智指了指诸葛亮："让诸葛亮说，他知道我是怎么想的!"

唐炳噗通一声坐了下来，众人皆望向诸葛亮，等着看笑话。

诸葛亮欠身道："唐炳的意思是……如果治国者能够按照许诺的那样守信，给黎民百姓足够的吃食让大家安居乐业，自然就会有得到更多的信任，国本更加稳固。可若只有百姓单方面的信任而治国者却没给百姓以安身立命的粮食，时间久了民不聊生，信任的老本吃光了，又何谈对治国者信任呢！所以，唐炳的意思是，一旦对百姓'去食'，很快也将'无信'了。"

唐炳猛拍手："说得好!"

郑伦："明明是歪理邪说。"

苏莹："听起来竟然很有道理！"

水镜微笑赞赏："好，好，民无信不立嘛。在孔子看来，得到百姓的信任比什么都重要。那如何获得百姓的信任呢？那就得让庶民有饭吃，有衣穿，有看得见摸得着的获得感和盼头，要比空喊口号来得更实在、更得民心。不过诸葛亮，你刚才绕了半天弯子，把大家都绕进去了——你说的是对百姓要足食，那治国者该如何对自己呢？"

诸葛亮粲然一笑："《礼记》有云，'欲治其国者，先齐其家；欲齐其家者，先修其身；欲修其身者，先正其心；欲正其心者，先诚其意；欲诚其意者，先致其知，致知在格物。物格而后知至，知至而后意诚，意诚而后心正，心正而后身修，身修而后家齐，家齐而后国治，国治而后天下平'。"

水镜捻着胡须频频点头，唐炳却打了个哈欠："怎么跟绕口令一样，听得我都晕了。"

突然窗外传来一阵喧闹。

只听见庞德公在外面痛心疾首地大喊："是谁家天杀的野猫咬了我的鹤儿！"

苏莹扑哧一声冷笑出来，"借刀杀人"最是快意恩仇，这下庞德公一定会帮自己教训黄月英那疯丫头！可苏莹还没来得及回头斜睨，只见黄月英一个箭步从窗户窜出窗外，浅白长袖外面套一身粉绿的对襟半臂襦裙，这一眨眼的工夫，就如同一阵白雾绿云般瞬间消散，水镜先生和同学们皆目瞪口呆。

此时下课钟声响起，教室里也喧闹起来，水镜先生宣布下课，并提高声调嘱咐同学："同学们，从明日起就开始放春假了！七日春假过后，等诸位回到书馆，我们要举行随堂考试。所以大家这几日除了帮家里春耕务农之外，切记不要忘记温习功课！"

唐炳一脸惊讶：“放完假还要考试啊？”

范登：“哎呀，春假放得也太早了吧，天气还很冷呢！”

魏安不屑一顾，小声嘀咕：“水镜先生一定是坐牢坐傻了，隆中书馆里谁家还要亲自务农啊！”

郑伦用眼神瞥了瞥诸葛亮：“不知道他下地浇大粪的时候，是不是也能来一段儿修身齐家治国平天下？”

周围人哈哈大笑。

唐炳捅了捅诸葛亮：“他们真过分，还笑话你要做农活儿呢！”

诸葛亮却毫不在意：“可我是要回家帮婶母和姐姐做农活儿啊。不做农活儿哪里来的‘足食’呢？”

唐炳：“啊？我还想请你来我家吃春饼呢？”

诸葛亮：“多谢唐兄美意，春光短暂，春饼可以等，农时可不等人哪！”

这春假一放，众公子小姐们顿作鸟兽散，纷纷赶回宿舍整理行囊，书馆门口的大车小车为了抢车位也是人马嘶鸣，唯有诸葛亮默默地一个人回寝室打包——反正就他一个人没车。

没想到唐炳也来到了诸葛亮寝室，一脸依依不舍的样子。

诸葛亮早已将简易行囊打包完毕——本来也没什么东西——自从辞别家人来书馆报到，就出了郡守被刺的大事，婶母虽过来了一趟，但还是挺放心不下的，春假短暂，此刻的诸葛亮委实不愿多耽搁，早已归心似箭了。

唐炳将没吃完的点心硬塞到诸葛亮的行囊里，诸葛亮认真谢过。

唐炳挠挠头：“七日春假结束，你早点回来啊！还要考试呢！”

诸葛亮笑得露出牙齿：“多谢唐兄挂记！”——难得唐炳对自己依依不舍！

诸葛亮大步流星迈出书馆，却听得身后一阵风声，不由得腿上使劲，加快了步伐。

“这就走了？”

银铃般的声音仿若点穴一样，诸葛亮立刻动弹不得，心想大事不好。

诸葛亮转身拱手作揖：“春假在即，农时紧迫，诸葛亮礼数不周，还未来不及向黄姑娘向告辞。”

冬日暖阳正好射在黄月英身上，在一片荒凉干枯的天地中，粉绿衣衫和格外抢养眼沁润，勾画出玲珑美妙的少女身姿。黄月英揪出飞燕嘴里残留的鹤毛把玩起来：“你救了水镜先生，我说过不再找你的麻烦，只是我实在不明白，上次你跟我爹告密的事儿，我爹给了你什么好处？！”

黄月英宝石大眼眨了眨，走近诸葛亮，诸葛亮竟然不由得往后退了一步。

诸葛亮：“黄姑娘还记得呢？不过真不是我啊！”

黄月英：“你若心里不虚，往后退什么？难道怕我拿毛毛虫吓唬你不成？”

“你不进我怎么会退？”

“你不退我往哪里进？”

“姑娘，明明是你先进，我后退……”

“光天化日说瞎话！明明是你退了我才能进！”

“黄姑娘！亮确实是看你进一步才会后退的……”

“好啦！”黄月英大手一挥，“你个杠精！我懒得跟你杠！”

“谢黄姑娘！”诸葛亮赶紧作揖走人，不过还没迈两步，就发现黄月英又横亘在自己身前，只见黄月英向诸葛亮伸出攥着的手心，一双宝石杏眼伶俐慑人，似乎手心里真有什么东西在蠕动跳跃，诸葛亮鼻尖都渗出汗水来。

诸葛亮："求黄姑娘饶命！"

黄月英伸出手掌，哪里有什么毛毛虫，只不过是飞燕吐出来的鹤毛而已。

黄月英轻轻一吹起，鹤毛就飞到诸葛亮脸上，诸葛亮面部发痒，连打了好几个喷嚏。

黄月英哈哈大笑，诸葛亮哭笑不得。

"黄毛丫头，又被我发现欺负老实人了吧！有其主必有其猫！我那苦命的鹤儿被你那只野肥猫薅掉了好几根尾巴毛！"

循声望去，庞德公披头散发，双手叉腰，怒目嗔怪地看着黄月英。

黄月英发髻斜斜一晃，骄蛮狡辩："庞德公，你的鹤儿子少了尾巴毛，又怎知是我家飞燕干的？"

庞德公："隆中书馆里只有你的那只肥猫！山中无老虎，黄猫称霸王！诸葛亮，你也看见她家肥猫欺负我鹤儿了吧？"

诸葛亮手里还攥着鹤毛，刚要开口，黄月英的宝石杏眼中立马朝诸葛亮射出高压电，嘴巴不动，编贝皓齿里倒是蹦出一句话，只有诸葛亮能听见："敢说我家飞燕一个字，我就用毛毛虫淹死你！"

诸葛亮不由得屏住呼吸，汗滴鬓下，最后只好作揖鞠躬："庞德公，学生实在不知情啊！"

庞德公阴阳怪气："诸葛亮你也挺逗，不怕监牢砍头，倒是怕个黄毛丫头！滚回家过你的春假去吧！"

诸葛亮这才轻松下来，赶紧辞别庞德公，转身离去。

走了一段，诸葛亮忍不住回头看去，庞德公和黄月英早已不见了踪影，这才暗自摇头，边摇边笑，笑话自己确如庞德公所说，别的不怕，独独怕了一个养猫的野蛮少女。

“喵～”

山林里传来飞燕的声音，诸葛亮额头一紧，立马收住笑容严肃起来，赶紧加快了脚上的步伐。

诸葛亮连续赶了大半天的山路，又累又渴，嘴唇上泛起了一层干裂的白色。他不愿耽搁片刻时间歇息，他知婶母一直盼着他放春假回家，这几日怕是算着时间夜夜给他留门，都休息不好。自己早一点儿到家，婶母和老葛、陈妈他们也能少一些惦记，睡个好觉。

月上中天，诸葛亮远远地终于看见了自家的大门。

离家读书这才区区一个月时间，却经历了好多事情，仿佛已经过了很久，也不知道小莲子家的猪圈修成什么样了。

“葛伯，我回来了，开门呀！”

寂静的初春的夜晚乍暖还寒，老葛听见动静就跑了出来，婶母果然也没睡，披着披风从内室里疾步出来。

见到婶母，诸葛亮立刻跪下：“孩儿放假归来，这些时日让婶母惦记了！婶母身体还好吗？三弟还好吗？”

油灯映着婶母眼里的晶莹泪光，也映着婶母脸上的欣慰笑意：“都好，都好！二少爷快起来！累坏了也饿坏了吧？我给你留了热米粥！穿得怎么这样少？夜里山风吹得冷吧？”

“婶母，穿得少些走得快些，再说我是男儿，心中有热气，自然不觉得冷。”

“二哥，二哥回来了？我在做梦吧？”

睡眼惺忪的三弟也听到声音，从卧房里颠颠地跑了出来，竟还赤着脚丫。身后陈妈拎着被子和鞋子一路追了出来。

“三少爷，你又不穿鞋子！哎呀，二少爷回来了！”

诸葛亮问候过陈妈，一把抱起三弟诸葛均，从背囊里取出唐炳给的吃食，这一路都舍不得吃，就是为了留给三弟和小莲子。

“好吃吗?”

“嗯嗯，好吃！二哥给的都好吃！二哥一回来，我就又能有新玩具玩啦!”

“哈哈，那你说现在这还是做梦吗?”

婶母忍不住笑，给诸葛均穿上鞋子，让陈妈哄了他回房睡觉。

“回去小点儿声，别吵醒了莲子。”

“哎？小莲子也住在咱们家？怕是三弟今天缠着小莲子玩疯了，不让莲子回家吧!”

婶母笑笑没说什么，诸葛亮却见着老葛脸上的一脸沟壑似乎皱得更深了，似乎有什么愁事。

“小莲子的爹娘呢？他们不来接小莲子回家吗?”

老葛刚要开口，婶母就接话道：“他们外出三两日，赶路不便，我就让他们把小莲子放在咱们家里，正好跟你三弟也做个伴儿。”

哦，原来如此。

诸葛亮再看老葛，似乎眼角眉梢仍有为难不尽之意，觉得有些奇怪，又实在不知具体奇怪在哪里，再加之走路一天困倦不堪，婶母又催促着赶紧洗手喝粥，早早就寝，也就没再细问，只好作罢了。

第二日，诸葛亮还未睡醒，就听见后院里诸葛均和小莲子玩沙包的嬉笑打闹声，还闻到新蒸热饽饽的香气。

还是家里好。

洗漱完毕，诸葛亮去找三弟，却见三弟嘟着嘴——原来沙包被扔到了后墙上，他自己够不着。

诸葛亮顺着墙根垫了石块儿好不容易爬上墙头，捡起了沙包，心想着这要是黄姑娘，这会儿都来回上下七八趟了。

诸葛亮把沙包抛给小莲子，在墙头居高临下，随意往下望去，却突然皱起了眉毛："均弟，咱家一直养在后院的老黄牛怎么不见了？"

三弟摇摇头，一脸懵懂。

陈妈搓着手追了过来，要给诸葛均加了件厚衣服。

诸葛亮："陈妈，咱家老黄牛呢？"

陈妈："那个，老葛拉出去遛弯儿了……"

陈妈神色慌张，诸葛亮凝视不语。

"二少爷，你咋一回来就发现了呢？太太不让我说跟您说啊！"陈妈绷不住了。

诸葛亮："陈妈，到底怎么回事？！"

诸葛亮看陈妈瞟了几眼小莲子，就让诸葛均带着小莲子去里屋玩。

诸葛亮："陈妈，你现在跟我说吧。"

陈妈："你还不知道呢，你刚去读书没几日，官差就来人抓壮丁服徭役了！他们是冲着小莲子的爸妈来的！"

诸葛亮吃惊："服徭役？他们家哪里还有劳力去服徭役，再说又怎么会在春耕的时候抓人？"

陈妈："说的是呢！"

诸葛亮："说去多久？"

陈妈："哎呀，刚开始说要两年三载呢！"

诸葛亮："哪有这么久的徭役？"

陈妈："说的是呢，去那么久哪有人回来过？莲子爹娘哭着来求夫人，夫人也是没法子，只能硬着头皮去求官差，一家就一个壮丁，不该征啊！官差说给好处，个把月人就能回来，夫人就把她那件当年先生在江东给做的皮氅给送了过去。”

诸葛亮：“莲子爹回来了？”

陈妈：“回是回来了，就是被折腾得不成样子了，原来多精干的身子骨，现在是一身病呀，站都站不起来了！人没回来莲子娘哭，人回来了莲子娘还是夜夜抹眼泪啊！”

诸葛亮皱着额头，一切都明白了——婶母为了给莲子爹治病，就把老黄牛卖了。

陈妈接着道：“可怜见的，莲子爹不能下地干活儿了啊，一走路就咳得厉害。唉，咱家那几亩水田还指望莲子爹搭把手呢，这下可好……”

突然身后传来了老葛的咳嗽声。

回过头去，却见婶母也在：“陈妈，给三少爷缝的罩衣弄好了吗？”

婶母不怒自威，老葛使了个眼色，陈妈自知多话，面露赧色，连忙哈着腰闪回室内。

诸葛亮望向婶母，屋漏偏逢连夜雨，怪不得总觉得婶母眉头间总有愁色。

诸葛亮：“婶母，咱家的春播——”

婶母却宽慰诸葛亮：“没事，你别担心，时候还早呢，到时候总会想到办法的。”

诸葛亮：“婶母，今年和往年略有不同，通过物候观察，我发现今年气候温暖，升温比往年略早十天，所以水稻播种也要比往年提前一些，才能不误农时。”

婶母眼睛里迟疑闪烁了一下：“你是说，七日之内就要春播？”

“正是。”诸葛亮又看向老葛：“葛伯，莲子爹如今重病需要静养，咱们春播是指望不上了，村里还有没有可用的短工能请？”

老葛：“哎呀，连年战乱，官家到处抓壮丁做徭役，如今是短工雇不到，长工不肯来。”

诸葛亮低头思忖：“州牧大人体恤百姓，与民休息，怎么会在春耕时节泛徭滥役呢?”

老葛：“嗐！还不是阎王好过，小鬼难缠？上头的好经都被底下给念歪了！都是破财免征的事儿……”

“老葛！就你话多!”婶母厉声道。

老葛忙道：“你看我这张嘴，夫人息怒，息怒。”

诸葛亮眉头紧锁：“耽误了春种，秋收也没保障了，咱家没有壮劳力，老黄牛也没了，此事迫在眉睫。”

婶母：“亮儿不必操心农耕之事，我和你二姐都能下地干活儿的。”

诸葛亮有些焦急：“婶母，你身体不好，寒腿多年，下地干活儿只会加剧病痛。不如这样，我写一封信给水镜先生，等春播结束我再回书馆。”

婶母：“胡闹！书馆有书馆的规矩，水镜先生治学严格，怎会独给你放假？！”

诸葛亮认真思考：“水镜先生若不肯，那我就只好退学，忙完了这季再从长计议。”

“诸葛亮，你给我跪下!”

婶母高声呵斥，诸葛亮一愣，这才发现婶母面色严肃，自己是好久也没见过婶母这副模样了。

婶母：“听好了，你现在的任务是好好读书，婶母砸锅卖铁也会供你在隆中书馆学习下去。不要动不动就想请假退学，你这样做对得起天上看着你的爹娘和叔父吗？”

诸葛亮赶紧跪下：“婶母，亮知错了。”

婶母：“读书必须心无旁骛，这些杂七杂八的念头有都不能有！春假过完，你就即刻启程回书馆。家里的事我会照顾好，你不用操心。你现在赶紧去温书。不要以为自己成绩好就洋洋得意心有松懈，其他同学肯定都趁着春假努力学习追赶，你莫要荒废了学业才对!”

诸葛亮：“婶母说得是，亮不会荒废学业。”

婶母：“起来吧，书房已经给你打扫干净了。”

诸葛亮还想说点什么，却见婶母一脸严肃，只好悻悻而退。

诸葛亮走后，老葛开口：“夫人，二少爷人家也是为家里着急，您刚才也太严厉了……”

婶母叹了口气：“我何尝不知道这孩子的心性品质。春播是重要，可重要不过亮儿的学业。我宁可全家饥馑，也不会让他误了半天学业。他要是真萌生了退学的意思，我就是诸葛家的最大罪人!”

老葛叹口气：“夫人深明大义啊!”

婶母：“老葛，你帮忙看着二少爷，别让他再分心春耕之事了。有什么情况你及时跟我说。”

老葛：“是！夫人放心。”

老葛既然答应了夫人，自然尽心尽力。他也了解，以二少爷的脾气，认准的事儿，怕是几头黄牛也拉不回。就跟之前鼓捣那个升天的大气球和滑翔的木翅膀似的，越拦着就越拦不住，没那么容易轻易放弃的。送茶汤，晒被褥，熏艾草，老葛一趟一趟地进出二少爷的房间，却看见诸葛亮安安静静地在房里安坐，只是写写画画，就也渐渐安心下来。

端着茶玩出来，老葛不由得感叹：“隆中书馆果然不一般啊，二少爷越来越像老爷当年在兖州时的样子了。”老葛点点头，心服口服。

与此同时，黄承彦看黄月英放假在家和飞燕终日无所事事，便让管家婆姨教她女红。黄承彦哪里知道，连管家都不是黄月英的对手，又何况是管家婆姨？威逼利诱之下，三下五除二，婆姨就被黄月英搞定了。黄氏夫妇还蒙在鼓里，从回廊屏风中窥见黄月英在管家婆姨的身旁背着身子低头缝制，两口子颇感欣慰：唉，天可怜见，鬼丫头终于有点儿女孩子样了。他们哪里知道，屋里头只是件衣服支在那里装样子，管家婆姨其实如坐针毡；那边厢，黄月英在城郊正策马放箭，飞燕追得田鼠飞奔四窜，山林里笑声与喵声交相呼应，一人一猫好不逍遥快活。

唐炳那边也是放假放得舒坦，山珍海味应接不暇，捧腹打嗝，唐家的灶房里始终热火朝天、明火不断——唐家大少爷放假日，就是厨子挥汗如雨加班时。母亲心疼地问他是不是在书院吃不饱，唐炳鸡像啄米一样点头；父亲又问："就知道吃，怎么不复习，开学要考试能应付得来吗?"唐炳下巴一扬，大手一挥："只要有诸葛亮在，考试没问题!"唐父沉吟道："你自己说的，诸葛亮是个乡下苦孩子，又赶上春播，万一人家赶不回来，看你怎么办?"唐炳嘴巴吧唧肉脯的速度这才放缓下来。

大清早，婶母和老葛分头去附近村落物色劳力，二姐去莲子爹娘家给莲子爹熬药，陈妈做好粥饭去叫诸葛亮，人却不在，刚要大呼小叫，小莲子就拽住了她的衣角："亮哥哥在后院呢!"

原来，天还没亮，诸葛亮就在后院开始捣鼓木头，陈妈叫吃饭似乎也没听见。诸葛均此时也起床洗漱完毕，陈妈让他小莲子一起给二哥送饭，诸葛均发现二哥正废寝忘食地在操弄一堆木头，诸葛均细声细气地问："哥哥，我能帮你做什么吗?"

诸葛亮抬起头，这才注意到诸葛均和小莲子其实正看着陈妈给自己盛的粥舔嘴唇，诸葛亮抱过两小童，说自己不饿，不过要分配给诸葛均和小莲子的一个任务。两小童瞪大了眼睛，屏住了呼吸。

诸葛亮一笑："帮哥哥把这碗豆粥喝光，能完成吗?"

诸葛均和小莲子双眼放光，开心得不得了。

入夜，诸葛亮累了一天又困又累，回房后一头倒在床榻上。

月上中天，万籁俱寂。

迷迷糊糊的诸葛亮听见似乎有奇奇怪怪的咕咕叫声。睁开眼睛，正要仔细辨听，这才突然意识到，那是自己的肚子在叫。白天把自己的吃食都给了弟弟妹妹，埋头干活儿一天没吃饭，白天还好，现在可真是饿惨了！

诸葛亮蹑手蹑脚起了床，摸索着想去后厨找点儿东西吃。忽然想起来在书馆和唐炳摸黑去饭堂找吃食的趣事，不由嘴角挂上笑意。

家徒四壁，灶房里锅碗瓢盆都空空如也，只有缸里还剩下半缸水。

肚子叫得更厉害了。

还好笊篱底下还有半张饼，估计是陈妈留出来的。借着月光，发现笊篱上面还歪歪扭扭画了一个小人，小人拿着一本书。诸葛亮笑了，这是三弟留给自己的。

往嘴里塞了一口饼，身后走廊里传来一阵窸窸窣窣的声音。

这么晚了？家人都睡了，哪里来的动静？

诸葛亮放下面饼，循声而去。只见一个青色的女性身影飘过，诸葛亮眼睛瞳孔瞬间放大了一倍。青色人影身上佩戴着一块玉佩，分外眼熟。

娘……

青影稍纵即逝，诸葛亮踉跄地追了出去，几步就出了诸葛家大门，奔上了后山。

月上中天，灰蒙蒙的山林里，黯寂一片，只听得见遥远处乌鸦的叫声。

“娘？娘！”

无人应答。

诸葛亮遍寻无果，颓然叹气。只见树上停着一只猫头鹰，猫头鹰一双荧光绿的眼睛目不转睛地看着诸葛亮。须臾，扑棱翅膀，向东飞去。

诸葛亮跟着猫头鹰也向东追去，赫然发现，东边的山头上竟然多了两座新坟，墓碑上写着“诸葛夫妇之墓”。

天哪！爹和娘怎么不在人世了？

诸葛亮眼睛瞬间红了。这才想起来，爹娘已经离开自己三年多了。

可在他心里，父母始终没有远去。

猫头鹰还在自己头顶前方的枝丫落下，定定地瞪着自己，夜风寒冷，诸葛亮伫立良久，怅然若失。

转身回家，却赫然看见爹娘竟然都站在自己面前，诸葛亮大喜过望，激动得说不出话来，父亲却一脸严肃，开口责骂：“你这孽子！还不跪下！”

诸葛亮跪下，抬头看向母亲，一向慈爱的母亲也和父亲一样，眉头紧皱。

“只顾着自己吃，春播耽误了，全家人就快饿死了！”

诸葛亮试图辩解，却看见亲娘指着一旁散在田地里的犁，批评诸葛亮四体不勤，不做农务。诸葛亮不由分说就下地拉犁，但无论怎样使劲，犁也拉不动半分，愈发着急，汗流满面。眼看娘亲暗自抹泪，父亲叹息摇头。

此时突然山摇地晃，本来诸葛亮和父母近在咫尺，突然地上裂开个大口子，将自己和爹娘瞬间分开，一团又一团的灰色的云雾挡住了他的视线，无论如何也挥之不去。

“爹！娘！”

诸葛亮冲到地缝裂开的悬崖边，声嘶力竭地呼喊着。他向爹娘伸出双手，爹娘却离他越来越远，连样貌也愈发模糊起来，双手只抓到了空气。

茫然之际，一双热滚滚的肉手抓住了诸葛亮。

第十回

『狐妖』作祟钗环失窃

"爹、娘……"

"我才要喊娘咧！都什么时候了啦，你还在这里睡大觉哇？下午书院有考试你给忘了？原来好学生也想翘课啊！幸亏我来啦！"

诸葛亮这才渐渐清醒过来，发现自己握住竟然是唐炳的手！

爹娘早就不在这世上了。诸葛亮叹息神伤。

唐炳拿手在诸葛亮眼前晃了晃："你一定是做噩梦了！"

诸葛亮苦笑着摇头："不是噩梦，是美梦……诶，对了，你怎么跑我家来了？"

"还说呢，要不是我来接你，你就回不了书馆，只能做白日梦了！赶紧跟我上车，快马加鞭咱们还来得及。我都跟你婶娘说了，你婶娘还一个劲儿谢我呢！你看，东西都给你收拾好了！"

"可是家里的春耕……我手头上的活计还没做完！"

纵然诸葛亮心里还有一百个惦记，却不由分说，被唐炳和家里人连推带拽上了马车，飞驰而去。

诸葛亮探出身子，看着家里越拉越远，心下愈发急迫起来，暗暗发誓：等考完试，必须尽快回来一趟。

快马加鞭到书馆时，考试已经开始了。二人一溜小跑进了教室，气喘吁吁。埋头答卷的众人纷纷抬起头来，惊讶地看着他们。郑伦鼻孔出气，和几个公子哥互使眼色，明显看笑话，想要带节奏。

"考试都迟到，这也太不尊重书馆秩序，太不尊重水镜先生了吧？！"

几个公子哥鹦鹉学舌，点头复议。

唐炳喘着粗气回应："只迟了一刻还不到，根据书馆规则，我们可以照常考试！"

水镜先生眯着笑眼，频频点头："好，好，山路难走，回来就好，回来就好！”

水镜发话，其他人也不便说什么，黄月英冲他们眨眨眼，让他们还不赶紧回到座位去？诸葛亮和唐炳迅速落座开始考试。

诸葛亮奋笔疾书，唐炳挠头咬笔。一个时辰过去了，诸葛亮准备起身交卷，却被唐炳一把拉住。

“嘿！别光顾着自己交卷啊，帮兄弟一把！”

唐炳冲诸葛亮使劲眨眼，脸上的团肉挤在一起更显滑稽。唐炳戳着自己卷子上的一片空白，肢体语言非常明确——赶紧的，把卷子拿过来。

看着唐炳满脸通红，诸葛亮忍俊不禁，想也想得到，之所以唐炳大清早专程去乡下接自己回来大费周章，就是为了应对这场考试，真是用心良苦又无可奈何。

抬头望去，监考的水镜先生坐在教室前排，正犯瞌睡，发出了轻微的鼾声。诸葛亮顺势将卷子往旁轻轻一推，在课桌上单肘撑头闭目养神，任由唐炳手疾眼快，迅速拽了卷子过去哗哗抄写。

身后，黄月英早已看穿了这一切，暗自窃笑，她顺手团了个小纸球扔向唐炳，正中后脑勺，可唐炳正专心抄写，哪顾得上脑后传球？倒是一声“喵呜”传来，一直守在教室窗外的飞燕冲进来扑球，飞蹿到唐炳身上，唐炳一身惨叫！

黄月英捂着嘴巴，不让自己笑出声来。

水镜先生也惊醒过来，他没想到自己竟然睡着了，连连叹气，不服老不行啊。

“水镜先生！我答完了！”

郑伦交卷了，高傲地瞥了一眼还未交卷的诸葛亮。

“好，好！”

水镜先生看着郑伦卷子颔首称赞，书馆杂役急忙上前去招呼县令公子，郑伦得意洋洋。

郑伦交卷后，其他跟屁虫公子哥也陆续交卷，在教室外很快又围着郑伦重新聚在一起，其中以范登的神态最为谄媚。郑伦跟众人吹嘘自己的箭术了得，在春假里百步穿杨，如何如何。众星捧月下，郑伦兴致高涨，愈发飘飘然，声音也越来越高，似乎想要故意说给教室里的某人听一样。

“我们去操场上演练一番如何？”

有人提议，郑伦欣然同意。

“让那些只会死读书读死书的乡下人好好开开眼！”

郑伦这话，大家当然知道是在说谁，自然哄笑一番，打闹着去了操场。

操场上，锦衣华服的郑公子拉起名贵的弓箭，眼神环扫四周，轮番接受大家的膜拜赞叹。

“哇塞，郑公子动作标准，雄姿英发唉！肯定百发百中啊！”

嗖的一声，只见靶心正中命中一箭。

范登等人目瞪口呆，旋即使劲儿带头拍巴掌：

“郑公子威武！果然百发百中啊！”

郑伦却整个人完全蒙圈，嘴唇微抖，小声嘟囔：“我还没射呢……”

众人哑然，果然，郑伦的箭还在弦上。

银铃般的笑声从身后传来，黄月英收起弓，随意向耳后掩了鬓角的碎发，一脸轻松惬意：“干打雷也不下雨，实在太磨叽了。郑公子我替你了，不用谢啊！”

黄月英笑意盈盈，一脸轻松。

郑伦脸上迅速涨得通红，咬牙切齿：“用不着！我自己会！”

郑伦再次拉弓射箭，迅速松手。

“啪嗒”一声，箭却很不给面子地落在靶外的地面上。

范登和魏安等人面面相觑，不知该如何是好。

气氛尴尬而凝固。

一阵银铃般的笑声将这凝固的气氛撕得七零八落。

黄月英单手叉腰直不起身子，似乎笑岔了气。

郑伦急了：“不对，刚才有风！”

黄月英鸡啄米似的点头，笑意盈盈：“对对对，有风有风，是风的问题，不是郑公子的问题。”

郑伦：“重新来！”

郑伦气急败坏，白了黄月英一眼，再次拉弓射箭，胸膛起伏。

范登和魏安比划拳头：“郑公子加油！”

黄月英眨眨眼，拦在了郑伦前面：“打个赌怎么样？”

郑伦死撑：“赌什么？”

黄月英：“谁输了就去给庞公的大傻鹤捡三天的鸟屎，再给它洗个澡。”

众人哈哈大笑，觉得这个提议真不错：大家都嫌庞公的鹤臭得要死，还在书馆里到处耀武扬威四处拉屎，庞公收拾不及时，若真有人给它收拾粪便再洗了澡，大家都能跟着受益。

郑伦哼了一声，不屑一顾的表情非常到位：“别挡我箭靶。”

郑伦憋红了脸，白了黄月英一眼，摆好姿势，咬紧牙关，微调角度——

黄月英宝石般的大眼睛眯缝了一下：“我就当答应喽！”

“嗖”的一声，郑伦一愣，原来又是黄月英！

再次正中靶心！

围观众人张大嘴巴，目瞪口呆——黄月英根本没有调整姿势的准备步骤，只是自己话音落定，一转身就随手放箭出去。动作一气呵成恰如迅雷不及掩耳之势，正中靶心又好似拈花一般信手而来。

“好！好！”

唯一大声叫好的是唐炳。

显然他刚抄完了卷子，一身轻松地揣了鸡腿边吃边看热闹。

唐炳用胳膊肘怼了怼诸葛亮，只见诸葛亮也不住地点头，向黄月英投去赞许的目光：“黄姑娘好箭法，飒爽俊逸，堪称云台第二十九将！”

唐炳：“什么酱？”

黄月英也听见了唐诸二人的对话，和诸葛亮对视一笑，忍俊不禁。

郑伦还抻着弓绷着劲儿呢，余光瞥见诸葛亮来了，就更紧张了，心想着：自己可不能在诸葛亮这小子面前跌份。越这么想心久越乱，手就越抖。眼看围观者越来越多，漂亮女生一大把，万一再射偏怎么办？射偏是小，人设崩了是大。郑伦没把握，还真有点儿骑虎难下了。

范登看出些眉目，突然大喊：“郑公子，射箭好没意思呀，不如我们去抚琴吧！”

黄月英：“嘿，不战而败就得认输啊！捡屎吧郑公子！”

郑伦愤怒：“开什么玩笑，我堂堂县令公子，南阳美少年，怎么能去拣屎？！我看还是黄姑娘你比较合适，反正也要给你那只破黄猫铲屎！”

黄月英愤怒：“哼！你言而无信输不起！”

郑伦佯装听不见，只见魏安一溜小跑把郑伦的名琴拿了过来，郑伦不由分说开始抚琴，闭眼晃头，甩手凝眉，颇有当代行为艺术家的风范。

这招果然奏效，众多女生对射箭并不感兴趣，音乐一响，就纷纷投入在音乐中，如痴如醉起来，女生当中苏莹最为矜持，也跟着琴声眼神温柔起来。

这下好了，没人理会黄月英和她的赌局了，黄月英很扫兴，唐炳递上一只鸡腿本意安慰："来，黄姑娘，咱吃个鸡腿消消气！"

黄月英瞪着郑伦："吃不下，气都气饱了！真是俗不可耐。飞燕呢？"

飞燕喵呜一声，不知道从哪里窜了出来，两三步就蹿上黄月英肩头。

飞燕嗅到了唐炳手里的鸡腿，想要扑向唐炳，唐炳连忙退了两步。

黄月英："没意思，走了！"

目送黄月英和飞燕远去。

唐炳嘟囔："鸡腿不积极，做人有问题！鸡腿怎么俗了？"

诸葛亮："黄姑娘说的不是你。"

唐炳慢了半拍，这才反应过来，大幅度地点头："哦哦哦！我明白了！哈哈哈哈！我是不是反应有点儿不快？"

诸葛亮："这倒是无所谓。不过唐兄啊，我说以后抄卷子的时候，能快一点儿就行。"

"一回生二回熟嘛，知道啦知道啦！"

唐炳边吃边应，见诸葛亮转身回了宿房，也跟着往宿舍走去。

还在进行艺术表演的郑伦，眯着眼睛目送二人远去，心里这才松口气下来。

唐炳从自己宿房李拿着芝麻饼卷肉来感谢诸葛亮，一推门，却发现诸葛亮正收拾行李准备回家。

"诸葛兄，你这是干吗？"

诸葛亮坦言自己是怕耽误了家里春播，思来想去，还是得回家一趟。正打算去跟水镜先生去告假。

唐炳吃惊的咬了一大口原本准备送给诸葛亮的卷饼压惊。

唐炳："说心里话，我是真不想让你走唉。你一走，我一个人真没劲。"

诸葛亮拍拍唐炳肩膀："不打紧，你好好听课，回来得帮我把落下课的补上。"

唐炳挠头："这有点儿难吧？……诶，你今天帮了我大忙了，要不我让我家丁给你派个车？"

诸葛亮摆手婉拒。

正在二人说话时，传来书院命令：所有学生待在寝室，不得擅自离开！

唐诸二人错愕。

唐炳迟疑地看向诸葛亮，双手交叉挥舞："这、这可不是我干的啊！"

到底是怎么回事？

唐炳好八卦，耸耸鼻子就出了宿房开始到处打听。不消片刻时辰，就了解了个大概。回房水都顾不上喝，口干舌燥、就照葫芦画瓢说给诸葛亮听。

原来，最近一段时间，女生宿房那边苏莹的内衣外裙频繁丢失，还有那些胭脂水粉也是江东名师特制，富含宝石黄金粉末，非常名贵，更不消说那些镶嵌宝石的金银首饰了，亦统统不见踪影。苏莹不依不饶，坚持告到水镜先生那里，说书馆里有贼！

一石激起千层浪，苏莹一开头，其他女生也纷纷报告称自己也丢了东西，还有不少富贵千金的亵衣据说是名贵的蜀锦所制，乃极为私密、极为贴身的物件，东西丢失，性质变得愈发可怕恶劣起来。

书馆里有几位千金平日里彼此就有些嫌隙，这下更是借着丢东西在宿房门口互相指责，你一言我一语，拌嘴拌得正厉害。

黄月英没在其中，唐炳凑热闹的时候，看见她和飞燕正从后院竹林归来，说准备回房洗个手就去吃晚饭，结果被苏莹和众女生看见，这下可好，好像一下子都找到了泻火的对象，一下子转移视线了，黄月英和飞燕成了众矢之的！纷纷讨伐起黄姑娘的猫来了！说是猫偷走了大家的东西！

好不容易汇报完了，唐炳使劲咕咚喝了几大口水，诸葛亮却从床榻上站了起来，眉头微动，神色上显得有几分焦急。

唐炳："诸葛亮，你咋啦？"

诸葛亮："黄姑娘处境不太妙。"

唐炳摆摆手："嗨！你还担心这个？放心，她们女生小题大做啦，郑伦都拿黄姑娘没办法，那几个小姑娘能拿她如何？我不信！"

诸葛亮："唐炳兄，我们还是出去看看吧。"

不由分说，诸葛亮已经大步流星奔出宿房。

唐炳一愣，嘟囔了一句："我还以为就我爱凑热闹，原来浓眉大眼的诸葛亮你也爱凑热闹呀！"

然后他自然也屁颠屁颠地追了出去。

围观吃瓜群众早已里三层外三层。

诸葛亮拨开人墙，正看见苏莹冲黄月英发难。

"黄月英，你和你的破猫干了什么好事，你不会不知道吧？"

女生甲："就是就是！书馆这么小，就你和你的猫能飞檐走壁，那些丢了的东西肯定跟你有关系！"

黄月英："你们血口喷人！说话可要讲证据！"

女生乙："哼，你从来都独来独往，从不跟我们玩。怪怪的！怕是有什么见不得人的秘密吧。"

黄月英："你才见不得人呢！独来独往怎么了？你们玩的我也不喜欢，干吗非要愣凑一起？"

女生乙："除了你还有谁？就是你拿了我们的东西，你那只黄猫是同谋！"

黄月英向来我行我素惯了，走路带风，热衷骑射，自然和娇滴滴的女生们的交情乏善可陈，女生里，好像就没什么能帮她说话的朋友。

苏莹和几个女生互递眼色，正好来一个借题发挥，东一句西一句越说越来劲，黄月英却一脸蒙圈，完全不在一个频道上。

苏莹："黄月英，你说你出格的事儿还少吗？带个畜生来上学不说，孽畜抓坏了我的丝绸衣裳，你说你赔得起吗？"

苏莹向旁人展示自己被飞燕抓坏的袖口。

黄月英眯起宝石大眼微微闪烁，凑近苏莹的袖口定睛一看，噗嗤一声乐了出来，且一发不可收拾，竟然手捂着肚子笑弯了腰。

围观人群中，只有诸葛亮也忽然嘴角上翘，颇有会心之意。唐炳看不明白，使劲往嘴里塞了块糕饼："咋回事儿？黄姑娘笑啥？你笑啥？到底啥情况？"

苏莹被黄月英乐毛了："你笑什么笑？！"

黄月英擦了擦笑出的眼泪，突然凑近苏莹，一把拽住苏莹的衣角："飞燕的爪子的确尖利，若是它抓的，必然是有一两处丝物的经纬线明显勾丝跳出，可你这里哪有？明显是均匀破损，这是衣服穿久了磨破的好嘛！"

众人唏嘘，苏莹脸上变颜变色。

黄月英笑意盈盈："穿旧衣本是勤俭持家的好习惯，你若实事求是，我定会高看你苏大小姐一眼。可你何必虚张声势冤枉我家飞燕？"

唐炳乐出声来，苏莹气急败坏地瞪了他一眼。

苏莹："哼，我被它挠坏的衣服又不知这一件……我刚才还没说完呢，你黄月英还动辄女扮男装搞幺蛾子？你爹好歹也是个大名士，怎么培养出你这么个女儿？成何体统？你回家你爹没管教你啊？看来禀报你爹也没用！"

本来还完全不在状态、多少有些戏谑神色的黄月英突然眉头一皱，脸色突然严峻了起来。凑近苏莹，苏莹吓得连往后退了两步。

苏莹："你干什么？你别过来啊！"

黄月英："原来是你！"

苏莹："我、我怎么了？"

黄月英："原来是你跟我爹告的状！我还差点冤枉了别人！"

唐炳看看黄月英，再看看诸葛亮。大概明白了几分。

黄月英："苏莹，亏你还是这个官宦人家的女儿。做事可真不地道！表面笑眯眯，背后出黑手，隐藏得够深的啊！我黄月英最恨别人两面三刀了！"

苏莹心虚，自知刚才一时情急失言，不知如何圆场，有些结巴。

苏莹："你别过来啊！你有话好好说！君子动口不动手——"

黄月英："你动口告密我，我动手教育你。正合适啊！"

看得出黄月英这回非常生气，差点要大打出手，飞燕也跃下肩头来帮忙，冲苏莹哈气龇牙，苏莹一边躲一边尖叫，双手捂脸说怕猫挠花了自己的脸，毁容了可怎么办！

现场乱成一团。女生尖叫声此起彼伏。

诸葛亮隔着几个人大声劝黄月英消消气，但黄月英根本听不清。她回头倒是看见了诸葛亮，发现诸葛亮冲自己张嘴说着什么。

黄月英皱了皱眉，显然会错了意，还冲诸葛亮使劲点点头：诸葛亮我明白，之前让你受委屈了，你先看我今天如何收拾这个人！

诸葛亮哭笑不得，束手无策。

倒是唐炳看得津津有味，就差拍起巴掌叫好来。

唐炳："看我跟你说什么来着，黄姑娘吃不了亏！黄姑娘加油！"

"放肆！不得胡闹！"

众人循声望去，只见是水镜先生携夫人疾步过来了，黄月英这才暂时放过苏莹。

没想到苏莹却嘤嘤嘤哭起来，说自己名贵的私人物品丢在书馆里，若是不搜黄月英宿房，今天绝不善罢甘休！

黄月英倒是痛快地讲："搜就搜，我黄月英光明磊落我不怕查，可光搜我一间有什么用？若是没找到你的东西，你苏莹岂不是白哭哭啼啼，没完没了？"

苏莹："你什么意思？"

黄月英："要搜都搜，别搞特殊。"

苏莹："好！搜就搜！一间也不放过。否则我让我爹把书馆封了，谁都别想好过！还有那只孽畜猫，一定也脱不了干系！"

水镜先生和众老师无奈，为证大家清白，只好由水镜先生的夫人和管理宿房的老妈子逐行抄检。飞燕也被关进了笼子里交给书馆代为饲养。黄月英一百个不愿意，冲水镜先生抱怨。

黄月英："凭什么她说关飞燕就关？书馆又不是她苏莹说了算！"

水镜先生："关得好，好，是我让关的。"

黄月英嘟囔："先生，您可不能偏听偏信呀！"

水镜先生："丫头，都怪老夫一直纵容你了！你看书馆这么多人，哪个带宠物来上学？非常时刻非常办法，苏莹虽然骄纵，但也不是无事生非的人，况且书馆最近丢东西的女生不止她一个人。这种时候，你别耍小性子了。"

黄月英无奈，只好含着泪花，目送飞燕被东方老师用竹笼拎走。

入夜，隆中书馆灯火通明，教师、校工们组队成行，每个宿舍逐一打开，书馆女生窃窃私语，这下可热闹了，女生们的个性尽皆展现。有的房间凌乱不堪好比杂货铺，有的房间里则满是零食。唯独苏莹心心念念的金钗亵衣却不见影踪，女生都站在宿房外，许薇想起什么，嗫嚅不语，水镜看出端倪，一再追问。个性温暾的许薇嗫嚅了半天，才肯开口：

“我姨妈给制的狐皮小袄也丢了，唉，怕，怕也是——狐妖所为吧？”

“狐妖”两字一出，女生间顿时炸锅，原来隆中书馆近来屡有狐妖传说，水镜先生直言“狐妖”故事乃怪力乱神胡言乱语，但怎奈在女生中已经有鼻子有眼地传开，愈发离奇。

照许薇所言，狐妖之说大致是这样一个故事：

邓县郊外有一千年道行的美艳狐妖，羡慕青年女子的青春美貌，为了打扮自己诱惑世人，常在隆中书馆出没，专偷美貌女生的胭脂水粉亵衣头钗什么的，书馆老妈子吕氏深夜打扫时撞见过，吓得够呛，老妈子还大病了一场。据说，这狐妖会在人身后喊对方名字，你若答应，就会魂魄出窍；你若回头，就精气全无，只剩白骨一堆。而狐妖每次出没，书馆里必定阴风阵阵，烛火吹灭，是所谓“鬼吹灯”，必须要白狗血加黑驴蹄子才能降住……

“哐当”一声，唐炳的烤猪蹄掉到了桌子上，脸色煞白的唐炳喘着粗气。女生不敢睡，男生晚上也不大能睡得着。大家纷纷在外面凑在一起，表面说是为了看热闹，实际是害怕一人回房害怕。奇怪的是，越害怕，狐妖的故事也愈发有鼻子有眼地蔓延开来。

郑伦听后，当然要表示不屑，说道：“我是县令公子，命格贵重，真气纯阳！哼，那些妖魔鬼怪魑魅魍魉自然都要躲着我走。我倒是很想会会这至阴狐妖！”

郑伦虽然这么嘴上说，身子却往范登等人凑了凑。

唐炳再向看诸葛亮，诸葛亮轻松一笑，他自然更是不信怪力乱神之说。

诸葛亮起身，唐炳拉住，不让诸葛亮走。

唐炳追问：“你干什么去？”

诸葛亮说道：“我找水镜先生。”

唐炳环顾四周，声音发颤道：“那、那我陪你同去。”

诸葛亮无奈，只好同意。

水镜先生正在读书，听见诸葛亮请求自己让其回家春耕，水镜不由得叹气：

“案子没破，你现在离去，怕给人落了口实。为了一视同仁，只好谁都不能走；你若能破了此案，便可马上回家！”

诸葛亮有些失望，心里惦记家人和春播，心急如焚又爱莫能助。唐炳则向吃了颗大力定心丸一样长舒了一口气，他踮着脚尖美滋滋地拍着诸葛亮的肩膀，说道：“别郁闷了，这不是有我唐炳陪着你呢！”

是夜，唐炳在床上翻烙饼，根本睡不踏实，书馆里狐妖的传闻越想越害怕，不但睡不着，还渗出一身冷汗来。

一个人在房里待不住，就索性批了衣服去敲诸葛亮的门，还以为要等上半天，没想到诸葛亮很快就给他开了门。

唐炳嘿嘿一笑道：“原来你也跟我一样害怕睡不着啊？”

诸葛亮哭笑不得：“睡不着不假，不过不是因为害怕，是发愁。是春播在即，我却回不了家。”

唐炳往诸葛亮榻上“大”字一摊：“哎呀，反正都是睡不着嘛，嘿，你说书馆里这都是什么事儿啊？对了，你见过狐妖吗？你说狐妖长什么样啊？漂亮吗？会冲人抛媚眼吗？她会不会害人呀？”

唐炳自顾自说了一堆，却发现角落里的诸葛亮早已没了声响，呼吸均匀，睡得很香。

原来唐炳的喃喃自语，反而成为诸葛亮入睡的催眠宝典。

三更天，就在唐炳也好不容易要进入睡梦时，一声尖叫，却划破了寂静的长夜。

众男生纷纷循声而出，唐炳揉着眼睛摇醒了诸葛亮，二人一高一矮一胖一瘦结伴出来一看究竟。

原来书馆巡夜的吕老妈子又说自己刚刚见到了狐妖！

老妇被人围在中间，依旧浑身哆嗦，手足无措。

吕老妈子虽然大字不识，平日里有点儿市侩碎嘴，但为人从无越矩之事，看她的样子也不完全像是梦游打妄语。可几位老师周遭检查一番，附近压根儿就没有狐妖的踪影，连个可疑的狐妖脚印都没留下。

众人困累交加，颇为疲惫无奈，大家心里多少都有些埋怨吕妈大半夜生事，给大家找了麻烦。

吕老妈子脸又红又白，哭嚷道：“我的王母娘娘，你们怎么就是不信我呢！我若说谎，天打雷劈了我！”

唐炳困得哈欠连天，却还总惦记着能一睹狐妖真容，一直嘬牙花子掐自己大腿，不肯回房睡觉。可到了最后，还是什么都没看到，扫兴无比，这才觉得早早回去的诸葛亮实在无比明智。

一波未平，一波又起。次日早晨，女生宿舍又仓皇传来报告，许薇满脸涨得通红，支支吾吾，说了半天大家才闹明白——她昨日下午刚洗过的贴身丝绸小裤裤也不见了！

饭堂里，困得稀里哗啦的唐炳就差把自己的头埋在饭碗里了。

一听说这件事，唐炳突然陡然抬起头来，饭粒还在脸上，含混说道：“我知道了！”

诸葛亮问道：“知道什么？”

唐炳双眼放光道：“诸葛亮你看，金钗水粉、亵衣裤裤，这个狐妖专偷女生的东西！哈哈，看来狐妖只对女人感兴趣，这么说来，你我就安全啦！”

诸葛亮哈哈一笑道：“唐公子高见，没想到你还真怕狐妖啊？”

唐炳用手指蘸了饭粒送进嘴里，说道：“乖乖，妖怪你不怕啊？”

诸葛亮笑道：“若论可怕，妖不如人。”

半个饭团还塞在嘴里，唐炳停了下来，疑惑地看着诸葛亮。似乎跟饭团比起来，诸葛亮的这句更不好消化。

很快，水镜先生就在书馆公开宣布不得传播狐妖之说，否则关小黑屋。可适得其反，校园里气氛愈发紧张起来。

这个世界上果真有狐妖？且还就和我们近在咫尺？学生们彼此交换眼神，窃窃私语，狐妖的故事也就愈演愈烈了；饭堂里，唐炳只是嘟囔了一句“饭糊了”，众人手里的筷子就噼里啪啦掉落一地，如同被集体点穴，大家都原地僵住。唐炳若再嚷一句“壶呢，酱油壶呢”，大家立刻落荒而逃。人们闻“狐”色变，听见“糊”“壶”也跟着紧张。

“咣当”一声。

唐炳和诸葛亮一激灵，一个食盒扔在了他俩眼前的小桌台上，再抬头——只见黄月英也一屁股盘腿坐了下来，一脸困倦和不爽。

唐炳本能反应护住自己食盒，朝黄月英身后看了看，明显口是心非道：“嗯，飞燕呢？飞燕咋没跟着黄姑娘？好遗憾啊！”

真是哪壶不开提哪壶，黄月英本来筷子到了嘴边，一想到飞燕就又没了胃口，啪唧一声撂下筷子，宝石大眼也失去了往日神采，眉头纠缠紧蹙道："唉，它最不喜欢拘束啊，关在笼子里本来就不畅快，也不知道眼下有没有东西可以吃。"

唐炳努力捕捉黄月英话里话外的有用信息，鼓着腮帮子和眼珠，实在不敢再造次接茬儿。

诸葛亮开口道："刚才打饭时，看见吕妈进了后厨要走了一块剩鸡肝，厨房的伙计以为她没吃饱，还要多给，她却说不是给自己，是捣碎了给飞燕的。"

"真的？你亲耳听到的？"黄月英双眼发光。

诸葛亮笑着点点头道："你们主仆二人，眼下粒米未进的只有你啦！"

黄月英眉头和表情都舒展起来，轻叹息道："它是我主子才对，我只是一介劳心劳力的铲屎官。唉，都是被劳什子狐妖闹的，也不知道什么时候这事儿才能消停，水镜才肯把飞燕给放出来！"

唐炳插话道："要不，我们晚上搞个秘密行动，去营救飞燕？"

诸葛亮笑道："现在书馆每晚都实行宵禁，你想出门，怕不是要飞燕营救唐兄你才对呢！"

黄月英三人正说着话，窗外传来从未听过的怪异声音——有人的哼鸣声，还有手鼓的鼓点声，音调很怪，声音很大。大家都觉得不寻常，纷纷出去看个究竟。诸葛亮、黄月英和唐炳也不例外。

里三层外三层，唐炳一路拱进最里层，抢占了一方有利地形，招呼诸葛亮和黄月英过来。大家这才看见操场正中有个方术士正在做法，口中念念有词，边唱边跳边敲鼓，又是耍剑又是漫天撒符咒，一招一式，倒是煞有介事的。

同学们看得愈发津津有味。

黄月英笑眯眯地扬着下巴："这破术士身上还会点儿功夫哪！"

一旁侍立的水镜先生正色清嗓道："之所以请术士来，是为了书馆的风水太平，这也是多年来书馆的惯例，与狐妖无关。"

此地无银三百两。

诸葛亮皱起眉头，愈发不解。

水镜先生话没说完，只见术士用剑挥舞起一只黑驴蹄子，一盆狗血从醮坛旁呼啦啦倒出。

众人惊呼。

诸葛亮看这些实在乏味，旋即转身离开，唐炳从后面追了上来，塞给诸葛亮一张符咒——显然是他刚才偷偷在地上捡来揣进自己怀里的。

诸葛亮不要，转手要扔，却被唐炳小肉手一把摁住："别扔别扔，保平安，图心安啦！这术士是水镜先生请的，错不了。反正狐妖来了你可不能出事，你若出事，我作业可怎么办，回家又要挨打。"

诸葛亮哈哈大笑道："我看唐兄这哪里是保我平安，分明是保作业平安，是一枚作业如意符啊！"

唐炳嘿嘿笑道："你如意，我如意，作业更如意！"

玩笑归玩笑，诸葛亮课后单独找到水镜先生，试图溯源狐妖一说究竟何来、方术士此行缘故，没想到水镜先生却顾左右而言他，不愿多说，又借夫人催促回家吃饭，撇下诸葛亮，匆匆离去。

事出反常必有妖！

第十一回 幽深处幢幢惊学子

在外偷听的唐炳、黄月英早已争了起来，唐炳笃定世上真有狐妖，黄月英则坚信是有人借狐妖之名行鸡鸣狗盗之事罢了。唐炳搬出水镜刚刚的语焉不详作为论据，嚷道："你们看你们看，水镜先生可没否认有狐妖呀！"

黄月英和诸葛亮只能无言以对。

三人无话，院子西边的宿房一带又传来术士做法的动静。黄月英戏谑道："看来做法也是个体力活儿！"走过去一瞧，术士正站在树杈上挂符，累得满头大汗又口中念念有词，说这些都是在县里神树上开过光的。

"哎哟，咋还没收摊儿呢？不知道水镜先生允了多少劳务费，真卖力气，真实惠！"唐炳啧啧称奇，挪不动步子又停下来打算看热闹了。

唐炳的话倒是在某种程度上提示了诸葛亮，让他不由得会心一笑。

"嘿，诸葛亮，你傻笑什么？"黄月英问道。

"水镜先生素来节俭，请术士来，我推测大概只是让他象征性在前院操场上比划两下，目的是平息书馆里的恐慌和传言。可没想到这位术士倒是格外认真，犄角旮旯的地方都不放过。"

"哎呀，做生意嘛，肯定是为了回头客呀！"

唐炳看得津津有味，聚精会神，头也不回。

"还别说，做法灵不灵不好说，但他瘦得跟小鸡仔似的，可那把玄铁重剑倒是舞得虎虎生风，真有意思！"

诸葛亮突然想到什么，眼中有电光闪过。

"多谢黄姑娘！案子要破了！"

话音未落，诸葛亮就冲向了术士。

黄月英和唐炳面面相觑，一脸错愕。

水镜先生闻声赶来，人群早已里三层外三层围得水泄不通。术士满面通红，正和诸葛亮抗辩，说自己好心帮书馆做法除妖，却被人冤枉成贼，撒泼打滚，大呼冤枉。

水镜和其他师生望向诸葛亮，不知他葫芦里卖的什么药？

诸葛亮倒是不着急，只是笑眯眯地问术士可否借其玄铁剑一用。

黄月英注意到，诸葛亮话音刚落，术士额头上就渗出了大颗大颗的汗珠。

术士嘴犟，车轱辘话反复叨叨："这玄铁重剑乃特殊法器，一般人摸不得啊摸不得！"

"啰你个什么嗦！"

众人眨眼间，术士的玄铁重剑就落到了黄月英手里——黄月英最烦没有信息量的话唠，她站在术士身旁，迅雷不及掩耳之势，就把家伙给卸了。

术士傻眼了。

黄月英一皱眉，掂量重剑，笑道："我还当你是个练家子呢，玄铁重剑哪是一般人单手操得起的，可你这剑却轻得很！有猫腻啊！"

诸葛亮说道："黄姑娘此言极是！若没猜错，这剑身为空心，里面就藏着同学们丢的赃物！"

黄月英几下子就找到了玄铁剑的机关，哗啦一下，好几件女生的珠宝首饰哗啦啦啦掉落出来！

苏莹花容失色："哎呀，那是我的红珠发簪！我的锦缎内衣被你藏在哪里了？！你个不要脸的假术士！"

水镜先生大吃一惊，痛心疾首道："没想到我竟纵容了贼人！东方老师，请速去报官！一定查了水落石出！"

许薇等人纷纷拍手称快："原来是贼喊捉贼！狐妖一案又被诸葛亮给破啦！"

可大家还是高兴得太早了。

除了苏莹所说的几件特别名贵的首饰依旧不见踪影外，其他女生的报失的首饰都物归原主。县尉郭槐带着贼曹李彻查得仔细，郭槐表示，幸亏假术士还没来得及去外县出手售卖，否则这些东西就不容易追回来了。而且官方确认了一点——假术士顺手牵羊偷东西的确不假，但他只拿看起来值钱又方便藏匿的小件首饰，没有证据显示他与女生水粉内衣的失窃有任何干系。

“也就说，有两伙贼人。除了假术士，还有一个流氓贼人专偷女生的水粉内衣？”

黄月英率先发问。

郭槐和李彻则不约而同地点了点头。

“呃，关于第二个贼人，目前我们还没有什么线索……”

官衙的回答让诸葛亮和众人多少感到意外。大家纷纷议论：假术士偷金银首饰好理解，可谁会拿女生用过的亵衣、剩了半盒的胭脂水粉这些根本不值几个钱的玩意儿呢？人为财死，鸟为食亡，人都无利不起早，看来也只有妖才贪恋这些不值钱的东西——狐妖的存在这一传闻似乎更加实锤了。

诸葛亮的白净面庞也泛起了一层忧郁神色，本以为人赃并获拿下了假术士，解决了书馆的麻烦，自己就可以速速回家帮忙春耕了。可一波未平，一波又起，早日回家的计划又遥不可期了。诸葛亮愈发着急，也隐隐有一种预感——这个第二个贼人比假术士手段隐蔽多了，至今都没找到其任何破绽来，着实不好对付啊。

课堂上，老师有一搭没一搭地讲着，学生有一搭没一搭地听着，倒是诸葛亮上课时全神贯注，不曾走神。也只有读书学习才能让他短暂地抛开诸多烦恼。

隔了两日，又有女生说自己的绢花不见了，果然“狐妖”从未远去，始终藏匿在书馆里，并以捉弄书馆众人为乐呢。

连足智多谋的诸葛亮都急得破不了案，大家更人心惶惶起来，自认书馆第一美貌的苏莹，更是说自己心悸不断，不敢出宿房上课，剩下的女生纷纷给柜子里上了锁，值钱不值钱的都统统锁好，每日颇为麻烦。

接连两日见不到女神苏莹，唐炳都开始食不知味了，拉着脸央求诸葛亮赶紧想个法子来呀。同样坐不住的还有黄月英，水镜不肯放回飞燕，黄月英偷偷跑到吕老妈子那里，本只打算看一眼飞燕，确认它安好即可，可主仆一相见，又依依不舍起来，飞燕再一张口叫唤，黄姑娘就更抓心挠肝，干脆一不做二不休，趁四下无人撬了笼子，抱着飞燕逃回宿房。

一溜小跑进屋，心虚的气息还没喘匀，就听有人咣咣敲门，还以为是吕妈追上来讨猫。黄月英赶紧藏好飞燕，给门开了一道门缝，却发现是唐炳，身后还站着诸葛亮。

三人在空地上商议书馆狐妖之事。

诸葛亮提议：“与其总是被动等着狐妖露出马脚，不如当晚亲自会会它如何?”

“你说啥?”唐炳吓得一边摇头一边打嗝，猛往嘴里塞点心压惊。

“我们在明处，妖在暗处，总这么等着不是个办法，”诸葛亮的语气很笃定，“我想，我们主动出击的时候到了!”

黄月英听了着实有点儿兴奋，她径直掏出弹弓来：“真恨不得我一箭射劈了狐妖，拿狐狸尾巴裁个围脖才好。”

黄月英举起弹弓冲唐炳比划，唐炳吓得左右腾挪，倒是颇为灵活。

黄月英银铃般的笑声此起彼伏：“择日不如撞日，不如今晚就开始行动吧！”

“啊？今晚？”

诸葛亮点头笑道：“嗯，我看可以！”

是夜，行动开始。

根据诸葛亮设计，黄月英贡献出一件亵衣，假装洗后晾在后院忘记取回，诸葛亮、黄月英、唐炳等人埋伏一旁的草垛柴火藏身。

月上中天，唐炳吃完果子，又忍不住瞌睡，几次都差点打起呼噜。

忽闻一阵窸窣之声，唐炳一激灵：“妈呀！还真有狐妖！”

唐炳吓得筛糠，发出动静来，不巧被那狐妖听见动静，狐妖似也乱了阵脚，匆忙遁走。

黄月英发力去追，却被身后踩了烂果皮的唐炳一下子绊倒，摔个踉跄，踩在唐炳身上。

唐炳惜命，叫个不停。

狐妖一闪不见，还是诸葛亮机敏，绕了近道至一暗道前，原来书馆的柴房后还有一间不起眼的小屋，诸葛亮筛糠闭眼，黄月英赶到，大喝一声道：

“赶紧出来，不然我一箭射劈了你！”

唐炳再后面助威：“狐妖，你已经被包围了！还不乖乖出来伏法！”

啜泣声中，柴门嘎吱一声打开，“狐妖”缓步而出。

灯豆映照，竟然却是一满脸惊恐、衣袖掩面的纤瘦少女。

唐炳攥着拳头给自己壮胆，冲少女喊话：

“你、你到底是人是鬼？”

“我是人……”

“是人为、为什么要挡、挡住自己的脸？！”

少女开口：“我怕吓着你们几位……”

诸葛亮和黄月英对视一眼，觉得蹊跷。

少女缓缓放下衣袖，大家这才注意到，少女的半张脸上狰狞恐怖，皮肤扭结、肤色猩红，夜色中也能一眼看出破了相，如此盯着，着实恐怖。少女低下头去，似乎羞愧难当，浑身颤抖。

唐炳吓得往后退了一步："不是说狐妖都是长得都特别好看的吗……"

正说着，柴房里一个同样生着鬼脸疮的小男孩拿着扫把冲了出来，护住少女："谁敢欺负我姐姐？！"

唐炳更惊讶了："怎么还有一男的？不是说狐妖都是女的吗？"

……

鸡飞狗跳的一闹，书馆里许多人都醒了，水镜夫妇也裹着披风匆匆赶了过来。众人纷纷给水镜先生让路。

水镜掌灯走近，看到眼前情景，又似乎毫不意外，只是无奈摇头，长叹一声。

鬼脸疮少女拽着男孩"噗通"一声跪在水镜先生跟前：

"先生，是我们的错，给您惹麻烦了！"

水镜扶起二人，看看一脸疑惑的诸葛亮和同学们，只好娓娓道来：

原来，大家所谓的"狐妖"是个小姑娘，名唤杏儿，她还有个弟弟狗儿，杏儿狗儿老家青州遭了大灾，又遇上瘟疫流行，全家都染上了恶疾"鬼脸疮"，父母双双病故后，杏儿带着弟弟出来逃荒，孤苦伶仃险些饿死在路边，水镜曾受牢狱之苦，心肠又宽仁，夫妻俩见不得姐弟生病受罪，心生不忍便领回书馆，又担心那些贵族子弟不满——在那些达官贵人和他们的子弟眼里，隆中书馆首先是自抬身分的高贵所在，其次才是读书学本事的地方——只好偷偷将姐弟二人在书馆后院的柴房里藏了起来。

在水镜夫妇的精心照料下，杏儿、狗儿逐渐痊愈，只是鬼脸疮在姐弟俩脸上都毁了容，杏儿姐弟自知容貌不堪，怕吓到生人，惹来祸患。水镜夫妇一商量，就索性先不对外公布二人身份，平日大部分时间让二人藏身在这后院的柴房里安心养病，夜间可以出来活动活动——尽量避人即可。虽说这样有些不够体面，但姐弟至少不必再流浪，也能暂时有了一个安静的栖身之所。这是水镜先生的权宜之计了。当然，除了水镜夫妇，庞德公也是知情的，这位养鹤老头想瞒也瞒不过，别看平日里庞德公一张刀子嘴犀利无比，其实对姐弟俩照顾有加，水镜居然还见过庞德公对着杏儿、狗儿抹眼泪，叹道：命运多舛，好人多艰。

杏儿感激水镜夫妇的救命之恩，总想帮书馆干些什么，于是主动揽下缝补浆洗的活计，白日里在后院柴房浆洗，从不轻易踏足前院书馆和学生宿房，入夜无人杏儿才敢领着狗儿出来透透气。刚才杏儿是见黄月英晾的一件衣服没有洗干净，实在看不下去，便想着拿下来替她浆洗一遍再挂回去。

书馆丢东西一事，水镜心如明镜，知道绝非姐弟二人所为，但怕一旦众人知道姐弟的存在，难免招致非议。可经过晚上这么一闹，郑伦、范登等人还真是不依不饶上纲上线起来，说什么书馆高贵之处，岂能容下这些身份低贱、面目可憎之逃荒流民？再说了，这俩下人生过恶疾，万一传染给大家怎么办？

师生散得差不多了。

不知怎的，杏儿姐弟俩被一群书馆男生围了起来。

“呸呸”之声四起，男生们一边奚落着杏儿的丑陋外貌，一边对着姐弟俩吐唾沫，狗儿想替姐姐出头，被杏儿死死抱住。

生逢乱世，命如草芥，活下来已经不易，打骂几句又如何……

杏儿的眼泪一滴滴淌下来，落在狗儿的身上。

几个猥琐男生逐渐动手动脚，范登居然要拿脚踹杏儿姐弟俩，一脚没踹上，又抬起脚，从身后对着杏儿的腰间狠命跺了下去——突然，范登的脚被什么人给挡住了，力气没用对地方，一个趔趄居然摔了个嘴啃泥。

“哪个敢偷袭我？！”范登跳起来暴怒。

“范公子，你怎可动脚踢人？！”居然是诸葛亮挡住了范登。

“呦呵！会功夫啊！”范登心想，别人还则罢了，我弄死你个诸葛亮还不跟捏死只蚂蚁一样简单？此时，范登朝郑伦看了一眼，郑伦朝旁人递了个眼色，几个膀大腰圆的男生将诸葛亮团团围住，诸葛亮从未和人打过架，更遑论眼下敌众我寡的阵势，心里多少有些发怵，但还是拼命将杏儿狗儿护在自己身后。

“诸葛亮，你是活得不耐烦了，”范登撸起了袖子，“居然敢对小爷使阴招？爷今天就给你长长记性！”

“你欺凌弱小，刚才算是对你客气的！”诸葛亮毫不退让。

“死到临头嘴还挺硬，那就休怪我不客气！”范登摆出架势，一拳即出！诸葛亮本能闭上眼！

“啊哦哟，轻点，轻点……”

奇怪，怎么身上一点儿都不疼？难道拳快的时候，肉疼都需要时间反应？诸葛亮边想边慢慢睁开眼睛，范登却龇牙咧嘴地在旁求饶，原来竟是黄月英用手戳到了范登的麻筋，将范登反手擒住。

“再欺负人，信不信我一箭射劈了你！”黄月英怒气冲冲，一把推出范登，范登再次摔了个嘴啃泥。

范登赶紧起来，又看看郑伦，郑伦赶忙低下头，避免与范登眼神交流。

这可是黄月英啊！

一干男生大气都不敢出。

原来关键时刻是唐炳叫来了黄月英。

“欺负人家身后无缚鸡之力的姐弟俩，”黄月英扶起杏儿狗儿，“还有手无缚鸡之力的书生，你们算什么男生?”

纳尼？诸葛亮看着黄月英，显得很无辜。

“黄月英你欺人太甚!”没有郑伦撑腰，范登决定自己上。

“哇呀呀……”范登怪叫着冲上去，只见黄月英身影腾挪，轻巧的一个过肩擒拿，让范登单腿跪地，双手反剪。这下可好，范登居然哭了起来，众人也炸了锅，唐炳赶来和诸葛亮一起护住杏儿姐弟，黄月英在前与众男生对峙，郑伦隔着几个跟班放狠话，范登哇呀乱哭，乱成了一锅粥……

“都给我住手!”此时传来水镜的声音。

瞬间安静了。

各打五十大板，书馆里，谁也不能动手打架，谁动手就罚谁。

水镜当众说明，杏儿狗儿的鬼脸疮早已痊愈，现在只是伤痕未消，断无传染之虞。

但郑伦显然不满意，他一口咬定是姐弟俩丑人多作怪，觊觎贵族子弟财物，偷盗成性——那些不值钱的女生内衣绢花什么的，也一定是被杏儿偷偷拿去，自己比划着穿戴了。总之一句话，必须通知县里，搜身搜柴房。

郑伦差人喊来县尉，县尉兴师动众、里里外外搜了个遍，却一无所获。郑伦这才气焰弱了一些，众人也就当多看了一场笑话而已。

苏莹总是慢半拍，听说之后急急奔回书馆，还不依不饶找杏儿姐弟讨要自己丢失的宝石金钗。杏儿无处可藏，被苏莹逼到墙角，又是手指戳鼻，又是撕人家衣服，弄得杏儿百口莫辩，呜呜痛哭。狗儿趁机溜了出来，可水镜上课，夫人外出，庞公睡觉，找谁帮姐姐？急中生智，狗儿想起那晚上黄月英身手了得，就哭着去求黄月英。黄月英来了一看，大喝道："苏莹你真是欺人太甚，好歹也是督邮家的千金小姐，竟然为了点细碎首饰连体面都不顾了。"

苏莹心虚，自知说不过黄月英，一直揪着杏儿要去讨说法，说法没讨来，倒是吵醒了午睡的庞德公，庞德公睡不成觉实在恼火，也不管苏莹是谁家的千金，劈头盖脸骂了她一顿，不带脏字，却要多难听有多难听。苏莹都给听傻了，脸上红白冷热交替，悻悻跑回宿房去，一天都没出来，首饰也再不提了，这才又平了一场风波。

庞德公事后责怪水镜，杏儿姐弟之事若是早点儿公布，断不至如此被动。庞德公又说黄月英的那只猫畜生不见了，问水镜是否看到，若是真丢了，黄月英那个臭丫头肯定不依不饶。

水镜现在哪里有心思关心这个？他只愁如何平息书馆学生的内部矛盾，大事化小，小事化了。

庞德公冷笑一声："告诉你，了不了！什么时候找到那个贼人内鬼才能了！"

"内鬼？你认为真的有内鬼？"

水镜看庞德公那副戏谑邋遢样子，斥他又胡说八道。庞德公却半真半假地打趣道："我看啊，一日找不到这个内鬼，书馆就一日不得消停！走着瞧。"

其实跟庞德公想法一样的还有诸葛亮。

破不了案，就回不去家。

眼下时刻，诸葛亮觉得应该尽快找出"狐妖"真凶。书馆里的男生们大多得过且过，"不过就是丢点儿女生的内衣水粉嘛"，时间一长，也就事不关己，见怪不怪了。琴照弹，课照上，舞照跳。

唐炳也好像对狐妖丧失了热情，倒是总跟诸葛亮念叨杏儿姑娘的好，说她主动帮同学浆洗了脏衣服和被褥床单，自己也跟着凑了热闹，哎呀呀，洗得委实干净得很哪！以后有杏儿在，自己就不用把脏衣服差人送回家了，帮家里省了个劳力！

哈哈哈哈哈。

唐炳一缩脖子，这才注意到，头顶树杈上坐着黄月英，正睁一只眼闭一只眼，擎着弹弓对着二十米开外的一棵榆树练瞄准呢。

刹那间，黄月英翻身跃下，鹅黄色的短褂袄裙犹如云霞又似闪电，飞燕儿也跟着主人飞驰而下，虎虎生风。

黄月英嘴角一翘，笑道："没想到邓县首富的大少爷这点儿小便宜也占？也不知道是谁，总说自己宅心仁厚。那姑娘体弱多病，每天干那么多活计，也不见你怜香惜玉一下，掰半只鸡腿给人家吃吃？莫不是嫌弃人家脸上生过疮？不愿意给啊？"

唐炳没料到头上有耳，自知理亏，不敢瞪黄月英，只好挠头语塞地盯着飞燕，脸红回怼道："那个那个，庞德公还嚷嚷飞燕怎么丢了，原来是被你偷了回来，我这去告诉水镜先生去。"

"你敢？不怕我一箭射劈了你的嘴？"

黄月英佯装吓唬唐炳，唐炳捂着嘴巴左摇右摆落荒而逃。

黄月英回头看诸葛亮，嘴角虽有笑意，可面容仍流露出些许忧色。黄月英聪明了得，大概也猜到他所谓烦心何事，不好多问，只递了一个眼色给飞燕，飞燕极通人性，刚才还如老虎下山一般威风凛凛，此刻则绵软温顺地匍匐在诸葛亮的脚边，抬着下巴忽闪着眼睛向诸葛亮望去。

问世间怎有如此萌物？

诸葛亮俯身抱起飞燕，黄月英眉头一凛，脱口而出："当心它挠了你。"

“怎么会?”

飞燕在诸葛亮的臂弯里如鱼得水、温顺无比，还鲤鱼打挺似的翻身露出了白肚皮，四爪悬空，指甲都小心地收了起来。诸葛亮抚摸了两下，飞燕竟还很配合地发出了呼噜呼噜愉悦之声，全然不顾一旁的主人的惊诧之色。

黄月英心里嘀咕：这还是旁人摸不得抱不得的飞燕吗？就算和自己玩耍，平日也没见它如此撒娇流媚。想到这里，莫名其妙竟生了一股奇妙的妒意，也不知道这妒意是对着诸葛亮还是对着飞燕，总之困于气息之内，挥散不去。

诸葛亮转过头来问道：“黄姑娘，若是让先生们发现了你私自抱回飞燕，怕还是要免不了责罚啊。”

“怕什么？我才不在乎呢。”黄月英嘴上逞强，心里却热乎乎的。

诸葛亮笑笑：“我倒不担心黄姑娘受欺负，主要是怕飞燕一旦受了牵连，就要自在不得了。”

诸葛亮正摩挲飞燕下巴，却觉一阵疾风拂过。再抬头，黄月英已在十米开外，只留一个倔强的背影了。黄月英头也不回地大声唤了两句“飞燕”就匆匆离去，本来娇憨打滚的飞燕听见动静，迟疑了一小会儿，这才不情愿地跳出诸葛亮臂弯里的温柔乡，又切换回原本虎虎生风的模样，追黄月英而去了。

难道自己说了什么得罪人的话不成?

诸葛亮望着黄月英和飞燕的背影，实在摸不准这主仆二人的脾气，有一丝怅然。

是夜，繁星满天。

诸葛亮根本睡不着，索性一个人出了宿房走走。每当心情郁结或者思维凝滞的时候，诸葛亮都会习惯性地抬头看看星空，从小诸葛亮就喜欢听父亲和叔叔讲这满天星斗的故事，斗转星移，所有宇宙和人世间的运转奥义，莫不藏在这星空之下。

正琢磨呢，听见身后有小碎步的声音，回头一看，只见杏儿和狗儿朝书馆大门而去。

杏儿没想到会看见诸葛亮，连忙低头掩面，恭敬行礼。星光稀微弱，诸葛亮还是看出杏儿双眼通红，像是刚哭过。

“杏儿姑娘？”

杏儿一愣，匆忙应付道：“哦，诸葛公子好。柴房里实在有些憋闷，我带弟弟出来透透气。”

诸葛亮笑笑：“这几日杏儿姑娘把书馆上下所有人的衣裳都浆洗了一遍，里外洒扫整洁一新，为的就是今夜的不辞而别吧？”

杏儿知道瞒不过诸葛亮，叹了口气，气息很轻，却沉重异常。

“实不相瞒。我们姐弟二人承蒙水镜先生好心收留，却不断给先生和书馆惹来诸多祸事，内心羞愧不安，今日几位公子小姐又去闹水镜先生，说还要让官府来书馆彻查。我怕给先生惹来更多麻烦，本就出身下贱，留在书馆只会坏了书馆的名声，如果离开书馆，书馆的霉运兴许就会烟消云散了。”

诸葛亮叹口气道：“每人出身或有高低不同，但实无贵贱之别。姑娘切勿妄自菲薄。姑娘此番不辞而别，狐妖见你们一走，定会暂时收手，乐见人们把一切罪责怪在你们姐弟身上，从而坐实了传言，水镜先生也会落得用人不察的口实。就算狐妖继续出没，人们也会非议姐弟二人在水镜危难之时弃恩人于不顾，礼数不周的。”

杏儿慌了，连连摇头摆手，手足无措，掉下泪来，哭诉自己哪里想到这么多，水镜先生是大好人，自己只是不想再给先生添麻烦了。

瘦弱的狗儿始终一言不发，用薄薄的手背给姐姐仔细拭泪。姐弟情深，可见一斑。

诸葛亮安抚姐弟，表示会帮助姐弟找一个安身的稳妥办法，末了，诸葛亮又问起杏儿每每深夜劳作，有没有发现过何人何处有何异常？

杏儿咬唇缄默，眼神中略有迟疑，不知是想起了什么还是偶有的思绪凝滞。一片寂静中，似乎有看不见的虫儿静悄悄地飞过，给这密不透风的沉郁夜色撕开了一道短暂的涟漪。

诸葛亮眼里闪着星光，但杏儿最终还是摇了摇头。她看向弟弟，道出自己只想照料好狗儿，没注意过其他。

狗儿身体开始发颤，杏儿忙抱住狗儿，用双手搓热狗儿的臂膀："弟弟体弱，这是受不住夜里的寒意了。"诸葛亮忙解下婶母补过的披风，给姐弟俩披上，杏儿一再推脱，但诸葛亮坚持让她给狗儿披上，并让他们今晚先回房休息，安身之事，明日定会给他们一个交代。

昏昏欲睡的经学课终于下课了，一听王老师讲《尚书》唐炳就打瞌睡，苏莹则利用宝贵的课堂时间来补妆，好在王老师自己沉溺在"曰若稽古"中摇头晃脑，也不管同学们听不听。

但诸葛亮听得津津有味，好不容易下课了，还追着王老夫子讨论《尚书大传》，唐炳听了一会儿，什么"五脊六兽"的听也听不明白，便在教室门口对着诸葛亮挤眉弄眼，诸葛亮只得匆匆告退。诸葛亮一走，王老师也长松口气。

饭堂里，诸葛亮和唐炳、黄月英共坐一桌。唐炳说，杏儿这么大的事情，得赶紧处理一下，诸葛亮问唐炳有什么想法。小胖子登时眼睛发亮，出了一堆不靠谱的馊主意，什么让大家众筹集资啦，什么让杏儿有偿洗衣攒房租啦，黄月英听得直翻白眼。恰巧唐家下人来给唐炳送零食，黄月英便让唐炳差了下人把姐弟送回唐家暂住——毕竟你们唐家是邓县首富，不差这姐弟的两双筷子。首富不是一直要当首善吗？

唐炳鼓着腮帮子哼唧了两声，面露难色："一来没有跟家里打过招呼，再说了，爹娘做生意怕犯忌讳，再被姐弟俩的鬼脸疮吓到，影响了买卖的财运……"

黄月英嘴角挂着一丝蔑笑，说自己会带杏儿狗儿姐弟俩回家。

唐炳插话："谁不知道黄大学士有洁癖？连猫都不让你养了，又何况是带两个脸上生疮的病人回家？你快拉倒吧！"

二人还要争执，诸葛亮开口拦住："唐兄和黄姑娘都不必为难了，昨夜我主意已定。"

二人面面相觑、满脸疑惑，诸葛亮回以微微一笑。

书馆门口，诸葛亮黄月英唐炳送行杏儿姐弟。水镜夫人也在，挽着杏儿的手，依依不舍。

原来，诸葛亮的解决之道是让姐弟俩去自家的乡下老家暂住。他向众人解释，路途虽然远了些，但却长久稳妥。诸葛亮掏出早已写好一封信递给杏儿，让她到时交给婶母，婶母善良仁慈，自会收留他们姐弟，二人安心住下即可。且诸葛二姐曾跟着张仲景大人学过医，通医术，假以时日，定能够平复姐弟身上脸上的疮痕，恢复俊美体魄。

杏儿感激不尽，跪谢诸葛亮，诸葛亮年纪轻轻，哪里受得了这个，连忙扶了起杏儿。

杏儿落泪行礼道："大恩不言谢，今生来世，姐弟二人愿为诸葛公子当牛做马！"

诸葛亮笑着摇头："'君子莫大乎与人为善'，若换作杏儿姑娘你，也定会出手相助的，又何须今生来世当牛做马？等杏儿姑娘和狗儿弟弟伤病痊愈，想留想走，但凭心意。"

杏儿破涕为笑，脸上的疮痕也难掩豆蔻少女由内心迸发出来的纯净笑容。

水镜夫人欣慰：“还别说，杏儿姑娘来了书馆这么久，我都从未见她笑过，杏儿，你以后应该多笑笑，你笑起来好看得紧哪！”

诸葛亮也点头称是，黄月英却不由得眉峰微簇。

杏儿姑娘有些脸红，狗儿头一次见姐姐如此，使劲地盯着姐姐脸看。唐炳更是坏笑得咯吱咯吱。

唐炳：“没准诸葛家正缺一个伺候亮公子的内室丫头呢！”

诸葛亮皱眉道：“唐兄你不要乱开玩笑！”

反观杏儿倒无反感抗拒之意，眼角眉梢只是害羞扭捏。黄月英顿觉五脏六腑突地灼然烧了起来，吐出的气息都是滚烫的。

黄月英上前给杏儿塞了盘缠和一把匕首，嘱咐了一句：“遇到坏人，刀尖冲外！不用行礼。”

说罢，转身离去。杏儿握着匕首和钱袋，双眼含泪，怔怔地看着黄月英的背影不知如何答谢是好。

唐炳解围：“黄姑娘那人就那样，我们早就习惯了。”

唐炳将昨日家人送来的全部吃食都塞给了狗儿。姐弟俩推脱不下，只好千恩万谢地收下。诸葛亮劝姐弟二人趁着天光尚早，早些起程赶路。

向来不爱说话的狗儿突然走到诸葛亮跟前，仰头说道：“诸葛公子，有一事不打紧，但还是跟你说一下好。”原来狗儿夜里向来觉轻，书馆里偶尔会听得书馆夜里有人唱曲儿，他一直以为书馆隔壁是家戏楼呢。

还未等狗儿说完，唐炳就哈哈大笑拍手称快：“哈哈，狗儿这个梦精彩呀，梦到隔壁有间戏楼，我怎么没做过这么好玩的梦？”

诸葛亮看向杏儿，只见杏儿冲自己眨眨眼睛，似乎认同弟弟刚才的说法。诸葛亮心里多少也就有数了。

少顷，姐弟二人便按诸葛亮给的地图路线，起程赶路了。

入夜，诸葛亮在灯下全神贯注地温《书》，唐炳则吃多了伤食，夜里起来上溷厕，竟听见有女声唱曲。

书馆院里，有个什么活物跑了过去，吕老妈子循声跟去，看见什么东西，大惊失色，唐炳没看见别的，倒是被吕老妈子吓了一跳，赶紧紧闭宿门，蒙头大睡，不过隐约间还是能听见唱曲的声音，唐炳索性用两团木棉塞住耳朵，这才呼呼睡去。

次日唐炳告诉诸葛亮，喃喃道："看来狗儿不是做梦，这个狐妖果然会唱歌呢！我昨晚也听见了！"郑伦、范登等人在一旁偶然听得，大肆笑话唐炳，故意取笑说他其实是想念出身下贱的杏儿，唐炳气得满脸通红，又想替杏儿说话，又想说自己对杏儿清清白白，越说越乱，越抹越黑，圆滚滚的肚子也气得颤了起来。

苏莹刚洗漱完，发现吕老妈子神神道道的，脖子里还挂着根小木棍，苏莹上前询问，吕老妈子说这是"西王母筹"，可以让西王母保佑，降妖驱鬼保平安。苏莹很不以为然，平日里也没见吕老妈子这么虔诚啊，好好的怎么戴起"西王母筹"来了？吕老妈子惊慌失色地说，她夜里又看见了蹊跷的东西，说了一大通，不过这次苏莹听到居然没害怕，反倒是眼前一亮，热心地给吕老妈子倒了热茶汤，搬来小坐儿听惊魂未定的吕老妈子讲述自己的所见。

听着听着，苏莹的眉宇渐渐舒展开来。

第二日课间，同学们正在休息，忽见几日没上课的苏莹过来了，几位女生上来问好，唐炳也凑过来想跟女神打招呼，苏莹却并不寒暄，只是信誓旦旦地跟周围人说，她这几天仔细想了想，终于豁然开朗——其实书馆里闹的不是狐妖！

众人惊讶，苏莹卖了半天关子，所有人都被吊足了胃口。

苏莹颇为得意，施施然道："闹的是猫鬼！"

第十二回 『猫鬼』拜月柳暗花明

猫鬼？啥是猫鬼？

“猫鬼都不知道？就是用巫蛊之术养的猫!”苏莹说得有鼻子有眼，“猫身上有鬼物附身，能拜月变幻，取人精气，这就是猫鬼呗!”

唐炳不由得倒吸一口凉气，这猫鬼之说，倒是听大人们说过，但谁也没见过啊。

“这个猫鬼不是别人，就是黄月英养的那头孽畜!”苏莹斩钉截铁道。

众人都听傻眼了，唐炳更是张大了嘴忘记合上。

只有许薇提出疑问，说道：“可是不对啊，黄月英的猫不是早就被水镜先生没收了，给让庞德公关进笼子了？”

苏莹白眼翻上了天，哼了两下道：“你可别逗了，庞德公连自己的鹤都追不上，还能管得了一只猫？那只孽畜早就越狱逃回来了!”

苏莹说得有模有样，她说自己早就注意到，那只孽畜才是祸乱书馆的罪魁祸首，就是它半夜里总在书馆外头跑来跑去!“你们别看白天只是一只普通的橘猫，其实一到半夜就拜月变身，成了猫鬼!”

同学纷纷惊呼可怕，胆小的女生更吓得蒙头捂嘴。

苏莹号召大家一起加入声讨阵营：“黄月英身为孽畜主人，助纣为虐，同学们绝不能姑息!”

说曹操曹操到，“嘎吱”一声，黄月英推门而进，一派悠然自得的自在神色，和众人惊恐奇怪的目光形成鲜明对比。

苏莹尖叫一声：“哎呀，你们看，她身上还有那猫鬼孽畜的毛发!”

“苏莹至于吗？一根猫毛能把你吓成这样？!”

“这是猫鬼的毛！谁沾上谁就会惹上祸事!”

黄月英扶着腰都要笑岔了气：“你这种小儿科的把戏，说出去谁信啊？”

再环顾四周，似乎所有人都向黄月英投来了不信任的恐惧目光。

怎么有种凉凉的感觉。

苏莹显然这次是有备而来，才一个下午，课也不上了，直接闹到水镜先生那里了。

苏莹使出一哭二闹三上吊的架势来。水镜先生也没法子，只好差了东方老师去叫黄月英来对峙。

黄月英烦不胜烦，直指苏莹血口喷人，不，血口喷猫。

苏莹使出撒手锏："黄月英，你敢不敢对天发誓，你没有把孽畜偷偷放回，在自己房间豢养？！"

这下黄月英张不开口了。毕竟自己爱猫心切，偷偷从庞德公那里抱回了飞燕，可她以为自己神不知鬼不觉，没想到还是被眼尖的苏莹发现了。黄月英心里暗暗咒了一句该死。想起诸葛亮之前给自己的好意提示，后悔自己当时嘴硬没当回事啊。

水镜先生眉头一皱："黄月英，苏莹所说当真？"

黄月英不吱声了。

水镜叹口气："你不经我同意，擅自把猫拿回宿房了？"

黄月英只好承认。

这一承认不要紧，对峙中立刻落了下风，水镜先生也面露不悦，责令东方先生去黄月英的房间里捉了飞燕过来。黄月英想要同去，却被水镜喝止。

苏莹趁热打铁，说黄月英做贼心虚，一些听风是雨的女孩子们又闹起来了，苏莹叫出吕老妈子，吕老妈说她夜里好几次看见猫鬼了，传说中的猫鬼被人豢养，夜半拜月，然后偷窃物品给主人。

夜半拜月？这飞燕还真成了猫鬼？众人皆惊。

黄月英激动，一把揪住苏莹衣领："苏莹，你有本事冲我来，拿猫带节奏也太没意思了吧!”

苏莹佯装站不稳，夸张地啊了一声，跌倒卖惨，哭说黄月英恼羞成怒想要加害于她。

众人乱成一团。郑伦看热闹不嫌事儿大，还大声念叨：

“怪不得狐妖总偷女人衣服，原来主人就是女生嘛!”

黄月英急了：“你!”

郑伦坏笑说道：“我怎么了？你说不是猫鬼，那有本事你抓到偷衣贼给我看看?”

男生们笑成一团。郑伦箭术不如黄月英，好几次在她面前吃了瘪，这下子也借苏莹之手报了仇，心里颇为痛快。

书馆花厅，人声鼎沸，一团乱麻。

维持秩序的东方先生忍无可忍，不得已喝止众人。环顾四周道：

“事情还没查清楚，第一，书馆继续宵禁。第二，黄月英的猫立刻收监绞杀。”

黄月英眼泪都急出来了，看向水镜求助，可水镜也不置可否，似乎默认了东方的处置。再环顾四周，黄月英身边竟全是看她笑话的人。

突然一个声音在角落里响起：

“飞燕不会说话，若我们真的冤枉了它，它没办法自证清白。若它真是猫鬼，我们大部分人也都没有亲见，所谓‘耳闻之不如目见之’，稀里糊涂就处置了它，未免太过草率，不能服众，不是君子所为。”

众人望去，原来是诸葛亮。

东方先生：“诸葛亮，那你说怎么办?”

诸葛亮慢悠悠走上前来，行礼说道：“回先生，弄清楚这件事倒也简单，尽快落实飞燕是猫鬼的证据就是了。”

水镜点点头，终于开口道："好，好，诸葛亮说的有道理，今晚就由他带队调查，落实证据。飞燕交给东方先生，黄月英不得探视。"

飞燕喵呜一声惨叫。

黄月英泪水在眼睛打转，却倔强地不肯落下。

泪光波动之中，只见诸葛亮冲自己微微点了点头。

是夜，按照吕老妈子所指的方位，诸葛亮带人蹲守，东方老师放出笼子里的飞燕，飞燕先是跟诸葛亮摩挲了还一会儿，吃吃鱼干，喝点清水，找个遮蔽的地方，睡了。

睡了？

猫爱睡觉，谁也管不了。

怎么办，接着监视呗。

唐炳眼皮打架，一会儿也睡了。

诸葛亮和黄月英倒是四目圆睁，绝不敢睡。

几声鸥啸，只见飞燕打个哈欠，伸了个懒腰，开始舔爪洗脸。

"真是瞎耽误工夫，"黄月英小声嘀咕。

"嘘！"诸葛亮示意别说话。

只见飞燕洗脸完毕，抬起头来，朝上面看了看，三下五除二就爬上厢房屋顶，窜到房脊最高处。

这下众人紧张了，唐炳瞌睡醒来，被诸葛亮捂住嘴．他向高处望去，只见飞燕直立上身，举起两只双爪，做出对月参拜状，月影之下，宛若人形拜月之姿！怪诞至极！

唐炳的眼珠子都快瞪出来了！这什么情况？莫非飞燕真是猫鬼？！诸葛亮也觉得蹊跷，黄月英更是呆若木鸡，反复揉眼睛，她也从未见过飞燕如此举动。

一旁的苏莹越发起劲了，尖着嗓子道："我说什么来着，这只猫就是鬼！就是猫鬼！”

黄月英喃喃自语道：“我只知飞燕夜晚偶尔会溜出玩耍，但我不知道它为何会做出如此姿态？”

郑伦哼了一声说道：“妖鬼还有什么好说的，斩杀就是了！”

黄月英不满道：“凭什么？就凭飞燕拜月？好啊，拜月又如何？它又没杀人放火，你急什么？”

郑伦哼道：“拜月乃是被巫蛊之术摄魂控制，意在吸取月阴之气，修炼成鬼物，凭其诡异瘆人之状，就可诛杀。”

黄月英冷笑道：“好啊，那我看你也诡异瘆人，怎么，我也可以杀你不成？！”

范登接话道：“黄月英，你竟敢对县令公子出言不逊？！”

黄月英蔑了一眼范登，不屑道：“我问郑伦，与你何干？同样都是书馆学生，不要把家大人那一套搬到自己身上，好歹也是堂堂男儿，我看你这对县令公子的跪舔之样还不如我家飞燕拜月好看呢！”

范登脸上红一阵白一阵，嘴角鼻翼微微抽搐。

苏莹嚷道：“东方老师，你得把猫鬼捉回来，斩杀除害！”

诸葛亮忽然开口说话：“既有猫鬼，那必须抓住养猫鬼之人，不然危险还是没有去除，飞燕也是受害者。”

黄月英感激诸葛亮。

苏莹双臂交叠抱在胸前，敲打诸葛亮：“那怎么办？我跟你说诸葛亮，看在你之前的功劳上，我们已经很给你面子了，你可不要总向着黄月英说话。”

诸葛亮微微点头施礼：“苏姑娘放心，我不会偏袒任何一方。”

正说着，一个黑影纵身一跃到跟前，只见飞燕自己穿过人群回到黄月英身旁，跳到黄月英怀抱里，只见飞燕嘴里还叼了一样东西。

范登眼尖："孽畜嘴里是什么？"

只见飞燕松开嘴，东西落在黄月英怀里，飞燕则像完成任务一样非常满意地舔着自己的前爪和毛发，偶尔也舔舔黄月英的头发。

苏莹瞪大了眼睛大喊："哎呀，那是我的红光珠簪子！黄月英！"

苏莹一把抢下簪子，气得发疯："黄月英，你说，你现在还有什么可狡辩的？！你和你这只孽畜主仆沆瀣一气，偷我首饰，这下你还有何话可说？！"

黄月英也一头雾水，百思不得其解，她实在无话可说，只能眼含热泪低头看着怀里的飞燕，飞燕还在鲤鱼打挺般地蹭来蹭去，丝毫不知道自己即将要面临的噩运。

郑伦果然又喊打喊杀，声浪更甚。

"且慢！"诸葛亮道："刚刚飞燕睡醒就直上屋檐，从屋檐下来，飞燕嘴里便多了苏姑娘的簪子，众位不觉得有点蹊跷吗？——为何苏莹的簪子会在屋檐之上？"

大家面面相觑，也觉得诸葛亮说得有道理。

苏莹："诸葛亮，你什么意思？不是那孽畜偷的，难不成说我诬陷那只孽畜猫鬼？！滑天下之大稽！"

诸葛亮笑笑："猫都有野性，也都有搜集小物件的习性，偶尔给主人或相熟之人衔来一些花草枝叶甚至老鼠虫子亦是寻常，这并不能说明飞燕就是猫鬼啊。"

苏莹："那可是我的红光珠簪子！我的簪子应该在我的宿房里，为什么会出现在飞燕的嘴巴里？"

黄月英："我还想知道为什么你的簪子会出现在屋檐上呢！"

诸葛亮向苏莹伸手："苏姑娘，可否借簪子一看？"

苏莹不大情愿地将簪子递给诸葛亮。诸葛亮仔细辨认，忽然闻到一股特殊的味道："各位，这只簪子上似有鱼腥之气。"

东方老师凑上去使劲耸鼻，频频点头："是红烧鱼，红烧鱼的味道！"

唐炳也凑上来闻了闻："不对，这是荷叶烤鱼的味道！"

唐炳咽了口唾沫，关于吃食，还是他最权威。

苏莹五官都要扭曲了："你们胡说什么？我的簪子首饰怎么会有吃食的味道？"

诸葛亮："怕是有人在苏姑娘的簪子上抹了东西，飞燕才对它如此感兴趣。"

黄月英气炸了，一把揪住苏莹衣服领子，质问道："苏莹，是不是你自导自演的苦肉计？！"

苏莹急得结巴了："倒打一耙、倒打一耙！你、你们这还有没有天理了？"

诸葛亮拦下黄月英，和缓劝道："黄姑娘，亮以为，飞燕和苏姑娘都是受害者。苏姑娘也并不知情。"

郑伦跺脚起哄道："哎呀，废什么话呀，赶紧把那猫弄死！"

诸葛亮转身，看向郑伦，悠悠说道："《礼记》有云：'古之君子，使之必报之。迎猫，为其食田鼠也'，君子还是要尊猫的。想必郑公子肯定读过的。"

郑伦眼神忍不住飘忽了两下，反正读没读过显然此刻都必须要说读过："读肯定是读过的！不过这只猫搞得书馆乌烟瘴气——"

诸葛亮没有给郑伦机会，继续说道："每年冬天腊祭，民间都有迎猫神的盛大传统，万一我们绞杀飞燕误伤猫神，得罪了天地神农，郑公子担得起吗？"

郑伦烦不胜烦："少废话，这事儿不能就这么算了，你到底想干什么？”

诸葛亮说道：“郑公子可否愿意跟我一同上屋檐之上一探究竟？”

诸葛亮嘴角微微上翘，似笑非笑。

郑伦自然不甘示弱，说道：“上就上！谁怕谁啊？我又不恐高。”

诸葛亮微笑颔首道：“失敬失敬，郑公子先请！”

诸葛亮一声令下，众人悄声搭梯攀爬。郑伦第一个冲了上去——他可忍受不了爬梯子时候前面是别人屁股。诸葛亮次之，唐炳和范登都想争第三，互不相让，唐炳终于找到机会发挥身体优势——他用屁股拱了范登一下，范登一个趔趄，只好让唐炳先爬，自己紧随其后，东方老师和其他师生垫后。

范登在后面催促唐炳快一点儿，唐炳本来就有点恐高，胳膊又使不上劲儿，范登一说话他难免有些分心，一脚踩空，一下子出溜了几蹬滚了下去，范登呜嗷一声惨叫，嚷着说自己被唐炳踩伤了手掌。

诸葛亮带着众人小心翼翼地爬上房顶，悄悄走向飞燕拜月的方向，驻足仔细观察。

“啥都没有啊！”唐炳嘟囔。

“看看这里还有没有孽畜窝藏的赃物？”

郑伦发号施令。

众人都低头在瓦片的缝隙里翻找，只有诸葛亮却对着不远处的一棵大树目不转睛。

诸葛亮向下面黄月英喊话：“黄姑娘，可否让飞燕上来一趟？”

黄月英点点头，放下怀里的飞燕，飞燕果然三窜五窜就蹿上房顶，可比郑伦、唐炳他们利落多了。

果不其然，飞燕在老熟人诸葛亮脚边象征性地摩挲了两下，就径直猫步踱到房顶屋檐最尖端，直立身体，举起两只前爪，开始“拜月”！

其他人低头找赃物，郑伦叉腰啥也不干，恰好看到飞燕拜月，不由得瞪大了眼睛，惊恐万状。

唐炳拍拍双手，慢慢站起身来，也看到这一幕。

唐炳："哇塞，黄姑娘，你家飞燕这是有真功夫啊！让我爹包装一下，可以收门票了！保准发财！"

郑伦不屑："就知道发财，俗不可耐！"

唐炳来气："不发财怎么纳钱粮养活官差啊？"

二人还要抬杠，一直不说话的诸葛亮突然开口："郑兄、唐兄，你们看到那棵树了吗？"

唐炳点点头："我又不瞎，当然能看见啦！来书馆第一天上学我就看见这棵树了！"

郑伦戏谑："大惊小怪。你们乡下应该最不缺的就是树了吧？"

诸葛亮："郑公子可知这是什么树吗？"

郑伦："我哪里知道它是什么树？一堆草木而已，何足本公子挂怀？"

唐炳："诸葛兄，该不会你说这树有问题，是树妖吧？狐妖猫妖还有树妖，咱们书馆可热闹了！"

诸葛亮："你们再仔细看！"

郑伦和唐炳都看向大树，没看出任何蹊跷来，唐炳使劲揉了揉眼睛，也仍是一无所获。

郑伦："诸葛亮，你别卖关子了，有话快说！"

诸葛亮不疾不徐地掏出袖灯放在手掌上，伸向大树，并示意让唐炳、郑伦等人保持不动。

郑伦不爽，但毕竟踩在房顶上，也没什么做大动作的理由。

少顷，诸葛亮慢慢收回手臂，背向大树，朝反方向伸出手来。

房底下围观群众不明所以，看诸葛亮好像在房顶上打起了太极，大半夜不睡觉，人都不正常，诸葛亮也不例外？

而房顶众人则目睹惊人一幕："飞燕不再拜月，而是绕到诸葛亮身前，开始同样姿势拜掌灯。"

唐炳："所以说不是猫鬼、树妖，而是灯神？"

诸葛亮："唐兄，再仔细看！"

唐炳凑近掌灯，只见一些半透明的小蛾虫正扑光围着掌灯萦绕飞舞。

"飞虫！"

郑伦这才注意到，飞燕根本不是拜灯，而是伸手想要抓那些飞虫。

郑伦这才反应过来，说道："诸葛亮，袖灯周围的这些虫是你从对面那棵大树上引过来的。"

诸葛亮："郑公子所言极是。对面这棵树名曰对结树，树上特生有一种对结树萤，小而灵动，人眼不易察觉，但飞燕是猫，夜间视力极好，特别是对飞动的物体，更是天性敏锐，夜深人静时，月光盈盈，飞虫奔光而行。飞燕守在屋檐，是接近这些飞萤的最佳地点。所谓的举起前爪，只不过是猫的扑虫本能，哪里是什么猫鬼拜月？！"

郑伦点点头，亲眼所见，事实如此。只是心服但并不口服，表情短暂失控，突然发问道："你怎么知道是对结树？"

"实不相瞒，我此前已经去树下看过了，正如郑公子刚才所说，我乡下老家确有此树。只是之前不能确证，今天跟诸位同学一起上来，算是众目睽睽，证据确凿了。"诸葛亮缓缓答道。

"诸葛亮，干得漂亮！"唐炳大声朝诸葛亮竖起了拇指。

东方老师命大家赶紧下来，都跑到房顶上太危险了。

东方老师问："你们在房顶上聊什么呢，什么'漂亮'？"诸葛亮和郑伦对视一眼，点点头，缄口不言。郑伦心领神会，又照葫芦画瓢地给东方老师等人讲了一遍，内容完全和诸葛亮所讲如出一辙，但语气上又好似是自己发现真相的一样。众人纷纷点头发出“原来如此”的感叹声。唐炳颇为不解，正想说什么，诸葛亮朝他摆摆手，唐胖子只好把话咽了下去。

这边厢，苏莹还不依不饶，四处吵嚷：“那我丢的其他首饰怎么办，都是很名贵的！这才找回来一只红光珠发簪，那其他的到底有没有人管啊？这只猫脱不了干系！”

诸葛亮：“苏姑娘，我认为是有人故意给簪子抹了鱼味，陷害飞燕。”

苏莹不爽。

范登拿过飞燕叼过的簪子，仔细端详了一会儿，脸上露出鄙夷的神色：“不是逗我玩吧？这怎么可能是红光珠呢？”

“切，珠宝首饰学问可大了，女儿家的东西，你懂什么？！”

不由分说，苏莹拧着眉毛一把抢回宝钗。

范登一脸不屑地耸耸肩，说道：“红光珠产自朱崖洲以南的涨海，极难取得，号称‘一珠在手，诸侯难求’，而且红光珠珠圆玉润，红光四射，戴在女子头上就像步摇冠戴在男子头上一样漂亮，我朝以来，女子都以红光珠镶嵌的发簪为最珍贵，而且要特制掐丝银工艺的发簪，才能镶上红光珠。”

有人小声嘀咕道：“范登这家伙，对女生的珠宝首饰倒是很在行，一个簪子都能看出这么多门道来，怕是自己也戴过吧。”

范登好像没听出来这是有人故意在讽刺他，反而顺势打开了话匣子，毕竟在书馆里，能让他范登出风头表现的机会并不太多。

范登越说越起劲，继续说道：“你这发簪，外表看有点掐丝工艺，但里面都是实心的，我看也就是豫州土簪罢了，再看这珠子，先不说质地，就说颜色，红光珠都分出好几档来，分为鸽血红、芍药红、蔷薇红三种，又以鸽血红最为名贵，你这个，怕是最多只在外面洒了赤金粉吧！”

苏莹脸上挂不住了，好在夜色掩护，倒也不太明显，还是一口咬定自己的这个就是珍贵的红光珠。

范登也犯了犟脾气，嚷道：“要不咱们打个赌吧？我赌你这个簪子最多就是玛瑙或石榴石，还不如许薇耳坠上的碎石头贵呢。”

许薇看热闹不嫌事大，笑说道：“怎么可能呢，我那耳环都是戴着玩的，哪里比得上苏姑娘的祖传细软。”苏莹并不领情，骂了一句“神经病”，转头欲走。

郑伦他们最爱围观女生掐架，不少人也窃窃私语：“你说苏督邮的千金，怎么也不至于戴不起红光珠吧？”

“我倒觉得范登说得没毛病，你看苏莹成天各种臭讲究，其实外强中干，穿戴也不是南阳最新款啦！听说她爸填房娶了个大美女，宠得不得了，要讲究也是她后妈，没妈的孩子还能讲究啥？”众人议论起来。

苏莹后背发冷，眼睛里噙满了泪水。而这一幕恰巧被靠在树上的黄月英和肩膀上的飞燕看见了。

苏莹发现黄月英微疑的目光。心里咯噔一下：这下糟了，她黄月英定会趁着别人的揶揄对她落井下石，至少说些难听的话来报复。

没想到，一向言语犀利的黄月英非但没有如此，还哄散了看热闹的人群：“赶紧散了散了！大半夜不睡觉，小心越变越丑哦。”

女生们惊恐捂脸，纷纷四散。

“唐炳你赶紧回去睡觉吧，要不然半夜又该饿了！”

唐炳也莫名地紧张起来：“我晚上吃得多，我不怕！”

黄月英狡黠一笑："让我家飞燕陪你运动运动?"

飞燕伸出前爪伸了个懒腰，一副精神抖擞蓄势待发的样子，一对绿色的大眼珠在月色下更显神气。

飞燕一出，唐炳还哪里有脾气，眨眨眼立刻没了威风，拱拱手就遁走回宿房了。

听见身后的对话，苏莹这才长舒一口气，心里五味杂陈，但此刻也只能踱着碎步回了自己宿房，悄无声息。

黄月英看着苏莹的背影，只听见身后传来诸葛亮的声音。

"一直都知黄姑娘冰雪聪明，没想到还内心宽惠。"

黄月英想笑又忍住，转过头故意冷脸说道：

"怎么，在你印象里，我还是那种睚眦必报的小气鬼不成?小心我变出一窝毛毛虫吓死你。"

诸葛亮身子不由自主地往后微仰。

看到身高八尺的诸葛亮这么怕毛毛虫，黄月英露出少女得意的纯真笑容。

"唉，我还以为黄姑娘要谢我，没想到反倒恩将仇报要吓我呀。"

黄月英脸上滚过一层淡淡的绯红，飞燕似乎发现了主人神色有异，喵呜了一声。

黄月英不满，肩膀一抖，训道："叫什么叫?差点儿小命都没了，还叫?"

飞燕轻车熟路地跳到诸葛亮身上，诸葛亮摩挲了几下，飞燕自然又发出了撒娇享受的呼噜声，露出卖萌憨态。

黄月英无奈叹道："它倒是会知恩图报。我看诸葛亮你养它好了!"

黄月英瞪了飞燕一眼，又顺带瞟了诸葛亮一眼，转身而去。

诸葛亮："黄姑娘，这，不太好吧?!"

黄月英大步流星消失在夜色里。

诸葛亮和一旁的飞燕大眼瞪小眼：

诸葛亮："飞燕，我养你没问题，但我确实搞不到鸡脯肉和小鱼干啊！"

飞燕的大瞳仁缩了回去，立刻囫囵起身，跳入夜色，去追主人黄月英了。

诸葛亮忍俊不禁。

两日后，书馆又恢复了平静。

读书的、射箭的、发呆的、吃零食的，大部分人似乎都很健忘，丢东西的事没再发生，大家也就心照不宣谁也不提了。

水镜先生找到图书馆里读书的诸葛亮，同意他回家帮忙种田，诸葛亮非常高兴，谢过水镜先生，急急穿过操场。

"嗖"的一声！

一只冷箭几乎擦着诸葛亮的脸颊飞过，狠狠地扎在一旁的草绳靶心上。

诸葛亮挪不动步，吓出一身冷汗来。

黄月英："诸葛亮，你再偏一点儿就被我破相了。"

范登嘻嘻笑："哈哈哈哈，那你就得对他负一辈子责任了。"

诸葛亮鼻尖蒙了一层细密的水珠："黄姑娘真乃女中丈夫！"

黄月英："哪那么多废话？唐炳赶紧射箭！输了请客——两袋五香鸡腿儿。"

唐炳："对对对，一袋是我，一袋是飞燕的！"

黄月英似笑非笑地冲唐炳扬了扬眉毛，飞燕也喵呜了一声。

唐炳冲诸葛亮招手："诸葛亮，你别干杵着了，一起来看他们射箭比赛啊！"

诸葛亮摆摆手：“多谢唐兄好意，水镜先生准我回家帮忙春耕了，我还要赶时辰，没福分看射箭比赛了。”

黄月英：“对了，你找到了陷害我家飞燕的坏蛋了吗?”

诸葛亮微微耸肩，无奈地笑了笑，说道：“让黄姑娘失望了。”

黄月英倒也潇洒，说道：“没事，算他幸运，若是被我抓到了，我肯定把他射成筛子眼儿！对了范登，你拉弓半天了，倒是赶紧射箭啊!”

说话间，范登猛然松手，却一箭射失，射术远不如黄月英。黄月英背过身去忍不住笑。

唐炳：“范公子马失前蹄啊！你这箭软绵绵像是姑娘射的，黄月英刚才那下倒像是男孩的手法!”

范登气急败坏把弓都给扔到了地上，一脸愠怒：“你说什么了？你是说我像女的？！奇耻大辱，岂有此理！”

唐炳挠挠头，颇为尴尬，只好嘿嘿了两声。诸葛亮知道唐炳并无冒犯之意，只是词不达意，便主动上前弯腰帮范登捡起弓箭，正巧范登也同时弯腰，诸葛亮这才注意到范登右手上有块淤青。

范登注意到诸葛亮的目光，连忙撸下袖管，嘟囔道：“都赖唐炳那夜害自己跌伤，淤青一直未痊愈。”

唐炳听闻，更觉得理亏，大方地掏出了随身佩戴香囊里名贵的跌打药，说这是他爹花重金给他保命用的，主动递给范登。

范登瞪了唐炳一眼，显然并不领情，转身就走了。

唐炳在身后嚷道：“嘿，范公子，那两袋五香鸡腿你不会忘了吧?”

诸葛亮望着范登的背影，突然笑了。

黄月英和唐炳面面相觑。

唐炳问诸葛亮笑啥，诸葛亮却突然说：“我今天先不走了。”

唐炳问作甚？诸葛亮笑说自己对狐妖念念不忘，今晚还想夜里逮妖试试。

黄月英眉眼一闪，似乎过电一般明白了什么。

而唐炳却磕巴起来：“怎么、怎么还有妖啊？”

第十三回

揭真身诸葛驯木牛

诸葛亮一笑说道：“老样子，事不过三，先是狐妖，又是猫鬼，我们都被误导了，这第三次一定能抓住真妖。”

唐炳半信半疑，不过诸葛亮既然说了，兄弟就得帮忙，于是，唐炳还是满书馆挨个宿房敲门，串联了不少同学跟着一起——当然，黄月英是绝对少不了的。

入夜，在诸葛亮的带领下，众人在书馆院落内弯腰鱼贯而行。

唐炳也跟在队伍里，悄声问道：“这是要去哪儿？”

诸葛亮只“嘘”了一声，继续带领众人悄无声息地行进。

可怜唐炳小胖，挺着个大肚子，弯腰不易啊。

七拐八弯的，诸葛亮居然把大家带到了偏书房外，这葫芦里卖的什么药？偏书房一般也没人来呀！但诸葛亮很笃定，示意大家站住不要出声，静心聆听就好。

夜色中，隐约传来“咿咿呀呀”的声音，气若游云，婉转动人。

这分明是有女生在唱小曲儿！

天！真有狐妖！

还唱上了！！

唐炳一下兴奋了，但他不敢大声，只敢压着声音跟诸葛亮说：“我说什么来着？我说什么来着？！”

诸葛亮只是微笑示意。

唐炳为恐被妖声妖色所魅，立马在耳朵里塞上木棉团子。

同学们有几个已经在筛糠了，黄月英也攥紧了弹弓，郑伦心理也有些打鼓，他压低声音问诸葛亮该怎么办，诸葛亮却气定神闲。远远看去，一帮少男少女们躲在偏书房墙根下神色各异，煞是有趣。

突然，诸葛亮睁大双眼，对着郑伦坚定地一摆手，郑伦心领神会，又冲身后几个跟班男生一摆手，众男生授意领命，做好准备，一人踹开房门，黄月英“嗖”的一声当仁不让冲在头里，众男生便大叫着跟着一齐冲了进去！乍一看，还真有几分县尉带着贼曹办案的样子。

偏书房里真有一个狐——不，不是狐，而是一个身姿姣好的女子。

“呔！”唐炳大喝一声。他也不知道为什么要大喝一声，主要是为了壮胆吧。

被这“呔”吓了一激灵，那女子缓缓抬起了头。

“范登？”

“哪个范登？”

“还能有哪个范登？！”

还真是范登！

一个涂脂抹粉，穿着女装的范登。

刚才大家听到的歌声，竟然真是从范登的喉咙里传出来的。

众人都大跌眼镜。

“这不是我的狐皮袄吗？”许薇指着范登身上的衣服说道。

“你个死变态！赶紧把人家衣服脱下来！”郑伦恶狠狠地走到范登身边，强行扒下范登身上的袄子，身边整日有这么个女装大佬潜伏着，郑伦觉得很没面子，出手特别重，范登重重地摔倒了地上。

“哎呀，他还用了我的限量款珍珠粉！”苏莹看着范登的脸惊呼。

“呸！真恶心！”郑伦对着范登啐了口吐沫，“书馆里居然还有你这么不要脸的人！”

郑伦在范登脸上使劲揉搓，完全弄花了范登的脸，而且动作幅度越来越大，直到挥起拳头，想对着范登出一口恶气，没想却被黄月英横眉挡住：“郑伦，你想谋害同学吗？”

“你少管闲事！他是怪胎，不是同学！”郑伦立马反驳道，“我要把这怪胎立即扭送县廷，为书馆除害！”

“你急什么？事情还没问清楚呢，”黄月英继续护在范登身前，郑伦先去揪，黄月英就继续挡，范登的哭声越来越大，此时几个男生也都上前来帮着郑伦动手动脚，范登身上的衣服都被扯得七零八落，连贴身的亵衣和下裳都露了出来。

“咦？这不是我的那件吗？”正在争执中，黄月英看见范登穿在身上的亵衣，不由得脱口而出，只是这话一出口，登时脸就红了。

郑伦一见这情形，更加猖狂：“黄月英，没想到你喜欢绿色啊，还以为你从外到内都是夜行黑衣呢！”

黄月英气鼓鼓地说：“郑伦你再敢胡诌，我一箭射劈了你！”

“又不是我偷了你的亵衣！”

郑伦和一帮男生猥琐大笑，范登哭得更大声，羞涩的黄月英似乎也失却了往日的威风，几位女生发现范登身上的服饰首饰胭脂水粉全是偷的她们的，于是闹得更凶，范登被摁在地下摩擦抓挠，脸上身上都狼狈不堪，只能号啕大哭，唐炳看不过去想帮忙，却惧怕女生的长指甲，只能嘟囔几句“别吵了别吵了”，却也被淹没在喧闹声中，没人听他的。

“事情还没搞清楚，诸位还是先住手吧！”突然，屋内传来一句响亮的话语，众人全都收手，循声望去，却是诸葛亮在说话。

“此事尚未完全查清，范登只是嫌犯，你我都无权定罪，”诸葛亮字正腔圆地继续说道，“他身上的物件都是贼赃证据，如有损坏，也会耽误定罪。”

听到这话，范登又“哇”的一声大哭起来。

“诸葛亮，你是想包庇这个死变态吗？”郑伦说道。

“亮绝无此意，不然也不会带同学们过来亲自捉拿贼赃，只是凡事都不能只听一面之词，范登就在这里，他有何难言之隐，我们不妨洗耳恭听。”

说完，诸葛亮的目光投向范登。黄月英看范登着实可怜，扶他靠墙坐下，唐炳把身上的大衣脱下，给“花容失色”的范登披上，范登的抽泣声这才小了几分。

“少来这些啰里吧嗦的，遇到这种变态，先弄死再说！”郑伦不依不饶。

这可如何是好？

“看样子，范登也有难言的苦衷，那就让他先哭会儿吧。”水镜先生不知何时站在了身后，一同前来的还有东方老师等人。

这下郑伦、黄月英以及范登都安静了，众人都垂手侍立，诸葛亮给水镜先生搬来一把坐儿，水镜先生静静地坐下：“范登啊，记得你娘为了你进书馆的事，前前后后找了我七、八次，好不容易让你能进书馆念书，只是希望你能识文断字，知书达理，没想到你却生出今天这等事端来。唉，事已至此，为师希望你能一五一十地交代。”

“先生，”范登止住了抽泣，“这些东西都是我偷的，我有罪！”

范登对水镜先生俯身叩拜，水镜看着范登的目光充满了怜惜与同情。

好好的公子哥儿，又怎会落到如此田地？

事已至此，范登便打开了话匣子，讲述自己变成这副样子的原委：

原来，范登的母亲本是一位乐署歌者，有一副绝妙嗓音，后来嫁给做官的父亲，生下了范登，父亲后来发迹，便把范登也送入书馆就读，不过范登从小被当成女孩养大，其母也常常将范登装扮成歌女，教其演唱，倒是颇得其母精髓。不过范登长大后有点性别认同障碍，越是遵循男儿礼节，就从心底里愈发渴望女性装扮，由于只这一个宝贝儿子，范登母亲对其极其宠溺，范登骄纵成性，从不在乎道德规矩。到了书馆以后，看着一个个青春洋溢的女同学，范登对于女装也越来越渴望，他已经无法抑制内心的变装欲望。于是，为了满足自己的女装癖好，范登开始偷盗女生的衣物首饰，多次得手后，他开始变本加厉，不但深夜潜入女生宿舍偷东西，还威胁曾经目睹自己女装模样的杏儿不许说出真相，否则就会让家丁杀了狗儿抛尸荒野，可谓穷凶极恶。

原来如此！

唐炳震惊道："范登，你白天还凶我说你射箭像女生是奇耻大辱！大丈夫敢作敢当，你干吗不承认还要说谎？！"

范登无言以对，只有低头沉默。

可是，诸葛亮你是怎么发现范登的女装子身份的？

看到大家都一头雾水，诸葛亮便娓娓道来：

原来，那日范登与黄月英、唐炳比试射箭，露出了手上的"伤痕"，范登跟诸葛亮说这是因为自己那晚被唐炳弄倒跌伤未愈。说者无心，听者有意，诸葛亮当时就觉得有点儿不对劲，且诸葛亮还意外发现范登用油拭手。其实范登那晚跌伤那一刻，诸葛亮从房顶望下去，范登受伤的分明是左手，右手上根本没有伤痕，而右手上的所谓"伤痕"，其实是涂抹了女生的胭脂水粉，那些含有油脂的水粉需要用油才能彻底清除。

说完了案件推理，诸葛亮末了又加了一句："范兄，亮听你刚才所唱的相和歌，发声清哀，颇有惊起梁尘之感，想必是师从鲁人虞公一脉吧。"

没想到诸葛亮还懂辞曲乐理，能在此时此地遇到知音，范登不由得叹息了一声，他的母亲确实是师从鲁人虞公之后。

"只可惜啊！"诸葛亮还没说完。

"可惜什么？"范登连忙问道。

“只可惜在这书馆偏房里无丝竹管弦，你只能徒然清唱，少了艳曲前奏，中段的十八拍子，唱得有些乱哦。”

听到诸葛亮这番评析，范登又像个女孩一样哭泣起来，不知道是因为自己的事情败露，还是因为唱功被诸葛亮挑出了缺陷，这一次他哭的声音不大，但让人感觉特别悲伤，有种深入骨髓的凄苦。

水镜先生发出一声长长的叹息。

真相大白，物归原主。

郑伦自然气急败坏，一向标榜男子气概的他急于与范登撇清干系。他第二日清晨就派人通知了老爹，派衙役带走了范登。范登父母求爷爷告奶奶花费重金打点才从县衙带回了宝贝儿子，但条件是不能再在邓县露面，更不许再提及郑伦父子的丝毫关系。范登父母损了钱财又颜面尽失，这才意识到之前对县衙父子所有的投资都打了水漂，也只能认栽，在一个深夜里，举家悄无声息地离开邓县。

黄月英在帮贼曹整理赃物时，竟然意外地发现受害者的许多虚张声势的谎言：许薇的金钗其实是铜的，所谓的狐皮小袄其实是羊皮做的；苏莹的号称限量款珍珠粉其实和普通脂粉无异，只不过放在一只别致的盒子里，本身并不值几个钱。黄月英心里暗笑：这些女孩子，本不必如此嘛！只是苏莹明明顶着苏原家千金大小姐人设，实际上却外强中干，并不像她自己吹嘘的那般日子好过……倒是唐炳真心实意，从家里拿来娘亲的精致花簪送给苏莹，只为给女神压惊，博得女神一笑。

闹剧结束，水镜先生告诫诸人，女装唱曲不成体统事小，偷盗要挟失德事大，如果范登只是私下爱好，想做一个男扮女装的俳优，书馆也不会禁止，但他做出这些不合礼法的奸恶之事来，那就必须为自己的所作所为付出代价。杏儿狗儿作为书馆聘用的丫鬟和小厮，以后正式入住书馆，任何人不得再为难他们，着诸葛亮尽快把姐弟俩接回书馆。

诸葛亮和书馆全体师生均拱手领命，不过教经学的王老师却不住地摇头，边叹气边说了好几声“服妖作孽”。

唐炳一头雾水，问道：“这王老夫子是中邪了？不是没有狐妖么，怎么他又开始一口一个‘狐妖’了？”

诸葛亮笑道：“王先生说的不是‘狐妖’，是‘服妖’。”

唐炳还是不明白，又问：“跟绕口令似的，到底啥意思吗？”

诸葛亮解释道：“《尚书大传》里说，‘貌之不恭，是为不肃’，‘厥极恶，时则有服妖’，王先生说的就是这个‘服妖’，意思就是指那些穿奇装异服的人，他们的出现，往往预示着天下即将大乱。”

唐炳：“诸葛亮！你真是张口就来啊！佩服佩服！诶，那你说，范登这种‘服妖’都出来显摆了，是不是真会天下大乱啊？”

“这我可不知道，”诸葛亮嘿嘿一笑，说道：“咱们还是先把书念好再说吧，天下大事，自有王侯将相操持，现在还轮不到咱们操心。”

“说的也是，诶，诸葛亮，你小子现在在书馆里可红了哦，”说着说着，唐炳突然朝诸葛亮挤眉弄眼起来，诸葛亮抬头一看，才发现苏莹、许薇等女生全都走了过来，七嘴八舌地纷纷感谢诸葛亮，说身为美女，解除了狐妖猫鬼的祸患，这回终于可以睡个安稳觉了。一群女生叽叽喳喳的，直夸诸葛亮聪明有才，有女生还请诸葛亮晚上去宿房帮她补习功课，这下可好，诸葛亮的脸“唰”地就红了，一直红到耳朵根。

诸葛亮赶紧朝唐炳使眼色，唐炳见这位仁兄快被女生包围得喘不过气来了，这才冲上去搂住诸葛亮肩膀，冲着各位女生喜笑颜开：“各位女同学客气了，其实没什么，这都是我们兄弟几个应该做的！”

苏莹似笑非笑，许薇忍俊不禁。

看到诸葛亮这么受异性欢迎，郑伦可受不了了，为防止自己掉粉儿，郑伦赶紧站在风口再次抚琴搔首，还甭说，这一招鲜总是管用，女生们一旦犯了花痴，就又开始围着郑伦转了。

赶紧溜，诸葛亮立刻跑开了，不过立马又传来一声尖叫，光天化日之下，诸葛亮受了什么惊？难道还有兔子妖刺猬妖么？原来，只是黄月英扔了一只毛毛虫落在诸葛亮肩膀上，诸葛亮吓得浑身发抖，抖掉了毛毛虫，顺着旁边的木梯一下子跑到了对结树上，身姿可谓矫健。

“我说诸葛亮，我就想知道你是怎么发现范登就是‘猫鬼’的？”

黄月英大声问道。

诸葛亮支吾着说不出话来。“好嘛！”黄月英便推走了木梯，“不说就不放你下来。”诸葛亮颤颤巍巍地说出：其实所有这一切，都要归功于热爱女扮男装的黄月英给了自己启发——好箭法不一定非得是男儿射，就像唱曲儿的狐妖不一定就是女的呗！而且一个男儿，对女生的珠宝簪子如此了解，本就反常。说到这里，诸葛亮颤颤巍巍地说树间毛虫甚多，求黄月英把木梯拿过来，黄月英哈哈大笑，推来木梯，让诸葛亮下了树。

“不管怎么说，这次我得好好谢谢你，”黄月英看着一旁在扑飞虫的飞燕，“也给我家飞燕洗脱了冤屈。真没想到，范登那小子居然连猫都不放过，还往簪子上抹鱼汤来栽赃给飞燕。”

诸葛亮正色道：“狐妖猫鬼，其实都不如人心歹毒可怕。”

黄月英点头称是。

“来，给聪明绝顶的亮兄加一个鸡腿！”唐炳刚从厨房过来，拿出鸡腿，诸葛亮坚辞不受，着急要回家，已经拖了这几日，再不回去真要耽误春播了。黄月英说也对，洗清了嫌疑，还要赶紧把杏儿、狗儿接回来。

“既然这样，那我让下人驾着车一同去，”唐炳主动贡献出自家的交通工具，诸葛亮说好，于是坐唐炳的车一同前去。

下午，唐家下人准备马车停当，黄月英、诸葛亮、唐炳跟水镜先生禀明情况，获得先生准许后都上了车，一齐往诸葛亮家里驱驰而去，飞燕围着车“喵呜”几声，黄月英说出趟门就回来，就让飞燕在书馆等着，吃食和水都已准备好了。飞燕听到这话就蹿走了，惹得诸葛亮和唐炳都哈哈大笑。

山路慢行，马车到了诸葛家，天色已晚，看来还得在诸葛家借宿一宿。车夫带了干粮，夜里就睡在马车上，并不用进门，倒是几个小孩子开心坏了，杏儿和狗儿的脸用了二姐的草药后，皮肤光嫩如新，唐炳连夸杏儿原是个美人胚子，当初还以为是个母夜叉。院子里，诸葛均和狗儿山呼海啸地跑前跑后，杏儿、唐炳、黄月英跟着招呼得满头大汗，婶母看见了，笑得特别开心。

不一会儿，管家老葛过来了，他对婶母面露难色，婶母一看就明白了，吩咐老葛把家里贮藏的糯米全都煮了，家里的老母鸡也杀了，今晚让几个孩子们一定吃饱。

这？老葛觉得这个不可操作。

就照这个办！婶母语气坚决。

好吧，老葛只得照办，不过一边走一边还嘟囔说春播不行，秋收无望，家里的存粮也要吃光了。

不一会儿，陈妈做好了饭，给孩子们端了上来，这时大家才发现一直没见着诸葛亮，唐炳自告奋勇去找，原来诸葛亮在后院里一直在鼓捣那堆木头，唐炳把诸葛亮拉到餐桌边坐下，发现自己碗里又有一只鸡腿。

怎么又是鸡腿？唐炳真吃腻了，咬了一口就把鸡腿扔在了地上，诸葛家的大黄狗这下兴奋了，赶紧过来叼住鸡腿，狼吞虎咽，诸葛均和狗儿看着大黄狗直咽口水，看到这里，黄月英把自己的鸡腿夹给了诸葛均，诸葛亮也把自己食盒里的鸡蛋夹给狗儿吃。

入夜，诸葛亮、唐炳抵足而眠，聊起范登的事，不免又唏嘘几句，没聊多久，唐炳的瞌睡虫就上来了，随即沉沉睡下。夜里，唐炳说梦话惊醒，却发现诸葛亮不见了，四处寻找，发现诸葛亮还在后院里掇饬木头，一堆木头疙瘩有什么意思啊？诸葛亮笑笑，只是让唐炳去睡觉，唐炳困得紧，便兀自回去接着去睡了，而诸葛亮却在院里熬了一个通宵。

次日天明，孩子们都起床洗漱完毕，辞别婶母，诸葛亮、黄月英、杏儿、狗儿都坐上唐炳的马车，准备动身回书馆。婶母来到田头，铁犁在地，可老葛、陈妈都拉不动。众人摇头叹气，婶母问老葛、诸葛均在哪儿呢，老葛摇头说三少爷还在睡觉。老葛劝婶母说还是让二少爷别回书馆了吧，好歹二少爷也算个劳力，一旦误了春播，全家人都要饿肚子。婶母看着一旁刚上马车的诸葛亮，坚定地摇了摇头，婶母仍然坚决支持诸葛亮去书馆读书，她相信诸葛亮读书才是正事。

看到这个情况，马车里的唐炳问诸葛亮："好像听说你家里春播缺人手，要不要我派几个长工去你家帮忙。"诸葛亮笑说不必了。

管家看着婶母，在田间垂头丧气，突然，远处传来"吱吱嘎嘎"的声音，一个怪异的物品驶入田头，居然是木制的"耕牛"！诸葛均正骑在"木牛"上像骑自行车一样蹬踩，木牛挂起犁头，一路前行，牛气冲天！原来，诸葛亮发明了这东西来代替自己！一头"木牛"！

有了"木牛"犁地，诸葛家的春播完全没问题了，正逢小莲子爸爸大病初愈，被莲子妈扶着出来看诸葛家的水田怎么样了，正巧看到这田里行动自如的"木牛"，看来，不仅诸葛家的春播没问题，莲子家的春播也没问题了，诸葛亮这小子，给乡亲们发明了车水的"孔明车"，现在又捣鼓出来一头“木牛”，在这劳力紧缺的当口，真是帮了大家的大忙啊！莲子爸妈不禁喜上眉梢，小莲子也乐得在“木牛”前后转圈跑，一个劲地夸“均哥哥威风”。

车夫抖了抖缰绳，四匹骏马拉着马车朝书馆而去，诸葛亮打了个哈欠，在马车里沉沉睡去，很快就传出了鼾声，黄月英想给诸葛亮披上盖衣，转头却发现贴心的杏儿早已给诸葛亮盖好了薄毯，而且杏儿在诸葛亮身旁侍候，十分妥当。黄月英登时觉得无趣，唐炳觉得气氛异样，大气也不敢出。还好有狗儿在旁，围着黄月英的弹弓问东问西，这才化解了尴尬。

杏儿和狗儿回到书馆，被水镜夫人带到新的房间，同学们自发帮助他们装饰布置，新房间明亮温馨，杏儿心中感动，泪如雨下。

杏儿不善言辞，为了感谢诸葛亮，主动去他宿房，一把抢下他的贴身衣物缝补浆洗，诸葛亮面红耳赤不好意思，二人正撕扯衣服时，刚好被路过的黄月英撞上，两女一男面对面，突然好不尴尬。只有飞燕满不在乎，一个劲地还在诸葛亮腿边摩挲。

“飞燕！走！”黄月英的语气头一次这么严厉，唬得飞燕也不敢磨蹭，赶紧跟上黄月英的脚步。

“黄姑娘，你误会了，且听我解释，”诸葛亮追出房门说道。

黄月英并未回头，只是站定，姑且听听诸葛亮怎么说。

“诸葛公子，不知杏儿做错了什么?”没听见诸葛亮的声音，倒是又听见了杏儿在说话，“杏儿只是想尽点绵力报答公子，不知需要向黄姑娘解释什么?”

“这……我……那个……”

诸葛亮竟然语塞了，哼！黄月英头也不回地走开了。

整个书馆似乎都洋溢着尴尬的气氛。

远处，一匹戴着面具的马站在山巅，悄无声音，连响鼻也不打，马背上骑着一个全身黑衣的蒙面人，他眼中闪着寒光，黑衣上似乎有一个彗星样的标记，黑衣人远远地注视着隆中书馆……

第十四回

敏天才巧传救命题

草长莺飞，迎春花开。

从太守之死到狐妖落网，在经历了一连串大大小小的风波后，几位先生担心的紧张气氛不但没在书馆中出现，同学们反而愈加熟络亲密了。这也难怪，正所谓患难见真情嘛，毕竟这些孩子大多来自名门望族、富贾大户，继承了父母们处变不惊且善于周旋的外向基因，social起来轻车熟路有模有样。再者，跟外面鸡飞狗跳的乱世之象相较，书馆当然还算是一方净土，之前那些事不过都是茶杯里的小风暴啦。水镜先生对当前书馆的气氛颇为满意，有如下总结：

“团结紧张，严肃活泼。善哉善哉！”

水镜先生捻须颔首，心想，这世界终究还是这群年轻人的，但愿他们当中能有人学有所成，长大后扶危乱世拯救苍生，果真如此，也不枉为师替他们挡了这么多滚滚天雷。

郑伦的下巴依旧扬得最高。这位县令公子、“邓县第一美男子”还是全书馆的流量担当，除了水镜和庞公，大部分老师都给他几分面子。就算书馆里冒出了诸葛亮这号人物，但毕竟那小子出身乡野，再怎样耍小聪明，又怎可与贵族身份、逆天颜值、才华横溢的县令公子相提并论？

“公子说得对呀！”

郑伦的Pose定格三秒钟后，才不疾不徐用眼皮巡视鼓掌众人——自打范登出事后，冯骥、隋波、成耀脱颖而出，取而代之成为郑伦身边的新晋跟班：开路的、背琴的、摇扇的、领掌的…… 各自分工明确，组团狐假虎威，一起众星捧月。

女生这边，苏莹被公认为“书馆首席大美女”“隆中书馆馆花”，表面上她推让谦逊一番，内心却泰然自若，大有舍我其谁之意。不过自己“馆花”的地位时不时要被许薇有意无意地挑战一番，心中难免生怨，表面上二人亲亲热热，实际上是一对如假包换的塑料姐妹花。为了能艳压对方一头，俩人经常一日三开箱，就怕打扮不到位，恨不得把整个义乌小商品市场都顶在头上。

若论衣服首饰包包鞋履的数量，苏莹自然不是许薇的对手，许薇家虽无爵位，但家境富裕，又受父母宠爱，所以衣饰包包颇丰，邓县哪家首饰铺、裁缝铺上了什么新款潮款，不出一天保准就bling bling地出现在许薇的身上示众，就连家里开绸缎庄的赵娣也没她琳琅。杜鹃、岳淼等好事女生私下里还给许薇做过每周新品统计，颇为艳羡。

"哼，俗气的丹青杂色盘，没品位！"

苏莹白眼归白眼，可自己来来去去就是那几件衣裳，再考究又如何？苏莹每日都要花很多时间和心思放在衣饰的重新搭配上，难免捉襟见肘，好在她善于琢磨又有巧手，没有新衣，就在新妆上下文章，今天是远山含烟眉，明天是晒伤晕染妆，后日便是云朵发髻空气刘海加自制特调香体膏，还煞有介事写下美妆心得的"小红简"在书馆女生中传阅——美女+才女的斜杠青年，一下子就引领了书馆里的时尚风潮，一时间，女生们无人专心学习，课上课下都在研究如何穿衣打扮，苏莹以日更"小红简"力保自己首席位置岿然不倒。

现在书馆里唯一还素面朝天的女生就是黄月英了。

黄月英受不了脂粉气，每每坐在苏莹和许薇旁边就常打喷嚏，苦不堪言。这一下课她就窜到操场上，大口呼吸新鲜空气。

洗过肺后，这才注意到唐炳在一旁吃东西吃得津津有味，飞燕追了出来，玻璃眼珠直勾勾盯着唐炳，唐炳识时务者为俊杰，只好把纸包里的烤鱼分一小块儿给飞燕，表情不太情愿。

飞燕吃完意犹未尽，舔了舔嘴巴，又踏着猫步走着直线紧逼过来，唐炳慌忙将剩下的烤鱼都囫囵塞进嘴里，再冲飞燕摊开手掌，示意自己这回是真的没有啦！

黄月英笑道："糖球，这么早就饿了？说明刚才上课真是烧脑仁啊！"

唐炳使劲吞咽下嘴里的吃食，说道："反正他们课上说的我也听不懂。哎，女生不都在教室里交流美妆心得吗？黄姑娘你咋从来不参与，也从来不打扮？"

黄月英不解道："为什么要打扮？"

唐炳答道："呃，打扮一下更好看呀！"

黄月英歪头笑道："比好看更重要的是自在。再说了，好看如何，不好看又如何？我不还是我？何必浪费时间？"

唐炳吃了瘪，挠挠头道："反正我敢打赌，男生都喜欢打扮的女生。"

黄月英笑道："倘若如此，那男生还真是无聊。"

唐炳："嘿！不信你去问诸葛亮！你等着啊！"

唐炳远远地看见诸葛亮正背对他们往藏书阁走去，打着搬救兵的旗号落荒而逃。

黄月英暗笑。

没想到有人早了一步截了胡。

只听冯骥大喝一声："诸葛亮，你给我站住！"

唐炳一愣，停住脚步：这几位气势汹汹、来者不善啊。

身高八尺的诸葛亮翩然回首，虽一身麻衣布鞋，却自有一番从容豁然之气。

诸葛亮微微一笑："冯公子、隋公子、成公子都在啊，请问有何指教？"

冯骥："少废话，你刚才在杂学课上扯什么幺蛾子？白马当然是马，郑公子明明说的是对的，哪里容得你反驳？"

原来，刚才田老师在课堂上讲授“白马非马”的名家辩题，正好点到郑伦和诸葛亮回答问题，郑伦答非所问，诸葛亮却答得行云流水，把郑伦噎得说不出话来，田老师对诸葛亮大加赞赏，这让郑大公子的玻璃心碎成了一地的玻璃碴儿。

诸葛亮：“我只是回答先生的提问，就事论事，讨论问题而已。”

两声轻咳，只见郑伦踱着方步走了过来，冯骥等人连忙让开。公子碎了的玻璃心，一定得让公子自己粘回来。

郑伦：“诸葛亮，你家买不起马车你还没见过马跑吗？胡诌什么‘白马非马’，居然还哄得田先生在课堂上夸奖你，看来私下没少给田先生送礼啊！”

诸葛亮彻底明白了，郑伦根本没明白课堂上讲的名家公孙龙之辩是什么意思。既然这样，只能带着郑伦再复习一遍了：

“郑公子，我在课上所答，乃是公孙龙的辩题，公孙龙以‘马’为形、‘白’为色来立论，所谓‘命色者，非命形也，故曰白马非马。’在此基础上，公孙龙还进一步指出了‘马’的概念与不同颜色马的概念的不同，又所谓‘求马，黄、黑马皆可致。求白马，黄、黑马不可致……故黄、黑马一也，而可以应有马，而不可以应有白马，是白马之非马审矣。’”

郑伦显然没全听懂，但他发现自己找到了反驳的好机会：“诸葛亮，你自己说了也有黄马、黑马，这不跟白马一样都是马么？怎么就‘白马非马’了呢？可见是一派胡言！”

“郑公子问得好，”诸葛亮此话一出，郑伦的下巴又翘了起来，不过诸葛亮不紧不慢地又接着说道：“此问公孙龙也有过回应，他说‘马固有色，故有白马。使马无色……安取白马？故白者非马也。白马者，马与白也；马与白马也，故曰：白马非马也。’你看，由此而言，‘白马’跟‘马’确实是两种不同的东西。”

话音刚落，郑伦眼睛瞪得溜圆，几个小跟班也鸦雀无声，只有不远处传来几声乌鸦叫。

“诸、诸葛亮，你胡搅蛮缠！一匹马是白色的，所以才叫‘白马’！白马就是马！”郑伦有点儿恼羞成怒了。

诸葛亮微微一笑很倾城：“郑公子，你说‘马’的时候，黄马、黑马都包含在内，但你说‘白马’的时候，黄马、黑马就不能包括了，所以‘马’与‘白马’是完全不同的两个意思嘛，正如公孙龙所说：‘马者无去取于色，故黄、黑皆所以应。白马者，有去取于色，黄、黑马皆所以色去，故唯白马独可以应耳。无去者非有去也。故曰：白马非马。’”

郑伦面红耳赤：“你、你！岂有此理，这明明是诡辩啊！”

冯骥道：“公子，他就是跟你找茬儿！”

隋波喊：“哼，早就看这小子不顺眼了！还真当自己是根葱了！”

成耀附和：“应该让他吃吃苦头！”

冯骥又说：“卖高粱的，你可别光说不练。”

几个男孩子撸起袖子准备开干，一旁的唐炳和黄月英看得真真切切。

黄月英眉峰一凛：“怕是诸葛亮要被群殴了……”

唐炳还在舔嘴巴上的芝麻：“不能吧，光天化日的，他们说不过诸葛亮，也就动动嘴皮子。能把诸葛亮咋地？”

黄月英摇摇头。

唐炳：“那成耀我认识，跟他爹一样怂得要死，他爹是做高粱米生意的，去年才搬到邓县，没人给作保盘不下地，求爷爷告奶奶，在我家爷俩头都不敢抬，幸亏我爹出手帮忙，这才安生下来。开学以来，对我还都挺客气的。”

黄月英眼角挑了一下："哦？"

"嗯！当然了！我唐寅生从不打诳语！"

一着急，唐炳连自己的字都报出来了，可他还是怕黄月英觉得自己吹牛不信他，于是扽了扽肚子上的衣服褶，主动走上前去："嘿！哥儿几个！干吗呢？"

走到跟前，唐炳吃惊地看到，诸葛亮已经被成耀揪住了衣领子怼到了墙上。

成耀满脸通红，青筋暴突。

隋波、冯骥死死瞪着唐炳，步步逼近，郑伦则不屑地哼了一声，低头欣赏自己精修过的指甲。

成耀说道："唐炳，我忍你很久了，也想来挨揍？！"

一听这语气，唐炳身上的汗立刻就下来了："嘿！我这里有新出炉的炭火烤肉，哥几个尝尝吧？"

唐炳迅速喜笑颜开地掏出烤肉。

飞燕喵呜了一声表示不满。

"啊！我的烤肉！你们不吃也不能糟蹋了啊！"

"嘿，怎么动手打人啊！"

"哎呀，疼！"

……

黄月英不忍再看，眨眼掏出弹弓，无须瞄准，正要松手，却被人低声喝住："死丫头，又惹祸？"

黄月英一肚子气，心里嘀咕道：水镜这死老头，什么时候出现不好，偏偏这时候！

黄月英转过头，气鼓鼓地手指着唐炳、诸葛亮的方向："光天化日他们打人你怎么不管？！"

水镜先生这才听到远处唐炳的哀号，瞬间明白了怎么回事，疾步奔了过去。

黄月英还从未见过水镜脸色这么黑过，走路这么快过。

教师大会，水镜仍然黑着脸。

水镜："太不像话了！隆中书馆里打群架，前所未见，闻所未闻！有辱斯文，欺师灭祖！唉……各位老师，你们有什么解决办法？"

东方老师："要不然我们开展一轮'要打球不要打人'的整风教育系列活动吧？"

其他老师大眼瞪小眼也不敢言语。

庞德公捋着宝贝仙鹤的白羽，悠悠说道："要我说，他们就是闲的！"

水镜一脸错愕。

庞德公又懒洋洋说道："精力过盛又没地方发泄，所以只好打人玩呗！"

当着这么多人，显然水镜已经很给庞德公面子了，若这话是别人说的，水镜定会呵斥一番。

眼下，水镜在心中默念静心口诀：不能跟庞德公一般见识！

庞德公哪里知道这些，继续说道："你看我这鹤儿，每天吃饱喝足干吗啊？你又不让它扛粮食，又不让它修瓦片，光晒太阳啊？还不得招鸟斗鸡拱屁股玩儿？或者把自己整得花枝招展成天比美！"

田老师、东方老师都忍不住笑出声来，大家都知道庞德公说的是谁。

水镜长长地叹了口气说："是我的过错。"

庞德公咧嘴一笑道："博士祭酒有主意了。"

只见水镜捻须微笑，眼神放射出诡异的光芒。

“什么？！明天开始考试？！”

“对，从明日开始，各科目先要进行摸底测验。最后结合期中考试的总成绩公布名次，第一名者可退免学费还要另发奖牌奖学金，不及格者就要通知家长劝退回家！”

“真的假的？还要公布名次？”

“不及格还真开除啊？”

温暖易睡的午后课堂，王老师的几句话，如平地惊雷，教室里立刻炸开了锅，议论鼎沸。

难得看大家下午上课还如此“精神抖擞”，王老师看起来云淡风轻，可心里多少有些幸灾乐祸。

“哎呀，不就是考个试嘛，一个个有什么好激动的？涂脂抹粉、打架斗殴，反正你们大部分人也不好好上课，不用念书岂不正合了你们心意？”

大家面面相觑，仿佛死到临头，都跟霜打的茄子车碾过的蚂蚱一样没了精气神儿。

苏莹刚才还在现场教学如何把胭脂涂得又好看又自然，才涂了半边脸就听到了噩耗，现在一边脸色煞白，一边脸色绯红，瞠目结舌，好不滑稽。

唐炳脸上还青一块紫一块的，只顾着嘟囔着：“完了完了，还不得疼死？”说罢，不停咧嘴叹气。

诸葛亮笑问道：“昨日唐兄仗义出手，诸葛亮感激不尽。胳膊上的伤还疼吧？”

唐炳扭过头哭腔道：“哎哟，诸葛亮，我现在哪还顾得上胳膊？我是说屁股!”

诸葛亮不解道:“屁股也受伤了?”

唐炳丧气道:“那还不是早晚的事!要是真像王老师说的,我被劝退回家,我爸非把我屁股揍开花不可!诸葛亮,你是咱们班上最不用担心考试的了,我可真羡慕你!”

考试诸葛亮自然关心,但此刻最在意的是王老师所说奖学金一事。婶母一个人操持家里诸多艰辛劳苦,只因当年叔父的薄面,水镜才特批自己的学费可缓交半年,婶母给水镜先生信里也允诺过,秋收之后定会补齐学费,一文不欠。可书馆的学费高昂,对于富家子弟不算什么,对于自家那可真是要扒下一层皮啊。婶母向来不让诸葛亮操心过问学费,只专心学习就好。可如按老师所说,这次若能考到第一名,就可免除学费,减轻婶母肩膀上的负担!这可是大好事一桩,诸葛亮怎能不关心?

这会儿,成耀、隋波他们早就凑到郑伦身边,惶惶问道:“公子,考试我们怎么办啊?”

郑伦向后摇着胳膊说自己昨夜抚琴抚得肩膀泛酸,冯骥连忙殷勤凑了上去,给他揉肩。

“嗯,对,就是这里,再使点儿劲。”

冯骥:“公子,哥儿几个上课净伺候您了,老师讲啥也都没听啊,这要是被开了,还不得被爹娘打断腿啊!您主意多,给我们指条明路吧?”

郑伦睁开眼睛,歪着头横了冯骥一眼:“这种事都是靠出身和天分的,强求不得。再说了,考试又不是我出题?我有什么办法?走过场的事儿也当真,你们几个真是幼稚了。”

冯骥和隋波、成耀对视一眼,颇为无奈。

冯骥:“公子,你看!”

郑伦顺着冯骥的目光注意到，诸葛亮走到讲桌前，好像有什么事请教王老师。

郑伦使了一个眼神，成耀便心领神会地凑到讲桌跟前偷听。

冯骥继续花式揉肩，道："郑公子，看样子，诸葛亮也很担心这次考试呢!"

郑伦："那就对了，说明平时他都是绣花枕头假把式，揍一次就露馅了。"

众人哈哈大笑。

成耀窜了回来，八卦道："公子，诸葛亮好像是打听奖学金的事呢!"

冯骥："哎呀，不是说这奖牌奖学金只有第一名才有嘛，公子，诸葛亮这是摆明了不把你放在眼里啊!"

郑伦哼道："笑话！癞蛤蟆要吃天鹅肉，他想得美!"

第二日，经学课的摸底测验结束后，唐炳罕见地失去了对食物的任何兴趣。

饭堂里，他正直愣愣地看着眼前的卷饼发呆，嘴里如同念咒："完了完了，这回是真的彻底完了。"

诸葛亮宽慰唐炳，拍拍他肩膀："还没有出成绩呢，唐兄不要杞人忧天嘛，先吃饭。"

唐炳用手指头使劲戳着眼前香喷喷的卷饼，欲哭无泪。

唐炳长叹一声，缓缓地拿起卷饼，神色悲壮："诸葛亮你知道吗？也许这是我最后一顿晚饭了……"

诸葛亮忍住笑意，故意正色道："哦？那唐兄更应该好好享用，饭菜凉了容易坏肚子!"

唐炳听闻脸立刻耷拉下，就差哇的一声哭出来了，愤怒地把卷饼撕了两半往地上一扔。

诸葛亮颇为惊讶，也很生气："唐兄，你不想吃就算了，又何必糟蹋粮食？一粥一饭来之不易，春耕秋收何其艰辛，我辈必当珍惜！"

唐炳哭丧着脸道："那谁珍惜我呀？我得了倒数第一，我爹会打断我的腿的！"

诸葛亮又说："只是一次随堂测验而已，不必在意，退一万步讲，就算你觉得考得不理想，又如何笃定认为你是倒数第一？"

唐炳自说自话道："我就知道！我肯定是倒数第一！"

诸葛亮笑道："这么有自信？"

唐炳欲哭无泪，终于脱口而出说了大实话："因为、因为——我交了白卷！"

诸葛亮吃了一惊："白卷？你是说一道题也不会答？"

唐炳沮丧地点点头，浑身瘫软。

诸葛亮着急问道："可上课时老师问你会不会，你都点头说你会的！"

唐炳委屈答道："我怕他拖堂嘛，我哪里知道还要考试？"

诸葛亮无奈叹道："知之为知之，不知为不知，求学读书要实事求是！"

唐炳一副哭腔说道："你现在跟我说这有个鸟用！我唐寅生这次死定了！我爹一心希望我能靠读书谋得一官半爵出人头地，如果他知道我全班倒数，肯定会打断我的腿。诸葛亮，你可不能见死不救，你看我脸上的伤，还是为了救你呢！"

诸葛亮捡起散落的食物，说道："多谢唐兄那日奋不顾身。这样吧，从今晚开始，我帮你补习功课。你先把饭吃了。"

唐炳眼睛一亮："那你能保证我科科补到及格吗，明天考试顺利过关？"

诸葛亮迟疑片刻，摇头说道："冰冻三尺，非一日之寒啊。"

唐炳甩手嚷道："屁股开花，一天就成！补习肯定来不及！我还是一样死定了死定了！"

诸葛亮为难道："那我也没有别的办法了。"

唐炳突然小眼珠一亮，说道："等等！我有一个主意。"

诸葛亮笑道：说来听听。

唐炳兴奋无比，环顾四周，招呼诸葛亮凑近自己，在他耳边低声咕哝了几句。

没想到诸葛亮神色严肃，一口回绝："此事万万不可！"

唐炳无比失望，眼睛里的亮光瞬间熄灭，全身都颓了下去。

月上中天。

林边渡口旁，一对布衣夫妇挎着包袱正要上船，一个小男孩气喘吁吁地赤脚跑了过来，依依不舍地紧紧拽住母亲的衣角，央求父母带上自己。

母亲偷偷拭泪，父亲弯下腰来，表情肃穆，一字一顿："好儿子，你听爹说，现在还不是你同去的时候。你在这里还有好多书要读，好多事要做，还有好多朋友要结识哪！"

小男孩摇头道："可我不想和你们分别。"

父亲的眼里有星光闪烁，缓缓说道："分别也是为了重逢。好儿子，我们终有再见之时！"

撑竿的船家一再催促，夫妇终于涉水登船。

水面上瞬间起了大雾，小男孩在渡口石滩上大声喊着："究竟何时才能再见？何时才能再见？"

可船儿早已遁入无边暗夜之中不见踪影。

只有岸边水花拍岸的哗哗的声音不断重复。

诸葛亮睁开眼，眼角的一滴泪还未落下。原来，他又梦见了爹娘。

突然宿房门口传来轻微的动静，诸葛亮警觉起来，轻轻翻身起来，赤脚下地。

房门打开，只见门口摆着一个布包袱，里面都是一些糕饼吃食，还有一枚竹简，上面歪歪扭扭地写着：诸葛亮，这些吃的都送给你了。

诸葛亮附近望去，只见一个矮胖的身影就在不远处，赶紧几步追了上去。

"唐兄，大半夜的你这是干吗去?"

唐炳惊讶说道："你没睡啊?"唐炳示意了一下身上背着的锦缎包袱："我回家了！这书我不念了。不遭那罪了!"

诸葛亮问道："不念了？那你回去怎么跟你爹娘交代?"

唐炳答曰："我就说郑伦他们总欺负我呗，实在念不下去了。我爹知道那些世袭爵位的公子瞧不上我家出身，他肯定相信。没办法，这叫先下手为强，反正总比考倒数第一被我爹痛揍要好吧。你看我聪明吧?"

诸葛亮着急道："你想好了？真要走?"

唐炳苦笑道："没别的办法。我假如能应付过这次考试，我一定好好念书。可人生哪有那么多假如？！我笨我认了，就算让郑伦他们笑话我当逃兵，我也不想让屁股开花，实在是太疼了！再见了诸葛亮！欢迎你去我家玩，我会跟我家账房说，你去我家任何铺子买东西都给你打七折。"

诸葛亮叫住唐炳道："唐兄等等!"

唐炳哭丧着脸道："干吗，六折真就赔本了……你快回去睡吧。咱俩以后有缘再见。"

突然有点Déjà vu的感觉。

诸葛亮沉默片刻，叹了口气，缓缓说道："唐炳，我可以按你昨晚在饭堂说的，帮你先应付几轮考试。"

唐炳猛然转头，神色大喜道："真的吗？！"

诸葛亮叹口气道："这都是下下策的权宜之计。不过你得先答应我，第一，不能告诉任何人，第二，考试之后你要认真念书补习，不可再糊涂混日子了。"

唐炳鸡啄米一样点头，一把抱住诸葛亮道："我发誓都答应你！诸葛亮你能帮我真是太好了！这才是好哥们儿！得嘞！那什么，那我回去睡觉了！"

见唐炳转变之快，诸葛亮哭笑不得："等等！"

唐炳若无其事道："还不睡啊？还有事？"

诸葛亮："有一个问题，你若答得出，就可以回去睡了。"

唐炳："你说啊。"

诸葛亮："我答写卷子，你坐在后面真能看清吗？"

唐炳眯起眼睛，这才意识到一个可怕的真相，表情顿时凝滞起来。

诸葛亮嘴角泛起一丝笑意，说道："得先想个办法。"

考场上，唐炳已经对着卷子直愣愣地发了半天呆。现在他开始前后观望：嗯，成耀、隋波他们也都各个抓耳挠腮唉声叹气，卷子上一片空白。苏莹、许薇也一副忧心忡忡的神情，估计知道自己写下的答案是凶多吉少，错多对少。哎？黄月英倒挺干脆淡定，貌似一半会，一半不会，会的就如同砍菜切瓜，不会的就大笔一挥一律选丙。全班里，只有诸葛亮和郑伦二人在认真答题，郑伦不时抬头瞄一眼诸葛亮，生怕自己落了进度。

"咳咳！"

唐炳一个激灵，从打盹儿中醒了过来。抹了抹嘴角，听见隔着两个座位的诸葛亮轻轻咳嗽了两声。唐炳浑身血液上涌，大显身手的时刻就要到了！

“一切顺利！”

唐炳一边紧盯着诸葛亮的后脑勺，一边哗哗在卷子里画圈圈：第一题选甲，第二题选丙，第三题——选乙！

原来，为了让视力不佳的唐炳能看清楚答案，昨晚诸葛亮心生一计：以轻声咳嗽三声为号，扶帽选甲，摸脸选乙，望窗选丙，每三题中间轻咳一声。二人在宿房里反复操练过，所以眼下配合默契，唐炳下笔如有神助。

好了，交卷了！

和其他人愁眉苦脸相反，唐炳志得意满一脸轻松，心想着这回不用回家挨揍了，就连肚子里也咕咕叫出声来：唯有美食不可辜负也！

第二天一早水镜先生就公布了成绩，诸葛亮和郑伦并列第一，唐炳虽然主观题都不会，但客观题全对！竟和黄月英成绩差不多，位居中上。苏莹紧随其后，而许薇、隋波、成耀几人渐次垫底。末了，水镜先生还特意表扬了唐炳，称其大有进步。唐炳听得心花怒放。

成耀等人对唐炳的成绩十分诧异，隋波嘟囔道：“莫不是他偷看了诸葛亮的答案不成?”

下午杂学考试。

唐炳抚着圆鼓鼓的肚子打着饱嗝进了教室，却发现成耀坐在自己的位置上，还说这里是风水宝地，死活不肯挪窝让位。唐炳气坏了，刚嚷了几句，就被推门而进的监考教师东方先生不分青红皂白地呵斥一通——这个东方老师年纪不大，但脾气不小，这不一进来就嚷着让大家迅速落座准备考试。唐炳执拗地想要抗辩，东方先生根本不给他机会，直接让唐炳要么去最后一排空座就座，要么就放弃考试。唐炳有理说不清，气得脸蛋通红，直喘粗气。

谁不知道你东方老师势利眼，这不是明摆地欺负人嘛！

这时，诸葛亮起身走了过来，笑意盈盈：“唐兄，莫气，坐哪里都是一样。考试要紧。”

诸葛亮冲唐炳眨了眨眼，这相当于给唐炳吃了一颗定心丸。

考试一如往常，半程过后，诸葛亮轻咳三声，唐炳坐在最后一排聚精会神：嗯，诸葛亮果然够意思，扶帽、摸脸、望窗的动作幅度都比之前考试稍微大了一些，看得清清楚楚。

而成耀一直伺机偷看诸葛亮的试卷，伸脖子东张西望好几次都被东方老师发现了，最后直接被一把抢下没收了卷子，还迅速报告到了水镜先生，水镜把成耀批评教育了一个晚上。成耀回来的时候垂头丧气的，据说连晚饭也没来吃。

“香啊！真香！”

饭堂里，唐炳红光满面，食欲大开。他在私家小灶花钱打了两份红烧鹿肉，落座以后，却全都推到了诸葛亮的眼前。

“我请客！千万别跟我客气！”

诸葛亮正在用餐，两碗糙米芋头饭，一碟蒸苋菜，再加上一大盅豆羹，就是他全部的晚餐了。

书馆里，学生的一日三餐本是免费的，一羹一菜一饭的定食配置，清淡可口。但富家子弟大多吵嚷受不了粗茶淡饭，说没有肉吃上课集中不了注意力，所以书馆后来又开了单独付钱的小灶窗口，郑伦、唐炳他们都是吃小灶的。

“多谢唐兄，不过我马上吃完了，红烧鹿肉还是你留着自己享用吧。”

"学校这点儿定食能吃饱吗?"

诸葛亮笑笑:"能吃饱,有滋味得很呢!"

唐炳凑近诸葛亮:"考试多亏了你的好主意,无论坐在哪里我都不怕了,本想犒劳犒劳你的。"

诸葛亮把碗里的最后一粒米吃干净:"那这样吧,考试结束后,你若能重新补习,就算对我的回报了,你说可好?"

唐炳嘿嘿两声,挠头称是,说罢埋头大吃起来。

等唐炳再抬起头来,诸葛亮已经去了藏书阁温书了。

酒足饭饱,唐炳面带微笑、双目涣散地进入了他的"贤者时刻":大脑放空,沉重的肉身凭借惯性朝着宿房里的床奔去。突然,肩膀被人猛拍了一下,唐炳吓了一跳,心里道又是黄月英来捣乱了。

"黄姑娘,休要拿飞燕再唬我!刚吃饱饭容易吓出病的。"

一转身,唐炳愣了,竟然是许薇!

许薇莞尔一笑,唐炳不由自主吞了口唾沫。

"许、许姑娘啊……呃,有何指教?"

许薇:"指教可谈不上,就是恭喜你啊,顺利通过两场考试,成绩还挺不错。"

唐炳嘿嘿一笑道:"多谢许姑娘,明天你也加油哈!"

唐炳转身要走,没想到许薇才刚打开话头,说道:"对了唐炳,你花了多少钱让诸葛亮帮你啊?"

唐炳心里不大高兴,干脆装作听不大懂的样子,摩挲着自己浑圆的肚子说道:"你说什么呀!天也不早了,许姑娘回吧,明天还有考试呢!"

许薇:"也是。那得了,你早休息。我现在就跟老师报告去,说诸葛亮帮你作弊。以后不让你俩在同一间教室考试。"

唐炳一听，大惊失色道：“许姑娘，我和你无冤无仇，红豆不犯黄豆，井水不犯河水，你干吗这么害我？！”

许薇噗嗤一笑：“露馅了吧！”

唐炳吓出一个嗝来，愣在原地。

许薇幽幽说道：“我猜你和诸葛亮之间肯定有什么暗号吧，要不然你坐到最后一排，怎么也没影响成绩？那你也帮帮我呗。我可不想成绩垫底被旁人笑话，爹娘还会因为成绩不好克扣我的脂粉钱，那还了得？”

唐炳都快哭了：“许姑娘天生丽质，不抹脂粉其实更好看。”

许薇：“唉，唐公子不肯帮忙，那我真的没别的选择了，只剩下去告诉老师这一条路了！”

许薇转身，扭着腰肢就要走。

“哎哟我的姑奶奶！你可别去啊！”

唐炳颠颠拦下许薇，用食指在唇边比划一下，示意她不要声张。

许薇得意一笑：“告诉我你们的暗号，我保证不跟任何人说。”

“实在没辙了，只能息事宁人了。”唐炳长叹一声，心里想道。

唐炳：“许姑娘，我可以帮你，告诉你手势暗号，但你得跟我发誓谁也不许说，更不能让诸葛亮知道，要不然我可就惨了！”

许薇兴奋地眨着眼睛：“行，我发誓，谁也不说！”

第十五回

得魁首遭妒酿大祸

第二日测验，诸葛亮第一，郑伦第二。许薇这回牛刀小试，之前垫底的成绩显著提高，一跃而上竟还排到了苏莹前面。

“这是什么情况?”

课上课下，女生们纷纷都围着许薇转，没人关心日更的“小红简”了，这让苏莹心里很不是滋味。毕竟是书馆，成绩才是王道。以前作为“馆花”与“女学霸”加持的斜杠青年，至少在成绩方面苏莹对许薇一直有蜜汁优越感。现在许薇竟然后来者居上，抢了自己的学霸人设，一时间似乎成了书馆里最受欢迎的美人。

可她分明不学无术，那考试成绩究竟是怎么提高的？肯定是歪门邪道，要是我也知道方法就好了。

苏莹心里有气，又发不出来。看见许薇走过来，只好佯装大度，笑脸迎了上去：“亲爱的薇妹，今天的发髻真好看。”

“哎呀，谢谢大美人莹姐！你的刘海是怎么烫的？也格外俏皮呢!”

“嘿嘿，你要喜欢我帮你弄。对了薇薇，还得恭喜你考了好成绩，有什么速成提高的方法，可一定得告诉姐姐哦!”

许薇连忙摆手：“哪里有什么速成，我根本就没怎么复习，其实考得一塌糊涂。唉对了莹姐，你怎么黑眼圈都出来了，晚上熬夜温书了吧？我们还等你更新小红简呢!”

“哈哈哈哈。”

“对了，听说绸缎铺新上了胭脂红色的蚕丝料子，是南阳最新款，我们要不要去看看呀。”许薇瞟了一眼苏莹身上的老款式，和身边的几个女生你一句我一句嘻嘻哈哈亲亲热热地远去了。

苏莹觉得许薇的眼神仿佛剜肉一般，等人走远才发觉自己的脸和身子都僵了，只有手心被手指盖紧紧抠出了血印子。

一个礼拜的随堂测验结束了。

自然是有人欢喜有人愁。

诸葛亮第一，郑伦第二。苏莹排在了黄月英、许薇、唐炳之后。成耀、隋波、冯骥稳夺倒数第一二三。

水镜在讲台上，眯着眼睛把教室环视一周，注意到坐在中间的县令公子脸色很不好看。

“各位同学，摸底测验的成绩和名次并不重要，目的只是让大家知道自己哪里不足，查缺补漏，温故知新，才能更加有针对性的学习，以及——应对以后更加严格的期中考试。”

底下哀声一片。怎么还考啊？！

水镜清了清嗓子：“学习是学生的本分，考试是检验各位真实水平的最好标尺。请各位记住，真正记录在册并张榜公布的成绩是接下来的期中考试。如果有人对自己摸底测验的成绩不满意，那期中考试就要加油了！”

郑伦瞪了隔壁过道的诸葛亮一眼，诸葛亮浑然不觉。

“期中考试得头名者，不但免除书馆的全部学杂费，还将会得到书馆特别奖赏的三千钱奖学金和米谷、绢帛，以及刻有‘隆中甲壹’的定制金镶玉奖牌一块。”

底下又是哇声一片。

郑伦只觉得呼吸急促，胸中血气上涌——钱财事小，荣耀可比天还大。

此刻，水镜先生和其他同学的声音已经隐去，眼前，他已迫不及待看到了未来“隆中甲壹”的加冕时刻：万众瞩目，高光环绕，自己接过象征无上荣耀的“隆中甲壹”的金镶玉奖牌，饱含深情又从容帅气地感谢老师、感谢父母、感谢同学。掌声雷鸣，男生纷纷竖起大拇指，女生成片成片地尖叫昏厥。

唐炳刚把点心塞进嘴里，赶紧扑棱干净了小肉掌，拍了拍前面的诸葛亮说道：“嘿诸葛亮，得了甲壹就是咱们隆中之光

耶！我看你肯定能拿头名——你看你名字里有个‘亮’，有‘光’就有‘亮’！隆中之‘光’非你莫属啦！到时候别忘了请客吃好吃的！”

诸葛亮答道：“唐兄，你大名里的‘炳’字也是光明的意思，有‘火’才有‘光’，按你这个逻辑，唐兄才要请客才对啊！”

唐炳哈哈大笑，又掏出一块点心：“不是我不舍得请客，是我那个‘炳’亮度不够啦。”

“他那个‘炳’是糕饼的‘饼’！”

黄月英冷不丁插了句话，全班哄堂大笑。

水镜皱眉：“唐炳，你又在课上吃东西？上次为师打你的手板不疼了是吗？”

唐炳忙掩住嘴巴点头讪笑，连说“忘了忘了”，吃吃偷笑。

对付完水镜先生，唐炳低声对诸葛亮说：“诸葛亮，期中考试你还得帮我一把，咱们如法炮制，再接再厉啊！”

诸葛亮笑着摇头：“我只答应过帮你摸底测验，何时应过你期中考试了？”

“哎呀，好人做到底嘛！全隆中的人都会看到榜单的，你不知道我爸皮鞭抽得有多狠，到时候我屁股开花你忍心我活受罪吗？”

诸葛亮笑道：“唐兄，你真的想当南郭先生吗？”

“什么锅？”

“这是韩非子写的故事。说有位南郭先生不会吹竽，却混在齐国乐团里滥竽充数，可雕虫小技骗得了一时，却骗不了一世，他骗过了爱听合奏的齐宣王，却没办法骗过爱听独奏的齐湣王，最后湣王震怒，南郭先生只能落个逃之夭夭沦为众人笑柄的悲惨下场。”

唐炳听完五脏发紧："呃……"

诸葛亮又道："唐兄，你要相信靠自己能行。我敢保证，只要从今日开始你认真复习温书，一定不会挨令尊板子的。"

唐炳犯嘀咕："此话当真？我……行吗？"

诸葛亮粲然一笑道："一定行！"

"公子，你快看诸葛亮那得意劲！我听见他说他'一定行'！"

其实不用隋波说，被众人哄笑声打断了白日梦的郑伦也注意到诸葛亮和唐炳喜笑颜开的样子。

"还没开始期中考试呢，诸葛亮就这么志在必得，哼，他根本不把本公子放在眼里。"

"那个小胖子唐炳考得也不错。"冯骥咂摸着嘴。

"真想不到他一暴发户的傻儿子竟然会考试。"

不知道隋波是无意还是压根不在乎他说的这话会得罪成耀——和隋波和冯骥的官宦家庭不同，成耀同样是来自商人之家——也就是隋波口中的暴发户。总之，成耀的脸色也不太好看。

"你再看看你们仨！倒数一二三，一个挨一个，这么谦让，商量好啦？真给我丢人！"郑伦心里有气，他一开口，三个人就全都哑住了，"真要是被学校清退开除了，你们可别找我求情，我可不好意思开口让我爹捞人！"

成耀心里最郁闷，他是倒数第一，被退学的危险系数最大。再看前几排的唐炳，红光满面，谈笑风生，嘴上还沾了芝麻渣。之前以为他抄诸葛亮，可明明跟他换了座位，自己没抄到，唐炳的成绩却扶摇直上。

这到底是怎么回事呢？

期中考试之前的这一个礼拜，就连唐炳都开始认真读书了。在藏书阁，每晚诸葛亮课后给唐炳补习两个时辰的功课，黄月英和苏莹搬着蒲团举着油灯都来旁听，甚至后来连成耀也臊眉搭眼有一搭没一搭地凑了来——是的，郑伦的贴身小跟班成耀也开始跟着诸葛亮学习功课了，唐炳开始一百个不同意，可成耀就上次打人事件又是鞠躬又是道歉，还给了唐炳吃食点了小灶赔不是，说让他干啥都行，只要能补习功课不被退学什么都行。见状如此，毕竟都是同学，唐炳也不再坚持，成耀也跟着大家一起补习。

整个书馆如今向学气氛浓郁。

好，好，这才对嘛！水镜先生颇为满意。

这边厢，为力克孔明，郑伦也铆足劲下了各种苦功夫，怎奈总是差了一点点儿，或者不止一点点儿——各门课上，诸葛亮的回答和提问都能四两拨千斤，更胜一筹。其实，岂止郑伦一个人被憋气得满脸通红，连给诸葛亮上课的老师们也经常头大汗如雨下，毕竟之前从未见过像诸葛亮这样如此天资聪颖又融会贯通的学生。在课堂上老师们被诸葛亮问倒早已是家常便饭，教书教得常常心虚，可不比以前挥洒自在了。

这日的治学阁内，老师们堵住水镜先生，纷纷向他抱怨："这诸葛亮如此这般聪慧过人，博闻强识，是不是以前花钱上过补习班啊？"

"他连书馆的学费都是特批缓交的，哪来钱粮上补习？再说咱们都教他吃力，试问邓县还有谁能教得了这孩子？"

也对。老师们纷纷觉得有理。

只见水镜先生苦笑连连——他自己也是一肚子苦水。每次给诸葛亮他们班上课都要通宵备课，自己一把老骨头早已吃不消。即便这样，孔明同学还能挑出各种错漏或者从未遇到的问题，水镜经常被问得哑口无言，羞愧难当，为师为得压力山大。

庞德公哈哈大笑。

“我早说过，咱们隆中书馆有卧龙之象嘛。”

“什么卧龙之象？郑县令不是说过不许再提了。此种谶纬之言，庞公休要再在书馆里胡说。”水镜不满庞德公动不动就犯忌讳。

庞德公咧嘴一笑，甩动着一头披散的长发：“年复一年，周而复始，当个老师，平生遇到的学生大多是蠢材和庸才——”

水镜皱眉道：“有教无类，有教无类！”

庞德公不理会，接着说道：“哎呀，累就算了，无聊才是真的！一群萝卜白菜里头，好容易遇到一个能把你问倒的天才，我浑身汗毛都要竖起来了，丢什么人？那叫电光火石，通体舒坦！当老师图什么？不就图这么点砂石堆里淘金子的乐子吗？”

刚说完，庞德公就出去撵他乱啄晾杆上床单的小鹳儿了。

老师们望向窗外，忍不住窃笑。水镜只觉得刚才庞德公这话不错，但似乎有哪里不对劲，一边点头，又一边忍不住地皱眉。

德高望重的水镜、庞德公尚且如是，其他资历尚浅的老师也只好摊手作罢，抱怨也不了了之了。不过老师们还是强烈提议，期中考试一定把题目出得再难一点儿，必须压一压诸葛亮的风头才行！

水镜捻须颔首：“好，好，这个可以有。”

教御射体育的东方老师突然开口道：“水镜先生，现在县廷一天三封书简的送过来，郑县令的面子也不能不给吧？”

水镜心里跟明镜似的，郑县令火急火燎地发文前来，就是督促书馆给他家公子泄露题目，以保郑伦成为“隆中甲壹”，对此，书馆全体老师都心知肚明。水镜略有烦躁，此时正好书馆杂役又送来一封信简，大家纷纷议论县令这是又来信了。当着众位老师的面，水镜故意装作不在意的拆开信封，低头一看，却脸色骤变，双目圆瞪，微佝的身板登时溜直了起来：

“他……回来了？！”

众先生不明所以，面面相觑。

午后暖阳和煦，微风中多少还带着点儿料峭寒意，这种天气真是让人又舒坦又精神。

舒坦的是期中考试终于结束了。

精神的是下午就要张榜公布名次了。

在教室门口，诸葛亮、唐炳、黄月英和郑伦和他的小跟班们正面相遇。

诸葛亮双目含笑道：“郑公子请!”

郑伦眼高于顶，得意地哼笑了一下，毫不客气地径直推门进去了。

唐炳不爽道：“哎呀我去，他横什么呀？太没礼貌了吧。”

诸葛亮笑言：“都是小事，不打紧。”

唐炳撇嘴道：“切，他能得意过一炷香？反正一会儿张榜公布成绩，诸葛亮你才是第一名!”

黄月英眉头一皱，低声说道：“不知你们听说没有？许多老师扛不住郑伦他爹的压力，都给郑伦提前透了题!”

唐炳震惊，圆滚滚的肚子一颤，道：“啊？还有这种事？！”他又转头对诸葛亮说道：“那他也太过分了！老师们都偏袒他，郑伦才是南郭先生呢!”

诸葛亮只能安慰唐炳道：“郑公子本来成绩就不错，也算不得南郭先生。再说不见得所有老师都帮他。对了，不知黄姑娘何出此言?”

黄月英耸耸肩膀说道：“昨日上午飞燕蹿到了治学阁的房梁上，我在窗口底下等它的时候听见的。起初我也不信，不过似乎苏莹也拿到了部分题目，中午她在饭堂和许薇显摆来着。”

“你看你看！这明摆着玩我们呢！成耀他们肯定比我考得高！算

了，我们不进去了吧，自取其辱何必呢，‘隆中甲壹’就是郑伦了！”小胖子唐炳气呼呼的。

诸葛亮笑道：“别啊，来都来了！既然如此，我们就更要进去看看热闹。若真如黄姑娘所说，我们不恭喜郑公子就走，岂不有失君子风度？”

唐炳：“这世道，就我们当君子有什么用？！你的奖学金没了，你也不在乎不生气？”

诸葛亮笑着叹气道：“当然遗憾。可谋事在人，成事在天，力所不能及者，就没什么好生气的。”

唐炳还不依不饶道：“可他们拿到了真题，你说我们每天吭哧吭哧复习有什么用？！根本不在一条起跑线上。”

黄月英笑言：“唐炳是怕郑伦的小跟班们都借光拿到了题，他又变回倒数第一，怕回家自己屁股开花！”

诸葛亮哈哈答笑道：“唐兄多虑了。”

唐炳依旧耷拉着脸，被诸葛亮和黄月英拽进了教室，瘫在座位上等候张榜宣判，一脸沮丧。

此刻，一根针掉地上都能听见。

王老师将事先写好成绩的绢帛卷轴小心地拨开。

坐在前排的同学不约而同地把脖子伸长了半尺。连窗台上揣手卧着的飞燕都直起身子，往前探去。

王老师转过身，将绢帛钉在了墙上的木框。

眼神好的瞬间“哇”了起来。

黄月英眯着一只杏眼一瞥，噗嗤就笑出声来，银铃般的声音传了过来：“诸葛亮，你是第一名！隆中甲壹！”

郑伦色变。

唐炳吃惊，颠颠离席凑上前去，从榜单的最后开始找自己，逐行往上，渐渐也喜笑颜开起来。

唐炳开心道："这下不用挨打了，我考得也还不赖!"

唐炳兴奋地跑到诸葛亮跟前说道："诸葛亮，恭喜你得第一，当然也恭喜我自己不是倒数第一！这回都是我自己考的，我终于不是南郭先生了！多亏了你给我补习功课，当受我一拜。"

黄月英："诸葛亮，我也同谢啦!"

诸葛亮摆手笑道："谢我做什么，得谢谢你们自己啊！黄姑娘冰雪聪明，本来家学底子就好，我这里只不过略多了些应试的套路而已。"

唐炳："哎呀行了行了，你俩就别相互吹捧了，最重要的是今晚我请客吃鱼羊大餐!"

几多欢喜几多愁。

隋波取代成耀成为倒数第一，成耀因为偷偷跟着诸葛亮唐炳补习功课，提升了不少名次。

众星捧月的郑公子虽然成绩高居榜眼第二，脸色却最为难看。除了水镜先生和庞德公，诸位老师都曾明里暗里地给他泄题，可最终成绩还是低了甲壹诸葛亮一分，得了总分第二。

"他们一定是故意的！这是一场阴谋!"

"砰"的一声，郑伦一拳砸在课桌上，愤而离席。

"谁都不许跟着本公子!"

隋波、冯骥、成耀面面相觑。

宿房后院，郑伦被庞德公前来讨食的鹤儿烦得够呛，跟班不在，只好自己挥舞着锦缎绣袍，好不容易才撵跑了鹤儿。

"畜生一边去，去去!"

"那几个臭小子！我说不让出来他们还真不出来了？笨死算了!"

郑伦哪里懂得，隋波、冯骥、成耀成绩倒数第一二三，各个自顾不暇生怕自己被开除，哪儿还会有闲情逸致给他郑公子撵鹤捧场。尤其面临着被劝退风险的隋波，本来还指望郑伦能帮自己开脱，现在大脑已是一片空白。

“这么巧。郑公子好雅兴啊！”

郑伦一回头，看见是许薇，连忙平复了下华服上的细褶，整了整镶了和田玉的帽冠。

“哦，我出来走走。一日不抚琴，食之无味。”

许薇差点笑出声来：“郑公子你可真逗，大家都关心成绩，就你还惦记弹琴呢。”

真是哪壶不开提哪壶，郑伦心里不痛快，立刻回击：“许姑娘成绩如何？”

许薇：“唉，比上次摸底滑落了十多名……”

郑伦顿时平衡了不少：“不会吧，我记得上次你考得不错，这回发挥失常了？”

许薇掩口偷笑：“没有啦，上次那是多亏诸葛亮……这次才是我的真实水平，反正我也无所谓啦，女孩子家读书就是给人做样子嘛——”

“等等，你刚说什么？”

“我说，女孩子家读书就是给人做样子嘛——”

“不是这句，前面那句。”

“哦，我说无所谓……”

“不对，再前面那句。”

“我说这次才是我的真实水平——”

“再前面那句！”

“我说上次多亏诸葛……”许薇话没说完，突然意识到自己说秃噜嘴了，赶紧咽下后面半句。

“上次多亏诸葛亮？”郑伦只觉得一个激灵，浑身为之一抖擞。

“没、没什么。”许薇这才想起唐炳千叮咛万嘱咐过的自己的话，意识到失言。本想轻描淡写却又此地无银的补了一句：“借个光而已，又不是只我一个。”

许薇手指绕着胸前的一缕头发正要离开，却被郑伦一下子“壁咚”在后山墙上。

“郑公子你……”

这是许薇第一次如此近距离地观察郑伦高挺的鼻梁和一双炯炯有神的眼睛，不由得一下子心跳加速、脸红耳热起来。

“听说令尊的官职三年未有晋升，许姑娘需不需要我跟我爹美言两句？”

许薇一愣，偏过头去，“我爹的事，我这个当女儿的也管不着吧……”

郑伦又凑近了些，许薇屏住呼吸，只能听见自己的心跳。

“我最近新得了失传的琴谱，你想听我的独奏首演吗？只给你一人。”

看着郑伦含情脉脉的双眼，许薇觉得自己如脚踩云朵，从头到尾都软绵绵起来。

隔日的治学阁里，水镜先生正端详着“隆中甲壹”金镶玉奖牌，微微点头，喜上眉梢，金匠铺的手艺还是有长进的。

东方老师：“要我说，诸葛亮这孩子真有考试运，不多不少，就比郑伦高一分，你看这巧劲儿！不过话说回来，诸葛亮一介平民布衣，的确更需要奖学金，你们看，这叫求仁得仁哪！”

东方老师毕竟年轻，话无心机，他没意识到此话一出，除了水镜和庞德公，其他老师们都不免脸上尴尬起来。

水镜面色沉了下来，视线离开“隆中甲壹”，扫了同事一圈后，沉吟片刻，缓缓开口：“弟子们各自的水平如何，郑伦又为何只比诸葛亮少一分，各位同仁想必心知肚明，眼下水镜也不想再过问苛责了。为人师表，要爱才如命，更要一碗水端平。”

庞德公眯缝着眼睛，挠了挠散发下面的脖子，说话依旧不管不顾：“是爱那个‘财’如命吧！”

东方老师听着有些发愣，带着疑惑求助地望向王老师，对方却恼怒地瞪了他一眼。

水镜先生：“好，好，时辰到了，孩子们都等着急了，我们去颁奖。”

水镜刚整理了下衣衫，就听见“砰”的一声，治学阁的门被重重推开。郑伦一脸愤然，声音洪亮。

“各位老师，有人考试舞弊，成绩造假，你们管是不管？！”

众位老师面面相觑。

水镜：“岂有此理，怎会不管？若情况属实，必然按照书馆戒律惩戒。你告诉我是谁舞弊？”

郑伦得意一笑，声音洪亮：“诸葛亮！”

众人一脸错愕。

第十六回
惨被逐挥泪别书馆

“开开门，开开门呀！”

诸葛亮宿房门口，唐炳双脚跺地，双手拍得通红，都要急哭了。

里面没什么动静。

唐炳：“这事儿都赖我！都赖我！我跟水镜先生说清楚了，你放心，他们肯定不会让你走的！你可别想不开啊。”

“嚷什么嚷，嚷得我头都大了！”

唐炳回头一看，不远处黄月英正抱着飞燕从树上跳了下来。

“黄姑娘你来得正好！你得帮我劝劝诸葛亮，我怕他一个人关在屋子里想不开。郑伦他爹派来人说要水镜先生开除诸葛亮，但我认为不可能，要开除让他们得先开除我！”

黄月英皱着眉头走了过来，数落唐炳：“你也是，好死不死干吗把暗号告诉许薇？你不知道她是个大嘴巴？！”

唐炳哭丧着红脸答道：“都是我惹来的祸事，我没想到许薇会告诉郑伦，我更没想到郑伦还告诉他爹，让他县令爹给水镜先生施压彻查，你说他们开除我就罢了，结果非要拿诸葛亮开刀。”

黄月英怼道：“糖球你是猪脑子？你也不想想，他怎么敢拿邓县第一纳税大户的唐公子开刀？可诸葛亮就不一样了，本来郑伦一直看他不顺眼，没事都还要给他找点儿事呢！”

唐炳嗫嚅道：“我知道，你说得对，我已经让人去求我爹了，也不知道来不来得及。”

黄月英噤了噤鼻子，叹道：“肯定没戏，我刚才看见县尉都来了，水镜出来脸色极差。都怪你！”

唐炳哀求道：“是是是……不过黄姑娘你能等会儿再骂我吗，你先帮我劝劝诸葛亮呗。”

黄月英不再言语，连敲了两下门还是无人应答，便把飞燕一下子扔到唐炳怀里，示意他靠边儿站，自己也退了几步，突然冲刺，猛的一脚，竟然把门踹开了。唐炳吃了一惊，心想，黄姑娘果然是条好汉！

环顾四周，空空如也，不见人影。

身后传来诸葛亮的声音："……你们踹我门干吗？"

诸葛亮手里还拿着厚厚的几沓竹简，一脸错愕。

唐炳看见诸葛亮，一双小肉手迅速挥舞："不是我不是我，"又指了指黄月英："是她，是黄姑娘踹的门！"

黄月英气得直翻白眼，飞燕也随着主子冲唐炳示威哈气了一声。

唐炳忙窜到诸葛亮身旁，关切问道："你上哪儿去了，我可担心死你了。"

诸葛亮答曰："哦，我去藏书阁了。"

黄月英和唐炳跟着诸葛亮进了屋。

黄月英说道："都火烧眉毛了，你还有心思去藏书阁读书？甭管他们怎么说，我跟你一起去找水镜！"

诸葛亮拱手，道："多谢黄姑娘……但我真的不想给水镜先生添麻烦……"

黄月英皱眉，一撇头这才注意到宿房内一尘不染，显然是刚彻底打扫过，床榻上放着一个打包好的布包袱。

黄月英吃了一惊，忙问道："你要走？"

诸葛亮点点头："明日一早。"

黄月英劝道："不要他劳什子的'隆中甲壹'就罢了，为什么非得走呢？可这又不是你的错！"

唐炳低头看脚："都是我的错……"

诸葛亮拍了拍唐炳肩膀，说道："唐兄，这事儿我不怪你。"

黄月英不满："要不是唐炳耳根子软告诉了许薇，许薇怎么会告诉了郑伦，郑伦怎么会告诉他爸，他爸又凭什么拿官职来压水镜要开除你，你还不怪他?”

唐炳脸上比哭还难看，愈发抬不起头来了。

诸葛亮看向黄月英，说道：“黄姑娘，唐兄是看许薇苦于成绩差，出于恻隐之心才告诉她的。我相信许姑娘本人于我也并无恶意。郑伦郑公子向来争强好胜，他一心只想当第一，自然不能放过这次机会。归根到底，错处和症结在我，还是我没做好，违反了书馆规矩。”

黄月英：“诸葛亮，你也太善良了吧？人善被人欺，马善被人骑！”

诸葛亮：“人善还能交朋友嘛！比如黄姑娘你和唐兄?”

黄月英嗓子突然说不出话来，眼圈发红，半天才说道：“你回家怎么和你婶母交代啊。”

这句触到了诸葛亮心中最软处，诸葛亮双眼微热，点点头道：“一五一十跟婶母说，向她老人家请罪。”

诸葛亮还没怎样，唐炳哇得一下子先哭了出来，抱住诸葛亮：“千错万错，都是我害了你。该请罪的人是我哇!”

诸葛亮反而安慰唐炳，说道：“没事的，不怪你。婶母对我是责之深爱之切，我回家一样可以好好读书学习，还可以帮婶母干些活计，唐兄，记得有空给我写信，莫要嫌麻烦。另外，我刚才去藏书阁，趁着空闲，整理了几门课程的复习资料，之前咱们的复习更多是针对期中考试的突击补习，这次我整理的是系统的学习笔记。”

诸葛亮将手上的笔记交给唐炳。

诸葛亮又道：“唐兄心地纯良，为人仗义，若能好好读书，未来自有一番气象。”

唐炳哭着说：“你都要走了，还想着给我们整理复习资料……我对不起你，你走了我就没朋友了……”

诸葛亮笑道："天下之大，何患前路无知己？"

诸葛亮转过头来又对黄月英说道："黄姑娘……一来你有家学底子，二来人又聪慧无比，只要稍加用功，必是一代女中豪杰英才。"

黄月英眼眸如炽星，峨眉似远山，本是眉眼如画，不知怎么，在油灯之下却弥漫了一股愁云雾气。

黄月英："然后呢？"

诸葛亮一愣："然后？"

黄月英有点急了："你说了一和二，没有三吗？"

看着黄月英的转盼星眸，诸葛亮竟有些目眩，不知如何作答。

气氛有些微妙。

唐炳看看黄月英，又看看诸葛亮，抹了把鼻涕眼泪，出来打岔："要啥一二三啊，那个啥，要不一起去我房里吃个夜宵吧，我请客！"

"就知道吃，你们吃吧！"黄月英扭头就走，一阵风似的就出了门。

飞燕本来还卧在诸葛亮榻上惬意假寐，眼下也只好蔑了唐炳一眼，依依不舍地追了主人出去。

诸葛亮错愕："黄姑娘！"

唐炳拍拍诸葛亮，安慰道："人家练过，你追不上，算了算了。"

诸葛亮略为失落，自嘲道："唐兄，你说我是不是不太会跟女孩子说话啊？"

唐炳挠了挠蒜头鼻子，想了半天才说："可她黄月英就不是一般女孩子啊。"

别看唐炳成天嘻嘻哈哈，但偶尔也语出金句，鞭辟入里。

唐炳偷瞄诸葛亮，他眼睛里似乎还残存黄月英鹅黄衫裙的倩影，止不住的怅然之色。

"明早一走，就不知何年何月才能再见到黄姑娘了……"

从小到大，诸葛亮早已经历过生离死别等诸多人间至苦，但此刻这种感受，诸葛亮还从未有过。

唐炳嘟了嘟嘴，说道："我觉得吧，要是给诸葛兄舍不得的人排个顺序，黄姑娘肯定排在我前头。哎呀，我要是能跟飞燕并列，就算烧了高香了。"

其实黄月英根本未走远，她一个跟头就翻到了房顶上，她看着诸葛亮此刻失魂落魄正过瘾，正打着如意算盘，心想着一会儿要突然跳下来吓他一吓，心里正美呢，忽然不远处传来一个少女怯弱的声音：

"诸葛公子，您休息了吗？"

房上房下都回头一看——哦，原来是杏儿，还有身后的狗儿。

杏儿低头碎步，拘着肩膀拿出一个小布包递给诸葛亮。

"听说公子要回家，只备了几块不值钱的麻手帕，给公子路上擦汗随便用用。东西实在拿不出手，公子可别嫌弃。"

诸葛亮道谢："让杏儿姑娘费心了，亮感激不尽，心里也过意不去。"

杏儿屈膝行礼道："诸葛公子和婶母一家对我们姐弟恩重如山，杏儿当牛做马，也报答不完公子恩情。"

诸葛亮连忙扶起杏儿。

夜色如水，黄月英蹲在房顶上只觉得凉风中微微泛酸。

唐炳好奇，抢过布包，翻出手帕，啧啧称奇：

"杏儿，你这还说拿不出手？那别人都别出手了！哇塞，这手帕上不但绣了字，还绣了花呢，绣得跟真的一样！比真的还好看！你说是不是，诸葛亮？"

唐炳举起手帕对着油灯，花鸟鱼虫栩栩如生，颇为精巧，看得出是花了一番心思的。

诸葛亮点点头："确实好看，好像还有一股香气，我这个粗人用了未免糟蹋了。”

“怎么会！这是我姐特意去后山采了早开的雏菊，水煮汽蒸，光反复熏这手帕就弄了一夜呢。”

“说它做甚。”杏儿使劲扽了狗儿衣袖一下，自己脸上瞬间腾起一片绯红，也就更不敢抬头了，只胡乱说道自己屋里还有活计，便拉着弟弟匆匆行了礼告了辞。

诸葛亮拱手鞠礼道：“多谢杏儿姑娘，狗儿弟弟。”

诸葛亮看着姐弟的背影，黄月英看着诸葛亮的头顶，这回她是没心思跳下来吓人了。

一阵冷风吹来，黄月英站在房顶上被醋意浸泡着，连夜色也变得无比酸爽。

深夜。

水镜先生送走了县廷的衙役，神色疲惫，回到了自己的房间。

水镜夫人赶紧递上热茶，水镜接过茶，却只是呆望着茶上的热气发愣，喝不下去。

夫人宽慰道：“‘隆中甲壹’拿掉就拿掉吧，那奖学金也不能给孩子兑现了吧？”

水镜心里一肚子火，说道：“哪里还有什么奖学金，直接要开除。”

水镜夫人大惊失色：“开除诸葛亮？！听说他只是在随堂测验里帮过唐炳一次啊，何至于如此田地呢？”

水镜端着茶碗，连连叹息：“哎呀，被人揪住了把柄，不依不饶啊。”

“那……”

水镜摆摆手：“没法子，没法子。只有劝退一条路了，唉！”

水镜夫人一把抢回水镜手里的茶碗，好容易晾凉的茶水洒了一地。

水镜怔住不解：“夫人？”

水镜夫人正色道：“老爷你糊涂了？你忘了？诸葛亮的婶母跟我们讲过，是她先夫让她把孩子托付给你和隆中书馆的，最大那个尚远在东吴，诸葛亮算是家中长子，她家再穷，砸锅卖铁也要履行承诺，让孩子把书念下去。你当初也承诺过人家，一定好好栽培教养。”

“哎呀我的夫人，你说这些我怎么可能不知道？”

“那你说，你怎么跟人家婶母交代？”

“只能实话实说啊！我会告诉他婶母，其实书馆的各位老师早就没什么可以传授给诸葛亮的本事了。诸葛亮的天赋和眼界那都远在常人之上！他离开书馆也是好事，可以遍访天下名师隐士，真的不必屈才在我们小小的隆中书馆里！”

“人家一定会说，这是你们书馆师资不行，不是我们家孩子的问题啊！还有，你想没想过，被隆中书馆开除了，还有几个老师还敢收他？你就不给人家孩子留条活路？再说了，要不是当初诸葛亮帮县廷破了案，你水镜这把老骨头现在还在大牢里头关着呢，没人向着你说话，是死是活天知道！”

话糙理不糙，水镜被噎得哑口无言，无言以对，半晌说道：“不过——我说夫人哪，这是你的话，还是人家婶母的话啊？”

“将心比心，谁的话都是一样！”

“夫人说得对，诸葛亮是我的救命恩人，我当然知道，滴水之恩当涌泉相报，可一码归一码啊——”

“我看就是一码事！我一个女流之辈，不识几个大字，大道理说不过你，但我知道活人不能被尿憋死！你一个堂堂书馆话事人，还能被县令父子玩得团团转。天地良心，你帮还是不帮！”

水镜急了：“当然想帮，可死路一条，哪里有转圜之地啊！”

水镜夫人嘴角向下，从里屋抱了一床被子使劲扔了出来，说道：

“要我说，你今天就在这里睡吧，床榻上也没啥转圜之地。”

水镜苦笑着摇摇头，真是拿夫人没办法。

他哪里有心思睡觉？夜深了，水镜在书架旁盘膝而坐，闭目静神。可心里杂念不断，白天一出出的荒唐闹剧纷纷浮在眼前，根本静不下来。

水镜先生爱才，他打心底还是很喜欢诸葛亮的，可郑伦动辄就拿他爸来说事儿，又没办法不给考试舞弊一个交代。这可如何是好。

心乱如麻，睁眼也罢。又见条案上的油灯未熄，便费力起身去熄灯，条案上散落了尺素信笺若干，唉，夫人定是又拆了自己的信去糊窗缝了。胡乱拂袖理了一通，动作渐渐缓了下来，他扒拉出一封信笺，仔细端详。

灯火如豆，水镜若有所思。

看来，只能请他出山了……

水镜沉吟片刻，已经笃定主意，明日要一早沐浴焚香，独自上山。

清晨，隆中书馆外。

一辆华丽的马车由远及近。

郑伦正在车上打盹儿，突然一个急刹车，自己差点没骨碌到地上。

郑伦扶着宝冠伸头到窗外，不爽嚷道：“老张，你怎么回事？差点儿没摔死我！”

车夫连忙回道：“公子恕罪！公子恕罪！昨夜刮大风，好几棵大树都刮倒了，拦腰挡住了去隆中书馆的路，车轮被颠簸坏了，走不了了。”

郑伦下车，车夫忍不住连打了好几个喷嚏，说道：“公子您今日这香真是浓郁……”

郑伦得意地问道：“车该怎么办？”

车夫略为难道：“我……我试着修一修，不行的话，就跑回县里找人帮忙。”

郑伦炸了：“等你回来那不得猴年马月？”

车夫嗫嚅道：“公子说得是啊……不过实在没别的辙了，要不这样？不到一里地，前面马上就到书馆了，我送您走过去？”

郑伦横眉道：“岂有此理？！谁都知道我是县令公子，四匹大马，车接车送。这是雷打不动的规矩知道吗？你让我徒步上学，岂不是坏了规矩让人笑掉大牙？看我笑话不就是看我爹的笑话？！”

车夫点头哈腰道：“公子息怒，我知错了！我看看能不能修好。公子放心，来得及，还未到上课的时辰。”

郑伦急道：“我会怕误了上课时辰？我若误了老师都要等我！哎呀，老张你真是不懂，今早诸葛亮就要卷铺盖走人，他肯定会在书馆外跟同学告别一番，这种同袍情深的时刻，岂有我不到之理？”

说完郑伦自己忍不住笑。

车夫半晌才开口道：“公子，我没文化，说句不中听的你可别怪罪——老话说，得饶人处且饶人啊。要不是您昨天在咱府上坚持，我看老爷也不至于非让人逼水镜先生开除了那个诸葛亮。”

郑伦恼羞成怒：“胡说。老张，别以为你在我家年头久，就可以来教训我！”

车夫躬下背，专心修车，不再言语。

郑伦又问：“……几时能修好？”

车夫面无表情道：“一时半刻怕是好不了了。”

“哼，我自己走回去，你回去找人来吧。”郑伦拂袖而去，气哼哼地去抄山林近道。

“有什么了不起？他自己惹下的祸事，本就不配当‘隆中甲壹’，有什么理由来怪我?”

风吹树叶，沙沙作响。

郑伦越想越气，走路带风，嘶的一声，锦缎的袍子被树杈勾住，划开了长长一条丝。

旁逸斜出的破树杈子!

郑伦心疼自己衣裳，猛锤了两把树杈，有奇怪的丝丝声响传来，一抬头，后背全凉了，我的乖乖！一条大青蛇正虎视眈眈看着郑伦！暗红色的蛇信似乎早已准备就绪。这可把郑伦吓坏了，倒退几步拔腿就跑，边跑边回头，生怕大青蛇追上来。

跑出了一百来丈，气喘吁吁确认自己已经安全，这才放松下来，忙不迭地揩汗，心里暗骂：都怪老张，车要是不坏，他要是不替诸葛亮求情，我哪里至于要自己走劳什子山路！看我回去不让我爹收拾他，扣他两月工钱——不，两个月太少，要扣一年——

啊!

原来郑伦光顾着想老张刚才可恶，没注意眼前脚下地形，一脚踩进一个两米多深的泥坑里，摔了个满身泼墨挂彩。

“岂有此理！岂有此理！我乃堂堂县令公子竟然身陷恶臭泥淖！老张！老张快拉我出来！老张——”

人家老张早就拉车掉头跑没影了。

郑伦陷在泥潭里，呼号无门，也顾不上要让亲爹扣老张几个月工钱了，只好自力更生努力站起来。没想到，再起身，发现不足一臂的距离之处，还有一条大青蛇死死盯着他。

这回血都凉了。

“……是你吗?”

对方吐着暗红的蛇信，沙沙作响，算是一问一答。

郑伦万念俱灰，闭上眼睛："看来今天将命丧于此，不知爹娘会如何伤心。不知书馆的同学会如何笑我……"

书馆外的树林里，诸葛亮正和唐炳依依惜别。

"唐兄，别送了，这是写给水镜先生的信，拜托你等我走后转交给先生。做学生的，这样不辞而别实在失礼，但愿水镜先生能够宽恕我。"

"你放心吧，我一定把信和话都带到。你不见他，是怕他为难，我知道！"

唐炳依依不舍，拿出两包饴糖糕饼塞给诸葛亮：路上吃！不必推辞！

诸葛亮双手沉甸甸的，笑道："多谢唐兄美意，一袋就足够，无需两袋。"

唐炳挠挠头："不是都给你的。一袋你路上吃，一袋给你家人，你婶母心地善良，之前收留了杏儿和狗儿，这算我替杏儿姐弟俩谢谢你婶母的！"

诸葛亮认真抱拳作揖："好，那我替家人多谢唐兄！"

唐炳眼角有泪划过，装作不经意地揩了一把脸："赶紧走吧，要不然晚上就到不了了。"

诸葛亮伸开双臂，拥抱了唐炳。

唐炳又偷偷抹眼泪，认真说道："放假了我一定去看你。"

诸葛亮点头笑答："那就一言为定。"

唐炳红着鼻子："人生真是荒唐，明明是我的错误，却要你替我买单。"

诸葛亮安慰道："不说这个了，回去好好读书，勤做笔记。"

唐炳红着眼睛点点头："唉，多希望水镜先生这时候能喊你回去，说不让你走了！"

诸葛亮笑笑，拍拍唐炳："唐兄珍重，改日重逢。"

唐炳："咦，黄姑娘为什么没有来？要不等等再走？"

诸葛亮抬头，环顾周遭，叹道："不等了，就算见了，也终须一别。"

唐炳叹气。只听得风吹树叶，沙沙作响。

诸葛亮右耳一动："唐兄，你听见声音了吗？"

唐炳猛回头张望，一头雾水。

诸葛亮示意唐炳声音的来源方向，顷刻间，唐炳眼珠都瞪圆了："不好了，像是有人喊救命！"

话音未落，诸葛亮已撩开褂子迈着大长腿冲事发地飞奔而去。

"等等我！"

唐炳挺着浑圆小肚子奋起猛追。

透过脸上的泥巴缝隙，依稀远处有人影过来。

"太好了，我有救了！这就叫吉人自有天相，天无绝人之路！"

人影显然听到了他的呼救，在小树林里寻找呼喊："谁？你在哪里？"

听到声音，刚刚燃起的希望火苗，就被郑伦自己掐灭了。

好死不死！怎么会是诸葛亮？……

一边是大青蛇，一边是诸葛亮，郑伦闭上眼睛，内心翻江倒海。

眼看诸葛亮遍寻无果，就要朝另外方向觅去。

郑伦还是喊出了声音："喂，别走，我在这儿！"

诸葛亮迅速判明方向，跑到泥坑边，一眼就看到有个人。

四目相对，郑伦顾不上尴尬："有蛇！救命！"

诸葛亮："……郑、郑公子？"

唐炳气喘吁吁追了上来，凑到坑前，不敢相信眼前的景象："谁？郑伦？他怎么会在这里？……你谁呀？"

郑伦真是又怕又羞又气！

“哎呀妈呀，活见鬼，还真的是郑伦，他竟然在泥坑里！”

哈哈哈哈！

唐炳捧着肚子笑个不停，诸葛亮扔下背囊，环视四周，迅速搜罗个称手的长枯枝，想要拽郑伦迅速上岸。可大青蛇却不依不饶，也想凑上枯枝。

郑伦吓坏了，摇摆手臂：“诸葛亮，你别动！你这样会害了我！”

诸葛亮想了想，又道：“郑公子，我有个法子。我一会儿用木棍引蛇上来，你赶紧就近爬上岸，声东击西。”

郑伦：“行吗？”

诸葛亮坦言：“事出紧急，暂时没有更好的办法。你动作要快！”

“诸葛亮，你不要命啦？”

忽然空中传来一声嗔怪。

众人循声抬头望去，只见黄月英侧倚在树上，正用宝石大眼紧盯着下面的一举一动，她和身旁的飞燕一起，活脱脱像极了一大一小两只猫头鹰。

“万一蛇不扑他扑上你怎么办？”

唐炳忙挥肉肘：“嗨！黄姑娘你在啊！”

只见一袭淡青色的衫褂从树上一跃而下，轻盈无比。正是黄月英。

唐炳笑嘻嘻：“我就知道你会来送诸葛亮的。”

黄月英眨了眨眼睛：“飞燕要出来玩，我也没法子。”

飞燕蹿到唐炳怀里，唐炳拱手将猫让给诸葛亮，嘿嘿一笑：“还是飞燕通人性，你说是不是诸葛亮？”

诸葛亮笑着微微点头：“黄姑娘怕是来了有一阵子了吧。”

唐炳惊讶，嘴巴围成一个O型。

黄月英脸上有些挂不住，挑了挑眼角："无非看了会儿热闹罢了。"

郑伦泡在泥浆里，动也不敢动弹，眼看着岸上三人一猫热络寒暄，急都要急死了："我说，你们聊完了吗？能先把我弄出来吗？"

诸葛亮点头道："黄姑娘，眼下救人要紧。刚才你不让我用木棍引蛇，是有什么高见？"

黄月英的宝石大眼这才似笑非笑地打量着泡在泥浆里的郑伦，"噗嗤"笑了出来。

郑伦觉得从头到脚每一寸皮肤都是热的，好在脸上糊的都是泥巴……

黄月英纳闷道："我就是觉得奇怪，这草花青蛇一般不主动攻击人，除非是你先招惹了它。"

郑伦："我没有！"

黄月英皱眉道："那就怪了，都一炷香的工夫了，它怎么对你还严防死守？"

郑伦激动的脸上直抖泥点："……黄月英！原来你一直就在，一炷香了，你都见死不救！"

黄月英忍住笑道："谁不救了？我这不是一直在想办法嘛！"

诸葛亮："黄姑娘，你刚才说那是草花青蛇？"

黄月英点头答曰："没错，只有邓县以南才有。"

诸葛亮想到什么，神色急切："郑公子，你身上是不是佩了香囊？"

郑伦点头。

诸葛亮："那就是了，快把它摘下来！扔远一些！"

郑伦："你要干吗？我的香囊都是很名贵的！上面有南阳皇家刺绣，还镶嵌了珍珠宝石。是断不能扔掉的。"

诸葛亮说道："我听家姐说过，草花青蛇最喜欢啃食兰草，你那香囊里头一定有提纯风干的兰草，香味比普通生长的兰草更甚！所以青蛇才会对你步步紧逼！若不除了味道，它对你是不会放弃的！”

唐炳："天哪！”唐炳低头一看，自己身上也佩了一枚香囊，这还得了？一把拽下，扔得远远的。

黄月英："原来如此！”

郑伦恍然大悟，急忙把手伸到泥里，摸了半天，终于摸到了香囊，也扯了下来，扔了出去。管他名贵不名贵，皇家不皇家，保命最贵！

蛇信丝丝。

郑伦一急，香囊竟然甩向了诸葛亮的方向。

果不其然，大青蛇闻香而动，奔向诸葛亮！

唐炳"哎呀"了一声，只见诸葛亮根本来不及躲闪，只能冲身后仰去。

郑伦哪里顾得上别人，趁着这工夫，使出了从未使过的蛮荒之劲，吭哧吭哧拼命往外爬。

眼看大青蛇就要咬到诸葛亮的手臂，千钧一发之际，只听得接连砰砰两声，蛇头突然改变方向，如同遭到雷击，朝无人方向逃匿而去。

唐炳和黄月英扶起诸葛亮。

诸葛亮："多亏黄姑娘出手相救！"

黄月英收起弹弓："好险好险！我第一发没有击中青蛇，幸好补了一粒，还算及时。我这弹弓若能连发就好了！"

唐炳："哎呀我去，吓死个人了！都赖郑伦！"

只见郑伦，还陷在泥坑里，他腿长脚长本是逃生优势，无奈锦缎衣裳宽袍大袖实在阻力太大，在里面扑腾咕嘟了半天，各种难看姿势，却都没能成功上岸。

唐炳气愤："都是你！你干什么把香囊往诸葛亮这边扔！你想害死诸葛亮啊！好心当成驴肝肺！"

郑伦："我不是故意的！喂，你们快拉我一把。"

唐炳和黄月英都不动地方，只有诸葛亮向前伸出手来。

郑伦抬头看到诸葛亮，脸色难免期期艾艾不好意思起来。

诸葛亮："来吧！"

郑伦这才彻底脱离泥潭。

唐炳看着郑伦一身泥浆，忍不住乐，一直拍手笑嚷着："泥人郑，泥人郑！"

郑伦心里又恼又不快，此刻也发作不出来，只好别过脸去。

第十七回

闯难关高徒遇名师

“噗”的一声，治学阁里，庞德公嘴里刚倒进来的热茶一点儿不剩全都喷了出来，像见了鬼似的对水镜大喊道：“你说啥？！”

吕老妈子本来刚洒扫完毕端了盆要出去，此刻只好又折了回来，嘟囔了一句继续蹲下来擦地。

水镜也慢慢用手背处的衣袖揩了把脸。

他刚刚下山，看得出很是疲惫。

“那家伙不是云游去了吗？”庞德公的表情比上次上法场还惊惧，又喷了一口。

“上周刚回来。”水镜只好再揩。

其他老师也目瞪口呆。

“就那人的古怪脾气，把诸葛亮送过去，不是把他往火坑里推？”

说话这人是王老师。

“死马当活马医，除非还有更好的办法。”

王老师也不说话了。

“这种鼻孔朝天的人能甘心给别人当老师？他眼界那么高，当年是说过要收学生，多少人想把孩子送去他一概看不上，十年竟然未收一徒！您说这不是晃点人玩儿吧？水镜先生，他答应你了？当真靠谱吗？”

“行不行，现在就只能看诸葛亮自己的造化了。”

庞德公一拍大腿：“那你还等什么，赶紧去告诉诸葛亮吧。我今早起床占了一卦，说那小子要跑了！”

水镜：“你那卦兴许占错了，诸葛亮真要走，必然会来跟我请辞的。”

“人家不想给你添麻烦呗！那可真是个好孩子。”吕老妈子突然忍不住开口，一抬头看见诸位老师，又有点儿臊得慌，赶紧低头使劲擦地。

“他要来辞行，你当老师的能不挽留？人家怕你为难，估计留信一封先走为快了。吕老妈子大字不识都能想明白的事儿，你水镜老儿怎么反倒糊涂！”

庞德公素来怼天怼地拿来就说。水镜听后脸上发烫，手里的茶碗也端不稳了，连忙放到桌几上，揩了揩汗，说句告辞就出门去了。

密林里，诸葛亮用树叶擦干净了手，捡起地上的包袱，和众人鞠躬告别。

“时辰不早了，亮该启程了！”

郑伦舒了口气，拱手比划了一下：“那就好走不送了。”

诸葛亮坦然一笑，挥了挥手，转身离去。

不一会儿，诸葛亮的身影就消失在树影间。

不知不觉间，唐炳又红了眼睛。

郑伦脸上的泥巴弄干净了，露出得意：“男儿落泪，真丢人。”

黄月英立刻回怼：“郑伦，你不说话没人当你是哑巴。”

唐炳跟呛道：“就算逼走了诸葛亮，你也当不成‘隆中之光’”！

郑伦火冒三丈：“谁说我要当‘隆中之光’，明明是他自己惹的麻烦！凭什么你们各个都向着他说话。”

“那就得问你自己了。救你也是白救，实在无药可救。”

此时，不远处传来水镜先生的声音：“等一等！诸葛亮等一等！为师有办法了！”

唐炳耳朵突然变灵光了，破涕为笑道：“是水镜的声音，我就知道，我就知道！诸葛亮！诸葛亮！你不用走了！”

唐炳激动地朝诸葛亮追去。

黄月英嫌弃唐炳跑得太慢，放飞燕去追。

只剩下黄月英和郑伦两人，水镜尚且没有追过来。

黄月英一把揪住郑伦衣服领子，把他“壁咚”到树干上。

郑伦："你、你要干吗？你好歹也是个姑娘家……"

黄月英掐着郑伦的脸颊，英俊的脸庞瞬间变得扭曲可笑："我告诉你郑伦，若是诸葛亮能留下来，我就饶你一命，你要是再敢使坏，我保准不多不少，你每天晚上房间里都有一条大青蛇！"

第一次和黄月英这么近距离说话，连她鬓角唇下的细细绒毛都看得一清二楚。

这世间最可怕的莫过于大青蛇和黄月英这种女的了。

郑伦只觉两腿间有些温热的液体涌出，浑身瘫软下去。

半个时辰后，水镜先生当着诸葛亮和所有同学面前公布方案：当世的大学问家雾隐先生即将出山，并打算开门招收隆中书馆的精舍弟子！欢迎大家都来报考。

众人一脸懵圈，只有诸葛亮眉心颤动，眼里有光。

唐炳没听清楚，喘着粗气伸着脖子，问一旁眯着眼睛的黄月英："那人叫啥？雾什么？"

"雾隐。"

"什么隐？"

黄月英撸了撸肩膀上的飞燕，怜悯地瞪了一眼唐炳。唐炳咧嘴笑道："你瞪我干啥，本来这人名字就拗口嘛！"

"反正跟你也没啥关系。"黄月英笑道。

水镜先生环视四周，将目光定焦在诸葛亮身上，继续娓娓道来："诸葛亮虽天资聪慧，但违反了书馆的规矩，一样要受罚被逐，此事已被县廷过问，板上钉钉，学籍难保……但机缘巧合，诸葛亮被逐之日，恰逢雾隐出山招徒之时，按照多年来书馆的规矩，诸葛亮如果这次能顺利考过雾隐的考试，便可进入精舍入读，获得雾隐大师闭门授课，同时仍在书馆住宿，待遇等同书馆学生，如考不过……那就还是只能卷铺盖回家了。”

诸葛亮躬身作揖：“多谢水镜先生！”

学生们都面面相觑。这到底是对诸葛亮好，还是故意刁难他啊？

水镜又加了一句：“当然，精舍的入学考试是公开的，任何人都可以报考。”

郑伦刚才回宿房从内到外换了衣裳，用艾叶拍打过身上，现在也直起腰板了，就是不太敢看直视侧前方的黄月英。

只见唐炳在前面挠头：“这个雾什么隐到底从哪儿冒出来的啊？什么来头？”

苏莹在一旁摇着锦穗团扇，幽幽开口：“这个什么雾隐，听说是个学问大牛呢！号称史上最严苛最变态最不近人情的杀手级老师，别说学生，就连其他老师都没人愿意和他共事，甚至没有愿意和他共处一室——听说只要跟他在一起，任何人到最后都会自尊心崩溃！”

苏莹把刚才从庞德公和王老师那里听到的现学现卖了一遍。郑伦听到这番话，本来觉得水镜有意偏袒诸葛亮，正想寻机发作呢，现在也消停了下来。这么个神乎其神的人，自己也挺好奇的，反正诸葛亮也考不上，不如借此机会一探究竟，看看这个雾隐究竟是何方神圣。

唐炳倒是直来直去：“哎呀我去，我怎么觉得不像啥好事儿呢！”

飞燕在黄月英肩头凄厉地喵呜了一声。

唐炳：“你看看！飞燕和我英雄所见略同。”

黄月英倒很轻松，说道：“死马当成活马医，水镜先生想的也是没办法的办法了。只能走一步看一步喽！”

唐炳狐疑地看着黄月英：“黄姑娘，难得看见你笑耶！”

黄月英：“我有吗？”

唐炳拽过诸葛亮，满心欢喜：“你看你看，你这一不走，把黄姑娘给乐得！”

“田老师好！”

看到田老师走了过来，三位小伙伴连忙作揖行礼。

“唉，诸葛亮啊……”看到诸葛亮，田老师居然叹了一口气。

“不知老师有何指教？亮所作不当之处，不敢推诿，努力改正。请老师放心。”诸葛亮为自己犯的错诚心道歉。

“诸葛亮啊，刚水镜先生的话你都听到了吧。”

“禀先生，亮都听到了，亮一定勤加研习，争取考入精舍，不辜负书馆的美意。”

“美意？你还美哪？！你知道这个雾隐是个何等厉害的角色吗？”田老师突然提高了声调。

三位小伙伴面面相觑。

田老师又叹了一口气，幽幽说道：“雾隐这个人，神出鬼没，来历不明，十多年前云游到了邓县。水镜先生、庞德公与其相谈，一致推崇其为不世出的大才子，二人多次劝他入朝为官，但雾隐始终拒绝。水镜先生爱才，雾隐既不愿出仕，又赶上这兵荒马乱的，水镜先生便力劝雾隐留了下来，还延请他开坛授徒，于是雾隐就在书馆后山搭了几间屋子住了下来，号曰‘雾隐精舍’，但雾隐对学生很挑剔，不通过他的入学考试，谁也没有资格拜到他门下。没想这十多年来，居然没有一个学生能考过，精舍也就一个学生都没招到。”

“这不就是个骗子吗？！”唐炳有点儿不屑一顾。

“此言差矣！”田老师的语气斩钉截铁，“雾隐这人，身怀经天纬地之才，他招不到学生，乃学生的错，非他倨傲！”说到这里，田老师的眼睛里居然闪动出后世饭圈女孩独有的光芒：“不瞒你们说，也曾有多位老师不服气，前去挑战这位雾隐，但不论是天文地理、诸子百家、五行六艺，就没有雾隐不知道的学问，就是组团前去，也没人是雾隐的对手，据说，曾有数位博学老儒跟雾隐对谈后深感自身学识浅陋，从此退出学坛。后来也就再无人敢挑战雾隐，雾隐从此在精舍里闭门不出，不再与书馆互动，人送外号‘活死人’，这一晃已有十年了。不过他行踪诡异，有时也会外出云游，据说这大半年刚去并州转了一圈，这才回来。”

“乖乖，我怎么听着像是个僵尸先生啊！”唐炳听得脊背凉飕飕的。

一听唐炳这话，黄月英也觉得有几分异样，不庄得狠撸了飞燕几下。

“诸葛亮啊，记住为师的话，不管雾隐怎么为难你、奚落你、打击你，都不要往心里去，这种旷世奇才，定是命犯天煞孤星，不会与人交好。通不过精舍考试也不打紧的，你回家后好生修习，等有合适的机会，我自会禀明水镜先生，再想办法让你回来。”

“多谢田老师！”诸葛亮深鞠了一躬。

“诸葛亮，没事的，谁都通不过他那变态的精舍考试，没事哈……”田老师继续交代。

“谨遵师命！”诸葛亮落落大方地送田老师走远。

黄月英迅速拉下脸来，面无表情道：“诸葛亮，这下你可惨了！这个雾隐本来就古怪，这回闭关了十年，还指不定怎么憋着更古怪呢！你那点小聪明对付庞德公和水镜先生还凑合，对付他就难了。如果他不要你，岂不是自取其辱，笑掉大牙？”

诸葛亮喉结动了动，说道：“黄姑娘说得有理！亮前途渺茫，唯有尽力一试。”

黄月英秀眉一挑，嗔道：“那你还愣着干吗？难不成指望我和唐炳给你辅导精舍考试啊！”

诸葛亮忍不住笑道："多谢黄姑娘教训，我这就去藏书阁复习准备。"

诸葛亮刚走，黄月英的脸上瞬间划过一丝狡黠笑意。

唐炳都看傻了："哇塞黄姑娘，诸葛亮真听你话耶！"

人群散去，水镜先生远远地看着诸葛亮，可这是唯一能保住诸葛亮留在学校的方式了。雾隐先生学识渊博，但眼光极高，再加之性情乖戾，能不能入雾隐先生法眼，就只看诸葛亮自己的造化了。

听闻闭关十年的大师出山，重开精舍入学考试，引发邓县上层社会重视子弟教育家庭的不小骚动。不管青红皂白，许多学生都在家长的跟风怂恿下跃跃欲试。让人大跌眼镜的是，唐炳竟然也报名参加考试。同学们笑他自不量力，唐炳却洋洋得意："这你们就不懂了吧，考不上归考不上，只要我考了，我就可以说我也是拜过雾隐先生门下的人了——精舍落榜生的名号，不但不丢人，我爹还会觉得脸上有光的！"

虽然搞不清楚这个雾隐什么来头，但既然诸葛亮要考，郑伦自然也要考！不过县令家的公子怎么可能接受自己技不如人呢？于是乎，郑伦把所有希望寄托在教金石课的王老师身上，没想到王老师却退回了郑伦送去的所有礼品，说这次真的帮不了他了，因为雾隐出的所有试题都被水镜先生密封起来，随身携带严防死守，根本没办法再暗箱操作啦！

精舍的考试分为两轮，第一轮笔试就在书馆举行，报考的学生纷纷进入考场，唐炳一看，隋波居然也来了，登时就乐了，说道："不是，我说哥们儿，我好歹能及个格，你这倒数第一，何必来凑这个热闹？"

隋波居然一点儿不生气："倒数第一怎么了？倒数第一只会进步不会退步，水镜先生说了，我认真向学，敢于挑战自己，其心可嘉，无须劝退！"

"哎哟！这得恭喜你啊！"

“同喜同喜!”

唐炳和隋波笑嘻嘻地打哈哈，惹得郑伦心烦意乱：“嘚吧嘚没完了，烦不烦啊？!”

“切！泥人郑!”这是唐炳。

“公子息怒，公子息怒……”这是满脸堆笑的隋波。

郑伦向教室后面看去，诸葛亮已经摆好文具坐定。

终于有一次你跟我一样不会答的考试了！想到这里，郑伦的脸上居然露出了笑意。

卷子发下来了，除了诸葛亮，考场里没几个人在下笔，都在抓耳挠腮。

第二日，成绩公布，果然，笔试第一轮郑伦就和唐炳一道被刷了下来，旁人倒是寻常，唐炳还美滋滋的。又不忘到郑伦跟前煽风点火道：“同是天涯落榜人呀！没事没事，难兄难弟与有荣焉!”

郑伦当然火冒三丈，心有不甘，本想发作，又怕唐炳当面再喊自己“泥人郑”，只好强压不快，自说自话道：“我可不跟暴发户家一般见识。”

郑伦心里气不平，王老师私下安慰他说：“哎呀，去精舍就是去受虐的，你说你一个好好的县令公子，能文能武能弹琴，在书馆里养尊处优又体面又有人捧，去了精舍遭哪门子罪？这种苦差事还是让诸葛亮这种寒门子弟受去吧!”

还是王老师说得有理，知音本就难觅，若连围观听众都没有，人生还有什么兴致？

郑伦这才作罢。

“再说了，明天诸葛亮那轮面试还指不定成不成呢，怕是要扒下一层皮也未可知啊！很有可能到最后也是竹篮打水一场空。”

郑伦笑道："我还没见过这个雾隐长啥样呢。"

"奇丑无比，身有残疾，难看死了！"

郑伦放声大笑。

次日，按照发榜通知，诸葛亮早早就赶到书馆考场参加第二轮考试，未想室内竟空无一人。

本以为最后一轮考试应该是一对一的面试，看来自己猜错了。他听过雾隐先生的许多传说，却从未与这位大师见过面。

只见考场当中，有一条桌，条桌上有三样东西：一盏还冒着热气的清茶，一炷刚刚被点燃的长长细香，以及一张写有"速访精舍"四字的地图，标明了精舍在书馆后山的准确位置。

有意思。

冒着热气的清茶，说明雾隐老师刚刚离去，他早就算好了诸葛亮到达的时间……而这炷刚刚点燃的细香和写有"速访精舍"的地图，说明考试已经开始了……而至于如何考，怎么考，看来雾隐是要他诸葛亮去精舍找答案了。

想到这里，诸葛亮笑了，这位雾隐老师真是有趣又神秘。考场一刻值千金，眼看第一截香灰就要落下，诸葛亮决定立刻启程，向后山出发。

后山背阴，满是嶙峋怪石，草木繁盛，一看就是人迹罕至，山路难行。从山脚向上望去，除了怪石就是怪树，哪里有什么精舍所在？

诸葛亮并不气馁，他一路按图索骥，攀爬探路，不到半个时辰，居然在一平坦石崖处果真看到一处小木屋，位置不同，视野不同，真是别有洞天！

应该就是这里。

木门虚掩，里面也无声响，诸葛亮叩门几次，均无人应答。

奇怪。

和一般的门不大一样，这扇木门很厚，门棱侧面还有同色木质十字花纹痕，一个木门的侧面，是最不容易注意的地方，何须如此复杂？

正琢磨着，忽然听得身后灌木丛里传来细碎声音。

怎么大白天野猪就这么嚣张了？又仔细听了一会儿，诸葛亮突然面部舒展开来。

“唐炳，别藏了，你出来吧！”

只见草丛里冒一个人来，正是一脸憨笑的唐炳。

诸葛亮也哈哈一笑：“唐兄你怎么来了？”

唐炳面有赧色，顾左右而言他：“我——”

诸葛亮：“山路难行，难为你这一路竟然跟得上，没被我发现呀。”

唐炳嘿嘿一笑：“那是！我是谁呀——”

唐炳正在得意，突然好像被什么怪物咬了一口，面部都抽搐起来。

“哎呀，不不不，我谁也不是！啥也不是！”

诸葛亮眼尾弯出笑意：“黄姑娘也出来吧！”

唐炳一愣，眼珠直往上翻，灌木丛中没有动静，安静得让人尴尬，唐炳摊了摊手。

唐炳又眨了眨眼，黄月英这才从灌木丛后面冒出来，神情倒是很不甘心。

黄月英说道：“都怪唐球目标太大，走路又晃，还非要死乞白赖求我跟着一起来，要不然我才不会暴露行踪呢！”

唐炳也理直气壮道：“早晚都得暴露啊，我觉得咱们已经够厉害的了！”

黄月英笑言：“要不是被你拖累，诸葛亮这个书呆子哪能发现本姑娘！”

“好了好了，两位不要吵了。”

原来书馆同学们都疯传雾隐吊眼长舌脸有黑毛，长得奇丑无比，是个僵尸样的“活死人”，唐炳实在好奇，就与黄月英一拍即合，尾随诸葛亮一路跟来，美其名曰保护诸葛亮，实际上想躲在暗处借机一睹雾隐先生真容。

“就为了这个？”

当然不止是为了这个，你想啊，诸葛亮是唐炳在书馆唯一的依靠，听闻诸葛亮要离开书馆，唐炳自然是依依不舍，想着诸葛亮在精舍学习，也能捎带手地帮自己补习书馆的学业才好，不然自己哪里跟得上；黄月英呢，经过水镜先生入狱、范登闹狐妖等事，也已跟诸葛亮结下了深厚的“战斗友谊”，她跟那群女生们也没啥共同语言，一来二去的，唐、黄都围绕着诸葛亮结成了闺蜜死党，诸葛亮转考精舍，这两位小伙伴可不甘心“袖手旁观”。

于是乎，俩人叽叽喳喳了半天，也没说出个所以然来。

诸葛亮那边香还烧着呢，他可耽搁不起，只好说道：“孔明尚正在考试中，实在没工夫招呼二位了。”

“考试？我看你这是来玩密室游戏的吧？”

诸葛亮赶紧把雾隐给自己所留题目告诉了二人，还未等说木门蹊跷，唐炳就肉掌一挥笑道：“这有何难？一个小破木屋能有什么，进去看看不就知道了！”不由分说就推门进入木屋。

诸葛亮：“喂！”

黄月英紧跟其后：“也许里面给你留了什么地图和线索，不进去怎么知道？”

诸葛亮虽觉得不太稳妥，眼下也没别的法子，便跟二人一同进去。

三人刚刚进入木屋，身后木门却似有什么感应机关突然“哐当”

一声关上，哗啦啦几声，连木质窗户也像多米诺骨牌一样悉数闭合，屋子里瞬间就暗了下来，只从头顶天窗木棂间透射进几缕阳光。三人试图开窗，几个窗户却纹丝不动，那间木屋顷刻间变成了木制牢笼，三人就像三只小白鼠被囚了起来，原地打转。

“糟糕！原来那些十字纹理根本不是什么花纹，是同色的榫卯暗锁！”诸葛亮暗叫。

“什么笋?”唐炳急问。

诸葛亮无心解释。

内室里，灯光大暗。

“诸葛亮，你把我们带到什么地方了啊?”黄月英也有点惊惧。

“我也只是来考试而已。”诸葛亮的话音也有点发颤，他好像听见了什么奇怪的声音。

三人都支棱着耳朵听见了，“吱吱嘎嘎”的像是什么机关在转动。

什么动静?

不好！房间东西两侧的墙壁居然开始向内移动！

这间木屋正在变小！！

别说亲眼所见了，就连听也没听过，还有屋子会缩小?这什么法术?

没有法术，两堵墙壁就这样坚定而冷酷地相向而去，就像两个分别了多年的恋人。

“哇呀”“哎呀”“娘呀”……已经分不清是不是唐炳的声音了，反正三位少男少女登时叽哇乱叫，诸葛亮一辈子失的态也没这一会儿多。

眼瞅着两堵墙就要把仨人挤成肉饼了，诸葛亮、黄月英还好，还能稍稍转转身，唐炳这小肉球已经被卡得严严实实，丝毫动弹不得，三人就像三只小白鼠被夹在了狭窄的通道内。

"啊！！！娘！！！孩儿不孝！！！"唐炳牙缝里的花椒皮都喷出来了。

"别嗷嗷了！有点素质行不行？"黄月英的声音带着怒气。

"唐兄，不用喊了，墙壁已经不动了，"诸葛亮平和地解释道。

"啊！啊……咦？咦……真的不动了，唐炳这才长出一口气："嘿嘿，失态，刚失态，不好意思了。"

唐炳艰难地挤出笑容，但黄月英依旧怒目而视，还拿手挡着鼻子。

诸葛亮还没来得及诧异，也赶紧挡住了鼻子。

"不好意思，不好意思，刚喊得太通畅了，中午的芋头还没消化，一股淤积之气正好就出来了，"唐炳边说边赔笑。

"这么狭窄的空间里，你唐炳还放臭屁！要不是被墙壁卡着施展不开，我黄月英早就揍你了。"

顾不上计较那么多了，"诸葛亮，你要害死我们啊，赶紧想辙啊！"黄月英语气急促。

"我真是吃饱了撑的，好好的干吗跟着诸葛亮来考试？"唐炳哭丧着脸。

"可不是吃饱了撑的，一肚子臭屁！"

"那是什么？"诸葛亮并未搭理那两人的话头，看向墙壁一角，唐炳卡在最中间，移动困难，黄月英倒是身形轻盈，蹭蹭几步就朝着诸葛亮示意的方向飘了过去：只见墙壁的角落里放置着一套复杂的机械装置，装置旁还放有面条幅，条幅上写着四句诗："一百麦饭一百人，大人三碗更无争，小人三人分一碗，大小人等各几丁？"黄月英一字一句地念了出来。

似乎是个数学题？

"唐炳，你撑住啊。"诸葛亮不像黄月英那么好身手，艰难地挪动了几步，靠了过去。

果然是套机关，机关上卡着个巨大的开关，凭人力断无法搬动，倒是机关上方有几根木棍，每根木棍上都穿着几个可以上下移动的圆孔木珠。诸葛亮一眼就认出来了，这是珠算，也就是当时的算盘。

突然，又传了“吱吱嘎嘎”的声音，已经停住的墙壁似乎又移动了起来。

“这他妈什么意思？想玩死我们吗？诸葛亮你快想想办法啊！”唐炳大喊。

诸葛亮并不理财唐炳，略一思忖，伸手开始“噼里啪啦”地打算盘，唐炳黄月英用力撑住墙壁——嗯，主要是唐炳。

“你快点啊！”

“别吵他，让他集中精力！”

“没挤到你可是挤死我了！”

唐炳被挤得脸都变形了，黄月英云鬓纷乱，诸葛亮额头沁出汗来，还坚持在算盘上运算。

“今天要死在这了！”越来越挤越来越挤！！唐炳的眼泪都快流出来了。

墙壁相向而移，挤得诸葛亮跟黄月英四目相对，面红耳赤，尴尬至极。

有了！诸葛亮在算盘上得到了一个结果。

“咯噔”一声，机关反转，墙壁徐徐分开。

“啪！”黄月英啪一耳光打在诸葛亮脸上，“把手拿开！”

原来，刚情急之下诸葛亮不小心把手搭在了黄月英的胸口。

“吓死我了乖乖隆地咚！”唐炳一屁股坐在了地上，大口喘着粗气，“我说诸葛亮，你这精舍的入学考试也太刺激了，书馆考不上只是要钱，你这考不上要命啊！”

“看来这个雾隐是个狠角色，”黄月英打完耳光后就跳到了下一话题，“我倒要看看他到底是何方神圣，真要是青面獠牙的怪物，看我不一箭射劈他！”

黄月英边说还边杀气腾腾地比划着，诸葛亮摸着刚被打过耳光的脸颊，什么话也说不出来。

“这是什么？”唐炳看到地下有一个黑色的突起，他使劲踩了下去。

“别！”

迟了，诸葛亮还没来得及制止，地面便塌陷了下去，三人落到地下。

诸葛亮砸到唐炳身上，紧接着黄月英又砸在诸葛亮身上，好在黄月英身轻如燕，又有内力，倒是一点不疼。当然，有唐炳垫着，诸葛亮也不疼。

唐炳：“二位，麻烦赶紧从我身上下去行吗？我不是人肉蒲团，谢谢！”

两人赶紧从唐炳身上爬起来，“呸呸呸！”唐炳吐着刚进嘴里进的灰。

来不及说笑，看样子这是一个大坑，三人似乎一同坠落到了漆黑一片的地窖之中。

紧接着就是“哐当”一声，原来有面铜镜打开了，地窖里又相继展开了几面铜镜，从上方射进来的日光，经由铜镜几次反射，又从上方的洞口照了出去，看来，这个雾隐很善于使用机关。看着这精巧的铜镜反光机关，诸葛亮不由得连赞三声：“妙！妙！妙！”

“把嘴闭上，我还以为飞燕儿跑过来了呢！”黄月英似乎怒气未消，“好你个雾隐，挺能折腾人的啊，看本姑娘出去后怎么教训你！”

放狠话有什么用，又招不来人，三人环顾四周，就是一个没什么稀奇的地窖，地窖里什么东西也没有——也没有楼梯，根本没法上去。

“喂——有人吗——”唐炳把手圈在嘴边拉长了声音喊。

“唐兄，我们这地方，不必浪费体力喊人了。”

诸葛亮说得很对。

“快看！那是什么？”黄月英有了新的发现，在洞口边上，还挂着一个长长的东西，在昏暗的地窖里，那东西显得熠熠生辉。

“是个卷轴？”唐炳学会抢答了。

还真是一个卷轴，不过卷轴旁边还有一盏灯火在燃烧，加上精心设计的铜镜反射，卷轴就像现在的超级模特，被几束光芒同时打亮，在昏暗的光线下闪烁出耀眼的光芒。

诸葛亮看了看，突然笑了。

“亮兄，有什么开心的说出来大家一起开心下嘛！”唐炳也跟着傻乐。

“嘿嘿，嘿嘿……”

“嘿嘿什么，有话快说，有屁快放！”烦躁的黄月英又发话了。

“此物乃给我诸葛亮度身定制的，哈哈！”

“整个考试都是给你定制的嘛！”唐炳不以为然。

“唐兄所言极是，你看，四周皆暗，唯有‘孔明’，亮草字正是‘孔明’，所以雾隐是用这种方式告诉我，我还在考试中，我们掉下来，也是考试的一部分，而下一道考题，自然就在那卷轴之中。”

“厉害厉害！还是你诸葛亮聪明！哎哟！”唐炳还没表扬完诸葛亮，就踢着了地下的什么东西，咧着嘴嚷脚痛，借着暗光一看，地下居然是一副弓和箭，被唐炳踢了个结实。

居然有武器！黄月英求之不得！一把抄起箭囊，可万万没想到啊，箭囊上还连着一根线；万万没想到啊，线还连着机关；万万没想到啊，黄月英这一扯，又触动了机关，上方的灯火台开始朝着卷轴的方向缓慢地转动。

“不好！再转下去卷轴就被烧了！”

唐炳：“啥意思？”

诸葛亮：“卷轴被烧，考题就没有了！”

黄月英：“考题没有了我们就出不去死定了！”

唐炳“啊”的一声：“那怎么办怎么办怎么办？”

灯火台“吱吱嘎嘎”地转着，缓慢而坚定。

“诸葛亮诸葛亮诸葛亮……”唐炳碎碎念着，就像陷入了死循环的程序。

“快！射那根线！”诸葛亮突然大喊一声。

“哪根？”黄月英懵圈大声问。

“吊着卷轴的线！”

黄月英明白了，赶紧张弓射箭，来不及瞄准！

哎呀，竟然射歪了！

“没关系！再来！”

稍稍定神，又是一箭，居然又射偏了。

黄月英拿出第三支箭搭上弓，这才发现箭囊里已经没有箭了。

唐炳胖手捂脸，连呼“完了完了！”眼看灯火台还在转动着，黄月英急得猛跺脚，诸葛亮还从未见过黄月英这么手足无措过，拉开弓的胳膊都在颤抖。

糟糕！看这样子，黄月英一定会再次射偏。

黄月英自己也知道自己在抖，可她控制不住，额头一下子沁出汗来，鬓角和刘海都湿答答的黏在脸上。

突然，黄月英觉得手和身子同时传来一股暖流。

原来，情急之下诸葛亮从后面抱住了黄月英——诸葛亮的右手跟黄月英的右手一起拉着弓，诸葛亮的左手跟黄月英的左手一起搭着箭，诸葛亮身材高大，蜂腰猿臂，他的臂弯完美地笼罩起娇小的黄月英，黄月英显然也没想到诸葛亮会有如此举动，她的脑瓜“嗡”一下子，什么也想不起来了。

诸葛亮目光坚定、语气柔和：“没事的黄姑娘，再来一箭就是了。”

诸葛亮这话如定海神针，但黄月英已经完全酥麻了，根本使不上劲，她只是软绵绵地被诸葛亮笼抱着。

诸葛亮轻轻地调整呼吸，心无旁骛，他的口气吹得黄月英的后脑勺也暖暖的……

唐炳张开指头缝往外看，大气也不敢出。

灯火台还在转动着，眼看着灯火就要烧到卷轴了……

黄月英居然闭上了眼睛……

诸葛亮松开了弓弦……

说时迟那时快，只见一道白光闪过，挂着卷轴的粗绳应声而断，卷轴“嘟噜”一下翻滚垂落，当着三位小伙伴的面完全打开了，原来卷轴上写着数十个隽秀的汉隶文字。

与此同时，一把绳梯也在一旁“哗啦啦”垂下来。

“诸葛亮，别杵在那儿了，不想死赶紧往上爬呀！”黄月英显然已经恢复常态了。

三人迅速爬上绳梯，黄月英打头，诸葛亮最后，当然，唐炳最费劲。

三人终于逃离深坑，爬上地面，就在这当口，只见那卷轴还是被灯火给引燃了，火势“噌”地起来，迅速将卷轴化为了灰烬。

奔出木屋，重见天日，唐炳瘫倒在草地上。

唐炳：“乖乖隆地咚！一条小命差点没了，这个雾隐太可怕了！”

黄月英似乎有点懊恼，嘟囔说刚才并非自己箭术不行，要能连发几箭，早就解决问题了。

诸葛亮："要不是黄姑娘关键时刻力挽狂澜，我和唐炳现在只能躺在地洞里等死了。"

黄月英抿嘴一乐："刚才我还以为我见不着飞燕了呢。诸葛亮，那现在怎么办？可惜那卷轴也毁了，没来得及记下上面写的是什么。"

诸葛亮微微一笑，脱口而出："古木千章荫浅滩，干霄危石噀飞湍。水晶帘下谁安女，乱掷珍珠落玉盘。"

黄月英惊讶地用宝石大眼瞪着诸葛亮，目光灼人，诸葛亮不由得脸红："黄姑娘，我、我没有记错吧？"

唐炳早已拍巴掌呱唧起来："诸葛亮，你可真厉害！不过这诗啥意思啊？跟你这考试有啥关系嘛？"

黄月英眯着眼睛，若有所思："浅滩、飞湍、水晶帘？"

诸葛亮眼含笑意："黄姑娘已经知道答案了？"

黄月英："我可猜不到，我只知道这似乎是描写景色的。"

唐炳："算了算了，太费脑子了，一会儿我不跟你们去了，一个僵尸有什么好看的！而且还这么危险！"

时间不早了，书馆要查房了，唐炳和黄月英只得先回书馆，剩下的路，只能由诸葛亮一个人走了。

不过诸葛亮走得很坚定，因为他知道目的地在哪里。

第十八回 生妙计断绝媒妁言

从夕阳西下到日落月升，诸葛亮头顶漫天星光，足足翻过两道山脊，继续向高处行进，只听见山涧的巨响声越来越大，诸葛亮心跳加快——马上就要到了。

侧身从一段嶙峋巨石的曲折狭缝中艰难通过后，龙潭瀑布赫然出现在诸葛亮面前，瀑布并不宽，但飞流直下，直坠山涧，雾气缭绕，在皎洁的月光照耀下，蔚为奇美仙境。

“古木千章荫浅滩，干霄危石啸飞湍。”

诸葛亮不由得吟诵起来，这首诗乃大科学家、大文学家、大数学家张衡于三十年前所作，诗里描述的即邓县的龙潭瀑布。诸葛亮明白，这就是雾隐约他前来相见的地点。

“——水晶帘下谁安女，乱掷珍珠落玉盘。”

一个磁性的男声在瀑布后面幽幽传来，略带回声。声音本不大，却有十足的穿透力。

顺着声音，只见瀑布后的山洞水台处，有一个瘦削的背影，左手持杖。

诸葛亮忙行叩拜大礼：“隆中弟子诸葛亮拜见雾隐先生！”

穿过层层烟霭水汽，雾隐缓步走到跟前，扶起诸葛亮，悠悠开口：“精舍空了十年了，诸葛亮，我等你已经很久了！”

诸葛亮抬起头来，不由得有些吃惊：眼前这位清癯男子，虽然上了一些年纪，但气质却朗逸清隽，骨相挺拔立体，眼皮薄，眼角扬，二十年前一定是位美男子，这跟书馆众人纷传其“僵尸活死人”大相径庭，简直相差十万八千里！

雾隐微微一笑：“以为我是个‘活死人’吧？”

诸葛亮被雾隐洞悉心事，更是心服口服，可惜唐炳和黄姑娘不能同来，未能一睹雾隐先生的风采。

雾隐顿了顿手杖："我身体不好，走路很慢，以后你不要嫌弃。"

诸葛亮连忙拱手："弟子愿做先生的手杖。"

雾隐拍了拍诸葛亮肩膀："水镜那日上山找我，费尽口舌，说你何等聪颖过人，且又为人淳厚，我认识水镜多年，还从未见过他如此夸赞一个后生。"

诸葛亮："感激水镜先生栽培美言，弟子愿精进学业，专心学问。"

雾隐微微仰头，看着满天星斗："你要学的，可不仅仅是书本上的知识，还有这宇宙星河、天地万物四时运行的轨迹和奥义，以及比星河还复杂的世界——"

诸葛亮："是什么？"

雾隐："世事。"

雾隐的眼睛如寒潭深邃，又似春风和煦。诸葛亮愣住：天地宇宙、星河世事，这正是一直以来诸葛亮所渴望得到的真知。心潮澎湃，龙潭瀑布巨响如同叩在心门，声声震撼。

"弟子当竭尽全力，不负先生所期！"诸葛亮洪亮的声音盖住了山间的瀑布声，他知道，自己的眼前即将打开一扇全新的大门，而在门背后，将有着无数异彩纷呈的奥义等着自己前去修习。

诸葛亮，这颗中国历史上最聪明的脑袋之一，即将开始打怪练级！

精舍考试通过了，此事又不大不小的轰动了一番，不过雾隐跟诸葛亮说，白天他还是要跟书馆的同学们一起上日常课程，打好学问基础之外，再来后山精舍单独开小灶辅导——其实这是雾隐的意思，雾隐是怕诸葛亮脱离正常的人际交往圈子，还是要让他跟同龄人待在一起，当然书馆老师们早就教不了诸葛亮了，诸葛亮只是把书馆的课当作自习课上，倒也相安无事。

于是乎，诸葛亮日常课程跟随大家一起在隆中书馆学习，其他时间都要上山跟随雾隐修习精舍小课。郑伦吃不到葡萄说葡萄酸，diss精舍压根儿不上台面，坚持说那是雾隐故弄玄虚的自我包装，都是旁门左道不入流的。

每次郑伦这么说，黄月英都斜眼看他，郑伦反而说得更来劲了。

每日虽然上山下山奔波辛苦，但诸葛亮却像老鼠掉进了米仓，如鱼得水，孜孜不倦，充满活力。雾隐的小课很有意思，除了让诸葛亮开卷有益研读典籍外，还经常让诸葛亮上手制作各种器物。什么样的陶泥最易定型，什么样的榫卯结构最牢固结实，什么样的矿石粉末相掺后能有奇幻反应，什么样的装置机关可以实现人不动装置动的联动效果……雾隐先生知识丰富，如同行走的百科全书。诸葛亮特别喜欢和雾隐请教讨论，每每两三个时辰都过去了，自己还浑然不觉，废寝忘食。要不是雾隐先生的肺疾晚上需要煎药吃药，诸葛亮还能继续问到天亮。

这日，雾隐老师的精舍里，弥漫着浓浓的中药味道，先生正在服药休息，诸葛亮则根据雾隐白天所授，制作了几个有趣的连动机关，忽然，这让他想起黄月英说过的连发几箭的兵器……

后山坳下，黄月英等得不耐烦了，要不是唐炳拦着，早就扭头走了。太阳快落山了，诸葛亮急匆匆地才出现，手里擎了一样用织布盖好的物件，一路小跑下来，已满身是汗。

黄月英自诩在收缩木屋中关键时刻救过诸葛亮一命，算是诸葛亮的救命恩人。

“诸葛亮，自从进了精舍就开始学会迟到了？我看你态度很有问题啊！”

唐炳补刀道：“就是！难不成雾隐那个活死人给你开小灶加餐？”

说罢凑近诸葛亮身上闻了闻，说道：“嗯嗯，有味道！就是味道比较怪!”

诸葛亮哭笑不得，连忙赔不是。

“请黄姑娘、唐兄恕罪，雾隐先生身体有恙，我得帮先生煎好药才能放心下山。”

“我说呢，原来是一股药味儿!”唐炳摆摆手走开，到一旁逗弄飞燕。

黄月英走上前来：“说吧，什么事?”

诸葛亮遂将自己手上的织布拿开。

这是什么?

“这是连弩，送给黄姑娘的。此连弩的机关可以连发数箭而不费吹灰之力，黄姑娘定会喜欢!”

诸葛亮猜，依黄月英的性子，要么会一把抢下连弩试试趁不趁手，要么就是挑剔哪里的细节做得不够漂亮。

没想到黄月英一下子眼睛半瞪了起来：“诸葛亮，你是笑话我射箭不准喽?”

诸葛亮连连摆手：“不不，不是这个意思！这是一个自动装置，射箭可更以省力。”

黄月英：“射箭最讲究切中时机，一箭中的，你让我自动连发，还不是嫌我一发不中呗。”

诸葛亮自知是说不清楚了，眼前的黄月英唇红齿白，自己却面红耳赤，难掩囧态。

“黄姑娘，你若不喜欢，我收回连弩便是，但我万万没有嫌你的意思——”

黄月英嗔怪似的看了诸葛亮一眼，轻轻叹了口气：“唉，对你不住，是我心情不好，我爹娘在家又想搞幺蛾子折腾我，我心里烦着呢……不说了，说了你也不懂。”

诸葛亮见她欲言又止，不好再问。

黄月英一把抢过诸葛亮手里的连弩，摆摆手之后，就一阵烟一样地下山了。飞燕紧随其后。

诸葛亮惆怅，唐炳在身后拍了拍他，咧嘴道："一想到你也有你搞不定的人和事儿，我就平衡多啦！"

诸葛亮面有忧色："貌似黄姑娘遇到的麻烦还不小咧。"

唐炳瞪大了眼睛道："怎么可能？你放一百二十个心吧！在隆中书馆，她和飞燕向来都横着走！别说是我，连郑伦也让她三分。哎，你还别说，在这点上你和郑伦倒挺像，遇见黄月英，横竖都是没脾气！"

诸葛亮猜得没错，黄月英真的焦头烂额，陷入了巨大的麻烦——黄承彦老先生不知道动了哪门子心弦，竟然想让自己这个顽劣女儿黄月英退学，在家好好准备即将到来的"媒妁大典"，再寻个如意夫君赶紧嫁人。黄月英听后如五雷轰顶，死活不干：我才多大啊，我可不想嫁人！我要读书上学！

黄月英不管不顾闹了个天翻地覆，黄老心爱的花瓶都碎了好几个。老爷子没法子，只好暂时让步，让她这几天还可以照旧去书馆。可黄月英这学上得哪里踏实？

所谓"媒妁大典"，本是南阳郡的一种风俗，邓县偏安南阳郡一隅，此风也是最近几年才开始兴盛起来：凡是参加典礼的女子都会被县里的媒妁官正式登记在册，相当于公开招亲，同时她们也要接受媒妁官的集体约束，在家修习女红。让黄月英参加媒妁大典，也是黄承彦事出无奈的下下策：县令郑旦最近有意无意都要他管教好自己的女儿——听说在书馆里，黄月英可没少给郑伦穿小鞋。郑伦在父亲面前，总拿黄月英碎碎念，一副气哼哼放不下的样子。县令半开玩笑问黄承彦："以后我家宝贝儿子出了什么事，我就都拿你黄家的女娃问罪喽！"

唉，与其自己成天担惊受怕，怕女儿无法无天败坏了门风，还不如趁早替她觅得个靠谱婆家，用姻缘和夫君牢牢拴住她。

黄老爷子越想越觉得有理，黄月英复课没几天，他就假托自己生病诓了女儿回家。黄月英一进家门，黄承彦就铁了心不同意她再回书馆了。老先生义正词严道："为父心意已定。好好准备媒妁大典，此事由不得商量！"

黄月英觉得亲爹疯了，使出连番计策想要逃出家中，都被早有准备的父亲和家丁识破，上天入地都被封了出口，黄承彦严防死守，滴水不漏，黄月英抓心挠肝，犹如困兽。

几日上学，没见到黄月英，也没人恐吓威胁自己，唐炳喜笑颜开，诸葛亮却总觉得哪里不太对劲。

后山上，飞燕突然飞奔而至，诸葛亮欣喜异常，以为黄姑娘终于回书馆了。可等了半个时辰也不见黄月英。只见飞燕咬住诸葛亮衣衫，连声喵呜，不似平常一般撒娇卖萌。

"这是咋回事？黄姑娘没喂它，它饿了？"

唐炳掏出鸡腿哄它，飞燕也不肯撒口，只拽着诸葛亮衣角向身后退去。诸葛亮抚摸飞燕，心里明白到黄月英一定是有麻烦了——飞燕是黄月英向自己释放的求救信号。果不其然，飞燕项下的铜铃摆动剧烈却不听不到寻常铃响，实在蹊跷，仔细再看，铜铃里有一张仔细卷好的绢布条，里面是黄月英的亲笔书写——黄月英被逼参加媒妁大典，实在没有办法，只好一五一十求诸葛亮帮自己脱身。

"黄月英？媒妁大典？哈哈哈哈！"唐炳乐不可支，觉得实在荒唐好笑，"她黄月英也有今天！哈哈哈哈哈！"

诸葛亮却正色道："唐兄之所以能笑出来，是因为你不是女孩子。你若是，肯定就笑不出了。"

唐炳费解："嫁人多好啊，不像男人还需要自己赚钱养家，辛苦得咧！"

诸葛亮说道："那你有没有想过，所谓'愿得一心人，白头不相离'，若女子不想嫁人，或者所嫁非人，岂不是身不由己，苦不堪言？"

唐炳点点头说："引经据典说得还挺有道理，看不出，你还挺为女孩子说话的。"

诸葛亮苦笑道："推己及人而已。"

唐炳头一歪，忽然说道："话说回来，不都说女儿是父亲的掌上明珠嘛，黄承彦老先生这么早就嫁闺女，他也舍得？"

诸葛亮道："也许事有无奈吧。唐兄，当务之急，我们要搞清楚媒妁大典到底是什么流程。"

唐炳拍了拍胸脯笑说："这有何难？我知道啊！"

诸葛亮惊讶道："你知道？"

唐炳嘿嘿一笑道："我们唐家的盐铺铁坊最近几年年年都是媒妁大典的独家赞助商。我爹说了，邓县人的生老病死婚丧嫁娶，绕得开官府，但绕不开我们唐家产业。这点儿事儿自然门儿清啊！"

诸葛亮忍俊不禁，拱手道："唐兄真乃天降神兵也！"

和唐炳讨论完毕，诸葛亮立刻回信黄月英，让飞燕带回黄家——对付媒妁大典的登记造册，他已有了主意。

据了解，媒妁官会在三日后在大神树下举行报名的适龄女子登记——之所以登记地点选在神树下，是因为一直相传由西王母掌管人间姻缘，到时所有参加媒妁大典的女子都会前去登记，在临时搭建的花房里统一由画师绘制女子肖像，并由媒妁官记录女子身高体重体貌特征，分成上中下三个等级造册。所有提亲者都会根据媒妁制册来选择合适对象。所以，只要在画像登记的环节，把黄月英画成丑女，就能瞒天过海，吓退提亲者。只是这一招实在太狠，诸葛亮让黄月英得认真考虑考虑。

看完飞燕带回来的字条，黄月英气得直跺脚，真想一把匕首架到诸葛亮的脖子上——诸葛孔明，你什么意思，我有那么丑吗？！

黄月英把字条一扔，这才注意到，字条背面还有一大段字。

诸葛亮似猜到了黄月英的反应，未雨绸缪地补充了一句："黄姑娘，你容貌清丽，扮侠客容易扮丑女难啊！我刚才还没说完呢，明日见面再议。"

见面再议？

黄月英一愣，"我现在根本出不去，怎么见面？"黄月英举起飞燕的两只前爪，对着飞燕大眼瞪小眼地自说自话。

果不其然，第二日黄月英刚梳洗完毕，下人就来禀报，说是水镜先生派人把她宿房里的东西给送回来了，水镜先生嘱咐了，务必让黄姑娘本人看一下，东西是否齐整。

夫人说来人是一高一矮一胖一瘦的两个孩子，黄承彦也就懒得再出来招呼，就吩咐家佣备了茶点，看好黄月英，自己回书房了。

"黄姑娘，别来无恙啊！"

"你谁啊？"看着来人抱拳行礼，黄月英丈二和尚摸不着头脑，"你们是谁？我认识你们吗？"

"黄姑娘，是我。"高瘦那个顿了顿。

"转眼就不认识了？飞燕是白吃我的鸡腿了？"胖的那个道。

原来是诸葛亮和唐炳！这两个家伙，居然给自己化了妆，完全认不出来了！怪不得爹和娘都没起疑心呢！本来昨晚还想拿匕首架人家脖子，现在黄月英却如同见到救命稻草，亲切得很。

黄月英招呼唐炳诸葛亮吃茶点，这正和唐炳心意，拍手称快！

“黄姑娘，我爹早就听说黄老先生家里的茶点出名，怎奈令尊清高无比，不爱社交宴请，我爹三番五次都没结交上，没想到我这个当儿子的比老子先吃到了你家的玫瑰酥饼啊！”

黄月英现在没脾气，只好又塞了一个玫瑰饼给唐炳：“有的吃就吃呗，哪那么多废话。”

诸葛亮忍不住笑，趁着佣人煮茶，压低声音，把他的计划全盘托出：在媒妁大典的画像流程中做手脚，这画像很有讲究，会被有意的男方婆家翻看比较，画得好看，自然就会被青睐有加，引多方注意……

“这我都知道——你就说你的办法是什么吧？”黄月英等不及了，打断诸葛亮。

诸葛亮点点头：“画师给你画像时，我想让唐炳稍做修饰，狸猫换太子扮作你。”

黄月英愣了两秒，噗嗤一声乐了出来。

黄月英：“我明白了，诸葛亮你太坏了，你想让人家画师把我画成丑女！”

诸葛亮：“请黄姑娘恕罪，我暂时只想到了这个下策。黄姑娘如果不同意，我们再从长计议。”

黄月英眯起眼睛，看着化妆后一时认不出来的诸葛亮和唐炳，点点头，倒也干脆：“此计可行，丑点儿也好，让他们彻底断了念想！”

诸葛亮：“不过事关黄姑娘名声，还请三思而后行。”

黄月英：“什么名声？无外乎别人说三道四而已。别磨叽了，就这么定了！”

说罢，黄月英和诸葛亮齐齐看向唐炳，似笑非笑，似打量又似想象。

唐炳吃了一嘴的酥皮渣，一看这件事，费力咽下，连连摆手不干：

“别别别，我跟你们说啊，谁都别打我主意！我唐炳唐寅生乃堂堂唐家大少爷，虽然胖是胖了点儿，但是也是钢铁直男一枚，要找女装大佬你们找别人去！”

诸葛亮：“眼下为救黄姑娘于水火，希望唐兄能不拘小节——”

黄月英变戏法一样掏出一个油纸包，又拿出一个糕点：“我们黄家的蜜汁沁心糕，怎么样？”

唐炳有些意外，眼睛瞪得溜圆。一边吞咽口水，一边摇头：“我唐炳虽然爱吃，但我家好歹是邓县首富，什么好吃的我没吃过，一点吃的就想收买我扮女装，太小看我了吧！”

唐炳嘴上说不，身体却很诚实，想再拿一个玫瑰饼，却被黄月英笑嘻嘻地轻轻一下就摁住了盘子，唐炳如何费力也拽不动。

黄月英一脸笑眯眯的：“这样吧，一天一个鸡腿，外加黄家小厨房的秘制桂花玫瑰饼一天一包，秘制酥糖不限量！”

唐炳松开手正色道：“开玩笑，几块点心你就把我收买了？在你心里我唐炳这么没有原则骨气吗？跟你说，别做梦了！”

黄月英登时哑口无言，诸葛亮却接过了话头：“唐兄，黄姑娘提鸡腿点心是跟你说笑，不要当真。不过这次请你帮忙异装，可不是说笑，这对黄姑娘是头等大事，若是糊弄不过这次媒妁大典，咱们今后在书馆里可就再也见不着黄姑娘了，若是郑伦、隋波之流欺负你我，还有谁能替我们出头？”

唐炳愣住了，看看黄月英，又看了看诸葛亮，突然一把抢过黄月英手里的玫瑰饼：“嗨，都是朋友，讲什么条件？就这么定了！不过我还有一个条件。”

“请讲！”

“今天所有的沁心糕和玫瑰饼我都要打包带回书馆！”

就这样，黄月英表面上服了软，说同意参加媒妁大典，黄承彦喜笑颜开，渐渐放松警惕。登记画像日，三人小组按照孔明计谋和彼此约定，如法炮制，在街角利用障眼法迅速换人。

唐炳换上女装假发，耷拉着脸进入了花房。

只听得花房内传来一声“我去”，画师惊得手都直抖，笔也掉到地上。

唐炳出来了，身后的画师忍不住扶墙呕吐，扇风祛邪。

“丑女见多了，这么丑的真没见过。”

不日，“黄家有女，黄头黑面，体胖如山”的记录和传闻不胫而走，提亲者们纷纷望而却步。

岂有此理！

黄承彦看到画像后气得不轻，之前是装病，这回可是真病了，含了丹参片躺了大半日才缓了回来。黄月英虽然得逞，但毕竟心里有愧，于是打不还手骂不还口，老老实实在家给父亲端茶倒水，伺候床头。隔了几日，黄老爷子气消了大半，想重新请画师给黄月英画像，怎奈负面风评早已街知巷闻，人家都劝道：再做什么补救也收效甚微，还会被人指摘有欲盖弥彰之嫌，清者自清，不如不做啦。黄老先生只有长叹一声，家门不幸啊家门不幸，只得作罢。

过了两日，等黄老爷子缓过点儿劲来，黄月英跪在跟前，梗着脖子说父亲不让读书自己就长跪不起。黄老爷子心疼女儿，叹道：“爹爹还不是一切都为了你好。都说你黄头黑面，体胖如山，以后还怎么嫁得出去？”

黄月英坦诚相告：“女儿眼下只想读书射箭。天地广阔，不嫁也有不嫁的自由快哉！”

夫人也一个劲地在父女俩面前转圜，说什么真要诚心想娶黄月英的，不会被这外形传言给吓跑，再说了无盐虽丑，亦为王后嘛。

道理是这个道理。黄承彦实在没法子，谁让自己也自诩为知书达理的读书人。最后只能自认失败，准许黄月英重回书馆。

被不认识的人以讹传讹说自己长得丑，一般女孩子早就不乐意哇哇抱头痛哭了，黄月英却丝毫不在意，与之相反，她内心还雀跃得很，嗯，诸葛亮这个鬼主意还真不错，自己这下终于可以回书馆读书了！

解放区的天，是晴朗的天！

隆中书馆的一花一草都好喜欢！

后山上，唐炳不忘邀功："黄姑娘，你看这回我和诸葛亮可是你的救命恩人？你该怎么谢我们呀？说好的糕点酥糖不能少哦！"

黄月英哈哈一笑："随口说说的，你还当真啊？上次小木屋救你俩一命，这次你俩救我一次，不过我落得个丑女的名声，谁来赔我？"

唐炳躲到了诸葛亮的身后。

诸葛亮笑道："是我们对不住黄姑娘。"

黄月英却粲然一笑，露出两排雪白贝齿，说道："哈哈，逗你们的，我们就算打个平手吧。"

三个年轻人笑语欢歌，好不快活，唐炳也挺开心的，糕点酥糖什么的，还有的是机会。

按说此事到此应该告一段落，黄月英再不用担心什么父母之命媒妁之言了，没想到，她还是高兴得太早了……

三日后的清晨，还未到早课时辰。女生们还在各自宿房内精心梳洗，而黄月英已用过早餐，正在书馆的水塘边喂飞燕呢。

喂了差不多了，便将装猫食的小布包里的细碎渣子统统抖在水塘里。一时间，水塘里红、白、金几色的锦鲤翻腾争抢、好不热闹。飞燕在池边瞪大了眼珠抖着胡须跃跃欲试，伸出爪子，似乎下一秒就要跳进水塘里捉鱼。

锦鲤争食，飞燕捉鱼，黄月英在后面看得笑意盈盈。

“小姐！可找到你了！”

黄月英一回头，竟然是自家家丁小乐出现在了书馆里。

小乐，你来书馆干吗？

小乐说是已经禀告了水镜先生，要接小姐回府。

“怎么又回府？媒妁大典不都完事儿了吗？我爹又打我什么鬼主意？又要画像了？”

家丁摇头，不是画像，不是画像！

“那……是我爹娘病了？”

家丁还摇头，老爷太太没有生病，没有生病！

“哎呀我说你别摇头了，都被你晃晕了，快说到底怎么回事，否则我不回去看你怎么跟我爹交差！”

家丁为难，这个小姑奶奶比老爷脾气还倔，看了看四下没人，只好招供道：“我也是听管家说的啊，说是北麓宋府来人拜访，黄老爷才差我来接小姐您的。”

“北麓宋府？这是从哪个石头缝里蹦出来的？兴师动众还要全家见客？”

黄月英正不耐烦，突然浑身一个激灵——坏了！突然想起来，会不会是那日为了飞燕擅闯民宅惹下的祸事？

……

当时闯进人家内院的确是自己失礼，后来还听见身后他们家丁呼喊“公子公子”！哼，那公子看样子挺文弱的，别是本来就有病再被我吓出了什么岔子，找到我家碰瓷讹人？不对呀，他是怎么知道我家住哪里？不行，我得赶紧回去！

上得马车，往家而去。到了家，跟随小乐子进了门，远远地就看见黄承彦在厢房外的回廊里来回踱步，急不可耐。

看来猜得没错，我爹准是被人讹上了！

黄月英摸了摸别在腰后的弹弓，正巧黄承彦看见女儿回来，连忙疾步奔了出来。

“闺女，你可回来了！”

黄月英心里一横，硬着头皮走上前去：“爹，我一人做事一人当！”

黄承彦捻须颔首：“嗯，这件事，别人想替也替不了你。”

黄月英圆眼一瞪道：“他们可真是小题大做，竟然还找到家里来了！”

“提亲不到家里那怎么行？那可有失礼数！”

“提亲？！”

黄月英眼珠和下巴都要掉下来了。

黄承彦笑意盈盈：“同喜同喜，为父也很高兴啊！”

黄承彦眉眼舒展，笑得那叫一个开心，娓娓道来：“宋家祖籍邓县，当家的宋老爷前几年去了东南会稽，今年这才全家搬回。家里也曾是耕读世家，如今转做生意，但礼数周全，眼光不凡，果然不似邓县的凡夫俗子！”

黄月英一时间六神无主，心里嘀咕道：这、这到底是什么讹人的路数？

第十九回

啼笑同侪强退姻缘

事情还得从三日前的那个傍晚说起。

唐炳每日下课后都去后山等诸葛亮从精舍下学出来，一起玩耍聊天，这日也不例外。黄月英也想来，但总被郑伦找茬儿，带着他的小跟班在操场上笑话她“黄家有女，黄头黑面，体胖如山”。黄月英决定今天好好教训郑伦一番，让唐炳先走。没想到飞燕一溜烟儿也跟着唐炳向后山窜去，八成是去找诸葛亮吧，黄月英无可奈何，唐炳嘿嘿一笑：放心吧黄姑娘，我和飞燕在后山等你哦！

郑伦也是奇怪，照例每日抚琴摆pose，可对书馆那些花痴迷妹越来越不满意，不是嫌苏莹太艳，就是许薇太俗，叹自己曲高和寡，知音难觅。成耀、隋波搞不清状况，也不知道怎么才能让郑公子开心，只好相互点头安慰：这就叫“高处不胜寒”吧。

书馆后院，黄月英拦下郑伦，插手抱在胸前，斜着脑袋，问他到底意欲何为。郑伦怦怦心跳，说来奇怪，他还挺期待黄月英冲自己发难的，以前只觉得黄月英又蛮又横，自从上次掉进泥潭蛇坑之后，再看黄月英，怎么都觉得灵巧无比，眉眼之间似有磁力，一旦盯上，眼睛总也挪不到别处去，总之一句话——她跟别人不一样。只是听说黄月英总去精舍找诸葛亮玩，这让郑伦一直耿耿于怀，不大痛快。

午后，唐炳看远处天空有风筝飞过，心里痒痒，好不容易等诸葛亮来了，便求了诸葛亮给自己动手做一个。诸葛亮听说黄月英要去找郑伦算账，明知黄姑娘吃不了亏，但心中也轻快不起来，帮不上忙，只能闷头为唐炳做风筝。唐炳随手抽了飞燕颈上黄月英的手帕递给诸葛亮，说要当成风筝尾巴。

风筝越飞越高，唐炳一不留神松了手，断线风筝越飞越远，飞燕撒腿去追风筝上的手帕，顷刻间竟也没了踪影。纵然是诸葛亮的大长腿也追不上。

哎呀，这可如何是好！一定要在黄姑娘回来之前把飞燕找到啊！

正心乱如麻，诸葛亮突然和黄月英撞了个满怀，各自摔坐在地上。

“诸葛亮，你慌什么呀？”

唐炳追了上来，嘿嘿一笑，试图解围：“黄姑娘，有一个好消息，还有一个坏消息，你想先听哪个？！”

黄月英睫毛抖了抖：“哦？好消息是啥？”

唐炳：“好消息是我给你家宝贝儿飞燕带了鸡腿，本来我以为鸡腿被我给弄丢了呢！”

黄月英：“那坏消息呢？鸡腿被你一不小心给吃啦？”

唐炳：“不是……鸡腿没丢，飞燕丢了……”

“什么？！”

诸葛亮紧张地点点头，赶紧解释道：“黄姑娘你先别着急，飞燕去追风筝，一下子就不见了。我们还没找到。”

不见了？

黄月英四处唤了半天，可草丛里树杈上都没动静，黄月英这才意识到飞燕真的不见了，一下子就急眼了。

“不着急？我能不着急吗？！唐炳诸葛亮，等找到飞燕再跟你算账！要是找不到飞燕，看我怎么把你削成飞燕！”

黄月英发了脾气，声音不大，却仿若有内力加持，声波迅速发散开去，唐炳和诸葛亮如同被核辐射过，顿时死气沉沉。

“后山这么大，飞燕那么小，这要是飞燕放飞自我就是不想回来，咱们这上哪儿找去呀？！”

唐炳嘟嘴犯了难，看黄月英瞪向自己忙捂住嘴巴。

此时，天空中突然传来一声鹤鸣，原来是庞德公饲养的仙鹤腾空而起。

有了！诸葛亮面露喜色。“快！咱们追着鹤走！”诸葛亮立刻说道。

“什么意思？”唐炳不解。

“鹤也是追风筝去的，跟着鹤就能找到风筝，找到风筝，就能找到飞燕！”

唐炳抬头一看，那鹤的身影还真是跟着风筝一路翱翔，刚回过神来，黄月英和诸葛亮都已经一溜烟儿跑远了，哀号了声倒霉，也只得跟着追上去。

诸葛亮朝着仙鹤飞翔的路径，几经周折追到了山脚下一处深宅大院。大门口的石碑上刻着“宋府”二字。

“这、这是谁家啊？我咋不认识？是这里吗？”唐炳累得上气不接下气。

诸葛亮抬头望去，庞德公的鹤儿就落在宋家的院墙上，直勾勾地盯着里院。

应该没错！——诸葛亮整理衣冠，正准备敲门，就被火急火燎的黄月英抢了先——黄月英哪里顾得上许多规矩，“咣咣”开始砸门。

“有人吗？开开门，快开门！”

“喵呜！你们听，这是飞燕的声音！诸葛亮，你说得没错，果然在这里！”

吱呀一声，门开了。容不得跟宋家家丁解释，一道影子一闪而进，黄月英不由分说就冲进人家大院了。

“你——她——？”

只剩下满头是汗的诸葛亮和唐炳，冲错愕的家丁满脸堆笑。唐炳掏出一个鸡腿：“吃鸡腿不？”

黄月英一溜烟儿已经窜进内府后院。

果不其然，一个白面公子左手拿着诸葛亮做的风筝，右手正拿了鱼干想要喂飞燕呢。

面对这个不速女客，白面公子登时怔住了："你——"

黄月英可顾不上什么公子，只喊了一句："飞燕！你可让我好找！"

主人来了，飞燕喵呜一声，一下子就扑了上来，爱猫失而复得，黄月英不由得眼眶一热，眼泪掉了出来。

看来太阳打西边出来了！动不动手持匕首利剑的黄月英，竟然也会掉眼泪？！

此时，一阵风起，黄月英裙裾和发丝都随之飘动，发丝粘在未干的泪痕之上，身后的杏花树上吹落了一些花骨儿朵，恰好落在黄月英的鬓发之上。本来阴云密布的头顶上，突然从云层里透出窄窄一束暖橘金光，这光亮恰好不偏不倚刚好打在杏花树下黄月英的身上——发梢和侧影轮廓都被镀上一层金色，白里透红的肌肤更加透明。垂下眼睑的黄月英更是楚楚动人。

此刻傍晚时分的光线，被后世称为"美人光"，最为衬人。宋公子自然不知道，黄月英被金光普照也浑然不觉，只顾宠着怀里飞燕，一会儿嗦鼻子数落，一会儿又心疼落泪，这一颦一笑，可把宋公子彻底看傻眼了——这风、这花、这光、这云、这落泪的美人！

宋公子浑身酥软，突然一下子站立不住，险些昏厥。

家丁一拥而上。

这个公子怎么跟纸扎的似的，一吹就倒？难不成是自己刚才吼飞燕的那两声吓到了人家公子？

黄月英独闯人家内宅，本来就心虚，琢磨着还不如趁乱赶紧溜之大吉为妙呀！

"仙女妹妹别走，等等……"

黄月英怎会理会，连梳理完羽毛的仙鹤也再次腾空而去。

诸葛亮和唐炳听见宋府里大呼小叫乱成一团，正想着不知哪个倒霉鬼又被黄大小姐胖揍了，只见黄月英抱着飞燕一脸仓皇地逃窜出来，一溜烟儿就消失了。

两个男生稍一对视："快跑呀！"

唐炳："哎呀，你俩等等我！"

众家丁追将出来，三人已经窜入林中消失了，只得作罢。

那边厢，宋公子还倚在杏花树下，喃喃地说道："仙女妹妹，你可让我好找……"

以上就是三日前所发生的事情，也是宋府来提亲的原委。

原来如此。

复盘之后，黄月英暗骂自己：失算失算，躲过了媒妁大典，却没躲过这位花痴少年。流年不利，这都什么破事儿啊！

眼下，黄月英只觉得脑仁疼，只听见忽然有人惊呼：

"仙女妹妹，果然是你。"

黄月英一回头，只见宋公子闻声而至，依然一身绣花长衫，脸上的神色似曾相识——想起来了，苏盈、许薇见到郑伦抚琴就是这种花痴表情，恰如许薇男性翻版，煞是可笑。说来也怪，这位公子五官本生得并不难看，甚至还有几分清俊，可黄月英一见到他就想书馆里的女同学来，止不住地发笑。

"不是我，你认错人了。门在那边，好走不送。"

黄月英冷下脸，语速超快，转身就走。没想到这位面如白玉的宋公子丝毫不恼，从怀里小心地掏出一方叠好的手帕，摊开看，手帕一角上面绣着黄月英三个小字。

"黄姑娘，这风筝上的手绢是你的吧？"

黄月英转过头，看到手绢也只能无言以对，算是投降了。

宋公子："我姓宋，我叫宋朗。那日姑娘惊鸿一瞥，才别两日，如隔三秋……"

有说话这么娘炮肉麻的男生吗？黄月英险些要吐，闭嘴憋气。

还是这个宋公子的声音："关关雎鸠，在河之洲。窈窕淑女，君子好逑。"

黄月英啊的一声，仓皇逃回闺房。

黄承彦吩咐了管家拿出最好的茶点，此刻他喜不自胜，正打算回房和夫人象征性地商量一下，就出去和宋家父子允下这门亲事——过了这村可就没有这店啦！毕竟全邓县有头有脸的男方家庭谁没看过媒妁大典的画册？苍天有眼，幸亏宋家刚刚搬回来，没有赶上媒妁大典，真是不幸里的万幸！

"爹！"

黄月英冲了进来。

黄承彦和颜悦色："怎么啦？"

黄月英："我不想嫁人！我想读书。"

黄承彦摇了摇头："读书的事不急于一时，嫁人的事，机不可失，失不再来。"

"这个娘炮有什么好？"

"闭嘴！你一个姑娘家家的，怎么张口闭口没个人形？"

"爹，我错了还不行，以后我好好念书，绝不惹是生非。"黄月英开始发嗲了。

"丫头，爹不是糊涂人，我就你这么一个宝贝女儿，怎么会让你受委屈？这个宋公子爹是知根知底的，他们家也是诗礼簪缨之族，我和宋老爷聊过天，真是见多识广谈吐不凡哪，他们宋家跟咱们黄家也算是门当户对。宋家少爷知书达理，又对你一往情深，爹这才做主，应下了宋家的提亲。”

眼瞅着黄承彦的话温柔了下来，而且句句在理，黄月英可就抓肝挠心了，这基本就把话给说死了：难不成我真要嫁给那个娘炮了？

不行，来不及了，只能放大招了！黄月英把心一横。

“爹！我没说清楚，不是我不想嫁宋公子，是我真的不能嫁！”

“那又为何？”

黄月英咬了咬牙：“我……我已经跟别人有过肌肤之亲了！你就别想让我再嫁人了！”

“什么？”

“我跟别人有过肌肤之亲了！”

“谁！？”

“诸、诸葛亮……”

黄月英也不知道为什么会说诸葛亮，但她就这样脱口而出了，说完黄月英自己都被自己吓了一跳。

接下来是可怕的短暂静默，仿佛房间里的空气都被抽干，所有人都暂时性地大脑缺氧……

一派胡言！

黄承彦的脸涨得彤红，手指发颤。

没有退路了。黄月英头皮发麻，也只好咬着牙再说：

“女儿没有半句虚言！不信您去问诸葛亮！”

晴天霹雳！

黄承彦听完险些昏厥过去，一屁股跌坐在凳子上——说得有鼻子有眼，看来确有其事啊！家门不幸，家门不幸啊！黄老爷子喘着粗气，直翻眼白。黄家上下顿时乱作一团，不仅丹参含片加量，黄夫人掐人中快掐出血来，老爷子这才缓过来。

宋家父子携了老管家在花厅用茶，不明就里，只听黄家下人匆匆来禀说黄老先生突发疾症，婚配一事还需择日再议，多有得罪。宋家父子面面相觑：老爷子到底是高兴得还是不高兴得啊？宋老爷连忙让管家备车，纵然宋公子依依不舍，最后也只能被家中大人拽着悻悻而去。

恢复神智的黄承彦气息未定，拄着胳膊坐了起来，第一件事就是命人将黄月英关进小黑屋闭门思过，紧接着就嚷着备车，他要去隆中书馆，找诸葛亮对峙算账。黄夫人和管家谁也劝不住。

水镜还以为黄老先生是来找自己喝酒对诗的，还从未见过哪次像今天这般气急败坏。黄承彦让水镜把诸葛亮叫来，还叫他不要管不要问，水镜无奈，只见黄承彦屏退了众人，单留诸葛亮一个。

教室里，只有黄承彦和诸葛亮两个人。黄承彦步步紧逼："诸葛亮，一人做事一人当，你打算将来如何对待小女？"

诸葛亮以为黄承彦是秋后算账——算的是媒妁大典狸猫换太子一事，略有心虚。黄承彦看诸葛亮眼神迟疑嘴巴吞吐，料定女儿所言不虚。

"诸葛孔明，犯下如此滔天之祸，该当何罪？"

"请黄老先生恕罪！弟子实在是不得已而为之。"

"什么？你毁了我女儿清誉，你还不得已？！难不成是我女儿逼你就范不成？"

黄老先生话音刚落自己都有点儿莫名心虚，黄月英向来顽劣霸蛮，如果女儿真想怎样，眼前这个文气书生如何招架得了……唉，不行！事到如今，不能胡思乱想……

诸葛亮一头雾水："这……"

"事已至此，你说吧，这事儿打算如何负责？"

诸葛亮汗如雨下，只好答曰："好好读书学习，将来报效国家。"

纳尼？！

二人鸡同鸭讲，笑料百出。

黄承彦越问越乱，只好打道回府，临走的时候，他找到水镜，欲语还休，不知如何开口。水镜以为黄承彦已经知道诸葛亮帮助其他学生作弊一事。黄承彦为人老派，一听更加大惊失色："诸葛亮还敢作弊？！哎呀呀，这样的人你也把他留在书馆？"

水镜无奈："黄先生的意思也是要把他从书院除名？"

黄承彦更不爽了："什么叫也是？看来不止我一人有这种想法喽？这样的人你把他除名，莫非要祸害社会？"

水镜先生彻底蒙圈了："诸葛亮已被精舍录取，如今是雾隐弟子，我水镜说的不算。"

黄承彦愤愤告知水镜："小女抱恙，暂不来书馆了。"

诸葛亮回到书馆，不见飞燕来讨吃食，觉得蹊跷，这才知道黄月英已被其父带走。回到宿舍，发现自己铺盖一空，原来黄承彦给水镜先生施压，诸葛亮死罪可免，活罪难逃，必须接受惩罚——从此要夜宿柴房，读书没灯，写字没笔，还需打扫厕所。

这可乐坏了郑伦。听说是黄承彦施加外力，他心里那叫一个美滋滋：别看黄老爷子对我爹经常冷脸，但骨子里还是向着我的嘛！看来，我也要投桃报李，帮黄老爷子一把才对。

这下惨了，在精舍学习时，诸葛亮将事情一五一十禀告雾隐，雾隐只是笑而不语，并未责怪。诸葛亮苦恼于无法读书，雾隐却望向天空："月朗星稀，有何不可？"

诸葛亮豁然开朗，每夜借月光读书，听虫鸟夜鸣，自乐无穷。

隔了十日，听闻诸葛亮在书馆里面对惩罚和多方刁难安之若素，黄承彦气得手抖。

黄月英被关在家中，和父亲各种冷战不对付，脸不洗，饭不吃，就靠喝点粥续命。面对女儿的消极抵抗实则负隅顽抗，黄承彦又气又心疼又没辙——比当年她娘还倔。而黄月英她娘心里嘀咕的却是：比现在她爹还犟！

颜面尽失，怎么她还委屈了？诸葛亮完好无损，女儿那里又吃了闭门羹，黄承彦自然不会善罢甘休，直接让管家打听了诸葛亮家的住址，驱车去乡下把诸葛家的大人请来。

听说也不是啥殷实人家，哼，自然没有好好管教！子不教，父之过。我不会放过他们家大人，让他们也颜面尽失！

黄老先生雷厉风行，老管家马不停蹄，果然说到做到。隔日下午，诸葛亮婶母姜氏果真就风尘仆仆地出现在黄承彦黄府的正厅之中。

管家吩咐家丁过去送茶，被黄承彦一把拽住：再等等。

黄承彦自然是想晾一晾诸葛亮家的大人。

隔着屏风一瞥，黄承彦皱起眉头，问道：怎么是个女流？

管家回话："回禀老爷，诸葛亮年幼双亲早亡，这个姜氏是其婶母，全家由其一人操持。"

黄承彦听不下去，摆手道："目不识丁的妇道人家，家门不幸，不请也罢。"

管家欲言又止："老爷……这位妇人可不一般哪。"

黄承彦听不下去，问道："夫人呢？"

管家回道："小姐不吃饭，夫人心急，一不小心饭菜连汤带水和油渣都扣在小姐身上头发上，还好饭菜都已经放凉了……"

黄承彦一怔，如同看到了现场画面：我的夫人啊，你都多大岁数了，下手还这么没轻重。

管家又说："哦，夫人揪着小姐烧水沐浴去了。"

黄承彦走神，暗道：别看管家说话不动声色，但这一个“揪”字，立刻就抓住了夫人神态，用得颇为传神，可谓一字之师啊。

管家又道：“老爷，诸葛亮也到了。”

“婶母？真的是婶母！”

跨进正厅，旁人未见，却见婶母正襟危坐，诸葛亮喜出望外，快步上前行礼问安。

“婶母，您怎么来了？”

姜氏看见诸葛亮，满眼慈爱：“婶母是被黄先生派车接来的，听说黄先生是你书馆同学的父亲，说是有急事相商，具体为什么，婶母还想问你呢。”

诸葛亮一时语迟，不知该如何回答。

婶母早就觉出蹊跷，起身走到诸葛亮跟前：“是不是在书馆里又惹了祸事？”

诸葛亮不敢回答，只有摇头。

婶母叹气：“黄老先生让我过来，表面客客气气，实际是要打算让婶母难堪呢。”

诸葛亮：“黄老先生是沔水名士，怎会让婶母难堪？”

婶母笃定一笑，走回座位，转过身来：“黄家初次登门就火急火燎接我过来，却又支支吾吾不说事情原委，想必事出于私，不便声张，遮遮掩掩，此算唐突之一。到了黄家，这样的深宅大院，主人未现，连出来张罗的家丁也未见半个，有失礼节，此算唐突之二。还有，刚才明明闻到了茶煮之气，可又迟迟未见茶杯之影，若按照待客茶道，必须沸水滚茶汤后立即奉上，而煮了又不肯上，想必是茶是人都要故意晾一晾喽，此算唐突之三。”

屏风之后，黄老先生额头微汗，面色尴尬。他看向管家，管家轻轻点头，言外之意显而易见：我早就说了嘛，这个妇人不一般。

诸葛亮噗通跪下，说都是自己做了错事，才害得折损婶母。

“太好了！”屏风之后，黄承彦十分解气：终于招了，听他怎么说！

诸葛亮把从帮唐炳作弊险些被开除到考取精舍遇到雾隐再到出鬼主意让黄月英逃脱媒妁大典一五一十全说了一遍。

你还别说，这些事情全说出来还挺精彩的，跟电影一样。

好一会儿才说完……

“就这些？”婶母问道。

“就这些？！”屏风后的黄承彦颇不甘心。

“就这些。”诸葛亮坦坦荡荡。

婶母点点头，那就心里有数了，瞥了一眼屏风方向：

“亮，婶母看也没别的事了，这黄家的主人也不知躲到哪里去了，课业繁重，你还是回书馆抓紧读书吧，我也要趁着天光赶路回家，你二姐他们还在家等我呢。”

“诸葛姜氏请留步！”

黄承彦连忙追了出来，假装数落管家没有及时通报，又赶紧命人看茶。

大家彼此行过礼后，打发了下人散去，黄承彦清了清嗓子，终于开口：“诸葛姜氏，我请您来，事关重大，性质严峻……”

黄承彦越说气压越低，面色也愈发凝重。

正在此时，吱扭一声，屏风后面闪出两个人影：正是黄夫人和黄月英二人。

黄月英见了诸葛亮，星眸一闪，分外欣喜，直接挣脱了母亲奔了过去。诸葛亮见到黄月英也同样开心，眼有笑意。

二人开启叽叽喳喳模式：

诸葛亮："黄姑娘，你来了？"

黄月英："废话，这是我家，我当然来啊。我应该问你，你怎么来了？"

诸葛亮："啊，我还以为你找我——到底怎么回事？"

黄月英："唉，一言难尽……我是想回书馆找你们，可我爹压根不让我出门。"

诸葛亮："才几日不见，黄姑娘明显轻减了不少，是生病了吗？"

黄月英："别提了，去不了书馆，比生病还难过！对了，书馆有啥新闻八卦？雾隐那活死人可又为难你了？"

诸葛亮笑着："书馆一切照旧，雾隐先生待我极好，倒是唐炳总挂记你何时复课呢。"

黄月英："哼，飞燕抢不了他鸡腿，不知道他有多开心吧！"

诸葛亮："也说不上开心，倒说过'没有飞燕惦记，鸡腿吃着不香'。"

噗嗤，二人一齐乐了出来。

诸葛亮："黄姑娘，你发梢未干，湿气侵体，莫要着凉啊。"

黄月英："切，我什么体格，这点不在话下——啊嚏！"

黄月英还真打了一个喷嚏。

看二人你一言我一语如入无人之境，婶母和黄月英的娘亲对视一眼，忍俊不禁。黄月英的娘亲对诸葛亮婶母行礼颔首，姜氏也回礼黄母，再仔细端详：黄母虽也上了年纪，脸上却全无阔太矜贵之神色，眼白白，瞳仁黑，笑容明朗，眉眼舒展——这一点显然和黄老爷子迥异。

"安静！"

黄承彦的眉头是越来越皱，他实在看不下去了。

黄夫人这才想到忘了正事，拽了拽黄承彦的衣角。

黄承彦甩了甩袖子，不理会夫人。

黄承彦："国有国法，家有家规！我们黄家在沔水畔生息多年，向来爱惜清誉，不允许有辱门楣之事，也从不与旁人犯难。但是，若是有旁人犯我，也绝不姑息——"

黄承彦面色铁青地看向诸葛亮婶母："诸葛姜氏，你家公子——哎哟！"

众人一惊，只见黄承彦气急败坏看向夫人："夫人，你踩我做甚？！"

黄夫人有些尴尬，欲伏在黄承彦耳边耳语，却被黄承彦挥手推开——

"无论何事，都不如眼下我说的要紧，迟些再说，迟些再说！夫人请见谅。"

黄夫人急又无可奈何，黑眼球转了又转。

公婆俩的一连串小动作，婶母都看在眼里，却愈看愈糊涂。

黄承彦叹了口气："诸葛姜氏，诸葛亮他学业虽好，但是——"

"但是御射功夫太差！"黄夫人突然提高嗓门，接过了黄承彦的话头。

黄承彦也一愣。

"文武双全才是最佳嘛！诸葛亮应该跟小女一样，多学学骑马射箭什么的！"黄夫人大声说道。

黄承彦咳嗽了一声："夫人，你先打住，我有正事要讲。咱们都是读书人，凡是要讲立法，大人更应以身作则——"

"以身作则说得好哇！来，看我舞剑一番，给诸葛亮今后的练习打个样！"黄夫人说得兴高采烈，又打断了黄承彦。

接着，黄夫人拿着一柄宝剑，就在屋子里耍了起来，身姿轻盈，上下翻飞，刀光剑影，颇有当年鸿门宴时项庄的风采。

黄承彦、姜氏、诸葛亮和黄月英都看傻眼了。诸葛亮满腹疑问，看向黄月英，分明要求一个解释。

“没事没事，我娘乃武林高手，所谓曲不离口拳不离手嘛，你看这晴空万里，正是练武的好天气。”黄月英尴尬地对诸葛亮解释道。

屋中室内，你从哪看到晴空万里的?

诸葛亮抬头看了看房梁，承尘布都被黄夫人的剑气带起来了。

黄月英擦擦额头的汗：“对不起，我实在编不下去了……”

只见黄夫人越练越起劲，“嘿”“哈”之声四起。嗯，看来，黄月英的身手是有家学渊源的。

“好!”一旁的家丁小乐忍不住鼓掌叫好。

“停——”只听黄承彦中气十足地怒吼了一声：“我有正事要对诸葛姜氏讲清楚，你添什么乱?”

黄夫人拿着剑气喘吁吁地停下。

“令堂的思路好跳跃啊，一般人跟不上。”诸葛亮悄悄对黄月英耳语。

“平时她真不这样……”黄月英尴尬懵了。

“谢谢捧场，谢谢捧场!”黄夫人满脸笑意地对着姜氏作揖。

姜氏向来宠辱不惊，此刻脸上也藏不住讶异，只能尴尬还礼。

眼见无厘头的夫人消停了，黄承彦又开口道：“见笑见笑！我说姜氏啊，这次找你来，确实是没有办法的事，此事干系重大，如果不当面厘清，我心里也发毛……”

“哎呀快看，毛毛虫!”还未出口，只听得黄夫人突然高喊一声。

话音未落，只见诸葛亮和黄承彦同时原地起跳，弹出一丈远。两人显然受到了惊吓，居然抱在了一起！可在场的三位女士：诸葛亮婶母姜氏、黄月英、黄夫人均岿然不动。

黄承彦和诸葛亮目光相接，诸葛亮忍不住问候了一句："黄伯伯，您也怕毛毛虫啊！"

黄承彦赶紧放开诸葛亮，黄月英和黄夫人憋不住笑，婶母姜氏心里更是喟叹：这回到邓县，算是开了眼界。城里人可真会玩。

黄承彦气急败坏："夫人！"

黄夫人凑上前去，一番耳语："刚刚和女儿沐浴，女儿仍是处子之身，并未犯下男女大防的淫邪之事。月英也承认她是为了推掉宋家婚约，才不计后果信口胡说的。小孩子闹一闹就算了，书馆里你已经没少给诸葛亮找罪受了，我们可不能再由着性子开口冤了诸葛一家，欺负人家孤儿寡母！"

怔了好一会儿，黄承彦这才后知后觉，恍然大悟，知道是自己误会错怪了诸葛亮。刚才夫人整出那么多幺蛾子，就是为了拦住自己！

婶母姜氏上前一步，垂着眼角，说话不疾不徐："黄老先生，您刚才话还没说完呢，姜氏洗耳恭听。"言外之意——我可没工夫看你们胡闹了。

黄月英支棱着脖子，看热闹不嫌事儿大："爹，我们也都洗耳恭听呢。"

这下黄承彦可傻眼了，看了看夫人，又看了看诸葛亮婶母，再看看诸葛亮和黄月英，哎呀，自己真是糊涂啊！

"诸葛夫人，我请你来，是想——是想——是想表示感谢的！"

这下轮到姜氏和诸葛亮大眼瞪小眼了。

"小女顽劣，平时多亏诸葛公子帮忙补习功课啊！"黄夫人手里没了剑，眼神也温柔了许多，"不然，书馆的数次考试她可能过不了关。"

"多谢黄先生黄夫人美意！不管怎么说，这次媒妁大典是诸葛亮出的坏主意，坏了黄小姐的名声，诸葛亮犯的错，就应该受到责罚！"姜氏一字一顿地说道。

“婶母！是我爹逼我，我才逼诸葛亮的！这事儿不怪诸葛亮！”黄月英勇于承担责任。

“亮愿接受责罚！”诸葛亮也站了出来。

“此事确因小女而起，不能全怪诸葛公子。你们既已一体担责，我也就不再追究了。”黄承彦心里有愧，赶紧就坡下驴，“月英，既然话都说开了，将来的计划，你可有何打算？”

“爹，女儿要跟诸葛亮一起回书馆读书。”

看着黄月英杏眼圆瞪，坚持要跟诸葛亮一起回隆中书馆读书。黄月英亲娘也发话了：“看来女儿心意已决，宁可顶着‘黄头黑面、体胖如山’的名声，也要回书馆读书。这不是跟她爹一样？十头驴也拉不回来的犟脾气，还是由她去吧。”

黄承彦百感交集，不知道是欣慰还是心酸，也只能应允了黄月英上学的请求。黄月英兴高采烈，围着诸葛亮，跟他报告好消息，欢笑之声如同银铃。

“真是一对璧人啊！”看着黄月英围着诸葛亮喜笑颜开，黄夫人不禁感叹道。

诸葛婶母也是聪明人，宽慰黄老先生：“孩子嘛，年少无知，虽非男欢女爱，但也是总角之交，二小无猜。我家孔明愚钝，以后还请黄家先生和夫人多担待多批评。”

诸葛亮婶母姜氏越是周全大方，黄承彦越是于心有愧，连连抹汗——老了老了，竟不如一个乡下女流之辈。

看着诸葛亮俊朗飘逸、灵秀挺拔的样子，黄承彦突然有点恍惚——这诸葛亮还真是一表人才，看他婶母的谈吐，想必只是家道暂落的大家族出身。现在诸葛亮又考入了精舍，学业也是一片坦途，若是真有缘做我的乘龙快婿，不也是美事一桩？

可眼下，乘龙快婿正被黄月英折腾得到处躲呢，婶母向黄家告辞，登时就被黄夫人拦下了。折腾了这么一大圈子，还说了要感谢他们，必须吃完饭再走。

于是乎，烹羊宰牛，觥筹交错，连摆三桌，连老葛、小乐都吃得不亦乐乎，要不是一会儿要驾车，这两位肯定会痛饮不辍。

酒足饭饱，众人告辞，小乐驾车载着诸葛亮、黄月英往书馆去了。

牛车上，老葛边驾车边问姜氏："夫人，您说这黄家葫芦里卖的什么药？专程把咱二少爷叫过来，又把您给请了去，我看是不是想给二少爷说亲的意思啊？可临到了，咋又说了一半又不说了？"

"那么多饭食还堵不住你的嘴？"姜氏嘴角笑抿，不让老葛说下去，"仔细看路，好好驾车！"

嘿嘿，嘿嘿，老葛爽朗的笑声伴着牛车声一路远去。

又是数日，书馆一切照旧。

一日早课，大家正自习温书。再仔细一看，真正认真看书的只有诸葛亮，剩下的人都是举了本竹简立在前面装样子作掩护：唐炳吃东西，苏莹对镜描眉，郑伦整理宝冠，黄月英在给立在窗棱上的飞燕投掷小鱼干。

正在此时，水镜先生推门而进，满脸喜色。

"大家都在用功啊，好，好！"

嘿嘿，幸亏水镜老眼昏花，同学们连忙收起副业，举起简书，像模像样，其乐融融。

"好、好，今天我给诸位介绍一位新同学，希望你们能在书馆切磋学艺，共同进步——"

水镜话音未落，新生就迫不及待地步入教室，一身男款绣花衫格外醒目。

“哇塞！面似白玉，气质如兰，好一个谦谦君子！”

“虽不是浓眉大眼，但长得也蛮不错耶！”

“是我的菜！”

郑伦不屑一顾，转头对成耀他们八卦：我知道他家，祖上有点儿头脸，原先就是邓县的，他爹也算名士，几年前搬走了，不知为何现在又搬回来了，吃老本吧，装什么外宾。

大家正好奇的打量议论这位绣花公子，黄月英也把涣散的目光从房顶移到讲台前，顿时骇然失色：这、这不是那个宋朗吗？

只见宋朗早就注意到黄月英，还径直走了过来：“黄姑娘，好久不见，别来无恙。”

黄月英身子本能地往后一靠，手心对着宋朗：“你别来，我就无恙。”

众人哄堂大笑，唐炳笑得最欢，拍着肚皮前仰后合，小舌头都要露出来了。

水镜：“黄月英，不得失礼！”

宋朗却不恼，拱手作揖，神色坦然：“之前多有冒犯，还请黄姑娘见谅。早就听说隆中书馆气象不凡，此番亲见果真如此——怪不得让黄姑娘宁可违了父母心意也要来读书。”

黄月英连忙正起身板，一边眨眼一边尴尬。听娘说起过，这位宋公子得知黄月英拒了婚约，还大病了一场，本来身子骨就薄，可把他爹心疼坏了。

诸葛亮一直静静看着这位宋公子，原来他就是那个跟黄姑娘提亲之人——虽然周身衣饰不菲出身富贵，但礼数周全，一举一动并无桀骜浮躁之色。长相俊美，眼神清澈，相较于一直都知道自己很帅的郑伦，眼前这位宋公子的谦和模样，更易让人产生好感。

果不其然，唐炳扯了扯诸葛亮袖子，咧着嘴角：哎，新来这小子，我挺喜欢！

诸葛亮也对这个宋公子印象不坏，只见他挑了挨着黄月英的座位坐下，看黄月英的眼神有些不大对头。

宋朗也注意到了诸葛亮，在座位上起立拱手，宋朗道："原来你就是诸葛亮。"

诸葛亮也起身回礼："正是在下，宋公子请多指教。"

没想到宋朗收起笑意，低声一句："我早已领教过了。"

诸葛亮一怔。

唐炳看看诸葛亮，又看看宋朗，顿时眼睛锃亮，似乎看热闹不嫌事儿大，使劲捅诸葛亮："咋回事儿？哎？他好像话里有话呀？"

水镜先生："好、好，好吵啊！"

大家这才安静下来，准备上课了。

宋公子来了以后，大家也都相安无事。除了偶尔主动去吃黄月英的闭门羹、对诸葛亮没啥好脸色外，也没啥太大波澜。

这天傍晚，诸葛亮又要去精舍，唐炳若有所思地说："你这雾隐老师奇奇怪怪的，十年也不出关，他住那里吃什么？难道他是妖怪？"诸葛亮说："休得胡言，你要真想知道，我带你去看看吧。"

这精舍掩映在书馆后山的竹林中，不注意根本就看不到，唐炳和诸葛亮猫着腰悄悄过来，躲在篱笆后面，接着灯火一看，果然有几个人影晃动！

乖乖隆地咚！真个有秘密！唐炳心脏狂跳，睁大了眼睛仔细瞧，登时就泄了气——原来，是杏儿和狗儿来送饭了，搞了半天，不就是隆中书馆在给雾隐提供食宿嘛。

想不到答案这么简单，没劲。杏儿和狗儿告辞而去，唐炳也想回书馆休息，突然，唐炳和诸葛亮接着灯火看到精舍里的雾隐起身似乎在墙上摸索着什么东西，不一会儿，雾隐就摸到了，只见他转动机关，一扇沉重的石门徐徐打开，一道光照亮雾隐的脸庞，雾隐的脸庞坚毅而平静，见四下无人，雾隐朝石门里面走去……

唐炳这下兴奋了："这门后面是什么?"

诸葛亮："不知道，雾隐先生讲过，要学到机工巧械的部分，才能打开那扇门进去修习。"

谁也不知道，此时在邓县郊区的后山上，一匹戴着面具的马正站在山巅，悄无声音，连响鼻也不打，马背上骑着一个全身黑衣的蒙面人，他的黑衣上似乎有一个彗星样的标记，眼中闪着寒光……

第二十回

学女德书馆空荡荡

接近晌午。

快要下课时分，最是难熬。

唐炳课间零食吃多了，这会儿犯困厉害，先是用肉乎乎的手指头撑了会儿上下眼皮，又揪了揪自己头发强打精神，可惜统统无效，只好索性一头栽歪在桌上，用尽睡前最后一点力气支棱起桌上的竹简当作掩盾，料定水镜先生眼神不济看不真切，然后就瞬间进入甜美梦乡，偶发鼾声。

唉，水镜的语速也太慢了。

黄月英念书也念得意兴阑珊，正好看见前面歪张着嘴巴正呼呼大睡的唐炳，觉得好笑，眉梢一动，眨眼间就从腰间布袋里捏出一粒小猫食来。

下课铃声响起。

Bingo！一击命中！

哈，猫食儿不偏不倚，正好投入唐炳嘴里。

唐炳猛然醒来，条件反射地弹立起来，嘴里还含着口水混沌不清：

“我是谁，我在哪儿？我干什么？”

哈哈哈哈，课堂里顿时爆发哄堂大笑。

“安静，安静！”

水镜先生试图控制住混乱的局面。

唐炳发现嘴里有东西，出于本能地嚼了一嚼，发觉味道不对才使劲地呸呸呸地吐了出来，嘴角上还挂着口水。

水镜先生无可奈何，又气又笑：

“我说唐炳啊，你怎么一上课就犯困，一下课就精神？还没午饭就流口水？看来还是饭堂比课堂更吸引你啊！”

黄月英在后面拼命捶着桌子，险些乐岔气。

唐炳也不恼，准确地说是脑子有些发蒙一时还反应不过来。他揉揉眼睛环视四周——还别说，冷不丁站起来俯视全班，倒别有一番新鲜滋味。

唐炳：奇了怪了，水镜先生，我发现咱班怎么一个女生都没有？

唐炳的洞察不假，班级里原本的女生座位如今空了大半。

黄月英又掷了一粒猫食：你瞎呀？我不是女生？！

唐炳吧唧了下嘴，双下巴变成了三下巴：

“你也算女生？哈哈哈哈！”

唐炳小肉手抚着肚子乐不可支，浑身肉颤。其他男生也跟着笑，连郑伦都笑个不停。

原来傻笑会传染啊！黄月英除了翻了个白眼，也没辙。

水镜却面露愁色，不住地摇头叹气，扫视全班，今天只有黄月英一个女生来上课。欲语还休，拿上竹简悻悻而去。

水镜一走，唐炳立刻精神抖擞地八卦起来，问道：“刚才还以为我发梦呢，那个苏莹、许薇、杜鹃、赵娣她们怎么还真没来？生病了？传染病？”

黄月英歪着脑袋压低声音说：“你真不知道？”

唐炳小眼突然闪光：“是哪里来了大帅哥？她们逃课去看帅哥了？比郑伦还帅那种？”

黄月英笑道：“肤浅！在你心里，女的就这点儿出息？再说郑伦帅吗？！”

唐炳坏笑道：“他要是别说话就还行吧。我要是瘦一点，绝对不比他差！你说我说的对不对，诸葛亮？”

诸葛亮正在一旁整理案牍，被唐炳拉入对话，有些莫名其妙。

唐炳不依不饶问诸葛亮：“你说我如果瘦下来，肯定比郑伦帅三分吧？”

诸葛亮忍俊不禁，点头道：“我看不差，那必定会是脱胎换骨，天地造化……”

黄月英噗嗤笑出来：“诸葛亮，你这是啥眼光啊！”

唐炳噘嘴：“谁能有你眼光高，上房揭瓦可比不了呦！”

黄月英也不客气：“至少我可踩不塌房顶，换作你可不一定了。”

唐炳：“哎呀，你快别卖关子了，倒是说她们都干什么去了？”

黄月英叹了口气，说道：“她们根本就没生病！咱班女生都被自己老爸送到劳什子女学班去了！”

唐炳：“女学班？什么鬼啊？诸葛亮你知道吗？”

诸葛亮整理好书简，缓缓说道：“所谓女学，就是专门教女生妇德、妇职和闺门礼仪的。”

黄月英：“天可怜见，她们真倒霉！”

唐炳：“那你咋不去？”

唐炳一边说，一边把小胖手拿出来块饴糖塞进了嘴里。

黄月英哼了一声：“那种鬼地方我为啥要去？你就不能盼着我点儿好啊！”

除了觉得劳什子女学真心无聊透顶，黄月英的语气里多少还有一点儿置身事外的幸灾乐祸。

飞燕见水镜先生不在，从窗外窜了进来，在黄月英桌上蹭来蹭去，眼神如灯，虎视眈眈地盯着唐炳和他手里的饴糖，活像一只凛凛生风的小老虎。唐炳如临大敌，含着糖的嘴巴都不敢张开。飞燕盯了一会儿没有收获，便跳到诸葛亮桌上，立刻从小老虎变成软妹子，打滚撒娇卖萌讨喜，水汪汪的绿眼睛也眯了起来，更加娇媚。诸葛亮忍不住逗弄飞燕，宾主尽欢。

“这个飞燕，真是见人下菜碟——不过头一次发现诸葛亮的手指还挺长挺好看的。”

黄月英眼神有点发直。

“嘿，琢磨啥呢？又想扔谁？”

唐炳用手在黄月英面前晃了晃，黄月英都没什么反应。

“黄月英!”

不知什么时候，水镜先生又回来了。

“到!”

飞燕一见水镜如同见鬼一样，立刻纵然跃下书桌，竟钻进诸葛亮宽松的罩衫里。诸葛亮毫无防备，如同被点穴一般，瞳仁瞬时瞪大，身体立刻僵直。本来撸猫的右手，还悬置在桌上，甚为怪异。看水镜看向自己，诸葛亮只能缓缓撤回右手，放到自己“肚子”上。

黄月英急眼，压着嗓子喊了一声：“飞燕!”

水镜皱眉：“老夫都说多少次了，猫畜不能进学堂。你把它藏哪儿了？”

水镜的老花眼环顾四周，诸葛亮屏气凝神，他似乎能摸到两个心跳。

黄月英忙说：“飞燕没在屋里!”

飞燕似有不满，轻轻地喵了一声。诸葛亮下意识地弓起身体，捂住肚子。

水镜疑惑：“刚才什么声音？是不是猫叫？”

唐炳眼珠一转，急中生智：“先生，诸葛亮他肚子疼!”

诸葛亮和黄月英齐齐睁大了眼睛瞪向唐炳。

这下可好，水镜向诸葛亮这边走了过来，神色也立刻变得和缓关切：“孔明，怎么回事？是受了凉风，还是吃坏了东西啊？”

诸葛亮额头微汗，微微躬身，捂住“肚子”：“嗯，多谢水镜先生关心，不打紧的，一会儿就好，一会儿就好……”

唐炳使劲憋笑，脸都憋红了。

水镜先生点点头："好，好。跟着雾隐先生在精舍学习的确很耗费心力和体力。孔明，你要多注意身体，不要总是坐着，读书之余，也要多出去运动一下，舒活筋骨，强健体魄。来，你现在就起来出去晒晒太阳，走一走嘛！"

呃……看着水镜先生关切鼓励的神态，摸着热乎乎的肚子，诸葛亮进退维谷，尴尬极了。

唐炳发出了咯咯咯的怪声，他实在憋不住笑，黄月英伸手掐了唐炳一下，唐炳张大鼻孔笑不出来了。

飞燕在诸葛亮"肚子里"转了个身，诸葛亮也赶忙动作夸张地调整了一下坐姿，保持同步。

看着诸葛亮如此狼狈，黄月英也忍俊不禁。

还未等水镜发问，诸葛亮急中生智："对了水镜先生，见您下课之后又返回课堂，是找黄姑娘有事吧？"

水镜这才想起还有正事，心里责怪自己糊涂："对对，还是孔明细致，提醒得对——黄月英，收拾书本和东西，你爹要你去平乐苑女学班报到……"

黄月英眼珠和下巴都要掉地上了。

"啥？！"

唐炳眼珠比平时瞪大了两倍：

"哎呀我去，真被我说中了！"

黄月英嗔道："糖球你这个乌鸦嘴，看我不拿小石子儿崩你一百遍！"

唐炳嘿嘿一声："嘴硬有啥用？哈哈，也算有人替天行道了，但见苍天饶过谁，饶过谁？！哈哈哈！"

飞燕终于忍不住了，从诸葛亮怀里一跃而出，蹿到唐炳身上。

"哎呀，哎呀！饶过我，饶过我吧！救命呀！"

精舍外，雾气氤氲；

精舍内，熏香清幽。

杏儿正带着狗儿来送饭，看到诸葛亮，杏儿忙不迭地施了万福。雾隐问诸葛亮吃过没有，诸葛亮拱手说在书馆跟着唐炳已经吃过，雾隐笑道："跟着首富之子混饭，肯定少不了油水，比精舍这粗茶淡饭可强多了！"

没想到杏儿居然白了雾隐一眼，罕见开口说道："雾隐先生年长，又要养病，水镜先生特意交代后厨做些雾隐先生喜食的清淡饭菜。诸葛公子这么年轻，还在长身体，吃点油水怎么啦？再说了，公子平日里也是粗茶淡饭，他给唐炳补习功课，唐炳请他吃饭，又不是白吃！"

话到后面，居然有几分严厉，逗得雾隐忍俊不禁，连忙解释自己只是开玩笑，对杏儿的悉心照顾一直非常感谢。

杏儿不接雾隐的话，看到诸葛亮，脸上陡然飞起两朵红霞。

雾隐叹道："杏儿比为师更了解诸葛亮的情况啊！"

诸葛亮听了也有点儿尴尬，也不知该说点什么。

雾隐一边逗狗儿，一边用些粥饭，杏儿和诸葛亮相对无话。

不一会儿雾隐吃完，杏儿收好需要涮洗的物品，赶紧带着狗儿告辞了。

精舍外，狗儿觉得很奇怪，怎么今天姐姐老是傻笑？

精舍内，雾隐笑吟："既见君子，云胡不喜？"

说话的当口，诸葛亮已经把琴、香都放置妥当了。

雾隐不再说笑，与诸葛亮对面盘膝而坐，二人面前，有一把旧琴。

雾隐先生娓娓道来："《礼记》有云，昔者舜作五弦之琴，以歌《南风》。夔驶制乐，以赏诸侯，故天子之为乐也，以赏诸侯有德者也。可见天子制乐，为的是褒赏德行，敦行教化。不过蔡邕又在《琴操》序文里说：‘首昔伏羲氏作琴，所以御邪僻，防心淫，以修身理性，反其天真也。’孔明，这琴既是要奏褒赏德行之音的，怎么又说是‘反其天真’呢?”

诸葛亮略一思忖，对答如流：“弟子以为，反其天真，即为返璞归真之意，圣人斫琴，乃法天籁之音，正如桓君山在《新论》中所云：‘上观法于天，下取法于地……削桐为琴，绳丝为弦，以通神明之德，合天地之和焉。’欲奏德行之音，自然要去除那些雕琢矫饰，以求清律大雅，回归自然本真。”

雾隐微微颔首：“说得很好。俗语云，弹琴不清，不如弹筝，说的就是操琴不能失了古雅。”

不知为何，诸葛亮的脑海里，竟不由自主浮现出郑伦抚其名琴“烧尾”的浮夸样子，不由得露出了笑意。

雾隐见诸葛亮面上带笑，捻须道：“有些人，弹琴却志不在琴，只落得供大家消遣而已，出洋相罢了，算不得弹琴的。”

诸葛亮心里惊讶，雾隐似乎能觉察自己所思所想。

雾隐继续娓娓道来：“琴师之间传有一诗，所谓‘七弦承太古，琴乐养性情，惟有太和气，希声君子听。’究其深意，说的是这抚琴之技，关隘其实在未按弦之前，倒不是说抚琴之人非得正襟危坐，但心气必须澄清，以求神思凝远，感悟天地之气，从万籁中闻得自然之音，由此方可动指。一旦开始演奏，则必入忘我之境，从舒缓到浩荡，或悲、或欢、或奇、或绝，疾缓有别，轻重相异，必要追求从‘弦指合一’到‘音意互通’之境界。”

诸葛亮：“先生，我能明白您说的‘弦指合一’，这需要勤加练习，熟稔琴艺，才能在演奏中做到游刃有余，弦指宛若一体。但什么是‘音意互通’呢?”

雾隐微笑道:“这是以音之精义而应乎音之深微。指的是言外之意,弦外之音。是操琴者不仅仅要追求精湛的技艺,更要追求琴操中的审美品格意趣,获得敏锐幽深的心理体验,追求人与人、人与山水草木的共振相鸣。”

诸葛亮:“弟子记住先生教诲。”

语毕,雾隐静默片刻,抬手抚琴。琴音时疾时徐,往来动宕,清音始出:时而澄然秋潭,时而皎然寒月,时而响如金石,时而动若风发,刚柔并济,恍如天籁之音。

说来也怪,雾隐先生的这把琴并非名琴,其貌不扬,琴身上多有破损掉漆之处。然而,就是这样一把破旧之琴,却被先生奏出如此浩瀚深远的万千气象。一曲《流水》,让诸葛亮屏气凝神,身心叹服。

曲毕,雾隐悠然道:“诸葛亮,轮到你了。”

诸葛亮神色为难:“可弟子的琴艺和境界,都与先生相距甚远。”

雾隐:“同一琴曲,一人一格调,本无一定之规,你我自不相同。同样《流水》,我是寒潭秋水,你是春江东奔。寒潭秋水再美,也是一潭死水了,而你,哪怕有凝涩顿节,也是无限活力。”

说罢,雾隐看向诸葛亮,诸葛亮见先生虽面色苍白,但目光坚毅。

诸葛亮认真点头作揖:“弟子明白,多谢先生鼓励。”

诸葛亮按照先生刚才所教,心气澄清,神思凝远,垂眼静默片刻,缓缓上手演奏。

随着琴音,诸葛亮眼前渐渐呈现出他心中《流水》的自然意象:山峦起伏,雁鸣南飞,山涧中飞流直下,鹿鸣呦呦,落英飘舞。林色蓊郁,在山涧抬头望去,云雾中隐约有一人影正向他招手。

天地间,诸葛亮灿烂一笑,努力向上行进,去追那人影。

云流淌，虫嘶鸣。那人影走，诸葛亮也走，二人越来越近。

这人影似是一妙龄女子。

水声渐弱，山风渐起，松香袭来。远处有隐约之音。

诸葛亮已登上高处，那少女的身影竟消失不见，难觅踪迹。不免怅然，竟有一丝虚空晕眩之感。

突然，有什么东西绊住，脚下一滑，诸葛亮坠入山涧。

琴音戛然而止！

原是琴弦突然绷裂。

眼前一暗，诸葛亮这才回神到琴前，额头顿时生出许多汗来。

诸葛亮："先生对不起，弟子琴艺粗陋，弄断了琴弦。"

雾隐一直闭着眼睛，毫不在意："不错。流水落花皆向下，但有一人山上行。"

诸葛亮惊讶又欣喜："先生听出了我的弦外之音？蒙先生不弃，为弟子知音。"

雾隐不答，依旧双目紧闭，突然微微凝眉："知音那人不是我。你也不是独行，还有一人飘然远去吧？裙佩飘逸，似是佳人。"

呃……

聪明如诸葛亮，一时间也不知如何作答。

正此时，门缝微微一动，一个影子突然闪了进来，诸葛亮仔细一看，飞燕已经在诸葛亮脚边使劲蹭着他衣角了。

"飞燕？你怎么来了？"

诸葛亮和飞燕大眼瞪着小眼，不敢擅自动作，更不敢发出声响。再抬头看雾隐，雾隐依旧闭着双眼，诸葛亮心里暗自着急。

雾隐嘴角上扬："知音难觅，水起波澜，说明知音已来？"

可先生双眼紧闭，他怎知飞燕进来？

飞燕见诸葛亮坐着不动，只顾弹琴，忍不住连续喵呜了起来。诸葛亮料到，定是黄月英在那个女学班一定遇到了麻烦。几天未见飞燕，自然欢喜，可他又怕扰了先生，心里求它好好安坐，等下课后再抱它下山。

雾隐："孔明，今天就弹到这里吧。你下山去吧。"

诸葛亮一怔，停手，手掌按弦："先生，我还没有给您熬药呢。"

雾隐："昨天熬的没喝完，你不必担心。"

诸葛亮："那琴弦呢？"

雾隐睁开眼睛，似笑非笑看向诸葛亮，目光里满是鼓励。"琴弦会断，因为你有事乱心，换一根弦，依旧会断。不打紧，你和这个小信使下山去罢。"

飞燕可真是有眼力见儿，现在已经四仰八叉地躺在了雾隐的两膝中间，得意洋洋地用一双蓝绿色的杏眼盯着诸葛亮。这双眼睛倒还真像它主人呢。

诸葛亮惊叹老师洞察人心料事如神，赶紧谢过雾隐，鞠躬告退："多谢先生，弟子告退。"

飞燕也一溜烟儿地跟着诸葛亮离去。

一回书馆，正看见唐炳在池塘旁边倾倒口袋里的糕饼残渣，顿时锦鲤汇聚，翻腾抢食，金的红的黄的，好不热闹。

唐炳观战不忘助威："加油！加油！抢他的，抢他的！诸葛亮，你快看呀！"

诸葛亮却看见不远处，郑伦和几个同学正围着水镜先生问这问那。

水镜先生不紧不慢，娓娓道来：这个女学班是一个叫丁玄的人所办，丁玄号称"女学大师"，专门开班讲学，培训闺中女子，据说凡是听过女学班课程的姑娘，后来都能嫁得金龟快婿，夫家、娘家从此飞黄腾达，于是近几年来女学班在青徐一带爆得大名，最近名气也慢慢传到南方，这次是成武侯特聘丁玄大师来荆州云游讲学的。

隋波高声回复：“我听我爹说，这几天他们在邓县落脚，在平乐苑开班，说是要常驻一段时间。”

水镜先生点点头：“然也，邓县稍有头脸的家族都趋之若鹜，要把家中女子送去听大师讲课。”

郑伦不屑：“什么女学大师，我看女学是假，借机骗些黄金绢帛是真。”

听到这话，诸葛亮心中倒是有几分赞许。

“唉，其他人倒罢了，我只是没想到黄承彦老先生也未能免俗。”唐炳大声接过了活茬儿。

水镜先生悄然笑道：“唐炳此言差矣！黄先生是大名士，当然不是跟风之徒，但架不住亲朋都把女儿送了去，还问他为何不送，好像不送就不重视女儿教育，再说了，丁玄毕竟是成武侯请来的人，书馆的女学员也都请了假，只剩下黄月英一个女儿家，黄先生再不把女儿送去，怕是他也觉得太不近人情吧。”

郑伦：“原来如此。哼，女子无才便是德，让她们学学女德也好，省得不知天高地厚，只知道动粗使蛮……”

诸葛亮看向郑伦，“女子无才便是德”，他这话明明泛指女生，可动粗使蛮似乎单指黄月英一人，再看郑伦神色也怪有趣——既是批评，可又无往常苛责高傲之态，越说越有笑意。

唐炳凑近诸葛亮，低声道：“我看郑伦就是欠收拾，一天黄月英不收拾他，他就浑身难受！”

诸葛亮忍住嘴角的笑意，可笑意又从眼角流露了出来。

郑伦继续高谈阔论：“唉，实在可惜啊，书馆里好几位女生都说要听我演奏新得的琴谱，我还特地准备了上好的苏合香，可惜啊……”

“弹琴为什么还要焚香？”

冯骥大声替郑伦吆喝：“郑公子弹琴，比用绝世奇香配合之，听琴闻香，号称琴香双绝，可惜啦，这帮女生既没有耳福也没有鼻福……”

唐炳故意高声：“哇塞，你还敢用香啊？不怕再被蛇咬啊，泥人郑？”

郑伦狠狠瞪向唐炳，面色微红：“休要胡说，休要胡说，此香非彼香！”

唐炳：“哈哈哈哈！一个大男人用什么香！除非身上发臭吧！”

郑伦咬牙切齿：“用香乃贵族礼仪，暴发户的儿子懂什么？”

郑伦刚要发作，就被诸葛亮拦下：“有香和无香都是好的，各美其美，休要争执，坏了同学和气。”

飞燕喵呜了一声，似对郑伦和唐炳颇有不满。

唐炳和郑伦这才注意到，飞燕猫在诸葛亮的怀里，只露出个头来。

唐炳一乐，肉手指头轻戳着飞燕鼻子道：“哎哟，这不是飞燕吗？黄月英阴魂不散啊，派你来盯梢。可惜主人不在，气焰也嚣张不起来了哈。”

唐炳说归说，还是伸手从零食口袋里摸出一块儿肉脯，递给飞燕。

没想到飞燕闻到肉脯的香料味道，打了一个喷嚏，喷了唐炳一脸。

诸葛亮等人都忍不住哈哈大笑。

孩子们笑得开心，水镜先生却笑不出来，见庞德公正躺在一旁的木几上晒太阳，旁边的鹤踱来踱去好不悠闲，水镜不由得一脸愁容地哀叹：“唉，老庞，你说那些人有钱去报名什么女学班，为什么不肯多捐些给书馆呢？那种女学课，如果大家真有需求，我们其实也可以开嘛！”

庞德公听见了水镜先生的抱怨，突然直起身子：“水镜，你快拉倒吧！我可不讲什么妇容、妇言、妇功这么不入流的下三滥玩意儿，三从四德这种东西要讲你水镜去讲!”

庞德公语气激烈，吓得鹤儿扑棱了几下，跳到一边。

“庞公你——”

郑伦突然意识到不对劲，一把拦下诸葛亮：“等等！黄月英的猫，为何在你这里?”

诸葛亮答曰：“哦，也不知道他怎么跑了出来，一路到了精舍。我猜它在平乐苑里过得不舒坦，便回书馆来找我玩了。”

郑伦：“飞燕独自去精舍找你?”

诸葛亮点了点头。

郑伦似乎颇为不爽，冷笑道：“看来你在精舍也无心读书，精舍弟子，也徒有虚名罢了。”

诸葛亮也不恼，回道：“虚名的确无足挂齿。郑公子说得极是，今天亮在精舍确实没有读书。”

见诸葛亮竟然主动示弱说自己今天没读书，郑伦三分意外，七分快意，一时不知如何再怼诸葛亮了，只是抖了抖锦缎袍袖管，抬着下巴扬长而去。他不会知道，诸葛亮今日在精舍里跟随雾隐先生学习抚琴，琴艺早就远胜于他郑伦了。

这边厢，水镜在庞德公身边杵着，实在也发不出火来：“庞公，下午不应该是治学阁里会商，纵论改进课业教程的计划吗？你怎么还在这里优哉游哉?”

庞德公起身，拍了拍身上的尘土：“改什么改？要改你改，我要去平乐苑。”

这下水镜急眼了，一股无名火蹿到舌头根，一把拽住庞德公，又生怕对话被其他弟子听见，努力克制情绪，压低了声音：“你也要去平乐苑？我说，咱们书馆条件虽然艰苦了一些，可扪心自问，自打我出了那档子事之后，还给您加了薪俸，待您也算不薄，你也要投奔那女学大师去吗?”

庞德公哈哈大笑，不管不顾：“谁说我要去投奔狗屁女学大师?”

水镜看看四周，面色尴尬，低声道：“好，好，不是庞德公你刚才自己说你要去平乐苑?”

庞德公：“哎呀，你听话怎么听半句啊！平乐苑里又不是只有他一个女学骗子，你不知道，南郡的赞军将军送了个稀奇的百戏班子给成武侯，专程来参加襄阳的火神星君下凡节，现正在平乐苑里休整呢，我就是去看看热闹。”

水镜松了口气，但眉眼间又多了些许不屑之色：“赞军这称号一听就是个校尉，难道眼下都能自封将军了？一个自封的杂号将军能进送什么？不外乎吞火取剑，角抵胡舞一类的奇技淫巧，一个百戏班子能有什么稀奇?”

庞德公撩袍撩鹤撩好造型，说道：“嘿，水镜啊，你还别瞧不起人，我听说这个戏班子可比那个女学大师真材实料多了，人家有会跳舞的通灵火精，你有吗?”

“会跳舞的火精？这、这倒是第一次听说。”

……

隔着两丈远，唐炳一直支棱着耳朵，听到“火精”二字，顿时来了兴致，冲诸葛亮使劲儿挤眉弄眼：“嘿，诸葛亮，火精你见过吗?”

诸葛亮笑着摇摇头，答道：“只在书本上见过。”

唐炳使劲拍了下肚皮：“我也没见过！我说，今天下午没有课，一起去看通灵火精吧！咱也别坐车了，一路上我带你逛一逛县里的集市。”

“不许去!”

唐炳得意忘形，难免声音大了些，恰好又身后正烦心的水镜听到了。

唐炳："啊？水镜先生，这不公平吧，为何庞德公能去得，我们就去不得？"

水镜无奈，心里埋怨庞德公，面上只能硬着头皮板起脸道："庞公是先生，你们是弟子，自然不一样。"

唐炳气得够呛，跺着脚看向诸葛亮，显然想要诸葛亮帮着说说情。

诸葛亮想了想，认真地向水镜作揖："水镜先生，唐炳一时着急没说清楚。我和唐炳此番请假出门，并非为了玩闹，我们是想把黄姑娘的爱猫飞燕送还给她。"

水镜眼神不济，这才注意到飞燕藏在诸葛亮的怀里，吃了一惊。

"这只猫畜为何在你这里？"

"回禀水镜先生，它是自己跑回来的。恐怕它不大喜欢平乐苑，更怀念咱们书馆的一草一木吧。"

诸葛亮这话颇为奏效。水镜捻须点头，轻轻叹息："好，好，你看，连只孽畜也知好歹高下啊。要不就把它留在书馆吧，帮着饭堂捉捉耗子也好，咱们也不差他一口猫食。反正黄月英早晚也要回来的。"

水镜伸手想抚摸飞燕，飞燕灵巧地躲开，水镜只得作罢。

唐炳眼珠瞪得提溜圆，急中生智补充道："呃……先生，不是猫食的事儿，这个飞燕哪哪儿都好，唯独有一个缺点——如果不跟主人在一起，就会六神无主浑身炸毛然后——然后随地大小便！书简上，被褥上，灶台上，您的茶壶里，到时候哪哪儿就都是猫屎了！这又不是您的猫，杀不得撵不得，你说是吧？"

水镜先生本能地往后退去，连忙摆手："这可得了？！书馆净地岂容孽畜糟践？唉，也罢也罢，你们去吧，速去速回，不要耽搁了时辰！"

唐炳和诸葛亮对视一眼，格外兴奋，连连称是。

第二十一回

婀娜身姿萍水相逢

事不宜迟，俩人即刻动身——而且唐炳破天荒地没有坐车，这几日县里小吃摊满街，热闹非凡，坐车可什么都吃不到了。

一路上，琳琅满目，小吃店一家接着一家，唐炳拉着诸葛亮开启弹射模式，从一家弹到另一家，人高马大的诸葛亮根本拉不住：限量椒盐鸡腿，秘制桂花杏脯蜜饯，方圆百里口碑第一糖葫芦，现做现画独一份的饴糖小人……唐炳抚肚高呼："读万简书，行万里路，更要吃万家食啊！此等人间美味，可比咱书馆小灶好吃多啦！"

诸葛亮抬头看看天色，哭笑不得："唐兄，不早了，再不去平乐苑，晚上打更之前就赶不回书馆了。"

唐炳和飞燕一起打了个饱嗝，摊了摊手："哎呀，不吃饱怎么有劲赶路嘛！你的意思是，让我提提速呗！"

诸葛亮："你可得跟紧了！"

诸葛亮迈开大长腿，大步流星向平乐苑方向赶去。邓县的县城里，到处都是一派忙碌景象，为了迎接火神星君下凡节，县民们都在置办相应的装饰，洒扫挪移，净房架梯，老老少少的运动步数都不会少。

唐炳的小短腿在后面开始紧倒腾，穿过人群跑了几步，想钻空子抄近道时，不小心撞翻了赵氏锦缎庄摆在街面的火神牌位，诸葛亮听见了，连忙赶回来扶起牌位，揩去浮尘，又跟从内店追出来的赵老板拱手致歉。

诸葛亮："店家，我们多有得罪，对不住了！"

赵老板点头道："学生娃小心点儿！得罪我不要紧，得罪了火神星君还如何了得？没听过那句话吗？——'敬火神，拜星君，不尊者，焚其身。'小胖子，听见了吗？"

唐炳挨了教训，又不爽别人叫他小胖子，皱眉嘟嘴扭头就走："又不是过年，挂什么灯笼摆什么牌位，真是的！"

诸葛亮追了上来，说道："唐兄，你看家家莫不如是。应该都是在准备火神星君下凡节，为了祭祀火神星君用的。"

唐炳挠头不解："诸葛亮，这个火神星君是干什么的？"

诸葛亮娓娓道来："这是咱们老祖宗的民间传说，说天上有个火神星君是管人间之火的，生火取暖做饭，样样都离不了他。若没有他，就没了火种，你刚才那些美食就统统吃不到啦！"

唐炳表情戏谑道："哦呦？那就多留几个火种不就行啦！"

诸葛亮哈哈大笑，说道："还是我们唐兄聪明啊。"

唐炳不好意思的挠挠头，眯起小眼睛，说道："我跟你比，还差一点点儿，就差那么一点点儿。还是你知道得多。就说这个火神星君，这个什么下凡节，我就没听说过。"

"炳兄没听说过就对了，这本来也不算是个正式节气，只是从古时的寒食改了习俗演变而来，成武侯如今大力宣传，也是想在这兵马乱世中安抚民心吧！"

说完，诸葛亮拔腿提速："唐兄，时候不早了，再不加紧，火星都要灭了！"飞燕也一蹿而出，唐炳顾不得休息，只得跟着诸葛亮一路而去。

走到县城中间，只见已经搭起了火神星君神龛，从县城南边的火神庙里请来了神像，准备抬起巡游。

唐炳："弄得还挺像那么回事的。"

诸葛亮："人间烟火嘛，火代表了生机和希望。与其说黎民拜火神，不如说大家希望自己的日子以后都能红红火火，生生不息。"

唐炳："还得小心火烛哪！一旦烧着了就啥都没有一了百了啦！"

诸葛亮："唐兄说得是，大家对火既爱又怕，所以才要拜火神求心安嘛！"

诸葛亮怀揣飞燕，和唐炳边看热闹边赶路，一路直奔平乐苑。

平乐苑坐落邓县西南一隅，原本是朝廷在各地修建的行宫园林之一，占地十亩，亭台楼阁一应俱全，还有皇家从各地搜罗的奇花珍木，最为称道的是里面的水榭花园——叠石疏池，一步一景，玲珑湖边玲珑塔，玲珑塔后玲珑山，秀美错落，景色美不胜收。花园里还散养了梅花鹿若干，至于野兔翠鸟那更是不计其数了。

最近二十年，皇室再未驾临过平乐苑，行宫转交给县里打理，美其名曰朝廷赐福邓县。可这兵荒马乱的，县里年年入不敷出，哪里还有钱去侍弄这些花草山石，引水灌溉？没钱是真没钱，但总不能把巍巍皇家园林废在自己手里吧？这要是让督邮知道了，还不得上奏一本说我邓县县令蔑视君恩、有辱皇家？

县令郑旦那一阵子真是愁得团团转，幸亏有聪明人给他支招——县令，我们可以招租啊！平乐苑虽然皇家已经看不上，可毕竟是皇家园林，对于百姓来说还是充满光环和神秘感的。我们如果能开放平乐苑收租金，差异经营，岂不快哉？

郑旦欣然采纳。

如今，平乐苑一分为二，天子和后宫住过的东苑现在改成了会所，一天一蹄金，主打高端大气上档次；而西北的厢房则改成了舞宴食肆，平民中档，赚人气流量。东西两苑的收入占了县廷收入的接近三成。这也是郑旦最喜欢来的地方，公款吃喝，或者让有求于他的人在这里宴请消费——这都是听我爹说的。

唐炳气喘吁吁喋喋不休跟诸葛亮讲述平乐苑如今的商业布局，正说着，玲珑塔尖映入眼帘。牌匾上，“平乐苑”三个朱漆大字赫然在目。

“喵呜！”

“累死我了，终于到了！”

跨进大门，绕过影壁，往东寻去，只见层层嵌套的回廊，唐炳觉得脚心发酸。

“诸葛亮，咱俩这么随便逛，会迷路吧？”

诸葛亮点点头，将怀里的飞燕小心放在地上。

一路舒服的飞燕伸了个懒腰，抬头冲诸葛亮“喵呜”了声。

诸葛亮：“飞燕，你知道黄姑娘在哪里，你带我们去找她吧。”

飞燕似乎明白诸葛亮所说，头也不回地向前奔去。诸葛亮和唐炳在后面一路追随。

唐炳龇牙咧嘴：“飞燕你慢点儿，我跟不上了……”

“喵呜——”

“三从青徐兖，四德冀豫幽，荆并扬女学，教化十三州……三从青徐兖，四德冀豫幽，荆并扬女学，教化十三州。”

不远处传来的声音，似乎是一群女孩在背诵某个口诀。

唐炳气喘吁吁皱着眉：怎么也没句新的，就这四句没完没了啊！

声音越来越清晰，诸葛亮知道，他们就快到了。

穿过层层院落，两人在一间大屋外站定，猫腰侧身，向屋内望去。

掀过层层幕帷屏风，只见木质台阶之上，有一落地纸窗教室，数十位少女身着统一的粉色裙褂，席地跪坐。讲台前，随着众人高声背诵着的口诀，两列长长的条幅顺次自动落下，如有声控，条幅上正是写着“三从青徐兖，四德冀豫幽，荆并扬女学，教化十三州”这二十个字。

唐炳：“哇塞，自己动？神了神了！”

诸葛亮微微一笑：哪里有神？不过在条幅上方放了个小小机关而已。你忘了郡守身亡时房梁上那个东西了？

唐炳：“噢，反正是挺唬人的。”

条幅上方，确实摆着两个机关。

诸葛亮和唐炳小心翼翼地凑近些，躲在屏风之后。只见讲台前，几位身着青色衣裳的小厮鱼贯而入，表情肃穆。

唐炳："嘿，几个小厮身上都是清一色的绢纱呀，够讲究的！可比咱书馆的先生们穿得好多啦。"

诸葛亮忍不住笑了出来："一来这里学费贵，羊毛出在羊身上。二来，若不穿好一些，有何本领能镇得住这么多富贵千金和千金父母？"

唐炳眯起眼睛琢磨了一下，突然嚯嚯笑出声来："诸葛亮，我懂了，你骂人不带脏字啊？"

二人会心一笑。

"有请丁玄大师！"

铜铃齐鸣。

诸葛亮在唇边比划了个嘘字，俩人仔细端瞧：只见一身绸缎紫袍的中年男子被人用花幛步辇抬进教室，步辇四角还各有一个铜质香炉，大师所到之处，顿时香气袅袅。

唐炳挠了挠鼻子："这是几天没洗澡，得用这么多香压着。跟郑伦一样！"

诸葛亮细看这紫袍中年男子。他年纪不小，但容貌颇为英俊，夹白的发髻松松地绾在头顶，鬓发微曲，白胡茬若隐若现，倒有几分沧桑迷人之感。眉心山根处有一颗凸起的肉痣，最为别致显眼。以这丁玄的颜值，若活在当下，绝对不输某明星。

唐炳嘟囔了一句："长得挺帅。就是那颗肉痣不大吉利。"

诸葛亮："哦，此话怎讲？"

唐炳："我爸说，做生意得看面相。山根有痣不能交，孤克刑伤！不过吧，我觉得我爹说得也不全对，你看这个丁大师，盆满钵满，又有女人缘！"

诸葛亮："也别急着下结论，我们先听听他讲了什么真知灼见。"

讲台上，丁玄接受完女弟子跪拜后，慢慢打开一卷薄绢，摇头晃脑地开始授课："女有四行，妇德为首，所谓妇德，乃不必才明，绝异也。女子必修妇德而绝三精，所谓三精成一毒，专伤不洁妇……"

唐炳听着有些犯困，上下眼皮开始打架。

诸葛亮却越听越想笑，心想怎么这位大师怎么连基本的断句都有问题。

同样觉得无聊的还有课堂里的黄月英，水镜虽迂，却有真学问，这位倒好，照本宣科念都念不标准，哭笑不得。正百无聊赖，飞燕突然从她眼前桌下冒了出来，黄月英真是又惊又喜，揉了揉眼睛，生怕是自己做了梦：

"飞燕！真的是你，今天你死哪儿去了？！害得我这顿好找！和别的猫打架了没？你可不许输！"

丁玄抬起眼皮，向黄月英这边狠狠瞪去。

黄月英抱着失而复得的飞燕，满心欢喜，无处言说。

"黄月英、黄月英救命！"

黄月英转过头，只见苏莹一脸惊惧，花容失色，她用颤抖的手指指了指旁边：原来是一只半个手掌长的潮虫向苏莹这边爬了过来。

"大惊小怪的，还以为什么呢，一只小虫子而已，你赶走它就是了。"

苏莹瞪大眼珠，似乎在说："就这还是小虫子？半个手掌大了。"

苏莹转而一副哀求的可怜样："我不敢，黄姑娘求你了……"

黄月英无奈，看了一眼丁玄，正在前头念经。

嗯，机不可失。

黄月英掏出弹弓对着虫儿射去，啪的一声，潮虫被崩开去。只是她万万没想到，潮虫飞过一道漂亮的弧线，又被崩到了其他女孩身边。

“啊!”

“啊啊!”

“啊啊啊啊!”

女生们尖叫一片，讲堂里迅速乱成一团。

黄月英知道不妙：“糟了!”

丁玄果然震怒：“黄！月！英！又！是！你!”

诸葛亮在帷幕后面手心都捏出了汗。

丁玄沉着脸，狠狠说道：“黄月英，扰乱课堂秩序，不守妇德，大逆不道，该当何罪!”

黄月英无奈，只好站了起来：“先生，刚才有只大潮虫，把苏莹吓坏了，我只不过是帮忙而已。”

丁玄看了一眼苏莹，苏莹却始终低着头。

黄月英急了：“嘿，苏莹，你倒是帮我说句话啊。”

苏莹扬了扬眉毛，冷冷说道：“有虫就有虫呗，谁让你用弹弓弹了啊！多此一举。”

黄月英：“你这人怎么这样啊！好心当成驴肝肺，过河拆桥!”

苏莹撇撇嘴，小声嘀咕：“你可千万别拖我下水，我可丢不起那个人。”

丁玄大怒：“黄月英，你去门口端铜炉罚站两个时辰!”

黄月英：“我又没做错任何事情，凭什么罚我，我才不去!”

丁玄大怒，狠狠拍了桌子，吩咐身旁小厮：“给我拿下！杖刑二十。”

诸葛亮心里替黄姑娘着急，想用冲进去帮忙解围，却被一肉手死死拽住。

唐炳冲诸葛亮挤了挤眼睛：“放心吧，他们都不是黄姑娘对手。”

诸葛亮："大庭广众，让几个男子对付一个姑娘，这才是有违天道人伦！"

唐炳："哎呀，打起架来男女就不是这么分的了！"

果不其然，几个小厮虽然样子怒气冲冲，拳脚功夫却如纸老虎一般不堪一击，只见黄月英左闪右腾，只是轻轻活动了几下子，几个小厮就在地上四仰八叉满地龇牙咧嘴了。

诸葛亮也颇为震惊，松出一口气来，手心也都攥出了汗。

唐炳："我家的管家要有这身手，我爹做梦都能笑醒，不怕有人惦记我家家财了……"

诸葛亮顾不上唐炳，看着黄月英在课堂上拍了拍手，竟然大气都不喘："各个花拳绣腿，中看不中用！就这三脚猫的功夫，以后还是别出来丢人现眼了。"

最后这句，黄月英是冲着丁玄说的，蔑笑一下，然后摔门而去。

飞燕也一阵风似的追了出去。

丁玄气得发髻和肉痣乱颤，指着黄月英背影："你们看，这就是不守妇德！败坏纲常！你们可不要和她一样。"

诸葛亮松了口气："走吧唐兄，我们去找黄姑娘。"

唐炳突然五官拧在了一起，捂着肚子，哎哟了起来："糟了，肚子疼！刚才吃多了，我要去解大手了！茅房、茅房在哪儿?"

诸葛亮："来时见过，在山墙西头！"

唐炳捧着肚子颠颠地向西头跑去，头也不回："一会儿见！"

诸葛亮哭笑不得。

平乐苑的小花园里，曲径通幽，流水潺潺，幽静宜人。

黄月英哪有心思赏景，她晃着手里的狗尾巴草，眉头不展，跟着兴致勃勃的飞燕后头四下闲逛。

亲爹怎么把自己送到这个破地方来？无趣透顶！

“飞燕，你怎么总往死胡同烂泥塘里钻！”

忽然，不远处传来隐隐乐声，黄月英和飞燕都停下了脚步，驻足侧耳：音质奇特，旋律曼妙，不似琴音。

“有意思！”

黄月英顿时来了兴致，寻着琴音，七拐八拐，终于在池塘边的一块空地前停下脚步：

只见不足两丈之处，一位身姿曼妙的女舞者，披了镶了金线的蓝色羽衣，正与两只鲜活的绿孔雀翩然共舞。女舞者时而似丛林漫步，时而似溪边戏水，时而抖翅，时而飞翔，千变万化，灵动不羁，而那两只孔雀也像有灵性一般，似与女舞者相和而舞，美不胜收。一旁，有一位年轻瘦削的小师傅席地而坐，拨弄着乐器轻声哼唱，歌、舞、唱和孔雀四位一体，幻彩流金，绕梁不绝。

“这是什么神仙音色？”黄月英仔细端详，轻轻自言自语。

“箜篌。”

黄月英点点头，眨眼后才意识到，说话那人竟是诸葛亮，实在是万分惊喜。

“诸葛亮，你怎么来了？！”

诸葛亮一路追来汗未尽消，粲然一笑：“我是跟着飞燕一起来的。”

黄月英冰雪聪明，须臾间就明白了怎么回事，心里感激诸葛亮把飞燕送回，心里暖暖的，转眼间又突然惶恐打鼓起来——没准刚才丁玄对自己发难时，诸葛亮也见她在课堂上发臭脾气呢。

想到这里，黄月英脸上一热，不知如何再开口，索性和诸葛亮一道安静地欣赏表演。飞燕立于脚边，眼珠浑圆，死死盯着两只绿尾巴孔雀。

诸葛亮头一次这么近距离看到舞者表演。这位舞者虽羽衣名贵，但竟打着赤脚，且又素面朝天，粉黛未施，这和一般人印象里的歌舞姬不大相同啊。

“喵呜”一声！飞燕突然四腿发力狂奔上前，冲着旋转孔雀的金绿尾巴咬了上去。舞曲戛然中断，女舞者停了下来，和两只绿孔雀齐齐露出惊恐神色。眼看飞燕愈发凶狠，孔雀一时被猫威所慑，扑棱着翅膀向一旁躲闪低飞去。

“飞燕，你给我回来！撒嘴！”

黄月英连忙冲过去薅起飞燕的后脖，飞燕顿时如同提线木偶，杀气全无，乖乖地吐了口，四肢无力地在空中瞎比划蹬腿。

诸葛亮上前检查一番，说道：“还好还好！没有伤及孔雀的任何一片羽。”

黄月英冲舞者乐师鞠躬抱歉。

“实在对不住，对不住！是我没看管好我家猫！让姑娘和孔雀都受了惊吓。你们琴声舞艺美轮美奂，我是一时看傻了，没顾得上它，是我疏忽了。”

琴师嘴角动了动，神色略慌，避开了黄月英和诸葛亮的眼神。诸葛亮看他眉眼也就二十出头，长得斯文清俊，气质颇为腼腆。

“飞燕？飞身如燕——好美的名字。”

说话的不是琴师，是一脸素净的女舞者，女舞者安抚着孔雀，一双似清泉的双眸既有怯意又不乏好奇地看向黄月英和诸葛亮。

“咳，名是挺美，就是给活跑偏了！倚着它的性子，应该叫它飞猪才对，能吃能睡能闯祸！”

女舞者噗嗤一声乐了出来。“你这人说话可真逗。”

面色带霜的琴师似乎也憋不住想笑，可能碍着生人，只好把头低埋在箜篌之后，琴弦微抖。

“嘿嘿，我叫黄月英，这是我书馆同窗——诸葛亮。”

“舞得美，弹得妙，二位配合天衣无缝，我等一饱眼福和耳福。有礼了！”

诸葛亮拱手向舞者和乐师行礼。

正可谓不“咬”不相识，双方都是年轻人，彼此自我介绍一番后很快就放下了心防，聊起天来。诸葛亮和黄月英得知，年轻的孔雀舞者名叫来芳，只比黄月英大两岁，腼腆寡言的箜篌乐师叫作周轻，和来芳同岁。来芳说，他们百戏班准备去襄阳的，本不打算在邓县久留，但之前孔雀生了病，只好在平乐苑多休憩几日。

黄月英也注意到来芳打着赤脚，关切道：“赤脚不凉吗？”

来芳有些不好意思，左脚掌立刻踩上右脚掌，下意识地咬了咬下嘴唇：“以前在家下田都是赤脚的，俺习惯了。”

说罢，来芳穿上摆在一旁的草鞋。

原来也来自田户人家。想必家境穷苦，赶上灾荒，或是家里人口众多，总之定是父母实在没了法子，才让女儿来戏班子学艺的，诸葛亮禁不住想。

“嘿，你什么时候学的箜篌？”

黄月英望向周轻，周轻却不搭话，只是不好意思地笑了笑，然后低头用软布轻拭琴弦。

来芳笑着说：“别看他年轻，他可是老乐手了，戏班子的人都说他会拿筷子的时候就会拨箜篌啦。能写曲会作词，看过的谱子都过目不忘。”

诸葛亮：“周兄本领超群，诸葛亮好生佩服！”

周轻脸红，只是摆摆手，一副无地自容的羞涩模样。

来芳本来也害羞，但在周轻面前，不知道显得开朗自在了多少，接着说道：“他本事多，就是不爱开口说话，二位休要见怪。因为他不多话也就没是非，我不开心的事都会跟他说。”

黄月英笑道：“哈哈，那你是把他当树洞了。或者是你说得太多，才害得他不会说话了。”

来芳面有赧色，这回周轻却呵呵呵地乐出了声。

诸葛亮说道：“听说你们班主要领你们去襄阳献艺，想必两位就是镇场的台柱子了！”

来芳连连摆手摇摇头，从布袋里倒出一把小米在手心，喂两只绿孔雀，低头说道：“周轻是孔雀是，就我不是，我可差着远咧！”

“哇，真是林子大了什么鸟儿都有啊！我还是头一回见到这么大个的火精鸟哪！”

唐炳出恭顺利，也追了上来，逗弄孔雀。孔雀冲他追了过来，他又叶公好龙，躲在诸葛亮身后。

黄月英笑道：“唐炳，诸葛亮都来半天了，你怎么才到？说吧，又去哪里偷吃了？”

诸葛亮“噗嗤”一声乐了出来。

唐炳挠挠头，嘿嘿一笑：“我跟你们说，我听说了，今晚平乐苑有一场演出，说是要招待郑县令等头面人物，哦，还有你们女学班的丁大师——”

黄月英：“别跟我提他，烦都烦死了。”

唐炳：“人家不是长得挺帅的嘛！中老年组美男子，我觉得再过二十年，郑伦也不见得能帅过丁玄大师。”

来芳：“我不认识你们说的郑伦，虽同在平乐苑、也未曾见过丁大师。若说美男子，我看二位也丝毫不输风采。”

来芳虽然嘴上说“二位”，但其实眼睛看的是诸葛亮，可唐炳却非常受用，乐不可支道：“哪里哪里，我减减肥更帅。”

几个年轻人正东南西北地闲聊天，忽然被身后传来一阵银铃般的爽脆声音打断：“我当是谁后花园里叽叽喳喳吵我睡觉，原来认识了新朋友，还是帅哥哪！”

诸葛亮猛然回头，只见一个容貌出众衣饰华美的女子。

来芳连忙欠身，身型神色立刻紧了起来，唤道：“来莺姐！”

来莺看起来比来芳大三五岁，粉面朱唇，水眼如杏，容姿丰美，款款莲步，所到之处，异香挥散，惹得飞燕打了好几个大喷嚏。

这香味闻所未闻，可比郑伦还浓上不少。

黄月英和诸葛亮对视一眼。

来莺直勾勾地盯着来芳身上的蓝金羽衣，脸上的笑意陡然消失。

来莺声调不高，却不容含糊道：“给我脱下来。”

来芳六神无主，嗫嚅道：“来莺姐，我回去再……脱下给你好吗？”

环顾四周，毕竟还有周轻、诸葛亮这样的男子和少年在场。

来莺面无表情，眼角如刀锋，毫不客气道：“脱！”

诸葛亮拽着唐炳背过身去回避，周轻的头，也埋得更低了。

来芳没辙，只好用葱白的手指解开领口、胸襟、腰际的几个暗藏丝扣，小心翼翼地将羽衣褪了下来。

唐炳偷偷转身回来偷看——只穿了白色麻衬衣的来芳，清丽脱俗，发丝和羽衣上的羽毛同时微微抖动，一时间竟然看傻了眼，啪嗒一声，嘴里的饴糖掉在地上。

诸葛亮：“唐兄！”

唐炳这才不好意思地转了回来。

来芳双手将羽衣奉给来莺。

来莺接过衣服，长指甲掩住鼻息，一脸嫌弃："都给我穿臭了！"

来芳深蹲行礼道歉："来莺姐，对不起……"

这大冷的天，也欺人太甚了吧！黄月英眉头一蹙，刚要发作，手臂却被旁边诸葛亮及时拽住。

诸葛亮仍背对来芳，侧头冲黄月英使了个眼色："不可，你若发作，以后她怕是更要受气。"

诸葛亮说的对，可黄月英心里还气鼓鼓的。

周轻从箜篌后面跳了出来，把自己褂子一脱就披在来芳身上。

来莺瞪了一眼周轻，眼神却不像对来芳那样凌厉，似笑似怒道："你可真会怜香惜玉！"

周轻依旧不言语，又跳缩回箜篌后面，躬着后背低着头，擦拭琴弦。

诸葛亮和黄月英对视一眼，微微点头，嗯，这个周轻还挺有意思。

来莺对着来芳继续发作，说道："别以为你穿上我的衣服就能取了我的风头！之前是则罗可怜你，赏口饭给你吃，好好喂你的孔雀！少做白日梦！"

来莺扭身而去，异香渐渐淡远，来芳这才松了口气。

来芳眼睛中闪着歉意，她看着黄月英和诸葛亮，一脸苦笑。

黄月英凑了过来："她也太凶了！这样你也能忍？"

来芳叹气道："是我不好，来莺姐平时不这样的，羽衣是班主则罗给来莺姐亲手做的，我不该擅自穿上跳舞……"

原来，来莺才是这个舞班子的当红名角，最拿手的招牌舞蹈就是火精舞——所谓火精，其实就是孔雀——来芳加入这个舞班子不过大半年时间，原本是孔雀舞的配唱，平时也搭把手帮着养养孔雀缝补衣裳兼做打杂，一直相安无事。不过来芳也很喜欢跳舞，台前幕后看久了，竟也无师自通学会了大半，一次来芳在无人处练习时被班主则罗看见。则罗赞其聪慧无比，还兴奋地嘱咐来莺有机会多调教来芳，则罗将来芳试做来莺的替补，毕竟来莺年纪渐长，又经常性的身体抱恙、头风发作。来莺嘴上应了，不过显然不大乐意，非但没有调教，而是堆了更多的洗补粗活儿给她，每逢演出，来莺姐也再无称病……

“所以你的孔雀舞，一次都没机会正式跳过？”

来芳笑着摆摆手：“不打紧，我是跳着玩的。来莺姐跳得才美呢，你们有机会一定要看一场！”

黄月英：“我说，这不是讨论谁比谁跳得好的问题，是咱们不能这么平白地挨欺负，明白吗？”

来芳笑着多谢黄姑娘关心，显然在她心里，来莺绝非飞扬跋扈的坏人。

黄月英着急：“这些事你会跟家里人说吗？他们不生气？”

来芳忽然眼色一暗，低头看着自己的脚：“我早就没有家里人了……黄姑娘放心，这都是小事，真不算啥……”

再抬头，来芳眼角似有晶莹闪烁。

也是个苦命的孩子。来芳说得平淡，诸葛亮却听出字字惊心。

来芳转头抹了一把眼泪，回头笑道：“我真是羡慕你们，有书可以读，不用为柴米油盐发愁。姑娘家家也不用早早出嫁，可见是掌上明珠，深得父母宠爱。”

黄月英忽然愣住，相比来芳，自己的确得天独厚，家境不弱又有父母宠爱，可即便如此，不是也差点儿被草草嫁人？

黄月英一时不知该说什么好，总不至于把媒妁大典的事也给来芳讲一遍啊。

只有苦笑。

唐炳喜笑颜开："来姑娘，你不知道吧？黄姑娘她爹也差点儿把黄姑娘——"

黄月英打断唐炳："我说唐炳，把你口袋里新买的吃食拿出来一些。"

唐炳捂住胸口："凭什么？——再说你怎么看出来我带了吃食？"

黄月英笑道："集市上每逢五、十都出新的点心花样，哪里少得了唐家大少爷尝鲜？少废话，快点儿！"

唐炳咧嘴一笑，只好乖乖地掏出刚才集市上买来的各种糕饼点心，黄月英一把抢了下来。转头就塞给来芳。

黄月英："人是铁饭是钢，你又要跳舞又要干杂活儿，吃不好可不行。"

来芳连连摆手，笑着婉拒："我吃的挺好的，戏班的吃食已经比以前在老家强多了……"

来芳这话，让诸葛亮不由得更心头一紧：眼前的来芳比黄月英年长，却羸瘦得不成样子，跳舞时动起来还好，静下来端详，远不如黄月英滋润精神，脸上和眼睛里也明显缺乏光泽。不知道来芳老家到底在何处——如果家里有几亩薄田，怎会连一个舞班子的吃食都不如？

"哎？你刚才跳了舞，我们几个不白看，这算是一点儿见面礼，不成敬意。"

来芳脸红，连连推辞，黄月英不由分说硬塞在她手里。

黄月英："必须收下，收下就是朋友，这几日我还来找你玩！"

诸葛亮点点头，唐炳也冲来芳嘿嘿一笑，来芳看看周轻，周轻也点点头，这才肯谢过收下。

西边舞班子响起铜锣，来芳说这是招呼大家准备演出了，今晚县令要设歌舞宴席，延请丁玄大师和一干县内名流。

“我说什么来着。这趟不白来，”看着来芳他们远去的背影，唐炳不免得意，“今晚有大戏，还有大席！”

黄月英从袖窿里摸出一块小金饼，轻轻一抛，甩给唐炳。

黄月英：“不白要你的吃食。”

唐炳一愣，果断接住，还用牙咬了咬小金疙瘩，龇牙咧嘴道：“哎呀，黄姑娘，用不了这么多，我可没零钱找你。”

黄月英：“不用找，以后要你拿吃的痛快点儿就行。”

唐炳嘿嘿一笑：“黄姑娘这么仗义？那必须的！看来女学班上了两天效果还不赖嘛！”

黄月英斜睨了一眼，心中无比悲愤躁怒：“你再说一次女学班，信不信我也让你来上女学班？！”

唐炳可是有眼力见儿的人，忙不迭地收好小金饼，作揖求饶卖乖：“破女学班就算了，咱们还是去看戏吃席吧黄姑娘，不看白不看！不吃白不吃啊！”

第二十二回

歌舞场却是饿虎穴

当晚。皎月如灯。

趁着戏班在平乐苑休整的机会，郑旦公款吃喝，大宴宾客，丁玄和庞德公等都是座上宾——别人都是请来的，唯独庞德公是不请自来。

平乐苑的宴会厅里，灯火璀璨，歌舞升平，好不热闹：吞刀吐剑，角抵摔跤，特别是班主则罗表演的吐火绝技。只见则罗紫发棕衣，高鼻深目，声如洪钟，只是抑扬顿挫音律与常人不同。他赤裸半身，持刀舞动，口喷大火，举座皆惊！

黄月英趁机带着唐炳和诸葛亮溜了进来，唐炳顺手抄了一碟蜜饯，边吧唧嘴边问："这个什么罗班主怎么长得这么奇怪？名字怪怪的，说话也怪怪的。"

诸葛亮："他叫则罗，我猜是西域人士。"

唐炳："西域？属于汉中郡吗？"

黄月英噗嗤笑出声来："远多啦！比汉中郡远上十倍都不止好嘛！"

唐炳大惊失色："这么远？怪不得！皮肤那么黑，一路上风餐露宿晒得！走了这么久都见不到人，所以话也不会说了！"

"人家是白皮肤，身上穿的演出服颜色深而已！"

黄月英笑得肚子疼。

宴会厅的礼宾上座，郑旦、丁玄正在相互吹捧，丁玄言必称成武侯，郑旦不敢怠慢，推杯换盏，勾肩拍背阿谀奉承道：

"丁大师，回去给成武侯老人家捎个话，邓县人民丰衣足食，郑旦惦记他老人家。"

丁玄呵呵往椅背一靠："好说，好说。"

郑旦心里犯嘀咕，好说？是说还是不说啊？看来是酒没喝到位啊。

郑旦一招手，身边的人就明白了，再吩咐平乐苑上好酒好菜。

"走菜！走菜！"

菜码如流水，撤下来的盘子上食物还是满的，丝毫未动，一盘子烤鸡胸肉只不过放凉了些，就统统扔进了泔水桶。

唐炳看傻眼了："我家过年也不会如此啊！嘿，这还一口没吃，扔了不全浪费了？"

黄月英："咱们打包带走，来芳晚上还要跳舞，正好吃这个当宵夜。"

几人正要行动，转头一看，几个蛮横县吏杵在身前："县廷宴请贵客的规制，几个臭学生娃居然混进来蹭饭？哪凉快哪儿待着去！"

唐炳双手叉腰："天杀的！回去我就告诉我爹，以后县廷怎么哭穷也不给他们捐钱了。"

"黑心商人哪有什么良心，捐钱不过是理亏买心安。"

众人回头，只见郑伦华服加身，带着一群书馆的公子哥跟班鱼贯而入，冯骥、隋波、宋郎都在里头。郑伦似笑非笑打量着唐炳，余光警惕地瞟着诸葛亮。

"你们怎么来了？"

"我爹宴客，我为什么不能来？"

郑伦洋洋得意地拖着长调。

"哼，不就是公款吃喝嘛！牛什么牛！"唐炳不服气。

"倒是你们几个，如何来的？难不成是来蹭吃蹭喝的？哈哈，蹭就蹭嘛，不碍事的，加几双筷子而已，我爹是堂堂县令，请客吃饭也不多你们几只小鱼小虾。"郑伦满脸趾高气扬，县令公子发了话，几位县吏也不好再赶人走，只得悻悻退下。

"不过加塞儿来的，那肯定没有座位了，只能在我身后站着吧！"话音刚落，郑伦回过头去看见黄月英还站着，突然变得又嘚瑟又谄媚："啧啧啧，真可怜。黄姑娘，你要是想看表演吃大餐，我可以让你坐在我旁边。"

“不用了谢谢，我怕你身上的香引蛇过来。”

黄月英面无表情、四倍语速地回敬郑伦。

郑伦一激灵，好不尴尬。

唐炳哈哈大笑，冲黄月英竖了个大拇指：“怼得漂亮！你们来我这里坐嘛！”

唐炳才不管那么多，拉着诸葛亮一屁股坐下，又给黄月英留出了位置。

宋朗看向黄月英，眼里全是秋波。

当然，黄月英没注意到宋朗，她跑到唐炳身边坐下，只见庞德公趁着郑旦给丁玄介绍自家公子时，大摇大摆端走了郑旦桌上的一大盘烤羊肉。郑旦忙着拍丁玄的马屁，脸都笑僵了，实在无暇顾及庞德公的怪诞举动。

丁玄刚要吃羊肉就被庞德公拿走，心生奇怪，心想这是县廷的什么人，如此肆意，却见庞德公冲他嘿嘿一笑，露出一口黄牙，比划着拱了拱手：“久仰，久仰！”

丁玄立刻顺畅了许多，飘然起来。端起酒杯，略表回敬之意。

舞台上流光溢彩，郑旦无意间瞥见丁玄和庞德公彼此致意，还以为丁玄和庞德公是旧相识——怪不得刚才过来拿走了吃食，原是故人不见外啊！

郑旦一个手势，又让下人给庞德公上了一桌子的酒菜。

庞德公冲诸葛亮眨眨眼睛，笑道：“为师厉害吧？”

最后压轴上场的是来莺和孔雀的相合舞，这个节目是由周轻弹奏箜篌，来莺在伴奏下与来自西域的两只绿孔雀翩翩起舞。

周轻侍弄着乐器先到了宴会厅中间的舞池准备演出。

唐炳不懂箜篌，小声嘟囔了两句：“这是什么乐器？声音还挺不一样。”

郑伦转过身来抢过话头：

“连箜篌都不认识？果然是暴发户家的土老帽，哈哈哈哈！”

唐炳气得想用吃剩的鸡腿骨扔郑伦，被诸葛亮用眼神拦下。只见诸葛亮笑呵呵地轻轻拍了拍郑伦的肩膀：“郑公子这么博学广识，想必一定知道箜篌还分竖卧两种。请问舞台上乐师演奏的是哪一种呢？”

“呃……”

郑伦没有回头，直着的脖子愈发僵硬。

唐炳哈哈大笑：“五十步笑百步，某人也不过如此嘛！哈哈哈哈。诸葛亮，你快给我讲讲箜篌。正所谓知之为知之，不知为不知，我才不要当不懂装懂的大尾巴狼呢！”

诸葛亮转头对唐炳说道：“箜篌又分竖箜篌和卧箜篌两种，竖箜篌又叫胡箜篌，有从西域大秦国传来，也有南部天竺传来，音色和擅长各有不同。周轻乐师所奏是为卧箜篌，类似琴瑟，声音更为轻灵悠扬，许多人谓之‘华夏正声’。”

郑伦不屑地频翻白眼，转过头狠狠瞪诸葛亮：“喂，你说话能不能小点儿声？！”

诸葛亮和唐炳会心一笑。

现场忽然一阵骚动，诸葛亮回头一看，平乐苑的杂役、女德班的小厮，还有各位大人的奴仆连马也不看了，碗也不刷了，地也不扫了，都放下了手里的活计凑到宴会厅附近的大柱子后面，翘首以盼地望向舞池。

唐炳的嘴里还叼着半个鸡腿，嘟囔道：“看来是角儿来了！”

只听身后有人按捺不住地喊了一嗓子：“台柱子来莺！”

伴随着曼妙的音乐，来莺和两只孔雀进入人们眼帘。

来莺身段凹凸有致，舞姿婀娜灵动。大家的目光都落在来莺身上，丁玄更是望着来莺如痴如醉，边看边喝，越来越醉。

一曲舞毕，众人纷纷鼓掌叫好。郑旦趁机赶紧擦了擦嘴边的口水。丁玄显然觉得叫好还不过瘾，站起来大喊大叫，非说来莺是仙女下凡，要起酒疯。

这也太……有失体面了吧。

奈何毕竟是县令请来的客人，任谁也不好发作。正当大家面面相觑时，丁玄竟然已经爬上了舞台，色眯眯地吵嚷着非让来莺再为他一舞，还三番五次欲强抱来莺。

众人不敢出声。谁能想到，成武侯特意请来前呼后拥的女学大师，酒后竟然如此荒唐粗俗，丑态毕现？

则罗在台下着急，刚想追上去拦丁玄，却被郑旦低声喝止——成武侯的座上宾，你一个戏班子的草芥班主也敢动得？

幸亏来莺见多识广，见怪不怪——当了这么多年台柱子，走南闯北什么没见过？心里虽然厌恶，但表面还是笑嘻嘻地跟丁玄撒娇道：

“哎呀，大师，小女不是不跳，实在体力不支……”

来莺软着身子和丁玄一边周旋一边躲猫猫，绕到舞池边上，忽然发力使劲，把来芳一把狠狠推到了丁玄的怀里，自己金蝉脱壳了。来芳吓坏了，来莺却笑言要来芳好好珍惜机会，再为大师跳一曲。

丁玄嫌来芳一把骨头硌人，又毫无丰腴魅惑之姿，也就撒了手。

则罗赶紧顺着来莺的话头打圆场：“是是，我们还有一个节目，请丁大师看完节目。”

箜篌一抖，周轻喉结一上一下，样子甚是气愤难平。则罗过去拍了拍他手臂，示意他立刻开始弹琴。

周轻闭上眼睛，眉头仍皱。起手弹箜篌，来芳惊魂未定，好在跳舞能让帮她逃离这一切，进入自己的天地世界。舞之蹈之，如梦如幻，来芳的快速旋转让丁玄看得眼花缭乱，回到座位瘫了下来，也就忘了追究来莺所去何处了。

则罗心里暗自庆幸，似乎终于化解了一场尴尬。

唐炳嘟囔："这个来芳姑娘演的是一只瘦孔雀，不如来莺那只胖孔雀更有意思。"

黄月英却道："我倒觉得，来芳比来莺跳得更好看。"

诸葛亮："黄姑娘何出此言？"

黄月英歪头道："若论舞姿，来莺明艳，来芳柔婉，本是各有各的美，但是若配这只箜篌曲子，还是来芳与箜篌更加合拍，歌舞更有默契。"

诸葛亮看着箜篌师傅周轻，只见他已在角落里默默整理好了琴箱，眼神却始终停望向来芳的方向。

杯盘狼藉，曲终人散。

郑旦醉得不省人事，由县廷的人直接抬走了。丁玄说要自己走回东边的寝房，踉踉跄跄，不要人跟着，穿绢纱的跟班小厮也无可奈何。郑伦和几个公子哥儿也都让人差了自家马车来，鞍前马后，排场甚大。唐炳家的豪华马车也早已停备，正当唐炳和诸葛亮二人去约庞德公一道坐车回书馆时，却见庞德公大喊大叫："我的宝贝鹤儿不见了！"

后台突然传尖叫声，乱作一团。

有人高喊："孔雀！孔雀被咬了！"

庞德公猛拍大腿："找着了！"拔腿就往后台方向跑。

诸葛亮等人也连忙赶去，拨开围观的人墙。原来，庞德公出来蹭饭也不忘带着他的宠物，结果这宠物见到孔雀居然发情了，扑腾着翅膀欲骑上孔雀强行交配！来芳赶紧护住孔雀，不让情鹤靠近。庞德公喝多了拍手称快："西域大鸟，水土不服，中看不中用，远不如我家鹤儿有本事！"

来莺听说了，火冒三丈走路带风地冲了过来，不冲庞德公和鹤，单单大声嗔怪来芳："就你没有尽到照顾好孔雀的责任和本分！你长脑子了没有？"

来莺染着红蔻丹的指甲，使劲戳在来芳单薄的肩胛骨缝处，一戳再戳，看着就疼。来芳不敢躲，只是不停地认错，来莺依旧不依不饶，似乎要把今天在台上受的那点委屈统统发泄出来。

众人谁也不敢拦也拦不下来莺。

黄月英一把拽住来莺的手腕："孔雀无碍，再说又不是来芳的错，何必这么凶？"

"哼，我们戏班子自己的事，轮不到你一个乳臭未干的黄毛丫头插嘴！"

来莺一把甩开黄月英，继续骂来芳。

诸葛亮："来莺大姐，孔子说过，'不迁怒，不贰过'才是君子德行，你自己不开心，又何必让别人也不开心？"

来芳感激又崇拜地看着诸葛亮。

来莺一愣，一时不知如何反驳诸葛亮，只好抖着长睫毛和声线："读书人拽什么破词儿。我哪里不开心？谁看出我不开心！"

"来莺，别闹了。我们回去休息吧。"

这是则罗的声音！

则罗只淡淡地说了这一句，来莺立刻软了下来，顿时泪眼朦胧，不顾众人，竟然公然扑进则罗的怀里，千般委屈，百般柔情。

唐炳吃惊："哇塞，原来他俩是一对儿啊！"

围观众人不免脸上臊得慌，纷纷散了。唐炳却看得津津有味："嘿嘿，这戏码可比台上演得精彩多啦!”

来莺和班主则罗，二人相好，其实早就是戏班子里公开的秘密了。

平乐小径。月色如水。

黄月英送走了诸葛亮和唐炳，没了伙伴，顿时觉得空乏无聊起来。又不想回房睡觉，一人又闲逛到玲珑湖边，用湖畔的小石子打水漂，撕碎一池月影，掀起层层跳跃涟漪。飞燕在湖边激动地左右徘徊，恨不得跳下湖水去捉那晃来晃去的月影碎片。

玩累了，黄月英听见身后的环形灌木园林里，有人在低声说话。

稍一辨听，就知道是来莺和则罗。来莺似乎对爱人有些不依不饶：“你到底什么时候带我私奔啊，今年推明年，上月推下月，孔雀舞我真是跳不动啦！什么达官贵人，不过一群油腻放肆的酒徒，烦死了!”

则罗说汉话不大灵光，只是不断重复着：“快了快了，等襄阳去过，我们再走好不好?”

来莺歪了下脖子，哀叹道：“还要等那么久。”

“人多好赚钱，你再忍一忍。”

这话看来则罗说过很多次了，对来莺已经失了效，来莺依然皱眉不爽。

则罗握住来莺的手，却被来莺一把甩开。

“别理我，烦着呢!”

则罗憨笑道：“莺，把手给我嘛。”

来莺无可奈何：“干什么呀，又要在我手心画小鸟，害我痒痒笑啊?”

则罗嘿嘿笑，也不反驳，还是擎起了来莺的白嫩小手，从袖口里掏出一只金镯，套至对方手腕上。

来莺吃了一惊，前一秒还是百般委屈牢骚，这一刻已是又惊又喜：“金镯？给我的?”

则罗认真地点头。

来莺咬了咬金镯：“咧嘴道：真金的？不是变戏法吧？”

则罗摇摇头：“真金的，不信你去问周轻，前几日去采买香面火的配料，他陪我去的首饰铺子。我怕你不喜欢样式，特意让周轻跟着。”

来莺对金镯爱不释手，反复端详着上面的精致刻纹：“好看，好看！”

则罗：“成亲总要有像样的彩礼。咱俩都是没家没根的人，但我不会委屈你。”

来莺眼泪流了出来，伸出另一只手腕，露出一只细银镯：“这是我娘死前留下的，没想到我这辈子还会戴上金的呢！”

则罗搂过来莺：“再等等，再赚点儿钱，我们就把戏班子转给旁人，咱们找一个没人的好地方盘个小店，我烤馕饼，你来收钱，一起过小日子去。”

来莺松着手劲儿拧了则罗胳膊一下，一半撒娇一半责备：“你呀你，就为了多挣那点儿钱，心眼掉到钱眼儿里，鬼迷心窍啦！”

二人你侬我侬说着情话，黄月英听得十分不好意思，想趁着风声赶紧离开二人的小世界。只是她没想到，丁玄竟然也出现了。

丁玄酒醉，在花园里迷路，正巧遇到来莺和则罗二人。

“月下看美人，越看越精神。”

丁玄直勾勾色眯眯盯着来莺，连连拍手说自己和美人今夜有缘，所以才能湖边相会。压根就没把则罗放在眼里。

周围又无旁人，丁玄就更加猖狂起来，直接向来莺扑去，并动手动脚。

来莺吓得往则罗身后躲去，则罗三番五次尴尬地挡开丁玄，丁玄大声喝道：“你什么身份？！下九流的戏子群头，也敢拦我丁玄？给我让开，不要坏了我的好事！”

则罗手臂向后，紧紧护住来莺，胸膛如石，岿然不动。

丁玄恼羞成怒，伸手狠狠掌掴则罗。

挨了耳光的则罗脸上热辣辣的，太阳穴青筋暴出，双拳拧紧，似乎想要反击。

黄月英在假山石后头也攥着拳头使劲：“打他！打他！”

来莺却在身后低声劝则罗：“则罗！他是成武侯的人！咱们可打不得啊！”

则罗忍无可忍，却不得不痛苦地放下拳头。

丁玄更加有恃无恐，继续掌掴则罗，边打边骂：“给脸不要脸！一个耍猴吹灯的，跟我吹胡子瞪眼？也不撒泡尿照照，你是哪根葱？！来打我啊，你敢吗？！”

则罗不发一言，脸上由红变紫，拳头攥成坚硬而颤抖的岩石，来莺能感受到那种震颤，她知道大事不好，心下已凉了半截，只能拼尽全力死死拽住则罗，让滔天之祸来得再晚些……

嗖！嗖嗖！

呀！哎呀！

呼啸几声，几粒小石子接连打到丁玄脸上，还有一颗竟不偏不倚打在门牙上，顿时牙碎血流，丁玄哎呀哎呀地捂住脸颊，痛苦不堪，口齿不清。

“谁？！谁暗算我，给我出来！”

则罗猛一回头，不知是哪位好汉替他出手。

“来人啊！来人啊！”

“则罗，快走！”

趁丁玄不备，来莺连忙拼死拽着则罗赶紧逃离了灌木丛。

穿绢纱的小厮们很快就闻声而来。

黄月英蹲在假山石后，和飞燕大眼瞪小眼，小声嘀咕了一句：

“养猫千日，用猫一时。飞燕，这回看你的了！”

飞燕原地伸了个懒腰，好像是在为接下来的任务做瑜伽预热。

转眼间，飞燕就像闪电一般窜进黑暗夜色下的灌木丛中。

“快看！那边树在动，底下有人！”

一个眼尖的绢纱小厮说。

只见三十丈开外，灌木丛的树叶摇晃。他们哪里知道，那是飞燕在跳上跳下晃动树枝。

“还不快去！把人给我捉住！”

丁玄捂着嘴巴跟着一众小厮向灌木丛跑去。

黄月英大摇大摆地从假山后头闪了出来。得意洋洋：

“声东击西，溜之大吉。早就跟他们说过，就是一群三脚猫。”

黄月英没走多远，飞燕就抄近路从身后追了上来。

“上来！”

飞燕迅速蹿上黄月英的肩膀，主仆二人消失在走廊的尽头。

夜风过后，湖水中的月影终于恢复了平静。

平乐苑一分为二，东苑归女学班，西苑归百戏班子。丁玄“平白”受了伤，一说话总跟咬自己舌头似的，自己没心情上课，更不愿意开口管教弟子了，每日只是板着脸让大家上课反复念“女德经”，这下可遂了黄月英的意，课上要么昏睡要么看闲书，一下课自然精神抖擞，常常跑来西苑找来芳和周轻玩。

来芳教她如何喂养护理孔雀，如何逗弄孔雀才能开屏，如何在烛照下用手影比出孔雀造型，等等。来芳羡慕黄月英能读书识字还能射箭，黄月英就给她带来了《诗经》《论语》还有弹弓，年龄相仿的二人，叽叽喳喳比比划划总有聊不完的话题。周轻也在，依旧只是笑笑，不爱开口。

隔了几日。县廷发了公告，说要在平乐苑先办一场喜迎火神星君节的茶话会，邀请县里的各界贤达与会——公告也贴到了书馆里，郑伦点点头，头头是道地解释给诸位围观公子哥："这是敝人建议我爹弄的，要趁百戏班子在，与民同乐，共襄盛世。"

郑公子睿智英明啊！

诸葛亮忍不住道："既然与民同乐，似乎不该设宴在平乐苑里嘛。"

"嗨，这你就不懂了吧！"唐炳笑道："打着与民同乐的旗号，当官的公款吃喝呗！"

郑伦："休要胡说！我爹还请了水镜先生和庞德公呢！难道两位先生也是去公款吃喝？"

唐炳嘴硬："拿先生掩人耳目呗！"

赶巧了，金石老师和礼仪老师接连风寒染病，郑旦也邀了水镜和庞德公去平乐苑作为知识界代表参加典礼。水镜本不爱凑这种热闹，但也不好不给县令面子，只能唉声叹气不得不停课两日。唐炳又跃跃欲试起来，闹着也要去平乐苑"与民同乐"。

精舍里，雾隐也支持诸葛亮去平乐苑看看，说是让他多去听听不同人弹琴，还嘱咐他，听琴听曲，更要听弦外之音。

弦外之音？

"那就是肚子叫的声音吧？哎妈呀！"唐炳连拍大腿，"雾隐老师真是明白人哪！"

邓县的一家饭庄隔间里，诸葛亮和唐炳席地围坐，唐炳冲小厮摆摆手，也不看墙上系了红绳的菜单牌子，如数家珍一口气点了十道，这才长喘一口大气，心满意足。

不到半炷香的工夫，飞燕窜进隔间。紧接着，黄月英带着来芳、周轻鱼贯而入，年轻人见面格外开心，又是行礼又是寒暄，气氛一下子热闹起来。

黄月英挨着诸葛亮坐下，拍了拍他的肩膀：

“嘿，人我可给你请来了，够意思吧？有什么问题你尽管问哈！”

诸葛亮都被拍懵了，他看看唐炳，唐炳嘿嘿一笑，若无其事地接过话头：“哎，来都来了，先吃菜！先吃菜！”

大家看着空空的桌子，只有当中的一碟压桌小菜。

唐炳面不改色：“……他家的小菜，邓县一绝呀！”

诸葛亮看向黄月英：“黄姑娘，你的习题带来了吗？”

黄月英瞪大眼睛：“什么习题？”

诸葛亮：“不是黄姑娘托人带话给唐炳，说必须今日来帮你做习题，否则女学班的丁老师就要找你麻烦吗？”

黄月英一拍桌子：“就他也敢找我麻烦？我跟你们说，这个丁大师就是一冒牌货！”

来芳紧张地拉住黄月英，示意她小点儿声，隔墙有耳。

黄月英哭笑不得：“我可不怕！我可不是空穴来风，你们不知道，他连《大雅》《小雅》都分不清，还在课堂上说什么‘嗷嗷鹿鸣，食野之芩。’”

诸葛亮和唐炳都哈哈大笑，唐炳捂着肚子，都笑出了眼泪。周轻也忍俊不禁，难得露出一口白牙。

来芳怯怯地拉了拉黄月英衣袖：“大家在笑什么呀？”

唐炳立刻抢过话来：“应该是‘呦呦鹿鸣，食野之芩。’”

来芳冲唐炳笑着点头，“原来如此，唐公子厉害！”

被来芳崇拜的眼神看着，唐炳突然尝到了当学霸的滋味，通体舒坦，浑身飘飘然起来。

黄月英大眼睛眨了眨，嘿嘿一笑，问道："唐炳，'食野之芩'后面呢，你继续背啊。"

"呃……"

这下尴尬了，唐炳只会这一句，忍不住抓耳挠腮。

黄月英答曰："呦呦鹿鸣，食野之芩。我有嘉宾，鼓瑟鼓琴。"

来芳转过头来："单说音韵，这几句也好听得紧。周轻，这首若谱了曲唱出来也一定错不了。黄姑娘，鼓琴之后呢？后面还有吗？"

"呃……"

这回轮到黄月英尴尬了。

唐炳一下子来劲了，坏笑连连："对呀，黄姑娘，人家来姑娘问你然后呢？赶紧继续背啊！"

黄月英瞪了唐炳一眼："词到嘴边，我一时懵住了！"

"——鼓瑟鼓琴，和乐且湛。我有旨酒，以燕乐嘉宾之心。"

诸葛亮将后半句娓娓道来。

周轻击掌点头，突然开了金口："周某今天长见识，名门学子，吃饭都能吃出飞花令来。"

周轻脸上和语气都淡淡的，却逗得众人哈哈大笑。

很快，小厮连番上菜，炭烤羊排、花椒鸡翅、酒糟肉脯、葱烧矬兔、五香鹿干、清水烩鸭、清蒸鲤鱼、卤炙野鸡、酸渍牛筋……还要了一大壶甜酒。

来芳和周轻从未在如此珍馐佳肴的前面端坐过，跟着戏班子东奔西走，大部分时间都是看着客人大快朵颐，沟满壕平，而他们只能在一旁挨饿受冻弹琴表演。如今坐在上座，难免有些不自在。

来芳："这得花多少钱啊……"

唐炳："哎，不贵不贵，小意思，今天我唐寅生请客，大家别拘束，敞开吃哈！"

黄月英笑眼弯弯："哎哟，太阳打西边出来了，我和诸葛亮算是沾了来姑娘和周乐师的光啦！"

诸葛亮忍俊不禁，举起耳杯："那就多谢来姑娘和周乐师了，咱们来个'厌厌夜饮，不醉无归'。"

黄月英："又拽什么《诗经》啊？剩那么多，养鱼呢！"

来芳掩嘴而笑。

诸葛亮赶紧一饮而尽。

唐炳主动献殷勤："别光顾着喝糖水啊，吃肉，吃肉！"

唐炳站起身来，特意撕了块肉最多的羊排递到来芳盘子里，这还不算，又捡了最肥的花椒鸡翅，连说他家鸡翅秘制腌料，特别入味，非让来芳尝尝。来芳害羞的微微颔首行礼，唐炳站着嘿嘿傻笑。傻笑半天，才看到黄月英一直在冲他递眼色，又用下巴指了指周轻的方向，这才搞懂意思，又赶紧舀了一勺鸭块笑嘻嘻地送到周轻跟前。谁都不得罪。

小伙伴们吃吃喝喝、说说笑笑，突然间，来芳噔的一下站了起来，满脸通红，连脖子都红了，她捂住嘴巴说不出话，表情甚为惊恐。大家吓坏了，还以为她是犯了什么急症，周轻和唐炳急得团团转，来芳却一个字都说不出话来，喘着粗气掐着脖子和下巴，惊魂未定。黄月英以为她吃呛了，连拍她后背也不见好，闹了半天，还是诸葛亮恍然大悟："我知道了！"

所有人都瞬间定格，齐齐地望向诸葛亮：

"我猜来姑娘应该是头一次吃花椒，她是被花椒烤鸡翅给麻的！"

"啊？"

“哦！”

“嗯！”

“原来如此！”

黄月英忙给来芳灌了一大碗饴糖水，这才缓解下来。花椒危机解除，大家都哈哈大笑。

周轻和诸葛亮二人在一起切磋琴艺，诸葛亮发现周轻只有说起琴艺，才能多说几句，内容也颇有见地。来芳脸颊绯红尚未退去，忍不住插话道，周轻早年曾是黄门鼓吹署的乐手，还填得一手乐府词，人称“乐府郎”，说起自己，来芳只说自己是庐江人，全家如今只剩她自己，然后便低头不语。周轻看着来芳，眼睛晶亮且温暖。

美酒珍馐，不开心的事就不要提了，吃到兴头，唐炳神采飞扬，吐槽完郑伦吐槽丁玄，乐不可支。

“那个啥，我必须站起来缓缓，要不，我给你们跳一段吧！”唐炳起身上演灵魂之舞，把“呦呦鹿鸣”唱成土味rap，把丁玄模仿得惟妙惟肖，还不时地需要让诸葛亮给提示下面一段词儿是啥。只见唐炳鼓鼓的小肚皮随节奏摇摆晃动，分外抢镜，黄月英忍不住一边捶桌子给唐炳打节奏，真心好嗨哟！来芳和周轻也无比轻松快意，相视而笑。

周轻觉得，这应该是几年里来芳笑得最开心的一次，只是他没想到，来芳会轻轻把头依偎在自己肩头。

周轻顿时被点了穴，任由唐炳如何旋转欢闹，他的耳朵里只有心跳，眼睛里只有来芳的额头与发梢。

“我要看看是谁这么聒噪！真是吵死了！”

门帘一掀，竟然有人闯了进来。

唐炳被吓得大惊失色！

第二十三回

火神星君怒生猛火

来人是庞德公！

吓得来芳也连忙把头缩了回来。

黄月英："庞德公？您怎么……也在这里？"

"我说呢，原来是你们这群小兔崽子！一放假就翻天，我早就说留的作业不够多嘛！水镜你说是不是？"

诸葛亮、唐炳、黄月英眼珠都要瞪出来了。

"连环炸啊，水镜先生也在这里？！"

水镜尴尬地在庞德公背后现身："好，好！大家吃好喝好。"

"我倒要看看，是谁一直在嗷嗷嗷地打鸣呢？"再一掀门帘，来人正是来莺。

来芳早已起身站好，紧张得要死。

但显然今日来莺心情不错，只是拈了来芳一眼，也并未刁难，很有可能是因为则罗也来了的缘故。

原来，郑旦又命书馆出一篇火神星君赋文献给成武侯，水镜拉庞德公一起草拟，庞德却非说饮酒才能作赋，言谈间对则罗、来莺的表演念念不忘，说得水镜也动了风流名士的心思，反正书馆的工作也暂停了，那不如跟庞德公一同去县里，邀则罗、来莺一同饮酒作赋。

两位大名士相邀，则罗、来莺自不会推脱，没想到酒过三巡，水镜、庞德二人就赋文的细节问题又起争执，非要则罗评判，则罗囧死了，连说自己是文盲，只会吞刀吐火罢了。正在争执间，听到隔壁喧闹，庞德公立马蹦起来冲了过去。

"哎呀，他们这桌的菜更好嘛！我说水镜你也太抠门了！你看看人家大鱼大肉的，再看看咱们这桌，水煮青菜，炭烤芋头，你把我当羊喂啊！"

水镜哭笑不得："我说庞德公，你不要吃着自己桌的，看着别人桌嘛！”

庞德公哈哈大笑：“有道理！小二！快把我们的酒菜桌具都搬过来，我们两桌合并一桌啦！”

庞德公语气不由分说。

水镜哭笑不得：“你、你这样不大合适吧！”

庞德公：“荤素搭配，吃着有味。哎，小鬼们，你们说合适不合适啊？”

庞德公笑呵呵地看向唐炳，唐炳自然不敢说不合适。

唐炳：“快请快请！那个我再加两个菜！”

庞德公大手一挥：“不用，你们这些还吃不了呢，有我在，你们浪费不了！”

庞德公往地上蒲团上噗通一坐，招呼水镜、则罗和来莺也同坐。

唐炳和黄月英心里都未免有些扫兴，不好肆无忌惮地说笑跳舞了，大家只能低头猛劲儿吃菜喝汤。唐炳饱嗝不停。

只有汤勺碰着汤碗的声音，气氛突然变得诡异而尴尬。

一圈都是读书人，则罗多少有些不自在，于是打破尴尬自嘲道，百戏班实在上不了台面，只能吞刀吐火。

诸葛亮接话道：“怎么会？‘吞刀吐火’可是被张衡先生在《西京赋》里专门称赞过的世间绝技。”

则罗有些意外：“公子说的什么符？”

来莺：“不识字就别乱插嘴，人家是正经书馆的正经学生，不会画符！”

众人笑成一片，诸葛亮索性背了一段《西京赋》：“奇幻倏忽，易貌分形。吞刀吐火，云雾杳冥。画地成川，流渭通泾……”

则罗又惊又喜，连连点头：“公子，虽然我听不懂您说的意思，但我也能感觉到您说得真好！我这小半辈子都在百戏班子里待着，从来没人这么夸过我们，听你这一说，感觉咱们也是个正经营生……我，我提一杯！”

说罢，则罗提起耳杯一饮而尽，显然，被文化人尊重的感觉让则罗浑身舒坦。

“诸葛亮，又养鱼呢？赶紧陪一个啊！”黄月英满脸的不屑。

诸葛亮看着眼前斟满的酒杯，面露难色。

“他是个书呆子，根本不会喝酒。来，则罗班主，我小唐陪你一个！”唐炳替诸葛亮解了围，提起耳杯一饮而尽，喝罢将耳杯倒置，无一滴流出。

真没劲，黄月英转过头去，跟来芳相谈甚欢，诸葛亮和则罗讨论起里面吞刀吐火的绝技，诸葛亮问则罗是否有张衡先生夸张的成分。则罗笑着摇头：并未夸张多少。不过吞刀吐火是百年绝技，多少人靠它糊口养家，祖上的规矩是不能外传，所以愈发神秘起来。谈起则罗的名字，诸葛亮说他应是西域人，则罗称赞诸葛亮见多识广，话头一打开就刹不住车了，地理风俗、家乡美食什么的，则罗打开了话匣子，与诸葛相谈甚欢，说到兴头上还比划了起来。

水镜先生开口了：“诸葛亮，《西京赋》的全文都能背诵吗？”

诸葛亮：“应该可以。”

庞德公突然大叫：“水镜老头，你还让不让孩子吃饭了？一点儿都不知道心疼弟子！”

水镜无奈：“又不是我开的头！我就是顺便问问他会不会背全文而已。”

庞德公挥舞骨棒：“还用问？人家是精舍弟子，自然错不了！”

水镜：“好，好，你说得对，吃菜，喝酒！”

众人哄笑。

那边厢水镜和庞德两个老头还在纠缠不休，彼此互怼，这边厢大家已经活泛起来。来莺给来芳夹了一筷子的花椒鸡翅。来芳受宠若惊。

来莺撇了撇嘴："你也太瘦了，不知道的还以为戏班子虐待你呢。"

来芳心里颇为感动，眼泪瞬间濒临决堤。

来莺扫了她一眼，又冲周轻笑笑："又怎么了？对你凶也凶不得，好也好不得？"

周轻笑而不语，低头喝汤。

唐炳看见："哎，来芳姑娘吃不了这个，刚才辣得满脸通红！"

来莺："哦？"

来芳连忙摆手："吃得，吃得！我喜欢吃。谢谢来莺姐！"

来芳吃得满脸通红，涕泪肆虐，来莺拿出手帕给她擦："你看看你！吃得鼻涕一把泪一把的。以前是我对你不好，以后你就是百戏班的角儿，戏班子都得靠你哩！"

来芳脸上红一阵白一阵，低声喊道："来莺姐——"

来莺眼看别处，垂眼叹道："总不能让我跳一辈子的孔雀舞吧！今天早上梳头，又揪了两根白头发了，这种日子不能再过了，看着风光，实际上没劲……"

黄月英想起那晚上丁玄酒醉对则罗来莺放肆一事，想必这也是来莺萌生退意的原因之一吧。

来莺又道："等这回去襄阳演完，我就找个能落脚的地方安顿下来，生儿育女，不跳舞了。你看，这是则罗给我打的金手镯，好看吗？"

来莺伸出手臂给来芳看，自己则看着则罗，甜蜜一笑。

来芳凑近了端详着镯子，夸道："好看，真好看！来莺姐你可真让人羡慕。"

来莺："不用羡慕，这姻缘线啊，都是月老牵好的，你早晚也会有。对了，这手镯还是你家周轻帮忙挑的款式，还是周轻品味好。"

来芳脸上一红："来莺姐休要说笑，周轻哪里是我家的……"

来莺暧昧一笑："羞什么，我看早晚是一家。姐就是担心你们太单纯没心机，人世险恶，以后有人打你坏主意怎么办，得学会保护自己。"

唐炳噗嗤笑出来："要是黄姑娘我就不担心，她的弹弓射程范围内，没人敢欺负她！"

来莺一愣，转头向黄月英："黄姑娘，你还会用弹弓？"

唐炳故意夸张："哎哟，不只会用，简直杀人于无形！"

说者无意，听者有心。此话一出，来莺自然联想到那晚帮她和则罗暗中出手解围的侠客，就是怎么也没想到，侠客竟然是一位眼如灿星、眉若远山的俏姑娘！

来莺端起酒杯，手有些微微发颤："来前就听人说，隆中书馆有卧龙，没想到一个读书的女娇娃，身手竟还这么好！"

黄月英装作男生拱了拱手："路有不平，拔弓相助。区区小事，不足挂齿。"

来莺心里一震——果然是她，心想着这小姑娘看着年纪甚小，但心地善良、思虑周全，她怕同着旁人提起那晚之事让来莺难堪，所以主动说不足挂齿，就是不必再提的意思了，这才松了口气。

庞德公突然插话："愣着干吗，喝酒吃肉嘛！"

来莺笑道："庞德公，我是感叹黄姑娘英姿飒爽，人中龙凤啊。"

庞德公醉眼朦胧，叨叨两句："人中龙凤，人中龙凤……诸葛亮是龙，黄月英是凤，哈哈！"

诸葛亮正和则罗比划得热闹，不知道为何庞德公叫自己，但黄月英可是听得真切，瞬间满脸通红："庞老头儿！你喝多了吧！"

唐炳看热闹不嫌事儿大，咧嘴起哄：“庞公说错喽，黄月英和诸葛亮可是一对冤家！”

庞德公举起酒杯：“冤家路窄，永结同心，子孙满堂！”

黄月英脸颊上的绯红都滚到了头皮上，急赤白脸直跺脚：

“水镜先生！你也不管管，有庞德公这样为人师表的吗！”

水镜只好息事宁人，想要抢下庞德公手里酒杯。可别看庞德公醉醺醺的，酒杯却握得稳极了，微胖的身躯左右腾挪丝毫无碍，倒是一番“过招”之后水镜闪到了自己的老腰。

庞德公一饮而尽：“我说醉话，我说醉话，罚酒三杯……黄月英，莫要告诉你爹哦！”

唐炳最喜欢这种混乱场面，眼睛看不过来，嘴巴可没闲着，大快朵颐还不忘开口说话：“庞德公，咱们书馆有龙有凤的，那您说我是什么呀？是不是麒麟？”

庞德公眯缝着眼睛看向唐炳：跟麒麟很像，忽又狡黠一笑，说道：“我看更像貔貅！”

哈哈哈哈。

全场哄堂大笑。

快乐的时光如同湖面上的涟漪，总是美妙而短暂。

女学班里的生活对黄月英来说就如同一潭死水，每天都在掰着指头数还有几日才能脱离苦海。眼看火神星君的神龛已经搬到了平乐苑，嗯，估摸着祭拜仪式结束，自己也解放了。

今天的女学课上要做女红，苏莹等人津津有味地飞针走线，交头接耳，拿着自己缝制的小香囊相互攀比着，不亦乐乎。只有黄月英皱着眉头，拿着一根粗针对着一只沙包戳来戳去。

苏莹凑了过来：“黄姑娘，你看我这个手做香囊好看吗？”

黄月英眼皮也不抬："好看。"

苏莹还不满意，左右晃了脑袋："那让我们也看看你的呗？你做什么呢？"

苏莹伸长脖子，明显想看黄月英笑话。黄月英却大大方方将自己的"手作"拿了出来：奇丑无比针脚如蜈蚣一样的多边小布包一只，布包竟然还未封口。

苏莹噗嗤笑了出来，黄月英也不恼，从桌囊里掏出一些树皮一样的东西，咔嚓几下子揉碎之后统统塞了进去，再龙飞凤舞地用粗针缝住了封口，那针脚，简直不忍卒视。

苏莹："这就是你的香料？！你要把这个玩意儿挂在身上？"

苏莹明显嘲笑她，黄月英倒是一副无所谓的样子，说道："挂在身上嘀哩当啷多累赘，做就做点儿有用的！"

话音未落，黄月英忽然远远抛出布包，扔到教室外面的灌木丛里，"噌"的一声，卧在角落里的飞燕猛然窜了出去，很快将沙包衔了回来。

苏莹目瞪口呆："这、这——"

黄月英："这是给飞燕做的香囊，里面有它喜欢的味道。猫和人一样，都得训练。你那个香囊做不到吧？"

苏莹刚想回嘴，看见丁玄一步三摇踱着方步由小厮前呼后拥踏进教室，赶紧收声。

丁玄看着女生们手工刺绣的样子，连连摇头。

丁玄："一代不如一代，越来越没有女人的样子！"

丁玄拂了拂衣袖，回到师座，从怀里拿出一支纹样，一边摩挲一边赞叹："这才是女人该有的手艺。"

黄月英："呸！"

丁玄：“啧啧，看看这针脚，看看这线条，再看看这配色。再看看你们！这都不会怎么为人女，为人妻？嫁不出去都是因为自己手艺不行！”

苏莹等人看热闹不嫌事大，举手问可否传看一下老师手中的纹样？丁玄神色怡然，让小厮传阅纹样下去。

许薇看着纹样皱眉：“这种花朵纹样好生特别，花朵压着花苞，花苞压着花叶，在邓县还真没见过。”

丁玄听见了，点点头：“当然了！这位姑娘并非本土人士，也是南方的一个大户人家的千金。当年曾与我有一面之缘，不知为何对我一往情深，茶饭不思，后来因身份悬殊不能嫁与我的贵族家庭，便以身殉情，可敬可叹……”

众位女生纷纷大呼小叫：“哇！好凄美的爱情故事啊！”

只有黄月英在底下忍不住吐槽：“谁家的傻姑娘！手巧心不巧，为他殉情？眼瞎了吧！”丁玄还在上面摇头晃脑喋喋不休，让大家按照纹样范例下午要绣出十朵兰花来。丁玄下来巡视，黄月英也装模作样在绣兰花。趁着丁玄不注意，就悄悄从窗户翻了出去。

大好天地，万千草木，我黄月英岂能让十只绣兰花困住？

溜出课堂，飞燕也大摇大摆跟了上来。黄月英打算先到西面去找来芳玩耍！

孔雀舍处，来芳果然在，二人相见甚欢，姐俩手拉手喂了孔雀又吃了零食。黄月英忍不住跟她吐槽丁玄的无聊花样和所谓凄美爱情故事，倒是来芳听得心不在焉的。黄月英问她是不是不太舒服？来芳略带歉意地表示可能晚上夜风着了凉。黄月英赶紧逼她回房休息，送走来芳，又百无聊赖起来。琢磨着，要不干脆回趟书馆看一看喽？

正琢磨呢，飞燕开始猛打喷嚏。不对劲，莫非有人在附近？

黄月英几个跳跃，就轻松攀上了高墙。高处微风拂面，悄悄望下去，果然有人！

怎么又是丁玄？阴魂不散。不好好看着学生绣花跑来干什么？

“丁大人，您行行好，放我过去吧。”

只见丁玄堵住来莺去路，嬉皮笑脸，先说来莺如西域丽人一般璀璨绮丽，又说自己房内有一颗同样璀璨绮丽的夜明珠夜晚可供一起把玩欣赏，简直臭不可闻。来莺强忍不悦，左躲右闪，可始终逃不出丁玄的魔掌。丁玄愈发张狂起来，摸了来莺胳膊几下，来莺高喊丁大人您再胡闹我就要喊人了，丁玄狞笑道：

“莫说这里无人，真若有人来了，我说是来姑娘想要色诱本人色诱不成便贼喊捉贼。你猜他们信谁？！”

来莺急了，高喊：“则罗，则罗！”

“哈哈哈哈！”

丁玄放肆大笑：“你还不知道？则罗被人差到县廷去了，学那个狗屁火神星君的祭拜礼仪，你是叫天天不应，叫地地不灵，这会儿就别装贞洁烈女了，聪明点儿赶紧陪爷放纵快活去，若是敢反抗，今天我也一定能办了你，到时候让你求生不能求死不得！”

来莺心下一沉，这才明白，这番花园偶遇绝非偶然，看来是丁玄处心积虑图谋不轨了！

见状不妙，来莺扭头就跑，没想到却被丁玄一把拽住系在腰间的丝穗，使劲地给拽了回来，一下子就回弹到了丁玄的怀里。

“放开我！”

真是无耻之徒！刚才还在课堂上说自己的悲情爱情故事涕泪横加，现在就在光天化日之下耍流氓当强盗。黄月英气炸了，从腰间摸出了弹弓，却不然发现没了弹药石子，又连忙跳下墙去在地里寻摸小石子，结果不是碎砂就是土块，一无所获！

“救命！救命！”

墙那头就是来莺绝望的呼救。

怎么办？黄月英抄起假山底下铺路的几块石头就翻上墙头。

顾不上给自己找掩护，砰砰两声，狠狠砸在丁玄的后脑勺上。

“哎哟！”丁玄惨叫。

趁空，来莺跌跌撞撞撒腿就跑。

黄月英明明可以趁机跳下高墙藏身，但她怕来莺逃脱不及，使劲大喝了一声：“禽兽大师，无耻至极！”

丁玄转过身来，捂着脑袋瞪大眼睛发现了翩然立于高墙之上的黄月英！

“好啊，原来是你个死毛丫头坏我好事！看我不弄死你！你给我下来！”

丁玄抽出腰间匕首，明晃晃地晃着黄月英眼睛。黄月英虽然不怕，但也心里一惊，没想到丁玄气焰如此嚣张，光天化日要流氓，还敢公然持匕行凶！果然是仗着成武侯狐假虎威，仗势欺人，有恃无恐。

黄月英叉腰冷笑，干脆一屁股坐在墙头上，弯起一条腿，手肘拄着膝盖，斜眼睥睨，说道：

“呦！这就是大师的绣花针吧？有本事你上来啊，我跟你切磋一下绣花手艺！”

丁玄终日胡吃海塞身型油腻臃肿，如何能跃上高墙？只能望墙兴叹，怒骂黄月英，说她骑在墙上攻击老师以下犯上不守妇道不贤良淑德，应该罚抄《女诫》一百遍，打二十大板，打到满地找牙，下不来床！

黄月英冷笑道：“那你强辱民女又该当何罪？”

丁玄气急败坏，飞燕护主，弓起身子突然飞冲下墙，冲着丁玄蹿了上去。

黄月英：“飞燕！小心！”

飞燕狠狠地蹬上丁玄脖颈，丁玄用匕首反击。一声惨叫，飞燕血流如注。

黄月英急了：“飞燕！回来！”

受伤的飞燕再也跳不上墙，黄月英急忙翻身跃下，一把抱起飞燕，飞燕的左边前腿被划伤，鲜血顺着橘毛汩汩流出，也染红了黄月英的鹅黄衣衫。黄月英眼泪瞬间擎满眼眶，心疼不已。

黄月英心似刀剜：谁要你去逞威风……

飞燕在黄月英怀里，眨了眨眼睛，有气无力地呼号了两声，似乎是向主人表态：我尽力了……

黄月英难过不已，并不知道在自己身后，丁玄举着匕首已步步逼来。

就在这时，突然有人高喊：“百戏班恭请丁大师视察检阅。”

只见周轻、来芳高举火炬，带着百戏班的乐师杂役们匆匆赶来。看来是来莺通风报信，让人来解黄月英燃眉之急。

眼看来的人越来越多，丁玄不便发作，而黄月英早已趁机抱着飞燕跃过高墙。来芳这才松出一口气来。

丁玄收起匕首，狠狠瞪向来芳。

“你刚才说什么？”

“呃……班主则罗说，请您视察我们百戏班的通灵火精舞！”来芳面色发白，声音微颤。

“什么狗屁舞！老子没兴趣看！赶紧把来莺叫来伺候老子！”丁玄

越说越狂妄，正在张牙舞爪，突然，丁玄看见则罗站在眼前，怀里似乎还抱着什么东西。

则罗大声道："丁大师，这是我们百戏班特意为火神星君节排演的通灵火精舞，我们优伶中人不懂礼制，郑县令专门交代我们要向您请教！还请您赏脸！"

"少拿县令来压我！老子就是不赏这个脸！告诉你们，不让老子满意，你们去了襄阳，老子也会禀明成武侯，让你们牢饭吃到饱！"丁玄嚣张的语气让百戏班在场的每一个人都异常愤怒，但他们是下人，他们只能忍着。

则罗上前一步，挡住丁玄："请丁大师赏脸！"

"敢挡我的路？！"丁玄恼羞成怒，一脚踹向则罗，则罗猝不及防，应声倒地，抱在怀里的东西也滚落一旁。

原来，则罗抱的是火神星君神牌，在表演通灵火精舞时，必须有人抱着火神星君神牌居于主位，此人一般都是由戏班里地位最高的人担任，则罗是班主，当然是由他抱着。

丁玄这一踹可不得了，只见在场的人呼啦啦跪倒一片，嘴里纷纷说着"火神星君息怒"之类的话，火神星君节正是民间传说火神星君下凡的当口，触怒了火神星君，那可是会烈火烧身不得好死的！

"什么狗屁火神星君？！还敢让我不得好死？仙让我不开心，我就诛仙；神让我不开心，我就杀神！"丁玄怒从心头起，恶向胆边生，跑过去一脚踏碎了木制的神牌……

时间仿佛凝固了，众人看着碎裂的神牌，都露出惊恐的神色。

就连则罗也顾不得疼了，看着神牌的碎块，眼中几乎要涌出泪水……

此时，丁玄的几位心腹下人也已经赶到，这渎神的举动把丁玄的下人也吓了一大跳，主家再飞扬跋扈，可火神星君是万万不能得罪的，几位下人连忙跪下，磕头如捣蒜，好说歹说才让丁玄收住了怒火——丁玄只不过是无知者无畏，一看到后果这么严重，他心里头早就怂了，赶紧借此机会就坡下驴。

丁玄转身欲走，无意间扫了一眼来芳，忽然皱起眉头，本已经过，又折了回来，发问道："你叫什么名字？我是不是在哪里见过你？你老家哪里的？"

周轻依旧低头看地，韧如钢针的琴弦一圈一圈紧紧缠在他拳头上，以防不时之需。

来芳面无表情，异常沉着："草民扬州人，孤儿出身，无名无姓，乞讨为生，到了百戏班，幸得班主收留，给我一口饭吃，给我起名'来芳'，在平乐苑之前实在无福见过大人。"

丁玄沉吟了两秒，若有所思，背手而去。

来芳和周轻赶紧扶起地下的则罗，与众人收拾好一地的神牌碎片。

那边厢，黄月英抱着飞燕火急火燎地飞奔出平乐苑，门口正停着几辆马车，看来都是在这儿趴活儿的，黄月英顾不得多想，两步就跳上了一辆，车夫从来没想到会有个小姑娘跑到自己车上，愣了下神，正想劝黄月英下车，还没来得及开口，黄月英就从怀里掏出一块大金饼扔给了车夫，车夫立马满脸堆笑："姑娘，不，侠女，您这是要去哪儿？"

"书馆后山，快！"

"得嘞！"车夫扬起马车鞭，发出一声清脆的"啪"，马车飞也似的消失在了视线里。

隆中书馆。

众男生无心读书，诸老师敷衍塞责。

后山精舍。

诸葛亮一心向学，雾隐在精舍授业。师生二人有问有答，雾隐言之有物，见解独到；诸葛亮勤思多问，思绪如飞。不知不觉，太阳西斜，日晷上的针影渐渐向东方越拉越长。

雾隐讲了一下午的课，损精耗神，咳嗽不止。诸葛亮服侍先生服过加热过的汤药，这才稍微舒缓了一些。

诸葛亮担心雾隐身体，在榻上垫好蒲团，本想让他躺下休息片刻，雾隐笑着摇头："不必，为师不累。"

诸葛亮认真行礼："弟子愿走遍天下，寻遍奇药，治好先生。"

雾隐笑了笑："孔明，为师知道你是好孩子。你将来学好本领，自然要走遍天下，可走遍天下不是为了给我看病。眼下朝廷祸乱，百姓疾苦，为师这一点点儿病患算得了什么？读书修习，要把眼光放长远，以匡扶汉室、拯救天下苍生为己任。"

诸葛亮明白雾隐良苦用心，再次鞠躬行礼：

"多谢先生教诲，孔明谨记在心！"

雾隐欣慰："我还要多谢你呢！你每次上山到精舍，都给我讲起山下种种逸闻趣事，为师虽困于病躯，却能知晓邓县人间草木，百人千面，也颇为自由自在。"

诸葛亮笑道："您说百戏班子和平乐苑的那些事？先生如果愿意听，我就多给您讲，只要先生莫怪学生浅薄啰唆就是了。"

雾隐点头："不忙，以后有的是机会慢慢讲。今天为师想听听你的琴艺如何？"

诸葛亮："弟子琴艺不精，愿听先生教诲。"

说罢，诸葛亮整理好琴案，请雾隐任意选曲。

雾隐点点头："今日你想弹什么？"

诸葛亮微笑答道："这几日刚刚默弹了《广陵散》，《流水》也有一些精进，上次和则罗探讨之后，《白雪》也有一些变化。”

雾隐闭着眼睛，悠悠道：“哦，那就弹一曲《白雪》吧。”

诸葛亮静默片刻，开始抚琴。

琴声悠远，雾隐捻须凝神。

忽然，门外传来急切敲门声。

还有黄月英的声音：“雾隐先生！诸葛亮！你们在吗？飞燕出事了！”

琴音戛止，雾隐点点头，诸葛亮迅速起身开门：——门外，黄月英抱着飞燕一身是血，满眼急切。

诸葛亮：“飞燕怎么了？！快进来。”

黄月英满手是血，鬓发也乱了，嘴唇也起了干皮：“都是丁玄那个王八蛋！”

先救飞燕再说。

黄月英进屋见到雾隐，连忙用肩膀蹭了脸上的脏污，匆匆行礼。雾隐挥手示意不必拘礼，迅速腾出自己的条案上的牍简：“来，把飞燕放这儿。孔明，速去拿我的药箱。还有，拿把剃刀过来。”

诸葛亮：“是！”

诸葛亮拿来药箱，和黄月英跪在条案两侧。飞燕止不住乱动，黄月英从怀里掏出药包放在飞燕鼻子跟前，同时，诸葛亮摩挲着飞燕的后脑勺，飞燕这才镇定下来。

只见雾隐先是用剃刀去了飞燕左腿上被血染的猫毛，又给它上了药，还用银针在明火上烧了烧，迅速且仔细缝好了伤口。

黄月英：“多谢雾隐先生的救命之恩！我真没想到，您还会缝伤口，针法比我还好呢。”

雾隐笑道：“不打紧，别说是猫了，以前我还给人缝过伤口、处理烧伤。”

诸葛亮：“真没想到先生还有如此精湛的医术！”

“哪里，谈不上精湛，只是对处理伤口、烧伤什么的略知一二罢了。”雾隐连连摆手。

“我二姐一直跟随张仲景大人学医，要是有机会见到先生就好了，一定能请教不少。”诸葛亮说得眼睛都亮了。

“孔明，你二姐的老师可是天下不世出的名医，尤擅诊治伤寒病症，我可不敢比肩！”雾隐笑呵呵地答道，“我也是运气好，年轻的时候有幸得教于元化大夫，从他那习得些许医术，平日里也可以应付一阵子，不过跟元化大夫比起来那可是云泥之别，元化大夫曾以刀斧剖人皮肉而挫去毒瘤……”

“天！”黄月英禁不住喊出了声，“那还不疼死了？”

“元化大夫曾配有独门方剂，令病人先以酒服下，自然就疼痛不知了。若不是我当年亲眼所见，真是不敢相信啊……”雾隐说着说着，似乎也陷入了对往事的沉思。

诸葛亮十分好奇，意欲继续追问，雾隐却不肯多说："很多年前的事，不提也罢。”

诸葛亮知道老师有许多故事深藏于心，怕是有许多的苦楚和秘密吧，便也不再追问。

处理完飞燕的外伤，诸葛亮端过一碗热茶汤给黄月英：“这是杏儿上次送过来的茶汤料煮的，醒脑提神，先生也夸呢！”

黄月英“哦”了一声，端起就喝，但不知怎的，心里总有点酸溜溜的感觉。

“飞燕应无大碍，黄姑娘放心。究竟何故受伤？你刚才说这事和丁玄有关，到底怎么回事？”诸葛亮问道。

黄月英放下茶汤，叹了口气，便将在平乐苑女学班的所见所闻，从那晚第一次撞见丁玄骚扰来莺，到刚才再次狭路相逢，前因后果，一一道来。都说完了，黄月英叹道：“本以为被我爹逼着来上这个女学班，最多也就是内容无聊老师迂腐，没想到却遇到这么一串不堪入目的糟心事。这哪里是学堂，分明就是茅房！”

诸葛亮点点头：“黄老先生不知道此事吧？黄姑娘下一步如何打算？”

黄月英眉眼一片愁云：“我猜恶人一定会先告状，我爹本来就嫌我坐不住爱惹事……我这样回家也口说无凭，更说不清楚。单是对付我就罢了，更怕爹娘他们不能奈我如何，拿飞燕出气……”

黄月英鼻子一酸说不下去了，宝石大眼瞬间蒙上了一层水雾。

黄月英的家中独女，天不怕地不怕，当初为了躲媒妁大典，被传成丑女也毫不在乎，没想到这次飞燕受了伤，最是让她心痛难过。

诸葛亮不知如何安慰是好，黄月英哽着鼻音又开了口：“平乐苑是万万不能回了，我暂时也不想回家，我先回书馆住下，等过两日我爹气消了些再说吧。飞燕受伤，我是实在心急没法子了，才来精舍找孔明你的，叨扰了雾隐先生，心里过意不去……”

“黄姑娘不必挂怀。”雾隐说道，“飞燕暂时就养在精舍吧，我帮它换药。我有病，猫有伤，我们俩正合适做伴儿。”

黄月英大喜，赶忙行礼谢过雾隐。

雾隐又道：“平乐苑那边黄姑娘一走了之，名不正言不顺，反而落人口实，不是办法。”

诸葛亮：“明日我陪你回平乐苑辞了那女学！你若回家跟黄老先生陈情，我也可以陪你同去。”

诸葛亮冲黄月英点点头，黄月英心里一下子有了底气，暖乎乎的。

雾隐：“也好。不过可以缓一缓，为师建议你们等几日再去。这几日，你不想回家，索性就回书馆住下，或跟诸葛亮一起来精舍也可。”

黄月英兴奋地问道：“真的吗雾隐先生？我可以来精舍旁听？”

雾隐笑着点点头。

黄月英又问：“您刚才为何让我隔几日再去平乐苑？”

雾隐笑道：“你不是说那里是茅房吗？”

这话一出，黄月英和诸葛亮都愣了。

少顷，精舍里爆发出爽朗的大笑。

这几日，书馆索性停了课，黄月英则每到清晨和诸葛亮一起上山去精舍，诸葛亮跟雾隐老师学习，黄月英则和飞燕玩耍旁听。换过几次药后，飞燕已行动如常了。此刻，正神态慵懒地靠在雾隐腿上打呼噜，毫无忌惮。见黄月英来了，飞燕直起身子晃晃前爪，一副招呼客人黄月英落座的主人神态。黄月英咯咯直笑，一把抱起飞燕，主仆好一阵亲昵。

杏儿还是带着狗儿每天按时来送饭，水镜特意吩咐后厨多做了两人份的吃食，杏儿的竹篮里也是越来越重，但她一点儿也不嫌累，而且每次都会特别细心地给诸葛亮盛满饭菜，雾隐吃的菜清淡，杏儿就会给诸葛亮多夹几筷子肉，诸葛亮这个愣头青感受不到，黄月英可都看在眼里，笑眯眯地看着杏儿，杏儿还以为脸上沾了东西，总是下意识地去擦。杏儿收拾碗筷问诸葛亮，“公子的脏衣物尽可拿出来，我帮你浆洗。”诸葛亮连忙感谢推辞，坚称不敢，杏儿却执拗坚持，诸葛亮正尴尬呢，却被黄月英截过话头来：“杏儿，我还有一堆脏衣服，回书馆我拿给你啊！”杏儿一愣，黄月英故意指着诸葛亮问道：“如何你给他洗得给我就洗不得？莫非亲疏有别？”杏儿脸上一片红彤彤，黄月英哈哈大笑，搂过杏儿道：“好杏儿，我逗你玩呢！回书馆我给你们姐弟上树摘果子去，再去打打唐炳的秋风去！”一旁六岁的弟弟狗儿听了就更欢实了，追着飞燕上蹿下跳，真是好不热闹。

几日已过，雾隐料黄月英躲风头也躲得差不多了，便差诸葛亮陪她一起回平乐苑，自然，有他俩就少不了唐炳，唐炳一上了马车就跟黄月英斗嘴叼个不停，一路上都没消停。

快到平乐苑，黄月英别扭起来，跺脚说道自己一想到又要看见丁玄那张丑陋嘴脸就恶心反胃，头皮发麻，浑身不自在！

唐炳："哎哟，黄姑娘你是怕了不成？"

黄月英："胡说八道，我会怕谁？我恨不得一箭射劈了他！"

诸葛亮明白，黄月英虽然聪慧勇敢，但从未见过如此下流龌龊事，心里多少有些抗拒打怵，便鼓励道："若说怕，也是丁玄心里有鬼怕黄姑娘才是！一会儿遇了什么，大家伙一齐面对，不让黄姑娘一人落单，我跟水镜先生请示过，书馆也会全力支持我们的！"

唐炳这次却没有帮腔，故作世故道："唉，他说是这么说，就是架不住县廷的人都跪舔丁玄啊！"

黄月英嘴硬道："要不是飞燕受了伤，上次非把他戳成筛子不可！"

下了马车，三人进了平乐苑。

刚绕过影壁，就发现事情有点儿不对头。

咦？怎么郑旦、苏原的官轿都停在这里？县里的几个县吏也几乎倾巢出动，在走廊的尽头走来走去，神色急切。

唐炳颇为惊讶，无比同情地看向黄月英，道："就被你家飞燕挠了一下，他至于这么小题大做兴师动众么？黄姑娘，看来丁玄派人报了官，肯定说你以下犯上大不敬，派人来捉你了！"

黄月英面色发白，心知不妙，可嘴上仍逞强道："那又如何，我就不信他能指鹿为马，颠倒黑白！"

正说着，苏莹远远的小碎步飘了过来，环佩叮当，惹人注目。

见到黄月英，苏莹表情夸张道："哎哟喂！我的姑奶奶，你可回来了！诸葛亮唐炳你们怎么也来了？"

两位男生还没说话，就听黄月英笑道："苏莹你怎么没去上课啊？又发现潮虫了？"

两个男生自然听不明白。

苏莹理亏面赧，很快又换上一副愁容道："出了这么大的事，还上什么课呀？还怎么上课呀！你啊你，你可真行——"

黄月英打断苏莹道："多大点儿事儿，能让郑伦他爹和你爹一块儿来？丁玄可真够本事的，他人呢，我要找他当面对质。"

苏莹一惊，迟疑道："你说什么？你要跟他……当面……对质？他都成那样了……怎么对质？"

诸葛亮注意到苏莹脸上戏剧化的表情变化：先是凝眉疑惑，又是放大瞳仁变得惊恐，最后又张开红樱桃口——这似乎是恍然大悟，然后抖着绣了十朵兰花的手帕在空中胡乱比划着，颤音说道："黄月英，你还不知道？你还不知道？！"

黄月英如常说道："我说苏莹，戏过了吧，他不就是被猫挠了一下吗？"

苏莹一怔，哎呀了一声，故意拖了长音，说道："什么呀，丁玄大师昨夜被火神星君给烧死了！烧死了！"

第二十四回

情郎复返孔明解惑

“啊？！”

诸葛亮、黄月英、唐炳三人都目瞪口呆。一瞬间大家都以为是自己听岔了。

诸葛亮正色道：“苏姑娘，生死之事，莫要玩笑！”

苏莹一副受了天大委屈一言难尽的模样，连抚胸口道：“郑伦他爹当时也是像你这么说的——要真是个玩笑就好喽！”

唐炳听得鸡皮疙瘩都竖了起来：“真死人了？我的西王母姥姥，太可怕了！”

苏莹：“能不怕么！大家都说是丁玄得罪了火神星君，故意踢碎了人家的牌位，好多人亲眼得见。所以火神星君找上门来惩罚他，趁他自己一个人在房休息，就吐出神火把他烧成了炭……”

苏莹绘声绘色地讲故事，诸葛亮注意到附近的官差抑或县吏，各个神色凝重，苏莹也许有添油加醋之处，但死人之事应该不虚。

唐炳忽然腿软，小胖手紧紧抱住诸葛亮：“你记得么，那日我也撞翻了绸缎庄门口的火神牌位，我也要被神力吐火原地爆炸了吧？”

苏莹吓得用手帕捂住嘴巴。

黄月英故意使眼色道：“那还不赶快去玲珑湖里泡着去，这样点火也着不起来。”

“有道理！”唐炳当了真，刚跑出去两步就被诸葛亮拽了回来，诸葛亮安慰他道：“唐兄，黄姑娘说笑呢。你放心，若真有火神星君，自然不会不分青红皂白。”

唐炳这才安下心来。

黄月英说道：“这事太有意思了。表面上火神星君是因为被丁玄冒犯触怒才烧死丁玄，但谁也没亲眼见过火神星君，那有没有可能有人假借火神星君为民除害呢？”

唐炳怼道："那就是你喽，为了给飞燕报仇，放火烧死了丁玄！"

黄月英追着唐炳打。

诸葛亮开口说道："天下之事，无奇不有。二位别闹了，我们到里面去看看吧！"

苏莹摇着手帕摆手道："你们去吧，我不去了。丁大师颜值那么高，我还是保留他一个美好印象在心里吧。"

苏莹眼里流出了真实的哀伤之色。

事发现场，县尉郭榆、贼曹仵工李徊都在里面进行勘验。

县吏们把守大门，围观群众都趴在窗户上，里三层外三层，挤得满满当当。三人小组趴在门帘外面一个脑袋叠着一个往里看。

李徊小心翼翼地揭开布单，下面的丁玄早已被烧成一块黑漆漆的焦炭。

看到眼前此等景象，无人不惊惧大骇。谁能想到，前些日子在平乐苑里那个锦缎华服、前呼后拥的女学大师、成武侯's座上宾，转眼就成了一块焦炭！

门外的三个小脑袋都瞪大眼睛，大气也不敢喘。即便这样，鼻孔里还满是炭焦的灼人刺鼻味道，唐炳不停地噤鼻子挖鼻孔。

房间里异常安静。李徊用随身带的钳刀仵镊等工具仔细分辨着，镊子轻轻触碰尸体，噗啦啦碎片掉落的声音，如同敲在每个人耳边的重锤。

郭榆粗眉拧紧，直起腰来，定了定心神。片刻后问道："李徊，你是仵工，你怎么看？"

李徊回话道："县尉大人，在下确认丁玄大师是被猛火突燃而致死，您看，他死状甚为凄惨，旁边这个火神星君牌位也被熏黑了。"

此话一出，如同一粒石子打破了一潭死水，房间顿时骚动起来，围观的县吏和偷窥的学生、百戏班的演员们交头接耳地嘀咕着，神恐惧中又透露着某种兴奋——丁玄那日冲撞了火神星君，才引来飞来横“火”，看来火神星君威力无边，灵验得很哪！

一传十，十传百。

不到大半天的时间，全邓县的人都街知巷闻——火神星君下凡烧死了丁大人啦！人们越传越邪乎，越传越有鼻子有眼，诸如火神星君长什么样子、说了什么惩戒之话，丁玄临死前又是如何向神君跪地求饶等等，口口相传，皆如亲眼所见。

跑来平乐苑里趴墙头看热闹的民众越来越多，郑旦不得不对平乐苑内外进行戒严管理，派县吏守住平乐苑大小出口，一来避免破坏事发现场，二来防止好事者进来偷看，以讹传讹，再弄得谣言四起，人心惶惶。

戒严前，部分提前赶到的女学班家长在长廊里堵住郭榆，郭榆一个头两个大，以为家长刨根问底要打听丁玄的真正死因，没想到家长控诉的是："课还没上完，那么贵的女学班学费是不是应该退还我们一部分？！"

郭榆哭笑不得。

女学班里哪还有主事的人？平日里丁玄前呼后拥的小厮们第一时间如鸟兽散，几个年龄大些的杂役反应慢，想卷些钱财再跑路，东翻西找才发现学费早被丁玄挥霍殆尽，一些值钱的玩意儿也被小厮顺手牵羊，等他们再想溜就来不及了“——案子没查清楚，谁也不许走！”郭榆已经派人把他们都给扣了下来。

黄月英怎么也没想到，名噪一时风靡中原横扫邓县的女学班竟然用这种方式草草收场。

“唉，真是开头风光，结尾潦倒啊。”苏莹不知道从哪儿又冒了出来，悠悠叹道。

“来姑娘，周乐师！——他们在那儿呢！”

还是诸葛亮个子高看得远，在混乱的人群中率先发现了来芳和周轻的身影。

黄月英、诸葛亮穿过推推搡搡的人群，唐炳紧随其后，几个年轻人终于相见。

黄月英握住来芳的细手，关切道：“我才知道着火死人了。你们俩没事儿吧？百戏班还有绿孔雀都没事儿吧？”

来芳说道：“黄姑娘放心，我们没事，不过孔雀却死了一只……”

来芳落下泪来，黄月英安慰道：“人没事儿就好！”

来芳点了点头：“本以为东边取暖不慎失了火，没想到是火神星君下凡了……”

周轻轻轻也嗯了一声。

黄月英大眼睛忽闪忽闪，问：“你们也相信有火神星君？是火神星君烧死的丁玄？”

来芳疑惑道：“……那不然呢？平乐苑里也只有他冲撞了火神星君啊，大家都看见了。”

“没错！我也知道，丁玄目中无人，更无鬼神，可谓人尽皆知。”唐炳也一副胸有成竹的样子。

黄月英无话可说。

诸葛亮笑了笑，问来芳和周轻道：“怎么在人群里没见到班主则罗和来莺姑娘？”

却见周轻神色一黯，来芳也叹起气来。

这是何故？

来芳解释道：“许是因为前天丁玄变本加厉，对来莺各种刁难。来莺实在忍不了了，当晚就和则罗双双失踪没影了。大家都议论，他们是不想被俗世所扰，私奔隐居去了。”

私奔隐居？！

周轻的脸上依旧没什么表情，好像所有的一切都不曾发生过，或者发生的一切都顺理成章，自然而然。

诸葛亮继续问来芳：“来姑娘，那他们可留下任何口信或字句？”

来芳摇摇头：“没有。不过他们说过很多次要走，特别是来莺姐……”

唐炳突然插话高喊：“我记得！我听来姐姐悄悄跟你说她都有白头发了，想去相夫教子了！”

黄月英眯起眼睛斜看唐炳，戏谑道：“人家女生之间的悄悄话，你怎么听见了？你偷听啊！”

唐炳不好意思：“我可不是故意的！一不留神，话音儿就钻我耳朵眼里了！”

黄月英：“那你应该好好掏掏耳朵，人家的私房话听多了，也不怕堵着你。”

来芳叹口气：“是啊，都当她是说笑，谁也没想到竟然这么快……毕竟百戏班是则罗哥一手张罗起来的，总觉得他舍不得……可来莺姐实在是被那个丁玄丁大师逼得没办法了，也许两人一合计，只能走为上策。俗话说得好，惹不起还躲不起？”

黄月英点点头，突然笑了。

来芳脸上一红：“黄姑娘笑什么？”

黄月英用手指刮了一下来芳粉红粉红的脸颊：“我笑你今天难得说这么多话。”

来芳一对眉梢微微抖翘，瞥了周轻一眼：“总跟他在一起，也没得说话。这几日你又不在，今天难得大家伙儿都来了，遇了这么大的事，自然有说不完的话。”

黄月英：“我知道，我最惦记的就是你！你没事就好，大家没事儿就好！”

黄月英又问道：“则罗走了，那戏班子怎么办？”

来芳眼角低垂，忍不住叹气：“则罗是班主，来莺姐是台柱子，他俩一走，戏班子就彻底散了。也不知道还能撑几天，或许明天大家就各自散了吧。过几日我们就离开这是非之地，早做打算。”

唐炳急了：“别呀！来莺是台柱子，你也能当台柱子！我觉得你跳得比她好看！”

来芳礼貌地对唐炳笑了笑，笑容里难免有些尴尬，没想到唐炳会错了意，说着更起劲儿了：“要我说，来莺姐姐在一日，来芳姑娘就一日没有出头的时日。他们一走，我看你和周轻可以张罗起来，你就是百戏班新的孔雀仙子！”

诸葛亮心里咯噔一下。

“……再说了，舞蹈的步伐样子你也能重新设计了，不必拘泥来莺姐姐的，我觉得你那日赤脚跳得格外好看。”

来芳低下头去，明显不知如何接唐炳的话。

黄月英解围：“好了唐炳，不是研究舞姿的时候，他们现在哪里还有这个心情。”

诸葛亮：“来芳姑娘，昨晚着火，是谁先发现的？”

来芳：“哦，正是我们戏班子的人——因为那会儿大家都在西边排练呢。则罗不在，排练进度就有些拖沓。”

“所有人都在？”黄月英追问道。

“都在的。你说是吧？”来芳看向周轻，诸葛亮注意到，周轻表情严肃，似在认真地回想，最后也用力地点点头表示认可。

“我们百戏班一共就二十来人，每日演出排练，一个萝卜一个坑，谁在谁不在，大家都清楚——这个官老爷们已经都问过我们每一个人了。”

诸葛亮点头，心道：来芳说的应该是县尉郭榆，他和黄月英对视一眼——丁玄被火烧时，戏班都有不在场的证据。

“我明白了，也就是说，假如丁玄是被人假借火神星君的名义烧死的，百戏班的人排除了嫌疑，那有可能是女德班他们自己人？会不会是他的小厮下的手？”

“可据我所知，那几个鞍前马后的小厮第一时间就跑了，只剩下两个一问三不知的轿夫和杂役。”黄月英轻轻叹气。

“那就破案啦！肯定就是那些小厮喽！谋财害命呗！哎呀，对自己的主人也下得去手，也难怪，谁让丁玄平日飞扬跋扈的。我爹早就说过，对下人要恩威并施，钱财方面不能当铁公鸡，要不然睡觉的时候就会被自己人捅一刀！”唐炳分析得头头是道。

“好啊，那一会儿你请大家吃晚饭吧！”黄月英立刻接话道。

“凭什么？！”

“你爹不都说了，钱财方面不能当铁公鸡，你就不怕我胳肢你？”

话音未落，黄月英就冲着唐炳伸出十个指头比划一番，本想吓唬唐炳，没想到唐炳自己咯吱咯吱笑了起来，还笑个不停。

黄月英：“拜托，我还没碰到你哎！”

唐炳：“可我为什么会浑身发痒！”

黄月英：“你也太能演了！”

来芳和周轻的目光温柔相接。

看着眼前浑身瘙痒的唐炳，诸葛亮忍俊不禁。

纸里包不住火，更包不住泛滥的流言。丁玄之死人尽皆知，现在街头巷尾都在传，说丁玄之后，火神星君还会拿第二人下手！一时间人人自危，一些厨娘和妇人甚至宁肯吃生冷剩下的食物，也不敢生火做饭，说怕引火上身。这样一来，又接连病倒了不少吃冷食的人。好事者又添油加醋说，你看，这正是火神星君降罪，于是乎，县城里的香火更加旺盛。

县廷里乱作一团。作为一县之令，郑伦当然得管，自然也是烦不胜烦。他命人张榜公告，宣布人们不得妄议鬼神，又为安抚民心以及火神星君，表态要举行盛大的火神君祭拜仪式，让苏原苏督邮亲自领祭——谁也不知道他这是做样子给民众看，还是自己心里真的怕火神星君——当然，可能二者皆有。

与此同时，女学班里的女学员们纷纷回归书馆。书馆门外，车水马龙。见书馆里人丁兴旺，水镜自然十分欣喜，站在操场上捻须欣慰："祸兮,福之所倚；福兮，祸之所伏。"

庞德公撸着他的宝贝仙鹤，朗声笑道："要我说，火神星君最合你意！他是你派来的吧！"

水镜吓坏了："哎呀，庞德公你休要乱讲！"

庞德公毫不顾忌："我说水镜，乱讲啥？讲出了你的心里话？"

庞德公哈哈大笑，水镜连连四下看看，幸好附近无人。

庞德公："你怕什么嘛！有人也无所谓。本来你就讨厌丁玄，害咱们书馆好端端少了一半弟子。难不成你是怕火神星君来找你要赏钱不成？"

水镜先生叹口气："你是知道的，这个丁玄丁大师来路可疑，我自然是不喜欢的，但毕竟也算是半个同行，我总不能跑去那些女学生的家长跟前说他的不是，倒显得我小气。哎呀，眼下人没了，还是被活活烧死的……唉，我心里又有点儿不落忍……你说他除了骗骗家长钱财，耽误了我们书馆正常教学，倒也没做什么伤天害理的事……”

庞德公抽了抽鼻子，冷笑道：“你咋知道他没做伤天害理的事，难不成他做完之后还会告诉你？你啊，妇人之仁。”

水镜先生也不争辩：“好，好，我是妇人之仁。我只是隐约觉得他死得有点儿蹊跷。”

庞德公：“所以你也是不信火神星君喽？”

水镜意味深长地叹道：“若说害人性命，人可比鬼神厉害多了。”

庞德公笑道：“你这是一朝被蛇咬，十年怕井绳。”

水镜先生似乎并不想否认：“唉，经历过牢狱之灾，自然懂得。”

仙鹤展翅，庞德公边看边笑：“真是难得。”

水镜也认真地点点头：“白鹤亮翅，的确难得啊。”

庞德公回过头来，毫不客气劈头盖脸道：“我说水镜，你说话可真能填缝。我哪里说它了？它哪天不亮翅？你是从未正眼瞧过它吧？”

水镜跟不上节奏，不知哪里又得罪了老友，手足无措。

庞德公又开口道：“你刚才说，害人性命，人可比鬼神厉害多了。我说的是，难得这一点咱俩的看法是一致的。”

水镜如释重负，捻须笑道：“好，好，一致就好啊！”

诸葛亮也回到精舍修习。雾隐给诸葛亮讲起西域的风土历史：自从张骞出使西域以来，西域风物进入大汉，多有异物，《西域异物志》中多有记述。譬如这孔雀其实也是从西域所来，安息、条支、天竺、交趾、罽宾等国都有，而大汉往西域输出丝绸，西域往大汉输入香料，乃是西域商贸的主流。两地风土相异，文化交流也很频繁，譬如西域就有很多戏舞幻术班子来汉地表演，深受汉民喜爱。只是汉室衰微以来，西域经略大不如前，凉州一带如今属马腾、韩遂势力最盛，各方军阀长年征战、民力困乏，使得不少流民来到中原讨生活，慢慢融入当地文化。

说起戏舞，诸葛亮就想到则罗和百戏班，有点儿走神。这自然也逃不过雾隐的眼睛，他问诸葛亮："我记得你说过平乐苑里也有人会表演吐火幻术？"

诸葛亮回过神来，正了正身姿和神色，答道："是的，雾隐先生。我曾亲眼所见班主则罗表演吞刀吐火，实在是异常精彩的奇观盛况。则罗对其绝技讳莫如深，说此乃西域绝活儿，多年来遵照祖训，秘不外传。不过您刚才讲到的《西域异物志》，弟子翻阅时，见书中记载了所谓的'香面火'绝技，所以弟子有些恍惚……弟子斗胆推断，则罗应该就是使用了香面火，在表演时用障眼法瞬间向空中撒了易燃的某种香面之故，才用火星引燃，形成吐火幻觉。"

雾隐先生又问："百戏班里，只有他会此绝技？"

诸葛亮点点头。

雾隐再问："而他却在丁玄出事前一天一走了之，和此事并无瓜葛？"

诸葛亮知道先生话里有话，他先是点点头，忽然又有迟疑，接着摇了摇头，心中的疑窦呼之欲出。

雾隐笑了："孔明，你又是点头，又是摇头，这是何故？"

诸葛亮答曰："回雾隐先生，刚才点头是因为——众所周知，百戏班里只有则罗一人会吞刀吐火，他的所有行头道具从不借他人之手，他和来莺姑娘双双失踪也的确是在丁玄出事之前，所以说和丁玄之死并无瓜葛；而之后弟子摇头是因为——丁玄出事时，我并不知道则罗是否回来过，因为黄姑娘讲过，丁玄两次三番对来莺姑娘无礼，则罗若想报复……"

雾隐先生："没人看见则罗回来。"

诸葛亮："不错。但没人看见并不等同没有回来。当时百戏班的人都在花园排练，远离大门和走廊，这点郭榆已经盘问过戏班子的所有成员。女德班这边，学生当日都在教室里练习绣花，小厮女佣都在教室，只有丁玄一人在其房内。如果则罗真的回来过，他熟悉平乐苑布局构造，绕过他人耳目也并非没有可能，依然可以进入丁玄房内用香面火施法。”

雾隐平静说道：“如果只是根据现有已知信息，似乎分析很有道理。”

诸葛亮微微一怔。

雾隐脸上浮现意味深长的神色。

又隔两日，戏班子即将启程赴南阳，黄月英起了个大早，来送来芳和周轻他们。郭榆受县令郑旦委托也来送行。诸葛亮和唐炳也一道来了，唐炳哈欠连篇，小声嘟囔：“戏班子为啥这么着急非要今天走，昨晚睡得迟，我现在困死了！哎对了，案子不是没查完吗？”

郭榆回过头来不苟言笑道：“唐家少爷的意思，是说我们县廷的调查失职？”

黄月英胳膊肘怼了下唐炳：“没睡醒吧你，该取证的都取证了。你不舍得来芳走就直说，别扯别人。”

唐炳吐吐舌头，自知失言，笑嘻嘻地从怀里慢慢摸出一个油纸包，说道：“郭大人，您没吃早点吧，这点心给您。”

唐炳嘴上这么说，但手上的油纸包却紧紧攥在手里，根本没有递出去的意思。郭榆头也没搭理唐炳，冷冰冰地转过身去。讨了个没趣儿的唐炳并不沮丧。黄月英一把拿过油纸包，似笑非笑道：“来姑娘也没吃早点，我帮你送她吧。我给她备了一些日用的东西，却没来得及准备吃食。”

唐炳鸡啄米般地点头笑，黄月英此举正合他心意。

不一会儿的工夫，平乐苑外，装了百戏班各种道具服装的两辆大马车已准备就绪。见来芳眼下一片青黑，黄月英劝她晚些时休息好了再出发也不迟，来芳摇摇头，抬头看向平乐苑的三字匾额，坚定地说道：“还是走了好，省着夜长梦多。”

话已至此，再有不舍也不好再劝。黄月英看着来芳和周轻忙前忙后，也上手帮忙捆紧绳子什么的。一个小包袱从车上掉了下来，幸亏黄月英手疾眼快接住，只不过包袱皮还是散了，一方手帕飘然落下。

“好漂亮的兰花啊——”

黄月英捡了起来，惊讶地发现上面绣花的样式似曾相识。

“快来！马车轮毂上有一道裂缝！”

周轻眼尖，发现了一道车夫都未察觉的裂缝，郭榆帮车夫借到了泥胶填上了裂缝。车夫千恩万谢，说这要是半路车轮出事，麻烦就大了。

唐炳打着哈欠跟诸葛亮八卦：“听说现在百戏班是周轻主事啦，看不出来吧，话都不爱说一句的人，竟然还能操这份儿心！班主还是有油水嘛！”

黄月英白了一眼唐炳：“就知道油水！人家就不能为了来芳？”

黄月英的话让诸葛亮眉心一动，对唐炳笑道：“甭管为了什么，每个人都潜力无穷，不可小觑。”

唐炳耸耸肩，揉了揉眼睛，掉下来几粒眼屎：“潜力嘛不知道，反正他视力肯定比我好。”

目之所及，来芳和他们的大篷马车已经成为北方远远的小黑点。

县吏已经去给郭榆牵马了。唐炳饿得肚子咕咕叫，已经嚷着一会儿回书馆要顺路去小吃铺吃点心了，黄月英依然不舍得离去。

诸葛亮劝道：“黄姑娘，送君千里，终须一别。”

黄月英：“嗯，百戏班走南闯北，这次出了这么大的事，襄阳是去不成了，搅了成武侯的局，短期内也来不了荆州了，眼下战乱不定，可能大家此生都再难相见。”

诸葛亮：“黄姑娘是因为这个不开心?”

黄月英苦笑一下：“倒也不是。”

诸葛亮笑了，可他分明察觉到黄月英的眼睛里似乎有什么疑问闪了又闪。

黄月英忽然又开口道：“……也许是我多想了，我总觉得哪里有些不对劲，可我又说不出问题出在哪里。”

唐炳见缝插话：“哎呀，平乐苑里死了人，还能一样?可怜来芳是个孤儿，一个弱女子，今后凡事都只能靠自己了。你舍不得他们也没辙啊。”

黄月英粲然一笑，洒脱地说道：“糖球说得对！他们走南闯北早已习惯了分别，而我并不习惯吧。”

黄月英的女性朋友不多，难得和来芳格外投契，诸葛亮寻思这许是她伤感的原因之一。

抬头望向东方，初升的太阳已经开始晃眼了。

“孤儿生，孤子遇生，命独当苦。”可能是联想到了自己的身世吧，诸葛亮一时间也有些感慨，脱口而出一句《孤儿行》。

见诸葛亮对来芳的同情，黄月英突然又有点儿醋意，她自己也不知道今天到底怎么了。

忽然，诸葛亮眯起眼睛，幽幽开口道：“我有一种奇怪感觉——”

黄月英：“什么?”

诸葛亮：“我总觉得还会和他们再见。”

唐炳狐疑地看向诸葛亮：“你在说什么呀?”

黄月英：“猴年马月吧。”

一阵马蹄声，从东边飞驰而来，越来越近。

一个人飞身下马，跳到诸葛亮他们跟前，不是别人，正是风尘仆仆的则罗！

“则罗？！”

所有人都大吃一惊，面面相觑。郭榆敦实的胸膛也有了急促的起伏。

则罗一脸疲惫和茫然，说汉话道：“你们站在这里干什么？是等我吗？怎么不见我们戏班的人？他们在哪里？”

只听见诸葛亮星眸瞬间一亮，对郭榆拱手，急切说道：“郭县尉，事恐生变！请您骑马速速去将戏班子请回来！”

郭榆自然明白诸葛亮所言之要害，等不及牵马小厮，立刻抢过则罗手中的缰绳，一跃而上，看了诸葛亮一眼就蹬马去追。

唐炳看热闹不嫌事儿大，拍着自己小肚子说道：“哎呀，现在谁还敢说自己的调查万无一失呢！”

第二十五回

泣眷属孔雀东南飞

折腾了半个时辰，郭榆和戏班子的大马车终于原路返回。一见则罗，戏班子的人立刻热闹围拢起来，大家喜上眉梢，老乐师们向则罗身后张望，说话毫无顾忌：“咋的，比翼双飞吃不消了？你回来了，来莺咋没一起回来？”

“什么？”

“别装傻了，谁不知道你是跟来莺私奔快活啦！”

“我没有跟来莺同去！”

“那来莺去哪儿了？！”

则罗本就立体的眉骨眼窝更加陡峭深邃了，脸上的尘土凝成了冰霜，声音颤抖而克制，但却有悲凉之预感“——来莺、她在哪儿，她怎么了？！”

此话一出，郭榆牛饮的茶碗都惊掉在了地上。

则罗看向来芳和众人，定了定神，摸出一张字条来给大家看，如实道来：“我此行是临时去见个西域来的朋友，他来信约我，我按时赴约，可他又无故爽约，我等了又等，只有失望而归。本来最快明晚才能赶回的，没想到巧遇南阳大户人家的顺风马车，车轻马快，分别时还出借了快马给我，这才提前了两天回到邓县，幸亏你们未走远，否则我只能快马加鞭直奔襄阳去找你们了。”

众人看完字条，你看看我，我看看你，谁都不敢说话，各个头皮发麻后背发凉。不祥的预感也弥漫开来，所有人都闻到大事不妙的恐怖气味儿。

“来莺到底去哪儿了？”

则罗快马加鞭时的热汗未消，冷汗又起。他忽然想到什么，青筋爆出愤怒异常，声调都变了：

“我知道，丁玄！我去找丁玄！一定是这个畜生，趁我不在委屈了来莺，是他使了调虎离山计，我真蠢，我真蠢，我中计了！”

众人费了九牛二虎之力才拦下则罗，大家七嘴八舌，则罗半天才听明白，原来丁玄在他走后第二日上午已经被无名之火烧死了。

“丁玄……死了？恶有恶报！”

则罗咬牙切齿直抒胸臆。他还没意识到，在郭榆心里，自己早已荣登成为杀害丁玄藏匿来莺的头号嫌疑人。

“看来你已经承认，你和丁玄有过节。”郭榆的语气来者不善。

则罗还没完全明白郭榆的意思，有老乐师开口：

“来莺也许趁着你不在，和别的富豪相好一走了之啦！把你给甩了吧！”

则罗愤怒不解：“你什么意思？”

黄月英私下悄悄对诸葛亮说：“真是这样倒算好了，就怕——”

“我懂。”诸葛亮目光如炬。

班子里的老乐师也不恼，叹口气说道：“来莺心比天高，你以为她身上的那些名贵香料真的是自己买的吗？”

则罗冲上去揪住乐师的衣领：“不对！不准你们诋毁来莺！她不是这样的人！”

乐师并不气恼，只是从鼻孔里哼了一声：“不信，你去问来芳便知。”

则罗懵了，看向眉眼闪烁呼吸急促的来芳：“他什么意思？你有什么证据？”

来芳非常为难，吞吞吐吐道：“来莺姐说过，那是曾经相好的主顾送的礼物，价值千金，欢喜非常，但怕你不高兴，不敢说是他们送的。”

老乐师说道：“她若真心对你，为何不说实话。可见对你并非真心。”

来芳低着头，眼里满是眼泪，转眼地上就湿了一片。

则罗红着眼睛说道：“她只是爱慕美丽稀有的东西，不会对不起我的！”

老乐师说道：“我看她走了好，少个勾引班主的祸害，你继续领着我们好好经营戏班子！”

则罗发怒：“不许你们诋毁来莺！”

场面乱作一团。

唐炳看傻眼了，试图进行总结陈词：“我终于听明白了——则罗被两个人放了鸽子，一个是他久未谋面的西域朋友，一个是情比金坚实则三心二意的来莺姑娘？那丁玄到底谁杀的？也许则罗跟丁玄之死没啥关系，那就还是火神星君下的手！”

“果真如此吗？”诸葛亮和黄月英不约而同看向对方。

果然不出唐炳所料，则罗的出现，给离奇的大师之死又陡然多出旁逸斜出的疑窦来，苏原督促重审，郑旦也不敢怠慢，郭榆和县廷的人只好再煞有介事地重新开始调查。郭榆一直怀疑则罗有重大嫌疑，可惜一致没有找到能拿得出手的证据，另外，如果真的是则罗杀人，爱人来莺失踪又怎么解释？则罗整日守着来莺的信物郁郁寡欢，要么是真的和杀人失踪毫无干系，要么就是演技一等一的高超。

一群戏子，谁知道呢。不能按正常人逻辑来推理。郭榆不断地告诫自己。可郑旦却很不耐烦，催促郭榆夜长梦多，赶紧结案——既然百姓都认为是火神星君干的，那就是火神星君干的！苏原却不依不饶，拿火神星君打马虎眼，万一成武侯震怒，谁担得起？

于是乎，案情就僵在了这里。

“最后很有可能不了了之。”郭榆告诉诸葛亮，虽然知道这案子还有好多谜团没有解开，他自己也不太相信是火神星君下凡降罪，但实在是已经绞尽脑汁，没别的法子了。

“请县尉务必再坚持一下，先不要让百戏班的人走。我相信此案一定会水落石出。”

郭榆：“你也认为是则罗？”

诸葛亮只答：“真相一定会水落石出。”

当初水镜先生下狱，诸葛亮一战成名，郭榆是亲身经历过的，但眼下这情形，这个俊朗聪慧的少年又有何方法找出真凶呢？

当晚，邓县的祭拜火神星君庆典正式开始，大神树上张灯结彩，火树银花。神树下，被丁玄踩坏的火神星君神位修葺一新，神牌下蜜饯干果等供品一应俱全，督邮苏原主祭，他穿上了黑红色的宽袍礼服，带领一堆督邮府的椽吏家丁跟随锣鼓节奏一叩三拜，煞有介事。围观群众里三层外三层，大神树方圆几百米水泄不通。

那边厢，诸葛亮带着唐炳和黄月英，在平乐苑里跑来跑去，一会儿跑到孔雀舍，一会儿跑到丁玄案发地，诸葛亮一刻未停的思考，黄月英跟着诸葛亮忙上忙下，唐炳则气喘吁吁地见缝插针地补充食物。

第二日，县尉郭榆在平乐苑向郑旦陈述丁玄案情申请结案，郑旦正欲开口批准，没想到却听见一个气喘吁吁的声音：“等等！”

原来是诸葛亮“——草民诸葛亮，隆中书馆学生，斗胆请县令宣百戏班人等上庭审讯！”

郑旦觉得诸葛亮简直无理取闹，“大人们判案，小孩子老打什么岔。”诸葛亮却亮声道：“丁玄之死并非意外也不是火神君下凡，是有人为！”

郑旦恼怒：“不得无礼！死一个女学班的先生，户籍又不在本地，你们怎么还没完没了？在鄙人辖区，谁还会犯下凶案？！”

“诶，既然书馆的大才子开了口，我建议县令大人还是把百戏班的人带来问问话再说，反正也不差这一点儿工夫，都问清楚了再给成武侯回话，我们做下官的也问心无愧嘛！”一旁的督邮苏原开了口，能给县令找麻烦的机会，他当然一刻也不会放过。

郑旦看苏原眼神坚决，再者书馆的面子也不能不给，只好命令县尉郭榆让百戏班暂不离境，带来讯问。

回到平乐苑，戏班子的人也都回来了。

周边围了一大帮人，书馆学生、戏班优伶、县廷属吏，里三层外三层。

“诸葛亮，人都带来了，你有什么话说？”郑旦提高嗓门问道。

诸葛亮高声道：“大家看到的丁玄尸体，并不是丁玄本人，而是来莺！丁玄之死不是意外，而是谋杀！”

诸葛亮语出惊人，众人骇然。

乱哄哄一通后，郑旦终于同意尸骨呈堂，贼曹仵工李彻小心翼翼地掀开椁盖，郑旦掩住口鼻，不敢凑前。

诸葛亮探身下去，指出炭化的人骨：

“请各位大人仔细看：虽然身高体型和丁玄相近，大火烧成炭后难以辨认，但有一样还是凶手没办法掩饰、也是不易被人察觉的。”

说到这里，诸葛亮忽然深吸一口气，郑旦冲郭榆递了个眼色，意思是这小子疯了吧？

诸葛亮：“各位大人，你们闻到了吗？”

郭榆噤了噤鼻子：“闻什么？一股焦煳味而已。”

诸葛亮：“郭大人您再闻！使劲儿闻。”

郭榆愕然，不知道诸葛亮葫芦里卖什么药，想发作又不好发作，看看焦炭一般的尸体，再看看县令，只见县令自己捏紧了鼻子，却冲郭榆点了点头，“让你闻，你就闻！”

郭榆没办法，只好使劲吸气，胸膛也随之起伏。

诸葛亮："闻到了吗？除了引火烧身的焦糊之气，还有什么味道？"

郭榆拧着粗眉，脸上却有奇异神色："好像……"

郑旦："好像什么，快点说呀！"

郭榆："回禀县令大人，尸身有异香！"

贼曹仵工李彻和其余人等纷纷上前仔细嗅辨，果然如此！

诸葛亮："这种香气并非一般常见的香囊配料，而是来自西域的返魂香。而和丁玄有接触的人中只有来莺身有返魂香，并长期服用香丸才会有带香体质。如果仔细检视此尸骨的灰质，还可发现其中有返魂香烧致的细晶。"

郭槐使了个眼色，李彻赶紧过去仔细检视，果然发现了白色细晶。

众人大哗，眼前的尸体果然并非丁玄，而是身材高大的来莺！只不过则罗连夜去会朋友，大家都以为和来莺私奔而去，所以不会有人想到，来莺早已在平乐苑殒命！

众人大惊！被大火烧死的不是丁玄是来莺？！来莺又没触怒火神星君？！

诸葛亮解释道："所谓的火神星君，不过是嫁祸于神、暗度陈仓的人为计策罢了！"

"可究竟何人会害来莺姑娘？"

"还有那女学大师丁玄究竟人在何处？！"

叽叽喳喳，一片哗然。

只有诸葛亮沉默不语，沉吟片刻，望向则罗——则罗眼里满是泪水，他跪在椁木跟前，不敢相信眼前惨不忍睹的尸身就是那个明眸善睐顾盼流转的爱人……

诸葛亮问则罗："班主，你知道是谁约你深夜赴会的吗？"

则罗却始终沉默不语。

见状，诸葛亮跑到郭槐身边耳语了几句。郭槐又赶紧跑到了郑旦身边耳语。

案子破了！

郭槐刚说完，郑旦就大喝一声连拍大腿："我知道！来莺是舞女，少不了要和男人纠缠。那日晚宴，我们都看到了丁玄纠缠她嘛，丁玄有钱，来莺心动，则罗不满，然后嫉妒成恨，连杀两人。"

则罗苦笑一声，举起双手，说了句梵语，又用汉语说："一切都是命定，自己认了！"

几位县吏上前给则罗扣上枷锁。

诸葛亮冲上前来，喊道："则罗不是凶手！我希望……凶手你能自己站出来。"

"诸葛亮，你这话什么意思？你是说，凶手就在我们中间？"接话的苏原一脑门子问号。

"的确，这位凶手一直隐匿在我们中间，他计划周密，移花接木，掩人耳目，数日以来，一直在误导着我们，想让我们堕入迷雾之中，好把罪责推给火神星君，自己借机脱逃。"

"少卖关子了，赶紧说！"郑旦命道。

"诺！"诸葛亮一拱手，"禀大人，其实来莺并非被火烧死，而是死后再被烧的！"

"什么？！"

"草民有证据可以证明，请大人允许小人带上证据。"

郑旦挥了挥手。

只见唐炳鼻子上戴着一块挡布，大摇大摆地带着几个下人，抬上来一具焦尸。

"这又是什么玩意儿？！"郑旦愤怒地捂住口鼻，周围又是一片议论。

“禀大人，这是那日起火蔓延，被烧死的一只孔雀。”诸葛亮答道。

“你弄个死大鸟上来做甚？！”

“禀大人，这就是证据。大人请看，这孔雀是被活活烧死的，请注意看其嘴喙，乃焦黑一片，全是烟熏火燎的痕迹。”

诸葛亮边说，唐炳边操作，果然，鸟嘴里面黑不见底。

然而来莺尸骨的嘴里，恐怕并非如此。

郭槐大声回话：“禀大人，诸葛公子所言不虚，昨夜他特意来问过我，让我检查尸骨的嘴部，的确没有黑。”

此言一出，又是一阵哗然。

“这说明什么？”郑旦赶紧追问。

“大人，草民觉得，死后火烧，应该是为了掩盖真正的死因，很显然，有人已经先杀死了来莺，为了掩人耳目，才特意给我们演了这么一出‘火神星君下凡’的戏码，纵火烧尸，就是为了让我们找不到死者真实的死因！”

众人倒吸一口凉气。

“此前我们一直对丁玄火烧一案锁定了勘验范围，只在丁玄原居所一带搜寻证据，昨晚我跟同侪又扩大了一点儿搜索范围，发现了新的证据。”

诸葛亮话音刚落，郑旦赶紧示意把证据呈上来。

只见黄月英小心翼翼地托着一块帕子，帕子上有些灰色的粉末，上堂呈给了大家过目。

“这又是什么玩意儿？诸葛亮，你葫芦里究竟卖的什么药？”连苏原也不耐烦了。

“大人，此物与当日的火灾干系紧密。我想，事已至此，这位神秘的凶手还是自己站出来吧，让无辜的则罗替你去死，于心何忍？！”

说完，诸葛亮犀利地扫视堂下，黄月英跟着看去，这才注意到来芳早已泪眼婆娑。

少顷，来芳挣脱了周轻的手臂，冲了出来，跪在则罗跟前。

沉默寡言的周轻突然大喊：“不要！”

来芳回头望向周轻，满眼是泪地摇头：“我做不到……”

好啊，原来是你这个舞女！郑旦拍板：“来人，把毒妇捉起来！”

周轻挡在县吏跟前：“大人！此事与来芳无干！”

郑旦挥挥手，县吏一个反手就周轻推开摔倒在地。

周轻不管不顾地爬起来又冲到诸葛亮跟前，揪住诸葛亮的衣领怒喊道：

“诸葛亮，你那么聪明，你替来芳说句话啊！”

诸葛亮无话可说，周轻又大喊：“是我！都是我！人是我杀的！计策也是我想出来的！香面火只有我才会！来芳什么都不知道！”

“来人，把这个淆乱公堂的家伙押起来！”郑旦喝道。

县吏们赶紧放开则罗，上前锁住周轻，没想到，这个平日里轻声细语的乐府郎，现在如此有劲。

“什么计策？什么香面火？赶紧招了吧。”郑旦不屑地看着周轻。

“不，不要说，都是我干的！我干的！”来芳泪流满面，郑旦使了个眼色，县吏给来芳嘴里塞入一块破布，来芳出不了声音，只能无声哭泣。

周轻看一眼来芳，低下头，缓缓打开了话匣子——

失火的那天晚上，周轻一直在房里整理乐谱直到三更，突然听到雀舍里似乎有打斗和呼救的声音，就拿了把防身的短刀赶过去看看，跑到雀舍，没想竟看见丁玄骑在来芳的身上掐着她的脖子，想掐死她，眼见来芳奄奄一息，周轻亮出短刀，丁玄这才松开手，周轻还没搞清楚状况，又被丁玄打飞了短刀，接着丁玄不知从哪摸出来一截绳丝，用力绞住了周轻的脖颈，使其根本无法逃脱，正在千钧一发之际，一把刀插入了丁玄的肋骨，原来，濒死的周轻捡起掉落的短刀，用尽全身力气朝着丁玄扎了下去！

丁玄踉跄几步，被什么东西绊倒了，那柄短刀借力把丁玄直接来了个开膛破肚！

惊魂甫定的周轻这才发现，原来旁边还有一具尸体，接着月光一看，居然是来莺！

此时来芳也死里逃生醒了过来，看见眼前的一幕，她告诉周轻，自己本来是给雀舍给孔雀添食的，却发现有人在雀舍里鬼鬼祟祟，她大着胆子问话，一看雀舍里居然是丁玄，不过定睛一看，地下竟还横卧着一具尸体！来芳大惊失色，丁玄此时面露凶相，威胁来芳，说是来莺夜里来他住处挑逗，不小心额头碰到桌角暴毙，来芳吓得六神无主，没想到丁玄趁此机会一脚踢灭行灯，紧接着一把扼住来芳的脖子，想将她活活扼死，就在千钧一发之际，听到呼救声的周轻赶了过来，这才从鬼门关里把来芳拉了回来。

电光火石之间，身边就躺着两具死尸，来芳不禁失声痛哭，想去自首，此时，看似手无缚鸡之力的周轻却坚如磐石，他果断地制止了来芳，告诉她："来莺枉死，你去报官也是枉死！他们会把来莺的死都推到你身上！"

冷风吹来，来芳擦干眼泪，两人都清醒了几分，周轻的大脑在飞速运转，面对着眼前的两具尸体，他很快制订好了周密的计策：第一步，因为丁玄的刀伤太醒目，很容易被县廷勘验出来，所以必须先偷换尸体，周轻将丁玄的尸体埋在雀舍鸟笼之下——而将来莺的尸体换上丁玄的衣服，偷偷拖到了丁玄的住处；第二步，周轻利用从则罗处私下学会的吐火绝技，利用来莺的尸体，制造了丁玄冲撞火神君被火神烧死的传言，反正都烧成了焦炭，死无对证……

周轻一五一十地说完了，李彻赶紧带人去雀舍挖掘，郑旦使了个眼色，县吏把来芳嘴里的破布扯了出来。

来芳哭喊了一声“周郎”，边爬过去抱住了周轻，周轻一改往日的犹疑，也张开双臂紧紧抱住了来芳。谁能想到，这对苦命鸳鸯还来不及双宿双飞，就要面临生离死别的考验？

周轻一言不发，只是抱住来芳，任由泪水滚落……

唐炳、黄月英都湿了眼眶。

好了，别在我跟前煽情了！县令郑旦一脸的不耐烦，我说黄月英，你托的这帕子上是什么东西？

诸葛亮赶紧上前一步解释：“禀大人！这是昨日草民与唐炳、黄姑娘在丁玄殒命的屋子外面搜寻到的证据，此物正是从西域传入的‘香面火’，百戏班中的喷火表演，就是用此物达成。草民此前看丁玄屋内起火的痕迹，火势猛烈、突然，但屋内各处的燃烧程度几乎全是一样的，并没有某处起火然后延烧过去的痕迹，看起来应该是某种引火之物瞬间布满了屋内，一齐燃烧所致，而香面火正可以达成此种效果。而且，香面火重量极轻，起火时导致的热风难免会把一部分吹到屋外，于是草民和唐炳、黄姑娘在屋外搜寻，果然找到了此物。”

听诸葛亮说完，郑旦、苏原都频频点头，一旁的唐炳赶紧朝众人拱手作揖：“呵呵，都是我应该做的，一点小推理，不算什么，不算什么……”

“诸葛亮，就算查到了香面火，你又怎么知道幕后真凶是周轻呢？”苏原插话道。

“回督邮大人，草民并不知道，草民只是肯定凶手在百戏班之中，具体是谁并不能肯定。但这香面火绝技，乃是班主则罗的傍身秘技，绝不会轻易外传，如果有人学会了使用香面火，那一定是则罗私下传授，则罗既肯将绝技相传，必是视此人为今后能接班的儿徒，如此恩德，想必此人不能眼见着则罗替他承受死罪吧！所以，草民相信此人会站出来为则罗洗脱冤屈。当然，更要感谢县令大人当机立断，假意给则罗降罪，一举逼出了真凶。”

“县令大人英明！”众县吏纷纷趁机拍郑旦的马屁。

见诸葛亮回答苏原的问话结果夸到了自己头上，郑旦也是乐得合不拢嘴，其实，让他假装给则罗降罪的办法，是诸葛亮出的——先前诸葛亮耳语给郭槐、郭槐又耳语给郑旦的正是此事，只是当下这个情况，谁也不可能拆穿，大家都是揣着明白装糊涂，就连唐炳嗫嚅着想说什么，也被黄月英一把掐住不敢出声了。

苏原自觉没趣，又厉声问道：“诸葛亮，那则罗为什么正好外出了呢？此事你又如何解释？”

诸葛亮：“回督邮大人，如果草民猜得不错的话，那封故人书信，应当是丁玄所写，诓骗则罗外出，好让他有机会对来莺下手。”

“这个不难，找女学班的人来，一看便知。”郑旦道。

郭槐命人带上女学班内丁玄的心腹，心腹登时磕头如捣蒜，原来，此封帛书正是该名心腹所写，则罗大字不识几个，要不是丁玄心腹念给他听，他怎么会明白？

此时，几位仵吏回堂禀报，丁玄的尸首和那柄凶器短刀俱已在失过火的孔雀笼舍下方挖出。所有人都明白，来莺怎么可能夜里跑到丁玄住处去挑逗？定是那丁玄按捺不住熏心色欲，当晚对来莺欲行不轨，但来莺拼命反抗，没想到恼羞成怒的丁玄在狂怒中杀死了来莺！丁玄生性狠毒，趁着月黑风高，还想把尸体偷偷埋于平乐苑的雀舍，只是意外被来芳、周轻发现，这才生出了后面的事端。

事已至此，真相似乎全都水落石出。郑旦已准备喝令将周轻押入大牢，突然，来芳冲了出来，到堂前跪下，慢慢说道：“大人，杀人一事全是我所为，与周轻无干！”

“芳妹，你这是干什么？我周轻一人做事一人当！”

“周郎，你不要再替我顶罪了，明明就是我做的！县令大人请明察，这个手镯是我搬尸时从来莺姐的尸首上取下的，大人，这就是我杀人的证据啊！”

郑旦示意把手镯拿过来，则罗一看，立马动容，这的确是他给来莺特意定制的金镯！

“大人，民女一直想杀死丁玄，早已谋划多时，这与周轻无关，”来芳的语气十分坚决，“那毙命一刀是我扎下去的！”

“你瞎说什么？不要命了吗？”周轻怒吼着，眼里几乎要喷出火来，“大人，我一人做事一人当，切莫冤枉他人！来芳她疯了！”

你一句我一句的，声浪越来越大，郑旦不耐烦地挥挥手，周轻一下子就停住了嘴，重重地倒了下去。原来，身后有位县吏冲周轻的脖颈处来了一杀威棍。

“周郎！”来芳赶紧过去抓住周轻的胳膊。

话音未落，那位县吏又朝来芳来了一棍，来芳也倒了下去。

郑旦喝令退堂，众人纷纷散去，诸葛亮却呆立着不动。

他只想查明真相，没想到真相却是如此残酷。

在那一刻，诸葛亮也犹豫了，自己的所作所为是否正确……

黄月英看着魔怔了的诸葛亮，一时间也呆住了……

五日后，襄阳来了飞书，成武侯体恤民情，明察秋毫：丁玄祸乱女学，死有余辜；周轻、来芳迫于无奈，其情可感，但杀人埋尸，纵火焚烧，活罪难饶，将两人一并押来襄阳，待成武侯亲自提审后再做定夺。

薄暮中，两辆囚车并排停着，来芳和周轻被押了出来，正要启程。

远远的一辆马车停下，下来几个人，原来是诸葛亮、唐炳、黄月英他们。

诸葛亮走到来芳、周轻面前，一言不发，只是两膝着地深深地拜了下去。

“公子，公子切莫行如此大礼！”来芳和周轻都赶紧说道，同样拜伏。

“对不起！”诸葛亮俯身闭眼，一个字一个字地咬着。

“公子，赶紧起来吧！小心寒气伤了身子。”来芳搀起诸葛亮。

“对不起！”诸葛亮又说了一遍，“我只想查明真相，找出真凶，没想到致二位到如此田地！对不起！”

说着，诸葛亮又要拜伏，倒是周轻一把拽住了他。

“公子，其实我早想要了丁玄那个狗贼的命，这次误打误撞杀了他，也算是遂了我的愿。按说我还要谢谢你呢，毕竟是他欺侮来莺姐在前，又想要杀我灭口，你让我在官家面前道出实情，也让我罪不至死，如果这一次丁玄那狗贼不死，恐怕往后我杀了他，还要给他抵命！”

来芳这一番话下来，诸葛亮、黄月英、唐炳都目瞪口呆。

在这桩扑朔迷离的案件后面，还隐藏着来芳不为人知的身世。

原来，来芳本名姓刘，名兰芳，出生于庐江府一个小吏人家，一家人有几亩薄田，在这乱世中原也过得平安，刘兰芳有一个姐姐叫刘兰芝，也嫁了人，但没想到的是，婚后没多久姐姐就被婆家休回了娘家，究其原因，乃是因为当时郡守的儿子看上了刘兰芝，郡守儿子胡作非为无法无天，非要收她为妾，便给姐姐的婆婆施加压力，老人不敢得罪恶霸，只好休掉刘兰芝，但郡守儿子不依不饶，一直追到刘家，制造各种事端，直逼得刘家走投无路，姐姐为保全家人自杀身亡，姐夫得知后也在绝望中自缢而亡。但郡守儿子不依不饶，对刘家下狠手，逼死了刘兰芳父母，大摇大摆地吃起了“绝户”。

自此，刘兰芳流落他乡，一路饥寒贫病，直到遇到则罗的百戏舞班子，才算捡了条活路。则罗让她打杂为生，并给她起艺名“来芳”，又看她颇有天赋，便有意栽培她唱歌跳舞，来莺虽然骄横，但本心不坏，箜篌小师傅周轻也对来芳照顾有加，一往情深。渐渐地，来芳就把百戏班当成了自己家，过去都成了尘封往事。

那日，黄月英说起丁玄的兰花纹样，让来芳五雷轰顶——那个独特的兰花纹样正是姐姐刘兰芝的独门手艺，这只手帕来芳也永世不会忘记——姐姐死后，郡守之子就是拿这只手帕逼要十倍钱财返回聘礼！害死自己全家的罪魁祸首原来远在天边近在眼前！

这段往事，刘兰芳除了周轻，未跟任何人提起过，她早已下定决心，一定要寻机手刃不共戴天的仇人！没想到那晚阴差阳错，致使丁玄死亡，倒也觉得一桩心事自此落了地。

听完这段讲述，诸葛亮、黄月英、唐炳都连连喟叹，想不到看起来如此纤细柔弱的来芳——不，刘兰芳姑娘，竟有如此一段曲折离奇的身世。

诸葛亮似乎想到了什么，悠悠说道：“刘姑娘这么一说，倒是跟我先前的查访印证上了。先前我曾询问过丁玄身边的人，想从他的身世经历入手，看他有什么仇家。他身边的人告诉我，丁玄不是他的真名，他原是某地郡守的养子，为了巴结郡守不惜认其为爹，后来还通过这个所谓的‘爹’结识了袁术，并为了袁术称帝上蹿下跳，大表忠心，又被袁术认作干孙子，被赐姓‘袁’，结果袁术还未称帝就众叛亲离，干孙子见势不妙乔装逃亡，没过多久，又摇身一变成了女学大师，自称曾拜倒在大隐士张跻门下，专习女学，并改名叫丁玄。这样说来，这个丁玄狗贼，认贼作父的本事倒是一流！”

“诸葛公子，黄姑娘，唐公子，民女刘兰芳在此谢过了！”

刘兰芳施了个万福，继续说道：“这些天来，所有和你们在一起的日子我都历历在目，这是我长大后最欢乐和美好的一段时光，与其一辈子担惊受怕，欺瞒朋友，不如现在这样更好，让所有人都知道丁玄做的丑事！我就算入狱也了无遗憾了。”

“时候不早了，赶紧上车，别磨蹭了！”

瘦弱的刘兰芳和周轻被几个五大三粗的县吏套上铁链，推推搡搡上了囚车。

黄月英又心疼又埋怨：“来芳，你为什么不早点儿跟我们说！为什么要把所有事都憋在心里！”

来芳笑着流下了眼泪：“这就是我的命吧！黄姑娘，我多想像你们一样，也有个好家世，每日读书写字，欢乐自在！”

唐炳：“你这命也太苦了！你还这么年轻，你还有好多好吃的没有吃过。”

来芳边哭边笑道：“我吃过花椒鸡翅啊！这是我这辈子吃过最好吃的东西。谢谢你唐公子！”

听到这话，唐炳哭得鼻涕眼泪都在一起，直接泪崩。

说到最后，刘兰芳看着周轻，四目相对，哽咽得一个字也说不下去了。

刘兰芳：“周郎，谢谢你一直陪着我，这么多年，你一直对我这么好，为什么？”

周轻隔着囚车凑近刘兰芳，轻轻说了声：“因为我爱你，我周轻是个孤儿，一生无牵无挂，直到遇见你。刀山火海我都陪你去，你去哪儿，我去哪儿。”

刘兰芳泣不成声。

孔雀嘶鸣。

平乐苑里，则罗遣散了舞班子，打开孔雀笼门，最后一只孔雀迎风飞去。

孔雀啼鸣，似乎在呼唤着来莺。

盘旋片刻，孔雀竟飞到了囚车上空。

刘兰芳含泪望向天空：“周郎，我这一辈子不足为外人道，但我姐姐的故事，请你一定要写下来，传诵给世人听。”

孔雀们在囚车上空哀鸣盘旋，久久不忍离去。

“孔雀东南飞，五里一徘徊。”周轻轻轻地吟诵道。

诸葛亮听到了。

黄月英听到了。

唐炳也听到了。

精舍里的雾隐，似乎也听到了什么。

远处，则罗的眼角静悄悄地滑落了一滴泪水，他怀里揣着的，正是来莺的手镯。

则罗的心，从此被一个汉家女儿永远地带走了。

囚车远去，再也不会回来。

一切都结束了，平乐苑又被锁了起来，荒凉如初。

女学班和百戏舞班子都四散而去，同学们也结束了这段插曲，回到了书馆。

回想起这事，黄月英忍不住脱口而出：“丁玄是死有应得！”她只是实在不知道，诸葛亮如何发现案件端倪的。

诸葛亮叹口气道，这还要感谢橘猫飞燕。原来飞燕只对来莺身上的味道过敏打喷嚏，而贼曹仵工李彻勘验丁玄烧成炭的尸体时，飞燕再次打起喷嚏，这才引起了诸葛亮的疑心。

山腰上，一个黑衣人骑着马，戴着一顶有着又像鹿角又像彗星图样的怪异头盔，整张脸都隐藏在黑暗里，只露出一双闪着寒光的眼眸，扫视着隆中书馆……

第二十六回 歌咏祓禊曲水流觞

精舍里，雾隐听完孔明讲述刘兰芳和百戏舞班的故事。

“孔雀东南飞，五里一徘徊。”

听得这句诗，也正是诸葛亮见周轻的最后一面。几日后，兰芳在狱中染病命危，周轻也绝食明志，据说最后玄武候特赦释放了二人，自此之后，他们连同那只悉心呵护的孔雀都杳无音信，仿佛从未来过这个世界，一切也没有发生过。黄月英也曾拜托父亲向朋友弟子多方打听他们的下落，嘱意一旦找到要好生接济安顿，可收到的回信都说未见此人……言念及此，诸葛亮不免心中惘然。

师徒二人聊起异域孔雀，诸葛亮话也多了起来：它与人共舞时的翩跹灵动，同类比美的倨傲艳丽，松林低飞的悲鸣呜咽……孔雀与主人情深义重，不论在哪儿，但愿周轻与孔雀还能常常相伴，彼此慰藉。

“嗯，禽鸟生灵，鹊舞鹤鸣，都是君子的情思与抱负的寄托。”

“先生说得是。”

师徒正说话，忽听有人敲门敲得山响。

开了房门，见唐炳气喘吁吁，身后又闪出一个轻盈人影，不是别人，正是黄月英。只见唐黄二人，一个神色慌张，一个额角沁汗，还都不时地回头向身后四周探望。

诸葛亮见状笑问道：“二位这是怎么了？上次遇蛇也没见黄姑娘这么慌过，快请进。”

二人却环顾左右而不进门。

黄月英眉蹙春山星眼微怒，道：“比蛇可怕多了！你还不知呢，庞德公疯了！”黄姑娘语出惊人，诸葛亮不由得错愕，黄月英又道：“他非要剪他鹤儿子的翅膀，你说疯不疯？好端端的长羽鹤都被他给薅干净，成了走地鸡了！”

见诸葛亮神色讶异，唐炳还从腰间掏出一只鹤羽来，晃抖一番，唯恐诸葛亮不信，说道：“那可是生拔硬扯啊！鬼哭狼嚎！听着都疼！”

诸葛亮不解道：“庞公为何拔鹤毛剪鹤翅？”

黄月英说：“别人拔苗助长，他是为了不长！好像听了哪个不靠谱的朋友，说不能让小鹤学飞，剪了翅膀就飞不动了，可以一直陪着他。”

诸葛亮笑道：“原来如此，等精舍上完课，我和二位同去和庞公好好说说。”

黄月英噗嗤笑了出来：“等你下山黄花菜不都凉了？不劳烦你老人家，我把鹤带来了。”

“啊？”诸葛亮汗都下来了。

唐炳钻进旁边灌木丛蹲身吃力抱出鹤来，兴奋说道：“当当当当，惊不惊喜意不意外？”

诸葛亮笑道：“说禽鸟，禽鸟就来了。”

黄月英说道：“你说啥，唐炳赶紧抱鹤进屋去，一会儿庞德公追上来了。”

诸葛亮心里笑道：看来一会儿还有贵客。

二人长驱直入进了精舍，给雾隐鞠躬行礼后，就满屋子寻找可供藏鹤之处。这也不行，那也不妥，后来竟直奔纱帐后的竹席卧榻去了，诸葛亮觉得不合适，见雾隐微笑示意无妨，只好笑着由他俩胡闹去了。

“搞定！”

诸葛亮掀起纱帐一看，嚯！这是拿雾隐先生的案牍书简盖房子，垒了个方框围栏，把小鹤圈在里头了。黄月英心满意足道：“心灵手巧吧？”

唐炳一头汗，出来喝水，冲雾隐先生憨笑道：“嘿嘿，雾隐先生，您忙您的，您忙您的！”

雾隐笑道：“精舍有造化，住过橘猫，也栖过仙鹤，都有灵性。”

黄月英赶忙出来行礼道："上次多亏了雾隐先生的救治，才保飞燕无虞。这回又来烦您，您就好人做到底，再通融一次可好？"

雾隐一笑道："黄姑娘身手利落，现下鹤已藏好，又问我通融？"

黄月英脸上滚红，眼珠一转道："雾隐先生肯给飞燕治伤，定是个软心肠的大善人，时间紧急，先斩后奏，您莫见怪。也不知道庞德公从哪里听来的昏话，非要剪了鹤翅，我们实在没法子了才来您这里求援的。一旦庞德公追来，您可千万别说漏啦！就说我们下午一直在精舍蹭您的课听，并无外出，也无鹤影。拜托拜托！"

唐炳问诸葛亮道："精舍里有啥吃的没？一路跑上山，人都饿晕了。"

诸葛亮一笑，从茶几上捧了一碟杏脯，递与唐炳道："这是杏儿姑娘随午饭送来的甜食，先生素不喜甜，就都给你了。"

唐炳双手抢下碟子就往嘴里塞，囫囵说道："哎呀，多谢雾隐先生！又分了一个要递给黄月英。黄月英摆手笑拒道：我可不敢吃。唐炳不解地问：为何？黄月英一双宝石大眼笑成猫眼，道：杏儿姑娘是个细心人，怎会不知先生不喜甜？偏又送了甜食，那显然不是给雾隐先生的。杏儿姑娘送杏脯，必是甜上加甜。你稀里糊涂吃了别人的一番甜恰心意，小心杏核儿发芽长成大树在肚子里闹你。"

唐炳倒是一点都不怕，嘿嘿傻笑道："那敢情好，那我成天可有杏脯吃了呗，怕啥！诸葛亮，杏儿姑娘又给你洗衣服又给你送杏脯，她是不是对你有那个意思？"

诸葛亮道："唐兄休要胡说，自然没有你说的意思。"黄月英又笑诘道："你怎么知道她对你没有意思，难道你问过杏儿姑娘？'杏儿姑娘，你对我有意思还是没意思？'"见黄月英和唐炳拿自己打趣，诸葛亮脸上微红，解释也不是，不解释也不是。

这边正笑闹，有人敲门，还未应门，那人就推门而进，大大咧咧喊道："雾隐，没午睡吧，看见我儿子了吗？"

来人正是庞德公。

来者不善，又做贼心虚，黄月英和唐炳均屏气凝神，不吭一声。

雾隐扇着扇子，含笑说道："难得庞公莅临寒舍，有失远迎。"

庞德公一挥袖道："哎，平时咱都各忙各的，彼此心里有就行了。我知道你也不爱热闹，我也不爱走动，这趟费劲上来，自然有事，"还未说完，又见黄月英和唐炳也在，哼了一声，吹胡子瞪眼道，"我就知道是你俩小鬼作乱。说啊，我鹤呢？"

黄月英大眼睛骨碌碌转了圈，努嘴道："老庞头儿，您可莫要以大欺小冤枉人。晌午一过我们就来精舍蹭课了，谁知你鹤去了哪里！"

庞德公哼道："别人家的丫头小子不知道，你我还不知道？贼主意比猴儿多，把你爹都蒙得一个来一个来的，红口白牙的又想蒙我？跟你说，有人看见你俩鬼鬼祟祟上了山，刚巧儿那会儿我鹤儿丢了，你现在交出来饶了你，不交出来，看我不让你爹给你捆了揍个二十板子，闭眼睛找个厉害婆婆嫁去受气！"

唐炳杏脯吃急了，连着猛打嗝。黄月英瞪了唐炳一眼，也不理庞德公，对诸葛亮和雾隐先生说："庞公午睡还没醒呢，由他老小孩胡乱说去。雾隐先生请您继续上课吧。任谁也不能随便扰了课堂纪律。"

庞德公没辙，便在精舍里乱转，东看看西瞧瞧，搞得黄月英等人的心都提到了嗓子眼。又见他准备向寝榻之侧走去，看着黄月英临时垒起的书墙，反而停下脚步，说道："我要看看雾隐有什么好书宝贝，顺两本也不算白爬上来一趟。"

黄月英急得脸都白了，哀求央看诸葛亮和雾隐先生。

雾隐神态自若，提高了一些声音，垂眼说道："孔明，接刚才的说，通常汉地并不饲养孔雀，倒是对仙鹤情有独钟。你可还记得《诗经》中收录的《小雅·鹤鸣》一篇的开头两句否?"

一听有"鹤",庞德公立刻转身折回,歪着脖子说道:"这么巧,你们在讲鹤?有趣有趣,我倒要听听。"

庞德公离开书墙,回到正室,一屁股坐了下来,牛饮了一壶,抹嘴说道:"我倒要听听精舍成天都学些什么玩意儿。"

诸葛亮向雾隐微笑作答:"弟子记得!鹤鸣于九皋,声闻于野。鱼潜在渊,或在于渚。"

"很好。"

庞德公哼了一声嘟囔道:"嗯,就是太野了,翅膀硬了,都不要老子了。都给它剪了才好呢!"

小伙伴们都强忍笑意,黄月英偷偷瞄向书墙后头,小鹤蜷在里面,一动不动,一声不鸣,甚是稳妥。又见庞德公一路爬山追鹤,喝茶之后,热汗刚消,困乏又起,也斜倦眼似是打起瞌睡,更觉庆幸可乐。

雾隐对诸葛亮微笑颔首道:"这篇上下两阙都是以'鹤鸣于九皋'来开句,均是以鹤喻人。鹤形貌出众,似有高人隐士之风,所以人们都说君子若鹤,也是希望明主能求贤访隐。"

黄月英忽然捂嘴笑道:"怪不得老庞头鹤不离身呢,原来是自诩以隐士贤能喽?"

雾隐悠然一笑道:"看似闲云野鹤,更有鸿鹄之志。"

唐炳嘿嘿说道:"要是能像他的鹤儿清瘦一些就更好了。该不会他把鹤吃的食儿也给自己吞了?"

诸葛亮忍俊不禁,见庞德公睡着了,示意唐炳要小点儿声。熟料庞德公闭目开口道:"谁说高人隐士就非得是个瘦子?唐球儿,黄月英那臭丫头把我鹤藏哪儿了?我知道馊主意都是她出的,你告诉我则罢了,不然我让你也吃鹤食,顿顿只能吃鹤食!"

远在天边近在眼前。唐炳心里暗爽，笃定庞德公一叶障目找不到鹤，更嬉皮笑脸起来，二胖老小斗嘴斗个没完。雾隐索性停课，和诸葛亮人手一卷，各自读书了。

闹了一阵，黄月英见机说道：“扰雾隐先生多时不便。”佯要下山，话一出口，庞德公果然也嚷着要跟着两个小猢狲走，唠叨着看他们把鹤藏到哪儿去。趁二胖老小斗嘴，黄月英冲诸葛亮使个眼色，又用纤葱的食指比划了两下，诸葛亮明白，黄姑娘这是拜托他照顾翅膀受伤的小鹤。二人心照不宣。

黄月英一推门，哎哟一声，差点把门外人撞个趔趄。不是别人，正是杏儿姑娘，杏儿姑娘一手挽着食盒一手挎着布包，是要给雾隐先生送晚餐和浆洗衣物的。斜阳微橘，一身素衣的杏儿愈发楚楚动人，鬓边的粉海棠在金光下半透明如同蝴蝶翅膀，随风微抖，黄月英眯眼笑赞道：“千金小姐满头珠翠，也远不及杏儿姑娘和这朵海棠动人好看！”

话音一落，杏儿瞬间红了脸，囫囵揪下耳鬓海棠道：“胡乱戴的，都是狗儿非让我别上的，要说好看，哪里比得上黄姑娘……黄姑娘不嫌弃，海棠就送了你。”黄月英蹙眉道：“你戴得好好的，我要它做什么？”黄月英拉了杏儿进屋，又将海棠别回到杏儿头上，左右调整好了才满意。唐炳嗦了嗦鼻子道：“杏儿姑娘做了什么好吃的？真香啊，让我看看食盒里头吧。”黄月英揶揄道：“除了吃你还知道什么？”唐炳理直气壮道：“我知道得可多了，反正我知道杏儿姑娘戴花肯定比某人好看，某人耳朵后头别个钢叉最合适！”黄月英气得直跺脚：“唐小胖，看我不一箭射劈了你。”诸葛亮忙拉架，说道：“唐兄，各美其美才是正道。”

杏儿抿嘴含羞，黄月英脸上也微微泛红。

庞德公看着少年们热闹，咧嘴对雾隐笑道：“我看精舍也没什么正经的，尽是油嘴滑舌哄女儿家开心的罢了。”雾隐微笑道：“嗯，庞公同乐。”庞公哈哈大笑。唐炳趁机掀开食盒一角，见最上是一碟热气腾腾的葱油豆腐，顿时唇齿生津，肚子竟然咕咕叫了起来。

雾隐留庞德公一起吃饭，庞公一边嗅着香气一边摇头甩袖，笑话道：“不是我说你，这也太素了！”黄月英拎着唐炳衣领催他赶紧走，唐炳却跟脚上绑了铅坨似的根本挪不动，目不错珠道：“诸葛亮说了，各美其美。荤有荤好，素有素香，精舍饭菜的味道闻起来可比山下饭堂里的强。”

杏儿紧张解释道：“唐公子，这些和饭堂里都是一样的！不过单独拣了先生喜爱的清淡菜色。怪我不知今日精舍有客，早知道多留几样好了……”

黄月英笑着用食指关节敲桌子道：“唐胖子你听，人家杏儿说得明白——晚餐没你的份儿，赶紧走吧！”

黄月英冲唐炳使眼色，心里更是着急：夜长梦多，幸亏庞公还未察觉小鹤在此，走为上策。唐炳不在乎，笑嘻嘻地嘟囔道：“我就再看看下面还有什么好吃的。”挪开小葱豆腐这层，下面一层是一碟豆豉鲫鱼，顿时香气盈室，鱼鲜绕梁。诸葛亮立刻察觉不妙，又见雾隐早已含笑看他，看来先生也早知如此了。果不其然，书墙后头一直安静的小鹤，闻见鱼香，打破沉默，引颈而鸣。迈开长腿奔了出来！

庞德公吃惊，眼睛一瞪，一把揪住鹤脖道：“哈哈，回你爹身边了吧！就这几个小屁孩，还想蒙老子！一个贪吃鬼全歇菜！”说完仰天大笑。

黄月英顾不上埋怨唐炳贪吃惹祸，直截了当道：“庞公，我们也不是故意跟您过不去，只是担心你再伤了小鹤翅膀，它以后可就真的飞不了了。”庞德公嗔斥道：“我那是为了它好，飞丢了再被哪个不知好歹的一箭射劈了，你赔啊？”

黄月英知道硬杠没戏，眼珠一转顺势说道：“好吧，您要非剪也别挑今天，太阳落山了，光线不好，万一再剪坏了血流如注，伤了小鹤性命。”

诸葛亮明白，黄姑娘这是拖延时间，以求转机。庞德公悠哉笑道：“明日书馆要去沔水踏青，我自然也没空儿剪它，先关笼子里养膘几日，回来再动刀。警告你，少打它的歪主意！”黄月英卖乖一笑。

唐炳因为豆豉鲫鱼一直不敢出声，终于忍不住插话道：“踏青？就是说不上课了？”庞公笑道：“对呀，一连七天不上课，可美死你了！”唐炳哧哧笑起来，得便宜卖乖道：“庞公的课我还是乐意上的。”黄月英不解，又问：“踏青仪式不是上巳节的风俗么，上巳节是三月三，现在都过了好多天了。”庞德公道：“嗯，不过水镜说了，上巳迎春是大事，之前女生都在平乐苑里受罪，现在人都回来了，节日已过，可祓禊沐浴的节礼不能少。他这个人就这样，人迂事儿多穷讲究，不过既然不用自己花钱，多玩几日也不赖。”诸葛亮好奇问道：“沔水河畔往来一天足够了，为何要一连七日？”

庞德公说道：“哎呀，当然是有人赞助嘛！去天福山的大山庄里白吃白玩，人家东家都没嫌长，你还嫌长啊！”

唐炳挖鼻孔道：“天下竟有这等便宜好事，不知谁家这么阔绰大方。”

庞德公冲雾隐先生说道：“雾隐，您的精舍小灶恐得放几天春假了！”

雾隐含笑说道：“一年之计在于春，沐浴祓禊理应放假。《论语》也曾说过嘛。”

诸葛亮接道：“暮春者，春服既成，冠者五六人，童子六七人，浴乎沂，风乎舞雩，咏而归。”

雾隐颔首而笑。诸葛亮问道：“先生，春日沔水浩荡，您跟我们同去如何？”唐炳也自告奋勇插话：“这主意不错，我让杂役过来背下山！”

雾隐微微摇头，摆手说道：“多谢好意。踏青迎春是年轻人的节日，我是只能过九月九的重阳喽！你们明日一早出门，免不了要准备一番，趁着天光快下山吧。杏儿每日送饭浆洗，汝等无须惦念。到了天福山，别只顾着贪玩，书馆弟子切不可贸然失礼，应彼此照拂。若听得什么志怪风俗，多听勤思，切勿惊慌，谨慎为妙。”

诸葛亮团团揖礼，说道：“弟子谨记先生教诲！”唐炳和黄月英也纷纷行礼。

庞公笑道：“哎呀，真是越老越啰唆，舍不得孩子出远门。他们就是换个地方吃喝打闹去了，被你说得好像要下刀山火海过鬼门关似的。我和水镜、东方跟孩子们同去，你大可放心。”雾隐笑道：“自然放心，有劳几位先生了。”

庞德公抱鹤笑道：“雾隐你不知道，天福山不是外人家的地界，算半个黄月英家的！”黄月英莫名其妙：“老头儿你胡说什么呀，我爹有几亩薄田你会不知道？”庞德公笑道：“这丫头，揣着明白装糊涂，我看谁当你相公谁上赶着找亏吃。”黄月英不甘示弱：“切，谁说我要找相公？”庞德公摇头说道：“卤水煮寒鸭——嘴可真硬。你还是去天福山作威作福吧。”

唐炳咽了口唾沫，满脑子都在想卤水鸭。庞德公转头道：“哎呀赶紧走吧诸葛亮，再晚饭堂的红烧肉就没了！”

煮鸭子倒还好，一听红烧肉，唐炳再也待不住了，几乎是夺门而出，头也不回嚷着“诸葛亮快点儿”，自己则一溜儿小跑下山去了。众人忍俊不禁。黄月英想伸手抱鹤，庞德公不让，摆手嚷道：“你们少打我鹤儿的主意。”说罢便大步流星出门而去。黄月英皱眉道：“可不能让他得逞。”诸葛亮笑道：“黄姑娘有主意了？”黄月英狡黠一笑，冲诸葛亮眨眼笑道：“主意暂时没有，不过不是还有你吗？”

诸葛亮匆匆包了几部书和换洗衣裳，辞别雾隐，和黄月英有说有笑地下山去了。

春和景明，沔水滢滢。

水镜本意是让弟子们从书馆出发，集体步行至沔水岸边，但拗不过公子小姐叫苦不迭，最后没法子，只好依了大家，由各家车马书馆接走，统一到河畔下车集合。未及一个时辰，香车宝马，浩浩荡荡，纷至沓来，堵车盛况蔚为壮观。

只见各家小厮忙前忙后挥汗如雨，有的公子嫌泊的车马位太偏，有的小姐嫌日头太晒，还有几家的高头大马互不相让，车鸣马嘶，喧嚣吵嚷。水镜摇头叹气道：本想让弟子们亲近自然山川，没承想成了纨绔子弟摆阔比奢来了。

诸葛亮没车马，唐炳拉他同乘。二人早早到了岸边，等了半天诸葛亮才见黄承彦家的车马由远及近，唐炳凑上去敲窗道：别磨蹭了黄姑娘，我给飞燕带来好吃的。

半天竟没动静。

唐炳一掀帘子，里头竟空无一人，又不死心地踮脚看看车篷，立在旁边的车夫，一脸无奈。唐炳吃惊地问道："你怎么驾了辆空车来？你家黄姑娘不来春游啦？"车夫支支吾吾说不清楚。

忽然诸葛亮耳朵一动，猛然转身，只见不远处，一匹紫骝骏马乘着一团紫烟奔来。唐炳躲到诸葛亮身后，紫骝马登时双蹄扬起，在诸葛亮跟前原地立住。唐炳移开捂在眼睛上的手指头，见一团紫色云烟跃马而下——正是短衣轻装的黄月英。

诸葛亮笑着揖礼道："黄姑娘好骑术！"

黄月英囫囵回礼道："骑着玩，还是不如你们快嘛。"

唐炳冒出头来："乖乖！黄姑娘你这是哪一出啊？"

黄月英笑而不答，轻抚紫骝马的鬃毛和后背，低声耳语几句，紫骝马嘶鸣一声，飞奔而回。黄月英又半哄半吓跟车夫说了几句，大意是不让他告诉黄老爷子自己是骑马而来的。

等公子小姐各自打发了家丁马车回去，郑伦才探出身来款步下车：锦绣华服，玉翠金闪，举手投足星味儿十足，冯骥、隋波从车上小心翼翼捧了锦缎包裹的宝琴和几个樟木箱子，前呼后拥，声势浩大。书馆上下对郑伦的排场早已司空见惯，沿街路人纷纷注目，赞其容貌气度“果然称得上南阳四大美少年之首”。

水镜先生招呼大家和东方先生一起铺蒲草、扎凉篷、备茶饮。本应是书馆弟子齐出力，但真正干活儿卖力的只有诸葛亮一人。唐炳一边吃喝一边埋怨诸葛亮就是太实在。

忽闻琴声，众人回头，只见郑伦一人在岸边对着沔水张案抚琴。

日影下，郑伦的剪影轮廓更加挺拔，粼粼水波映在锦缎华袍上通身发光。“哇，你们看，郑伦好帅啊！帅得发光啊！”女生们纷纷放下手中的活计争相奔向水边，心神摇曳。

黄月英戏谑笑道：“唉，没带几个贴身画师来真是可惜。水声那么大，也听不清他弹的是什么。”

唐炳不屑道：“弹啥都一个味儿，成天就知道整景。”

“琴不在弹，有颜值就行。再说人家那可是名琴。”说话的是苏莹，正坐在诸葛亮刚搭好的凉棚底下躲太阳，顺便欣赏自己新染的蔻丹指甲。

唐炳说道：“名琴怎么了？水平不行，名琴也白扯。”苏莹不屑地说道：“这你就不懂了，这是我们贵族之间才玩的奢侈品。跟会不会弹，弹得好不好都没关系。”

黄月英戏谑道：“噢，其实你也知道郑伦弹得不好呗？”

苏莹面红语塞，忽听有人在岸边高喊："救人啊！有人落水了！"

"啊？！"

众人惊呼声中，只见一个人影在水里奋力扑腾，几欲溺水窒息。郑伦停了琴，和隋波他们傻站原处看热闹。

飞燕飞向岸边奔去，黄月英箭步紧随其后。

只听得岸边宋朗喊道："是许薇！是许姑娘落水了！"

黄月英更急了，边跑边急喊道："郑伦，你们怎么不去救人啊？！"

郑伦自知理亏，厚颜硬辩道："上巳历来有沐浴传统，谁知道她要干吗，我还以为她是泡澡哩！"

一片混笑。

"浑蛋！"

话音未落，只见黄月英立刻褪了罩衫，一个猛子就扎入水中，向许薇方向游去。

飞燕下不了水，急得在岸边来回折返叫唤。

"哇！黄姑娘会凫水！她凫得好快呀！"

黄月英听不见岸上的议论，她游到跟前，用胳膊一把架起正翻白眼的许薇。

"是你？"

"别说话。你说你，不会游泳还下水嘚瑟啥？"

"我……"

"想让郑伦看见你吧？"

"我……"

许薇落水溺水，黄月英凫水救人！岸上的男生们都纷纷看直了眼睛，赶到的东方老师也急得直跳脚，怎奈他也不会水。背对岸边专心干活儿的诸葛亮根本没注意到河边发生了什么，后背忽然被人拍了一巴掌，回头一看是唐炳，唐炳一脸憨态说道：“嘿，见过黄姑娘上树上房，你见过黄姑娘下水吗？”诸葛亮摇头，再顺着唐炳的小肉手指头一指，这才见沔水中有两个人脑袋影，定睛一看，正是黄月英费力地擎着许薇向岸边游去。诸葛亮大吃一惊，猛然站起，嘭的一声，头顶还撞到凉棚的木杆。

唐炳啃着鸡腿：“哎呀你别激动，黄姑娘水性甚好！不必担心，不必担心。”

苏莹一边啃着唐炳的鸡腿一边笑话道：“黄月英也是好心过了头，明明是许薇哗众取宠，让许薇多喝几口水冷静冷静也好。”

诸葛亮哪里听得进去这些，迈开大长腿几步就冲到岸边，甩开草鞋就往冲水里冲。

唐炳嘴里的鸡腿掉了下来，惊讶地说道：“要是没记错的话，他可是如假包换的旱鸭子！他不会自己给忘了吧？”

唐炳撇下鸡腿和苏莹，忙向岸边跑去。

沔水中，黄姑娘头顶螺髻上的红绳散了，乌发在水面摊开，好似水藻。许薇体力不支，二人快靠岸时，黄月英的速度也明显变慢了，显然她低估了许薇的体重，眼看岸边近在咫尺，却浑身使不上力气。

幸亏诸葛亮冲到齐脖深的水里，接过许薇，三人这才勉强支撑着上岸，直喘粗气。

“诸葛亮，你干吗？”

“我来帮你。”

“明明帮倒忙！一个许薇就够我呛了，你又不会水，万一抽筋了，还要救你这个身高八尺的大小伙子，如何吃得消？！”

“哎呀，亮考虑不周，反倒给黄姑娘添了麻烦。”

诸葛亮哪里知道，黄月英这是刀子嘴豆腐心，嘴上奚落，心里却暖意融融，比吃了姜糖还甜。

水镜先生听说有人落水，一把老骨头跑得几乎散了架，看着大家安然无恙，煞白的脸上才恢复了点儿血色，自捋胸口道：“没事就好，没事就好……”

东方先生的粗眉一直紧绷着，这是他第一次带队书馆弟子外出踏青，没想到一个转身的工夫就有人落水，万幸没人出事，真要有什么闪失，任谁也担待不起。东方愈是后怕，语气愈发严厉：“诸葛亮你们几个还站在水里干什么，还不快上来换衣服！第一天就染了风寒，后面那么多集体活动不参加了？”

黄月英吐了吐舌头，三人匆匆去帐篷的两侧去换衣衫。许薇沮丧磨蹭，换到一半，忽然变色尖叫，捂着胸口道：“啊，有人偷看！房顶有人偷看！”

郑伦几人就在附近，听见尖叫异常兴奋说道：“我就知道这村厮不是啥正人君子！看我不逮他个现行！”

说罢郑伦兴奋地冲进男生帐篷。大喊一声：“你干什么？”

诸葛亮一愣，回过头来，此刻他刚褪去粗麻湿衣，赤裸上身，乡野劳作自然塑造的肌肉紧实健美，线条分明。正所谓后世人津津乐道之“穿衣显瘦，脱衣有肉”。

郑伦眼光发直。作为历来四体不勤五谷不分的县令公子，郑伦浑身上下没有半两肌肉，白花花松垮垮，还自以为这是君子之风。看着诸葛亮的好身材，七分意外三分嫉妒，一时间说不出话来，眼睛直勾勾，脸颊竟红了。

见郑伦一直盯着自己看，诸葛亮也微微脸红，连忙套上半旧的麻衫，问郑伦道：“郑公子有事吗？”

郑伦尴尬道：“……没事不能随便看看？”

诸葛亮笑答："这个自然，郑公子请便。"

帐篷那头，黄月英又好气又好笑地说道："许薇，你脑子呛水了？看清楚些再喊呀！那是飞燕啊。"

诸葛亮和郑伦齐抬头，果然是飞燕，正瞪着大眼珠俯在遮阳棚顶的最高处，一会儿看看这边女生换衣服，一会儿探头看看右边赤裸上身诸葛亮，不亦乐乎。

见周遭只有自己和诸葛亮两人，郑伦见机说道："下午曲水流觞，你以前没玩过吧？"诸葛亮微笑道：没有，以前只是听叔父讲过书上看过。郑伦得意道："那都是我们贵族名士之间的风雅乐事，你一届乡下布衣不懂很正常。下午让你见识见识。"

诸葛亮笑道："好啊，孔明翘首以待。"

郑伦又不屑地扫了眼诸葛亮的麻布衣衫，问道："一会儿你就穿这个？"

诸葛亮笑着如实答曰："换下湿衣服，只剩了这一身。"

郑伦却长叹一声道："想当年曲水流觞是何等风雅高贵，处处讲究，想不到如今什么乡野布衣都可以滥竽充数了。"

诸葛亮笑道："《风》《雅》出自《诗经》，《诗经》里头《葛覃》《芣苢》《关雎》《采蘋》，哪个不是乡野布衣之事？ "

郑伦词穷耳热，忽听黄月英在外面喊道："诸葛孔明，你跟谁在里头叽叽咕咕磨磨蹭蹭，换个衣裳还没我快！"又听唐炳耍怪调说："我看里面有个狐狸精，缠着诸葛亮一起绣花吧？"

许薇、宋朗都笑了起来，郑伦掀帘而出，众人笑容瞬间僵住。

诸葛亮随后而出，笑言："我和郑公子交流诗文风雅，耽搁了会儿。"

唐炳拍手道："哎呀，下午曲水流觞有的是机会交流，先填饱肚子要紧。”

郑伦眼角扫了一眼唐炳、宋朗，不屑道：“真是世风日下，滑天下之大稽，脑满肥肠的吃货也配共坐曲水流觞！等着下午丢人现眼吧。”

郑伦携跟班们远去，唐炳在身后使劲呸了两下：“你不吃饭？你有本事你去喝墨汁嚼竹简啊？”宋朗悻悻说道：“郑公子瞧不上咱们商贾人家的子弟。”诸葛亮安慰道：“好了好了，出来踏青本是高兴的事儿，莫因小事坏了兴致。”唐炳不依不饶道：“我不管！诸葛亮，下午你必须赢了他！”诸葛亮笑道：“怎么还有输赢一说？头一次参加曲水流觞，就想和大家凑个热闹玩一玩，一定要我赢那我可没把握。”黄月英笑道：“对啊，再说人家郑伦可是有备而来的，我刚才看隋波冯骥他们拿着书现背呢！”宋朗也补充道：“好像水镜先生的题签是给东方先生保管，东方先生的东西都是隋波一路拿着的……”

唐炳的脸一下子耷拉下来，怨道：“完了完了，这下完了！”

第二十七回

争风光当面吟佳句

下午，碧草春波，暖阳融融。

河畔的流杯亭里，按上巳节的风俗，书馆弟子们围聚一起，准备着即将开始的曲水流觞。果如郑伦所说，大家都更换了参加宴会的华服，女生们也一改往日朴素，纷纷在妆发上玩起了心机和花样。一时间，沔水河畔，桃羞杏让，燕妒莺惭。

苏莹束了凌云单髻，上面斜插了一只宫廷款式的镶了宝珠的金步摇，远望去高耸醒目，金光簌簌，贵气大方。许薇落水后重新涂了粉，胭脂染腮至鬓角，据她介绍这是时下南阳郡最火的桃花妆，胭脂是用桃花花瓣古法压制而成，一般人买不到。苏莹看不惯，小声嘀咕了一句"猴屁股"，许薇也没闲着，正跟一旁的赵娣八卦说苏大小姐的金步摇往下掉渣，该不会是涂的一层金粉，其实是个铜的吧。

女生里就属黄月英最为随意，素面朝天不说，梳头似乎也不大耐烦，只是简单的结鬟于顶并燕尾垂肩，绢花首饰丁点儿全无，独用一根红丝绳缠了发髻，红绳随风飘动，倒颇有几分潇洒的英气来。飞燕颈上也绑了红绳，主仆呼应，甚为有趣。

唐炳啃着鸡腿儿心情好了不少，开始眯缝着眼挨个端详着同门女生。一个人看不过瘾，捅了捅诸葛亮笑道："你说，咱书馆女孩子谁最好看？"

诸葛亮眼睛始终没有离开手里的竹简："嗯，都好看。"

唐炳嗦着手指上的油脂，口齿含混抱怨道："我说你这个答案也太官方了！女为悦己者容，你都不看女孩子，未免太不给姑娘们面子了。"

诸葛亮这才抬起头，笑道："哦？那亮倒是想听听，唐兄给了谁的面子？"

唐炳意犹未尽地舔舔嘴，嘿嘿一笑："要我说，苏莹端庄大方，肤白貌美，当正房老婆最合适。许薇会打扮，人又俏，让我纳个爱妾不成问题。嘻嘻!”

诸葛亮哈哈大笑道：“唐兄目光远大，没想到你连未来妻妾的人选都想好了。”

“哎呀，人嘛！婚丧嫁娶早晚的事！我们唐家田产商铺都是现成的，我爹不就盼着我娶妻生子纳妾享福嘛。”

诸葛亮点头笑道：“只要国泰民安，唐兄一定可以实现梦想。”

唐炳拍了拍诸葛亮：“嘿嘿，诸葛亮这你说对了。以后我负责娶妻纳妾，你负责国泰民安！至于黄姑娘——她帮你管虎豹豺狼!”

一想到这里，如同被触了笑穴，唐炳自顾自笑得停不下来。

黄月英在背后轻轻摁住唐炳胳膊肘上的一处，似笑非笑道：“唐炳，你说谁呢？谁是虎豹豺狼?”

唐炳如同提线木偶拎着胳膊大喊道：“哎哟，麻、麻筋！麻筋疼！我！我是虎豹豺狼，我是虎豹豺狼！黄姑娘饶命!”

黄月英眼笑松手，戏谑道：“虎豹豺狼想得美，我看某人最多是只圈养的肥猪。”

“好，好！咱们隆中书馆一年一度的曲水流觞开始了!”

水镜捋着胡子笑呵呵道：“ 曲水流觞，顾名思义，酒盏流到谁那里，谁就答题。答对题目者赏一香草！答错者得一狗尾巴草，最后，得香草最多者有大奖!”

郑伦一副舍我其谁的睥睨神色。

唐炳忍不住问道：“先生，大奖是吃的吗?”

水镜笑而不语，端坐在最高处，浅浅倒了几盏青梅酒，示意女生们轻放在溪水之上。题签竹筒也早就备下。

题目大多来自《诗》《书》中的寻常章句。郑伦、黄月英、苏莹、宋朗等人都饮了青梅酒，各答对了一题，得一香草，只有唐炳一知半解，又手快抢了青梅酒，结果答不上来题，被发了一根狗尾巴草。

哎呀，唐炳只是口渴贪杯，此时哪里想得到还要答题？！

看见别人拿着香草，只有自己是狗尾巴草，唐炳又羞又恼，一时也不知该如何回怼别人的讥笑，正郁闷呢，诸葛亮轻轻拍了拍唐炳手臂，冲他使了个眼色。唐炳立刻心领神会，有了底气嚷道："莫以一时成败论英雄嘛！刚才没睡午觉没反应过来，从头再来！"

水镜自然鼓励道："好，好！这才是书馆弟子该有的样子，不服输，有志气！"

郑伦和几个公子哥儿不吭声，彼此心照不宣地交换了一下不屑的眼神。

曲水流觞，青梅酒的漆碗飘到苏莹跟前，苏莹刚拂着袖子要去拿，却被唐炳抢了先，唐炳将青梅酒一干而尽，抢过竹筒，看了一眼诸葛亮，闭着眼睛使劲晃了一通，小心翼翼地抽了一只题签。

苏莹急问道："什么题，快念一念。"

唐炳清了清嗓子，眯缝起本来就不大的眼睛，把上面内容大声朗诵了一遍。众人面面相觑，我滴西王母姥姥哟，这可是目前为止最难的一题！

郑伦和几个公子哥儿更是幸灾乐祸了，苏莹也暗自庆幸，这题明显超纲了，亏着酒被唐炳喝了，换了自己岂不是现眼。

题念完了，唐炳满怀期待地看向诸葛亮，可诸葛亮竟然眉头微皱，低头不看他！"这下糟了，诸葛亮也被难住了？自己出糗要出大了！"一想到此，唐炳汗如雨下。

水镜先生问道："唐炳，你能答上来吗？"

唐炳呃了半天，闭上眼睛，万念俱灰。准备睁眼认怂时，才见诸葛亮冲他指了指地面——原来诸葛亮用手指蘸了溪水，在地上写了两行字。

唐炳眼放金光，兴奋高喊道：“先生！我想起来了！”

水镜也很高兴，“那好，唐炳你说来听听！错了也不要紧。”

唐炳嘿嘿一笑道：“行，那先生容我试试，错了您可别怪我。”

诸葛亮心里笑道，看来唐兄可是欲扬先抑的高手。

水镜点点头道：“为师自然不会怪你，这题难度不小，答不上来也是寻常。”

唐炳咽了口唾沫，得意一笑，瞟着地上的水字儿大声地念了出来。语毕四座皆惊，水镜喜出望外，手直发抖：“好啊，好啊！能答出其一已然难得，还能答出其二，实属惊喜！哎呀，近朱者赤，近贤者慧，唐炳进步神速，为师颇感欣慰！”

唐炳挠挠头，一脸谦虚状道：“哪里哪里，承让承让！”

“独乐乐，不如众乐乐。一人进步，不如共同进步。唐炳，你到为师这儿来，拿香草一只！”

“哎！”

唐炳屁颠屁颠地领了香草鞠了躬，在郑伦面前使劲晃了几下，这才大摇大摆回到自己座位坐下，合不拢嘴。

曲水流觞源源不断，题目也越出越难，谁也不敢轻易伸手捞青梅酒喝了，最后只剩下郑伦对阵诸葛亮，郑伦动员几个小帮手各种抓耳挠腮帮着偷偷翻书，诸葛亮却单凭一己之力轻松对答如流。二人手里的香草都有一小捧了，实在难分伯仲。

水镜先生咳了两嗓子，又道：“下面我再出一题，答对者，我就把这件宝贝赠送给他。”听了这话，所有人都屏气凝神，不知不觉伸长了脖子。只见水镜从包袱皮儿中缓缓捧出一把精致扇子，除了扇尾上坠了半尺多长的穗子，乍看起来并无特别。几个公子哥儿皱眉撇嘴交头接耳道："我还说是什么稀罕宝贝，不就是个家用的小型拂尘么？真没劲。"

郑伦横了他们一眼，傲然说道："你们懂什么！"说罢志在必得地看向水镜。唐炳也跟风说道："不懂别瞎嚼嚼！"苏莹打趣问唐炳道："唐公子，你说这到底是什么呀？"唐炳语塞脸热，又支支吾吾说不出话来。

弟子们你一言我一语，水镜先生丝毫不恼，笑眯眯问向郑伦："郑伦，请你说说看为什么我如此看重这把扇子，要将其作为本次曲水流觞的大奖？说对了，为师就将其赠予你。"

郑伦喜不自胜，起身鞠躬，抖抖宽袍大袖道："弟子看来，这绝非一般的扇子。它大有出处，伦因家父缘故，恰巧略知一二。此扇乃当年隆中书馆创设之时，郡里的学官大人亲赠予水镜先生的礼物，上面有能工巧匠镶嵌的稀世珍宝，可谓出身名门，血统高贵，先生多年来一直妥善珍藏，正是看重于此。"

郑伦对自己的答案颇为满意，说完看向水镜，水镜捻须微笑道："好，好，郑伦你继续说。"

郑伦一怔，嗫嚅道："啊？我已经说完了啊？刚才说的不就是您要的答案吗？"

水镜笑眯眯慢悠悠地说道："哦，我倒是的确看重这把扇子，但一来并非因其镶嵌珍宝，二来也并非因学官大人身份尊贵之缘故。郑伦，你可识得这扇尾为何物？"

郑伦摇头不解："这穗是动物皮毛所制，用幅很小，无甚稀罕，在我看来最是无关紧要。"

水镜笑笑，目光扫过所有弟子，又问道："可还有谁知道？"

众人鸦雀无声，不敢和水镜对视，只见诸葛亮起身行礼道："回先生，弟子斗胆答题。"

水镜笑道："好啊，诸葛亮，你说说看。"

郑伦低声不忿道："布衣村夫懂什么！"

诸葛亮微笑说道："如没猜错的话，此扇扇尾是麈尾——"

唐炳觉得惊奇，忍不住插话道："什么尾？猪尾还是牛尾？"

诸葛亮笑道："都不是，是麈尾。'麈'字是'鹿'下面一个'主'字。"

诸葛亮取过笔墨，在竹笺上在写出一个"麈"字，示意众人，大家纷纷争看，郑伦也忍不住偷瞄几眼。

诸葛亮继续说道："麈乃是一种罕见的大鹿。传说麈与群鹿同行，麈尾摇动，可以指挥鹿群的行向。鹿群迁徙时，以前麈之尾为方向标志，所谓"麈尾"取义于此，盖有领袖群伦、指明正道之义。鹿群常有，而麈却罕见，麈尾更是稀世之物。几百年来，清谈名士都争用麈尾来自我勉励，名士若得麈尾，是不能随便交付他人的。"

"原来如此！"

大家哦声一片。

水镜不停点头，笑不拢嘴，眼睛眉毛胡须里都是藏不住的欣慰与得意。

黄月英鼓掌说道："诸葛亮，你知道得不少嘛！"诸葛亮笑答："黄姑娘谬赞。翻书偶得之，答对题目，实属幸运。"

黄月英双眸如星，眨眼笑道："哎呀，我说你就别谦虚了，我看水镜先生以此为题，就是要把宝贝奖给真正聪慧的读书之人！"

水镜先生笑道："嗯，黄丫头倒是说到我心坎里去了。这个麈尾就是我的最后题目，我是希望书馆弟子能躬身修为，经世致用，福报江山百姓。诸葛亮，你此番拔得头筹，过来领奖吧！"

郑伦吃惊，脸上变颜变色，似乎受到了莫大羞辱。

诸葛亮忙摆手推辞道："先生，我回答问题并不是为了得这把麈尾扇。今日曲水流觞大家都才华横溢、不分彼此，孔明不敢领受如此贵重大奖。"

唐炳急了，连忙喊道："哎呀，给你就拿着！不拿白不拿！再说哪有老师给的奖品不要之理？难得先生大方一回。"

水镜先生笑道："为师说奖给你就是要奖给你！难不成你还要忤了为师一片心意？"

诸葛亮连说不敢，只好认认真真躬身受礼。

不知道是不是偷喝了太多的青梅酒，诸葛亮获奖之后属唐炳最兴奋，一把抢过麈尾扇，对着太阳看，对着沔水看，对着飞鸟看，凑近了看，放远了看，跳着看，踮着脚看，吧唧嘴看，还故意到郑伦跟前晃悠，啧啧说道："哎哟，这麈尾可真好看；哎哟，这麈尾可不是一般人都拿的！拿到的不一般！拿不到的可真是太一般了！哈哈哈哈。"

郑伦恨得面色涨红，拳头攥得咯吱响，想伸手去揍唐炳，却余光瞟见身后诸葛亮寻了过来。只好哼了一声，撂下一句："小人得志！"拂袖而去。

曲水流觞圆满结束，大家又笑闹了一阵，自然不在话下。

傍晚，起风了。

唐炳去树林里小解，迟迟未归，诸葛亮起身去寻。斜阳已落，密林里更是暗黑一片无甚光线，眼睛需要适应好一阵才能依稀辨清。唤了半天不见唐炳回话，却听得树林里有风吹树叶以外的声音，让人不由得警觉。再往里走了几步，诸葛亮忽然站住，风声在耳，犹如一阵阵诡谲絮语。

"谁？"

诸葛亮回头定睛一看，只见一丈外大树后有一人影正瞪向自己，四目相对，那人黑衣蒙面，双眸眈眈。风声再起，树影飘忽，黑衣人竟瞬间消失踪影，诸葛亮陡然惊出一身冷汗。

“嘿！你干吗呢！”

肩膀被从身后狠狠拍了一下，回头一看是唐炳。唐炳面如银盆，暗处中依然闪着油光。唐炳自嘲是青梅酒喝多了犯困，小解之后竟在树墩之下打盹儿睡着了。

“黑衣人不见了！”

“你说什么呀？”

“唐兄，你刚才见到一个黑衣人没有？从头到脚，一身黑衣，只露出眼睛！”

唐炳哈哈大笑：“我说孔明，难道你也青梅酒喝多了？除了你我，哪还有人？还全身包得严实，闷不闷啊！走吧，晚上水镜先生说有大餐可吃，再不走就没了！”

诸葛亮疑虑未消，“唐兄先回，我在树林里再看看。”

“哎呀你快拉倒吧，我看你是饿晕了头，吃饭要紧，吃饭要紧，走走走！”

唐炳不由分说，拉着诸葛亮回到了岸边。

果不其然，黄月英就站在不远处，正冲他们比划了一个嘘的手势。

难道黄姑娘也发现了黑衣人？三个人屏气凝神，唐炳自觉地捂住自己嘴巴。

正在此时，不远处传来一声鹤鸣。

诸葛亮疑道：“……庞公的鹤？”

黄月英黑眸漆漆，笑吟不语，唐炳不解道：“我没明白，它不是在书馆关着吗？庞公还说等踏青回去就把小鹤翅膀都剪了！”

黄月英嘴角挂笑道：“所以必须抓住时机，当机立断才行。”

唐炳瞪大了眼珠："黄月英你把小鹤放出来了？怎么做到的？"

黄月英耸了耸肩道："老庞头怕我打鹤主意，他看着我家马车离了书馆，他才肯上车出发。只是他没料到我家那车里没人。等他们都走了，我就大摇大摆回了书馆把小鹤放了出来，然后快马加鞭来跟你们汇合了。"

唐炳点头道："哇，声东击西，这招好厉害！"

黄月英说道："可我没想到小鹤羽伤未好竟然一路跟我们同行。"

诸葛亮叹道："禽鸟生灵，皆通人性，它是感恩黄姑娘给它自由呢。"

一根鹤羽从天空慢慢飘落掉落，黄月英伸出掌心，将鹤羽接住，小心地放至口袋里。

入夜，全体师生取道山径，水镜先生坚持全体师生要步行至天福山涧下的灵犀山庄。听说要徒步一个时辰，公子小姐大呼小叫捶胸顿足。可水镜先生发了话，读书行路都要事必躬亲，谁敢坐车就自动从书馆春游中除名。看老头坚持，大家这才罢了。

路上有人闲聊议论，听说资助这次集体踏青活动的不是别人，正是宋朗之父——宋犀。未来七日，同学们都将获邀住在深山里的灵犀山庄。据说此刻宋家已摆下酒宴，等待隆中书馆师生莅临。一听灵犀山庄是宋家的产业，黄月英一怔，悄悄问诸葛亮："嘿，我说，宋家去我们家提亲的事跟没跟旁人说过吧？"诸葛亮立刻答曰："当然没有。"黄月英点点头，又揪住唐炳再问一遍，唐炳也瞪着眼珠摆手说没有。黄月英这才松口气笑道："那就好。否则来天福山又该要有人乱嚼舌根了。"

玩闹了一天，师生们大多人困马乏。山高林密，夜色渐沉，山路愈走愈窄，颇为难行。才走了大半个时辰，唐炳开始吵着脚疼，越走越慢，诸葛亮将唐炳的随身包袱背到自己身上，这下唐炳身上轻快了不少，可还是迈不动腿，黄月英只好哄他说宋家准备了炭烤猪蹄，唐炳这才咬牙坚持，一边走还一边嘀咕：“这深山老林的，能有什么好地方？诸葛亮，兴许还没你家草房气派呢。”诸葛亮笑道：“唐兄，我家草房里可没炭烤猪蹄啊！”少年们有说有笑，路途辛苦也减了不少。

又转过一个陡峭山弯，忽地一幢灯火通明的山庄大院赫然在目。这山庄依地势而建，从山脚下向山上望去，林林总总约莫得有六七十间的大小房屋，山榭水轩，连成一片，蔚为壮观。远远望去，深山中华光璀璨，仿若林中仙境，又似海市蜃楼。大家纷纷对平日不显山不露水的宋朗刮目相看，弄得宋朗不好意思道：“只是老家旧宅，算不上阔的。”

唐炳揉了揉眼睛，叹道：“乖乖！该不是做梦吧。”

山下大门处，几棵苍松翠柏蓊蓊郁郁，目测均已过百年之树龄。忽然间有风袭来，诸葛亮不由得暗自吟道：“亭亭山上松，瑟瑟谷中风。”心音未落，身子一沉，唐炳拽他衣角道：“快看，有神兽！”

走近一看，山庄脚下两个硕大的石兽镇宅，神兽上方的石刻门楣四个遒劲大字：灵犀山庄。

一位年逾半百穿戴考究的精瘦老头站在门外，双目有神，后背微躬，垂手而立，朗声问候道：“各位先生，各位公子小姐，一路辛苦了！粗茶淡饭业已备下，里面请！”

苏莹回头问宋朗：“宋朗，前头说话的是令尊吗？”宋朗和气地答道：“哦，不是，那是我们家的老管家福伯。”苏莹不由得心里叹道：一个下人竟如此气质不凡，看来宋家不是一般的富户，以前真是小瞧了宋朗。

迈进山庄石门，绕过高耸影壁，更是豁然开朗，别有洞天奇景。本无精打采的同学们都瞪大了眼睛，啧啧称奇：柳垂金线，桃吐丹霞，朱栏白石，绿树清溪，步步皆景，精美非常。

谁能想到深山老林竟有这么个幽静的好地方！

“这宅子也有年头了，以前倒没听爹娘说过这个庄子。”

“前不着村后不着店的，我咋觉得有点儿瘆人？”

“你那是饿的吧！”

众人一阵哄笑，又听一老者声如洪钟道：“哎呀，水镜先生和一众贵客登门，寒舍蓬荜生辉，宋某三生有幸！快请入座。”说话的这位就是宋老爷本尊了，宋老爷单名一个犀字，锦衣金饰，风度俊雅，自是一番雍容气派。

水镜连连拱手道：“多谢宋老爷！让宋老爷大费周章，水镜于心不安啊。”

“哪里哪里！能作为隆中书馆上巳节礼的承办人，是宋家无上荣光嘛！”

水镜拉过庞德公说道：“宋老爷，容我介绍一下，这位是我们书馆的庞德公。”宋犀笑道：“久仰庞德公大名，今日幸会，果然……气质不凡！”庞公咧嘴一笑，露出参差不齐的坏牙，回道：“不凡不是人，我就是一混饭的。”

“这…”宋犀早就听说庞德公不拘小节不修边幅，见到本人，方知众人所言不虚。

宋犀和老师们相互寒暄，郑伦早已率小跟班们挑了位置坐下，见怪不怪道：“这些财主图什么呀，就是为了自己名字能够被刻在书馆的石碑上，全家跟着青史留名嘛。要是再舍得多捐点儿钱，保不准能给傻儿子举个乡孝廉！”

众人哄笑。宋朗听见郑伦对家父出言不逊还拿他开涮，面色微沉，隐忍不发。忽听身后一串银铃般的娇脆笑声道：“郑县令到处说要兴师重教，还说再穷不能穷教育，可县廷自己不出钱，就知道鼓动商户给咱们书馆捐钱捐物的。人家宋老爷子响应你爹号召，不知帮县廷省了多少经费开销，你怎么还给亲爹拆起台来！”

众人窃笑，唐炳一边嗑着果盘里的瓜子一边啧啧赞道：“伶牙俐齿真名士，佩服佩服！”苏莹也噗嗤笑出声来，跟身旁许薇说道：“这还没过门，胳膊肘就往里拐了。同着这么多人，倒一点儿都不害羞忸怩，还名士之后呢。”许薇听得一知半解，直愣愣地问道：“你说谁要过谁的门？”苏莹也不明说，眨了眨眼，许薇这才恍然大悟惊叹道：“你说黄月英和宋朗哇？”苏莹酸笑道：“她这个婆家倒是富得流油，没想到书香门第也看中这个。还没过门就大摇大摆上婆家来了，还以为我不知道呢，真羞死了。”许薇刚要大笑，又想起自己溺水是黄月英救上来的，笑话救命恩人有些不大地道，又忙转了口风道：“咳，家里大人都不拦着又关我们小孩子家什么事，就祝有情人终成眷属，百年好合呗！”

“说谁百年好合哪？”赵娣扭过头来双眼放星问许薇和苏莹八卦。如此这般，一传十、十传百，宋朗去黄家提亲的消息瞬间从宴桌东头传到西头，只有黄月英和诸葛亮正讨论小鹤一事，完全未察觉。宋朗倒是听见有人议论自己和黄月英，听得“他俩模样看起来倒蛮般配”，心里喜滋滋的。

宴席既开，酒酣耳热，宋犀盛赞水镜先生是为国育才，功德无量。水镜先生心花怒放，一边摆手说不敢当呀不敢当，一边架不住敬，连喝一杯又一杯。黄月英剥了个花生米往空中高高一抛，一仰脖就进了嘴里，笑着说道：“水镜老头不禁夸，人家宋老爷敬的酒都倒脑袋后头了，就老头一滴不剩都喝光了，真是实在人！”唐炳埋头猛吃了一气儿，现在忽然停杯投箸，举着烤鱼片的竹签子灵魂发问道：“哎，我说诸葛亮黄月英，来时你俩不是说这儿有烤猪蹄嘛，猪蹄呢？我怎么没见到。”诸葛亮笑说：“这么多珍馐佳肴，唐兄还念念不忘烤猪蹄，看来是对猪蹄情有独钟。”黄月英打趣道：“唐炳，那你就啃自己的手呗，不就相当于吃猪蹄?”

众人爆笑。

不多时，水镜不胜酒力，眼饧骨软嘴里拌蒜，跟宋犀作揖告饶说要回房歇息，怕自己一会儿闹酒疯丢人现眼，宋犀却哈哈笑道：“先生急什么，既来之则安之，您呐客随主便。”说罢又喊管家道：“福伯，上节目!”

还有节目?

眨眼工夫，家仆们将一个偌大的精美青铜烤箱抬至宴会厅正中，上面用铁钳子穿了两只蜜色小乳猪，每只大概一尺半长，金黄透亮，喷香扑鼻。

唐炳鼻翼一张一翕，不自觉地向前伸长了脖子。

宋犀朗声说道：“水镜先生、各位书馆贵宾，这是会稽郡的特色名吃：蜂蜜炙烤袖珍乳猪。此猪品种独特，只产自会稽本地，个头娇小而肉质鲜嫩，混合了玫瑰肉桂香料的蜂蜜涂抹后用果木烤制，外焦里嫩，香酥无比。”

众人惊呼，唐炳连连咽了几下口水，目不转睛地盯着烤乳猪。

成耀忍不住低声问郑伦道：“郑公子，这个会稽名吃你吃过吗?”

郑伦不屑说道：“美食于我如过江之鲫，我跟我爹吃得高档席面实在是太多了，哪记得这些鸡毛蒜皮。”

忽听后面有同学嚷道：“就两只烤乳猪，我们书馆这么多人，怎么分食啊?”

宋犀听见，哈哈大笑道：“还分什么呀？要吃就吃一只！水镜先生麾下这么多才子才女，这样，如果谁能即兴赋诗一首，我就让他独食一只！您看可不可以啊水镜先生?”

水镜这会儿不犯困了，愈发亢奋精神起来，啪啪拍手道：“好，好！这个乳猪——它其实不是乳猪，它是一个荣誉和奖赏。谁能赋诗就奖励给谁。”

黄月英忍不住咯咯笑出声来，诸葛亮也尽力忍着笑意，水镜先生酒喝多了之后格外可爱。

唐炳撺掇诸葛亮道：“我说你快去应战啊，给我们弄一只下来！”

话音未落，只听得身后有人弱弱发声道：“那我来赋诗一首吧。”

众人回头，这才注意说话之人是宋朗。

也对，人家是少东家，还能不给个长脸的机会？苏莹又开始跟周围人说宋朗肯定早就有所准备，许薇还半信半疑。苏莹又道：“你们都没注意，宋朗一晚上也没吃什么东西，估计就等着这个节目露脸呢！”

还真被苏莹说中了，宋朗果然赋了助兴诗文一首，只见宋犀颔首得意，双眼放光说道：“犬子献丑了！献丑了！权当抛砖引玉！”

水镜虽然酒醉，但也听得出这是宋朗提前背好了一篇流行的俗艳骈文，实在没什么意思。庞德公一个劲地冲自己咧嘴眨眼，水镜也只能装作没有看见。毕竟吃人嘴软，唯有带头鼓掌，看着宋犀颁给自己儿子一只烤乳猪。

“蜜炙乳猪就剩下一只了！”

唐炳的眼泪就要和口水一同流下来了。

诸葛亮把自己跟前的一碟烤兔头让给唐炳。

唐炳看看碗里兔头又看看前头烤炉上的乳猪，噘嘴嚷道：“凭啥我啃兔头，人家吃乳猪？我可不干！”

水镜站不太住，身子和眼前的景象总是止不住地乱晃，他勉强环顾了一圈书馆诸生，又将目光锁定在最喜欢的弟子诸葛亮身上，心想宋朗那诗不成样子，诸葛亮你还不上来给为师和书馆扳回些脸面来。

可显然诸葛亮却压根没那个意思，正举着一串烤蘑菇津津有味呢。

郑伦忽然举手道："先生，我来一首！"

这下唐炳不干了——若是旁人就罢了，唯独郑伦不行。

诸葛亮"啊"的一声叫了出来。

水镜忙说道："诸葛亮，你也想吟诗?"

诸葛亮一怔："啊？！"

唐炳得意窃笑，原来是他冷不防的用竹签子捅了诸葛亮肋骨一下，才把他送上了斗诗台。

宋犀笑吟吟道："哎呀水镜先生，隆中书馆真是卧虎藏龙，才俊辈出。都是您含辛茹苦培养之功啊。依我看这二位才子谁诗赋得好，乳猪就归谁嘛！"

水镜先生愈发上头，说道："好啊，诸葛亮和郑伦，你俩走过来大概七步，那你们就七步写一首，要即兴原创。"

众人惊呼，水镜先生真是喝多了，人家宋老爷只说要赋诗，他倒好，竟然规定要七步原创。这是难死人不偿命啊！看来谁也吃不着乳猪了。

郑伦汗都下来了，心道刚才宋朗那个也不是原创啊。骑虎难下，他一时间不敢吭声了。

唐炳嘟嘴道："还让不让人好好吃东西！七步赋一首诗，你咋不让七步吃个肘子。"唐炳自己大叫，替诸葛亮叫屈。却听得诸葛亮起身，沉吟两步后作诗一首：

"一朝坐明堂，二桃分三士。谁能为此谋，相国齐晏子。"

"哎呀！精彩精彩！没想到！"宋犀夸赞不绝。

学生给自己长脸了，水镜自然非常得意，浑身打晃道：不错，不错！

宋犀还没夸完，唐炳已经颠儿颠儿地走上前去把另外一只烤乳猪捧了回来了。

黄月英问道："唐炳，你肚子里还能吃下烤乳猪嘛?"

唐炳正色道："当然。这不是乳猪，这是荣誉！与有荣焉，没有肚子，创造肚子也要吃！克服困难必须吃!"

水镜先生见庞德公在一旁哈哈大笑，笑到仰头躺地，这才反应过来，又吟了一遍诸葛亮的诗："一朝坐明堂，二桃分三士。谁能为此谋，相国齐晏子。"猛拍大腿道："诸葛亮，你欺负为师酒醉，竟然揶揄讽刺为师!"

诸葛亮连说弟子不敢，只见水镜先生踉踉跄跄地走下来，追着诸葛亮满宴会厅跑。众人哄笑，也就忘了一直被晾在原地站也不是、坐也不是的郑伦。

笑闹了一阵，水镜忍不住又把下午诸葛亮曲水流觞拔得头筹获麈尾扇一事与宋犀说了。宋犀连赞书馆弟子风雅拔萃，一高兴，又宣布要再捐书馆一万钱、三十匹绢、二十石米！此话一出，又引起不小轰动。见许多师生对宋家不甚了解，宋犀还饶有兴致地讲起自己家史："宋氏祖籍邓县，祖上都是读书人，老父亲年轻时在会稽做过小本买卖，十分不易，发迹后回到邓县修建灵犀山庄，想要宋家子弟世代承袭。多年前老父亲宋佳去世后，我痛苦不堪，不愿睹物思人，便一直在外经商漂泊，此番回到故乡，是为了继承父亲遗志，重整山庄产业，也让宋朗能有机会回到家乡名塾学习，故愿为隆中书馆贡献绵薄之力。"众人皆叹，宋老爷您这是大孝子啊！宋犀连说哪里，说罢还唤来宋朗，说要让他多向诸葛亮学习，争取明年也赢个麈尾回来。宋朗点头称是，不住赞叹诸葛亮品学兼优，是自己表率。

唐炳边啃猪蹄边忍不住笑道："水镜忽悠人有两下子！不过更厉害的还是诸葛亮，你看，一首诗才区区二十字，就换得一万钱、三十匹绢、二十石米！怪不得我爹让我读书，真是一本万利的好买卖。”

黄月英笑道：“既然是好买卖，你也试试七步作诗？要不就以美食为题如何？”众人起哄。唐炳放下猪蹄道：“这有何难？吃食为题，我不用七步，张口就来！”唐炳抹了抹嘴，看着面前的杯盘狼藉，顿时“文思”泉涌：“有了！你们听着啊！”

“吃着椒香鸡腿，眼盯葱烧腰花。喝两口桂花好酒，干掉猪蹄两沓。管家管家，再拍一盘胡瓜！”

管家福伯听见有人叫他，连忙应道：“胡瓜稍后就来！”

瞬间，宴会厅内无不笑得前仰后合：

水镜先生正要咽下的菜一口呛了出来；

宋犀手里的酒樽也颤洒出大半；

郑伦和那些公子哥儿猛拍地板拍桌子；

女生们笑到花枝乱颤直抹眼泪；

黄月英本来都要出门透气，这下也笑到咳嗽，直不起腰来，用手扶着诸葛亮才勉强站住，宋朗递来的枣花茶自然也顾不上喝了。

唐炳的诗朗诵一出，气氛就更放松了。庞德公跟人要起酒疯，把大家案台上的酒盏都抢了去，脖子一仰，咕咚咕咚通通往下灌。宋犀一愣，连连夸赞庞德公为人豪放酒量惊人，吩咐福伯再让人从地窖里拿好酒出来，说要宴饮天明，一醉方休。

苏莹端详着手里素银的酒器，抿着嘴笑道：“好酒好菜好排场，唯独就这酒器差了点儿，不知道是不是女主人自己挑的物件。”许薇接话道：“你的意思是，这么大的阵仗，宋夫人不出来露个面不合适？”苏莹挑眉噘嘴，示意许薇小点儿声：“哎哟，你这话让宋家听见多不好。”许薇揶揄：“你心里怎么想的我还不知道？苏姑娘，若是苏家设大宴请宾朋，出钱出力出场地，你貌美如花的后妈小姨娘能不出来出风头？”

苏莹脸色煞白："你是溺水溺昏头了，为何扯上我家？"许薇得意搂住苏莹肩头哄笑道："哎呀，没别的意思，看来你不知道，宋朗打小就没娘，宋老爷走南闯北家大业大连个妾都没纳，是不是少见的长情之人？"苏莹心头一震，想到自己娘亲撒手三年不到，父亲就娶了舞女给自己当后妈，各种酸苦咸辣涌上心头，上好的菜肴竟吃不下去了。

月上中天，书馆弟子们纷纷从阿福管家那里领了自己的客房号牌回房休息。还别说，宋家山庄客房的设计颇有几分特色，每间客房都有一个响当当的好名字。比如水镜先生是"玄武"，庞德公是"夔牛"，郑伦是"麒麟"，隋波是"獬豸"，许薇是"重明"，黄月英是"白泽"，苏莹是"凤凰"，唐炳是"貔貅"。

大家哈欠连篇，纷纷笑言都是些上古神兽。唐炳耷拉着脑袋嘟囔道："我爹说过，起名不能起太大——除非是为了镇妖辟邪用。这个灵犀山庄用神兽镇宅，该不会有什么不干净的东西吧？"诸葛亮安慰道："子不语怪力乱神，唐兄放心，净者自净，君子无虞。"唐炳问诸葛亮牌子上是什么字，诸葛亮一摊手，竟是一字无有。唐炳赞道："哎呀，那你这个好呀，没有神兽压着。"诸葛亮笑道："看来我这只神兽就叫'无名'。"黄月英抢过来一看，抿嘴笑道："哟，自古高手出民间，无名最有名。"

福管家先安排了老师们入住，拎着铜油灯，笑眼躬身道："各位公子小姐久等了，请跟我来，小心脚下地滑。"

从中庭的宴会厅出来，先是穿过偌大的花园庭院，夜色下，只见得一团一团黑漆漆的嶙峋怪石，流水潺潺，偶有蛙鸣。又经过一条长长的画壁廊桥，借着新月，依稀可见廊桥上雕栏玉砌，只是略为斑驳陈旧，七拐八拐才到后院，客房大多集中于此。

"这院子怎么这么大啊！宋朗他家才几口人？住得了这些间吗？"

唐炳困得睁不开眼睛，全靠诸葛亮拽着才不至于撞墙撞树撞围栏。

“白泽到了！”

“第一间就是我的？那就当仁不让喽！”

黄月英抿嘴一笑，推门而进，众人跟在身后往里好奇地探头：一股幽香沁人心脾而来，屋里摆放的家具都是名贵木料所制，配以轻纱罗帐、锦缎被褥、鲜花果品、文房美器，还有一面簇新的嵌珠宝的掐丝铜镜，目之所及，无不精美绝伦。这哪里是客人房，普通富户家的主人房也没这么奢侈！听见有人夸黄月英运气好，苏莹掩鼻笑道：“你们还当真以为她是随随便便抽到的？”

福伯听见议论，笑而不语，又一一引其他书馆弟子到各自的房去。大家的房间各具主题特色，有的是全套檀木家具，有的是黄梨的条案橱柜，不同风格，同样的豪华宽敞，大家你看看我的，我看看你的，皆大欢喜。唐炳房间紧挨着郑伦的，属于一间套院，唐炳强努着精神认真比较了一番，这才长舒一口气道：“嗯，我这间对照黄月英的那间逊色一点儿，不过比起郑伦的丝毫不差！”

诸葛亮笑说：“这下唐兄满意了？”唐炳狡黠一笑，又点了水果点心之类的让管家送到自己房里。冲诸葛亮眨眨眼睛，凑近踮脚小声笑道：“反正宋家出钱，不吃白不吃。”

把同学一一送至客房，最后只剩下阿福和诸葛亮二人。福管家一言不发，只管在前走路，步伐急急如风，好像身后有瘟神，要赶快把它甩掉似的。

诸葛亮腿长步大，跟上自不在话下。二人一路上坡，兜兜转转，终于拐进一个漆黑的偏院。福管家用油灯指了指一扇暗门，阴阳脸上的灯影斑驳明灭：“公子，房间到了。”

“多谢福管家——”

未等诸葛亮道谢，管家早已脚底抹油，眨眼不见。

新月，黑院，无字房牌。诸葛亮推门而进：漆黑一团的房间里，依稀辨得有破旧草垫一张，败絮棉被一床。窗楣坏了半根，上面结的蜘蛛网倒是完好的。夜风冷峭，墙上霉斑点点，还能听见几只老鼠窸窸窣窣的声音。

“嗯，看来这一夜不会寂寞了。”点燃了唯一的一盏油灯，环视四周：扫帚几把，抹布若干，门外院里还有一口水井和破铜盆。诸葛亮挽起袖口，用手帕蒙住口鼻，舀了井水，干起活儿来。在乡下老家时，每日都要跟着婶母洒扫劳动。婶母总对他说，君子可以食无肉，衣无华，唯独不能居不洁。王孙贵族、贩夫走卒，只要干净整洁就是体面的。

一番打扫折腾，半个时辰后，小黑屋焕然一新，环顾一圈，诸葛亮难掩欣喜，浑身舒坦，困意竟然全无了！

灰青色的石板被水刷过，透出蓝幽幽的光泽。地上一块反光的小石头引起了诸葛亮的注意，弯腰拾起，竟是一枚残破的印章。

端详着上面的残迹，诸葛亮心里说道：有意思。

抬头望去，月上中天，北斗七星的斗柄闪烁地指向东方。

这个宋家山庄的占地面积可真不小，诸葛亮出了柴院向山上信步而行，没走多久再回头，竟可以俯瞰山脚下的前庭、中庭了，半山腰后院的客房大半已熄了灯火。想必黄姑娘一定在罗帐里睡得香甜，而唐炳也应是饱食瓜果，鼾声四起了。

越往山上行，树越矮、风越大。

山顶多松柏，松香阵阵，诸葛亮驻足，想起《诗经·邶风》，不自觉地吟诵出来：泛彼柏舟，亦泛其流。耿耿不寐，如有隐忧。微我无酒，以敖以游。

哎？抬头一看，恰和一只猫头鹰四目相对，笑道：“众人皆睡，唯你我独醒。”话音未落，猫头鹰突然振翅，簌簌飞起。似乎大有不满诸葛亮所说，拂袖而去之意。

顺着猫头鹰飞去的方向望去，隐约有树影晃动。风大树摇，不至于摇晃至此——不对，那不是树影，是人影！黑衣黑马的人影！

诸葛亮追了上去，却只见地面一串马蹄印重重叠叠翻过后山，人影消失遁隐在，无从辨认。这已经是今天第二次看见黑衣人了，为何要蒙面，为何出现在此处，为何看见自己又扭头而去？他到底是什么人？正疑惑时，身旁灌木丛里传出细细碎碎的声响，寻循声而去，拨开柏枝，竟是卧在石苔藓上的小鹤！

诸葛亮惊喜笑道：看来你也要同我们一齐郊游不成？

夜色中，小鹤双目如豆，羽毛在月光下更显皎白。诸葛亮小心翼翼抱起小鹤，回头望向黑衣人身影消失的方向。

第二十八回

二琴和鸣窗现鬼影

第二日清晨，早餐过后，书馆安排的活动是上巳射雁。和曲水流觞一样，上巳射雁本是书馆历来的风俗。只不过大雁难寻，学生又多箭艺不济，常常一只大雁都打不下来，徒生尴尬，后来干脆就把射雁统统改成了射稻草靶子，可谓皆大欢喜。

弯弓射箭者多为男生，五人一组，一次三箭。郑伦占据优势位置，几轮拉弓均中靶胜出，环顾四周得意洋洋，只是诸葛亮没来，没有报上失去麈尾之仇，稍显遗憾。唐炳几次拉弓全部脱靶，被郑伦轻蔑奚落道："小矬胖子也出来丢人现眼。"唐炳嘴硬反击："明明是你作弊！你离靶位可比别人近多了！"郑伦别过头去，隋波、冯骥等人齐齐把唐炳围住，唐炳见势不妙，心想：这是要霸凌我啊，可诸葛亮黄月英都不在，识时务者还是走为上策！正巧看见宋朗远远过来，忙喊道："宋朗，等急了吧，我这就来！"宋朗原地一愣。隋波、冯骥还是不给唐炳让路，唐炳急中生智道："不给我面子就算了，也要给宋朗面子！人家可是请客的东家！"隋波、冯骥见郑伦点了点头，这才作罢，闪出条缝来。唐炳一溜儿小跑逃到宋朗跟前，喘气揩汗，嘟囔着："没劲透了！"宋朗安慰："唐公子射箭累了吧？可到我家山庄东边的藏宝阁转转，没什么稀罕玩意儿，不过倒是凉快清净。"

唐炳不爽道："我说宋公子，这可是在你家的山庄地头，你也不管管他们？"宋朗无奈笑道："我如何管得了县令公子。士农工商，咱两家得排最后。"唐炳不满道："咱自己可不能瞧不上自己。"宋朗不自然地笑笑，不知该如何接话。只听得身后郑伦给女生们演示如何挺胸昂首，如何马步弯弓，如何单眼瞄准。又说当年自己如何三岁百步穿杨等等，高谈阔论，风头无两。隋波、冯骥又说什么上巳射雁最显高贵，应该立刻向水镜先生提议，把麈尾扇转赠给郑伦，郑伦不置可否。

嗖的一声，一支箭正中靶心，女生们纷纷鼓掌，称赞郑伦箭法了得！郑伦却一脸蒙圈，支吾道："我、我这还没撒手呢！"

"哈哈，郑公子承让了！"

众人猛回头，却见黄月英在郑伦身后二十米开外都不止，手起箭落，连射两箭，皆中靶心。唐炳高声叫好道："厉害厉害厉害！黄姑娘都不用瞄准！"郑伦蔑了一眼唐炳，故作高冷道："上巳射雁是有规矩的，黄姑娘你我五局三胜如何？"黄月英笑道："算了吧，那么近的草靶，哪里是射雁，分明是射猪！我对射猪可没兴趣。"

众人捧腹。

黄月英又对隋波、冯骥等人说道："嘿，既然我赢了，是不是你们跟水镜说下，麈尾扇给我啊？"

隋波、冯骥尴尬到面部抽搐脚趾抠地，郑伦只能故意哈哈大笑自找台阶道："好男不和女斗。都是练习而已，要什么麈尾扇，做不得数的。"

黄月英狡黠一笑，收起弓箭，翩然而去。宋朗看得傻了眼入了迷。倒是唐炳喊住黄月英，邀她同去宋朗所说的藏宝阁玩，又扭头问宋朗道："哎宋朗，你刚才说你家藏宝阁都有什么好玩意儿来着？"宋朗忙应道："哦，都是家父和祖父收藏的一些文玩，黄姑娘见多识广，去帮着掌掌眼？厨房还新蒸了红豆米糕——"黄月英摆手道："千万别，我眼神不好，手劲还大，不小心弄碎过我爹好几个宝贝，这要祸害了你家，我爹更得找我麻烦。我还有事，告辞啦！"宋朗欲语还休，怔在原处，唐炳咧嘴笑道："嘿，别瞅了，眼睛都直啦！难不成央了你爹给你再提一次亲？"宋朗苦笑道："唐兄不要误会，我对黄姑娘没有非分之想。"唐炳又说："有也没啥，我还想吃天鹅肉呢。"宋朗脸色一黯，唐炳没注意又问道："对了，你刚才也没说有红豆米糕啊？你家米糕蘸桂花糖汁吗？加不加芝麻？快点儿走吧，先去厨房再去藏宝阁，趁热吃最好。"宋朗顾不上答，心中郁郁不解：又不是在书馆上课，男生射箭女生聊天，黄姑娘说有事，不知是何事？奈何唐炳催促再三，不好推脱，只得硬着头皮先领唐炳去寻桂花糕了。

黄月英拦了福伯问清了诸葛亮的住处，携飞燕一路疾行，半盏茶的工夫不到就至门外，敲门而进，还没来得及讶异柴院简陋，就先发现了正伴诸葛亮读书的小鹤。惊喜万分，又笃定主意，不把小鹤飞至灵犀山庄的事告诉庞德公。诸葛亮微微摇头，认为不妥，理由有二：“一，小鹤是庞公所养，鹤翅剪与不剪，说到底都是庞公的自由，可以劝，不可骗，小鹤飞至山庄，庞公理应知情。二来，藏在灵犀山庄也非长久之计，迟早会被人发现，到时候再由旁人告知庞公，徒生麻烦。”好说歹说，黄月英就是不听，耸肩膀道：“你说的都对，可我就是觉得小鹤可怜，索性当一天和尚敲一天木鱼，管不了那许多。宋家见人下菜碟，搪塞给你这个破院子，我本来还想替你打抱不平，不过也算歪打正着，倒是落得清静，让小鹤自在些，你也委屈几日。等过几日小鹤翅膀养好了，回书馆后我再和庞公说去。”见诸葛亮迟迟不言语，黄月英挑眉问道：“我说，你是答应呢还是不答应呢？”诸葛亮微微摇头。黄月英叉腰努嘴，圆眼一弯道：“要不我去寻几条毛毛虫贴身陪你？”说罢，就追着诸葛亮满院子跑，诸葛亮摆手告饶，只好说道：“既然黄姑娘主意已定，亮只好奉陪到底。有猫有鹤，灵犀山庄就要变成灵犀动物园了。”黄月英笑道：“那敢情好，可比射草靶子有趣多了。”又将郑伦作弊射箭的笑事一股脑儿地说给诸葛亮听，诸葛亮问唐炳去了哪里玩耍，黄月英又说了红豆米糕一出，诸葛亮笑言：“唐兄不虚此行。”

藏宝阁里，唐炳捧着一碟点心吃得正酣，根本无心浏览多宝柜上各色珍玩。宋朗心思不在此处，又不好撇下唐炳先行离去，正暗自烦恼。又听唐炳嘟囔道：“好吃！米糕一不小心都被我吃光了，也没仔细尝出滋味儿来，要能再来一盘就好了，也给诸葛亮留下几个，让他也尝尝。”宋朗忙应道：“唐兄若喜欢，我们去厨房再拿些，顺路也给诸葛公子送一份，不然诸葛兄也该怪我厚此薄彼了。”唐炳说道：“他吃喝都不讲究，就知道读书写字，我敢打赌，你给他瓶墨水说是花蜜，他也会说喝着甜！”之后唐炳又嚷了自己昨日走路伤筋腿软、今日吃饱犯困、下午还要受罪听琴之类，总之不肯同去。宋朗心中觉得好笑，说愿意替唐兄跑一趟，又安排了小厮给唐炳准备了茶饮蒲团，终于顺利脱身。

“哎呀，你这红绳给人家绑得也太难看了点儿。”

宋朗拎着食盒走近，冷不防听到这句，不由得一盆冷水从头浇到底，心里拔凉拔凉：黄姑娘果然也在此。可为何黄姑娘的头绳要诸葛亮来绑？此人也太放肆无礼了。

飞燕冲着大门喵呜了两声。

“谁呀？谁在外面？”

黄月英忙把颈上绑了红绳的小鹤摁在二人身后的破水缸里，凑近诸葛亮站着：这下好了，袖笼挨着袖笼，鼻息听着鼻息，诸葛亮本能要侧身一步，却被黄月英一把拽住，压低声音说道：“不许动，不要暴露小鹤！”诸葛亮只能原地定住，二人四目相对，面颊通红。黄月英低声抢白道：“诸葛亮，你脸红什么。”诸葛亮哭笑不得道：“彼此彼此。”

宋朗在门外清了清嗓子，探进身来，怯怯说道：“原来黄姑娘也在，我给你们送点心来了。”诸葛亮本想伸手去接点心盒，却被黄月英拽住衣衫动弹不得，只能不住地点头微笑。宋朗见诸葛亮黄月英二人站得如此之近已不快，又见诸葛亮不接点心，似乎有意轻慢，愈发烦闷，自嘲无趣，只想快快离开此处。宋朗低头看鞋道：“哦，下午还要前庭奏琴，我要去帮福伯打理，告辞了。”

诸葛亮点头称赞：“鼓瑟鼓琴，好生风雅。有劳宋公子了。”黄月英蹙眉道：“还不就是听郑伦独奏，除了他谁还会带琴来？”

宋朗："哦，我家里还收藏了两把，如黄姑娘不嫌弃，可以合奏一曲……"见宋朗开始滔滔不绝了，黄月英心里着急，只想早早打发了他走，应付道："好啊，那你先去把琴拿出来调试一下嘛。还不快去。"

宋朗没想到黄姑娘应得这么爽快，心里舒坦了不少，再不纠结其他，放下食盒，蕴笑离去。

宋朗走后，黄月英和诸葛亮各自往身后连退了两步，这才喘匀了气，想起刚才的窘态不约而同笑起来。

身后的小鹤忽然振翅而飞。飞燕跟着到处追跑跳跃，喵呜不停。

午后，山庄前庭里。

郑伦众星拱月，当仁不让地第一个进行独奏。

郑伦弹琴，视效远胜琴音。一曲奏毕，郑伦起身致谢，下巴依旧45度角仰起。掌声稀稀拉拉响起，除了几个小跟班热烈鼓掌之外，大多数同学都是礼貌性地比划两下。

黄月英冲诸葛亮比划了个七的手势，诸葛亮笑笑，点点头。

唐炳打着哈欠，"你俩交流啥暗语?"黄月英笑说："你猜?"唐炳坏笑道："还用猜吗！某人来来去去就会这么一支曲子，弹了七遍了吧？！耳朵都起茧子了!"旁边苏莹笑眯眯地揶揄道："还不是给他爹面子呗。"唐炳不解道："谁爹？宋朗他爹？ "苏莹笑道："哎呀你装什么糊涂，宋朗他爹还有水镜先生，哪个不给郑伦他爹面子?"

果不其然，在前头上座的宋老爷子朗声拍手笑道："哎呀，早就听说县令公子一表人才，嗯，人称'荆州四少，南阳首帅'。没想到琴棋书画样样俱佳，你看，今日上午射箭拔得头筹，下午又奏乐频传仙音，老夫五脏六腑沁润无比，实乃三生有幸啊!"

唐炳作呕道："宋老头睁眼说瞎话啊。"苏莹梗了梗脖子，摇着绣花团扇道："哪个生意人不巴结官员？巴结也得会巴结才行。"唐炳掏出食口袋，挑出两颗大栗子递给苏莹："就是就是，就是咋没见他们巴结一下苏督邮的千金？"苏莹本来伸手要拿，听唐炳这么一说，脸立刻拉了下来："哼，我可不吃这一套。"说罢扭过脸去。省了俩肥栗子，唐炳偷着乐，一面剥了壳自己吃了，一面看前面宋老爷子还在口吐莲花，赞美之词不带重样，郑伦嘴上虽然说着"哪里哪里，琴艺不精"，可样子却十分倨傲，一脸意犹未尽似乎还嫌夸赞得不够。要不是庞德公忽然高声喊了一句"鸡肋"，不知道宋老爷还得说多少吨废话。

郑伦和水镜都愣住了，场面一度十分尴尬。还是宋老爷反应快，忙说："哎呀，是我招待不周，给庞公上好酒！"小厮抬了一坛子未开封的十年陈酿，庞公这才喜笑颜开，不再说鸡肋了。宋老爷满意地站起身来，红光满面道："水镜先生，还有各位书馆才俊，说来见笑，鄙人寒舍中也收藏了两把古琴。今日贵客登门千载难逢，想拿出来让大家品鉴一番，再者，犬子宋朗也会略弹一二，虽然琴艺远不如县令公子，但多谢各位给老夫薄面，让他献丑一曲。"

福管家和佣人小心翼翼地捧出缎布包着的两只琴匣，一层一层缓缓打开。

众人皆翘首，宋犀缓缓道来："此乃家父生前所制，临终前嘱咐我好生保管，以传后世。不知各位才俊，有谁能慧眼识得此琴？"

郑伦笑道："样子不错，不过自古名琴都很稀罕，传世之作也就那么几把：绿绮、烧尾、号钟、惊雷、奔流、如诉。据我所知，这两把琴都不在名琴之列。"

宋犀一点儿都不恼，笑眯眯道："郑公子说得极是，家父敝帚自珍，怎可同世上流传的名琴相提并论。"

郑伦颇为得意，黄月英却忍不住开口道："我说诸位，不是名琴不代表不是好琴。众人皆知的名琴，是因有传奇故事流传加持才广为人知，称之为‘名’。都说伏羲造琴，神农作琴，至于是不是人家两位老先生发明的，谁敢下保票？神话名人之琴，贬低素人之琴，都是外行看热闹罢了。为琴本身，琴木的品种和质地、琴漆是否细腻、琴弦是否考究，才是考验一把琴好与不好的依据。依我看，宋老先生的这两把琴，虽没故事傍身，却是肉眼可见的上佳好琴。”

郑伦不屑，同学们面面相觑，苏莹、许薇互相递眼色，撇着嘴角小声道：“看看看看，还没过门呢，就为婆家说话了，羞死了。”

宋朗觉得黄月英给家父挣了面子，心里热乎乎的，想为她喝彩又不敢带头鼓掌，心里头纠结呢，身后传来掌声，回头一看，那人正是诸葛亮。

唐炳紧随其后，也把巴掌拍得震天响，小肉掌通红。

“哎呀，有名琴不如有学问！”

宋犀颔首微笑，看了一眼宋朗道：“黄姑娘小小年纪见解非凡，老夫受教。诸葛公子，你能看出这两把琴的材质吗？”

诸葛亮恭敬作揖，道：“刚才黄姑娘说得极为中肯。若说材质，这两把琴身虽然相似，但一把是凤凰梧桐木所制，一把是冷杉木所制。这两种木料材质松透，共鸣效果好。另外……两把琴的断纹久远，灰胎润厚，琴腹之内还有淡淡的沉香之味，各位不妨闻一下？”

现场诸生都在不停地嗦鼻子，滑稽样百出：“嗯……果有暗香！”

唐炳闻得最卖力，还忍不住打了个喷嚏。

诸葛亮继续说道：“好琴料，好琴漆。如果根据断纹，这对琴应有逾三百年的历史，不过琴弦上的丝线，似是刚换过不久的。”

宋犀眉头微动，目不转睛地盯着诸葛亮，似乎期待他接下来所说。

“琴之优劣，一来讲究木材原料，二来讲究琴师之斫。斫琴步骤繁复，槽腹结构是最难的环节，与音色关系最为密切。宋老爷，可否容我用手指敲一下？”

“请，请！”

诸葛亮用食指关节轻轻敲了敲两琴的琴腹和琴尾，顿时传来嗡嗡回声，众人听见，也觉得这对琴果不寻常。

唐炳大声发问：“诸葛亮，到底怎么样？”

诸葛亮答道：“‘曲径回亭’‘内有乾坤’，好琴好琴。”

黄月英笑道：“光敲有什么用？敲只能听共鸣，不上手试试怎知音色如何？”

宋朗点点头，跃跃欲试道：“确实，敲不如弹。”

诸葛亮笑着看向宋朗道：“请宋公子一试——”

宋朗刚起身要答应，就听唐炳嚷道：“哎呀，这是宋朗自己家的琴，还能少得了他弹么？我们想听雾隐先生的真传呢！”唐炳起哄一点儿都不含糊，宋朗弹琴他不关心，就是看不惯郑伦趾高气扬的样子，想让诸葛亮压压他风头。

宋犀笑眯眯地抬了抬手：“唐公子说得是，诸葛公子就不要推辞了。我们洗耳恭听。”

宋朗气血上涌，站也不是坐也不是，脸上红一阵白一阵。后面赵娣扯了扯他衣服说他站着挡眼碍事，他这才颓然坐下，眼泪也要下来了。

恭请不如从命。诸葛亮净手坐下，静气凝神片刻，抬手抚琴。

顿时，传来一片如同天籁的清冽之声，散音松沉旷远，泛音清冷如仙，按音则细腻丰富，时如人语，时如心绪，时如金石，余韵悠长。

宋朗心里一沉，这是《幽兰操》，正是自己的拿手曲目，诸葛亮弹得比自己上了几个层级都不止，遂冷汗涔涔。

唐炳张着嘴巴，苏莹捂着胸口，郑伦挑着眉毛，宋老先生闭上了眼睛。所有人都陷入琴声的意境之中，就像两百多年后陶渊明所写那样——“此中有真意，欲辩已惘然”。

忽然，“江洲独行客”变成了“云中双飞鸟”。原是黄月英见另一只杉木琴空着，索性合奏起来。随着黄月英琴音的加入，《幽兰操》变成了《鹤鸣》和《白羽》，听觉世界里一下子趣意盎然，交叠丰富了起来：两只飞鸟时而天空之滑鹤，时而潜水之游鱼，时而林中登高，时而高潭纵跃；风声雨声深林鹿鸣声，云移影移乾坤星月移。

一曲奏罢，诸葛亮和黄月英互相鞠躬致谢。

众人还没有完全从神游中回过神来，只是觉得万物滋生，万象更新。眼底也清了，喉咙也润了，一呼一吸之间带了一丝清润与甘甜。五脏六腑通体舒坦。

水镜不禁捻须夸道：“好，好！”

宋犀直接拍起手来：“弹得好！弹得好！”

庞德公忽然仰头拭泪，猛然迸出一句：“确实好，我仿佛看见我的鹤了！”

诸葛亮和黄月英互看了一眼：“早知黄姑娘琴艺了得，今日得见，五体投地。”

“该不会以为我只会翻墙射箭？你也不赖，雾隐没白教你。”

“先生的精髓我还未能完全掌握，但宋老先生的这把琴绝佳难得，弥补了琴艺不足。”

“哎呀呀，人外人，山外山，隆中书馆群英荟萃，我那不成器的儿子要是有他们两成的水准我就烧高香了！”

宋犀又问诸葛亮，如何看琴的断纹真假。诸葛亮娓娓道来，告诉宋犀断纹主要有梅花断、牛毛断、蛇腹断、冰纹断、流水断、龙鳞断等，又用宋老先生的两把琴做演示，告诉宋老爷子，琴随年代久远程度不同，断纹也不尽相同，真假有别，这也是鉴藏古琴的主要依据之一。

唐炳还沉浸在刚才的乐曲里意犹未尽，突然大声慨叹：“妙啊！就像三九天喝了一大碗热饴糖水，三伏天嘴里含了一大块梅子味冰墩！原来琴音如此美妙，唐某之前都白活白听了！”

女生们都掩口而笑，笑唐炳真是说什么都三句离不开吃。有好事者挑事儿问，那你说说，郑伦郑公子弹琴是什么吃食？

唐炳五官拧在一起，故意做滑稽模样：“就像半熟黄豆吃多了，消化不良，屙不出来屎！”

同学狂笑不止。

郑伦听见，忍不住怒气：“狗嘴吐不出象牙来！一个暴发户的儿子，嘴里离不开下三路！恶心无聊神经病！”

唐炳自然不乐意，“噢！你嘴里有象牙？！张嘴我看看？我爹暴发户怎么了？我告诉你，我爹是邓县第一纳税大户！做生意遵纪守法诚信为本全凭真本事！切，某些人手里还号称名琴呢，名琴怎的被你弹得就跟拉锯一样？我看是赝品还差不多！”

郑伦急了：“你说谁是赝品？！”唐炳知道自己话说得猛了，脸上又刹不住，嘟囔了一句：“我又没说你，我说琴呢。”没想到郑伦却气得迟迟说不出话来，只有小跟班们在骂唐炳有眼无珠。“住口！满嘴荒唐！”

水镜抖着胡须喝止了骂战，宋犀却笑眯眯地当和事佬道：“哎呀，都是少年意气、少年意气，不打紧。真的假不了，假的真不了。郑公子的名琴烧尾，历史悠久，记载很多，不会错的！”唐炳继续嚷道：“是骡子是马，拿出来遛遛呗？某些公子该不会是有眼无珠买了假货吧！”郑伦汗如雨下，结巴道：“俗不可耐！琴怎么能买呢？我的琴乃家父知己所赠！知己所赠！”唐炳看出郑伦气短，咄咄逼人道：“切，我只知道拿人手短，还真不知道拿人结巴。把琴摆出来，让我们俗人瞧瞧，看看断的什么纹。”

郑伦却涨红了脸不再说话。

事已至此，连不明就里看热闹的人都看出了端倪。

苏莹的摇扇也停了，嘴角上翘，暗笑郑伦真是此地无银，看来是爷俩不懂行被人给坑了，再或许是他爹索贿被人给忽悠了。嗯，这事儿凿实之后回头非得告诉自己亲爹不可，参郑旦一本。

事到如今，县令公子只能咬定青山不放松，死活不能承认了。

“你嘿嘿笑什么呢?”唐炳问苏莹。

苏莹用扇子竹柄敲了敲唐炳脑袋，以蚊子声戏谑道：“你啊你，瞎猫碰上死耗子，逮到人家死穴啦!”

唐炳起哄道：“既然郑公子的烧尾乃传世名琴，那就再拿出来，宋老爷这把旧琴合奏一曲，比试比试。”

诸葛亮拦道：“宋老爷，各位老师同学，亮提议，今日奏琴暂时告一段落！我看几位先生略有疲累，不如先回去休息，改日再以琴会友。来日方长。”

黄月英也附和道：“宋朗，你家山庄有没有茶点给大家分分，说话说多了大家都饿了！是不是啊唐炳?”

黄月英使劲掐了唐炳一下，唐炳使劲喊着：“饿啊饿啊！饿得都疼了!”

众人哄笑一片，宋犀也就只好作罢，让阿福伺候茶点，大家散去，各玩各的。

别人笑，宋朗却笑不出来。连诸葛亮邀他一同喝茶，他都跟没听见似的，头也不回，快步离开。福伯看出端倪，连忙跟了上去。

另一边，郑伦擦了擦额头上的汗，赶紧收好了琴，如释重负。冯骥忍不住问郑伦，“公子，咱这琴到底是不是真的?”郑伦怒目圆瞪，愤怒离去。隋波揶揄道：“我说你傻啊，还用问吗，谁心里不跟明镜似的。”冯骥不爽，抱怨道：“啊，岂有此理，我小心翼翼背了一路，他又怕碰又怕磕地数落我好几次了，结果是赝品！传出去真是丢人啊。”

众人离去，唐炳、诸葛亮、黄月英三人一起饮茶。唐炳愤愤不平缠着二人：“黄姑娘，你早知郑伦那把是假琴？！”黄月英一副见怪不怪的样子，说道：“当然了，好琴名琴都是爷爷备料、儿子制琴、孙子弹琴，他那把琴，第一天弹我就知道孙子冒充爷爷。”唐炳拍大腿恨得牙根痒痒，又道：“既然早就知道，那你刚才何必给郑伦情面，还把大家都打发了？”

“杀人不过头点地，打人不打脸嘛！”黄月英抢了唐炳手里的栗子，两手轮番抡起接住，玩起了高空杂技。

见唐炳还气鼓鼓的不高兴，诸葛亮娓娓道来：“斫假琴，攀师承，狂妄悖谬之徒充塞，几百年来都是琴界怪象，郑伦充其量只是虚荣，又没害人，并非十恶不赦。唐兄看破不说破，岂不度量更高？”

唐炳一扬头，“嗯，你这么一说我确实觉得我水平比他高。知之为知之，不知为不知，我爹老早就教过我，做人做生意，绝不以次充好！”

诸葛亮点点头道：“诚信为本，勤俭致富，令尊是我们学习的榜样！”唐炳听了很高兴：“嘿嘿，没想到我爹还能成为榜样，”转念又道：“可惜郑伦不见得领你们这个情。你们弹得又好又识货，抢了他风头，估计正恨得牙根痒痒呢！”诸葛亮和黄月英相对一笑，颇为坦然。黄月英忽然想起什么，不错珠地看向诸葛亮：“对了，你适才弹琴，那琴头可有一字？”诸葛亮应声答曰：“的确有字，刻于琴池，乃一个‘犀’字，当是宋老爷的名讳。黄姑娘弹的那琴也有吧？”唐炳插话道：“哎呀，这不废话么，也是一个‘犀’字呗！一点儿都不奇怪，我家酒窖里的老坛上都是我爹的印字。”黄月英秀眉一扬：“果真如此，倒也罢了。好玩就好玩在不是‘犀’字，我那琴的琴池里刻着一个麒麟的‘麟’字。”

诸葛亮心中一凛，黄月英看出他面色有异，追问道：“你可知什么？快说来听听。”诸葛亮掏出佩挂布囊里的半枚印章，将自己来山庄当晚在柴院里捡到一事一五一十说了，黄月英见印章的字面缺失了大半，只有“鹿”字依稀可辨，其余部分均已破损。唐炳大骇喊道：“正是‘麟’字的一半嘛！”黄月英接了印章，上手把玩片刻，歪头说道：“这章子材质不凡，是上等的青田灯光冻，莹洁如玉，照之若灯辉，不像是凡夫俗子之物。可昨晚宋老爷说宋氏三代单传，按理说也不是他们家的。”唐炳拍大腿：“宋朗他爷爷的！他爷爷叫宋麟！我破案了！”

诸葛亮笑着轻轻摇头：“唐兄，你忘了宴会那日宋老爷说过，他父亲单名为‘佳’。”唐炳肉手一挥：“哎呀，这还不简单，那就是宋老爷改过名，原来叫麟，后来叫佳，这能有啥？”说罢打了长长的哈欠，诸葛亮和黄月英也就不再言语。

当晚，唐炳择床，抱着被子颠到诸葛亮的柴房陋室，非要跟诸葛亮挤一张床。先是发现庞德公的鹤大惊小怪地玩闹了一番，诸葛亮要求唐炳发誓不跟旁人说。不知道是不是因为与鹤玩得高兴之故，当晚唐炳竟然失眠，夜半三更还是翻来覆去睡不着，一旁的诸葛亮则安之若素呼呼大睡。

迷迷糊糊之中，柴房的窗棂上突然出现一张恐怖鬼脸，唐炳吓了一跳，弹坐起来，失魂落魄地使劲儿摇醒诸葛亮：“诸葛亮，诸葛亮！活见鬼啊！活见鬼啊！”诸葛亮无奈，睡眼惺忪地说道：“这世界上根本没有鬼，如果有，也一定是人假扮的。唐兄安心睡吧，睡醒了就可以有早点吃了。”

一想到早点，唐炳心里就踏实起来，念叨着最爱的几种吃食，一会儿就睡着了。

第二十九回

孔明遇袭真相难觅

第二日晌午，后山。

用过早点，同学们三三两两一伙儿，在后山踏青玩闹。许薇带了几个女生采了红色的野花染指甲，当成腮红胭脂互相涂抹一气，叽叽喳喳好一番嬉闹。苏莹不爱与她们厮混，一个人拈了梨花花瓣贴在额头，用随身的小铜镜照了，很是得意。

唐炳揪了一大捧各类浆果，脸上手上都满是汁液，又见树梢的果实更大更饱满，怎奈踮脚也够不着，大喊援军帮忙："诸葛亮，大长腿，快过来！"诸葛亮正盘坐在一棵古柏树下执卷看书，一边用麈尾扇拂去小虫，听见呼唤，立刻循声而去。

救星一到，如有定海神针，唐炳指挥诸葛亮够高采了不少桑果。唐炳在树下一边大嚼桑果，一边把玩着诸葛亮的麈尾扇，说道："我跟你说，郑伦和隋波、冯骥他们今天都没来参与集体活动。"

诸葛亮道："我倒没注意，许是嫌树林里蚊虫多吧。"

唐炳一抹嘴笑道："哪有啊！他们那是没脸见人，屋里蒙被子痛哭流涕呢！"

"哎呀！"忽然，唐炳被折叠成弹药的叶片打中，二人抬头一看，对面的杏树上，黄月英正高坐着晃腿呢。

黄月英给唐炳扔过来一串紫嘟嘟的果实，朗声笑道："吃都堵不上嘴！"

诸葛亮跳下树来，抬头看去：黄月英一身嫩鹅黄衣衫坐在粉白的杏花云雾里，微风拂面，落英沾身，连飞燕身上都惹了点点杏花。

诸葛亮不由得感慨道："黄姑娘真是天姿灵秀，好生逍遥。"

"哎哟！哎哟我滴王母姥姥哎！"原是唐炳在身后呸呸呸地吐了一地，骂咧咧道："什么东西这么酸涩，还苦兮兮的！"

黄月英在树上早已乐不可支。花枝乱颤，落英缤纷。

诸葛亮一看唐炳手里的果实忍俊不禁："唐兄，这可吃不得，这是酸醋栗，有毒的。"唐炳站立不住大惊失色，"啊？黄月英你害我！"

黄月英笑道："这果子是看的，谁知道你还要吃啊！"

唐炳哭丧着脸："不能吃有什么好看的！诸葛亮，我是要死了吗？"

诸葛亮轻拍唐炳后背，"不会不会，吃得不多只是嘴里麻痹酸涩而已。"

唐炳奇怪诸葛亮如何知道，诸葛亮笑道："跟家中二姐习得皮毛而已。二姐跟随张仲景大人学医采药，对山上的一草一木如数家珍。天福山植被茂密，这只是山坳一角，二姐若来天福山，定能分辨出更多有益的药材。"

黄月英忽然说道："说来有趣，刚才你们没来时，飞燕带我往后山更远处走，福管家还拦着不让去。说是偶有野兽出没，怕危险，我问都是什么野兽，虎豹豺狼还是野猪野驴？他又支支吾吾说不出来。"

唐炳吐干净了嘴巴说道："嗨，这种事，宁可信其有，不可信其无！真要看清楚了什么野兽，他还能活着回来？安全第一，保命要紧。"唐炳又踮脚从树上摘了个果实模样的东西闻了闻，然后又问诸葛亮："这个能吃吗？"

诸葛亮忍俊不禁，连连摇头，笑道："只要唐兄不乱吃东西，一定性命无虞。"

黄月英则扶腰乱笑一气，眼角迸泪道："什么眼神，那明明是一坨风干的鸟屎……诸葛亮，谁让你多嘴，应该让唐炳自己尝尝就知道了。"

唐炳连忙扔掉鸟屎，用叶子揩手，脸上又红又气嘟囔道："真晦气，真晦气！"

几人正笑闹，忽然身后传来人声："诸葛公子，水镜先生请你去一趟。"说话的正是福管家，黄月英吐了吐舌头，只见福管家脸上似笑非笑，表情令人捉摸不定。

诸葛亮回道："多谢福管家，先生说什么事了吗?"

福伯摇头微笑道："他差了个弟子找你，弟子找不到，便让我来请公子了。"

黄月英对诸葛亮笑道："快去吧，水镜老头又要你七步成诗呢。"

唐炳窃笑道："水镜先生有几把麈尾扇好给啊?"

诸葛亮对二人笑道："你们好好玩耍。黄姑娘莫要戏弄唐兄，唐兄也勿贪吃乱吃野果。"

诸葛亮跟着福管家走后，黄月英从树上一跃而下，看着二人背影，拍了拍手道："糖球，你觉不觉得这个福管家有点儿怪?"

唐炳脸上一暗，见四周无人，凑近黄月英道："我跟你说，怪的可不止这个管家，你还不知道？这个山庄晚上闹鬼！我亲眼所见！"

黄月英乐不可支，笑唐炳是饿鬼缠身。唐炳扫兴道："我就知道说出来你们都不信。"黄月英说："这里没劲，我去柴房看小鹤去。你别乱吃果子，吃坏了诸葛亮又说是我害你的。"

黄月英用树叶吹了个口哨，飞燕立刻就不知道从哪里窜了出来。

唐炳环顾四周，同学早已四散无踪，瞬间周身发冷，赶紧倒腾步子跟上黄月英，笑道："我跟你们同去。深山老林的，你一个姑娘家家的不安全，有我在，有个照应。"

黄月英忍俊不禁，故意加快了脚步。唐炳生怕落下，一路小跑紧跟。

山风骤起。

诸葛亮跟着福伯离开后山花林，大步疾行，一路无话。

见福伯正往西南小径拐去，诸葛亮说道："福伯，似乎之前未曾走过这条路。”福伯头也不回，应道：“哦，公子跟紧便是，莫让先生着急。”诸葛亮却说：“山庄正厅在东南，可我们此路却向西北而行。”福伯吃惊，回头站住道：“山高林密，此刻又没日头，你是如何知道我们正向西北而行？”诸葛亮一笑道：“福伯，不必看日头，看树冠的长势即可。南向树盖茂密伸展，北向则反。”福伯连连点头道：“果然厉害。我以为小小读书郎只会七步成诗、辨音弹琴，没想到也清楚山中方位。是这样，这条路确实先向西北一段，绕过山脚再拐一个弯儿，即可直达山庄前庭，因为老爷给我差事多，我想快点儿复命，所以带你抄了下近路。若是那些贵公子娇小姐，我也是断不敢带他们走的。”见福伯如此直白，诸葛亮笑道：“亮乃乡野村夫，这种山路倒是走得惯的。”福伯摆摆手道：“快走吧，水镜先生确实找你，这我可说不了谎，等你见了他便知……”

见福伯忽然沉吟，眼神慌乱，诸葛亮问道：“福伯，怎么了？”

话音未落，只听得“砰”的一声。

诸葛亮缓缓倒地。

黄月英把柴房里外翻了个底儿朝天，也没找见小鹤。唐炳一头瘫在竹榻上，四仰八叉道：“人家飞上山玩去了呗，这有啥的。”黄月英蹙眉道：“不对，食儿也没吃完就飞走了？我出去看看。”话音刚落，那边鼾声已起。黄月英心里暗笑，唤了飞燕，主仆又出门找鹤去了。

登上山顶，一览众山小。只是小鹤依旧无影无踪。黄月英无可奈何，心下埋怨：诸葛亮还说鹤通人性，怎么说走就走连个招呼都不打。唉，只能由它去吧。回首俯瞰翠绿华盖掩映的灵犀山庄：东南的院落甬道星罗棋布，西边山涧峭壁下的溪流小径蜿蜒清晰。飞燕蹭黄月英裙角讨水喝，这才发现背囊水壶里一滴皆无。“走，我们去水边儿。”黄月英眺望西边山涧，将飞燕放进背篓，又一路奔西纵跃下山去了。

溪水淙淙，主仆二人终于解了渴。飞燕躺在石滩上抖须舔毛伸懒腰，黄月英则顺道洗脸洗发。溪水拍脸，格外清凉沁爽，真是恨不得整个人都扎水里，梳洗之中，头上的红丝绳滑落入水，待到发现时，已经漂到三丈之外了。黄月英连忙蹚水去追，好在溪水不深，最深处也刚没小腿。飞燕不愿沾水，便一直沿着石滩往下游追去。

够到红绳蹚水返回，却见身后飞燕踟蹰不前，正围着一片灌木丛兴奋异常，喝了几声都没回来，真是莫名其妙。黄月英不满道："飞燕，不许再捣鸟巢鹅穴鸭子窝了，咱们闯祸可不少啦！"她无意间瞥一眼灌木丛里，不由心下一骇——隐约见一人脸面冲下趴在那里，黄月英凑近一看，险些魂飞魄散，她颤抖喊道："诸葛亮？诸葛亮！"

飞燕"呜咽"了一声。

黄月英费力将诸葛亮翻过身来，脸庞朝上，见其脸颊、手臂、衣服均有擦伤划口，好在脉搏呼吸尚在，应是摔落至此，尚未苏醒。黄月英跑到溪边用手帕舀了捧水，浇到诸葛亮脸上，来回往返几次，又上手不停拍打诸葛亮脸颊。不多时，诸葛亮终于睁开眼睛，四只大眼睛相对，诸葛亮含笑说道："多谢黄姑娘，再次救命之恩。"黄月英眼睛发红道："少废话，怎么回事？不是去见水镜么，为何晕倒在此？浑身还都受了伤？"

诸葛亮说道："说来蹊跷。"又坐起身来，发现腿脚都还能动，一边抚摸飞燕的头一边对黄月英说道："好在都是小伤不打紧，只是脸上火辣辣地疼……"黄月英尴尬，打岔道："我说，天要暗了，深山不宜久留啊。"诸葛亮道："好，我们先回山庄前庭先去见了水镜先生再说。"飞燕钻进背篓，二人一猫原路返回。

敲开水镜院门，影壁后，水镜迎了上来，问道如何这么晚才来，又见诸葛亮脸有擦伤，又关切问伤。诸葛亮只说是自己迷路，不小心摔了一跤，耽搁了时辰。还未说完，就听见屋内庞德公气急败坏的声音："诸葛你磨磨蹭蹭干吗去了，安的什么心？干吗藏我的宝贝鹤？把鹤带到灵犀山庄都不告诉我？！"

诸葛亮心里咯噔一下，看来藏鹤之事还是"败露"了。水镜叹气，告诫诸葛亮庞公正在气头上，息事宁人为妙，说罢引了诸葛亮进屋。庞公脸上一团黑气，水镜想当和事佬，先问诸葛亮藏鹤是否有隐情，或被人冤枉构陷？诸葛亮笃定主意不让黄姑娘牵涉此事，便一口咬定自己一人捡鹤，一人疗鹤，一人藏鹤，本意是想把翅伤养好再交还庞德公，没想到还是被庞公先发现了。庞德公怒气正盛，斥道："难道我自己不会照顾？还要你替我养？"诸葛亮鞠躬请罪，庞德公并不买账道："我供它吃供它喝，我剪它翅膀天经地义！你不要以为自己聪明读书好，就能越俎代庖，替我鹤儿做主！"诸葛亮硬着头皮道："庞德公，世人爱鹤，是爱鹤之高洁自由。如果给鹤儿剪了翅膀，那它与一般的鸡鸭鹅禽有何区别？违背本性，何其残忍？""残忍个屁！我看你是骄傲过头翘尾巴！目无师长。要不是被人发现，我看你是不想还给我了！水镜老头，你管不管？！""管啊，我怎么没管，怎么没管，要不，我们回书馆再说罢。"水镜没见过庞德公如此大动肝火，不知如何是好，只能赔笑打哈哈。"回什么书馆再说？现在就要管！"

庞公嚷得正凶，有人敲门，来人恰是郑伦，说自己忧心庞德公这两日饮酒过度伤了身子，特地将随身带的参片、灵芝一起和茶煮了，献给庞德公，以尽弟子之礼。

庞德公平日最瞧不上郑伦俗不可耐，可伸手不打笑脸人，此刻喝了参茶，又觉得郑伦这孩子俗而不坏。庞德公要水镜惩处诸葛亮，水镜劝说无果，只好说："既如此，孔明犯了校规，事虽不大，但性质恶劣，所以……先前嘉奖的麈尾扇必须收回。"东方老师赶紧说道："郑伦上次答题仅次于孔明，孔明品行有差，那麈尾扇就应顺递转赠予郑伦，以表彰品学兼优之人。”水镜为难，看向庞德公，没想到庞公牛饮完参茶道：“我看可行。”

事已至此，水镜看向诸葛亮，诸葛亮明白多说无益，准备将身上系好的麈尾扇取下，一摸腰上，却发现扇子不见了！不由得心生奇怪，瞬间闪念无数。郑伦冷笑道：“诸葛亮，做人不能太小气，先生发话了，你还是舍不得不成？”诸葛亮只好解释道：“确实没在身上，可能遗落在某处了，我这就去找。”水镜先生叹气道：“孔明，你素来都是心思细密谨慎之人，麈尾扇乃读书人至宝至尊，如何能记不清收纳于何处？”诸葛亮低头认错，郑伦抢白道：“他一个村夫如何受得起至尊至宝！给他就是暴殄天物！”水镜瞪了郑伦一眼，无奈说道：“诸葛亮，务必要找回麈尾扇。”正说话间，福伯和几个山庄小厮不请自入，气喘站定，也不顾众人见怪。福伯见到诸葛亮，这才长长舒口气道：“哎呀，诸葛公子，你可让老夫好找！刚才我不知你是被飞石还是走兽所袭，跌落山下。我是找了又找，都不见踪迹。深山多猛兽，老夫怕你出事啊，见你在此安然无虞，那就再好不过。”听了诸葛亮摔下山坡的前因后果，水镜庞公都大吃一惊，庞公高声道：“大白天飞石走兽也能遇上，为何大路不走偏走小路？哼，要是书馆弟子有了闪失，你们老爷费钱费力的苦心可就全泡汤了！”水镜也捻着胡须沉吟称是。福伯弓腰，不住点头。诸葛亮说道：“不怪福伯，是我自己不小心，从山上摔下，以后一定多多注意。麈尾扇也应是在摔落过程中遗失，飞石走兽对扇子应该不感兴趣，明日仔细再去寻便是了。”众人唏嘘一阵，各自散去。

暮色四合，归鸦阵阵。

回到柴院，黄月英和唐炳俱在，听闻诸葛亮被飞石所击滚落山下，唐炳瞠目结舌，半晌都说不出话来。黄月英对诸葛亮说道："小鹤的事我让你背锅受罪，实在对不住。"诸葛亮一笑道："无碍，但愿庞公能听进劝说，不再剪鹤翅就好。"唐炳回过神来咧嘴急道："我说，你俩可真行，这时候还管什么鹤呀，当然人最要紧！诸葛亮你今天都差点儿没命了，我看不是飞石走兽，就是闹鬼！那个福伯根本没想找你，要不是黄姑娘发现你，你早就没命了！唉，这个灵犀山庄待不得，我恨不得现在就走！"唐炳又把昨夜有鬼趴窗和夜半女人哭声之事说给诸葛亮，诸葛亮一笑道："亮孤陋寡闻，从未见鬼，还真想开开眼界，见识一番！"

唐炳捂着圆肚来回踱步，愤愤说道："如果不是鬼是人，那就一定是郑伦干的，数他最有动机！你看，曲水流觞，七步成诗，辨琴弹琴，他样样都输给诸葛亮，肯定嫉妒得后槽牙都咬碎啦，他最想要的是麈尾扇，要不然也不会突然捧着参茶去献殷勤了！"

黄月英戏谑道："要我说，郑伦有那贼心没那贼胆。这种事说出来要有证据，无凭无据说了只会自己吃亏。"唐炳挠头道："那就没辙啦？就这样算了？灵犀山庄不是一直有怪兽猛禽的传言么，就让诸葛亮倒霉遇上了？！"黄月英蹙眉道："这事确实蹊跷，但一时半刻还真找不出什么破绽来。"

诸葛亮忽然说道："破绽的确没有，蹊跷却有一处：水镜先生所赠麈尾扇扇柄处有挂钩绳带，我系了绳结揣在身的，断不会掉。若是滚落山崖，为何随身的手帕药包都安然无恙，唯独扇子不见？"

黄月英眨眼道："难道真的是郑伦？"

唐炳一拍手道："哎呀，肯定是郑伦啊！"

诸葛亮微微摇头，含笑不语。

新月如钩。

诸葛亮送黄月英回房，唐炳不敢一个人待在屋里，也穿好鞋子揣了油糕与二人一同出门下山。出门没几步，就看见前方三十丈处，一个黑影匍匐在地，见到诸葛亮他们的火把，突然受惊似的一闪而逃。诸黄二人对视一眼，立刻飞奔过去，唐炳见状吓得大喊："等等我！"

跑至跟前一看，可不得了！倒地之人是宋朗，只见其肩头衣服均被利物扯破，一汩鲜血顺着脖子流下，黄月英想去追黑影，却被诸葛亮拽住："黄姑娘危险。不要去！"

只听见宋朗也浑身颤抖，喊道："不要去，是马老虎！"

"妈呀，老虎？"啪嗒一声，唐炳手里的油糕摔落在地。

诸葛亮将宋朗背回柴房，清理泥污，又用草药简单包扎伤口。

唐炳来回踱步，已镇定了不少，自言自语道："马老虎是什么东西，到底是马还是老虎啊？"

黄月英哼了一声，说道："我看见那个黑影不像马也不像老虎。"

诸葛亮给宋朗递上一杯水，宋朗谢过，说道："我只是小时候听过，从未遇见过。传说天福山深处有通灵野兽马老虎，它会幻化人形在林间出没，但一直和山民井水不犯河水，好几代人都没见过其真容。我爷爷选了天福山兴建山庄，就是看中这是风水宝地，相当于给宋氏修了个聚宝盆。可村民说，山庄大兴土木，坏了天福山的地气，马老虎生了仇怨，隔上几年就要出来伤人，为非作歹……不过这些都是听福伯讲的，从我记事，就从没见过马老虎。后来我们去了会稽，就更把这些都淡忘了。"

唐炳抱怨道："我的西王母姥姥，我们是来踏青郊游的，可不是来帮你家降妖除魔的！到底啥情况啊。"

宋朗低头说道："好多情况我也不清楚。从会稽回来，一直住在县里，没来山庄住过几天，后来认识了黄姑娘……入学书馆，同你们一样，都是住书馆的。"

黄月英问道："听说会稽是个好地方，物产丰美，气候也好。你们干吗要回来？"

宋朗说道："我爹说要叶落归根……"

诸葛亮说道："马老虎会幻化人形，不过刚才我们看到的黑影却不似人。"

黄月英点头道："我看就是野兽饿极了窜到山庄里讨吃的，你刚才若拿个火把也就没事了。对了，大晚上你在甬道那儿做什么？"宋朗一愣，答曰："吃完饭睡不着，就出来随便走走。"

四人又说了一会儿话，宋朗嘱咐大家切勿将此事告诉家父，众人不解。宋朗苦笑道："我爹最听不得别人说这些鬼怪灵异之事，若我说遇了什么马老虎，他定会认为我发昏，更会怪我不好好回房用功惹了麻烦。"

黄月英不解道："这是哪里的话，哪个爹会不心疼子女？"

宋朗又道："我娘早死，我爹就我这一个独苗，但我从小资质平庸，琴棋书画哪样都入不了我爹的眼。如今不惹事已让他生厌，出了差池就更得不到他半分垂怜。"

诸葛亮安慰道："宋公子，令尊爱之深责之切，也许不得要领，但他若不在乎你，又何必处处严苛？为人子女，天下最难过之处莫过于子欲养而亲不待。男子汉大丈夫，当立远志，莫要为眼前琐事所扰，自怨自艾啊。"

宋朗见诸葛亮对己并无取笑之意，说的都是体己肺腑之言，心中百感交集，竟忍不住掩面而泣。

好端端的你哭什么？唐炳心里只道宋朗是被马老虎吓丢了魂，胆小所致，看向诸葛亮，只见他若有所思。

第二日，诸葛亮几人去后山小径寻麈尾扇，宋朗有伤也坚持同去。在路上遇到了郑伦和他的小跟班们，诸葛亮拱手一笑道：“郑公子，好巧。”郑伦哼了一声就算是答话了。

原来，郑伦得扇心切，又怕诸葛亮真找到了丢失的麈尾扇舍不得给自己，决定先下手为强，也来率队寻扇。他自己是当然不干活儿的，颐指气使指挥隋波、冯骥他们东翻西找，这边又阴阳怪气指责诸葛亮，说他是故意丢弃麈尾珍宝，实乃大不敬也。黄月英愤愤道：“诸葛亮昨天摔落山坡险些小命都没了，怎么没见你关心同学一句，反倒为一把破扇子说了这么久。”郑伦脸红心虚，只说道：“我看他四肢俱全，好得很呢！再说了，多大个儿的飞石能把他撞下山去，可有证据？若是走兽，难不成还留着他不吃当晚饭不成。”诸葛亮笑道：“郑公子所言有理，这也是孔明的不解之处，当然也是幸运之处。”唐炳嘟囔道：“哎呀，郑伦贼喊捉贼呗。”

几个人正说着，头顶传来一声鹤鸣。诸葛亮和黄月英仰头惊叹：“小鹤！”

痴看小鹤振翅而飞，黄月英险些落泪，哽咽道：“庞公这老头儿，刀子嘴豆腐心，到底没有剪它翅膀。”诸葛亮微笑道：“要多谢庞公给小鹤自由。你看它飞得多自在！”

唐炳眯着眼睛冲天空挥手比划：“你下来啊，下来啊！”

小鹤不断旋转俯冲，却并不落脚停歇。唐炳、隋波几次去扑，都没扑上。小鹤见人停住脚步，又盘旋俯冲，引了隋波、冯骥他们欲罢不能，又追又跳，郑伦皱眉道：“跟大鸟瞎闹什么，赶紧给我找麈尾扇啊！”隋波、冯骥悻悻然，只好从命。

诸葛亮眼睛一亮，忽然说道：“感觉小鹤好像要指我们去西边什么地方。”

唐炳拍手笑道："该不会这么快就成了家，领我们见新媳妇吧。走，去看看！"又故意说道："说不定小鹤发现了什么稀罕宝贝，一洞穴的金子，那我们可就走运啦！"隋波、冯骥心向往之，眼巴巴地看向郑伦，郑伦说道："愣着干吗，跟上啊！"

约莫一盏茶的工夫，一行七人跟着小鹤走了到了西山脚下的山涧处。顺着声音，听见有哗哗的水击石声，走近一瞧，一条窄窄的瀑布飞流直下，落入山涧，顿时清凉无比。山涧附近还有几个小水洼，有一处白汪汪的水洼边上长满了青草绿箩，比其他几处水洼边上的颜色更浓，叶子更肥。小鹤抖落翅膀，停落在瀑布不远处，嘴巴轻轻梳理羽毛。

见此林中仙景，郑伦不免诗兴大发，吐纳珠玑，隋波、冯骥连连叫好，宋朗碍于情面，也点头附和。

诸葛亮和黄月英凑到小鹤跟前，检查翅膀旧伤，发现小鹤已完全愈合，这才放下心来。

唐炳笑累了也走累了，一屁股坐在水洼边上："哎呀"叫唤了一声，接着从屁股底下抽出了好几样树枝形状的东西，念叨着："什么东西这么硌？"定睛一看，忽然触电了一般扔了出去，惨叫道："白骨！白骨！"

诸葛亮和黄月英连忙奔过来。水洼白光粼粼地晃眼，诸葛亮忽然觉得不对劲，凑近一看，这才发现这个水洼里有一具白色骷髅，风吹水动，阳光折射，这才会显出白汪汪的颜色来。诸葛亮心里生奇，暗道一声：原来小鹤是想领我们来这里！

诸葛亮脱了鞋袜挽起裤脚下到池塘边上，用木棍挑了骷髅上岸，仔细查看，发觉骷髅头部破碎，乃被钝器敲击而死，绝非猛兽！

宋朗和唐炳吓坏了，早就逃得远远的，二人相互搀扶，齐齐发抖。隋波、冯骥也很紧张，躲到郑伦身后，郑伦壮着胆子向池塘边缓步探去。

黄月英忽然猛回头，喝道：“有人!”立刻拔弩，连发三箭。

箭从自己耳边呼啸而过，郑伦腿如筛糠，急赤白脸道：“黄月英，你想害死我？你身后明明就我们几个！哪里还有什么人？”

黄月英也不争辩，顺着箭矢的方向飞奔而去，片刻悻悻而归。诸葛亮问道：“可发现什么？”黄月英摊开手心懊恼道：“我的这一箭射在了一棵槐树上，你们看，上面还有钉着一块碎粗麻布。被他给跑了!”

宋朗颤抖说道：“马老虎，这是幻化成人形的马老虎！诸葛亮，黄姑娘，你们看，马老虎可以幻化成人形的！传言都是真的!”

郑伦见状不妙，立刻带了隋波、冯骥他们奔跑离开，唐炳见状吼道：“哎呀照顾二两你别说了，咱也赶紧回山庄吧!”话音未落，唐炳也一溜儿小跑跟去了。

诸葛亮正心无旁骛地看箭上的碎布纹理，心下一凛，道：“黄姑娘好箭法，也许这东西日后能派上大用处。”又问宋朗道：“宋公子，我想在贵府寻一件宝贝瞧瞧，不知道可否请你帮忙？”

宋朗呆若木鸡双眼失焦，说道：“可以，当然可以。文玩书画，玉器古瓷，什么都有。”

诸葛亮淡然说道：“我想借阅《宋氏族谱》。”这边唐炳又呼哧带喘地跑了回来，哭声哀求：“你们怎么还不走啊，族谱算什么，天书我都给你找，有啥话回去再说吧!”

山庄中庭，此刻正在举行赠碑仪式——水镜备篆了功德碑文一块，将宋犀的名字刻上，以赠谢宋犀的多日款待。宋犀甚喜，还说早上查了黄历，今天正是吉日。此刻，众人无不神色肃穆端仪，却见郑伦隋波、冯骥等人急匆匆跑了进来，水镜斥其无礼，不多时，诸葛亮、黄月英、唐炳、宋朗也跟了上来。宋犀不好对他人发火，单揪宋朗道：“没规矩！没看我们大人有正事么!”

宋朗浑身发抖道："爹，我们在后山山涧那边发现累累白骨，还有马老虎化成人形追我们！"

众人失色，女生当场捂脸尖叫起来。

"胡说！"宋犀反手就给宋朗几个嘴巴。宋朗脸上立刻浮起大红印来。宋朗红了眼眶哽咽想哭，宋犀又戳着他脑门声色俱厉道："不许哭！再哭我就打断你的腿！"

唐炳叹道："这是亲爹么……"

刚才大家还为白骨和马老虎而骇，这会儿发现宋老爷似乎更吓人。没想到风度翩翩弹琴念诗的宋老爷，也有如此声色俱厉穷凶极恶之状——还是对着自己的亲儿子。水镜看着宋犀言状，又看看石碑上的字文，连连叹气。

宋朗眼泪止不住，宋犀抬手要打，胳膊却被诸葛亮拦住。

诸葛亮说道："宋老爷切勿怪罪宋朗，他是陪我们同去的。人骨确有，不止宋朗一人，我们都看见了。至于是不是马老虎，还要细细勘察。"

宋犀甩开手臂道："都是道听途说的鬼怪故事，没想到书馆弟子听风就是雨，也信这个！"甩下这句扭头就走，水镜一个人晾在原地，颇为尴尬。

主宾撒手而去，仪式只能草草散了场，水镜先生一言不发背着手回了房。倒是隋波他们，煞有介事道："好像听我爹说过，当年天福山闹过马老虎，说是外形似马，留有蹄印，但凶猛食肉，有见其眼者不得动弹，而且此物能幻化成人形。若见黑衣人，必是这'马老虎'所化，而且马老虎被人看到后，会接连出现怪事。是个人面兽身的食人怪物！后来宋家不堪其扰搬去外郡，再没闹过。没想到这一回来，又找上门来，这个真邪了！又有人说，灵帝熹平年间，这里就闹过一次马老虎，当时有人就命丧马老虎利齿之下。"

唐炳问黄月英："黄姑娘，你信吗？"黄月英咯咯一笑，"天福山里有野兽稀松平常，我怎么不信？宋朗不就是被它给袭击过吗！不过要说人面兽身，那就只能呵呵了。"唐炳不死心又问诸葛亮："诸葛亮你说，刚才那个人影，还有半夜的鬼脸，推你下山的飞石，还有害宋朗受伤的是不是都是一只马老虎变的？"诸葛亮笑着摇头。唐炳又问宋朗道："宋朗，你昨天说十几年没人亲眼看见马老虎了，为何我们来你家山庄才两三日，都冒出来好几次了！"

诸葛亮对宋朗说道："宋公子，去洗把脸吧，消肿止疼。"

宋朗摇摇头说道："习惯了。你们不是要去看族谱么？走吧。"

宋朗起身踉跄而行。诸葛亮、黄月英、唐炳目光交汇，点点头。

暮色四合，三人跟着宋朗摸进了宋犀的藏宝阁，宋朗怕被家丁发现，连油灯也不敢点。唐炳抱怨道："你这个少爷当的，还不如我们书馆里狗儿杏儿活得自在。"宋朗苦笑，解释道："父亲有戒律，傍晚不得外出。"

藏宝阁里柜架林立，步道狭窄，再加之光线极度昏暗，根本辨不清东西南北，只听得唐炳连声惨叫，不是磕到脚趾，就是撞了头，宝卷宝瓶摇摇欲坠。幸亏诸葛亮和黄月英眼疾手快，东扶西接，才不至于满地碎片。

宋朗打头阵带路，大家排成一排跟着他七拐八绕。跟着是黄月英，其次是唐炳，诸葛亮善后。唐炳自己还念叨："摸黑儿进过灶房，什么时候摸黑进过藏书阁？真是给自己找罪受。"黄月英笑道："没错，前者是老鼠落米仓，吱溜吱溜吃得香；后头这个是老鼠落油锅，吱溜吱溜全身炸出油！"诸葛亮也忍不住笑了。唐炳不满，刚要发作，却见诸葛亮示意不要出声，又指了指门口——似乎有人来了。

"谁在里面？少爷？是你吗？老爷让我满世界找你呢。"门口那人发问，是福伯的声音。宋朗犹豫，屏住呼吸，并未应答。

福伯在外面听了一听，确认里头无人，就直接合上门闩落了锁。

福伯的脚步远去，众人继续前进，又七拐八绕，终于到了藏书阁最里处的一个书架跟前，宋朗停住了脚步，道：就是这里。顺着宋朗手指的方向，只见与房梁齐高的书架的最顶端，有一只方方正正的锦缎盒子。诸葛亮搬了梯子爬向高处，小心翼翼地取下锦盒，下来打开一看，还有一个锦缎制的内胆软袋，再拆开，这才露出一只绢丝的卷轴。小心翼翼展开卷轴，借着微弱的月光仔细端详：族谱以文字图谱形式记录，哪年开枝散叶，各自的婚配生卒，姓甚名谁，嘉奖荣辱，统统记录在册。唐炳头一次看到这么庞大精细又保存完好的族谱，瞠目结舌道："我滴西王母姥姥呦，你们宋家还真是个名门望族，往上十代八代扯出这么多有头有脸的人来！我们唐家可没这么多长脸祖宗，我爹说，他小时候一条像样的裤子都没有，饿急眼了还上山跟猴子抢过食哪！"

宋朗难得笑了出来："都说富不过三代，我爹总说我不争气，宋家兴旺了十几代，怕是要在我手里没落殆尽了。"诸葛亮宽慰道："有祖上庇荫积福，宋公子定会前途无量，我辈只需记住，凡事一切尽在人为。"诸葛亮将卷轴展到最后，终于看见了宋佳、宋犀和宋朗的名字。三代单传，果不其然。诸葛亮忽然问道："宋公子，上面为何没有看见令堂的尊名？"宋朗黯然叹息，说道："我爹说我娘是难产而死，连同肚里的弟弟也一并去了。去世那日是凶煞时辰，大不吉，不让写在族谱上。"黄月英冷笑一声，道："女人真是可怜，生儿育女诸般困厄凶险，连个名字都不能在族谱上留下。"

诸葛亮沉吟片刻，说道："宋公子，不入族谱可是非同小可之事。令堂可曾有触怒令尊的过错？"

宋朗频频摇头："她能有什么错事，是我爹迷信绝情而已，也没给我留下任何我娘相关的东西。我只记得，我娘晚上给我摇扇子，那些奔了烛火来的蚂蚁飞虫她都不忍弄死，只给我摇扇，一摇就是一宿……”

诸葛亮又问：“福伯跟了你们家多年，他没跟你提过你娘去世时的事吗？”宋朗想了想，说道：“想起来，独有一次……福伯忽然说我全无我娘当日的烈性，好像我娘性子很烈似的，我再问他，他便摇头不说，只是等我日后当家，一定要拿定主意，祭拜娘亲就是了。”

黄月英不耐烦地看向诸葛亮和宋朗，忍不住说道：“两个大男人跑这里拉家常，没劲。诸葛亮，你找到想要的东西了吗？”诸葛亮摇了摇头，坦然道：“没有，许是我猜错了。有劳各位跟我白跑了一趟。”

唐炳猛地一拍脑门，无不沮丧道：“没事，福伯落了锁，在哪儿睡不是睡啊？”

“怕是明早扫地的仆人进来，我们才能溜出去呢。”宋朗有些犯难。黄月英嘴角一挑，似笑非笑道：“这有何难，包在我身上了。只不过现在时辰尚早，万一弄出点儿动静来，你也不好和你爹交代。再等半个时辰。”唐炳打起了哈欠，抱怨道：“那这时间怎么打发啊，就在这里耗着？会不会有马老虎跑进来？乌漆麻黑的，想跑都跑不掉！”

诸葛亮忽然笑道：“说起马老虎，我到想起刚才进来时，看到书架上列有《山海经》，可否借阅？”宋朗忙说：“可以，自然可以！只是我不知道放在何处了。”诸葛亮拱手笑道：“不劳烦宋公子，我大概记得方位。”果然，诸葛亮三下五除二就取了绢本的《山海经》回来，唐炳不解：“我说，大半夜的你找这书干什么？”

诸葛亮对大家说道：“雾隐先生曾说过，《山海经》是一本奇书，我记得书中有过一段记载：‘有兽焉，其名曰驳，状如白马，锯牙，食虎豹。’我想起今日大家沸议的‘马老虎’，应该就是《山海经》里的‘驳’，有蹄而食肉。正好藏书阁里有这本书，可以佐证。”

窗外，月亮爬了上来，月色照进藏书阁里，清光如许。诸葛亮借着窗边清光，翻到书中此段，展示给小伙伴看。唐炳一把抢过《山海经》，磕磕巴巴复念出声，又把书塞给黄月英，忧心忡忡道："看来真有马老虎？"诸葛亮笑道："马老虎不过是一种猛兽而已，并无可怕诡异之处，既不是人面兽身能幻化人形，也不是谁看它一眼就动弹不得。'马老虎'是天福山一带的叫法，'驳'是它上古时期的命名，今天其他地界还有另一个名字叫'驴头狼'！"唐炳、黄月英、宋朗都吃了一惊："驴头狼？"唐炳半信半疑，嘟囔着："所以它是一匹狼？那我看到的鬼脸怎么解释？"

未等诸葛亮作答，黄月英突然"咦"了一声：我随手翻了几页，发现这本书的麒麟如何缺了尾巴，和我家那本不一样？再仔细一看，原是上面还拼了同色的绢补丁！宋朗接过来一看，顿时苦笑道："哦，绢书被几代人翻得污损了，修书的师傅活又干得糙了些，不小心给盖上了。"宋朗把书举到窗边，对着月色，麒麟尾巴若隐若现。黄月英拍手道："只听得读书要凿壁偷光，没想到还要举书望月哪。若是赶上哪日月黑风高，谁家公子小姐又恰巧读了这段，岂不是误人子弟，会一直心里存着麒麟是个秃尾巴的念想？"

黄月英笑个不停，唐炳愣了片刻，见大家都笑，自己不明就里的也跟着笑起来。诸葛亮忽然说道："我知道了！"

说罢起身就去搬梯子，两步并一步快步登上梯子，在最高处取了宋氏族谱，本一切顺利，却忽见书柜上方正悬着一只吐丝的毛毛虫，距离自己不过半尺，毛毛虫似乎直勾勾地盯着自己，顿时双腿发软，头晕目眩。

黄月英在下面小声喊道："诸葛亮，你磨蹭什么呢，赶紧下来啊。"

诸葛亮取了卷轴至窗前，徐徐展开，对着月光一看，众人皆骇：

月色之下，族谱上宋犀旁边的空白处有一处补丁，针脚清晰可辨。

黄月英歪着头问道："宋朗，你可还记得你有叔叔伯伯姑姑吗？"宋朗摇头。唐炳插话道："我说，那块补丁底下到底写的啥啊？"黄月英回道："拆开就知道了！"

宋朗面露难色，生怕父亲察觉又要责怪。

诸葛亮面色沉郁，忽道："不用拆，我已经知道里面写的是什么了。"

众人疑惑不解，就在此时，忽地外面传来一声惨叫，石破天惊，划破静谧的月夜与沉睡的宋氏山庄。

唐炳吓得紧紧抱住诸葛亮，把头埋在他身后："马老虎又来了！"

宋朗面色惧怖，浑身颤抖，说道："这声音……福伯！这是福伯！……在后山！"

第三十回

诱捕怪兽寻得宝藏

话音未落，黄月英已破窗而出，人影杳无。

宋朗也紧跟其后踉跄跃窗，唐炳看傻了眼，诸葛亮喊道："唐兄，快！我扶你上去。"唐炳哆哆嗦嗦咬了咬牙，踩在诸葛亮肩头蹦了几次这才跨上窗户，好在窗外有宋朗接应，顺利落地。诸葛亮也翻了出来，奔向后山。

四人前前后后赶到后山。发现老管家福伯倒在半山的土路上，黄月英听见有动静，地上有血印，顺着血印方向频射连弩，不远处传来呜咽哀号之声，一路追去。诸葛亮凑近福伯一看，发现其脸和胸膛均被撕咬拉扯过，血肉翻卷，血流如注，其状可怖。诸葛亮见状立刻从自己麻衣裳上扯下一段布来，三下五除二封在最严重的伤口上，低声说道："宋朗，福伯要不行了，我暂时将伤口绷住，只能延缓片刻，你快陪他说说话吧。"宋朗泪眼滂沱，抱住血泊里的福伯，福伯挣着最后一口气只说了两个字："少爷，好找啊……"说罢气绝身亡。宋朗跪抱着福伯失声痛哭，见者无不为之动容伤心。

说话间，宋犀手持狼牙棒，带着几个抄了家伙的家丁赶了过来，家丁见福伯如此惨状都忍不住哭泣，宋犀红着眼睛呵斥了几声，这才都收了声，只有宋朗独自垂泪不已。宋犀嘱咐几个家丁抬着福伯到后山，挖个深坑葬了。又回过头来嘱咐宋朗和诸葛亮几人："今日之事不可对外宣扬，旁人问起，就说福伯年纪大了，突发急病病故而已。"宋朗当即反对，说道："福伯辛苦了一辈子，且不说要给他风光大葬，只第一条顶要紧的，福伯死于非命，必须要报告官府，去邓县县廷请仵作来，捉拿凶兽！"

宋犀苦笑道："报官？报了又如何？！官家只会狮子大开口，这回我回到邓县，非要我捐了一半身家才肯准我铺面营业。你不当家怎知艰辛？"

宋朗反驳道："福伯早就让你不要回邓县，可你偏偏要回来，我们在会稽过舒坦日子不好吗？非要回来过担惊受怕的日子？"

宋犀大怒，喊道："放屁！你这个窝囊的东西。这是祖宅，这是宋氏的聚宝盆，这里有宋家的宝贝，是方圆百里难得的洞天福地，除了这里我哪儿也不去！死我也要死在这里！"

宋朗泪如雨下，忽然听见远处山上传来的口哨声，诸葛亮凝神辨音，忽然说道："是黄姑娘！她发现线索了！"转头对宋犀说道："借狼牙棒一用！"话音未落，诸葛亮就拿了狼牙棒撩开长腿奔上山去，宋朗抹了把眼泪，也跟着奋起追奔上山去。唐炳怕黑，抢了家丁的火把这才追上山去。

诸葛亮很快和黄月英汇合，黄月英指了指地上脚印，诸葛亮观察四周，二人比划着兵分两路。诸葛亮悄声嘱咐黄月英："声东击西，切不可贸然行事。"

天将倾盆大雨，二人循着痕迹来到了沼泽，此时传来低声嘶吼，这就是马老虎！此时宋朗突然出现，他挥着木棒哭喊道："阎罗怪兽，我要替福伯报仇！"

骤然脚下一滑，宋朗惊骇滑倒，手中的棍棒也失手跌落。大雨中怪物转头逼近宋朗而来，黄月英跳出也没站稳，诸葛亮闪身而出，护住宋朗，黄月英利用连弩三箭射出，怪物跌入泥潭，唐炳手持火把。原来，诸葛亮在此潜伏一夜，带领众人设伏，逮住了这个怪物，原来怪物只是一头体格壮硕的驴头狼！

众人合力将这只驴头狼拖下山来，诸葛亮见它嘴角尚有血迹，牙齿间还有福伯衣服上扯下的丝线，应是偷袭福伯不久之后受伤窜逃。

诸葛亮语声未毕，宋犀忽然霁然色喜，大笑大嚷道："太好了，太好了！这一卦我算得果然没错，隆中书馆里有人中龙凤，天降贵气，专克深山老林里的凶兽邪祟，今夜血祭可解我宋家大难！”

此时，水镜先生和庞德公、东方先生都披了衣服赶了来，见诸葛亮黄月英一身泥泞狼狈，又听说刚刚经历了九死一生，心脏怦怦直跳，生怕孩子们有了闪失。宋犀却得意忘形，脱口而出：“多谢啊水镜先生！我之所以愿意出资请你们隆中书馆来山庄吃住，因为我算过一卦，卦中说必须有天上的文曲星才能对付得了天福山地界的怪兽，都说隆中书馆人中龙凤、贵气冲天，自然是文曲星扎堆的地方。我想，你们来了，就能化了那些邪魔晦气。看来我算对了！天助我也！天助我也！”

书馆众人心下大骇，冷汗涔涔，庞德公哼了一声，说道：“真是买的不如卖的精。原来好吃好喝的，是为了拿我们当药引子！”

水镜心里也不由得倒吸一口凉气：“原来这位宋老爷哪里是有古雅捐学之风，分明是自己迷信，拿隆中书馆辟邪来了。”想到此处，水镜气到哆嗦，冷冷说了一句狠话：“好，好，子不语怪力乱神。叨扰多日，深感不安，明日一早我们便启程回书馆，无须相送。”

宋犀哈哈大笑，摆手说着“罢了罢了”，压根就没把水镜的怒气放在眼里。

诸葛亮向水镜拱手行礼，请他到一边单独说道：“先生，不妨多住一日，这次出来，还有大事没有收场呢。亮不能马上回书馆，还要拜托先生一件事。”

水镜疑惑地看着诸葛亮，问道：“诸葛亮，此话怎讲？”

诸葛亮微微点头：“请您明日下山，立刻请了县丞仵作来宋氏山庄，就说有命案。”水镜骇然色变，又问：“驴头狼不是已经捉住了吗？为何还要请县丞仵作？”诸葛亮拱手行礼道：“先生，还未到水落石出那一刻！请先生成全弟子。”水镜点点头，叹道：“也好，也好。我知你的心性，定是还有伏笔，好，好，那就等到水落石出。我明日一人下山请人来，其他人等留在山庄里，也好做个见证！”

诸葛亮这边谢过水镜，走回过来问向宋犀，微微一笑，说道：“宋老爷，你既然算卦，为何没算出你明日子时，还有大难？”

宋犀脸露愠色，说道：“乳臭未干的小孩休要胡说。你怎会算卦？”

诸葛亮点点头，朗声说道：“明日子时三刻，柴房院内，宋先生可否一赌？”

宋犀不屑说道：“不要以为读过几天书，就可信口恣肆！”

诸葛亮：“不敢造次，不过我斗胆赌您山庄明日，还有一头驴头狼！”

宋犀怒目圆瞪：“你胡诌什么？！”

诸葛亮微微一笑：“明日子时三刻，柴房院内。”

宋犀嗤之以鼻：“不去！”

诸葛亮微微一笑：“宋老爷不想知道藏宝图现在何处吗？”

藏宝图三个字恰如晴天霹雳，劈得宋犀骇然大惊，面如死灰，愤恨交迸道：“你如何知道藏宝图一说？！”

诸葛亮淡然一笑道：“明日子时三刻，柴房院内，即见分晓。”

第二日子时，月朗星稀，万籁俱寂。

柴房木桌前，油灯下，诸葛亮和宋犀对坐，诸葛亮神色冲合，双手抚琴，宋犀早已焦躁厉色，颇不耐烦，在屋里来回踱步，一直盯着看着屋内的铜壶水漏，子时已过，尚未到三刻，宋犀怒道：“笑话！真是笑话！你这黄口小儿，诓我夜半三更来这柴院，故弄玄虚作弄我罢了。定是宋朗偷听过我说话，转口告之于你，我竟然被你玩弄于股掌之间？”

宋犀忽然用手掌用力按下琴弦，杂音骤响，诸葛亮停手抬头，说道：“请您少安勿躁。”

宋犀厉色，指着桌上的两把琴道：“你让朗儿拿了这两把琴来，我看你这个穷书生，是觊觎我家的好琴吧！”

诸葛亮微微一笑："琴的事一会儿我跟您解释。不过您一生都怕别人觊觎财产，所以才落得手足相残又远走他乡，多年以后回到邓县依旧不得安生，夜夜无法安眠。"

宋犀环顾四周无人，冷笑道："你知道得还挺多？"

诸葛亮指了指琴上的一"麟"一"犀"："其实我早就猜到，您并非三代单传。当年山庄里还有一位常年云游的宋麟二公子，旁人鲜少知道，连族谱后来您都抹了去。我住的这个柴院，原就是令弟的居所，只不过年久失修，又有人为破坏过的痕迹，现在早已败坏。"

宋犀脸上轻微抽动了一下，说道："反正这屋里只有你我二人，你既已知，我也无须再瞒。总之当年我是迫不得已。人为财死，鸟为食亡。成王败寇，落袋为安，这都是天经地义。"

诸葛亮问道："君子爱财，取之有道。怎可宁可灭逆人伦，要了弟弟的性命？"

宋犀冷笑道："我没想要他性命！是他自己贪心太甚，老天不容！朗儿两岁那年，宋麟先是怂恿我爹去后山打猎，被马老虎也就是驴头狼所伤，老爷子说不出话来，没两天就不治身亡，他又偷走了老爷子的藏宝图，想将所有宋家宝藏据为己有，真是岂有此理！于是我趁他睡觉的时候捆了他，绑到后山用铁链锁了起来，只要他答应交出藏宝图，我就答应饶他不死，可这小子偏偏嘴硬不肯承认，死不认错。没想到果然天命绝他，隔了半月，就来了一场山火。"

诸葛亮："因为他被铁链困住手脚，所以活活被火烧死，就成了西山悬崖边上的累累白骨？"

宋犀嘴角上翘，点头说道："原来你去过西山了。天要他死，与我无干！"

诸葛亮叹口气说道："可宋朗的娘亲并不同意你的做法。"

宋犀皮笑肉不笑，说道：“她那是妇人之仁！宋麟没死的时候，竟背着我偷偷带了饭菜去看他，之后又日日哭求我放人，说也许根本没有什么藏宝图，兄弟反目，必有后患。他们叔嫂私会，合谋算计我，还说我的不是？宋麟死后，她始终郁郁寡欢，我知道宋麟爱慕她，没想到她也早有二心，那她肚里的孩子许就不是我的，朗儿是不是我的也未可知！我骂她不知廉耻叔嫂私通，她哭诉说我犯下滔天罪孽，又侮她清白，只能以死明志，我当她说笑，没想到说到急处，她拿出匕首，真的自刎而亡……这事要怪都怪宋麟！”

诸葛亮叹口气道：“宋夫人倒是可敬。可怜宋朗，那么小就没了亲娘。”

宋犀冷笑：“没娘无要紧，没有出身万万不行！吃穿用度，哪一样不要靠钱？能投胎到我们家，是他宋朗上辈子铆足了劲才修来的福气。只是我看他样貌越长大越像宋麟，我心里越是犯嘀咕。”

诸葛亮心中悲愤，叹气说道：“可是你和宋麟本为一母同胞的亲兄弟，长相本来自然相似。宋朗像你，自然也会有些像宋麟。你就没有一丝悔意？”

宋犀沉默片刻，长叹一声，说道：“若那日我再快一步，就能夺下她的匕首……往事不可追。”

诸葛亮又问：“找不到藏宝图，山中又经常有马老虎下来作乱，所以你们决定背井离乡出走邓县。可为何又回来了呢？”

宋犀苦笑道：“金山银山，总有花完的一天。会稽的生意做不下去，只能回来，指望着再找到我爹的藏宝图，起出金银财宝，卖掉祖宅，东山再起。”

诸葛亮点点头：“可不但没有找到藏宝图，偏偏你们回来后，马老虎又下山祸害了。”

宋犀笑道："藏宝图可以慢慢找，但马老虎却是大患，这个我说过，所以我找来你们隆中书馆替我挡祸消灾。我算得没错，你和黄家千金不是替我破了案，杀死驴头狼？再说我算过卦的，我命硬，卦上说能到八十！我死不了！"

话音未落，只听得门外哐当一声，一群人吵吵嚷嚷的声音传来："得了！得了！落网了！"

宋犀吃惊疑惑，狐疑地看着诸葛亮，说道："怎么回事？"

诸葛亮答道："它中了埋伏，"又对外头的人高喊："请带进来吧！"

只见几个男丁拖着一只黑色布网的四角，拽到屋内，布网里有东西奋力挣脱蠕动。书馆师生、水镜、庞德公、东方先生还有县丞瞿孟、仵作都来了。

黄月英唐炳和宋朗也在，众人都围着布网里的活物看热闹，只有宋朗傻站在原处，脑子里全是父亲说过的话，只觉得浑身汗毛直竖，冷汗瀑下，又血气上涌，喃喃自语道："我有个亲二叔？兄弟反目，我爹又逼死了我娘？又说我不是他亲生？那我到底是谁的儿子？"

黄月英悄悄侧头，看他模样悲怆，实在可怜，拉了拉他手臂衣襟，小声说道："宋公子，你娘忠厚温婉，为人高义，定不会做出侮了你爹的事，是你爹事事多疑，反而害人害己。天塌不下来，别怕。"黄月英这话，让宋朗定了心神，感激不尽。唐炳也挽了宋朗的手，说道："就算天塌下来，还有诸葛亮撑着呢，谁让他个儿最高。我爹说了，否极泰来，否极泰来！"看着左膀右臂，宋朗泪如雨下。

房间昏暗，宋犀并未看清一众人等，用手指了指地上的一团，问道："诸葛亮，这就是你说的第二只驴头狼？"

诸葛亮并不言语，示意大家打开网兜，宋犀擎着油灯凑近了瞧着，包袱皮打开，众人大骇，哪里是驴头狼，分明是一个麻衣不蔽体、蓬头垢面、浑身脏污的人！

宋犀惊道："他是谁？"

诸葛亮幽幽说道："宋老爷，这是你嫡亲的弟弟宋麟。"

语出惊人，在场的所有人都心下大骇。刚才诸葛亮和宋犀的对话，大家在门外听得真真切切，都道这宋麟早已被山火烧死。如今又蹦出来一个被诸葛亮指说是宋麟的人，大家一时间全都糊涂了。诸葛亮掏出那日黄月英射落的粗布碎片，和宋麟身上的正好吻合。诸葛亮说道："昨日福伯被袭，驴头狼被杀，我料定此人就在附近，不达目的誓不罢休，所以故意高声说下时间地点，布下埋伏，引他出来。"

只见那人骨瘦如柴，慢慢爬了起来，披头散发，他忽然狂笑不止，掀起脸上的乱发：他一半容貌依稀与宋犀有几分相似，而另一半则被火烧过，面目可怖。宋麟对宋犀说道："宋犀，我终于等到你回来了！"

四目相对，又是熟悉的声音，又是火烧过的半张脸，宋犀吓得一屁股瘫坐在地，气喘不已，错愕说道："你不是已经死了吗？"

宋麟又是一阵骇人狂笑："哈哈，那是我骗了你！山火烧过来，我在最后关头撬开了铁链，逃了出来，第二日我又怕你们发现我逃跑赶尽杀绝，就从山民的坟头挖了具尸体替我，让你们安心！"

宋犀恍如大梦，问道："那你一直在山上待着？"

宋麟笑道："是啊，我风餐露宿，衣不蔽体，和山中走兽没什么分别！我后来寻到一处山洞，你猜怎样？山洞里还住着驴头狼！哈哈哈哈，我差点儿成了驴头狼的盘中餐，好在我宋麟命大，苟且偷生杀了驴头狼活了下来，我训练了驴头狼的幼崽，我要让它长大替我复仇！我要把你们全家都杀了，杀了你，你妻子，还有你儿子。你和你那婆娘一个红脸一个白脸，她三番五次劝我放下仇恨远走高飞，我怎会中你们二人的奸计!”

宋犀悲愤交加，此时明白妻子从无异心为时已晚。

宋麟继续说道：“这两个月听说你回了邓县，我就知道你一定不死心，早晚都要回山庄来。那日我本想让驴头狼撕烂了你儿子，没承想半路出了个丫头捣乱，昨晚又把福伯错看成你，你又逃过一劫!”

宋犀倒吸冷气，高声喊道：“想要我命，你做梦！藏宝图在哪里？快把藏宝图交出来！我饶你不死。”

宋麟怪笑：“这么多年你都没找到藏宝图，真是活该报应啊!”

宋犀摔了油灯冲上前去，死死掐住宋麟的脖子，歇斯底里道：“快把藏宝图交出来!”光线忽明忽暗，众人看不真切，二人扭打一团。

只听瞿盂大喝一声：“放肆！住手!”瞿盂一摆手，仵作衙役冲了上去，拆开二人，分别制住。

可刚才油灯一摔，火星沾了布帘，火势迅速烧了起来。有人惊呼，有人逃跑，有人灭火，躲闪不及间，这才发现宋麟已夺门而逃，众人去追，却没承想宋麟抄起地上的利斧回头飞奔两步就冲宋犀的头上砍去！诸葛亮奔了出来，冲宋犀大喊：“快躲开!”

宋犀这才注意到斧头后头宋麟的一双恶眼，却已来不及躲闪，只能原地待死，没想到宋麟忽然双目暴突，愕然倒地，只留一声凄厉惨叫。只见身后宋朗用柴房的铁叉狠狠叉进了宋麟的后背。

大雨忽至滂沱，似也洗去了所有的罪恶。

宋朗浑身颤抖，宋麟倒地，宋朗也不支倒地，口中嗫嚅道：“爹!”

宋犀哭喊着：“朗儿！我的儿!”一把抱住宋朗，父子二人在大雨中哭作一团。

喧嚣过后，该押车的押车，该回去补觉的补觉，水镜先生嘱咐大家早点收拾行囊，晌午出发，返程书馆。诸葛亮作揖行礼，连谢县丞仵作深夜援手之德。

瞿孟挥挥手，说道："分内之事，无须称谢。刚才我们在门外听得真真的，宋麟又豢养驴头狼，杀了福伯，险些害死宋朗和宋犀，杀人者偿命，这是天地王法。"诸葛亮追问道："那宋犀老爷也会发落吗？"瞿孟叹口气，说道："至于宋犀，他逼死妻子，滥用私刑关押胞弟，也是有罪，不过事缓则圆，这要看县令怎么酌情判了。"

诸葛亮到山庄门口送走瞿孟，又回了柴房，却见唐炳坐立不安，见了诸葛亮急吼吼说道："诸葛亮，我对不住你，你让我看好宋朗，我打了个盹儿，人就不见了！他该不会想不开，学他娘寻短见吧？黄姑娘带着飞燕已经去后山找了！"

听说宋朗不见，诸葛亮心里一惊，忽然记起来刚才和县丞说话时，好像看见人影，立刻迈出院子，一路狂奔，直奔藏宝阁。

诸葛亮在藏宝阁内一路寻觅，行至最深处，那只装宋氏家谱的锦囊盒子竟然放在地上。诸葛亮捡起打开一看，里面正是水镜先生所赠的那只麈尾扇。

身后传来宋朗声音："你果然料事如神，对不起啊诸葛亮。"

诸葛亮回过头，一笑说道："宋公子，大家都在担心你。跟我回去吧。"

宋朗黯然道："你、你怎么一点儿都不意外？难道你一开始就知道了？那黄姑娘也知道了？"

诸葛亮笑着摇头说道："我没有对任何人讲。"

宋朗道："谢谢你……是我当时发了昏，我嫉恨你，嫉恨黄姑娘只和你亲近，嫉恨你弹琴抢了我露脸的机会，嫉恨你的出现让我爹更看不上我，还有你和黄姑娘在柴院里站得那么近，还给她绑发带……"

诸葛亮说道："你误会了，因为我们身后藏着小鹤，不想让旁人发现，发带也是我绑到小鹤身上，孔明绝不敢对黄姑娘放肆。要是没猜错的话，小鹤的事是你告发的。”

宋朗抬不起头来，叹道：“你什么都知道……你们外出时我进过柴院，看见小鹤，又听庞公叨叨过鹤的事……我知道郑伦一直想要麈尾扇，一时猪油蒙了心，就告诉了隋波，果然他们告诉了郑伦，捅到了水镜和庞公那里。可我觉得还不过瘾，水镜庞公都爱才，奈何不了你的。”

诸葛亮又道：“扇子也是你从我身上解下拿去的。”

宋朗急忙说道：“是，但不是我推你下山的！那两天我一门心思想让你吃吃皮肉苦头，把你打晕了你一动不动，我以为我害死了你，我真的慌了！我没想到会害死人！福伯跟我说没事，让我不用管不用想，说他都能搞定，让我走就是了，可我没想到，福伯竟把你推下了山坡……你别怨他，都怨我，他都是为了我。”

诸葛亮说道：“我知道宋公子不会置人于死地。”

宋朗又说：“我对不起你，也对不起福伯。福伯从小看着我长大，他护着我，但是我真没想到他会为我杀人，他那天也是为了找我才被驴头狼偷袭……我真的好后悔，我真的好后悔！”

诸葛亮心中五味杂陈，片刻才开口说道：“宋朗，你未来如何打算？”

宋朗哭道：“福伯死了，我爹入狱，我也没有亲戚可以投靠，我想兑出家产，求官府能通融赎我爹出来，我还去求过郑伦……”

诸葛亮点点头说道：“同学一场，郑公子应能帮你。这扇子你应该交给他才对。”

宋朗摇头道：“扇子你收好，水镜说过读书人都在乎这个。郑伦那边我是不指望了，他从来就没瞧得起我，我去了也是自取其辱。”

藏宝阁里尽是奇珍异宝，只有诸葛亮的眼睛有点点微光。

郑伦房内，诸葛亮拱手道："宋公子救父心切，孝感天下。郑公子有办法，吩咐我们就是了。亮如果能助宋公子一臂之力，自然全力以赴。"

郑伦得意，用麈尾指了指诸葛亮，说道："好！就等你这句！宋朗能不能救他爹，就看你肯不肯了。"

郑伦打发了围观众人，屋里只剩他和诸葛亮二人，这才说道："你看，这次踏青节礼，风头都让你出尽了。我再做什么高义之事，做了也跟没做一样，诸葛亮，你说是吧？"

诸葛亮淡然说道："锦上添花，不如雪中送炭。救人一命，福报绵长。"

郑伦撇嘴说道："光说没用，雁过留声，人过留名，要想留名，有文才行！"郑伦从桌上捡起一张写了字的卷帛，递给诸葛亮："你说，让他们把这文字贴到张榜栏里如何？"

诸葛亮接过来一看，上书《麈尾赋》一篇：

"沔水浩浩，杨柳青青。隆中书馆，上巳歌行。曲水流觞，作赋比兴，众生奕奕，无右郑伦……"

文字从曲水流觞开始写起，又是七步成诗，后来四手联弹，听音辨琴，加之救治小鹤，最后抓捕怪兽，破局陈案，一样不落地全都写到了，唯独把主角由诸葛亮换成了郑伦，所有事迹都是郑伦智勇双全，又加了些祥瑞天启，把郑伦形容得天花乱坠花团锦簇，俨然一篇营销大号的十万加文章。

刚拿起绢帛时，发现郑伦的一双眼睛在自己身上滚来滚去，诸葛亮心道还以为是什么难为人的题目，可看到此处，反而松了口气，心想区区小事，何足挂齿。放下绢帛，笑着说道："哎呀，此文贴到县里，奇文共赏，人皆传颂郑公子智勇双全，邓县之光，岂不妙哉？"

郑伦哈哈大笑："好啊，那你既也认可我为隆中麈尾，日后就不要再有任何非议。"诸葛亮点头说道："可若书馆里旁人议论，郑公子该如何自处?"

郑伦哼了一声："都是一小撮墙头草，闹不起来。邓县的老百姓才是主流。你若不说，这事便稳了。"

诸葛亮点点头，心想郑伦一心求名，倒也直白，说道："好，只要郑公子肯帮宋朗，我便成人之美。一言为定。"

诸葛亮出来之后，唐炳一直丧着脸，原来他一直在隔壁偷听，想去羞一番郑伦去，被诸葛亮半哄半劝给摁住了。回到柴房，黄月英也在，知道宋朗没事，这才安心下来。唐炳忙把郑伦争功写文张冠李戴这事说与她听了，黄月英听完咯咯咯笑个不停，竟然笑出眼泪，说道："还以为郑伦能挟爹自重变本加厉，要他宋家个万贯家财呢，没想到只是沽名钓誉，不过为了麈尾扇之争，到头来还是一介书生，愚痴得紧哪!"诸葛亮说道："黄姑娘真跟我想到一处去了！但愿能帮上宋朗。"黄月英笑道："一定会帮，帮宋朗，就是成全他自己。"唐炳心里本来还气，看二人笑呵呵地似乎赚了什么便宜，也跟着一起傻笑出声。

半月后。

宋麟身背命案已被问斩，宋犀年老病弱，宋朗替父代缴了保钱后，县衙已特赦回家。

这日，沔水长亭外，宋朗再次约黄月英、诸葛亮、唐炳等人一起出来。半月不见，宋朗依旧长身玉立，只不过脸上容色轻减，衣饰也不如往常华丽，眼神里更多了些沉稳坚毅。宋朗见了黄月英，一双眼睛欲语还休，黄月英心下暗道不好，庆幸自己已备了一大套关于"咱俩不合适""年纪还小"的说辞应付，没想到宋朗却拱手谢罪道："当初跟黄家提亲多有鲁莽，还害了黄姑娘在家受罪，险些误了学业大事。"黄月英松了口气，嫣然一笑道：“都是过去的事了，无须再提。”宋朗却执意说道：“当初我对黄姑娘一见钟情是真，而我心智纨顽，想找个人同我做伴也是真。今生姻缘无缘，却经由黄姑娘认识了诸葛亮、唐炳这几个仁义朋友，感激不尽，这次特来答谢道别。”黄月英一愣，问道：“宋公子这是要去哪里？书也不读了吗？”唐炳也吃了一惊，插嘴道：“你都休了半个月的学，还不回书馆？小鹤的翅膀已经比一成人手臂还长了！水镜先生的老花眼愈发混沌了！郑伦不太敢弹琴了，现在开始耍剑了！大家还念叨虽然宋氏山庄有怪兽，但山庄的酒菜还是顶顶好吃的！大家都惦记你呢！”

黄月英笑道：“糖球最念叨那些吃食吧！”

宋朗遥想自己在书馆读书的日子，纵有千缕烦恼，却又是何等的太平逍遥，无尽神往。回过神来，叹息说道：“郑公子没有食言，确实替我说了话，郑县令这边说，保费好说，但是怕有言官参奏，还要打点各路神仙……”

黄月英问道：“你是说苏督邮？还是南阳的官宦？”

宋朗点点头，又道：“他们加起来索要不菲，宋氏山庄和几处铺租业已低价变卖折现，金石文玩也都当了，家丁也都拿了钱遣散。以后怕是再无机会请大家去山庄吃酒了，学更是上不了了……”

唐炳叹道，痛心疾首道：“不读也好，省着看郑伦颜色。唉，我爹就说过，商贾人家比不了哪些贵胄官宦，朝不保夕！他们看你是个少年郎，肯定吃拿卡要也是翻倍欺负人！你这还是求过郑伦，谁道能保得了性命，却保不住钱财。”

宋朗眼里含泪，个中心酸，亦不必说。

唐炳又道：“都传你家山庄是聚宝盆，还什么藏宝图，我看不是，山庄是个大火盆，卖了好，卖了一身轻松！永世太平！”

宋朗笑着点点头，拿出在侧的食盒，说道：“后厨的大师傅走之前，我让他做了几样蜜饯咸酸，这是特意给你们带的。多谢各位患难之交，宋朗无以为报。”

唐炳掀了食盒闻着味道啧啧说道：“哎呀宋朗，你可真够意思！我就不跟你客气，收下了啊！”

宋朗又对诸葛亮说道：“我这次是和各位道别的。我的命和父亲的命都是诸葛亮和大家救的，如今已别无所求，葬了麟叔，在宗祠里祭拜了母亲，族谱上册字也恢复了，父亲如今精神和身子骨都大不如前，他也心灰意冷，想和我一起离开邓县，奔吴地会稽而去，常住到老。今日便要启程了！”

大家这才注意到，不远处，有两架车马，行李已经装好，只待出发了。黄月英关切问道：“今日便走？你们去了会稽以什么营生呢？可还有亲戚投奔？”宋朗道：“我们祖上在那里有几处薄田村屋，我爹原本看不上，是许给福伯养老用的。福伯身故，又无儿无女，我们便借福伯的光去那里安身，能做点小买卖也好。祖父的金石还剩了些不值钱的小件，若日子不济，出手一两样也能救急吃饭。”黄月英又叹道：“唉，送行的礼物都没有给你备。”宋朗笑道：“如果黄姑娘愿意，可否将发髻上的红缎绳赠我一截，留作念想。哦，若是不愿意，也无妨，无妨！”

黄月英倒也干脆，拽下红绳塞给宋朗：“若是吴地不好，回来找我们便是了。邓县自有你的容身之处！”

宋朗小心贴身收好红绳，又从马上拿下两个长布包，说道：“诸葛兄，黄姑娘，这是那日在山庄二位四手联弹的两把琴，这琴和你们有缘。如今救命之恩无可答谢，这两把旧琴，若不嫌弃，就赠给二位，希望二位今后高山流水，知音常在，若有一日，能举案齐眉，琴瑟和鸣，那便更合了我的心意……”

黄月英珍珠粉白的小脸上，登时滚过一大片霞绯红云，噤鼻说道：“什么举案齐眉、琴瑟和鸣，听着还不如斧钺钩叉刀枪剑戟！我跟你没戏，你也不必逆着性子说违心的话嘛。琴你留着，到了吴地自己弹着玩吧。”说罢偏过头去，追打看热闹的唐炳去了。宋朗心急，没想到诸葛亮也笑着推辞，道：“宋公子，好意心领，但这对琴你一定收好，就算山穷水尽也万万切勿赠人或折价变卖。”

宋朗坦然说道：“这琴当年是我爷爷命人所制，赠予我父兄二人，本应留下，可一来我琴艺不精，浪费好琴，二来此番去吴地，路途遥远，更需精简行装……典当他人心有不甘，只有赠予你们，良人配好琴，有了好归宿。你今天这番话又是何故？”

山风阵阵，天蓝云苍。

诸葛亮仰头望天，微微一笑，说道：“宋公子，你父亲和你叔叔阋墙谇帚是为何而起？”

宋朗说道：“自然是为了山庄上下遍寻无杲的藏宝图。”

诸葛亮和宋朗四目相对，诸葛亮轻轻颔首，宋朗瞬间电光火石，浑身打了个激灵。他看看怀里的两把琴，又看看诸葛亮，颤颤说道：“诸葛兄的意思是，藏宝图与这琴有关……”诸葛亮点头道：“那日在府上奏乐时，便觉得两把琴的回音极为特别，琴料难得，琴腹也似别有洞天，仔细端详后，发现除了两个麟犀二字外，琴腹内部，还有他字，似与宝钞有关，背后还有若干夹层。一定藏了东西。今天日头不错，你可以试着看看。”

宋朗连忙拆开包袱，举琴对日，果然见琴腹内藏一绢帛细卷，侧面还有一行小字：会稽藏宝图甲。诸葛亮笑道：“另一只琴里是会稽藏宝图乙。若想得到完整的藏宝图，必得破琴拼接绢帛，才能得到完整藏宝图，宋老爷子当年的用意不言自明，意思是不到万不得已，不要动用藏于会稽的老本。不过若真到了那个时刻，救人救命，琴破亦不足惜。”

宋朗泪如雨下，说道：“爷爷用心良苦，只是我爹我叔迷了心智，宋朗引以为戒，自食其力，以后绝不坐吃山空。多谢诸葛兄聪颖绝伦，指点迷津！”

几人互道过珍重，宋朗上马，高喊一声多谢各位，后会有期，策马而去。

书馆草地上。唐炳吃着食盒里的点心，说道：“黄姑娘啊，难得宋公子是个情痴喜欢你，还远走他乡，以后你嫁不出去，可上哪里哭去！”

黄月英咯咯笑道：“我以后哭不哭不知道，你今天肯定是要哭的！”说罢，拿起弹弓，作势就要出手，吓得唐炳四处窜逃，直喊诸葛亮救命。

两人追闹，诸葛亮笑着散步倒后院，见庞德公席地而坐，小鹤引翅而飞，时而降落下来，蹭蹭庞德公的脸，时而又腾空而起，庞德公很开心，黄月英、唐炳也停了下来，叹为观止。黄月英眉眼如画，点头笑道：“庞公，小鹤这事还真要谢谢诸葛亮。”诸葛亮道：“我也没做什么，还是黄姑娘和飞燕先救的小鹤嘛！”

庞德公晒着太阳，感叹自己差点儿被狐朋狗友的鬼主意所误，不应强行剪鹤飞羽，反倒不如两个毛头小儿有主意，果然是长江后浪推前浪，前浪一点儿也不惆怅。众人哈哈大笑。

众人散去，黄月英拿出一把鹤毛扇，原来，这是她用庞德公仙鹤所落的鹤毛做成的，麈尾扇被收回了，那就勉强用这把鹤毛羽扇代替那把麈尾扇吧，不许嫌弃！诸葛亮赶忙接了这把羽扇，小心收好。

精舍里，雾隐看着羽扇，啧啧称赞，真看不出来，黄月英手还真巧。诸葛亮问雾隐，为什么庞德公放开鹤笼，鹤反而不走了。

雾隐引用先秦路乔如的《鹤赋》说：“故知野禽野性，未脱笼樊。

赖君王之广爱，虽禽鸟兮抱恩。方腾骧而鸣舞，凭朱槛而为欢。”庞德公对鹤好，鹤知恩不走，这就好像君子一样，一定要找到好的主公来辅佐，匡扶汉室，拯救天下苍生。

一根鹤毛又从天空飘落而下，落到一只粗糙的手里，此人全身笼罩在黑色的盔甲和斗篷里，脸部黢黑，什么也看不清。他站起身来，头上还戴着一顶怪异的头盔，上面有两根长角，长角上各有三根小横叉，恰似篆体“彗”字，而且此人骑一匹披着黑甲的黑马，在洁白的鹤毛的映衬下，人和马都愈发显得诡异，在他身后，还有数十名和他相同打扮的黑衣人……

（未完待续）